中国当代文学选本

Collection of Modern Chinese Literature

（第 7 辑）

王昕朋　主编

中国言实出版社

图书在版编目(CIP)数据

中国当代文学选本 . 第 7 辑 / 王昕朋主编 . -- 北京 : 中国言实出版社 , 2021.9

ISBN 978-7-5171-3861-7

Ⅰ . ①中… Ⅱ . ①王… Ⅲ . ①中国文学—当代文学—作品综合集 Ⅳ . ① I217.1

中国版本图书馆 CIP 数据核字（2021）第 192599 号

中国当代文学选本（第7辑）

出 版 人：王昕朋
责任编辑：张国旗　李昌鹏
责任校对：宫媛媛

出版发行：中国言实出版社
地　址：北京市朝阳区北苑路180号加利大厦5号楼105室
邮　编：100101
编辑部：北京市海淀区花园路6号院B座6层
邮　编：100088
电　话：64924853（总编室）　64924716（发行部）
网　址：www.zgyscbs.cn　E-mail：zgyscbs@263.net

经　销：新华书店
印　刷：北京中科印刷有限公司
版　次：2021年10月第1版　2021年10月第1次印刷
规　格：710毫米×1000毫米　1/16　31.25印张
字　数：427千字

定　价：68.00元
书　号：ISBN 978-7-5171-3861-7

《中国当代文学选本》
编委会

目录

CONTENTS

主持人：王干

王干，文学批评家，鲁迅文学奖得主，“新写实小说”倡导者。

Wang Gan is a literary critic, winner of Lu Xun Literature Prize, and an advocate of "new realistic novel".

中篇

推荐语

丛林是什么？是共存，是羁绊，是迷雾的憩地，还是隐秘的归宿？胡学文的《丛林》通过宋刚夫妇与小娘一家的纠葛，为我们展示了人的丛林、家庭的丛林。宋刚夫妇为了躲避小娘搬到杏花沟，其环境具有隐喻色彩，躲入环境的“丛林”却未能逃脱人的“丛林”。在突入突出之间，“丛林”深处隐藏着纷杂的意味。

阿占的《墨池记》讲述的是一个温情的传奇故事，以三个徒弟想为病重的师父留下传记作引线，讲述了师父一生的奇幻经历。全篇写的是学书，讲的却是情感。法的传承，既是书法技艺上的，更是精神情怀上的，潺潺流在笔墨之间，疏通了人的经络，直让五脏六腑充溢着暖流。

陈楸帆的《偶像之死》是一篇科幻的小说，也是现实的小说。写追星的爱子寻找偶像博嗣之死的原因，到头来却发现不过游戏一场。作者在该故事中对于偶像问题的关注无疑有现实意义：我们制造偶像，我们崇拜偶像，我们又毁灭偶像。当然，这篇小说能提供的思考不限于此，如 AI 智能发展对于传统价值的冲击等。

桃源的图纸在心里，是自己在现实生活中的构建。熊细欢眼前的桃源，竟是屈禾青杀人埋骨的场地。心中装着仇恨的屈禾青建不出桃源，当心中有爱时他又可以从容赴死。杨映川的《在桃园》描绘了人间奇崛的爱恨及安妥心灵的归属。

徐衎对市民的描写扎根于生活，所写一地鸡毛，语言斩钉截铁，毫不浮滑不染俗气，反倒是透着些先锋小说的质感，有着金属之声。徐衎的《漆马》为市井叙事增添了新味，也让读者看到了他先锋之后的现实主义转向。

民营老板出现于改革开放后，属于经济时代弄潮儿。杜斌写过许多以民营企业老板为主人公的小说，他笔下的生意人入木三分，而《马儿啊，你慢些走》中发展豆腐产业的老总牛布斯，无疑是他塑造的又一个典型形象。

【作者简介】胡学文，男，1967 年生。中国作协会员，现供职于江苏作家协会。著有长篇小说《有生》等五部，中篇小说集《从正午开始的黄昏》《命案高悬》等十六部。曾获鲁迅文学奖，《小说选刊》全国优秀小说奖，《小说月报》第十二届、十三届、十四届、十五届、十六届、十八届百花奖，《十月》文学奖，《钟山》文学奖，《花城》文学奖，《北京文学·中篇小说月报》奖，《中篇小说选刊》奖，《中国作家》首届“鄂尔多斯”奖，孙犁文学奖，鲁彦周文学奖等。

Hu Xuewen, male, born in 1967. Member of the China Writers Association, currently work for the Jiangsu Writers Association. Hu is the author of five novels including *Yousheng* and 16 novelette collections including *The Twilight from Noon* and *The Murder Case Hangs High.* Won the Lu Xun Literature Award, the National Excellent Novel Award of *Selected Novels*, the 12th, 13th, 14th, 15th, 16th, and 18th *Bai Hua Prize by Fiction Monthly,* Literature Award of *October*, Literature Award of *Zhong Shan*, Literature Award of *Flower City*, Literature Award of *Beijing Literature: Novella Monthly*, Literature Award of *Selected Novella Magazine*, First Ordos Award of *Chinese Writer*, Sun Li Literature Award, Lu Yanzhou Literature Award, etc.

丛　林

胡学文

1

搬到杏花沟的当天，马晓丽提议养一只大中型犬，如黑贝、藏獒、哈士奇什么的。两人刚刚吃过，饭菜还在桌上摆着。酱油放多了，面条汤黑得夸张，足可以用来描眉。宋刚吃了一半，用掉两块纸巾，仍觉嘴唇带着咸味。

马晓丽喝了两大碗，有意惩罚自己似的。宋刚并未责怪她，也未表示出丝毫不快。马晓丽久未下厨，手生了。宋刚第三次伸手抽纸巾，马晓丽张嘴，宋刚以为她要说面条，不料是关于狗的事，不由得一怔。

马晓丽养过一只京巴。女儿早早送到国外，宋刚常年不在家，京巴便成了马晓丽的伴儿。京巴也忠心，不离马晓丽左右，睡觉也必定卧在马晓丽一侧，不然就会闹。京巴病倒，马晓丽跑遍全城的医院。人有人寿，狗有狗命，终是不治。马晓丽大病一场，瘦了十多斤，人都脱了相。宋刚劝她再养一只，马晓丽不肯，还发誓不再养任何宠物。时隔数年，她突然又有了养狗的想法，还是大型犬。

这地方，连个人也见不着。马晓丽说。

她说的是实情。杏花沟距市区十多公里，在一个山洼里。皮城太妃杏名气很响，而太妃杏又以杏花沟的最佳。别墅就在杏林边，也就十几幢。几个月前，宋刚带马晓丽看过，当场就敲定了。此处幽静，环境又好，正合宋刚心意。看中的还有装修，以田园风情为主格调，又隐隐有些欧陆风情。只是入住率低，静虽静，却显得冷清。住在这里的自然不是一般身份，难免被人惦记。这几年，凶案一桩接一桩，不说全国，单是皮城哪年不有几起？就在上月，桥西区一个副局长大中午在家中被害，据说捅了十多刀，身上遍布窟窿。

马晓丽养狗的理由只是表面上的，真实意图宋刚一下就看透了。防贼防盗不过是幌子，她是担心别的。虽然搬了家，她还是紧张。可养狗又能怎样？市中心还有一套房子，一应俱全，一只水杯都未带过来。虽没有别墅大，也有一百六十平米，在那里也可以养的，何必这么折腾？躲——确实是啊，思路每次滑到这个方向，宋刚就极其恼火。但不得不承认，他和马晓丽搬家有躲的意思。不声不响，一切都悄悄进行。已经躲了，没什么好担心的。如果狗能起到作用，他干脆买一匹狼回来。

从小养才听话，大型犬恐怕更是。宋刚轻轻拭着嘴角，你想好了，改天去宠物市场转转。

马晓丽问，你明天有别的安排？

宋刚看着马晓丽，没有马上回答，家里有什么茶？

马晓丽站起来，你晚上不是不喝茶吗？

宋刚说，今天累了，不碍事。

马晓丽端茶过来，宋刚一瞅就放多了茶叶。晚上饮茶不宜过浓，这怨不得她，她好久没给他沏过茶了。宋刚吹了两口，说近日膀子疼得厉害，想去一趟独石口。天气转凉，他膀子就犯病，她是知道的。他原打算歇一天再去。马晓丽问，要我陪你吗？宋刚说，你老嚷头疼，也趁机会扎扎，老头是有绝活的。马晓丽说，让你吹成神仙了。宋刚说，我这膀子还就他扎有效，乡下什么能人都有，可别小瞧。马晓丽没再说什么。

直至入睡，马晓丽再未提养狗的事。宋刚并不反对，就是怕她一时冲动。晾几天，如果她还坚持，那说明是真想养，不管出于什么用意，随她去。确实是累了，喝那么浓的一杯茶，躺下却没几分钟就睡着了，只是睡得不是很深，马晓丽轻轻一碰便醒了。

怎么了？宋刚的声音透出不快。

我……睡不着。马晓丽小心翼翼的。

宋刚翻过身，别胡思乱想。

马晓丽问，你听见什么了吗？

马晓丽声音很轻，宋刚还是惊了一跳，睡意全无。什么声音？

马晓丽惴惴的，脚步……在楼顶。

宋刚终于忍不住呵斥道，胡说什么呢？别墅共三层，宋刚和马晓丽的卧室在二层。三层是活动室，买来的健身器械还没拆包。

马晓丽说，分明——她感觉到宋刚的愠怒，没敢再往下说。

宋刚打开灯，光着脚去三层转了一圈。不折腾一下消不掉她的紧张和疑虑。宋刚走得快，有意跺几下，只是赤脚没跺出什么声响。但喉咙的声响很重，咕噜咕噜的。咕噜的后面卷着话，本要扔给她，但看到她怕冷似的耸着肩，神色甚为不安，喉咙终于归于寂静。我看过了，这下你该放心了吧？宋刚扳扳她的肩。

对不起，影响你睡觉了。马晓丽小声说。

宋刚说，睡吧，一会儿天该亮了。

马晓丽突然问，你说她会不会找到这儿来？

终于说出来。她肯定憋坏了，不说出来这一夜怕都不能消停。她未必要一个答案，他也不可能给她答案。她就是要说出来。他说，来就来呗，搬这儿也不是为了躲她，你以为我怕她？他是转过身说的，可她还是被撞痛了，叹口气，不再言声。

她并不踏实，宋刚清楚。自跟了他，她就开始担惊受怕。先前生意不顺，常有债主上门，后来发达了，难免招蜂引蝶。待他隐退，打算过几年安稳日子，却又遇上……麻烦？累赘？宋刚想不出合适的词语，似乎是，又不全是。想到这儿，宋刚甚为愧疚，但终是什么也没说，劝慰有什么用？

第二天，去独石口。马晓丽没睡好，脸上没一点儿光泽，上车便闭目养神。宋刚将音乐关掉，马晓丽说，你听吧，我睡不着的。宋刚说一百五十公里呢，还是睡会儿吧。其实宋刚也挺困，一早喝了两杯浓咖啡。到独石口基本是山路，比平日更需要集中精力。他曾想留一个司机，虽然用车方便，但也会带来其他不便，终是辞掉了。

到独石口镇快中午了，两人就近吃了点饭，便去江大夫那儿。连着五年了，宋刚每年秋天都要到这儿扎扎针。以往宋刚独自来，这次带马晓丽是想让她也扎扎。路上马晓丽同意了，可看到年逾古稀的江大夫颤着手把细长的针扎到宋刚双肩、后背及手腕处，又死活不肯了。她静静坐着，愣愣的。她看到他的伤疤了，他的后背有十几处伤，最长的从左肩到后背足有半尺。她每次都像第一次见到，发半天呆。其实，看见的都不是真正的伤，她哪里明白呢？

一个多小时，马晓丽的姿势竟和宋刚一样，基本没有改变。扎一疗程要三五日，宋刚和马晓丽商量，来回跑怪麻烦的，不如就在独石口住几天。马晓丽想了想，点点头。两人去寻了家旅店，房间陈设简陋，倒也干净。次日针灸后，宋刚带马晓丽到周边的山野转了转。独石口是北方进入京城的关隘，历朝历代在此都有军事设施。虽是秋末，万物凋零，但满山的枫叶烧得正旺。马晓丽素来不喜欢照相，竟然让宋刚拍了好几张。宋刚思忖，以后要带马晓丽多走走才是。

第三天，针刚扎上去，宋刚的手机响了。三个人都静默着，铃声格外突兀。搬家前，宋刚和马晓丽均换了号码，除了远在美国的女儿，没有任何人知道这个号。有些人从此不需要联系了，需要来往的还未来得及相告，宋刚不知何人打给他。腕处有针，不方便接，马晓丽瞅瞅装手机的包，又询问地看着他，她不敢碰他的手机。宋刚面无表情，她的目光便垂下去。铃声隔几分钟就响一次，把房间的寂静撕得七零八落。

江大夫拔完针，手机又叫起，宋刚不紧不慢地拉开包。

2

金枝！

宋刚第一次听到这个名字，父亲还未娶她。宋刚的童年时代，父亲就相当有名了。父亲没有超凡的智慧，也没有什么奇特的手艺，出名是因为爱吹，还得个绰号“吹破天”。明知他吹牛，村里却没人敢当面嘲笑他。父亲脾气暴烈，三句话不对口就要扯刀子杀人。那些年，被父亲“杀”过的人排一长串儿，总有这样那样的事得罪父亲。比如生产队队长将一只死羊带回家中，关起门独自享用。父亲拎刀讨伐，末了队长羊汤也没喝上。父亲不贪，招呼别的村民把那只羊一起吞掉。算不上乡村无赖，父亲其实很仗义的，所以并不那么讨人嫌。相反，父亲的言语和举动常带来乐子。唯一遭罪的是母亲。父亲游手好闲，家里家外都是母亲一人操持。母亲是父亲骗来的，自然这也是父亲吹牛的资本。母亲去世后，没有哪个女人再上当受骗，父亲一个人东游西逛。

宋刚平时极少回家，只在年根探望他一次，送些钱物，顺便把父亲挂在小卖部的账结了，一般当天就离开了。有酒有肉，父亲才不在乎宋刚住不住。父亲没主动找过宋刚，所以父亲突然跑到矿上，看见他就嚷腿快走断了，宋刚眼都硬了。

父亲说要娶一个叫金枝的女人做老婆。宋刚细细打量，父亲有了些变化。仍旧是紫铜色的脸，神色却亮了许多；衣服不只是洗干净了，褂子敞着，但扣子一粒不少。在宋刚的印象中，即使母亲在世，父亲的扣子也从来没完整过。宋刚说本事没丢，还能把女人骗到手。父亲没有炫耀，说不是骗的，然后讲了金枝的一些情况。金枝也就比宋刚大几岁，和父亲可是差一大截。宋刚盯住他，没骗她怎么会跟你？你许诺人家什么了吧？父亲喊一声，就算你是大老板了，我也是你老子，别这么跟你老子说话。你娘确实是我骗的，可我没骗金枝，她死心塌地要跟我。宋刚不屑，死心塌地？是不是海誓山盟了？父亲来了火，哈，你娶老婆我不管，我娶老婆你倒要管？宋刚差点气笑，这倒成父亲质问他的资本了。父亲确实没有管过他，宋刚还未成年，父亲就把话撂下，有本事你自己娶老婆，别指望老子。宋刚反问，那你大老远跑来找我干什么？父亲说，我不能白娶人家吧？宋刚问，多少？父亲说十万六千五。其实宋刚不过是敲打敲打父亲，虽然这样的敲打没什么意义。怎么还有零有整的？宋刚问。父亲说这个钱是金枝给男人治病欠下的，还了账就行，不多要。十万块钱对彼时的宋刚实在不算什么。宋刚就是不想痛痛快快给父亲。见宋刚没动静，父亲就急了，大骂宋刚没良心，没有他哪有宋刚的今天。宋刚感到好笑，问父亲帮过他什么。父亲说，没有老子，你能从你娘肚里出来？没老子的血性，你能混成今天的模样？宋刚哑然。父亲嗓门高，虽然关着门，也没人敢偷听，可毕竟是办公场所，宋刚怕父亲再弄出什么花样，忙通知会计取钱，并派车将父亲送回。

父亲和金枝结婚时没通知宋刚，宋刚计划年底回去拜见一下父亲的新娘。宋刚不关心父亲娶了谁，但从礼节上他必须要拜见的。今非昔比，宋刚已是罩了光环的人，不能不看重声誉。那年春节，新换的局长想带家人去香港游玩，宋刚回家的计划泡汤。局长行事谨慎，宋刚正琢磨如何攻破，局长竖了梯子，宋刚当然不会也不敢错过。从香港回来，矿上出了事故。处理整改疏通，几个月又过去了。秋后父亲便辞世了。宋刚和金枝见面竟然是在父亲的葬礼上。

金枝圆脸，重眉，比宋刚想象的还要年轻。在她旁边的，是她的儿子、儿媳和六岁的孙子。女儿尚在读高中，也回来奔丧了。金枝的儿女皆是重孝，六岁的孙子也是。金枝的孙子虎头虎脑的，甚是可爱，宋刚没带礼物，掏出两百块钱给他。金枝拦住宋刚，别惯他的毛病。宋刚说孩子嘛，便塞进他兜里，并摸摸他的头。金枝的孙子喊大爷好，极其响亮。宋刚笑笑，张罗事去了。

其实没什么张罗的，村里有丧事主管，所有程序均在主管指挥下进行，包括什么时候磕头什么时候哭。当然少不了请示东家。主管或许发怵和宋刚说话，更愿意征询金枝的意见。遇此，金枝便和宋刚商量。或者，她做了主的，也向宋刚汇报一二。从宋刚进门，她就开始汇报，父亲如何发病，谁的车拉到医院又如何从医院拉回来，从哪家买的棺木。有些事比如装衣、买棺木，她来不及和他商量，就定了。她略带不安，摆出等他责备和质询的样子，但又不是那么刻意。宋刚不想挑剔，也挑不出来。金枝喉咙嘶哑，眼带血丝，悲悲戚戚的样子。马晓丽都看出来了，金枝不是装的，是真伤心。

其间，一个汉子非要拉着宋刚喝一杯。算起来，他是宋刚的姑舅兄弟，只是极少来往。宋刚喝了一口，但汉子不干，硬要宋刚干了。三说两说汉子恼了，扯出旧事，那年他父亲过世，给宋刚打过电话，宋刚面也不露。宋刚想把胳膊拽出来，汉子喷着浓重的酒气，就是不松，你以为有几个臭钱就了不起了？此等场合，宋刚不好怎样，尽量耐着性子。金枝及时闪出来，抓住汉子的手，说他还有很多事，想喝我陪你。汉子斜视金枝，你算老几？金枝不卑不亢，我是宋刚的小娘，你说我算老几？你不拿我当长辈我管不着，我和你喝杯酒总行吧。汉子的手慢慢松开。金枝给自己满上，不待汉子举杯便一饮而尽，然后平静地看着汉子，要不要我替宋刚他爸敬你一杯？他可是看着呢。汉子迷瞪半晌，慢慢缩回座位。金枝转身对宋刚小声说，他喝多了，别放心上。

宋刚才不把汉子放心上呢，放在心上的是金枝。这样一个女人，不羁的父亲也会服帖吧。宋刚已有预感，丧事完结，他和金枝之间或许会有冲突，当然，宋刚不怕。

回城的前一天，宋刚正式和金枝摊牌。父亲没什么财产，除了三年前宋刚给盖的那几间砖瓦房，此外，丧事结余万把块钱，宋刚一并留给金枝了。金枝嫁给父亲，自有所图。如果她不狮子大开口，宋刚也不会太多计较。就是他一分钱不出，也完全说得过去。他和她完全没有关系，但她好歹跟父亲一场，打发一下既是他作为老板的面子，又可从此与她撇清关系。归根结底，这不就是一桩买卖吗？

金枝似乎没听明白，宋刚只得重复。宋刚猜她是装的，那么灵透的人怎会不明白？金枝的眼睛扑闪两下，慢慢低下头。她在掂量数目的多少吧？这几日她肯定盘算透了，只是没料到宋刚如此爽快吧。宋刚说，我是痛快人，你直说就是。金枝抬起头，往后挪挪，和宋刚拉开距离。你让我直说，我就不绕弯了。我和你父亲过了一年，一日夫妻是夫妻，一年夫妻更是夫妻，我和你父亲是领了证的，从名分上我还是他的女人。我比你没大几岁，但论关系，我是你的小娘。我没有占你便宜的意思，可辈分在这儿，谁也抹不掉。你可以叫我小娘，也可以称呼我金枝，都行。你父亲头七没过，你就急着和我撇清关系，你什么意思？怕我黏上你？

金枝不急不缓，柔中带刚，宋刚竟有被逼到角落的感觉。宋刚解释没这个意思，不过是想帮金枝做些什么。宋刚不相信她没任何条件，可能是他说得过于直接，伤了她的自尊。金枝立即自责，瞧我这点儿心眼，想多了。我说呢，你怎么可能这么快就不认我了。说句厚脸皮话，你父亲不在了，咱们还是一家人对不对？她满是期待地望着宋刚，宋刚不得不点头。金枝说，既是一家人，就不要说两家话，你是做大事的，该走就走，家里的事不用你操心，需要你帮忙我自然会说。清明你能抽出空就给你父亲烧个纸，没空也不要紧，有贵祥在，你放心好了。

摆了半天阵势，对手却和自己站到一起，宋刚稍有失落。这是他没有料到的局面，可又说不出什么。宋刚不只是想和金枝，也想和宋庄从此断开关系。父亲在，断是不可能的，哪怕他不回来，也是宋庄的人。父亲走了，仍然不能，这个叫金枝的女人，这个名义上的小娘还在。

当然，宋刚不打算再回来，金枝如何打算随她去好了。上车前，宋刚抱了抱金枝的孙子。女儿未能回来，父亲这个外姓孙子可是替女儿磕了头的。

回到矿上，宋刚便将金枝撂到脑后。那么多人要吃喝，那么多关系要攻克，还有明着暗着的箭要躲，哪一件都要耗费大量心血。金枝也没和他联系过，年底，在镇里当副镇长的朋友来看望宋刚，宋刚才想起金枝。副镇长带了些土特产，宋刚回了些烟酒。另外用信封装了三千块钱，让他捎给金枝，副镇长感慨万分。宋刚笑笑，没有多言。

转年清明节，宋刚回乡祭扫。进村没停车，直接去了墓地。父母墓前摆置了供品，并有纸钱焚烧的痕迹。宋刚料想必定如此，但亲自查验过，还是松了口气。返回时，贵祥已经在村口候着。宋刚让他上车，贵祥连连摆手，没几步的，没几步的。他一路小跑，欲与奔驰并驱。宋刚让司机放慢速度，跟在后面。远远地，看见站在院外的金枝，宋刚心一动，对司机说，我走过去吧。近前，方才发现满脸掬笑的金枝手里抓一把刷子。金枝让宋刚别动，她蹲下去替宋刚扫鞋面上的浮尘。宋刚退后一步，说我来吧。金枝叫，让你别动！声音不高，却带着威严，似乎还有慈爱。而后解释，只能我来。乡下规矩多，宋刚不知这扫鞋的程序有什么讲究，便定住。金枝的头发里夹了几根白丝，宋刚停了停，移开目光。金枝很小心，待直起腰，笑重新盛满，好了，进屋吧。

宋刚一瞅满桌子的菜，就知金枝准备不是一天两天了。金枝是有心人，知道宋刚喜欢吃什么。似乎看出宋刚的疑惑，金枝说你爸在的时候常说你。父亲那样一个人，竟然知道宋刚的喜好，还和金枝说，真是奇了。宋刚没有耽搁，吃完即走。他打算留点钱，但金枝死活不要，年前捎给我的还没花完呢。宋刚作罢，让她有事给他打电话。

两个月后，金枝去了趟皮城，送了些苦菜，是她自个儿挖的，担心放不住，还腌了一罐。宋刚不在家，是马晓丽告诉他的。秋天，她送了趟豆角。年根儿，她带了些粉条、干瓜丝、黄米糕。这次宋刚在家，留她住几日，金枝说什么也不肯。宋刚给钱，她推让一番总算接了。

宋刚每天与各种各样的人正面或侧面交锋，殚精竭虑，这个不常见面的小娘，并不用宋刚费任何心思。

3

杏花沟的房子敲定后，宋刚不动声色，暗中准备。金枝走的第二天，他和马晓丽立刻搬家。其实没什么搬的，家具未搬，锅碗瓢盆未搬，好多衣物都没动，搬的只是他和马晓丽这两个活人。所以也没择日期，金枝离开即是日子。金枝来去三天，待她返回，等待她的是打不开的屋门。手机号码换了，她无法与宋刚联系。宋刚设想了种种可能，比如她在门外死守，她是做得出来的；她四处寻他，且不论寻到寻不到；她不得不回宋庄，哪怕过阵子再来……唯独没料到她会联系他们的女儿，她什么时候记下了女儿的电话？

宋刚大脑一片空白。如果手里抓着砖头，他会立即拍出去，大吼，我没事！突然的号啕撞击过来，宋刚的耳膜一阵回响。即使在父亲的葬礼上金枝也没有这般痛号。宋刚不说话，任她号任她喊，虚火渐渐燃尽。我没事！宋刚精疲力竭。她什么都没问，没有问他身在何方，没有问他什么时候回去。

宋刚回头，马晓丽站在身后。我说吧，她没那么好甩。马晓丽软软地说着，甚是无奈，宋刚无言。

宋刚有意拖延一晚，次日上午和马晓丽返回。你打算怎么办？把她带回杏花沟？宋刚板着脸不说话，似未听见。马晓丽说，要是这样，杏花沟的房子不白买了？宋刚咬着嘴，他没想好。但有一点是清楚的，金枝联系上他，就不能再躲着不见。

车在小区停稳，马晓丽推开车门，呕吐物喷在地上。她晕车了，宋刚开得快，拐弯又多。宋刚正欲下去扶她，一个人影蹿过来，架住马晓丽，将她搀扶至旁侧的椅子上。和几天前走的时候一样，金枝灰衫黑裤，衬得马晓丽像艳丽的花朵，不同的是金枝不长的头发剪得更短了。金枝一直就在恭候吧，她掏出纸巾替马晓丽揩拭嘴角。马晓丽试图自己擦，被她挡开，马晓丽像个婴儿由着金枝侍弄。别动，合上眼睛，歇歇就好了。然后，金枝朝宋刚走来，问他车上有水没。当然有水，如果金枝不在，宋刚会记着。金枝让马晓丽漱了口，再次站在宋刚面前，带了点儿责怪，这么大的风，怎么不穿褂子？你肩膀爱闹毛病，吹不得的。在这里吗？金枝欲拽车门，宋刚说，我自己来。金枝便道，你看着她，让她多歇会儿，我去买菜。宋刚制止，不用了。金枝问，吃过了？宋刚略一顿说，歇一会儿就走。金枝似有疑问，目光微微抖了一下，但什么也没问。竟然没问。那好，我去照顾晓丽。

半小时后，马晓丽缓过劲儿。金枝把她扶上车，很自然地坐在马晓丽一边。宋刚默默地发动车，有缴械投降的窝火，又有尘埃落定的平静，仿佛过来就是特意接金枝，数月的计划、行动不过是与金枝玩游戏开玩笑。

市区有些堵，前后车都在摁喇叭，整条街都是烦躁的。宋刚窥窥镜子，马晓丽歪头闭目，金枝看着窗外，没有问他话的意思，她可真沉得住气。终于出城，宋刚开得更慢了。金枝仍看着窗外，没问门锁为什么打不开，没问他和马晓丽为什么换手机号码不告诉她。她似乎是天下最大的糊涂虫，宋刚要拉她去哪里，她也不问。只要在宋刚和马晓丽身边守着，除此之外的一切都与她无关。

到了杏花沟，走进三层别墅，金枝上上下下转了一圈，仍没问宋刚什么时候买的，什么时候住进来的，只说比市里安静多了，便钻进厨房。半小时之后，几盘菜便放在桌上。几天前的菜了，也没几样，冰箱保鲜效果虽好，还是失了颜色和水分。但经过金枝的手，便如生长了一遍，才被金枝从地里摘回。香菇是晒干的，却也烹煮出浓烈的香味。宋刚吃不惯山珍海味，虽然他可以吃，但喜欢的仍是乡野饭蔬。开矿那会儿，厨师自然要为宋刚开小灶。那个厨师有证，是宋刚从望江楼挖过来的。当然不是宋刚的御用厨师，宋刚没那么奢侈。宋刚不时请些重要客人到矿上吃便饭，他舍得在这方面下血本。但厨师做得再精致花样再多，也没金枝做出来的合宋刚胃口。她不过是他的小娘，却像从小拉扯他长大的，摸透了他的脾性嗜好。

饭后宋刚和马晓丽睡午觉。消闲下来他养成了这个习惯，不睡一觉整个下午都昏沉沉的。宋刚对收拾碗筷的金枝说，你也累了，休息一会儿。他没说让金枝去哪儿休息，房间虽多，他不指派，金枝不会随意占用。既然她跟过来，游戏已经结束，至少是暂时结束，该分给她一个房间，但宋刚没有。不是刻意刁难她，又有什么必要呢？只是实在太困了，他反身进了卧室。

一觉醒来，已是三点多。小会客厅的茶几上已经泡好浓茶。宋刚不喝工夫茶，嫌麻烦，除非接待朋友。他更喜欢用玻璃杯，就从这一点看，他无疑是粗人。宋刚不在乎，他本就是个粗人，高中也没毕业，若父亲有实力给他娶妻，他现在还在宋庄锄地呢。他逃离乡村，有了钱，令人仰慕，但骨子里与农民没有本质区别。比如喝茶，就喜欢大杯，大杯喝才香才过瘾。当然，与那些粗人比，还是有些区别。春夏秋冬，一季一茶，价格均不菲，若说讲究，也就这些。金枝上门后，泡茶的任务便被她接过去。金枝心细，摸得透透的。虽是一季一茶，但上午与下午有别，下午与晚上不同，她懂何时浓何时淡。

香气扑鼻，温度适宜，宋刚先喝一小口，然后连灌两大口，这才想起该给金枝安排个房间。他踱到窗前，看见金枝跪在地上拨拉着。院子大，硬化面积也就三分之一。有两棵杏树，叶子已掉大半。这也是宋刚当初看中的地方。他逃离乡土，却对乡土有难以割舍的情缘。秋风萧索，金枝还想种什么东西？宋刚瞅了半天，看清她手里抓着一个食品袋。每拨拉出什么，就放进袋子。

她在干什么？马晓丽的声音透着诧异。她彻底歇过来了，脸上有了光泽。宋刚已经猜到了，说，这是为春耕做准备呢。马晓丽说，这下好了，她更有理由住下去了，你……打算怎么办？宋刚顿了顿，这地僻静，先让她照顾你吧，我得出几天门，回来再商议，一楼那间空房，让她住好了。

马晓丽下去了，宋刚仍在窗前立着。马晓丽和金枝说话，金枝比马晓丽矮半头，虽然宋刚看不清楚，仍能猜到金枝脸上是恰到好处的谦卑。不同的场合不同的时间，她会调整自己的表情。此时，马晓丽是主人，金枝是奴婢，所以自然要带出谦卑。马晓丽未必把她当成随意指使的奴婢，她冲金枝发过火，但那是特殊情形，可金枝在神态言语上的努力使主仆关系很自然地形成了。这个女人哪，宋刚感慨地叹息一声。

原来她在捡地里的石头子呢。她说土质挺好，打算从宋庄背些羊粪过来，这是要大干一场了。马晓丽忧心忡忡地说道。

宋刚说，不施化肥，不喷农药，她是能做到的。

马晓丽问，就这样了？

宋刚反问，那要怎样？把她拖出门外，还是把她捆了？

马晓丽说，可是——

宋刚说，先这样吧，我会处理的。

马晓丽没再说什么，她看出宋刚不耐烦了。

宋刚喝完第二杯茶，发了几组信息，打了几个电话。失踪有一阵子了，虽然已是赋闲的人，没有杂七杂八的事等他处理，他亦有意掐断某些往来，但依然有好多关系需要维系。活着，就不可能与世隔绝。很快有回话打过来，都是最近找他却联络不上的。宋刚解释，致歉，说明。不同的人需要不同的口气，有骂宋刚的，当然宋刚也会回骂，相互骂那是更亲近的关系。闲聊闲话，许许多多的信息就是这么汇集来的。谁被逮起来了，谁升了什么职位，某场大火背后的隐情。多数是没用的，与宋刚毫无关系，但也说不准哪条与他相关。这些信息永远以一种半私密的方式传递，至少在没公开前是如此。所以，表面闲聊，却有用心。一通电话下来，天色已经暗了。

晚上九点多，宋刚下楼，金枝跪在地上擦地板。地板明晃晃的，能当镜子用。金枝不是故意作势，她闲不住。但从这闲不住，他分明能觉察到她的心力。宋刚说已经很干净了，没必要这么擦。金枝头也不抬，这么好的房子，不擦哪行？你歇着吧，别管我。

宋刚在沙发坐下，小娘，我想和你说说话。我虽是你的小娘，不过，你叫我金枝就行，这样的话金枝说过几次。宋刚很少叫她小娘，也没喊她金枝，他和她说话都不带称呼，叫小娘便带了几分严肃，所以，金枝愣了一下，看宋刚的目光没那么自然。

宋刚说，不早了，别弄了。

金枝立起，移步过来，与宋刚呈丁字形。她略带拘谨，宋刚笑笑，说坐啊。她便坐下。

宋刚说，我打了一下午电话。

金枝明白宋刚的用意，期待从她的眼底爬出来，弯弯绕绕的。

宋刚停了停，很抱歉，贵祥的事我无能为力，过去那些关系，都指望不上。

那些弯弯绕绕摇晃着，抖了抖，慢慢缩回去。继而，金枝的目光平静如水，但口气却带出狠，当然不是冲宋刚。她在骂贵祥，他活该，是他自作自受，多判他几年才好！

每个字都像砂粒，敲打的何尝不是宋刚？

宋刚说，已经这样了，你没必要生气的。

金枝说，哪能不气呢？李家祖辈还没出过这号人，脸都让他丢尽了。

宋刚问，你有什么打算？是不是——

金枝猛然立起，我没什么打算，连你都管不了，就说明他该着，我打算又有什么用？

宋刚说，你想想别的办法，或许——他没往下说，他已经说得很明白。

金枝说，就当没养过这个儿子，生死由命吧。

宋刚说，你没必要在这儿耗费时间。她装糊涂，他只好说透。

金枝做吃惊状，我可不是为了他，你这是要撵我走吗？

宋刚说，当然不会。

金枝笑笑，论能耐，论仁义，一百个贵祥也抵不上你。你歇着吧，还有几块儿，得擦完呢。

4

那几年，金枝像鸟一样来往于宋庄和皮城之间。她从未住过，有时饭也不吃，搁下东西就走，她要赶车。末班车到县城天就黑了，这意味着她必须在县城住宿，她宁可在县城住小旅店也不住宋刚这儿。可能是觉得不方便吧，她既如此，也不可强留。

金枝在某个秋日再次来皮城，照例背了一大包。恰好宋刚在家，他拦住她，没让她匆忙离去。宋刚在皮城的海鲜阁定了包间，请金枝吃海鲜。只有他、马晓丽和金枝，也是替金枝着想，他人在场，金枝难免露怯。宋刚点了好多，鲍鱼、龙虾、螃蟹……哪样金枝都没吃过。宋刚让她放开吃，吃不了只能扔掉，海鲜是不能打包的，他半真半假地说。金枝说你诓我吧，这样该多浪费。宋刚说，所以嘛，不能剩下，我和晓丽胃口小，就靠你了。金枝望着满桌子的菜，说我要是饿两天再来就好了。马晓丽差点把嘴里的水笑喷出来。

金枝用了会儿筷子，嫌不利索，两只手直接上了。马晓丽还替她挽了两次袖子。开始还扯些村里的家长里短，后来金枝也顾不上了。宋刚问她味道怎样，她说好。她的目光一寸一寸往回缩，最后定在面前的盘子上。有她抓过来的，有宋刚和马晓丽夹的，服务员已经清理过三次残渣。宋刚本意是怕她拘束，吃个半饱再饿着。可见金枝像完成任务一样拼尽全力，他又有些后悔。吃不了就算了，宋刚开始劝她。扔了怪可惜的，金枝头都没抬。宋刚说，扔就扔了。金枝哼一声，她话都顾不得多说。马晓丽说，他天天在外面吃，不知要糟蹋多少呢。马晓丽的劝也不起作用，金枝充耳不闻。制止她除非夺去盘子，可这样无疑更加不妥。宋刚以目光示意，马晓丽起身，把桌上的盘子归拢到一起，金枝再无机会下手。

宋刚担心金枝撑着，她笨拙了许多，还是抢在服务员面前拉开门。马晓丽说，很多人吃海鲜过敏，要是哪儿不舒服早说。金枝说，乡下人皮实，没事。完后又道，我这老没出息的，是不是给你们丢人了？马晓丽忙道，你这么说就见外了，他是高兴，跟他这么多年，还没这么大方地请过我呢。金枝说，宋刚仁义，我头次见就瞧出来了。她的话恰到好处，赞，不是媚。父亲从未这么夸宋刚，哪怕宋刚盖了全村最好的房子给他。在父亲的观念中这未必是好词。仁义？这辈子宋刚怕是与其无缘了。

金枝没什么大碍，宋刚放心了，睡前还打了两个电话。半夜，金枝还是有了反应。被惊醒时，金枝已经冲进卫生间。她反锁了门，叫也不应。呕吐一阵紧似一阵，听着都恐怖。卫生间门口地板上有一摊呕吐物，想必她实在没坚持住。那几天保姆正好请假，马晓丽好久没干活，竟然没找见拖把，直接拎了半袋大米倾倒在上面遮盖。宋刚叫不开门，又怕她出什么事，打了 120。

金枝被拉到第一医院，宋刚也跟着去了。金枝不是中毒，并不需要抢救，不过是伤着了肠胃，所以又吐又泄。一程药输完，金枝已经安静下来。脸色灰白，她的歉疚不安越发明显，丢人了，我这没出息的，给你们添麻烦了。她反反复复地说，不敢和宋刚对视，一碰便落荒而逃。

那天一早，宋刚本要赶到矿上，十点半开中层会，时间是他定的。虽说金枝没什么危险，可把她撇在病房终是不妥。而且，折腾了一夜，他头昏脑涨，疲惫不堪。会议取消，他打发司机兼保镖的夏龙回去，替他办一件事。

夏龙在途中出了车祸。宝马撞断护栏，翻进十米深的悬崖。闻知消息，宋刚目瞪口呆。他难以相信，夏龙跟他好些年，行事稳重，车技更是一流，而且那条路每年来往数百次，对路况极熟悉，哪处有坑哪处裂缝儿，夏龙门清，怎么会出事？赶到现场，宋刚仍然怀疑。但车是他的，夏龙虽血肉模糊，却并不难辨认。交警询问宋刚是否知道夏龙夜里饮过酒，宋刚摇头，夏龙自跟了他便滴酒不沾，化验结果与宋刚说法吻合。不是酒驾，也无吸毒史，现场没有其他车辆，交警给出的说法是疲劳驾驶。

宋刚回想近半年发生的种种，认为没那么简单，不单纯是车祸。对宋刚的怀疑，警察也很重视，但一番调查，并无证据有第三者参与。监控显示有货车在那个时间段经过，可货车没有牌照。折腾数月，终是不了了之。

宋刚心里却结了疙瘩。许多个夜晚，他一遍又一遍地推测，宝马车一次又一次炸裂，嘭嘭嘭嘭嘭嘭。他写了数个可疑的名字，反复排列顺序。游戏并不好玩，每玩一次他都被利刃划得伤痕累累。

事情没有画上句号。对波涛汹涌的宋刚，永远画不上了，但渐至平静。宋刚着手转让开了十余年的矿。这个决定耗了几个夜晚，他心有不甘，但夏龙的车祸无疑成了催化剂。

回想整个事件，金枝功不可没，她救了他。她从来不住，偏偏在那天住下。她守着山包一样的海鲜，一块一块地往嘴里塞。她被拉到医院，不是设计好的，可每个步骤都那么奇异吊诡。不然，他就和血肉模糊的夏龙并排躺着了。

宋刚专程回了趟宋庄，把金枝接到皮城。你救了我的命呀，宋刚要当面告诉她。这个小娘，他是认定了。当然，他也暗暗感激父亲，父亲没帮过他任何忙，但父亲娶了金枝，等于重赐他一次生命。可金枝略显局促的神情封了宋刚的嘴，那谢还未出口便咽了回去。他打算选个合适的场合，这么说会羞着她的。晚上设宴，金枝说什么也不出去，马晓丽说不是吃海鲜了，她才起身。宋刚频频向金枝敬酒，他特意带了一瓶十五年的干红。宋刚的热情让金枝不安，甚至惶恐，每次都要站起来，双手抱杯。待马晓丽敬酒，金枝终于撑不住了，你两口子……我哪里……口齿伶俐的金枝竟然语无伦次。马晓丽说，该敬你的，你可是……宋刚踢马晓丽一下。他知道马晓丽要说什么，却不清楚自己为什么踢她，那是下意识吧。

夜里，马晓丽问宋刚为什么不让她说。宋刚的目光有些重，宋刚不是不告诉她，而是没想好怎么说。

金枝只知道宋刚把矿转卖了，暂时闲居在家，并不清楚这半年发生了什么，又有什么与她有关。宋刚不说，她永远不会知道。和她说这些有什么意义呢？事情已经过去，说出来会吓着她，宋刚终于找到借口。就像对马晓丽，很多事也不能告诉她，不然她会夜夜被噩梦缠绕。

那些年，宋刚经常出入歌厅、舞厅等娱乐场所，也常往外跑，香港就去了九次。说是旅游，又不是旅游。目的很明确，又不那么直接。宋刚是配角，又是主角。都是与别人，陪马晓丽屈指可数。这下有空了，正好带马晓丽和金枝转转。先去了九寨沟，又去了趟青岛，金枝坐了飞机坐了轮船，对她来说都是第一次。宋刚没言谢，所有的感激都在行动中。

回到皮城，宋刚让金枝歇几天再回。金枝同意却没歇着，保姆拖地她抢着拖，保姆炒菜她抢着炒。金枝做的饭菜更合宋刚胃口，这一点马晓丽也瞧出来了。金枝能做出花样，皆带乡野风味。不只保姆做不出来，就是饭店也做不出。宋刚惊异地发现，许多饭比如荞面摊饼不但让他食欲大增，还唤起了少年时代的记忆。有些马晓丽第一次吃就喜欢上了。她悄悄说，你这个小娘，手艺不错呢。

某天，金枝问宋刚，每月给保姆多少钱。宋刚心里一动，说也就两千多。金枝啧啧两声，两千多？还也就。宋刚笑笑，说这个保姆干三年了，也没别的毛病，还算称心。金枝追问，还管吃管住？宋刚说，当然喽。金枝说，这个保姆可够福气的，碰上你和晓丽这么好的人。宋刚已瞧出她的心思，但又不敢肯定，而且他说出来也不妥。金枝直奔主题，让我接替她吧，我保证比她干得好。金枝的目光含着期待，宋刚终于明白，她打这个主意不是一天两天了。

金枝有金枝的好，但毕竟是小娘，也有不便。宋刚说，哪能让你……传出去……金枝立刻抢过去，传出去又怎样？我乐意。地也包出去了，贵萍也上了大学，我现在就是个闲人。干了半辈子活儿，闲下来骨头就锈了，难受，我正想找点活干呢。宋刚斟酌着，你和贵祥商量商量吧。金枝叫道，和他商量什么？我自己的事自己能做主。宋刚说，你真想干……金枝说，我可不是说着玩，保姆那儿我去说，省得你为难。宋刚摆手，不打紧，还是我说吧。

和保姆不过是一句话的事，因相处还好，宋刚多付了三个月工资。金枝回宋庄简单收拾了，正式走马上任。宋刚提出每月给她三千，她是小娘，总不能与保姆同等待遇。金枝说给一千就够了，若不是贵萍上学用钱，这一千她也不要的。若你父亲在，知道要你破费，会抽我脸呢。宋刚说，那怎么行？我不是黄世仁。金枝一锤定音，就这么着吧，别争了。

不管金枝怎么说，宋刚也不会克扣她，况且又不缺钱。但月底给她工资，她只要一千，其他悉数退回。推让一番，宋刚说，要这么着，我可要撵你了。金枝说，给三千你才是想撵我呢，我干一个月就滚回宋庄，丢的不只是我的脸。我不能回去，你也甭想撵我。金枝的逻辑让宋刚无语。吃你的喝你的，还要拿钱，我自个儿也觉得没脸呢。宋刚，再争执下去我就生气了。金枝已显出恼的样子。

宋刚第一次被金枝挫败。

5

没有多余的东西，宋刚只背了一个双肩包。用好几年了，马晓丽给他买了新的，但每次出门，宋刚仍背这个蓝绿相间、带子都磨出了毛边的包，习惯了。当然还有别的什么，他从未对马晓丽解释。每隔几月，他都要单独旅行一趟，有时三五日，有时七八日。现在闲了，整天整天待在家里，不像过去，马晓丽白天黑夜都难见他的面。马晓丽算过，有一年他在家住了十六天，一个月还不够两天。闲了，自然要去转转。去哪里，和谁去，除非宋刚自己说，马晓丽从来不问。宋刚的嘴可不是水龙头，一拧就出水。她也不敢拧的。

宋刚去过很多地方，省城、市县，还有边地小镇。他极少去所谓的旅游区，不凑那个热闹。他没有明确目的，往往买票的时候才决定。有次他买了锡林郭勒盟的大巴票，途经一个叫灰腾河的地方，车出了故障，干脆在灰腾河住了两日。

这次到兰州，也不是非去不可。他说了几个地名，只要下铺，哪儿都可以。售票小姐敲敲键盘，说到兰州有，宋刚说那就兰州好了。说到底，他不单单是去旅游的。

宋刚把双肩包扔在铺上，一个拽着拉杆箱怀抱小孩的妇女挤进包厢。宋刚惊了一跳，妇女像极了金枝。妇女未必注意到宋刚的神色，宋刚仍为自己的失态懊恼。他低下头，把垃圾筒往里踢踢。妇女买的是上铺，想和宋刚换。宋刚犹豫一下，一声不吭地把包扔上去，然后出了包厢。估摸她收拾利索了，才转进去爬到上面。片刻，妇女叫声大哥。宋刚扭过头，看到她手里抓着一张十元的钞票。这是干什么？他问。妇女满脸堆笑，谢谢大哥！宋刚盯着她，除了短发圆脸，她和金枝并无任何相像。她比金枝年轻，他几乎能闻到她浑身散发的奶香。她被宋刚盯得不好意思，澄润的目光摇曳了一下。宋刚伸出两个指头，夹住那十元钱，有意吹了吹。妇女转过身，没有看见宋刚的动作。

傍晚上车，睡一夜，天明正好到兰州。然而那一夜，宋刚根本没睡。小孩啼哭不休，想必另外两人也睡得不踏实。后半夜，宋刚发现同样睡在上铺的后生在玩手机。走出火车站，宋刚脑袋昏昏沉沉的。虽是如此，宋刚并没有补觉的打算。入住宾馆，洗漱完毕，便溜达出来。到兰州自然要吃拉面，不到十分钟便寻见一家。

吃喝完毕，宋刚继续溜达。转过两个路口，看到邮政绿色的字牌。是个小邮局，但大小有什么区别呢？宋刚要的不过是一张汇款单，这才是宋刚旅行的真正用意。六年了，每到一个地方，他便先去邮局汇款，收款地址和收款人从无变动。他特意办了张假身份证，汇款地址屡屡变动，汇款姓名冒用他人，他不想让收款人窥见任何与他相关的信息。也许窥见也没什么，但也许就是麻烦的开始，他可不冒那个险。

宋刚紧盯着汇兑的女孩，点钱，打单，防她作弊似的。女孩二十左右，想必参加工作不久。宋刚在脑子里勾画出另一张面孔，她比女孩年龄小，也该上高中了吧。宋刚检查了回执单，确认无误，问女孩几日能到。虽然这毫无意义，汇款单在路上走多久，并不由女孩掌握，但宋刚每次都问。女孩说七八天吧。宋刚问这么久？女孩改口，也可能五六天。宋刚不由得笑了，再问，可能就三四天。回宾馆的路上，宋刚想象着远方收到汇款单的情景。也许她的手不再发颤，疑惑却更重了。也许她愣怔一会儿，慢慢走回屋。

睡了一大觉，起来已是下午。此行最重要的任务已经完成，没有什么再让宋刚挂在心上。他喝了会儿茶，去黄河边走了一遭，天色就暗了。也不急着回宾馆，身子扔在石凳上，想静静听一会儿涛声，可传入耳膜的却是忽远忽近的嘈杂。

在干吗呢？

看电视呗。马晓丽答。

我在黄河边上。

……有水吗？他第一次告诉她身居何处，也许她有些蒙。

宋刚笑笑，没水还叫黄河吗？

她笑了。

你……没事吧？

没事，挺好的，刚喝了银耳粥。她买了把铁锨，把院里的地翻了一遍。

没事就挂了吧。

宋刚没等她再说，后面肯定是关于金枝的。无论说什么，最后肯定绕到金枝身上。马晓丽能有什么事呢？金枝在身边，她不下床都可以。金枝的细致入微，很多时候让马晓丽难堪甚至发怵。

晚上仍然吃拉面，极细极细的那种。面馆极其简陋，也就几平米，五张桌子全支在外面。宋刚还要了瓶啤酒，老板娘拿开瓶器给他，宋刚摇头，拇指往上一顶，瓶盖掉在地上。他以为老板娘会惊讶，但她什么也没说，只是笑笑。宋刚斟了一杯，边饮边打量周围的食客，还有忙碌的老板娘和厨师。显然是两口子，或许进城不久。在皮城，宋刚不敢到路边摊点吃饭，即便夏龙就在身边。后来退出来，不再是老板，却仍然不敢，皮城不大，难免遇上熟人，流言蜚语往往是这么来的，他必须防备。而在这个塞外城市，他是陌生来客，没有谁认识他，更没人关心他是谁。旁边的食客要了头蒜，宋刚也跟着要了一头，虽然他不吃。这是新蒜，轻轻一剥，光洁的蒜瓣便滑到手心。两个蒜瓣并排立着，像极了出浴的乳房。

似乎没过瘾，宋刚又要了一瓶。拇指仍往上一顶，瓶盖未动。老板娘还未离去，宋刚有些窘。老板娘说我来吧。宋刚偏偏身子，再一顶，开了。老板娘说手会被弄坏的啊，便离去。宋刚不屑地想，那怎么可能？曾经有一次他用拇指开启三筐啤酒，当然是很久以前的事。

第三瓶没喝完，结完账拎在手上，这感觉挺好的。他不是醉汉，没有丝毫摇晃，就是喜欢那感觉，放纵、游手好闲，还有些无赖。他的钱还不到花不完的地步，但足以把他镀得金光闪闪。可在骨子里，他仍渴望过去那种放荡的日子，半夜拎着酒瓶走在县城空寂的大街上。

到了宾馆门口，他驻足玻璃门前，思忖要不要干点什么。他用脚尖狠踢着地面，仿佛那里设置了什么障碍。电话响了，是马晓丽。声音带着慌张，他能听出来。你……还没睡吧？宋刚特别恼火，越是遇到事她越是拐弯抹角。怎么了？宋刚大声问，一丹……一丹……马晓丽嘴里似乎塞了乱麻。到底怎么了？宋刚声音提高几个分贝。一丹……和男友……分手了。

宋刚嘘了口气。他们的女儿和男友分手了，这算什么事？马晓丽急成这样？分了才好，正合宋刚心意。

宋刚把酒瓶塞进垃圾桶，他抓着手机，乘电梯、开房间、插卡，然后坐在床边，听马晓丽叙述经过。马晓丽每隔三两天便与女儿通一次电话，一般都是她打过去。今天这个电话是女儿主动打过来的，告诉马晓丽和迈克斯分手了。你们满意了吧？你们高兴了吧？女儿气呼呼的。马晓丽再三追问，女儿什么也不说，发了通脾气便挂了。马晓丽再打过去，女儿却不肯接。马晓丽说得颠三倒四，宋刚耐着性子安慰了一会儿，马晓丽的声音总算正常了。她让宋刚打个电话，说不定她会接宋刚的。宋刚应了，心里却想，一丹不接她的电话，又岂能接他的？

曾经的一丹孤僻、柔弱、多愁善感、没有主见，看见蝴蝶被踩死也会掉泪，小区的流浪猫死了，会伤心得吃不下饭。带她去商场买衣服，她从来不自己挑，一切由马晓丽做主。一丹念到初二，宋刚就把她送出去了。宋刚当然犹豫过，女儿这般性情，这么早出去肯定遭罪，但权衡过后还是下了狠心。有钱人不都这样吗？也许一丹会遭些罪，但日后会好的。宋刚不完全为了赶“时髦”，还有安全的考虑。他的摊子大，自会被人盯上。他一度还雇人守在学校门口，就是怕女儿有什么意外。送出去，就不会再有这方面的担心。这些自然不必跟女儿和马晓丽解释，在这个家，他说了算。

一丹是从什么时候变化的？宋刚说不清楚。他和马晓丽去过两次，感觉一丹与过去有很大不同。虽然仍旧多愁善感，但不再顺从，有自己的主意了。宋刚觉得这不是坏事，女儿已经成人，自该如此。可随后的事却敲了宋刚一棒。宋刚送女儿出国，在国外定居，但希望她嫁个中国人。这个意思，已明确告诉过她。宋刚不是保守，就是觉得相同的文化背景在性情上更合得来。女儿没听他的，交了个叫迈克斯的英籍男友。宋刚阻劝过几次，女儿不但不听，他的反对更让她铁了心。除非你用铁链把我拴回去，否则甭想，她如是说。宋刚气得脸色发青，却无计可施。女儿的性格和他越来越像，追到美国又能如何？宋刚本来认了，没想到现在女儿和迈克斯分开了。不管是什么原因，这不是坏消息。当然，电话他是不会打的，打也不是现在。

过了一会儿，马晓丽发短信说，女儿回话了。

宋刚又等了一会儿，仍无后话，便给马晓丽打过去。马晓丽说一丹情绪已经稳定了，还问她晚饭吃了什么。宋刚说她没事就好，你先别乱问了，突然想起什么，又问，她知道吗？

马晓丽似乎确定不了宋刚指的是谁，问，你是说金枝？

宋刚说，还能有谁？

马晓丽没有任何犹豫，说知道。

宋刚立时来了气，你告诉她的？

马晓丽紧张了，一丹打来的时候，她正好在旁边。

宋刚问，现在呢？

马晓丽说，她下去了。

宋刚说，她哭了吧？

马晓丽嗯一声，哭得很伤心，说一丹不定多难受呢。

宋刚没言声。由配角变为主角，金枝有这个本事。

马晓丽问，她已经知道了，我……

宋刚说，没事，你安心睡吧，我两三天就回去了。

6

作为保姆，金枝无可挑剔。比如刷马桶，先前的保姆几天刷一次，金枝每天都刷，不管忙到多晚。宋刚劝了几次，金枝永远都说闲不住。把碗筷放入消毒柜前她再三洗涮，待拿出来用时，仍要冲洗。宋刚说已经消过毒，没必要再洗，她说万一沾了什么东西呢，水是最干净的。金枝如此尽职，却只拿一千块钱，宋刚硬给，她就怪宋刚不认她这个小娘。总不能把钱强行塞给她吧，所以宋刚总是隐隐有些歉疚。

金枝几乎没有闲着的时候。马晓丽私下对宋刚说，你这个小娘实在能干，有她在，省心多了。但不久马晓丽就和金枝闹了别扭。马晓丽的内裤一直是自己洗，她明确告诉过金枝，平时放在一个单独的盆里，这个习惯她已坚持二十多年了。那天她没来得及洗，金枝越俎代庖了。马晓丽没好气，我不是说了吗，这不劳你动手。金枝惴惴不安，一样的，一样的，别把我当外人。马晓丽说，我从来没把你当外人，我就是不习惯。金枝说，慢慢你就习惯了。马晓丽质问金枝什么意思，还想改造她？金枝面红耳赤，很委屈很受伤的样子，说借她一万个胆子也不敢，这样的活儿本是她分内的事。马晓丽说不过金枝，但此时她难免带有主人的威严，再次约法三章，金枝连连点头。马晓丽总有疏忽的时候，半个月后，金枝再次越权。金枝不但洗了，还挂在阳台上，马晓丽大为恼火。金枝仍旧表现出做了错事的惶恐，说出的话却是火上浇油，我知道你是为我好，我没事的。马晓丽大嚷，我不是为你好，我是不习惯，明白吗？我知道你没事，可是我有事！马晓丽上纲上线，人权都扯出来了。金枝保证不再犯，再洗马晓丽就剁她的手。马晓丽发狠，你以为我不敢？

过后马晓丽又给金枝道歉。金枝说她的心眼儿才没那么小，甭说马晓丽说话冲了些，就是抽两巴掌她也不放在心上。我知道你是为我好，她再次强调。马晓丽苦笑，确实不是为她好，就是不习惯。有什么不习惯呢？慢慢会习惯的。这话让马晓丽紧张。

马晓丽向宋刚告状，起先宋刚没放在心上，更不值得他出面。金枝抢着洗，那就洗呗。后见马晓丽精神恍惚，这才急了。一天两人散步，走出几百米，马晓丽忽然想起内裤在盆里泡着，撇下宋刚就往回走。她记错了，出门前已经洗过，照此下去那还了得。宋刚单独和金枝谈话，金枝仍说，我知道她是为我好，我不在乎。宋刚说，你不在乎她在乎，在这个家，我都得顺着她，你就别拗着她了。金枝问，为她好也不行？宋刚说，不行。金枝低头寻思一会儿，又看看自己的手，说这手天生就是干活的，不干活就锈了。宋刚说，没事你到外面走走，别整天待在屋里。不买菜金枝基本不出门，买了菜就回来，从不闲逛。金枝说，我喜欢在家里，家里踏实……我不洗就是了。

秋后，金枝的女儿贵萍来了一趟。她大学毕业，虽然不是什么名牌学校，但按照县里当年的政策，本科生可以直接安排工作。贵萍是师范生，当老师也正对口。只是县城名额少，大部分在乡下。金枝第一次向宋刚张口，吃晚饭的时候说的，小心翼翼的。宋刚应得很痛快，帮金枝做点儿什么，这个想法早就有了。这件事没那么容易，但对于宋刚也不是特别困难。他回了趟县城，贵萍的事就敲定了。金枝说了几箩筐的感激话，宋刚都有些烦了。一家人不说两家话，你别把我当外人。宋刚意识到他的话与金枝的逻辑相同，无悖情理，极其奏效。

转年，金枝的儿子贵祥登门。那天，宋刚外出回来，看到贵祥坐在沙发上，金枝似乎正训斥他。贵祥不安地站起来，叫声大哥。贵祥个子不高，眉毛疏淡，其貌不扬，但他不是那种可以轻易忽视的人。恰恰相反，正因为他的普通，反而容易引人注意。宋刚第一次见贵祥就有这种感觉，戴了孝帽，穿着孝衣，贵祥跪在那里，宋刚仍不时瞥到他。后来回想，是贵祥的眼神太特别，飘忽，游移，难以琢磨。当然宋刚也没工夫琢磨他，名义上是兄弟，其实没什么关系。若不是金枝来家里当保姆，让亲戚关系续存下去，宋刚恐怕和他形同陌路。

宋刚扫了一眼茶几，既无果品又无茶水，佯沉了脸，怪金枝招待不周，水也不倒一杯。金枝这才拍下手，说本来要倒的，让他气着了。她从厨房端来洗净的水果，分别给宋刚和贵祥倒了水。她拿起一个苹果，问贵祥吃不。贵祥摇摇头，有些局促。宋刚责备金枝，哪有这么问的，你给他削一个就是了。又转向贵祥，随便些，还开玩笑，我回村可是又吃又喝的。贵祥搓着手，真不吃的。宋刚看金枝，金枝慢腾腾地抓起水果刀。金枝削苹果的技术已经非常纯熟，宋刚想，贵祥看到她这么熟练怕要吃一惊吧，谁想金枝竟然划破了手。她将苹果搁在茶几上，冲贵祥说，我都让你气晕了。宋刚不知两人说什么，不便问也不想问。他怕贵祥难堪，说，当娘的永远有发脾气的权利。

宋刚提议出去吃，贵祥来一趟，他怎么也得请一顿。宋刚每年清明祭扫，贵祥都变着花样招待他。在看护父母的墓地方面，贵祥也极为用心。虽然宋刚的父母不是帝王将相，没有看护的必要，但贵祥如此，宋刚也不反对。那天宋刚心情也不错，从矿上退出，宋刚也没有彻底闲着，和人合开了一家饭店。他投入大半资金，合伙人负责经营。那天正好结算，效益比宋刚想象的好。当然，宋刚没打算去自家饭店吃饭。

金枝执意在家吃，并且罗列一大堆理由，宋刚只好妥协。她已经买了菜，宋刚让她再买一条鱼，他好好和贵祥喝两盅。金枝买菜做饭的时候，宋刚和贵祥聊村里的事，也只有这个话题两人能说到一块儿。贵祥渐渐放开，偶尔笑笑，眼睛会闪出亮光。更多时候，他的目光温和平缓，电力不足的样子。

贵祥有些酒量，宋刚是知道的。但他举杯迟缓，有意无意地扫着宋刚，宋刚大口喝他便大口喝，宋刚小口喝，他也同样跟着。宋刚说，你别瞅我，我这个年龄，酒量不行了。贵祥恭维，他们说哥一顿喝掉三斤白酒呢。宋刚摆手，老皇历了，那时太傻，胃生生喝坏了。金枝插话，喝酒伤身，都少喝点，特别是你，她看着贵祥，舌头一大就胡扯。这可是大地方，醉了丢你哥的脸。宋刚笑笑，自己家喝酒，想怎么喝怎么喝。贵祥仿佛受到鼓励，双手举杯，一饮而尽。金枝瞪他，贵祥抹抹嘴巴，哥放话了，我听哥的。

几杯之后，贵祥的目光稳稳落在宋刚脸上，而不是像先前突然有风卷过似的，飘忽摇摆。宋刚明白他有话要说，却又拿捏不准，即便目光停稳了。

有事？宋刚问。

是有点儿事。贵祥的眼睛闪了一下，他终于等到宋刚这话。

金枝呵斥贵祥，少给你哥找麻烦。

宋刚制止金枝，让他说嘛。

贵祥就说了。

金枝揶揄，也不拿镜子照照，就你还想当村委会主任？

贵祥顶撞，我没本事，你把我生出来干什么？

金枝在贵祥头上拍一掌，你个没良心的。

贵祥说，你是功臣，行了吧？有没有本事，干了才知道，这不还有哥嘛。

金枝说，你从来没当过，趁早别打这个主意。

贵祥说，朱元璋也不是生下来就是皇帝，他还放过牛呢。我放过牛放过马，还放过羊和猪，你又不是不知道。

金枝说，不行，不能拖累你哥。

贵祥转向宋刚，我不会的。

母子俩你来我往，宋刚坐观西洋景。贵祥的来意已经明确。贵祥无根无基，竞选村委会主任谈何容易？但有宋刚支持就不同了。宋刚不会轻易表态，他得把利害捋清楚。金枝和贵祥演双簧，她的话带了夸张，但未必没有道理。宋刚的大脑迅速运转，天平渐渐倾斜到贵祥一边。

宋刚说，贵祥说得没错，谁生来也不是村委会主任。

贵祥惊喜交加，哥同意了？我敬哥一杯。他站起来，给宋刚鞠了一躬。

宋刚说，我同意不同意不重要，你竞选，主意自己拿。

贵祥说，那怎么行？哥同意我才踏实，哥反对我就放弃。

金枝盯住宋刚，你不是说笑吧？他怎么可能？你真同意？

宋刚笑笑，我当然不是说着玩的。

金枝反应不过来的样子，僵了一会儿，摇头道，还是算了吧，贵祥，你趁早死了这份心。

贵祥说，我听哥的，你别拽我后腿。

宋刚问，你想让我做什么？

贵祥说，哥点头就行，别的不劳烦哥。

宋刚夹了一颗莲花豆，金枝自制的，非常酥脆。他嚼碎，咽下去。其间，他看着贵祥眉毛疏淡的脸。贵祥的目光没有闪避。虽说只是一个村委会主任，但也没那么简单啊。

贵祥的喉结蠕动一下，像陪着宋刚吞咽。我知道，我心里有数。

宋刚不相信贵祥大老远跑来只是为了征得他同意。贵祥可能难以启齿，这也好，宋刚的帮忙便有了分寸和限度。金枝每月只拿一千，余下的钱宋刚存到了特意为她办的卡上，现在正好派上用场。竞选难免花钱，比如给村民买米面什么的，虽说上面不让拉选票，但好多地方都这么干。富裕的村庄还发红包呢，这已经不是秘密。卡上也没多少钱，宋刚直截了当，别的忙我帮不上，用多少钱包我身上。金枝坚决不让贵祥拿，而贵祥也没有拿的意思，他说，哥同意就是帮我最大的忙，钱真用不着的，我自己有。宋刚疑惑，你自己的钱够吗？贵祥说，这个不用哥操心，我自有办法。宋刚沉下脸，叫我哥就别推让，算我借你的，以后再还我。贵祥说，真的用不着。到底没有拿。

贵祥竞选的日子里，金枝常责备宋刚，贵祥不识惯的，你不能对他太好。或者，他再来，你不能给他好脸。宋刚有时笑笑，有时虚应，怎么也是兄弟嘛。金枝摇头，他不是当村委会主任的料。在她又一次提这个话题时，宋刚说，我也没帮他什么，已经开头，就由他去吧。金枝说，我是怕给你添麻烦啊。宋刚说，一家人不说两家话，有麻烦咱解决就是。这人活在世上，谁能顺风顺水的？你把心放肚里好了。金枝叹口气，没再说什么。

金枝勤勤恳恳，却只拿一千块钱，还有，金枝救过他。宋刚从来没告诉金枝，但始终记着。同意贵祥竞选，也算是对她的报答，宋刚出钱也是诚心诚意。贵祥竟然不要，这让宋刚有几分遗憾。如果贵祥让他出面周旋，宋刚也会，这样贵祥就有了胜算。贵祥不提，宋刚也不会介入，由着贵祥折腾好了。选上是他的能耐，选不上也不能怪宋刚。

贵祥没打过任何电话，没向宋刚咨询什么。宋刚也挺奇怪，贵祥难道凭着冲动去竞选？宋庄千口人，彼此盘根错节，弄不好不但选不上，花了冤枉钱还得罪人。某天晚上，宋刚接到毛安的电话。宋刚开矿那阵，毛安是副镇长，现在已经是镇长了。扯了些无关痛痒的后，毛安突然说，你那个两姓兄弟要竞选村委会主任，你知道吧？宋刚随口说知道，当即脑子转过弯儿，怎么，他去找你了？别理他！毛安嘿嘿两声，宋哥，这可不是你的作风呀。宋刚说，他要选，我也不能拦，选上选不上随他便。毛安说，我明白我明白，宋哥放心，不打扰你了。

宋刚发了会儿呆，虽然夜已深，还是给贵祥打了电话。贵祥已经睡了，迷迷糊糊的。宋刚问他是不是找过毛安，贵祥问哪个毛安。宋刚火了，还能哪个毛安？毛镇长！贵祥说，没有呀。宋刚问，他怎么知道你和我的关系？贵祥委屈，他是怎么知道的，我也不清楚呀。缓了一下，宋刚说，有些关系很复杂，你不能打我的旗号。贵祥连连保证，哥放心，我没那么蠢。宋刚说，让我帮什么忙，你必须和我说，明白吗？贵祥说那是肯定。宋刚听得贵祥连连打哈欠，于是挂掉。然后又给毛安发了一条短信。毛安的回复只有两字：放心。

贵祥不蠢，未必直接找毛安。就如宋刚，未必要亲自出面，有时不出面比出面效果更好。毛安也不会直接介入。但他毕竟是镇长，风会随他的方向旋转。宋刚咂摸出其中滋味，却不宜再说什么。

7

马晓丽没睡好，头疼得厉害。早饭吃一点点便捂了头走进卧室。金枝一声不响地站起来，歉意地对宋刚说，喝完自己添。并不等马晓丽召唤，她知道马晓丽需要她。马晓丽老毛病了，时好时坏，中医西医都看过，药没少吃，却未根治。某次发病，金枝替她按摩一会儿，竟然减轻许多。马晓丽不再吃药，头疼就让金枝按摩。很多事都离不开金枝，比如马晓丽的头疼。她让宋刚按摩过，没两下就喊受不了。当初在杏花沟买房，确实是想躲开金枝。现在想来，选择那样可笑的逃离方式，原本就没想彻底将她拒之门外。

可是……

宋刚在沙发上翻了会儿短信，有约他打台球的，有约他游泳的。金枝将沏好的茶放下，轻声说，睡着了。宋刚点点头，你吃饭吧。金枝叹口气，竟然泪汪汪的。宋刚心想糟了，没等他有所反应，金枝的脸已经被雨帘覆盖。她这是老毛病，不要紧的。宋刚干笑一声。金枝抹一把，在膝盖上擦擦，再抹一把，又在膝盖上擦擦。我是想起一丹了……晓丽头疼，肯定是因为一丹。这个宋刚心里明白，马晓丽的头疼与情绪有极大关系。马晓丽牵挂一丹，也没像金枝这么大肆流泪。宋刚回家的当天，金枝已经哭过一次。闺女大了，由她去吧，也不是什么大不了的事，不就分个手吗？我都不担心，你担心什么？宋刚的话是带了牙齿的。金枝道，男人总归是心硬，一丹就算成人了，也是女娃，你们把她扔在国外，没人照顾，平时怕连个说话的也没有。她开始讨伐，仿佛宋刚和马晓丽把一丹抛弃了。宋刚耐着性子，怎么没有说话的？她朋友多着呢。金枝说，你这个当父亲的不了解女儿，她要是朋友多，也不会大半夜给你打电话。宋刚苦笑，咱这边是黑夜，她那边是白天。但金枝的责备似乎也有道理，他确实不知道女儿有多少朋友。宋刚说，好啦，人不跌跟头长不大，你别操心了，特别是在晓丽面前，不要提一丹，更不要掉泪！金枝点头，我知道，她睡着了，我就忍不住了……她有些哽咽。

宋刚说要出去一趟，将她晾在空阔的大厅。替一丹难过，这个理由滑稽却结实。让她哭好了，只是宋刚不在，她还会哭得那么动情那么投入吗？也许吧，毕竟贵祥……宋刚咬紧牙，方才抑制住身体的痉挛。

贵祥当选，宋刚毫不意外。电话那边的贵祥难以掩饰地兴奋叫道，宋刚淡淡地说，好好干吧。距贵祥的电话不到两小时，宋刚收到毛安的短信。结果在那儿摆着，再撇清反让毛安小瞧了，他回复了谢意。他帮过毛安，毛安将这个人情还给他。顺水推舟，宋刚把这份情补偿给金枝。宋刚也没失去什么，不快一闪而逝。那天，他让金枝多烧了两个菜，金枝也破例喝了几杯。平时她不喝的，在保姆与小娘之间，她自有分寸。

次年清明，宋刚回村，贵祥早早就在村口候着了，仍是满脸的恭敬。日光斜射，眉毛几乎看不到了。但贵祥没像往年那样杀鸡宰鸭，祭扫完，便要领宋刚去镇上。你弟妹就那两下子，我得好好请请哥，贵祥解释。宋刚说又不是回来吃饭，家里坐坐就是了。贵祥不依，这哪行呢？食材我自己准备的，不过就让他们做做，钱都给了，咱不去可就白扔了。宋刚已经停了车，非去不可？贵祥央求，哥好歹给我个面子。宋刚仍然迟疑，问还有谁。贵祥揣摩到宋刚的心思，清明防火任务重，毛镇长忙得顾头不顾脚呢，就……别喊他了吧。宋刚嗯一声，嘱咐日后毛镇长问起，不要说他在镇上吃的饭。贵祥点头，我明白，哥一百个放心。

该是镇上最好的饭馆了。两个人吃饭，却摆了一桌子。宋刚皱眉，你这是干什么？没这么糟蹋的。山鸡野兔本地有，鹿肉却没那么好弄，贵祥费了大心思。他嘿嘿一笑，吃不了咱打包，糟蹋不了，怎么说兄弟也是村委会主任了。宋刚斜看他，省长也没这么吃的。贵祥说，省长你是看不见——瞧我这嘴，我知道哥见过大场面，就一次，哥就赏个脸吧。

其间，贵祥接到两个电话，他都是出去说的。宋刚听不清贵祥说话的内容，但能听到他的声音，应该是贵祥突然提高的某些音节刺到包厢中的宋刚。不知怎的，宋刚隐约有些不安。

一个月后，宋刚才知道贵祥和人合办了采砂场，就在村庄北面。

宋刚接到车站派出所电话，赶到那里，看到蹲在角落的老汉金三。宋刚把金三领到餐馆，点了两个菜，丢下两百块钱。金三却扯住宋刚，说是因为采砂场找他的。贵祥的采砂场不允许村民靠近，还养了两条狼狗，金三挽起裤腿让宋刚看他的伤。他不过是想看看，却被贵祥的狼狗咬了。他找了镇里，还去县里反映过，贵祥的采砂场照开不误，一分钱也不赔给他。金三说他想好了，宋刚若是不管，他就继续往上告，不信没讲理的地方。

宋刚正要给贵祥打电话，贵祥的电话来了。贵祥已经在皮城。半小时后贵祥就到了小饭馆，身后还跟了两个人。刚刚还愤愤然的金三，此刻怯怯的，若不是宋刚在场，怕是要逃了吧。贵祥狠狠地瞪着金三，但面对宋刚，瞬间满脸堆砌笑纹，给哥添麻烦了。

怎么回事？拐进饭馆旁边的巷子，宋刚冷声问。贵祥不安地说，给哥添麻烦了。

宋刚盯住他，去年就开了？为什么上次不说？

贵祥躲闪着，不想让这些小事麻烦哥，人家是有证的。

宋刚冷笑，人家？你没参与？

贵祥并不否认，我入了股。

宋刚问，给村里交钱吗？

贵祥神色活泼了些，当然交呀，不交怎么可能？

宋刚问，多少？

贵祥说，一年三千。

一个采砂场一年少说也有几十万收入。宋刚冷笑一声，你们可够黑的，难怪你要竞选。

贵祥没有在意宋刚的挖苦，我不能一辈子没出息嘛。不过，和哥还是不能比，哥开大矿，我只能和人弄个小采砂场。

宋刚暗暗心惊。贵祥的神情带着谄媚和讨好，话却夹着锋利的刀片。他的目光压过去，贵祥往后缩了缩。

那么，这个采砂场是要彻底开下去了？

贵祥说，办采砂证费了不少周折，已经投了很多钱，再说……签了五年合同。

宋刚问，狼狗是怎么回事？

贵祥叫屈，养狗也是没办法，好多村民专以偷盗为生，人看不过来呀。

金三完全是个意外，这事怪我，没处理好。哥放心，我会处理好的。

宋刚说，在宋庄地面上，别太过分了。

贵祥大虾一样躬了腰，我晓得了。

阻止贵祥开厂已不大可能，除非采砂场自个儿倒了，宋刚也只能警告一番。宋刚不放心金三，让贵祥当着他的面处理，就在那家小饭馆。金三索赔一千五，贵祥立马瞪眼，你又不是金腿。见宋刚皱眉，马上改口，就依你。只是来时没带钱，他让金三先回村，金三死活不肯。贵祥道，我给你打欠条行不？金三依旧摇头。贵祥开始掏钱，他带来的两个人也帮着凑，终于凑够。金三不愿意坐贵祥的车，贵祥不答应，他必须把金三交给家人。直到贵祥当宋刚的面做了保证，金三才上了车。

贵祥的采砂场像枚钉子嵌进宋刚的身体。和哥不能比，哥开大矿，我只能和人弄个小采砂场。贵祥的话不时在耳边回响，每响一次，那枚钉子就往深扎一点。宋刚开了十几年矿，从未觉得有什么不对。即便死人，死人又怎样？周边哪个矿不死人？没有什么是不付出代价的。夏龙死后，他被迫退出。不是不愿意开了，是不敢开了。如果可能，他还会开的。一个人拎着酒瓶在马路游荡固然自在，但前呼后拥的感觉更让人迷恋。他放弃了，是不得不放弃，那就是他的一段历史，光彩，炫目。现在不干了，即便他很低调，光环仍在。他打台球，服务生端上的茶也与他人不同。他从未对自己的过去产生怀疑，所以贵祥那句话着实把宋刚惹恼了。贵祥最多就是个老母鸡，怎可和他这只金凤凰相提并论？他极不舒服却没有发作，并不是因为贵祥是他的两姓兄弟，而是被贵祥谄媚中夹裹的刀片划疼了。那句话追着他。老母鸡和金凤凰不在一个层次，细究却没什么不同，不过是小偷与大盗的区别。

每比较一次，金凤凰的毛就被拔一根，宋刚感觉自己快被拔光了。贵祥不过养两条狼狗，宋刚干过什么只有他自己清楚。死一遍，他也不敢坦陈。是的，拔光毛，他未必如一只老母鸡。这样的发现令宋刚越发沮丧恼怒。

金枝发现了宋刚的异常。某天晚上，宋刚在沙发上看电视，金枝端着一个果盘过来，果块大小适中，扎了牙签。宋刚让她给马晓丽端到卧室，金枝说她那儿有。宋刚让她端到一边，他的胃不怎么好。金枝却一屁股坐下，你有心事了吧？宋刚愣怔一下，这才将目光搁她脸上。他笑笑，摇摇头。金枝叹口气，我知道帮不上你，你想的都是大事，我一个女人家，什么都不懂，只是……别老憋在心里，找朋友说道说道，久了会生病呢。宋刚说，真的没什么。金枝含了几分痛心，电视开着，你却望着屋顶，还没什么？宋刚啊一声，是走神了。金枝问，不会是因为贵祥办采砂场吧？宋刚吃了一惊，金枝还真是厉害。金枝说，你说他选个村委会主任就是了，还开什么采砂场？他有多大本事我还不知道。宋刚笑笑，他开厂，你脸上有光啊。金枝说，那是托你的福，若不是你罩着，他哪有今天。宋刚说，还是贵祥能干。金枝说，可别这么说，贵祥折腾破天，我心里也清楚咋回事。他要没良心，我先饶不了他，这份恩，甭说这辈子，下辈子他也得记着。

贵祥不仅撕裂了宋刚包装完好的过去，他还会继续折腾。金枝的表态反点醒宋刚，他所有的不快、不安、懊恼都与贵祥有关。他要与贵祥拉开距离，直至彻底撇清关系。当然，所有这一切，金枝是黏合剂，没有她，宋刚不会和贵祥发生关系。金枝能干，但宋刚用不起了。

几日后，宋刚和金枝谈话，说贵祥繁忙，肯定需要人手，劝她回去，好歹能帮帮他。金枝甚是紧张，你这是要撵我走吗？我哪里没做好吗？宋刚忙说她干得非常出色，他和马晓丽都非常满意，但觉得贵祥更需要她。金枝捶着胸，吓死我了，我还以为你们要撵我走呢。我不走！她很坚决地说，贵祥那儿我帮不上，也不想帮他。跟你们这么些年，我已经习惯了。要是我哪儿做得不好，你指出来就是，骂我都行，可别赶我走。宋刚，求你了……金枝的眼泪稀里哗啦直泻下来。宋刚有些慌，不是撵你，只是……金枝不说话，一个劲儿地撩起衣襟抹脸。

别哭了好不好？我就是说说。宋刚忍着烦乱。就是说说？金枝的眼睛红得滴血，不是真的撵我？宋刚说，你这是何必？金枝大喜过望的样子，我就知道你不会真的撵我，以后可别吓我了，我心脏不好。工资我不要了，管我吃住就行。宋刚说，这和工资没有关系。金枝说，那我也不要了，怎么说我也是你小娘，咋能要你们的钱呢？我知道你们不缺，不缺我也不该要。贵祥那儿，你千万别多心，他不会有意见的。啊呀，得买菜去了。

8

饭菜在桌上摆着，却不见金枝的踪影。宋刚以为她又去为春耕做准备了。她热情高涨，快搂着菜田睡觉了。她已经列好种植计划，青菜、韭菜、萝卜、豆角、黄瓜、茄子、辣椒，沿墙侧点玉米和向日葵。她知道马晓丽喜欢吃黑白相间的花玉米，但不知什么样的种子能长出花玉米。她让宋刚在网上查查，以免她买的时候上当。宋刚没查出来，她有些遗憾地说只能去市场问了。

宋刚踱到窗前，并没看到她。杏叶被秋风扫尽，院子空阔许多。那片地已被金枝分成大小不等的方格，自然不同的方格种不同的菜。金枝已经在预演，她什么都不耽误。一场雪，半夜风，方格就会被抹平，金枝的工作其实是徒劳。宋刚任由她折腾，对金枝也不是没有任何意义。她也是一粒种子，雄心勃勃的种植计划也包括她自己。

宋刚在餐桌边坐下，马晓丽也趿着拖鞋下楼了。每个盘上都扣着碗，宋刚一一揭开。即便是早餐，金枝也变着花样，一周绝不重复，除了粥。宋刚和金枝都爱喝粥，这不会变。马晓丽喝了两口，忽然左顾右盼，金枝呢？宋刚说不知道。马晓丽喊了两声，站起来。宋刚斜着她，你干什么？她还能丢了？马晓丽嘟囔，我手机在上面呢。跑腿的事平时都是金枝的。在甩掉金枝的问题上，马晓丽和宋刚一致，甚至比宋刚还强烈，因为她发现金枝跟踪她。这让她大为恼火，在大街上就斥责金枝。金枝却十分委屈，马晓丽独自上街，她不放心。她常看新闻，被盗被抢的事能说出一大堆。她还向宋刚解释过，绝没有监视马晓丽的意思，借她一百个胆子也不敢，就是不放心。她对马晓丽发过誓，也答应宋刚，但没有彻底管住自己。马晓丽平时很顺从宋刚，为此却和宋刚闹了几场别扭。她认为金枝是受宋刚的指使，宋刚说我有必要指使她吗？还指使她跟踪监视你？宋刚也和金枝发了脾气。金枝难过极了，如果我只是个保姆，才不操这个心呢，可说什么我也是你们的小娘，这乱糟糟的，她连个方向都分不清，能单独上街？金枝虽有理由，还是发誓，再有下次宋刚敲断她的腿。金枝再犯，宋刚当然不能敲她。马晓丽索性不再出去了，想到身后跟着人，她就冷麻冷麻的。除非宋刚陪她。宋刚出门的日子，她偶尔出去，干脆让金枝陪同。竟然渐渐习惯了，只是提起来仍是恼火，马晓丽对金枝的依赖程度超过宋刚。

怎么还不回来？去哪儿了？马晓丽问。金枝在，让人不适；不在，是另一种不适。宋刚懒得回应，马晓丽再次将慌忙的目光投过来，他才不耐烦地皱皱眉，她没和我请假，我怎么知道？马晓丽楼上楼下挨房间查过，仿佛金枝在和她捉迷藏。真是奇了怪了，怎么突然没影了呢？不会走了吧？宋刚反问，你说呢？马晓丽被宋刚盯得有些慌，她……或许——忽然想起，有些手忙脚乱地拨金枝电话。厨房传出铃声。马晓丽探进厨房，又闪出来，贵祥的事你打算怎么办？宋刚问，你要我怎么办？替他坐牢？意识到话有些冲，缓了口气，我没法帮他，帮不了，前几日就和金枝说了。马晓丽说，金枝怕是彻底失望了，没准是因为这个离开的。宋刚说，离开倒好，省得你养什么狼狗。金枝被狗咬过，见狗有些怵。那是老早的事了，现在老虎也未必吓得住她。

金枝要这么失踪了，还真是麻烦事。马晓丽似乎被施了魔法，六神无主的样子。

宋刚不愿听她不着边际的絮叨，站起来，扬了扬车钥匙。

杏花沟通往市区的车辆稀少，甚为冷清。两边的树木花草，枯的枯黄的黄，满目萧索。宋刚吹几声口哨，短促刺耳，然后嘴唇便牢牢合在一起。

上午计划打台球，但时间尚早，宋刚没有任何犹豫，径直开进曾经的住所。拉开窗帘，骤然拥入的阳光几乎撞疼他的脸。宋刚挨房间转了转，可不是为了找金枝。一切井然，只是拖鞋东一只西一只的，显示着出逃的狼狈。

可不就是出逃吗？他和马晓丽离开那天早饭都没吃。现在他回来了，明白不过是换了个战场而已。金枝主动离开？那是不可能的，除非他把贵祥弄出来。

第一次辞退金枝失败后，宋刚暂时搁置了计划。在整个皮城，怕是找不出第二个像金枝这么卖力的保姆。虽说贵祥让宋刚不爽，虽说那枚钉子嵌得更深，但采砂场还算平安，贵祥也极少登门，宋刚清静了许多。宋刚仍把金枝未领的工资存到卡上，她说不要钱，宋刚只得变换支付方式。

贵祥开了两年采砂场后，着手实施另一项计划，他要承包宋庄的荒地。虽是荒地，土质不怎么好，但花花草草也能生长。面积不小，有四五千亩，贵祥承包五十年，承包费五万块钱。这样的条约八国联军也想不出来。一千个不合理，一万个不合理。但按照政策，如果每位村民签字同意，条约即可生效。宋刚得知这个消息，贵祥已经进行过半。有些村民外出打工，贵祥一一找到，逐一攻破。贵祥在皮城经停了一下，宋刚阻劝他停止这个计划。贵祥再没有初选村委会主任那会儿的谦卑，疏淡的眉宇间满是不在乎。我不承包，别人也会承包，就像那个采砂场，我不开采，别人早晚也会开采。我不是胡来，每一步都符合法律。他振振有词。宋刚说这不合理，贵祥哧地一笑，哥，你这是开玩笑呢，什么是合理？什么是不合理？宋刚一时无语。贵祥继续诘问，那些上百亿的厂子几百万就卖了，你说合不合理？咱县投资六千万建了个三国城，现在都是野猫野狗住，你说合不合理？宋刚惊讶地发现，论口才，贵祥居然和金枝不相上下。宋刚竟被他质问得有些词穷，当然还有些心虚，好在贵祥没提他开矿的事。他说兔子不吃窝边草，你这样做会让宋庄人心寒，你可是他们选出的村委会主任。没料这句话又遭到贵祥耻笑，哥，那是过去，现在哪个兔子吃的不是窝边草？吃窝边草才没风险。贵祥拿出村民的签字让宋刚看，我没强迫谁，他们都是自愿的。宋刚瞅着那些歪歪扭扭的字迹，不相信每个村民都是自愿。我就不信没有反对的，宋刚气呼呼的。贵祥一笑，反对自然有，但我有办法让他们签字。宋刚警告他不可乱来，贵祥只是一笑，哥的胆子变得这么小？不过哥放心，我不会乱来。

宋刚未能阻止贵祥，贵祥的翅膀已经硬了。贵祥说是不乱来，临了还是闯了大祸。金三死不签字，贵祥用尽招数，后来雇了两个混混，打算教训一下金三，但两个混混下手重了，金三被拉到医院，没抢救过来。两个混混，一个被抓，一个在逃，主谋贵祥就这样把自己折腾得戴上了手铐。

贵祥出事的消息传来，三个人正在吃饭。宋刚的手抖了一下，差点摔了碗。金枝的目光聚过来，宋刚直说了。金枝号叫了一声，没想到她矮小的身体有如此巨大的爆发力，马晓丽的脸色都变了。宋刚也险被吓住，但他反应还算快，在金枝跌倒之前扶住她。一手掐人中，一手打 120。金枝终于缓过气，反捏住宋刚，不让 120 过来。我没事的，千万别……宋刚确信她无事，也就作罢。金枝磨磨叨叨的，这可怎么办呀，这可怎么办呀。宋刚安慰她，分寸得当，没承诺什么。金枝却又抓住他的胳膊，宋刚，他是你兄弟呀，纵有千般不是，也是你兄弟呀，你救救他，救救他吧。这就是她死皮赖脸死缠烂打留下来当保姆的理由吧，硬生生把贵祥嫁接到他的血脉里。宋刚忍着不快说，你别这样，这不是一句话的事。金枝说，我知道人命关天，除了你，没人能救他。宋刚被她摇得不耐烦，生气地说，你得容我想想吧。金枝的手慢慢松开。她仍在哭，但没有任何声响。

晚饭金枝照做。除了眼睛红肿，没有别的异常。宋刚打电话，她怕是听见了。她不问，在饭桌上一瞟一瞟的，每束目光都顶着花苞。宋刚视而不见，直到搁了筷子，才说具体情况他已经问清楚了，但他无能为力。这个忙真的帮不上了，他的难过不全是装的。

金枝没闹，话都没说，冷静得出奇。宋刚不知她在想什么，他原想离开的，见她这个样子，他没敢动。你也救不了他？金枝终于说话。宋刚说，村委会主任雇凶，影响恶劣，不知多少人盯着呢。金枝说，就不该让他选这个村委会主任，他几斤几两我还不清楚？我当初就说他不行。宋刚不自觉地皱眉，难道是他怂恿贵祥当村委会主任的？金枝说，当个村委会主任咋就变了，心都让猪油蒙了。一个其貌不扬外表还算憨厚的人当几年村委会主任，就放肆疯狂到如此地步，宋刚也不明白，也感到吃惊。他是贵祥变化的见证者，却理不清其中的逻辑关系。金枝说，如果我能替他坐牢的话……她失神地看着一个地方，自言自语。宋刚料她不会有事，撇下她走了。

次日，金枝给宋刚致歉，说她失礼，不该那么为难宋刚。宋刚说他理解她的心情，没有怪她的意思。我想一夜想通了，金枝的声调恢复了之前的韧性，贵祥自作自受，老天爷也帮不了他，随他去吧。金枝的超脱让宋刚吃惊，不由得盯住她。她眼睛红肿，自然哭了很久，可神情安详，无悲无喜。宋刚不相信她会把贵祥抛开，她的安详反让他忐忑。

宋刚靠沙发上眯了会儿，竟然睡着了。没几分钟就被冻醒了，供暖前这一段时间，屋里格外阴冷。若金枝在，她会轻手轻脚地把毛毯盖在他身上。宋刚活动几下，看看表，知道她走了。

临近中午，宋刚行驶在回杏花沟的路上。马晓丽打过两次电话，第一次告诉他金枝还没回去，第二次问他要不要报警，宋刚没回应就挂了。这女人怕是整个脑袋都被金枝洗了。此时，宋刚竟也有说不出的忧虑。他不相信金枝会不辞而别，可若她真的人间蒸发，他该如何？

转过弯，左前方有一个骑车人，背影像金枝。稍一停，目光便滑开了，宋刚自嘲地笑笑，他也被金枝洗脑了。车超过骑车人，宋刚偏了偏头，担心认错，他放慢速度，摇下玻璃。确实是金枝，金枝也看到了他，刹住车。

车把上挂着青菜蒜薹萝卜等，还有一只活鸡。秋风清冷，金枝的额头却湿漉漉的，原来她去市场买菜了。杏花沟距市区远，平时多是宋刚捎她去。

金枝拍拍八成新的自行车，花一百块钱买的，以后我自己就可以去菜市场，省得麻烦你和晓丽。

宋刚说，这么远，骑车也不方便。

金枝说，方便，我顺便也活动活动腿脚。噢，我知道花玉米是怎么种出来的了，我还买了浇菜的管子。

宋刚这才注意到自行车后座上夹着一大团红色的软胶管。他终是没忍住，声音有些冷，你准备得也太早了吧。

金枝说，早晚得买，这个季节便宜。

马晓丽埋怨金枝出去也不打招呼，我还以为你失踪了呢。宋刚狠狠瞪她，但马晓丽没注意到。金枝面带歉意，我怕影响你们睡觉。马晓丽说，你可以写个纸条，或者带上手机。金枝说，以后保证不会了，我还买了天麻，炖鸡放几粒。马晓丽说，我在网上看到的，未必有效。金枝说，试试就知道，反正没坏处。金枝是要对马晓丽的头疼全方位治疗了，她会不断买鸡回来。

晚上，宋刚在门口走了一小会儿。风小下去许多，他能听到脚底枝叶的碎响。他想打几个电话，有些电话要背着马晓丽和金枝。碎响不断，他有些烦躁，好几次快拨通电话又掐断了。

金枝蹲跪在地板上，手抓着抹布，人却在发呆。她又落泪了。似乎怕宋刚看到，她慌了一下，低下头。天冷了，你穿得有点薄，她仍背对着他。宋刚突然有些恼，地板很干净了，你别没完没了地擦！金枝几近哀求，我闲不下来，就让我擦吧。宋刚整个人被定住。

半晌，宋刚神情沉重地说，贵祥——金枝急切地打断他，别提这个货。宋刚愕然。金枝缓了口气，千万别提这个货！我哭绝不是为他，我真的是为一丹难过。你放心，我不会当着晓丽面哭。她再次哀求，你就让我难过一下，行吗？

9

阴云密布，这样的天气宋刚更喜欢窝在家里，毕竟年龄不同了。可合伙人再三央求，无论如何也得他出面。哪怕露一下脸，合伙人说。虽然之前有口头协议，可现在饭店遇到麻烦，他不能旁观。

金枝抓着雨伞追出来，宋刚摇下车窗说用不着的。金枝说你总得下车呀，硬塞给他。

刚进市区，雨点便砸了下来，击出砰砰的响声，像冰雹。数分钟后已是白茫茫一片，声音反而弱了，只剩下雨刮器的喘息。车速缓慢，到那儿用了近一个小时。

合伙人早在大厅候着，宋刚问到了没？合伙人说刚打过电话，应该快了，他不让接。数日前，饭店收了几只野鸡，被查住了。这事说大不大，说小也不小。合伙人未能摆平，不过，姓毕的科长答应出来吃饭。电话里已说得清清楚楚，合伙人还是择要讲了一遍。宋刚说见机行事吧，就怕铁板一块，他答应吃饭，那就是有回旋的余地。

毕科长五十上下，半个头顶已经亮了。这个年龄再上怕是不可能了，他也未必有上的打算。不怕老油条，就怕生瓜蛋，宋刚看到毕科长松弛的脸，心里已经有数。合伙人介绍宋刚后，毕科长说，我好像见过你……哦，想起来了，你上过电视。宋刚摆手，老皇历了。合伙人说，宋总赞助过好些——宋刚打断他，请毕科长吃饭，别换了片儿。合伙人忙说，对对对，不过毕科长不是外人，你的事该让毕科长知道，你说呢，毕科长？毕科长说，那是，该传颂的。宋刚给毕科长点烟，毕科长推让了一下。闲聊间，宋刚知道他是黑石镇人，再瞧他被烟熏黄的指甲和眼底的倦意，猜他必定常常熬夜。敬酒时，宋刚说，我和毕科长和（hú）三杯。毕科长一愣，这可是我老家的习惯，宋总怎么知道？宋刚轻轻一笑，那我是猜对了，你老家也不是每个人都这么喝。毕科长说，那是，怎么，宋总也……宋刚再次笑笑，我麻将打得不好，与毕科长恐怕差远了。毕科长说，我不是常胜将军，输光腚的时候也有。宋刚说，那是你谦虚，怎么？怕我学艺呀。当即让合伙人准备一下，说一会儿见识见识毕科长的牌技。毕科长推说还有事。宋刚说有事也不在这一时半会儿，这么大的雨，正适合打麻将。毕科长说，一会儿再说一会儿再说。宋刚示意合伙人，合伙人举杯，我不能和宋总看齐，我和（hú）三个，毕科长一个。

毕科长有些迫不及待，要和宋刚切磋切磋。趁他上厕所的工夫，合伙人将两万块钱塞进宋刚包里。宋刚以为毕科长久经战场，麻技该说得过去，没想到很糟，宋刚反不好打了。每次出牌都大动脑子，妥帖地输掉并不容易。

散场已快两点，合伙人留宋刚休息，宋刚没应。合伙人让宋刚把车留下，宋刚说酒醒得差不多了，不碍事，合伙人还是喊了代驾。代驾把宋刚送到城区的住所，宋刚躺了一会儿，毫无睡意，洗了把脸，开回杏花沟。

宋刚正要下车，大门却拉开了。他嘱咐过金枝，在外应酬，没迟没早的，可金枝每次都等，不论他回来多晚。宋刚说他困了，让金枝也早点休息。金枝说温了碗鸡汤，你怕是饿了吧，喝酒人都不吃饭。宋刚确实饿了，喝掉鸡汤，又吃了几片全麦面包，然后匆匆上楼。他不休息，金枝会一直候着。

一觉睡到半上午，刚打开手机，合伙人的信息便跳出来，当然是好消息。没什么悬念，毕科长在麻将桌前坐定，事也就定了。宋刚拨通合伙人的电话，叮嘱今后千万别买什么野物，只挣能挣的钱。合伙人连连保证，并说确实不知道那是国家保护动物，宋刚说现在知道也不晚。宋刚无当年的斗志，但搞定一个科长还是不在话下，很多人在他的进攻中丢盔弃甲。那个姓白的行长，不爱钱物不喜美女，文物字画也没兴趣。宋刚的人跟踪他一个月，终于发现行长的秘密，他有个自闭症儿子。或是怕家丑外扬，也可能是别的顾虑，行长每次去看儿子都特别私密。从行长的儿子身上做文章自然很困难，但宋刚没有退却。半年时间，虽未能治愈，但行长的儿子总算说话了。每一场战斗，宋刚都有说不出的成就感。退出后，宋刚越来越厌倦挖空心思、不择手段的日子，自然，更无荣光。

宋刚自认还是有能力和手段的，但面对金枝，却常常铩羽而归。金枝说不怪宋刚，贵祥自作自受之后，果然绝口不再提贵祥，但她眼底是藏着话的。她红着眼睛在宋刚面前晃来晃去，宋刚就如芒在背。第二次让金枝离开，宋刚先和贵萍沟通了，让她上门劝说金枝。贵祥出事，现在里里外外是最需要她的时候。结果金枝把贵萍骂跑，我在你哥家住惯了，除非你哥撵我。这样的话扔出来，自然是让宋刚听。我咋说也是你的小娘啊！这是她的救生符。后来宋刚发了狠心，直言他和马晓丽休闲在家，不再需要保姆。金枝又把那一套搬出来，她不要钱，管吃住就行。宋刚说不是钱的事，她不干，他照样每月给她钱，主要是不方便。她非问哪儿不方便。宋刚说不方便说的。金枝顿一顿，再次把宋刚拽进她的逻辑系统，我知道你是为我好，怕我牵挂贵祥，可是我回去，他就能放出来吗？躲得远点儿还省得心烦。你的好意我领了，别再说走不走的话，好吧？

宋刚无语。

马晓丽推开门，慌里慌张地说，你猜金枝干什么？宋刚腾地坐起来问，怎么了？马晓丽叫，你去看呀，她在院子里……宋刚赤着脚随她至窗前。金枝已经接好水管，在给菜地浇水。还没种呢，昨天才下过雨……她脑子不是出毛病了吧？马晓丽的担心似乎有些道理。宋刚也很奇怪，金枝演的是哪一出？

宋刚出去，马晓丽跟在身后。金枝极其专注，宋刚咳了一声，她方回转头。

你这是干什么？宋刚声音很大。

浇地呀。金枝眉眼全是笑，似乎宋刚问了极其愚蠢好笑的问题。

我知道你在浇地，宋刚没有掩饰不快。

你呀！生在农村，却没干过活儿。金枝语气中有责备，似乎还有长辈对晚辈的疼爱。地得保墒，墒分秋墒和春墒，我这是保秋墒呢。

宋刚说，不是才下过雨吗？

金枝轻笑，昨夜的雨没下透。趁这个劲儿浇透，也省水。正好检查一下水管，这些卖货的可奸着呢。

宋刚无言。

怎么？你俩是不是觉得我脑子出了问题？金枝仍笑盈盈的。放心，我还没糊涂，对不对晓丽？她冲马晓丽眨眨眼，来，你试一下。

马晓丽瞅宋刚，宋刚没反应，马晓丽犹豫着走过去。

那一夜，风声很厉。偶尔窗外有沉闷的声响，不知是被吹晕的归鸟还是飓风卷起的砂粒。马晓丽倒是睡得沉，金枝坚持不懈的按摩及食疗确实起了作用。宋刚就有些惨，翻滚足够两百次，后来索性静静听着风声……呜呜呜，鬼哭狼嚎的。他不由得想起独自藏身破礼堂的那夜，风也是这般疯狂。金枝是怎么摸进来的，宋刚毫无察觉，直到赤条条的人钻进被窝，他才看清是金枝，宋刚怒喝，却发不出音，四肢无力，完全使不上劲儿。金枝吐着香气，柔滑的手从他胸前往下移，在小腹下，停住……然后，她翻到他身上。

宋刚突然醒了。他坐起来，喘息四顾。室门紧闭，马晓丽依然是微鼾，风仍在嚎叫。躺下，他触到坚挺的尘根。他舔舔干裂的嘴唇，轻轻嗅了嗅，脸隐隐地烫了。再睡却没那么幸运，脑子里一片杂乱。躺了一会儿，不只乱，还有些烦。他趿着拖鞋出来，想了想，又在睡衣外套了褂子。

宋刚怕惊动了金枝，轻手轻脚地摸到厨房，拿了昨日喝剩的红酒，还有多半瓶呢。不是第一次了，睡不着的时候不得不借助红酒，在矿上那会儿就开始了。他在餐桌边坐下，摸了倒扣在盘里的酒杯。正欲倒酒，灯哗地亮了，太突然，宋刚本能地眯了眼……金枝从他手里抢过酒瓶，眼神带了几许责怪。宋刚竟然有些慌，像偷窃被抓了现行，解释得词不达意，我检查一下瓶盖。金枝说，瓶盖牢着呢，想喝几口吧？宋刚说不出的沮丧，睡不着。金枝说，空腹喝伤胃，我弄两个菜。宋刚制止，金枝轻声说，放心，不会影响晓丽，反身闪进厨房。宋刚坐着，意识到自己成了同谋犯。

几分钟后，金枝把菜端上桌，并在宋刚对面坐下。炒鸡蛋，拌黄瓜，还有一盘花生米。我也睡不着，陪你喝几杯吧。金枝很自然地给自己斟上，和平时判若两人。当然，宋刚不再慌乱，只是没来由地紧张，特别是看到金枝的手……很粗糙的。白天，如此对饮肯定是滑稽的，可在北风肆虐的夜晚，两人因失眠坐在一起。

起初，宋刚稍有些不适，那个梦仍在脑子里盘旋，后来终于被他驱逐掉，人也放松下来，而金枝始终都那么自然。即便有同病相怜的意味，金枝也没有忘却自己的身份，独揽斟酒。半瓶酒当然不经喝，金枝问要不要再开一瓶。宋刚略一犹豫，说，反正睡不着。金枝的眼神跳了一下，起身去了。

你觉得贵祥和贵萍长得像不像？金枝问。那时已是后半夜，宋刚有些冷，上楼加了件衣服。宋刚没觉得突兀，也没平时那般警惕，想了想说，有点像，又不是很像。金枝说，你看得挺准，他俩不是一个老子。宋刚大吃一惊，你……喝多了吧？金枝一笑，别这么看着我，我酒量其实比你大，不是乱说的。贵祥和贵萍都不知道，这个秘密我捂了三十年，你爸都没告诉。又一阵砂石扬到玻璃上，刺啦的声响在屋内振荡。宋刚不由得扼紧酒杯。金枝说，反正也是坐着，当解闷吧。

我嫁给第一个男人那会儿，已经怀了贵祥。以为他不会知道的。他是个猎手，左臂炸断了，只剩一条胳膊。一条胳膊打人比两条胳膊还狠。两腿一夹，我就动不了了，他的拳头想打哪儿打哪儿。他让我招认是谁的孩子，只要招了就放过我。我说不出来，因为我真的不知道。他以为我不肯招，以为我心里还想着那个人……他哪知道我比他还想杀了那个人。金枝撩起袖子，让宋刚看胳膊上的伤疤，蚯蚓状的突起，还有树斑。

他对贵祥更是动不动就打骂，还说要掐死贵祥。那回让贵祥买酒，贵祥慢了点儿，他一脚就把贵祥的腿踢断了。等我生了贵萍，他对我好了点儿，至少不喝酒的时候还有句人话。我说什么话，他倒也听，可他对贵祥始终没有好脸。上面不让打猎了，他还是偷偷打，自制炸药，到最后把命搭进去。好多年我都没嫁，害怕呀，直到遇见你爸。老了，得有个依靠。我对你爸说，儿女都不是你亲生的，你待见他们吗？你猜他说什么？他说我儿子还不知是谁的种呢，从小到大我没动过他一指头。

宋刚呛着了。

金枝欠欠身，不安地说，一喝酒我就管不住嘴，真是该抽！

宋刚摇头，我没怪你的意思。那样的话父亲绝对说得出来。

金枝说，你爸看似放浪，事事不操心，可对我好，对贵祥和贵萍也好。

他杀这个宰那个，也就是闹闹。在宋庄，你爸名声很好，因为他仗义，又有你这么个出息的儿子，可如今……都让贵祥毁了。他干的事老天爷也不容。他是个孽种，这就是他的命。

还是绕到贵祥身上，金枝忿忿的，宋刚反不好说什么。

算了，不提他，喝酒！金枝豁达地举起杯。

上楼，宋刚腿软了一下。他知道软的不只是腿。金枝在收拾餐桌，也可以理解为她在毁赃灭迹。宋刚和她没有任何过分举动，只是喝了酒。可不知怎的，宋刚仍有些……不安。

10

火车像一条受了伤的蛇，在灰蒙蒙的大地上蜿蜒，有时还停下来喘息。是趟慢车，慢极了。宋刚终于累了，收回目光。

其实目光中并没有内容，他在回想那个夜晚与金枝的对饮。金枝的故事有诸多疑点，虽然她掏心剖肺。以金枝的本事，怎可由着猎人施暴？她为什么不离婚？猎人丧后才摆脱噩梦，这不是金枝的作风。可是，如果是杜撰的，她胳膊上的累累伤痕又是怎么回事？那些伤绝不是一次留下的，可以肯定，难怪金枝从来不穿短袖。还有贵祥和贵萍的长相，越想差别越大。宋刚被金枝拽进一桩扑朔的迷案。扑腾无果，却又难以摆脱。但不管真相如何，金枝的用意不难明白，虽然她说到贵祥就忿忿的。

我可全招了，你不想说点儿什么？金枝面带顽皮。那时，宋刚已有些许酒意，大脑迟滞，他说，当然……却不知该说些什么。他说的是真话，突然之间浪涛一样的往事涌进脑海，撞击着他。这可不公平哦，金枝说。宋刚承受不了她目光里被酒精浸泡发胀的幽怨，那一刻几乎要说了，随便哪一桩，但忽然间，他结巴了，我……我……他咳嗽一声。他欲抓起酒杯，她及时把水杯推至他的面前。半杯水咽下，他改了主意。你想知道什么？他咄咄地问。金枝愣了一下，随即转换到保姆角色，我放肆了，你别介意。宋刚说，你可以问的。金枝摇头，不，我不该问的。气氛突然间就尴尬了，对饮再难继续。宋刚把最后的酒干掉。

现在想来，宋刚甚是后怕，差点被她揪住。除了示弱，她肯定还想抓住些什么。

火车到达晋城已是傍晚，宋刚在宾馆住了一晚，清早赶到长途汽车站。得先到县城，然后转车到那个乡镇。与以往的单独旅行不同，这次目的很明确。这么多年，汇了多少款，宋刚完全没有计算过，但他从未到过写了无数次地址的地方。不敢去，当然也没必要去。她们需要钱，而不是他这个人。现在，他想去那里看看，只是看看。在那个夜晚和金枝对饮后，他突然间有了这样的念头。也许与金枝有关，也许与金枝无关。那是他自己的事，是他的秘密之一。

到了县城，却又迟疑起来，他听到胸腔的撞击。是不是太过冒失了，会不会有什么麻烦？若是他的身份被识破，后果真不好预测。又想既然来了，看看又如何？只是远远地看看。宋刚一时难以决定，他走进一家削面馆。山西地界，自然要吃削面，一大碗削面吃完，宋刚坐了几分钟，待额头的汗落干净，往车站走去。中巴车还停着，车主喊再有五分钟就开车了，宋刚没再犹豫。上车时，车主还推了他一把。宋刚把双肩包抱在怀里，视死如归般地想，交给上天好了。

但车出县城，宋刚却有些后悔。一再自问，是不是太冒险了？是不是太冒失了？然后，他又寻出种种理由给自己打气。中午终于摇到镇上，宋刚快吐了。下车，宋刚马上招了辆黑出租。

终是逃离。

回到杏花沟的当晚，宋刚便发起高烧。金枝大显身手。宋刚服了两粒退烧药后，金枝指挥马晓丽用湿毛巾敷宋刚的额头，而她先用酒将宋刚的脚擦拭过，然后按摩脚底的穴位。宋刚抽缩几次，均被金枝牢牢摁住。听话！她像训斥自己的孩子一样。马晓丽也帮金枝劝。但马晓丽显然对金枝的做法存疑，轻声问，有效吗？金枝说，当然有效，我可是专门学过的。宋刚在两人的忙碌和嘀咕中，竟然睡着了。

次日宋刚的烧便退了，只是嗓子嘶哑，还有些肿痛。金枝仍要给他按摩脚底的穴位，宋刚再三说不用了，可拗不过金枝，马晓丽也在旁边帮腔，反正也没坏处，宋刚只得顺从。宋刚让马晓丽找几粒含片。金枝像料到似的，火都跑嗓子了，含片见效慢，一会儿我啃啃。马晓丽没听懂，问怎么啃？宋刚却是明白的，这是乡间的法子，他小时候嗓子痛，母亲给他啃过。这是什么原理？马晓丽问。金枝说，原理我说不清楚，但肯定管用。宋刚不让金枝啃，金枝说，咋说我也是你小娘，你还害羞啊？晓丽，找块手绢盖住他的脸。宋刚坐起来，真的不用了！金枝将宋刚堵在床边，你现在是病人，听我的！宋刚没法发脾气，此刻也没气可撒，有的只是紧张。金枝让马晓丽摁住宋刚，马晓丽没有那么唐突，看着宋刚，眼神有些犹疑。金枝叫，愣着干什么？这是治病啊。宋刚投降，好吧，我躺下，你啃就是。金枝赞许地说，这就对了，你又不是三岁小孩！金枝的脸凑过来，宋刚合上眼睛。他想起那个奇怪的梦，脸隐隐发烫，随即他的脖子被紧紧地……不是叼和咬。叼和咬要用牙齿，啃其实是吮吸，但力度远超吮吸。金枝用力有些猛，宋刚死死抓着床沿，生怕叫出声。啃了三遍，宋刚的脖子青紫青紫的。

半日后宋刚的喉咙就没那么痛了，马晓丽私下问了宋刚两次，仿佛宋刚骗她。宋刚说乡下都这么治的。马晓丽若有所思，如果……当初……宋刚明白她要说什么，缓缓闭了眼。若没有贵祥的事，那自然好，可没有贵祥，金枝还是金枝吗？

对饮的夜晚之后，金枝再没提贵祥，像彻底忘了。她的眼睛也只是偶尔红肿一下，那多半是马晓丽说起一丹的什么事。她的神情平淡，时而还有欢愉，特别是在菜地忙碌的时候，似乎她即将种下的是金子。有一个夜晚，宋刚听见她在哼乡间的老曲，与擦地的节奏竟十分合拍。金枝越是这样，宋刚越是不安。她咒骂贵祥未必是装样子，但再骂再厌弃，也不会把贵祥从她的世界割去。她的思路变了，进攻的方式不再是悲悯。宋刚相信那个夜晚是变化的开始。金枝什么都做得出来，但具体她会干什么，宋刚想不出来。那个梦如破灯笼一样在他脑子里晃来晃去，他清楚，那未必不会发生。她剖开自己，已是赤裸之身，她什么也不在乎的。他把自己捂得死死的，不要说向她敞开，自己都不敢靠近。外强中干，不堪一击。如果金枝早点使出手段，他或可应对，可金枝偏偏什么都不做。

除非……

其实，事发后，宋刚回了趟宋庄，只是没告诉金枝。他看望了金三的家属，留了两万块钱。贵祥是金枝嫁接到他身上的，没有宋刚，贵祥绝对不会当选村委会主任。宋刚怀着歉疚，但没有揽过来。毕竟贵祥是贵祥，他是他，他才不会让自己被黏上。他的看望于事无补，却是有利于贵祥的。宋刚还询问过律师。他该做的已经做了，虽然没告诉她。当然，他明白，这与金枝的期望相去甚远。如果与金三的家属达成民事协议，那么贵祥可以少判几年。宋刚掏得起几十万块钱，可凭什么呢？就凭金枝把他和贵祥绑在一起？就凭贵祥每年清明给父亲磕几个头？贵祥如此疯狂，该遭报应，宋刚越想越气。只是这么想的时候，总有一个声音在耳边环绕，你不过是比他幸运而已，宋刚突然就沮丧了。随之更大的愠怒冲上头，贵祥算什么东西？怎么可以和他宋刚相比？

宋刚有自己的难处和痛处，金枝怎能明白？更难的是，他不能向金枝坦陈。

可金枝……她的平静，她的不动声色，一点点地摧残着宋刚脆弱的神经。

宋刚决定和她谈谈。

某天，金枝正在侍弄菜地，宋刚走过去，捏了撮土，闻了闻。这土地被金枝揉捏得和她一个气味了。金枝兴致颇高，指着被她分成方块的地说，这儿种豆角，这儿种青菜，她的目光热气蒸腾。宋刚没兴致随她想象，哦哦两声说，我想和你说说贵祥——金枝打断他，别提那个孽种。宋刚说，其实——金枝用更高的声音叫，说了别提他就别提他，他不是我儿子，她满脸悲愤。宋刚败下阵，说好吧。如果他再说，没准她会大喊起来。金枝紧绷的脸马上松弛，我想长茄子、圆茄子每样都种点儿。宋刚反身，随便吧。

金枝越是回避贵祥，宋刚越是心乱。在吃午饭时，他说，你若去看贵祥——金枝问，汤是不是咸了？真该死！马晓丽看着宋刚，又看看金枝，说我喝不咸的。金枝说那你多喝点儿。宋刚直视着她说，我陪你——金枝惊慌道，蒜薹炒过火了吧？这么贵的菜，罪过罪过。金枝从未这么无礼过，她一向是谦卑的。宋刚闭嘴。

又一个晚上，金枝在擦地。她一遍遍地擦，地板反着贼亮的光。她背对着宋刚，宋刚咳嗽一声，她并没有回头，说，这灰尘也不知打哪儿来的。宋刚说，你歇一会儿，我想和你说说贵祥。金枝突然回头，求求你，别再提他好不好？宋刚忍着火气，你这是何必？总得让我把话说完吧。金枝惶恐道，他，你一个字也不要提。她突然捂住胸口，你还认我这个小娘，就不要再提这个孽种。她脸色发白，随时要发病的样子。宋刚定了足有半分钟，几乎是退到楼上的。

宋刚又失眠了，马晓丽细碎的鼾声让他更加烦躁。一丹和男友复合了，她临睡前告诉他的，这个消息于她是多了服催眠药。宋刚想推她一下，手伸出去又缩回来。起风了，像是夜在呜咽。宋刚想起数日前和金枝对饮的夜晚，她敞开了自己，他却裹得严严实实。金枝不让提贵祥，除了恼火和不安，他还有一点儿难过。还是要说的，贵祥怎么可以成为忌讳？那么，就再制造一个机会？这个始终自称小娘的女人还会不会和他对饮？

宋刚轻轻碰了碰马晓丽，马晓丽睡得很沉。他爬起来，摸黑穿了衣服，出了卧室，带上门。他定了一会儿，摸索着下楼。下一个台阶，停一停，听一听。除了风声，什么也听不到。厨房的门半敞着，似乎就等着将他吸进去。

宋刚长长地吐口气，小心地抬脚。

灯突然亮了。

原载《清明》2021 年第 2 期

【作者简介】阿占，本名王占筠，毕业于苏州大学艺术学院。系中国作家协会会员，供职于青岛市文学创作研究院。出版《私聊》《乱房间》《青岛蓝调》三部曲、《一打风花雪月》等十部散文集。获得第四届泰山文学奖等多个奖项。另有小说发表、转载于《中国作家》《小说选刊》《小说月报》《新华文摘》《芒种》《山东文学》等，入选“2019中国当代文学最新排行榜”、《2019中国年度短篇小说》《中国当代文学经典必读》《小说月报2020年精品集》等多个重要年选与排行榜。

A Zhan, whose real name is Wang Zhanyun, graduated from the Art College of Soochow University. A Zhan is a member of the China Writers Association and works at Qingdao Literary Creation Research Institute. Published ten essay collections including the trilogy of *Private Chat, Chaotic Room, Qingdao Blues, and A Dozen of Winds, Flowers, Snow and Moon* and so on. A Zhan won the 4th Taishan Literature Award and many other awards. Other novels were published and reprinted in *Chinese Writers, Selected Novels, Fiction Monthly, Xinhua Digest, Mang Zhong, Shandong Literature*, etc., and were selected into the The latest rankings of contemporary Chinese literature in 2019 and *2019 Chinese Short Stories of the Year, Must-read of Chinese Contemporary Literary Classics, 2020 Collection of Fiction Monthly* and many other important annual selections and rankings.

墨池记

阿　占

1. 不是尾声

冬天把人间剧场镇得哑口无言。枯枝、冷街、瘦云，万物清简，只有大风是满格的。在海边，大风夹杂着暗器或铁物，带来杀意生冷。还好，还好，下一个寒流到达之前，有那么三两日，风会停下，气温回升几度，过了正午，暖意渐显。

“多晒晒后背，通督脉的阳气，补命门火，散风寒。”

是日师父高兴，先讲了冬阳之补，又逐一叫出白术、鬼卿和山柰的名字，叫得三个壮年人也跟着高兴。不像前几日，师父记不得名、认不得人，可把他们沮丧坏了。

冬阳补而不燥，艾条温熏一般，不多时，背上开始酥麻，板结的腰肩也松软开来。随着身体坚冰的融化，气血寸寸充盈，正是触发积滞点的好时候，拍一拍，打一打，散寒化瘀，扶正祛邪。

师父身体微倾，白术上前拍打其后背。许是下手谨慎，欠了力道，师父不满，闭着眼嗔怪，用力些，再用力些。鬼卿和山柰，笑在一旁，怕师父经不起你的飘雪穿云掌不成？

既然师父高兴，何不再凑凑兴致？鬼卿做懵懂状，师父，为什么晒了这么久不觉刺眼，反倒神清目明啊？师父答，太阳之力补足了睛明穴的阳气。山柰做懵懂状，师父，为什么晒过之后晚上睡觉双脚不冷啊？师父答，太阳之力补足了膀胱经的能量。

三人更加高兴起来。

白术长发齐肩，鬼卿胡子连腮，山柰两鬓铲青。三人皆行头不俗，场面也自成。再看他们的师父，一身皂黑，发如白雪，眼含精光，面上褶皱徐缓，坐在轮椅上，拐杖抚于身前，细看是一支九节长箫。

明眼人或许会懂，这箫是紫竹的，取四年半老节，细密紧实。师父以前说过，三年以下的太嫩，过了五年已逐渐衰老，无法打磨出理想的内径。至于九节为贵，是因为一定长度之内，节越多，竹越是接近根部。接近根部的竹，密度大，两端管径差也大，利于共鸣。

跟随得久了，三人已摸透师父的喜好脾性。师父慕竹，却不喜竹笛，嫌它太闹、太急。相比之下，箫的愁绪恰到好处。师父腰椎不好，连带着左腿乏力，医生让拄拐，师父就弄来一支拐杖长的箫，自我揶揄，吹拐人。

吹也只吹一曲《鹧鸪飞》。师父说了，多吹露怯，惹行家笑话。其实，民乐团的首席听过师父的箫声，赞其弱音处口锋精细，高昂处铁马秋风，舒美与遒丽，都有了。师父不信。对于好听的话，师父向来持几分犹疑。旁人的善意可以领，自己的样子，自己最知道。

又一日。仍是正午。海面上升起某种银亮。山柰帮师父捶肩，还想继续让师父高兴。师父说过，风平浪止乃正，微起波澜如行，狂风巨浪似草。今天的海，有正书之气啊。

我说过吗？师父眼睛半闭，爱搭不理的。

师父还说过，唱念通笔法，京剧的声腔、书法的运笔，都是一回事。用喉阻音似涨墨枯墨，行腔共鸣便是中锋走笔。鬼卿也想让师父高兴。

我说过吗？师父眼睛半闭，不耐烦起来。

师父，我都记得真真儿的，京剧讲程式，书法讲法度，书法的神韵在于元气淋漓而绵绵不绝，京剧的神韵在于……

打住，打住！师父的闷吼惊起几只鸥鸟。鬼卿，少些虚晃吧，人品书品要中正，不潜心，不临池，不酌理，只追名慕利，会很难看。喝上酒，持拖把状毛笔，以桶盛墨，又杀又砍，好不气派，还净收漂亮的女弟子……体统何在啊！

怎敢怎敢……鬼卿连说六个怎敢，脸已涨成绛紫色。忤逆书法的事绝不敢做，至于女弟子，我最后娶了她，您证的婚啊，师父。

我怎会给你等不周之人证婚？师父怒着，鬼卿只好退下。白术和山柰在旁示意，消停吧鬼卿，浪子是回了头，风流债总归没还完，还委屈个甚？

再一日。还是正午的大海边。师父罩了顶藏青色八角帽。立春已过，南风从海上吹往陆地，湿冷反倒重了几分。北风才会吹开云层，南风只带来雾气，阳光像蒙了一层灰。不远处，鸥鸟的鸣叫升了起来，清影翛然。师父忽地开口，鸥将在仲春产卵。

三人惊喜不已，急切地俯下身，凑到近前。再看，师父已经睡着。

总有一年了，师父的脾气越来越坏，怒起来如火车头，直喷浓烟。

三人起初不信，师父乃岁月包浆之人，温润通达，不激不厉，怎么摔一跤就变了呢？暴躁发作之后，时发谵妄，认不得人，记不得事，三人找来本市最好的医生会诊，都说病得离奇。

一年前，师父气色尚好。瘦归瘦，风骨不倒。腰腿都是老毛病了，凭一支九节长箫，照旧行得急，不拖沓，一步是一步，或三步并两步。弟子们个个叹服，八十耄耋，仍能写蝇头小楷，体力、心力、功力、神力，一样也不缺，更不消说鼎盛时，大开大合入境，笔法纵横奇崛。

除了书法，师父还有两样沉迷之事——京剧和武术，对中医也略通三四。师父常跟弟子们说，世间事物，同类者有许多相异之处，异类者亦有许多相同之处。以书体流派作比，颜真卿楷书庄严持重，宛如舞台上的铜锤花面姚期。《三岔口》的任堂惠、《十字坡》的武松，这类短打武生，又会让人想到柳公权的矫捷与干练。

师父没有子嗣，师母也走得早，弟子们个个孝顺有加，再是虚名浪高，到了师父面前都得收声做事。师父最在意人品，张狂不得，谄媚不得，诡诈更不得——没有人品，何来书品？

师父过了八十，白术、鬼卿和山柰，每天早晚轮番来探，有时单个，有时约同，备好时令吃食，不聊世间纷乱，只听戏看碑帖。师父不喜大鱼大肉，三人只好跟着一起吃菜馄饨、混汤面、南瓜粥、糖醋蒜，吃着吃着，也离不开这口了。师父哪天头疼脑热，三人其中的一个必会住下，陪着过夜，侍候左右，才能心安。

去年惊蛰日，师父依旧早起，给房前的二分地松了土，翻了新。又站在那棵梅树下，沉肩坠肘，含胸拔背，上下相随地兜转了几轮，微汗渐出。若再往前二十年，是可以打一套内家拳的，师父笑着摇摇头，似已服老。就在一转身准备回屋喝杯茶的当口——也许转急了，也许脚下不平，突然就摔倒了。

师父从未住过院，这是第一次。花篮堆满整个病房。师父无力说话，只在看到心爱的弟子时，眼里会划过流星一样的灼光。师徒原本就是心意相通的，朝夕请益，不言之教，如父子几十载。

不久师父出了院。那一跤，不用说轻微骨折，连扭伤也没发生。各项指标稳定，几乎查不出什么差错。出院后，第一个月尚好，第二个月有点不对劲，到了第三个月，师父脾气大变，变得暴躁、健忘，再过半年，看见白术、鬼卿和山柰，偶尔会问你们是谁？三人听了，脸色瞬间惨白。

师父一生勤于墨耕，家里除了碑帖善本、老毛笔、老砚台，就是创作的立轴、中堂、横幅、长卷、对联、扇面、斗方，历来追随收藏者众多，有传言价值连城。师父偏羞于出手，总觉得不够好，流传得越多，越难为情。师父说，废纸一堆，博物馆肯收，已是最好的去处。

师父让三人去博物馆接洽。三人问，师父真的想好了？

你们的，小辈的，留几件存念便好，多了无益，捐出去吧。

三人想给师父出传记。书学生涯八十余年，师父诸体兼擅，小楷的古雅、行书的流丽，都达到了极高境界。山柰说，师父在书法教育方面也成就斐然，培养了众多精英书家。鬼卿说，师父案牍劳作，念兹在兹的艺术本心更像一面镜子，让我辈时时自照，以正衣冠。

打住，打住！师父又发病了，几日暴怒，三人只能作罢。

三人还是不死心，等师父缓和下来，开始说服出版《隶草诀歌》。师父早年的手稿驳杂，装订也粗疏，愈显学问不易，独创诀歌每每相赠晚辈，功德足以流泽书法史册。

这不是您一个人的事啊，师父。这回您得听我们的。

师父不置可否。

师父越不认得，三人越是守在师父身边，从早到晚。后来，干脆在师父的厅堂里又添一张大案，既可守着，又能写大字，就像少年时候。

除了陪师父去海边晒太阳，他们也陪师父听戏。三人原本无此爱好，直到师父说京剧里藏着书法的魂儿，三人才留了心，竖起耳朵。如此数年下来，也能听出个文生的褶子、武将的开氅、谋士的戏装。白术索性买来全套的京剧名段唱碟，在师父家里咿咿呀呀地响。西皮紧，紧在欢快或坚毅；二黄缓，缓在浑厚和沉郁。

下了一场春雪，又是惊蛰。师父的状态时好时坏，好三日，坏五日，再好一日，坏两日。一个月下来，只有三分之一的时间里，是那个好端端的师父。三人紧着整理手稿诀歌，甚至做起了口述实录之类的事情。三人自认为最明白师父，包括师父的家学、成长史和艺术观念，只可惜从未留下什么音像资料。师父一向不肯，不配合——现在，若知道弟子在录音，师父还会不肯。白术行事谨慎，将录音笔藏在离师父最近的地方。山柰、鬼卿的任务是引出话题，尽可能地自然而然，聊家常一般，让师父在不知觉间重提往事。

师父，听说您父亲是个大家，看墙上那些照片，您和他一个模样。

师父，说说您的师父吧。一个藏家有他写的牌匾，弟子见过，那真叫面目大方。

师父若好端端的，便会说，家父并非成名成家，旧时是个账房先生，楷书过硬，如此而已——师父每每这样提及，淡而化之。至于师父的师父，自幼受教于前清秀才，研读四书五经。二十世纪四十年代，由内地辗转半岛，初落脚时，曾以书法、篆刻润例收入为生，不凡的书法气度和鲜明的自家面目，很快在青岛港打开了局面。

师父，北屋挂着方帖，字字出奇，落款是“松庵”。松庵像个居士的名字。师父，东屋还有一幅松庵写的辛弃疾的《满庭芳》。

“云母屏开，珍珠帘闭，防风吹散沉香。离情抑郁，金缕织硫黄。柏影桂枝交映，从容起，弄水银堂。连翘首，惊过半夏，凉透薄荷裳。”山柰读了一半，被鬼卿抢了过去，“一钩藤上月，寻常山夜，梦宿沙场。早已轻粉黛，独活空房。欲续断弦未得，乌头白，最苦参商。当归也，茱萸熟，地老菊花黄。”

松庵并非居士，乃一介中医，远近闻名，至少在我小时候是这样的。十六岁那年，松庵告诉我，辛公当年军营思妻，用药名连缀成诗，足足用了二十五味。

已经太久了，很多事、很多人我都忘了，不过，这首词里的中药我记得妥妥的，云母、珍珠、沉香、硫黄、桂枝、连翘、半夏、薄荷、钩藤、常山、独活、乌头、苦参、当归、茱萸、熟地、菊花……你们看，都在词里藏着呢。

三人连连称奇。除了一首奇妙的词，还有松庵的字，写成这样，胜过一代书家。

师父说，不奇怪。悬壶济世，化心迹于纸上，修成了那种独有的书卷气，最后是书如其人。

松庵可有后？不知谁问的，师父陡然沉默下去。

三人大气不敢出了。时间的声音覆盖下来，那是一大段的静，却带着巨量轰鸣。山奈起身泡了新茶，这才有了茶叶舒展的声音。白术、鬼卿也回过神来，听见几句西皮散板，“到此来还恍惚衣香人影，一霎时禁不住神思昏腾”，其实那张唱碟一直没有停。

师父沉默良久，方才开口：很多事，说不清楚。师父看看三个弟子，还是讲了起来。

2. 少年不老

少年俊朗，力气也多得是，悠单杠嗖嗖带风，这还不算，硬要在单杠上翻跟头、叠罗汉，把旁人看呆，看到冒汗。有一年市京剧团招武生，少年险些就考上了。

考不上的真正原因，据说是父亲做了手脚。少年从考场上回来，见父亲逆光而立，好像专门等在那里的。外面阴着天，老屋极暗，很快，父亲就完全黑掉了，变成一块大石头。

太野易闯祸，写大字吧，收收心性，日后也可做一技之长。这些话，父亲平时说过，且不止一回——独独这回，少年听了脊背发冷，晚饭没吃几口，就爬到吊铺上偷哭去了。

老屋南北纵深，南门临街，三间穿堂，便是北门。北门开在天井里，供日常出入，前门常年不走，从里面反锁着。写上大字以后，父亲把北门外上了锁，营造一种家里没人的假象，日常出入改为前门，出入频次减至最低，里面仍然反锁着。发小们来喊少年一起去撒野，每次皆吃闭门羹，时间一长，就不再来了。

外面似乎不太安生，父亲怕少年跟着瞎胡闹，想用写大字拴住他。父亲下令，写满三小时方可吃饭，写满八小时方可睡觉。一开始，少年觉得无趣，满心委屈，甚至恼怒。父亲说，日日练，日日功，一日不练百日空。少年左耳朵进了，右耳朵出去。父亲在，装装样子，父亲不在，乱写一气，那字，不是上轻下重，就是左右分离。

少年总归又是怕父亲的——父亲不苟言笑，不事家务，很少过问姐姐们的事情，两只眼睛都盯在少年身上。单传第三代，对这个独子，父亲似乎有着用不完的疼爱与严苛。

老屋只有几扇东窗，太阳偏西，即刻糊成一片，需要开灯照明。可没人舍得这电钱。在少年的记忆里，四周时常像个黑洞。高兴的时候，少年和蜘蛛、壁虎一起飞檐走壁；不高兴的时候，少年做墙角的霉斑。

写上大字就不一样了，灯早早地亮起来，纸墨笔砚，都笼罩在昏黄的光晕里。少年扑身其中，染了一层浅金，随后研墨，泼笔，铺开纸，写。

父亲从外面回来，铁青着脸。父亲的日子应该不好过。少年未敢抬头，只用力写着。父亲浑身拍打几遍，下的都是狠力——少年甚至怀疑父亲在惩罚什么。这些做完，父亲才拖过高腿马扎子，在少年身旁缓缓坐定，两手端放在膝盖上，脸色渐渐回暖，偶有不被觉察的微笑。少年当然不会懂得，那难以觉察的微笑，是父亲在滞重的生活里，看到了希望。

南门北门一关，穿堂风堵死了，八月里闷热难当，一老一少索性光起脊梁，父亲打着蒲扇的手已经起了青筋，少年的骨骼是正在抬升的青山。提、按、顿、收笔，父亲一遍遍示范着基本笔画。逆、折、回、转，父亲一遍遍敲打着书写要领。

少年自有少爷脾气，写完一张，不甚满意，胡乱揉成一团，随手一掷，毫不可惜。偶然回头，那纸团却不见了，原来父亲早已捡起，细细地摊平，留着，字缝里再写。少年当时只道父亲吝啬，待体味了父亲敬惜字纸的苦心，已是备尝生活艰难的中年人了。

大字刚写半年，笔墨故事已经让少年听出了老茧。颜真卿和柳公权，父亲以为二人风神骨气居上，不唯书法如斯，人品犹然。至于赵孟頫，大约是做了元的降臣的缘故，字虽圆转遒丽，父亲却不太推崇。

又过半年，某天父亲心情好，从五斗橱的底层取出一块墨条，蜡染布包了几层。父亲打开的时候，缓慢而谨慎，似乎在打开什么家传宝物。少年一看，黑不溜秋的，上面却有仨字——金不换。父亲把那方缺了角的端砚放在面前，看好，墨是要这样研的。

墨身垂直平正于砚台。父亲端坐着。看好，不要斜，更不要乱。看好，不能轻也不能重，不可快也不可慢。轻了、慢了，墨就浮了。重了、急了，墨就粗了。看好，粗而生沫，色亦无光。

父亲边磨边问，可记住了？少年点头。还有，磨墨端庄者，才有书写手法的平稳。少年再点头。

父亲像个吝啬鬼，消磨着那压箱底的黑金。口中始终念念有词，研墨之法，重按轻推，远行近折。父亲显然很享受这个过程，似乎多研几遍，便多几分满足。何谓金不换？少年不想听父亲的长篇大论，可又实在压不下好奇，少年还是问出了口。

《墨经》里讲，凡墨日日用之，一岁才减半分，如是者万金不换。清代有一种药墨，内含熊胆、蛇胆等五种动物的胆，还有麝香、朱砂、珍珠等八种珍贵的中药材，俗称八宝五胆。书写之外，可治皮肤病、关节痛，以珍贵的材料和精良的做工受人赞誉……

这么神奇？少年问。就是这么神奇。父亲答。

还有呢，父亲接着讲。田横岛那边有一种“即墨侯”，明嘉靖年间已为御用，是鲁砚中的上品。岛的西南方，那些制砚的石材，大部分时间藏于海底，立冬节气过了，大潮退到底，才能开采。每年只有一次机会，每次总共那么七八天，数量稀少，就越发珍贵了，不是寻常人家买得起的。那墨啊，磨之无声，涩不留笔，下墨颇利。上面的浮雕多为梅和莲，也有无雕饰的，便是“墨海”。

父亲讲着，已经眯起了眼。少年发现，父亲满脸期盼的表情，竟与自己想起红烧肉时一个样儿，瞬间，少年就垂涎不止。

好墨千金不换哪。父亲发出指令，墨均匀地走着，由远到近，由外到内，走成了圆形、椭圆形。

父亲是个吝啬鬼，至少母亲这样说。

五年里生了三个女儿。第三个姐姐出生的时候，父亲已经耐心全无，急需一个儿子。如果还生不出儿子，宁愿再娶。母亲从此恨之入骨。

少年之前，有一个夭折的哥哥，属虎。算命的说，与属龙的母亲命盘相魁，有煞气。母亲从此茹素积德，想不到，哥哥还是死了。少年的到来，对于父亲母亲都是一种解救，不然日子真的过不下去了。

少年四岁的时候，父亲与母亲越发生分，吃饭还在一张桌，睡觉却绝不上一张床。少年六岁的时候，开始与父亲同睡，夜里呼噜声四起，少年不明所以。第一次，少年问什么声音。是火车，父亲说。第二次，少年又问什么声音。是涨海，父亲说。第三次，少年还问什么声音。是恶风，父亲说。

后来少年就不问了。少年渐渐知道，呼噜声是父亲活着的一部分。

父亲读过六年私塾，《古文观止》倒背如流。父亲十三岁走出鲁西南，跟着族亲闯青岛港，学徒经商，用毛笔帮商号记账，字是写了半辈子的。少年从没见父亲有什么嗜好，不抽烟，不喝酒，不乱交往——可母亲就是不高兴。

姐姐们都漂亮，乌黑的辫子在腰间荡来荡去。父亲不教姐姐们写大字。也奇怪，不教，姐姐们却个顶个写得好。间架结构都是天生的，秀气，也英气。少年匍匐在纸墨之间，姐姐们不屑一顾地走过去，轻飘飘丢下的总是一句话：写来写去，还是没个样子。

姐姐们也会偷偷谈论父母的过去。姐姐们说，父亲曾经有过一房。少年装作没听见，却早已竖起了耳朵。父亲早年闯青岛港，二十岁一表人才，又写得一手漂亮楷书，被第一任开油坊的岳父相中，说此人了得，若在从前最起码是个秀才，女儿嫁他，有个好姑爷，再给一笔钱入股宏泰土产公司，不愁他不养老。

婚后两年，父亲做上二掌柜；也管账，俗称账先生。婚后五年，生下一儿一女，原本好好的，第六年两个孩子就相继夭折了。油坊家的女儿伤心过度，抑郁而死。父亲二十七岁成了单身。那时的宏泰在业界名声很硬，做土产买卖的都来进货。凤门路赵家有五个女儿，清秀端庄，大女儿已到出嫁年龄，父亲知道了消息，就在进货、结账的当口，常给赵家送两瓶酒。老赵好酒，一来二去，更熟络了。父亲开始求婚，许诺养老。就这样，十七岁的母亲与从未谋面的父亲结了婚……

姐姐们赌气似的，书读得一个比一个好。父亲明说供不起大学，中专随你们去读。大姐考上了卫校，二姐、三姐考上了师范，一下子都住校去了。老屋忽然空荡下来，外面嘈杂喧嚣，关上门就是深山，做点不时兴的事情，不会有人知道。父亲锁上门，也是护少年于周全。

写字不临帖不行。只是那个时候，书店里已无帖，家里的也烧掉了，清末民初的几幅翰林条幅总算还在，父亲把它们剪了，剪成单个的字，次序打乱，读不成句，单字不成文，落不下什么把柄。父亲命少年照此单字临摹。

父亲还从大街上捡过法院的判刑公告。当年的重要公告都请人用毛笔书写，满大街张贴。坊间有高手，写得尤其好，父亲对高手的字很熟悉，一眼就能认出来。父亲似乎比任何人都关心公告，一有高手所写，就盼望刮风下雨，公告破损了，没法看了，赶紧捡回来让少年当字帖用。

父亲也跑到废品站找旧字帖。废品站隔了两条马路，有个熟人在里面管事，父亲带上少年，定期去找字帖、找好书。一待一下午，父亲怕打扰废品站的工作，就和熟人说好，将粗选的书刊字帖过磅，通常有上百斤，用地排车拉回去，在老屋里一边读一边挑一边剪。剪完后，过过秤，所缺分量用家里的废书报顶上，最后再拉回废品站。

少年越来越遵从父亲，父亲却不肯教下去了。问缘由，一说父不教子，一说执百家礼。

父亲开始带少年四处请教。老先生们大都隐没在世道的纷杂之中，尘埃不扫。又或者，尘埃就是老先生们搭建的一道硬壳，甲胄似的保护层。老先生们过于安静了，过于沉寂了，安静和沉寂变作老茧，掩埋了无数秘密。

想找到老先生，难啊。

父亲自有办法。逢过年，父子二人就出了门。三代单传，没有什么叔伯堂亲需要走动，加之父亲不喜交往，又瞧不上母亲家的几位连襟，所以，父子二人出门绝不是拜亲访友，而是去看各家各户贴出的对联。

看到好的，父亲就说与少年，好在哪里，妙在何处。有时同一副对联要看好几次，实在妙不可言，父亲心里惦记，夜里睡不实，忍不住，第二天终于敲开了人家的门，先说上一大堆吉利话，再请教对联出自哪位高手。一旦问到了写联人的地址，即刻带少年去拜访，从不耽搁。

3. 松庵其人

就这么来来回回，少年十四岁那年，父子二人一路打听着，找到了松庵。

从城市的中部往西，坡路渐多。父亲说西城属丘陵之地，有的谷壑填平，成了路；有的依谷势而修，也成了路。松庵家在谷底，去和回，都要经过一条陡峭的大台阶。去时，那大台阶从天而降，悬挂感十足，似乎一个闪失，就会滚翻下去。回时则像爬山，父亲拼上脚力和腰力，爬完这段大台阶，早已气喘吁吁。

野猫听见了陌生人的到访，在错落的屋脊之间，嗖地探出头颅，拱起脊背。走近一些，它们又倏忽转身，或钻入密道，或蹿上高墙，身形清奇似无骨，好像从来没有出现过，妖异至极。

沿地势而建的老房子，墙皮剥落，门窗寒酸——破归破，欧式坡顶和花岗岩基座，都是少年不曾见过的。父亲说，殖民时期遗留下来的，已经换了数不清的房主。少年还想再问些什么，父亲制止一般地说声“到了”。

这应该是所有老房子里面最破的一栋。松庵住在阁楼上。楼梯吱呀作响，有些地方已经腐烂，少年生怕下一脚就会坠落到底。各种各样的杂物沿墙壁堆砌，少年甚至能听到头顶的横梁上，老鼠正窸窣而过。尽管已经将动作竭力放轻，抖落的灰尘还是让少年打了几个响亮的喷嚏。再看脚下厚厚的一层，少年皱着眉头，心疼起自己的新棉鞋。

阁楼像个黑洞，充满了迷乱和危险——可内心里，少年分明感到一种探险的兴奋感正隐隐荡起。

敲开门，父亲蓦然一怔。松庵其人，瘦高个子，头发灰白蓬乱，绝不肯归顺。穿的是深色对襟袄，臂肘上打了两块补丁。少年觉得，松庵和自己见过的所有长辈都不一样。

父亲奉上桃酥二斤，油纸包着的，纸绳活结。桃酥里的猪油已经汪了出来，盖在上面的红纸也是油润润的，一路上父亲像提着盏灯笼。松庵接了。少年奉上习作，松庵也接了。

松庵并不急着看字。松庵拽开纸绳，摊平油纸，一手拿起桃酥往嘴里送，另一只手接着碎末子，边吃边念叨，万福临的，地道地道。

万福临老字号，创立于二十世纪三十年代，以京式糕点为主，当年请客送礼，若不是万福临，就好像不够档次。二十世纪五十年代中期，万福临完成了公私合营，新厂子离凤门路不远，逢上东南风，站在老屋门口，香甜的味道可以闻个饱。少年一度盼望每天都是东南风。

一起吃，一起吃。松庵执意让给父亲和少年。父亲推托牙疼，不敢碰甜食。松庵说，替你父亲吃掉。少年有点慌。父亲示意，恭敬不如从命。

后来，父亲与松庵谈起书法，什么欧阳公于平正中见险绝，什么颜公化瘦硬为雄浑。少年一旁佯装谦恭，实则在偷偷地四处打量。入眼皆匪夷所思。裸露的木质房梁，横着竖着倾斜着，大部分为深褐色，也有焦黑色，似是过火所致。还有几根，显然断裂过，修补的结果并不让人放心。墙壁多棱，切割出许多几何形状。越往高处越尖锐，少年抬头望去，阁楼顶部是一块烧灼过的巨大疤痕。

窗户很小，圆形的。窗前，破砖垒出高度，架着两张拆下来的旧门板。门板上杂草成堆，兜在瓦片中的，藏在木盒子里的，也有的铺满一块白布。四周黢黑，白布托衬，愈显郑重，好像被捧着的宝贝。少年不知此乃药草。少年只是闻到一股幽香，内心即刻明净许多。

旧门板斜对角是床。床上老妪皱巴巴的，像一块缩水的亚麻土布堆放在那里。

少年每周来见松庵一次。立春过了，谷底泛起淡淡的酵母味道，老树的新丫伸向虚空，墙头一丛连翘，蕊黄点点。

松庵写了一辈子欧体，父亲赞其左收右放，笔法穿插挪让极有法度。也是听父亲说的，松庵先祖世代行医，明洪武二年，从蜀地迁往莱州府，精研医术，单方尤妙。

少年不解。松庵到底是写字的还是行医的?

父亲说，好中医先有好字，好字透着医者的恬淡和慈心。患者见方知医，一手好字，赏心悦目，患者的病先好两成，心里起了敬重和信赖，觉得自己有救了。从方中就可看出一个医者之修为，字不正必术不精，严谨失度，只能沦为庸医。

少年似懂非懂。父亲又说，自古医儒不分，记着便是，日后会明白的。

松庵看病，早年有大方，动辄一二十味，一沓沓方子，都在老妪床底下的木头箱子里。落款、签署、钤印，诚诚恳恳，认认真真，这回已然成了少年的字帖。少年照着写，越写越觉得好，松庵的药方书法，走笔不紊，风格自成。

求诊求救的病人，都是应口碑所传而来——否则，这个天外黑洞一般的阁楼不会有人喜欢。少年亲眼所见，松庵单方治病，数次力挽沉疴。一次是病人感冒，呛咳不止，遍医无效。来求松庵时，已羸弱不堪，松庵为之细细诊脉，思量良久，在处方笺上居然只写了一味药：冬瓜子三十克，后面是一个括号，内有六字，炒熟研末冲服。病人回去依方服了，随后狂吐，吐出了大量涎沫，咳便好了。

一次是病人全身浮肿，肿得睁不开眼，转了几家医院都束手无策。松庵一问，是个油漆匠，属油漆过敏所致。陪同的家属在旁等那精妙的方子，松庵大笔一挥，无肠公子三斤，捣汁遍敷。病人回去照办，浮肿也慢慢消去了。

少年问，无肠公子是何物？松庵说，古人给蟹取了四个名字，以其横行，则曰螃蟹；以其行声，则曰郭索；以其外骨，则曰介士；以其内空，则曰无肠，所以蟹便有了“横行介士”和“无肠公子”的称号。

再一次，是遭家暴的女人，被酒鬼丈夫打得瘀血青肿不散。来时用头巾捂着脸，只露两只眼。松庵这次没开方子，转身到旧门板前，取了留种的老茄子，撕成条状，用瓦片在炉子上焙干，皮、肉、籽俱全，研为细末，包了三包。写了一张方子，临睡前用黄酒冲服，取微醉为度。过了三日，女人传回话，全消退了。

没有病人的时候，少年就在破桌子上写起来。松庵在圆窗那里站桩，他不需要回头，便可知少年的书写状况，好像脑后长眼。不可太忙，不可太缓，不可太瘦，不可太肥。松庵只说十六个字，少年就被打醒了似的，赶紧稳住六神，继续写。

松庵也会留少年吃饭。都是粗食，吃了走，路上不冷。葱拌马蜂菜、荠菜土豆汤，味道鲜甜而陌生，另有一股泥土香气。少年吃出了汗。松庵说，上山采药草，顺手挖的春野菜。

老妪不喜交谈，只自言自语。有时候小声地说着话就睡着了，有时候在暗部一动不动，像个影子。

松庵不求章法而自得章法。写方子，他多用行楷，笔起稳健，笔断意不断，点画安排妥当，前后照应，揖让原则不失。

多年以后，少年悟得了笔墨真谛，方能理解那些方帖雅正何来。书卷气其实是修来的。药方的背后，松庵研磨了半生，加之先祖的气场延续，不知挽救了多少患者。松庵修养到了，好的气息必跃然纸上。

少年起初也揣了份私心。来一次，要穿半个城，松庵却写一行两行、十个八个，就收了笔，不像在为人师父。

松庵装糊涂，只说，气到意到，意到力到，我虽写得少了，心里从来没有放下。写字不一定就是写字，写字也是日常的每一刻。

少年心里不屑，日常是什么？摇摇欲坠的阁楼，还是四壁獠牙一样的火痕？外面的人们都在低声谈论这里的不祥，是个闹鬼的凶宅。

炉火正旺，补过的铁锅里炖着豆腐和鱼骨，松庵揭开盖子往里面放了数片白菜帮子，少年瞥见那是一锅奶白的汤。这难得的温润热腾说明不了什么。因为朔风正无孔不入，墙缝、窗棂、门边，哨音打着旋儿，尖厉地划过——少年不相信如此破败的日常能与好书法画上等号。

惊蛰那天，一场大雨浇灌而下。少年正在破桌子上写字，光线忽然更暗了，头顶几声春雷滚过，整个房子开始颤摇，仿佛要咔嚓一声倒下去，土崩瓦解似的。随后就开始漏雨，能用的器皿都派上了，越发不可收拾。少年替松庵着急，替阁楼着急，松庵倒是一副自若神态。

雨没有要停的意思。松庵将塑料布披在老妪身上，用另一块塑料布罩住药草。又跟少年说，挥毫似急雨，雨天写雨字，自然就是老师，来吧。说话间，松庵写了数个雨字，逐一告与少年，小篆、章草、简帛、甲骨、金文、米芾行草。少年看见墨迹氤氲，奇妙的雨字与屋外屋内的雨重叠在一处，或骤急，或天真，都是从遥远的地方开始的。

师于物，得于心，悟于象。松庵说惊蛰雨是天作之美，地下的动植物被叫醒了，它们正在伸展胳膊腿，你听见了吗？

少年果然就听出了不一样的雨声。可看看眼前这一屋狼藉，少年实在不明白松庵为什么总是跟所有的人都不一样——明明该救雨了，却在赏雨；明明房子要塌了，还乐在其中。

又一阵雨声骤急，但见松庵脸泛欣喜，眼里精气十足，好像身处的并非寒家陋室，而是百草丰茂的山野。

4. 还有茱萸

有时会碰到一个女孩，与少年同岁，鼻子挺直，很有主见的样子；再一双凤眼，梢尾上扬，掩不住的清冽。女孩苍白，泛出了青青血管。辫子有些细黄，不比三个姐姐那般乌亮，加之身形纤瘦，左脚微跛，令少年无缘地生出几分怜爱。

第一次碰到女孩，是晚春。玉兰和丁香已经开过了，芍药花苞渐起，老墙头上爬出了蔷薇。少年带着习作去见松庵，是为例行的周课。约好了下午两点半，咚咚咚，少年轻敲，来开门的便是女孩。

少年冲女孩点了点头，算是打招呼，女孩没有任何反应，似乎什么也没看见，好像进来的不是一个人，而是一阵风、一团空气。又或者，随便进来的是什么，与自己何干？

原来女孩是来学中医的。女孩抄方，书法流利周正，很有些功底，少年便不敢小看了。摊开纸笔，少年也一道写起来。松庵和女孩在写自然之神妙，少年在写笔墨之冲突，一时间，三支笔从纸上划过，逆行而上，似直通天涯。

师徒三人，整个下午都在写。少年感到一种从未有过的静谧，外面的世界已经不存在了，时间也停驻了，只有阳光从西窗照进来，很多翅膀在逆光舞动。

松庵告诉女孩，不要趋附于大方。那种一张方子几十味药的用药方式，实在有失中医悬壶的初衷。况且，像鱼腥草与板蓝根之类，若复方使用，效果却不如一味单方。茱萸啊，这世道，想配齐大方药草，是不可能的事情。

少年便记住了女孩的名字——茱萸。

茱萸从未正眼看过少年。茱萸如淡墨，氤氲着水汽；如长霜，凝结着冰花。即便在流火的八月，茱萸仍然寒气未消，令少年不敢靠近。

八月里，茱萸穿灰色长裤，大约为了遮掩那只跛脚。一件月白的短袖衬衫，空空荡荡，不像姐姐们那样，胸前已经鼓起了小丘。

少年看茱萸，茱萸从来不与少年对眼光，板着脸，不悲不喜。茱萸的眼睛望向某个不明的地方，似乎有个世界存在于这个世界之外。观察了几次，少年发现，除去对松庵毕恭毕敬，茱萸再对谁也没了动静。松庵留吃晚饭，茱萸鞠两个躬，转身便走了。有时候，二人一起下课，茱萸虽跛，行动仍轻俏，少年跟在身后，发现茱萸一路无视而过。

终于有一天，少年忍不住，追了上去，并肩搭话：茱萸家离得远吗？

茱萸兀自走着，竟没做任何停顿。少年尴尬，又问了一遍。结果无二。少年不知如何是好。忽然少爷脾气就上来了，你我都跟松庵学，也算同门，这样冷淡，是为何故？

茱萸还是那般。少年脸红了，鼻孔咝咝出气，脑门也开始冒汗。少年侧着脸，两只眼盯住茱萸，正要问个究竟，忽然迎面来了辆三轮，车上装满杂物，由北而南，一路下坡。闪开、闪开，刹车失灵了，车夫嘶叫着。

路原本就窄，少年走在马路牙子下面，只顾诘问去了，全然不觉危险将至，待反应过来，倒有些傻了。茱萸唰的一把扯过少年，扯上了马路牙子，几乎同一时间，三轮车呼啸而过，往路边的梧桐老树撞去，最后别在两棵树之间，这才停了。车夫没什么大碍，只是脸侧手背蹭出了血。

走路当心，总好过说些无关紧要的。茱萸没看少年，扔出几句话，转身跑向车夫。车夫已经挣扎着下了车，人群渐渐围拢上来。过三个路口有药店，马上调配中药生粉，大量撒在伤口上，大黄、黄檗、黄芩、黄连、连翘、金银花，这六样，只管有什么，买什么。

一个黄毛丫头的话，谁会信？少年这时已挤进人群，看热闹的都把注意力转移到了茱萸身上。少年不知该如何力挺茱萸，着急，又无措。明明是热心肠，却被嘲笑，少年在心里鸣起不平。

茱萸这边倒是没生气。我是松庵的女弟子，你们应该知道松庵吧？

松庵是谁？哪个庙里的？人们笑起来。小丫头痴话连篇。

信不信由你们，该说的我已经说了，若装作不见，我会心里不安。说完，茱萸的眼前空无一物，或者，又恢复到视若不见的老样子，急速地消失在人群中，只留少年，原地愕然。

人群里冒出几句话。松庵，莫不是鬼楼上的那个？是他是他，听说他家床底下有死人骨架。听说疯老太太是他爹的小老婆，第五个。还听说，他吃自己的药草，吃疯了。

随松庵浮山采药草，茱萸最是欢喜，关于这一点，少年再木讷，也看得出。

“津润始萌，未充枝叶，势力淳浓。”“至秋枝叶干枯，津润归流于下。”松庵面授，少年在写，茱萸也在写。少年不解其意，茱萸侃侃道，古人采集药草以阴历二、八月为佳，又说春宁宜早，秋宁宜晚，师父，这秋到底晚至何时？

茱萸的嗓音，匀净里起着筋骨，像上等宣纸，少年听了脸红心跳。

松庵掐指一算，再二日霜降，霜以杀木，叶落苗枯，正是采集牡丹皮、地骨皮、苦楝根皮的好时候。至于少年，松庵点拨，不师自然之法，怎解一个点仿佛高峰坠石，一道横竟如千里阵云，一根竖莫过万岁枯藤。

少年心向往之，却不知浮山所以然。怕茱萸瞧不起，少年不便多问。在茱萸面前，少年常常无端自卑。

回到家里，少年顾不上吃晚饭，拽着父亲，打听起浮山。父亲得知原委，兴兴头头地讲起来。浮山，东南往西北走向，长约五公里，宽约两公里，高处三百六十八米，属市区最高的山峰了。浮山妙在一个浮字，从海底升起来的，山南即是洋洋黄海，山脚下沿海岸线几进几出，都是小渔村。

彼时交通是个大问题。去一趟浮山，颇费周折，天亮就得出发，为省时间，头天晚上只能睡在松庵处。睡前，松庵将柞木把柄的小镐浸入水桶，以令其膨胀，明天用起来带劲儿。

夜里少年梦见鬼影绕梁，哭泣声男女莫辨，远近不明，似有异物贴下来，端详自己，丝丝凉气喷在脸上，少年骇然惊醒，大汗透湿。四周并无什么异样，少年看了看，老妪拧成一团，像黑夜里的一个死结。松庵大作的鼾声，与父亲完全一样，如火车，如涨海，如恶风。少年便又躺下，这一觉安然直到天亮。

师徒三人倒了四趟公交车，剩下的，那些不能称其为路的路，只能步行。松庵将麻袋捆成卷，和小镐绑在一起。少年的书包里装着玉米饼子和咸菜，还有父亲放进去的六个煮鸡蛋。茱萸单肩斜挎一个条状布袋子，里面竟是支竹箫。

黛蓝的山影越来越大，越来越具体，一种气势围裹上来，牵引着少年的目光往高处抬升，但见苍石青松，山崖峭壁，幽静和险峻叠加在一处。啾啾鸟鸣传来，闻其声妙，不见踪影。少年震慑于自然之美，也为茱萸的跛脚担心。

茱萸倒是自在，脸泛红晕，眼里映着大海的波光。茱萸笑起来——认识了这么久，少年第一次看见茱萸笑，笑得像飘在山腰的那朵胭脂云。师父，快看，桔梗。前边，板蓝根。还有那里，甘草！山谷里都是茱萸的声音。

少年识甘草，还得从一个月前说起。那天早晨，父亲母亲吵个不停，锅灶一直冷着，少年悻悻地出了门。那天不刮东南风，闻不到万福临的糕点香，少年心情愈加沮丧。风门路上来回走了几遍，少年再无去处。自从写上大字，便跟撒野的发小断了交情，发小在做着什么，少年似乎知道，又不能确切地知道，只隐隐听说乔三打群架断了两根肋骨，王小的脑门缝了十多针，险些破相。

寂寥当街，少年唯一能去的地方，竟是松庵的鬼阁楼。少年甚至开始想念墨汁、药草、炭焦混合在一起的复杂味道，包括游荡其中的诡异气氛。

饿着肚子，少年穿过半个城，终于潜入谷底，踩着摇摇欲坠的朽木，每往阁楼上迈一步，少年都感到虚幻更强烈几分——松庵一定在熬制中药，味道之浓烈，几乎要把少年从歪斜的楼梯上掀下去。人们总在嘀咕的那些话忽然清晰起来，关于松庵尝试秘药，关于松庵把自己药成了疯子。

敲了许久，松庵才开门。药味扑面而来，将少年击倒，瞬间头痛眩晕，几乎人事不省。松庵连忙取甘草浓煎，灌下去，少年这才渐渐醒来。松庵说，没吃早饭，胃气虚弱，是扛不住药气郁蒸的。甘草能调和诸药之性，解百药之毒，是慈悲的草、中庸的草。

愣着做甚？没见师父累着？茱萸一阵冷语，少年才回过神儿来。

甘草根深，松庵必须深挖，少年赶忙上前，松庵嘱其不可刨断或伤根皮，少年领悟，挥动小镐自有分寸，形同习练悬腕控制笔力。

甘草挖出，松庵和茱萸紧着整理，趁新鲜湿润，分出主根和侧根，去掉毛须支杈，整个过程忌用水洗。松庵说，荒山里，一时不会有人来，找块平坦石头，晒至半干，只管先去采集别的，回途经过，再捆成小把，带回晒成。

山路兜转，兜出沟沟坎坎。茱萸的跛脚并无不妥，少年放下心来。又翻出一个沟坎，三人皆汗湿了脊背。

松庵忽然大喜，前方树树红艳，浆果累累，由远至近，由近至远，密匝挤挨，比天上的繁星还多。山茱萸！茱萸面露傲骄。原来这些浆果和茱萸有着相同的名字。少年近看，茱萸果似樱桃，较其长；如枸杞，较其饱。几只候鸟刚刚结束盛宴，鸟喙四周还沾着果浆。

松庵说山茱萸雅号“辟邪翁”，晋代周处《风土记》中有“九月九日折茱萸以插头，避除恶气，以御初寒”的记载。到了唐，佩戴茱萸的习俗更是盛行，折枝插于发髻，也作香囊随身佩带。

经了松庵点化，再看秋野上的根根草草，少年就觉得一件件正透出风雅墨香。午时已过，三人口干舌燥，复行数百步，溪水声响起，都是从山顶流下来的，洁净如初，师徒三人手捧山泉，一口气喝了个饱。

茱萸环顾四周，拔出几棵薤白，其实就是野蒜，就着山泉洗净，白绿相间，很是好看。薤白温中散结，宽胸通阳，健胃祛湿，野餐在此，最取薤白的抗菌消炎。对吗，师父？茱萸脸露得意。

漏掉一样，对味下饭哪！再有一碟炸酱，就美上天了。松庵脸上已藏不住为师的满足感。少年则羡慕茱萸什么都懂。溪水随山体流淌，峰回急下，尽头就是大海。

饭后，茱萸吹箫。空谷只此三人。箫声回荡，上跃云端，下达幽径。少年看茱萸似一棵玉树，如此瘦削，却又如此挺秀。少年的心，起了温柔的悸动。

少年以为，这一天，已经好过一生。虽然少年并不清楚一生意味着什么。

少年陶醉之时，茱萸的箫声却断了。茱萸为什么总要跟自己过不去？少年刚刚不过问了一句，箫声这么美，跟谁学的？

茱萸不答。不答就不答，少年已经习惯了。可茱萸脸色大变，从绯红变回苍白，一股寒气，逼得少年节节后退。刚才那句话似乎是个毒引子，让好好的一切都坏掉了。少顷，茱萸开口，师父，一味封喉的毒草，怎么没见？

药不对症都是毒。松庵有点不快。茱萸任性，与时间结着怨仇，松庵当然知道。

茱萸不依不饶。天仙子是致幻的佼佼者，始见《神农本草经》，“多食令人狂走。久服轻身，走及奔马，强志，益力，通神”。

找不到的，永远找不到。松庵厉声说话。这座山上到处都是地肤子，与天仙子很像，呈颗粒状，动效却迥异。从前我接诊，碰到过几例误将天仙子为地肤子配方引起的中毒患者，轻则舌硬谵语，下肢无力，重则抽搐昏迷，麻痹而死。

为何要找天仙子？松庵嗔声质问。

想要走及奔马。茱萸答而不快。

5. 甘草慈悲

秋气肃降，转眼立冬，天地寒气渐重。松庵早早地备好了仙方活命饮，体质不同，方子不同，其实都是围绕着甘草做文章。咽喉肿痛，甘草与桔梗同用；清热解毒，甘草与金银花配伍；脾胃气虚，甘草与桂枝组合。

浮山回来，少年自觉见了世面，有豁然开朗之感。从前松庵所说的那些大道理，什么人即本草、本草即人，什么药理即事理、药性即人性，少年一度觉得像绕口令，浮山回来，才有了真切感悟。忽一日，少年说，黄连清苦，赤芍热情，白芍含蓄，甘草中庸——师父，我虽有姓有名，至今却无字，不如字甘草，可好？

松庵笑了笑，未置可否。

少年主意似已打定。师父，我发现，不论名贵或寻常，不论烈性子或暴脾气，即便像茱萸那样冷冷的性子，只要和甘草一起慢慢煎熬，都会变得温和平缓。师父不是说，甘草如和风细雨，能将自己的甘平之味慢慢渗入，润物细无声。

松庵听出来了，少年的所有铺垫，都是为了茱萸。

茱萸今天没来？再去上课的时候，少年看似不经意地向松庵问起茱萸的事情。她的字比我好，又会吹箫，甚至，很勇敢。

松庵正在研墨，没有抬头。

少年想继续问问茱萸的腿，是小儿麻痹后遗症，还是其他什么原因。话到嘴边，又觉不妥，涉及别人隐私，少年的家教不允。父亲常说君子讷言。

松庵开始边书边讲。甘草，看好。末点之锋遥指首点之驻，意思是说第三个点的锋芒要指向第一个点停驻的位置。如此以虚对实，尖起，顿起。尖起之撇，尖起尖收，故称兰叶撇。该撇始于行草和绘画，欧阳公大胆引用将其楷化，成为欧体的代表性笔画，细微变化，效果非常，区区小处，最能体会大师之妙啊，甘草。

少年惊喜，松庵在叫自己的新字。更惊喜的是，松庵竟然拿出一本欧阳公字帖，尽管那上面满布的霉点就像老妪手背上的色斑。

冬阳透亮。下午，松庵坐在破案子前喝茉莉花茶，很受用的样子。松庵行医不挂牌，不收钱，答谢之物都会接下。中秋节，少年提了二斤月饼，松庵还了一小袋花生和栗子，说是某病人乡下亲戚送的，带回去让少年的父亲尝鲜。师生情谊愈浓。松庵是喜欢少年的，少年更对松庵充满景仰。松庵比父亲大十多岁，性格上有和父亲相像的地方，也有相反的地方。父亲独善其身，松庵仁心悬壶，这一点最不同。

茶不耐冲，很快乏了。松庵又换一泡。松庵喜浓茶，为之神采焕发。就像此刻，少年觉得松庵眼里有两把火。人们常嘀咕这是鬼火，少年却愿意被这两把火照亮，因为眼里有火的松庵，是灵光闪现的松庵，再遥远的事情也能打捞起来。

松庵喝了一口茶，缓缓说话。欧阳公曾留给晚辈一个用笔秘诀，是贞观六年七月十二日写的，“询书付善奴”，现在看来，这段话是欧阳公写给一个叫“善奴”的人的。

“每秉笔必在圆正，气力纵横重轻，凝神静虑。当审字势，四面停匀，八边具备；长短合度，粗细折中；心眼准程，疏密欹正。最不可忙，忙则失势；次不可缓，缓则骨痴；又不可瘦，瘦当形枯；复不可肥，肥即质浊。细详缓临，自然备体，此是最要妙处。”

松庵摇头晃脑，诵到行云流水处，眼里的火越发旺了。

茉莉花香和茶香萦绕在一起，雾气腾腾，真是一个温柔的冬日下午啊，少年心里软软的，好像茱萸也在旁边似的。

下次见了，就告诉茱萸，我有字了，甘草。少年想。

还是下午。松庵审阅少年的习作——不，是甘草的。

松庵手中毛笔圈圈点点，满意多过不满意。甘草一旁站立，比从前笃定了许多。老妪的床头有袋橘子，父亲让甘草带来孝敬松庵的。老妪在兀自剥橘子，很久了，还是没有剥好，老妪好像在认真地做着某种游戏。

一切都好端端的。忽然，叫骂声大起，楼梯被踩得乱响，污浊之气随之四处冲撞，少年能感觉到阁楼在摇晃。说时迟那时快，一帮野蛮人破了门。松庵漠然，眼皮抬也没抬，似乎所有的悲剧早已发生了一遍。

野蛮人破口大骂，一个老鬼指使一个小女鬼，害人性命。把小女鬼交出来！野蛮人掀翻了门板，药草满地散落，野蛮人又在上面狠狠地跺脚，直跺成粉屑。野蛮人砸掉砚台，折断老毛笔——砚台原本就是碎过的，这次之后应该不会再有修复的可能了。

松庵将眼里的火熄灭，一脸死灰。甘草心疼松庵，想起门后有把挖药草的小镐，拿来握在手上，两只胳膊架起，气势初生。野蛮人更怒了，火力急转，原来还有一个小鬼，狠狠地打！

叫声未落，老妪的床边就蹿起了火光，伴随着浓烟弥漫，势头迅猛，一股莫名的浓烈味道让人头昏胸闷，野蛮人大喊鬼火啊，四散逃去。

松庵和甘草忙着救火。水泼，棉被捂，笤帚扑打……烟里火里闪躲腾挪，人物皆缥缈，魔幻得很，不知道的，还以为师徒二人身怀绝技。

总算消停下来。松庵和甘草背靠着床边，瘫坐在地，连同床上老妪，三张涂炭黑脸，四面狼藉疮痍，内心之苍凉自不必多说。

松庵挣扎着爬起来，浓煎了不知什么汤药，三人灌下，这才清醒。确切地说，老妪是被喂进去的，甘草两手扶住，松庵掰开嘴巴。老妪让甘草第一次意识到，生命可以轻薄无力得像一张受潮的纸。甘草只觉两手虚无，又不得不控制力道，否则老妪随时会被折断。甘草的后脊爬满了汗珠，因为紧张、谨慎，也因为震惊和悲伤。

等做完这一切，老妪和甘草的脸上都有了冲刷的痕迹，如黑泥滩上的河道。甘草的混沌、老妪的分明，汗渍和泪痕是两种不同的质感。松庵还是那张炭脸，如完好的面具，又或者，那层黑灰已结成硬茧，揭不下来了。

松庵不想洗。甘草用瘪掉的脸盆打来了水，松庵还是不想洗。甘草那时不会懂得，松庵正急需这副面具。黑脸总好过白脸，松庵冷笑一声，包公戏里的包拯、三国戏里的张飞、水浒戏里的李逵，不都是黑脸吗？

甘草拿起笤帚收拾凄怆，灰烬打着旋儿，飞往阁楼的尖顶，鬼气十足。少年赶忙洒水，将地打湿了，那些黑风才消失。甘草扫到老妪床头，发现一团灰烬，结而不散，甘草猛然反应过来，老妪刚才点燃了迷魂的药草，才让局面得以扭转的。老妪非同一般，深不可测。甘草再看，老妪早已睡着，经了此番折腾，似元气大伤，比平日里更枯瘦了。

师父，刚才烧着的是何物？

多问无益，写好你的字即可。

茱萸呢？刚才那些人是不是来抓茱萸的？

多问无益，写好你的字即可。

一瞬间天就黑了。四壁也是黑的。日常道具好像被陈墨浸染过，再也辨不出本来颜色。灯光制造出更多的暗部，松庵坐在灯下，变成了一尊锈掉的铜雕像。

茱萸到底在哪里？少年仍不死心。松庵见少年情深义重，愈加不忍，只好说了原委。

茱萸这孩子，心气太高，命也硬。老生子，父亲早死，留下万贯家学，也埋下了祸根。茱萸母亲毕业于音乐学院，世家出身的女才子。茱萸五岁，已经识字了，冰雪聪颖，惹人疼爱。茱萸母亲清高，本来就招妒忌，又不善圆通，得罪了小人……说到底，都是宁死不苟活的烈性子啊！那年茱萸母亲抱着茱萸跳了楼，一个当场气断，一个瓷娃娃碎成了八瓣儿。

我与茱萸父亲一同长大，亲如手足，茱萸的名字还是我起的呢。农历九月生人，王维有诗《山茱萸》，清香寒更发。市立医院的大夫们用了十几个小时才把茱萸缝补起来，命是保住了，却说下肢可能瘫痪。我无法接受，发誓拼上老命也得把茱萸治好。

茱萸真咬牙啊，治疗的痛、药汤的苦，那么小的年纪，竟忍得住，从来没掉一滴泪。想必父母基因里的优良都传给了茱萸，我暗暗高兴。边治病边学医，茱萸天赋极高。可是茱萸也传了那高傲的心性，仇恨从未消失，伺机报复，每次上浮山都跟我打听一味封喉的药草……茱萸的姑丈昨天来过，说茱萸跑了，我便已料到会有畜生打上门来。

甘草急急地问茱萸现在可有危险，藏身何处？

松庵看着甘草，充满疼爱。茱萸是个鬼精灵，又从小随我习武学医，你不必担心。松庵起身，帮甘草拍了拍灰尘，捋了捋头发，又见甘草的衣服上烧出了几个火窟窿，松庵一脸歉意和无奈。走吧，这里以后不能来了。记住，人有骨头，字就不会孬。

甘草被松庵推出了门。

甘草在谷底站了许久。屋顶剪出天幕，寒星悄然跌落，万事沉寂的样子。刚刚发生的一切，有种不真实感。一只三脚猫跑过，甘草想象不出，它是如何从劫难里活过来的。

站了许久，直至错过了最后一班公交，甘草只能步行回家。父亲母亲都没睡。一进门，母亲就扑了过来，见甘草满脸黑灰，衣服上有过火的痕迹，母亲不知发生了什么，登时哭出了声。母亲一哭，甘草也跟着哭了起来。

父亲好像心里有数，叹了口气，并不愿多问。炉火一直留着，锅里是白菜炖豆腐，甘草哭完，摇头说不想吃。其实甘草饿得发慌，只是一想到松庵和茱萸也饿着，就决定不吃了。母亲烧好热水，甘草洗脸洗头，两遍下来，水还是黑的。最后又烫了脚，第一次走这么远的路，脚上起了血泡。

自此甘草沉默许多，似乎一夜之间便长大了，开始苦心学书。之前，甘草是为父亲学、为松庵学，或者不知道为什么学，从那以后，甘草开始为内心而学。

春节过完，甘草整十七，到了下乡的年纪。临行，父亲准备了两个箱子。一个樟木箱，母亲陪嫁带来的，里面装着衣服被褥、纸书字帖；另一个药箱，里面放着笔墨砚台。父亲边收拾边嘱咐，字一定不能丢，要坚持写，写好字，总有有用的那一天。

甘草去跟松庵道别，特意买了万福临的桃酥，桃酥里的猪油已经汪了出来，盖在上面的红纸也是油润润的，一路上像提着盏灯笼。

楼梯的状况只能更糟糕。踩在上面，一步步通往阁楼，甘草的心跳乱了，紧张、暗喜，很复杂。这个旁人眼里的鬼地方，竟是自己的柔情所在，甘草第一次意识到世间的事情说不清楚。

甘草已经想好了怎么跟松庵打听茱萸的近况——甘草不希望茱萸恰巧也在，那样的话，甘草会掩饰不住心底的秘密。甘草又希望茱萸恰巧也在，像之前的无数次，正在破桌子前抄写方帖。或者像第一次那样，甘草轻敲，茱萸开门，冷若冰霜，视而不见，甘草仍将是欢喜的。

这么想着，便到了房门前，一抬头，一把锈锁。甘草愣住了。松庵无处可去，两年来，松庵从不出远门，除了到浮山采药草。大半天过去了，没能等来松庵。甘草无奈，把桃酥挂在门把手上，怅惘而回。回家就病了，高烧三天，直到出发前才好起来。

务农的地方在两百公里以外。劳作非常艰辛。再晚再累，还是要写大字。甘草想父亲，也想松庵、想茱萸。茱萸让甘草心痛，爱了就会痛。甘草当时并不知道，爱是人间最痛的滋味。一边想着茱萸，还一边恨着茱萸，越恨越想，越想越恨。村后有小丘，丘上山茱萸成片，春天里开稠密黄花，伞状丛生，等到万物凋零之时，又挂满剔透红艳的珠果。甘草常常流连忘返，发誓日后娶茱萸为妻，茱萸如果不答应，甘草就天天去找茱萸，任其打骂、冷脸，甘草相信自己会把茱萸焐热。

农活枯燥、重复，累到浑身酸痛，同学们不适应，唯甘草兴致饶有。松庵师法自然的样子时有浮现，不知不觉间，甘草就对这大地上的事物起了敬重。春来丘上苦菜生发，甘草用劳力跟老乡换来一碗面酱，苦菜蘸酱让同学吃得满口鲜香。甘草则仿着松庵的口气，一旁摇头晃脑，苦菜乃一味中药，名作败酱草，最是清热解毒，功效与蒲公英、地丁相似。干农活儿，有人割破了手，甘草会找来七七菜，松庵说过，这种止血草药学名小蓟……靠着回忆和幻想，许多意义就这么产生了。也似乎只有这么做，松庵和茱萸才能不停地显现。

接骨草四五月开花，起初花苞淡绿如小米状，夏风刮起之前，纯白的碎花便如繁星了。和着药草与庄稼，一起风吹日晒，甘草黑了，也高了，骨骼坚硬起来，肌肉膨胀起来，再看天地万物、日月星辰，甘草已经看出跟从前不一样的意味。农人在高粱地里唱茂腔戏，闻声不见人，“噢嗬罕”，在风中兜转的尾音，夹杂着悲凉哀怨。甘草听见了，会在埂子上发一个长呆。有时候，甘草从地里直起腰擦汗，看看天空，在云阵中发现了一朵独特的云，水汽浓洇，甘草便确信这朵云来自海边。

甘草不敢闲。闲下来，心会被思念咬痛。甘草一有工夫便写大字，两个箱子摞起来就是桌子。同学们起初不解，农活那么累，回来还写字，要什么文气。有人开始捣乱，趁甘草不在，拿起毛笔乱比画，糟蹋毛边纸和墨汁子。要知道，甘草练字都是用报纸，舍不得毛边纸。甘草心疼得一夜没睡。

过几天从田里回来，甘草发现砚台也两半了，原来有人在墙上钉钉子，拿砚台当锤子使。甘草大恼，气血上顶，拳头握在半空，愤愤然准备打架——奇怪的是，甘草忽然停住了。

甘草似乎听见松庵在唤自己的字号，甘草，甘草。

是啊，甘草如和风细雨，能将甘平之味渗入躁急与暴烈。

6. 师徒墨耕

不知为什么，甘草有一种预感，那就是再也不会见到松庵和茱萸了。

下乡的集体生活，让甘草越发觉得，鬼阁楼的一切像场清梦。而松庵和茱萸，是一缕风、一片云，是寂空的两颗孤星，与众人皆不同，与世俗都不入。

两年后回了城。一天也没耽搁，甘草放下行李便去找松庵。还是跟从前一样，买了万福临的桃酥，桃酥里的猪油已经汪了出来，盖在上面的红纸也是油润润的，一路上像提着盏灯笼。

这一回，甘草的心跳更乱了——上一次的乱，是紧张和暗喜，这回，慌慌的、沉沉的，似乎每一次跳动都能砸断肋骨。

下了大台阶，沿谷底向东，再往北折，就看见了那座德式老房子。每次远远地看，阁楼变坡陡峭，老瓦零落凋敝，缝隙之间蒿草密集，别人眼里的鬼气十足，甘草却能看出一份孤傲、一份倔强。

北折之后，才走两步，甘草便愣在原地，满脸愕然无措。甘草不敢往前了，以为走错了地方，前后左右张望，重新核定坐标，没错啊。甘草只能怀疑自己的眼睛出了问题，为看清真相，便又往前了几步。

甘草还是不能相信自己的眼睛，因为阁楼只剩下半截儿，另一半好似被大风刮走了，被大雨冲垮了，总之是瓦解的、粉碎的。甘草胸口冰凉，脚下瞬间被抽空，整个人沦陷在虚无里。甘草内心的某个地方正在塌陷下去，且永不可修复。

甘草跌坐在马路牙子上。桃酥的香甜气味引来了成群的蚂蚁。不知过了多久，甘草嗖地站起来，逮住一个遛小孩的胖老太。那个阁楼里发生了什么？

哪个？是说鬼阁楼吗？哦，老早就是那个样子啊。

里面不是住着两个人吗？

哪有什么人，一直空着，有个鬼哟。

甘草又逮住一个摆摊儿的瘦男人。瘦男人说，里面是住过两个人的，疯老头儿和疯老头儿的养母，一场大火之后，就都不见了。警察来过，没发现尸首。

什么时候起的火？

一年前，也可能再早些。

甘草最后逮住一个戴眼镜的中年男人。阁楼上的老中医去了哪里？

中年男人扶了扶眼镜，也许是习惯性动作，也许为了掩饰什么，扶眼镜的同时，迅速打量了甘草几眼。甘草听见中年男人在叹气，很轻微。中年男人脱口而出的，只有三个字——不清楚。

半截儿阁楼，像一具焦骸站在那里，杀戮似乎已经结束，只剩地老天荒般的沉静。站在废墟之间，和枯蒿一起疯长，甘草甚至能捕捉到一股永不驯服的野力。

甘草想留下来，变成废墟的一部分。这里符合神话的所有气质，瑰丽又虚幻，悲伤而至尊。穿过那些残垣断壁，甘草感觉自己来到了浮山的峭崖。一种声音响起，是茱萸在吹箫。彼时，茱萸盘腿团坐，坐在一块倾斜的大石头上，身后一株五针松，疏影横斜。茱萸回头看了看松庵，隐隐得意，师父，吹一曲《鹧鸪飞》可好？

都好，都好。松庵盘腿坐在另一块石头上，身后是一株虬枝奇异的老梅树。箫声一起，甘草偷偷湿了眼眶，为了掩饰自己，只好眺望山下——其实什么也看不到，生活的悲欢离合远在地平线以外。

天黑之前，桃酥被留在一个虚拟的位置。甘草固执地认为，从前学字的破桌子就在那里。甘草从废墟中找出一块被火燎黑的石头。在别人看来，这块石头混沌如路边荒野的随便哪一块，可在甘草看来，这是一块有灵魂的石头。

甘草顶替父亲在土产批发站就业，从学徒做起。那个时候，甘草已是玉树临风的青年，高出父亲半个头。没人知道甘草叫甘草，人们都叫他李可真，或者小李。李可真有了秘密，秘不告人。成年人都是有秘密的，李可真得守住。

父亲身体大不如前。才两年时间，父亲便老了，李可真不能相信，也无法接受。父亲不再与母亲争吵。母亲一个人吵，越吵越没意思，老屋里终于安静下来。父亲基本不说话，饭也吃得极少，神采黯淡。李可真没有提起松庵。李可真不想让父亲再对世事心凉。况且，父亲若真的细问起来，李可真也是没有勇气说明白的。奇怪的是，父亲再也没有提起松庵。不知是忘记了还是在逃避什么。也许在父亲那里，松庵的故事不过是寻常故事。

姐姐们一瞬间就嫁了，姐夫都是老实人。母亲的择婿标准首选厚道、疼老婆，至于书读多少、会不会写大字，不重要。姐姐们照办了。过年过节，姐姐们一起回娘家，乌黑的辫子已经不见，脸上多出一层戾气，凑在一起说悄悄话的习惯倒还保留着。李可真从那里经过，会听见姐姐们说，嫁给自己喜欢的人，那得有多好的运气啊！喜欢是一回事，结婚是另一回事。

李可真白日认真工作，行事懂避让。八点上班，李可真从来都是早到半个小时，洒扫一番，打好开水。谁喊帮忙都应声儿，反正年轻人有的是力气，李可真想。

晚上回到家，便一头扎进纸墨笔砚。墨耕本无涯，李可真像反刍的牛，揣摩临习之时，松庵当年对欧阳公用笔秘诀的诠释，不断浮现。“细详缓临，自然备体”，强调的是以虚静心态达到审美创造的境界。四“不可”，追求的是中和法度，至于如何才能掌握好这个“度”，就像做人一样，全看努力和悟性了。秘诀所云，看似是笔法，又关笔势，连书写者应具备的心态也涉及了，真乃大妙。

李可真已经写了整十年。从少年写到青年，一天都没停，即便年除夕，也要写上两个小时。因为会书法，李可真成了土产系统的名人。小到写通知、写板报，大到写横幅、写标牌，领导都会点名找来。同龄人也羡慕得紧，都说小李有两把刷子。单位的会计与大姐同龄，为人随和，每每赞赏有加，可真的字漂亮。会计叫他可真，比小李亲切许多。可真是否还想再与高手切磋一下？会计说起话来总是文绉绉的。

会计说，结婚之前，母亲家有个邻居，写牌匾的，早年闯青岛港，凭书法、篆刻吃饭，名气很大。这个礼拜天我正好回娘家，可以带你过去看看。此人姓庐，也是老先生了，人称庐老。

庐老的年纪与松庵相仿，六十出头，穿一身灰色中山装，脚上是黑布鞋，个头不高，却神完气足，一口浓重的青州腔，悠悠地慢。初登门拜访，李可真就从暗沉的色调里找到了熟悉的感觉。包括几样老家具，樟木、榉木、松木，和自家老屋里的一个模样，都是木筋显露，都是风斑深刻。

一张大桌，占去了半个屋，至少扮演三种角色：全家人的饭桌、庐老的工作台、两个儿子的床。李可真带了习作，庐老在桌前逐一看过，只说了句“有点皮毛”。后来的许多年里，李可真每一次请教，都听不到什么过激的批评，也没有过头的表扬，若写得尚还入眼，庐老只一句“有点皮毛”，算是肯定了。

一箪食，一瓢饮，陋室如斯，庐老苦中作乐。上门求书者络绎不绝，好多匾额碑碣、古文诗词楹联就此存留民间。庐老是京剧迷，尤爱三国戏，凡来闯码头的名角儿，庐老都能想方设法弄到票子，实在不行，也要找门路进去。懂字画的行家，拿戏票来换字，诸如此类没少发生。

桌子上方的墙壁，凿出一方空间，是专门放收音机的。礼拜天下午两点到五点，播放固定的戏曲节目，这个时间段的庐老，写字篆刻，举手投足，都有藏不住的神采。这个时间段的庐老甚至不愿意说话。知道内情的，也不会去打扰。

五点钟节目结束，庐老好像忽然从戏院回来了似的，逮着李可真，大谈尚小云的《玉玲珑》、程砚秋的《春闺梦》、马连良的《空城计》、黄桂秋的《春秋配》、顾正秋的《生死恨》、云燕铭的《打金枝》。唱念通笔法，京剧的声腔、书法的运笔，都是一回事。说到意犹未尽处，庐老也会唱上两句，“我本是卧龙岗散淡的人，论阴阳如反掌保定乾坤……”

转眼就是初夏，天光越发悠长，蔷薇绕满了花墙，风一吹，甜了半条街。

下班后，李可真从单位步行到庐老家，有时买点时令水果，有时空着手。晚饭就在庐老那里吃，都是家常，庐老不会让妻子额外准备。饭后，师徒二人去散步，沿老街起伏，走过梧桐树的密匝，一路上无话不说——看见什么说什么，想起什么说什么，但具体说了什么，李可真又觉得模糊不清。直到物理性的时间起了化学反应，有了时光况味，李可真方才意识到，那一路走下来，都是庐老给予的不言之教，关于做人、关于写字，最终在笔墨之间留下了深痕。

礼拜天更是要在庐老家从早待到晚的。大桌子上各据一角，师徒二人，抬头是写字，低头还是写字。说话是写字，不说话还是写字。大桌子本来就大，这样一来，就被师徒写成了无边无际，从魏晋写到隋唐，又从两宋写到元明，师徒二人仿佛正背负着虚拟的天下。

庐老乃人间通人，篆隶真行草，五体皆能，用笔圆润坚挺，处世也端庄沉稳，所谓人字合一，庐老是真的做到了。朝夕请益之中，李可真逐渐拼凑出庐老的书艺脉络：幼时随前清秀才研读四书五经；二十岁前主攻楷体，大字从颜真卿入手，小字师从二王兼及赵孟頫；来青后，常向书画名家孙沾群、前清名宿张公制、山东大学教授黄公渚等前辈名家请教，书艺更臻成熟，从此再也没有离开书法。

庐老有句口头禅，要凭写字吃饭，先按规矩做人。盖印章的时候，这话就起了仪式感。庐老自己做了一个专用的皮质小垫板，平整且稍有弹性；用印时，仔细垫于宣纸下面；印章是否饱蘸印泥，也要检查几遍；最后用无名指先找位置，才盖下去；同时，嘴上必振振有词，规规矩矩地写字，规规矩矩地做人。一枚饱满、清晰的印章，方才摆在那里。

李可真自小得了父亲家教，得了松庵的自然法理，又浸染于笔墨，这份颐养与天成，让他面相周正，举止有度，庐老看在眼里，越发喜欢这个弟子，时常送出几支老毛笔。老毛笔如同墨耕的老犁，笔杆上浸染的墨迹叠加在一处，浓淡深浅，更显遒劲。毛笔也是祝福的信物。一杆毛笔足以撑起无数文人的傲骨，让汉字如同月照千秋。

只要来了兴致，庐老就会带着弟子去文物商店和古籍书店转转，里面的陈设经常换，李可真有生第一次看到了齐白石的原作珍品，明清对联和条幅。每次去，庐老都要与店员聊上一阵子，经理也一定会从办公室出来，声声庐老叫得紧，很是恭敬。文物商店的经理是个中年人，戴眼镜，世家出身，通常会告知一些书坛新动态。末了还要加几句庐老的美谈，似乎是说给李可真听的，似乎另有别意。比如，经理说，庐老的小楷书签真是一绝啊，长十厘米，宽仅一厘米半，庐老在上面微书鲁迅诗词、毛主席诗词，极尽精到，得其一帧则幸，在齐鲁传为佳话。庐老您有时间再多写点啊！

眼花了，不行啦！庐老指指身边的李可真，让年轻人写！

在庐老家，李可真常会碰到几位老先生，都是书画界的大人物，却也低调得很。那时没有电话，问安谈艺，只能靠频繁走动。老先生们都是不约而来，坐坐就走，如行云洒脱，君子之交的淡泊，李可真都看在眼里，记在了心上。

其中有位林老先生，也是六十出头，穿中山装，提着黑色皮包，两眼灼灼，头发灰白蓬乱。庐老说，林兄的魏碑那叫一个悲伤。李可真不解。庐老接着说了下去，魏碑美在气象浑穆、点画峻厚、意态奇逸、骨法洞达，这些我做不到，也写不出，林兄此生倒是尽兴，把悲伤变成了巨大的力量。

这番话，让松庵的样子忽然闪现出来。松庵平生所为，大抵也是离不开意态奇逸和骨法洞达，原来，这样的人叫作悲伤的人。李可真一直想问庐老，可否听说过城西有个老中医，欧体绝世，几次话到嘴边，又咽了回去。

林老先生来得愈加频密，每一次待的时间也长，原来在与庐老商量书法培训的事情。刚刚改革开放，老爷子们意气风发，决意为书法传统延续光大做贡献。李可真眼见着林老越说越激动，满头乱发横在当空，那意思，就是被后生们不解书理真道给急的。

“职工书法短训班”很快在工人文化馆开了课。庐老带头，几位老先生齐上阵，授课没有报酬，听课也不需要学费，此举开一方书法教育之先河，更奠定了青岛地区新时期书法发展的格局，日后的精英书家都与这个培训班脱不了干系。

后生们年龄参差，有的与李可真相仿，有的已经三十好几胡子拉碴。每天下了班，他们从城市的四面八方往文化馆会聚，一时间，文化馆仿佛成了地球上的最大磁场。庐老融通各派自成一家，另几位老先生各领翘楚，后生们全都傻了眼，字，原来是这样写的，不禁群情燃燃，眼界大开。

李可真边打下手边随堂研习。“书法以用笔为上，而结字亦须工。盖结字因时相传，用笔千古不易。”庐老讲到赵孟頫书法观念时，后生们用笔最见端庄，点画与牵丝重轻分明，墨汁也蓄得紧，随运笔之轻重快慢而注出，湿而不胀，枯中有润，不设色却墨呈五彩。

培训班三个月为一期。第二期开课，有了女后生。李可真负责核对名单，猛然看到登记表上有个“朱玉”，心便颤起来。等到朱玉进了教室，李可真的后背已经暴汗，他把双手关节捏得噼啪作响，强作镇定。这个朱玉，竟与茱萸如此相像：鼻子挺直，很有主见的样子；再一双凤眼，梢尾上扬，掩不住的清冽。当然，朱玉不是跛脚，穿一双红色半高跟鞋，走起路来哒哒作响，像匹骄傲的小马。头发也是刚刚烫过，乌黑油亮。

整整一晚上，李可真都在走神儿。朱玉就是朱玉，人家是和新婚夫婿一起来的，跟那个茱萸没有任何关系。但是，朱玉的出现，让李可真再也无法逃避，李可真一直爱着茱萸那个鬼精灵，爱得要死。

这两年，介绍对象的没断下。小李一表人才，又行事稳妥，有对象了吗？同事大姐和邻居大姨，问得越来越频密。母亲也跟着催促，只有父亲会出面帮腔，先立业后成家，字没写出个门道，结婚急什么？一言不合，父母又吵了起来。

李可真不肯去相亲。他在等茱萸。这是谁也不知道的秘密。那个鬼精灵，脾气臭，脚还跛，谁敢娶她，迟早会出现的。漫长的等待中，李可真已经习惯了心痛。

似乎只有痛，才能衬得起爱。

既然学了书法，就要坚持到底。培训班上，或师徒独处时，庐老这样说。庐老从未高声大嗓，以不变应万变，淡泊于世，优游于艺，再平常不过的事了——平常事还需要敲敲打打吗？

李可真以此学范，深得精髓，主攻蝇头小楷，三年后一举成名，在全国首届书法大赛中拔得头筹，是获奖者中最年轻的。各方关注如海啸暴发，李可真蒙了，这么多年，他只跟自己比，跟庐老朝夕请益，跟二王和晋唐大家学，并不知道外面的世界是怎样的。

媒体蜂拥而至，去过土产批发站还要再去老屋和母校。有的记者让李可真谈感受，李可真说，大赛的消息知道得很迟，交了一幅小楷习作而已，获奖是个意外。这段话让记者很不满意，认为李可真对国赛有掉以轻心之嫌，非要重新采访，李可真推辞了。

那些日子里，亲朋好友纷纷登门祝贺，父亲却淡淡一笑，提笔写了“学无止境”四个正楷大字，贴在案头墙上。不久春节，父亲素有写对联的习惯，便写一副“勤谨传家久，诗书继世长”，除夕夜，同李可真一道贴在新油漆的门扇上。

过完春节，父亲就病了。父亲一生平淡，像一块墨，一点一点地磨尽了自己。到了中秋，父亲几乎不再醒来。还有多久？父亲难以闯过明春。李可真心里明白，却不愿意相信。

父亲临走的前一晚，忽然来了精神，两眼放光，从床上坐了起来，真儿真儿，唤个不停，大谈处世规矩和做人准则，也谈做小买卖的不易、生活之维艰。真儿，父亲唤，随后开始提及小时读书情形，难得的一脸满足，甚至有些快活，不由得诵起《古文观止》中的文章来。这时，老屋也似乎明亮些许，父亲微眯着眼，轻声而又流畅，抑扬略带顿挫："庆历四年春，滕子京谪守巴陵郡。越明年……"直至"沙鸥翔集，锦鳞游泳；岸芷汀兰，郁郁青青……"李可真便知，父亲又回到了童年的私塾里。

天亮时分，父亲走了。

7. 仍然不是尾声

师父絮絮而谈，直把弟子三人听傻。鬼卿快语，最藏不住心思：怪不得师父有一枚闲章，"甘草记"，还有一枚"遍插茱萸少一人"。

师父这次没有嗔怪什么，只眼睛半闭，似乎累了。

山柰指着那排老毛笔，北狼、南羊，每一支笔都饱蘸沧桑和心血，现在总算知道它们的出处了。还有博古架上的那块石头，之前还纳闷，它到底有什么独特呢？

白术接着说，只道庐老爷子的书迹刻石在崂山留存颇多，真行草隶皆精彩纷呈，为重修太平宫书写《重修太平宫记》，为下清宫所书魏体碑铭《海印寺遗址》，都是其刻石书法的代表之作，却不知庐老爷子还这么迷恋戏曲。

是啊，好字儿换戏票，送戏票的真是赚大发了。鬼卿说完自觉失言，吐了吐舌头。

还好，师父面容平和，已经起了微鼾。

三人对自己的密谋相当满意。待取出事先藏好的录音笔，白术骤然两眼圆睁，脸色大变——不知何时录音笔没电了！三人即刻慌了神儿，蹑着手脚来到隔壁，关上门，重启录音笔，回放后发现，从师父下乡返城去探望松庵，惊呆于谷底，往后的全没有录上。

白术被山柰和鬼卿一顿埋怨。鬼卿夺过笔，恨不能掰断了解恨。山柰打圆场，急有何用？想办法补救是关键。这时师父的声音响了起来：人呢？

三人复又围绕到师父身边，装作什么都没发生。

师父好像休息过来了，兴致再起。既然山柰刚才说到老笔，我就再多说一点，每次啊，握住这些老笔，似能感受到师父们运笔之后的余温正在自己手中。父亲、松庵、庐老，留给我的老笔都有余温。

庐老一直在写，写到九十多岁，看不见了，才停下来。师父说。无论何种书体，到了庐老手上，总能流露出典雅秀劲之气，想来也是品格所致，正所谓人书俱老。

弟子三人连声称是，亦颇有感触。白术说，每次看庐老爷子的书法，人会立刻安静下来，写得极干净利索，没有一丝飞扬跋扈，内敛且有韵味，耐看啊。鬼卿说，现在某些书家，水平没见有多高，看作品便知其人已是傲得没边了。山柰说，应该好好看看老爷子的东西，哪怕学习一下如何用印也是极好的。

三人当然见过庐老爷子。那年冬至，书法百年大展，老爷子黑袄黑裤、鹤发白雪，干练而利落，是个人间的老神仙。自己的师父和众师伯师叔簇拥左右，书坛上的前辈都齐了，气场扑面震人，却又都行事老派，个个儒雅温润，足见庐老爷子书法品德皆高尚，才教出这般厉害的弟子。都说老爷子一生践行君子之道，讷言慎行而古道热肠，人有所求，不论贵贱皆尽力帮衬却不求回报，书界同道无不尊崇。

白术、山柰和鬼卿还记得，庐老爷子走的时候，葬礼上没有哀乐，是《空城计》。“我本是卧龙岗散淡的人，论阴阳如反掌保定乾坤……”马连良的唱腔，婉转中不失苍劲，高峰坠石，又着地无声，那一刻，生死纵有顿挫，阴阳也已无界。

庐老爷子仙逝一周年，捐赠展同时启幕。按照生前夙愿，其五十幅精品无偿赠予市博物馆。无私的家国情怀引发了全社会的深深谢意和敬意，前来瞻仰捐赠作品的人们，亦是对方寸精微的笔墨造诣的膜拜。白术、山柰和鬼卿，甚至不能相信自己的眼睛，老爷子九十岁书写的精品，无不气力饱满，生动醇厚。尤其珍贵的是一幅小楷扇面，气韵如此高古，如若不是神来之笔，一个九十岁的人如何抵达？

庐老爷子活了九十九岁，始终保持着天真与纯朴，良善的心志为老爷子带来了福寿与好身体。白术、山柰和鬼卿曾在展览现场一起感叹，庐老爷子那一代完整地解读了古典书道，重学养、重功力、重襟抱。

说话间天色已经黑透，师父情绪不减，白术想到科技城买支新录音笔，怎奈一直脱不开身。三人着急，也惋惜，今天这些话，师父以后能否再提起，真的不好说了。三人只恨自己没有过耳不忘的本领，又恨自己没学过速记。

审世间事物，居精神所安，遇不顺亦能委婉处之，淡然不事张扬。

鬼卿不解，刚才师父说的这句，是戏里的词，还是自己的话？

白术嫌弃鬼卿，师父在说自己的师父呢，这都听不出来？

山柰认为，师父说的是从艺标准——写字者，写志也。

师父讲完故事，沉睡了两天，醒来沉默不语，只专心临池。

弟子三人围拢在旁边，不放过师父如何用笔。师父将三人赶走。说了多少回，不要学我，篆隶真行草，秦尚象、汉尚形、魏晋尚韵、唐尚法、宋尚意，样样都是经典。

弟子三人商量好了似的，谁也不肯走。师父没再说什么，继续写了下去。这两年，师父已经写不了蝇头小楷，行草风格倒有突变，传统面目里多出当代意味。尤其是病情稳定以后，用笔不拘法度，偶有涂抹——当然，涂抹也是用笔，好似高手月下舞剑，一收一放一凝霜，唯性情与自我。遥想王羲之与友雅集，饮酒作诗，心怀喜悦，微醺之际，一口气写出《兰亭集序》，虽有八处涂抹，恰是心情流露处，反而成为天下第一行书。

醒时，弟子三人继续陪师父去海边晒太阳。谷雨将至，花事稠密，有的刚开过，有的打着骨朵。鸥鸟开始北迁，海边安静了许多，喂鸟的游客也散了。

这一天，师父看着海平线不说话，弟子三人也看着海平线不说话。师父好像意识到了什么：我是不是太严厉？看你们个个拘谨的，连句话也没有。

鬼卿第一个开口，师父，我哪敢说啊，怕您生气。

往后，师父再也不生气了，只管说吧。师父似乎回到了从前的样子。

鬼卿放下心来。师父，徒弟见您近来喜用狼毫间毫，偶有老笔秃笔，有时下笔全凭心意，水迹太肥，全无字形，细看倒也别有生趣散淡，洇开的都是原始与天真。

山柰说，我也感觉到了，师父，您乘兴产生笔势，一派天然。

白术说，写到一半，侧锋逆行，违背笔性，又能在收笔时归于中锋，挽危局，出奇制胜。

师父哈哈大笑着，真是这样吗？我竟没有觉察，感谢诸位方家点评。好啦，回去做顿好吃的吧。小院里的蟾蜍草再不吃就老喽，坊间管它叫蛤蟆皮，别看表面疙疙瘩瘩，倒也是一味消炎解毒的中药，专治慢性支气管炎。今晚用它裹上玉米面糊糊，平底锅里煎一煎，两面金黄，蘸蒜泥。

师徒四人，一派从容淡定，谈笑不止，恰是夕阳染金，他们走在里面，好像披挂着金甲。回到家，白术陪师父听京剧，清凌凌的京胡声中，送出唱念做打，霓裳翻飞。山柰、鬼卿在厨房准备晚饭。

山柰一向有雅兴，食不厌精，鬼卿负责打下手。不知怎的，就说到了故去的师母。三十年前，白术、山柰和鬼卿还是顽劣少年，被各自的父亲拎着来拜师，师父仪表堂堂，正是三人现在的年纪。师母总在厨房里忙着，做一手好菜，却不太爱说话。

鬼卿说，初二那年暑假，我调皮闯了祸，怕父亲揍我，来跟师父求救。师父就在客厅里给我支上床，我住了整一礼拜。师母每天变着花样做好吃的。饺子分荤素，荤有荤的包法，素有素的造型。师母最拿手的是单饼卷芽菜，那饼筋道，有嚼头。

山柰也对师父的家宴赞不绝口。还记得吗？大学的第一个寒假，你带回来的是北京烤鸭，白术带的是稻香村糕点，你们都在北京读书。我从杭州回来，带的知味观醋鱼。师父请吃饭，都是师母的手艺。一道清蒸红加吉，一道海浦大虾，器皿也是成套的骨瓷，釉色雅致，凉菜里有春卷……

忽然，山柰、鬼卿停住了，互相对望着，幡然醒悟一般：那个茱萸，就是师母？

不对啊，我记得师母的脚不跛。

师母清瘦，气质优雅，像个大家闺秀。

你再仔细回忆一下，师母的脚是不是有点异样？

大学毕业后，在外闯荡了几年，再回来的时候，师母已经走了。那时我们各自忙着结婚生子，后来又忙着索取功名，早就把师母忘了。

记忆中，师母像一幅淡墨，是用最轻的笔勾勒的，一抹轻轻的寒、一笔袅袅的烟，却又有种说不出的从容和淡定……

厨房里的水汽渐渐蒸腾，鬼卿和山柰的记忆，终究一片模糊。

往事还有许多许多，李可真没提。或许累了，或许忘了——或许，苍茫此生又如何讲得清楚呢？

年龄越大，李可真的心上越写满了辽阔寂静，岁月在别处是堆积的褶皱，在李可真这里，则是无尽平和；每一次回头，都是对命运的宽容。

父亲最后，已经不认得人了。许多年后，庐老也不认得人了。他们都问李可真同样的话，你是谁？不停地问。

庐老住院期间，李可真日夜守护，跟当年守护自己的父亲一样。一天，昏睡多日的庐老醒了，床头被摇起，庐老斜靠着，嗓音低沉沙哑，用的是昔年与弟子对谈时的目光。往事流淌，说着说着，庐老忽然问，你是谁？

我是可真啊！

可真啊！你真是我的好学生啊！

庐老竟涕泪不止，仿佛枯井涌出了泉水。李可真慌了，流泪了，嗓门大开看似很兴奋，实则是在掩饰内心的悲伤——李可真不愿错过这片刻的虚妄。只一会儿工夫，床头摇落，庐老又开始了漫长昏睡。

庐老走了以后，李可真一直想梦到他。真正清晰地梦到，却也只有一次。庐老穿中山装，脚上一双黑布鞋，还是初见时的模样。梦非常短，随后便惊醒了。

好些个下午，李可真枯坐于书斋，太阳斜斜地照着，所有物件都变得明透起来。在书案边，李可真感到庐老又回来了，正坐在自己对面，逆光里递来一支老毛笔，笔杆上的墨迹，浓淡深浅。

因为毛笔，墨耕得以延伸，神话不至残缺。在这师徒二人身上，一个时代的传承与文化都凝聚在笔锋上，李可真仿佛从师父那里继承了一笔巨额的遗产。不，它们是无穷无尽。李可真甚至希望自己也能作为庐老的一件作品，作为“全豹”之“一斑”，让世人得以管窥庐老的高洁之境。为了这样一件作品，李可真始终在践行君子之道。

每念庐老，李可真都会念起父亲——就像每念父亲，都会念起庐老一样。书房北墙，挂了三幅肖像，分别是父亲的中年、父亲的老年和庐老的老年。李可真四五十岁时，人们说他与照片中的父亲一模一样。李可真七八十岁时，人们说他与照片中的父亲一模一样，也与照片中的庐老一模一样。李可真望着镜子，满意地点了点头，发现自己终于长成了自己想要的样子。

至于三幅肖像旁边的那张，人们只道是寻常的黑白风景，石头与树而已。人们不知这是浮山上的一株老梅，虬枝奇异，沧桑深刻；人们更不知，老梅便是李可真心中的松庵，在柔软又坚硬的生命深处，李可真始终掩藏着一个不需要倾诉的秘密。

想当年，斩获大奖，一夜成名，李可真越发想念松庵，私下里没少打听，结果都是查无此人。松庵不属于谷底。松庵心向自然，不会在俗闹市井停留，去那种地方找，除了触及伤感，李可真认为再无意义。

松庵一定把情致留在了浮山。那里云罩峰顶，雾漫叠嶂，还有松庵心爱的药草和山泉。松庵生死不见，李可真只能提二斤桃酥上浮山，盘坐于树下，替松庵吃将起来。入口香甜酥脆，还是老味道。回想起第一次拜见松庵，仙风道骨的老中医竟像个馋鬼，李可真便笑了，笑中飞着泪。自此李可真每年都要上几回浮山，七十岁之后，腿脚不灵了，才罢休。浮山也是模样大变，从前山脚下灌木丛生，碎石满坡，周围田野空旷；现在，高楼大厦逼至山腰，车水马龙的轰鸣里，再难听到泉水欢唱了……

也算前缘再续，李可真中年以后迷上了京剧，若非父亲阻拦，或许当初就去了京剧团。真儿，该写大字了。父亲跟庐老一样，从无高声大嗓，却也不容抗拒。整个夏天，老屋密不透风，父子俩光了脊梁，还是大汗尽出。少年李可真在赌气地写，父亲在一边打着蒲扇。姐姐们从旁边走过，撇撇嘴，哎哟，少爷！

父亲的日子并不好过，只是装作什么也没发生。人生无常，父亲没有把这句话早早地告诉他的真儿。人生无常，本是每个人迟早要发出的感慨、面对的挫折，何必那么早让真儿知道呢？父亲忍了又忍。

老年的李可真，经常犯矛盾：一边想早点到另一个世界与师父们相见；一边又想替师父们在这人世多活几年。时间泅散，唯有借《鱼肠剑》里的两句唱词释怀：“一事无成两鬓斑，叹光阴一去不回还。日月轮流催晓箭，青山绿水常在面前。”

后来，世人喜欢这样谈论李可真，字甘草，书法界大名鼎鼎的人物，讷言敏行，功夫都在手上、心上。三十岁拔了全国书法比赛的头筹，从此一发不可收。青年时期钟情小楷，中年以后多以洒脱的行草书示人，书法与生命相互补充，彼此制衡。甘草先生爱书法就像爱着他的命，自称是“因书法而荣幸”的人。

那些晨光的熹微，那些月黑的暗沉，四周都是浑然的静。宣纸展开，老笔逆行，李可真便听见了启幕的声响。幕一启，就是几派大家气象，不用开口，亦不用抬手，已经样样都有了。老戏骨的金玉之声，唱尽人间的幽咽恨意，寥寥数句，满场的浑厚铺张，仿如天地泼墨啊，李可真在深处叫起了好。

原载《中国作家》2021 年第 8 期

【作者简介】陈楸帆，毕业于北京大学中文系及艺术系，科幻作家、编剧、译者。中国科普作协科幻专业委员会副主任，上海作协会员，世界华人科幻作家协会（CSFA）会长。曾多次获得全球华语科幻星云奖、银河奖、世界奇幻科幻翻译奖等国内外奖项，作品被广泛翻译为多国语言，在许多欧美科幻杂志均为首位发表作品的中国作家，代表作包括《荒潮》《人生算法》《异化引擎》等。

Chen Qiufan, graduated from the Chinese Department and Art Department of Peking University, is a science fiction writer, screenwriter, and translator. Deputy Director of the Science Fiction Professional Committee of the Chinese Science Writers Association, member of the Shanghai Writers Association, and president of the World Chinese Science Fiction Writers Association (CSFA). Chen has won many literature awards both domestic and abroad including the Xingyun Awards for Global Chinese Science Fiction, the Galaxy Award, and the World Fantasy Science Fiction Translation Award. His works have been widely translated into multiple languages. Ranking as the first Chinese writer to publish his work on many European and American science fiction magazines. Representative works include *The Waste Tide*,*Algorithm for Life*, *Mutation Engine* and so on

偶像之死

陈楸帆

虚拟现实就像是睁着眼睛做梦。

——布伦纳恩·斯皮格尔（Brennan Spiegel）

睹物思人，见泽上萤火，当是我，离窍游魂。

——和泉式部

这是一间布置成维多利亚风格的昏暗房间。黑色木桌上撒着玫瑰花瓣，中央燃烧着七根只剩一半的蜡烛。木桌上方悬挂着一顶白色丝帐，如水母般展开半透明的身体，用触手紧紧抓住房间的几个顶角。所有摆设，都是仿照19 世纪伦敦最流行的“降神会”现场精心复刻的。

爱子（Aiko）看着其他三个女孩，她们的脸被烛光映衬得有一丝诡异。她开始后悔自己选择了这款游戏套餐。话又说回来，爱子想，日式江户怪谈风说不定会更恐怖。

烛火不祥地抖动了一下。

这个完全密闭的房间里怎么会有风？爱子不寒而栗，和其他人面面相觑。莫非祈求之事应验了吗？

一身黑袍的老妇人，握住坐在两边的女孩们的手，翻着白眼。桌子开始剧烈震颤，像是底下有一台年久失修的巨型滚筒洗衣机。女孩们花容失色，浑身发抖，双眼紧闭，几乎同时尖叫起来。

“我看见他了！噢呵呵，是个光芒万丈的男人呢……”黑袍老妇人嘴里嘟囔着奇怪的话，身体来回摇晃，“他是死于一场非常重要的仪式当中呀……”

“没错，没错！”染着金色短发的女孩应了一声，“博嗣（Hiroshi）君的尸体是在告别演唱会中场休息时，在反锁的无人更衣室里被发现的……”

“……尸体看上去竟然像是溺水而死的样子……”红色卷发女孩接过话。

“……我哭了整整一个礼拜呢！”灰蓝长发女孩带着哭腔说。

“你们搜集的灵物都在这里吗？”老妇人望向这些女孩，眼珠终于恢复正常。她用嘶哑的声音继续说：“呔！其中就有重要的线索！”

每个女孩面前都放着几件从博嗣 X 官网上购买的周边产品——发带、手链、戒指、环保购物袋……据说都是博嗣亲手触摸过的，带着他的气息。爱子甚至从黑市搞到了一把据说是博嗣在更衣室里用过的梳子，上面还粘着几根褐色卷发，也不知真假，不过价钱倒是高得吓死人。

“这个叫博嗣 X 的灵体有话要说呢，哎哟哟，我们来听听看……”

桌子停止了震动，房间里死一般安静，像是马上要发生什么大事。

所有人的目光都集中在老妇人用黑纱挡住下半部的脸上。老妇人双眼开始发光，身体猛地一颤，就像有什么东西从背后钻进了她的身体。老妇人停止了颤抖，以一种与之前完全不同的声音和语气开始说话。那是一个年轻男子的声音，温柔、脆弱、忽强忽弱。

“……我被困住了……这里好黑好冷，像在海底……我喘不过气来……我不想死，我还有好多心愿没完成……”

“是、是博嗣君！”爱子瞪大眼睛，心跳加速，手臂上起了一层鸡皮疙瘩。

那声音继续说道：“……我想和你们再唱一次《就算世界末日也要让奇迹闪耀》……请你们帮帮我，找出真相……”

所有女孩都泣不成声。《就算世界末日也要让奇迹闪耀》——大家都心照不宣地简称为《奇迹闪耀》，是博嗣的成名曲。

“博嗣君……你一定要坚强啊！”爱子喘着气，结结巴巴地说道。

男人的声音戛然而止，老妇人像断线木偶般重重垂下脑袋，好一会儿才回过神来，接着就像什么都不记得了一样说着胡话。烛火摇摆，重新恢复了光亮。

“他走了……”老妇人的声音重新变得嘶哑。

“我听到了，博嗣君，我一定会帮你找出真相。”

爱子用力地点点头。

*

这是博嗣 X 的告别演唱会。

站在海浪般汹涌的人潮中，爱子仰望着舞台中央那个闪亮的身影。她不知该如何准确描述自己的感受。感动？渴望？恐惧？也许兼而有之。

音乐突然停下。博嗣 X 背后大屏幕上的场景从绚烂的星空切换到现场观众席。镜头快速移动，似乎在搜寻目标。无数张雀跃的、激动的、潮湿的面孔进入画面，爆发尖叫，又迅速消失。

镜头终于停了下来，聚焦在一张茫然的脸上。对于这样一个激动人心的场合来说，这张脸平庸得有点过分了。

爱子终于意识到那是自己的脸。

“爱子小姐，就是你。”

我这是在做梦吗？当着千万观众的面，听到自己的名字从偶像口中被念出，这种感觉实在是有些超现实。爱子一脸慌乱，四处张望，不知该做什么表情合适。

“爱子小姐，可不可以请你到台上跟我一起合唱呢？”

场馆里响起了带有节奏感的掌声，一浪高过一浪，那是人们的鼓励。可爱子却像被施了魔法，身体一动也不动。

“爱子小姐？难道你不愿意吗？”博嗣君的声音竟然有些伤心。

*

爱子尖叫着从梦里醒来。她的胸口剧烈起伏，她不得不做几次深呼吸来缓和心跳。果然还是一场梦啊。她打开床头小灯，坐了起来。自从见过那位黑袍老妇人之后，她这几天都心神不宁，寝食难安。

她的肚子突然发出咕咕的叫声。为了节食，她晚饭也没吃。去找找冰箱里还有什么存货吧。她摸索着抓起床头的 XR 隐形眼镜盒，对着镜子戴上。没了它，爱子简直就是睁眼瞎。

“真想能亲手给博嗣君煮一碗拉面啊。”爱子自言自语道，这是她最拿手的料理。

这时从厨房里传来一阵奇怪的沙沙声，把爱子吓了一跳。

爱子抓起带有博嗣 X 签名的棒球棍，蹑手蹑脚地靠近厨房。门缝里，透出幽幽的蓝绿色的光线。她深吸一口气，挥着球棒冲了进去。

厨房里没有人，冰箱门却打开了一条缝。

“什么啊，原来是智能冰箱……可是，没有我的指令，它自己怎么会开呢？”

爱子蹲下身子，在冒着白气的冰箱里翻找起来，只找到一盒即将过期的无脂牛奶。

“明天得下订单买菜了，不然真得——啊！”爱子一转身，被眼前的一幕吓得大叫一声。打开的牛奶掉到地上，溅得到处都是。

一个男人就那么直挺挺地站在冰冷的白色雾气里，浑身散发着蓝绿色的光。

当爱子看到那个男人完美的面孔时，不由得张大了嘴巴：“可你……你不是死了吗？”

那个男人轻轻一笑。“喂，对死者难道不应该用敬语吗，况且……还是你把我召唤出来的呢。”

爱子小心翼翼地用球棒戳了戳博嗣的身体。果然，触发了一圈圈光的涟漪后，球棒穿了过去，就像是一个全息图。

“还真的不是实体……好厉害……”她发出一声赞叹。

“浑蛋，用球棒戳穿人家的身体，还一边感叹好厉害是怎么回事！”

“你说话的方式，真的和博嗣君一模一样呢。”爱子说。

“说什么呢，我就是博嗣 X——用爱和音乐拯救世界的英雄啊！”那个男人做出可笑的标志性动作，双手交叉胸前，向前伸出变成手枪，发射爱的讯号，活像漫画里才会出现的人物。

“我知道了。我答应过你，一定会找出真相的。”爱子点点头，“请博嗣君也要帮助我呀。”

“好啦好啦，根据协议，我会给出三条重要线索，但是你要提出正确的问题才可以噢。”

博嗣 X 蹲下身子，直视爱子的双眼，伸出三根手指。虽然这个蓝绿色调的身体有点飘忽不定，但还是像生前一样，帅得闪闪发光。

爱子被看得脸红起来，她移开视线，“嗯，我已经看了有关案件的报告，但是还想听你再说一遍在更衣室里发生的事情。”

“你可能浪费了一个问题。我所要说的，都可以与现场证人的证词交叉验证。更衣室已按我的要求拆掉了所有的监控摄像头，所以并没有视频录像。演出的中场是非常紧张的，首先是在造型师和化妆师团队的监督下换好衣服、化好妆。接着是调试吉他，给吉他上弦，跟音乐总监、舞台总监过一遍流程。我的经纪人小美一直陪着我，直到结束。所有人离开后，在上台之前，我习惯独自冥想三分钟，让心情平静下来。”

“也就是说，你在一间密室里，谁也不能进出，对吧？”爱子问道。

“这算是一个免费的衍生问题吧。是的，只有我一个人。除了正门，房间没有别的出入口。”

爱子陷入了沉思。当她想抬头再问更多的问题时，那个身体已经渐渐变得透明，消失不见了。

“喂！可不可以再等等……”

“……我的第一次探望就到此为止了。加油噢，爱子小姐！你能做到的！”博嗣若有若无的声音飘荡在空气里。

爱子摇摇头，失落地关上冰箱门，阴森的光线和冷气一下子消失了。厨房里只剩下她一个人，和洒了一地的牛奶。

“……我只是想问，可不可以抱抱你……”

*

“什么！你见到了博嗣 X 的……”菜菜子（Nanako）夸张地捂住嘴巴，瞪大眼睛，银色睫毛闪闪发亮。“……这才叫‘鬼混’吧……”

“浑蛋！”

午后在 Doux Moi 排队喝下午茶的人总是很多，这家店最有名的除了招牌的法式 high tea 套餐，还有当红的老板——法日混血艺人 Ines Suzuki。很多人抱着撞见明星本人的心理前来一探究竟。

菜菜子是这里的 VIP，享有不用排队等位的特权。

倒不是因为菜菜子的累计消费金额有多高，而是因为她的职业。菜菜子是一名传说中的“粉丝组织者”。作为招募和运营粉丝的专家，她所经营的社交媒体渠道，粉丝数量往往达到数百万个。每当明星需要提升曝光率的时候，比如发布新歌、上综艺通告、宣布新的品牌合作或者亲临现场打广告的时候，经纪人和经纪公司就会求助于专业的粉丝组织者。

粉丝组织者就像带兵打仗的军事指挥官一样，拥有一大群铁杆粉丝，只要他们一声令下，粉丝就会砸钱、上网发帖、现场应援。菜菜子是其中的佼佼者，她有经验、有魅力、懂业务，所以什么演唱会门票、特别见面会、限量版商品，当然还有 Doux Moi 的 VIP 特权……都是经纪人为了讨好她可以付出的代价。

菜菜子为自己的工作感到自豪：从签约为明星服务的那一刻起，菜菜子就可以化身死忠粉，从专辑单曲的发行日期、各大颁奖典礼的获奖情况到数十年来的花边八卦……菜菜子就像一台人形电脑一样，对明星的生活了如指掌。凭借超凡的记忆力和对粉丝圈语言的熟练掌握，她很容易就能赢得其他粉丝的信任。然而，鉴于工作性质，她也可以在几秒钟内叛变到竞争对手的粉丝中。在粉丝圈里，她有一个无人不知的外号——“变色龙菜菜子”。

作为爱子十几年的闺蜜，菜菜子最无法理解的就是爱子对博嗣 X 至死不渝的爱。

“你别光吃啊，帮我想想办法。”爱子一脸苦闷。

“甜品都不让人好好吃……不过说实话，线索这么少，当福尔摩斯，不是我强项。”

“手册上说，要说出正确的关键词，才能召唤出博嗣君呢。”

“欸？如果是这样的话……”菜菜子抹了抹嘴角的奶油，“你不是说，上次他在厨房出现之前，你说了要给他煮拉面吗？博嗣君似乎很喜欢上美食节目，也许关键词和食物有关？”

“可我又怕召唤出来后，像上次一样问了个蠢问题，浪费了机会。”爱子都快哭出来了。

“是挺蠢的。”

“拜托！”

“好啦，我是这么想的，不要问那些你可以从资料包里分析出来的线索。也许可以问问他和其他人的关系——比如他跟谁有仇啊？谁威胁过他啊？动机，总是推理小说里的侦探会考虑的第一个问题。”

“有道理……”爱子若有所思，“应该把进入更衣室的这几个人跟博嗣君的关系搞清楚。”

“要我说呢，更简单的就是，加入我的俱乐部呀，每个月给你推送最新最红的艺人，就像逛超市一样，每天都可以换一种新口味呀，何必只为一种味道而烦恼呢。”

“你这种人是不会懂的！博嗣君对我的人生有特殊的意义……他拯救了我！”

“啊又来了，悲惨的原生家庭故事……不是我不想陪你，下午有一个 Ultra Talent 节目的打 call 会，我先走了啊……”

“喂！每次都是这样！”爱子看着菜菜子消失在排队的人群里。

也许这就是她喜欢博嗣 X 的原因吧。爱子不由得摇头苦笑。从小到大，爱子都是那个多余的人。父母离婚，没人想要她，把她留给了爷爷奶奶。上学报名参加音乐社团，她总是被列在备选名单里。就连交朋友、谈恋爱……也总是被人当作第二选择，遭到背叛、抛弃。爱子为此陷入深度的自我怀疑，患了抑郁症，甚至自杀未遂，直到听了博嗣君的《奇迹闪耀》。

“不管世界如何敌意 / 都要勇敢走下去 / 直到时间尽头未来过去 / 你依然

是你闪耀奇迹……”博嗣在歌里唱道。

这首歌像一支箭深深地射中了爱子的心脏，触动了她的灵魂。头顶的乌云一下子散开了，金色阳光遍洒大地。爱子的整个青春期都是与博嗣 X 一起度过的，仿佛有了这位偶像的陪伴，她便再也不会孤单。也因此，她愿意一次次为自己的偶像买单，家里堆满了各种没有实际用途的周边纪念品，但爱子并不在意。

她疯狂地找来了博嗣 X 的所有歌、影像资料、杂志图书……很多年前，这位先知先觉的偶像就把所有数字版权授予了一家叫维贝兹（Viberz）的科技公司。所有博嗣的官方资料都经过精心的数字化处理、修复、编制索引，使得这些数据可以被二次授权给更多样化的娱乐项目进行后续开发。

由于她的热心，维贝兹选择了爱子作为其神秘新项目“Historiz”的测试用户之一。维贝兹的客户代表解释说，这个项目可以让她以一种全新的方式与自己的偶像“接触”，要求爱子回答超过三百个关于博嗣 X 的问题，以及授权个人数据接口。爱子毫不犹豫就答应了。几周后，她被邀请到维贝兹 XR 体验室，在那里她遇到了跟她一起见黑袍老妇人的那几个女孩。她们也都是被精心挑选出来的超级粉丝。

*

健身房里，爱子换好体感服，跳上动感单车。XR 隐形眼镜上出现了她最喜欢的风景，美国加州 1 号公路、挪威大西洋海滨公路、法国阿尔卑斯大道……超轻薄的体感服除了能够模拟相应的触觉反馈，比如微风、日照、颠簸之外，还可以实时监测她的生理数据和身体姿态，生成个性化的运动建议。

这一切，让她感觉自己并不是被囚禁在这小小的健身房里，而是在世界上任何开阔之处自由翱翔。她突然想起博嗣君在某档旅游节目做嘉宾时也说过类似的话——不管去什么国家，他都想吃中华料理，哪怕只有一份煎饺，那才是令人安心的味道。

“说不定煎饺什么的也可以呢……”爱子喃喃自语起来。

“煎饺的味道真是令人怀念呢，爱子小姐！”

博嗣 X 的身影就这么猝不及防地出现了。风景消失了，他穿着缀满亮片的演出服，飘浮在空中，叠加在健身房沉闷的背景上。

“博嗣君！你吓了我一跳啊！下次能不能提前打个招呼啊……”

“这样才有意思嘛。”博嗣朝她眨眨眼。

这时健身房的门开了，一个个子不高，身材匀称的男孩拿着毛巾走了进来，一头比熊犬般蓬松的卷发，活像顶在头上的一团巧克力色棉花糖。他也戴着一副 XR 眼镜——只不过是带框架的，而不是隐形眼镜。爱子目不转睛地看着那个男孩走向自己身边的那辆单车，骑了起来，他的配速调到最高。

“爱子小姐，你的眼神暴露了一切噢。真是过分，我还以为你这辈子只喜欢我一个呢。”博嗣 X 假装生气的样子。

“什么啊？别再这么看着我，太丢人了……”

那个男孩突然停下，皱着眉头看着爱子，不满地说道。

爱子的脸一下子涨红了，连忙摆着手否认。“啊那个、不是啦，我在自言自语，实在是不好意思呢。”

“这样啊，真是一个怪人……”那男孩小声嘟囔着又骑了起来，把眼镜切换为 VR 模式，镜片瞬间变成了不透明的银色。

爱子羞愧地从动感单车上下来，溜出健身房。她在女子更衣室里坐下，擦着额头上的汗水。

“爱子小姐，喜欢一个人就要勇敢地去表白啊，记得我在歌里是怎么唱的吗？”博嗣靠在一排储物柜旁边对她说。

“你好像有八百首关于表白的歌吧？”

“你说话很夸张啊，明明只有……三十七首！”

“不要岔开话题了！说好的线索呢？”

在青春期的时候，爱子经常会幻想，如果自己能够和博嗣君每天说话，生活该有多美好。可是当梦想成真的时候，她又觉得哪里不太对劲。也许就是因为博嗣太平易近人了吧，很多口头禅和说话方式都和历史影像里没差别。但他本人——这个身影更像是邻家男孩，完全没有超级巨星的架子。正是这种感觉让爱子能够毫无保留地信任他。

“哦！你不说我都忘了，爱子小姐，请提出你的问题吧。”

突然正经起来的博嗣 X 的身影站在女子更衣室里，双手合十，深深鞠了一躬，显得更加滑稽。

爱子轻轻咳嗽了两声：“博嗣君，请告诉我，那些在你死之前进入更衣室的人，他们跟你的关系怎么样，有没有发生过什么冲突？”

“嗯，这个问题嘛，确实值得认真思考一下……”博嗣 X 的影子托着下巴做思考状，整个身体的光亮也变得忽明忽暗。

“这些人都跟了我超过十年，除了是工作上默契的搭档之外，私底下也是很好的朋友呢。当然，再好的朋友也难免有出现分歧的时候。比如说，我的造型师有时会强迫我穿上过分夸张的时装，化妆师会给我描上模仿大卫·鲍伊（David Bowie）的闪电妆，这些我都不喜欢。我会提出抗议，他们也会说服我。为了舞台效果着想，我通常都会让步。”

“嗯，听起来没什么问题。”爱子点点头，记在 Smart Stream 上。

“说到舞台效果，舞台总监 Naoto 和音乐总监 Kenyiti 都是从籍籍无名的年轻人，一路跟着我，成长为行业里的风云人物。虽然不敢说有什么恩情，但肯定也是彼此敬重吧。Naoto 虽然之前被我发现在财务上有一些状况，可那都是过去的事情了，该还给公司的钱也都还清了。Kenyiti 一直想要单飞做自己的音乐，被我大力挽留，虽然他心里可能有怨言，但现在我退出演艺圈，正是他自由的时候，应该也不会有什么仇恨吧。”

“演艺圈听起来好复杂啊……”

“你若真心对人，人必真心对你……”博嗣 X 唱了起来。

“说说经纪人小美吧。她对你想退休这件事有什么反应？毕竟你是她一手捧红的艺人，她一定很舍不得你走吧。”

博嗣 X 叹了口气：“说起来，小美在这件事上的反应确实出人意料地激烈。我也可以理解，培养一个成功的艺人太难了，很多时候需要付出十年以上的心血和努力，还得很幸运，才能有如今的成就。我和她沟通过很多次，也表明会在经纪合约期满之后解约，并且我会给她足够的经济补偿。但她好像还是难以接受，看我的表情总是有点奇怪。”

“莫非！”爱子瞪大了眼睛，“小美因爱生恨，她就是杀害你的真凶？”

“不可能，我相信小美的人品。何况，小美在更衣室的时候，别人也在场。”

“等等，让我再调出现场照片……”

“问题回答完了，我要走了，爱子小姐，不要让幸福从身边溜走噢，加油！”

“喂！等等博嗣君，我还没说完呢……”

那个身影穿过梳妆台上的镜子，消失得无影无踪。

*

爱子刚刚丢掉工作，这让她的生活陷入了尴尬境地，却也让她有很多时间去思考博嗣 X 的死因。

那一天，爱子所在出版社南云社的社长找到她，小心翼翼地提议她换份工作，却被爱子粗鲁地打断。

“又是 AI！ AI 知道什么是好故事吗，它懂得人心吗？无非是找个借口缩减开支罢了！”

一想起整层办公楼都能听得见自己的声音，爱子就羞愧得全身发抖。

说起来，文学编辑比其他编辑要支撑得久一些。财经新闻、体育报道、娱乐消息甚至政府官方文章的编辑们，早已经被自动化采编程序抢走了饭碗。在这个行业里，也就只有爱子从事的文学编辑没有被 AI 取代。文学图书是一个缓慢萎缩却又细水长流的市场，利益没有大到引起科技巨头觊觎的程度，又高度依赖于人类的创造力与审美经验，所以文学编辑仍然顽强地捍卫着人类尊严最后的防线。

直到 Super GTP 模型的推出，才让处于悬崖边缘的行业惊醒。这已经不单单是文学编辑被取代的问题了，几千年来人类对于文学的定义以及故事生产的机制，都将被彻底颠覆。

爱子读过机器为她定制的小说，有种非常奇特的“口感”。她就像当年第一次开纯电动车的司机一样，会觉得加速、起动过分顺畅，以至于缺乏了传统燃油车的顿挫感。AI 小说同样如此，句子流畅顺滑得过分，每一个情节和人物似乎都戳中了她的喜好。但是，也许正是因为过分讨好读者，AI 写作的故事缺少了一些阅读上的挑战和惊喜。

对于爱子来说，那些挑战和惊喜，正是决定一个故事究竟“平庸”还是“优秀”的关键所在。

愤而辞职之后，爱子却发现眼前的出版业几乎没有开放招聘的职位空缺。她只好考虑转行到需要编辑的影视公司或游戏公司。她递交的求职申请迟迟没有回音，却等来了维贝兹公司发来的神秘信息，邀请她参加新的沉浸式体验，其实就是当小白鼠。别无选择的她只好逃入游戏，挖掘偶像之死背后的秘密，哪怕这癖好正在加速消耗她捉襟见肘的存款余额。

爱子决定从小美这条最有价值的线索入手。她为游戏充了值，解锁了小美的信息包，预定了视频聊天的时间。

和陌生人说话是爱子最害怕的事情。选择文学编辑这份工作的最大原因，就在于在日常工作中需要接触的只是文稿和邮件，而不是一个个奇形怪状的真实人类。而且，妙就妙在大多数写作者也是社交恐惧症患者，所以这个游戏才能够进行下去。

为了表示尊重，爱子租了一个小时的方块空间，只有一张榻榻米大小，隔音效果十分理想。这种方块空间，基本是附近写字楼的白领来午休、冥想或者打私人电话的地方。

“打扰了，小美小姐。”在练习了二十六次不同方式的开场白之后，爱子终于拨通了那个号码。一个妆容精致，看不出确切年龄的短发女子出现在屏幕上。

“哦，你就是那个粉丝侦探对吧，叫什么来着……”视频中的小美穿着灰色职业套装，一副十分不好相处的样子，“对了，爱子？还真是个俗气的名字呢。”

“是的，就是我啦。”爱子尴尬地赔着笑脸，“这次麻烦您，是想向您了解一些关于博嗣君的情况呢。”

“我知道的一切都告诉警察了。不过你说吧，我听听看。”

“是这样的，我想知道的其实是您对博嗣退出演艺圈这件事的看法。”爱子说。

“哦？”美子防备的表情似乎有所放松，“这个我倒是可以说说。这么多年了，外面的八卦小报一直在抹黑我和博嗣 X 的关系，说我压榨他，又说我用巨额违约金要挟他，不让他退休，根本就是胡说八道！我确实是一个要求很高的人，但所有的要求都是为了让博嗣 X 能够在舞台上绽放最耀眼的光芒。我爱他就像爱自己的孩子，我不会做任何伤害他的事情。”

“嗯，我明白了……”爱子一下子不知道该如何继续，对方似乎早已看出自己的猜疑，无论如何，这番回答合情合理，毫无破绽，小美似乎也不像在说谎。

正当爱子思考策略时，小美开口了：“我也有一个问题想问你，爱子，你属于哪一种粉丝？”

“什……什么？”被突然反问，爱子措手不及。

“这么多年来，我接触过成千上万个博嗣的狂热粉丝，她们的表现千差万别。有人默默支持从来不出声，有人勒紧腰带为信仰充值，有人在网上为维护偶像与水军对骂，也有幻想自己在和偶像谈恋爱的，还有因为骚扰被送进监狱的偏执狂。

“但本质上，我认为世上的粉丝只有两种：一种粉丝把偶像当作神，这种粉丝只能接受完美的形象，一旦偶像和自己想象中的不一样，不能满她们的需求和期望，她们就会因爱成恨，头也不回地离开，甚至做出更糟糕的事情；另一种粉丝把偶像当作人，会平等地欣赏自己的偶像，愿意跟着他一起成长、一起经历高低起伏的人生，也许这样的粉丝永远不会和自己的偶像有交集，但到最后，粉丝和偶像之间会产生一种心的羁绊，就像一个真正的朋友那样。”

“心的……羁绊？”爱子重复着小美的话。

“所以爱子小姐，你究竟是哪一种粉丝？”

“我……我不知道。”爱子茫然地回答。

小美爽朗地大笑起来：“在我看来，如果有人在自己的偶像死后，还愿意为他付出这么多努力，那么至少，她不是一个单纯的消费者。”

“也许吧，我只是不确定自己有没有资格成为博嗣君的朋友。”

“对于朋友来说，真诚是唯一的许可证。”

“非常感激您能这么说。”

“我希望你能仔细研究一下博嗣的死因，似乎不像看上去那么简单。”

“死因？”

“我只能说这么多了，祝你好运，爱子。”

小美消失了，她看上去一点也不像由 AI 生成的人。爱子抬起头，方块空间的防窥玻璃上映出一张陷入沉思的脸。

*

突如其来的线索打乱了爱子的步调，她重新翻出警方的尸检报告研究起来。与此同时，小美的发问也扰得她心神不宁。

我究竟是哪一种粉丝？是剥削者、消费者？还是……朋友？

爱子摇摇头，强迫自己把注意力集中到材料上来。

从表面上看，博嗣君似乎是溺水而死，口唇青紫、面色惨白、口腔及呼吸道中有积液，这些都是因溺水而死的迹象。但之前爱子因为心理不适并没有翻检尸检报告的其他内容。在她心里，她仍然无法接受自己心爱的偶像死去。

她点击尸检照片，并与网络上因溺水死亡的尸体图片进行比对，很快她就发现了问题。

博嗣 X 的耳膜并没有因为水压而出血，皮肤也没有那种因为在水里浸泡过而皱缩、泛白的迹象。最重要的是，他的肺部并没有积水、水肿或气肿。这些都说明博嗣并不是真的溺水而死。

博嗣真正的死因究竟是什么呢？

爱子在游戏的答题框中输入了自己的答案。随着一声轻响，报告的结论页面解锁。

"……由于急性中毒导致呼吸中枢抑制，造成血氧饱和度断崖式下降，从而引发猝死。"

爱子瞪大了眼睛。竟然是中毒！

她站起身来，在房间里来回踱步，想要理清思路。

既然是中毒，那么必然有人投毒。只要分析出毒药成分，搞清楚博嗣君是在哪个环节摄入毒药的，便可以锁定那些有机会下手的嫌疑人。再结合他们的消费、邮递、通信的记录，就不难挖出真正的凶手。

真相即将大白于天下！爱子双手紧握成拳头，几乎就要欢呼起来了，直到她瞥见另一份文件——毒物检验报告。

博嗣的死是由两种不同药物混用产生的毒性反应导致的，其中一种成分不明，另外一种竟然是爱子非常熟悉的 Angellix——一种抗抑郁药物，具有积极改变情绪的作用，病友们都把它叫作"天使的微笑"。

难道博嗣君也有抑郁症吗？

原本以为马上就可以解开的谜团却越来越复杂了。爱子几乎就要召唤出博嗣 X 一问究竟了，但在最后一刻她还是控制住了自己的冲动。只剩下最后一次提问机会了，她不能就这么轻易浪费掉，还是得靠自己找出更确凿的证据。

她找出家里所有带有博嗣 X 标志的周边产品，浴帽、睡袍、拖鞋、帆布袋、飞机枕……把自己打扮得像一棵挂满礼物的圣诞树，她希望这些价值不菲的物件能够给自己带来运气。爱子心里这样想着，随手又拿起最后一件藏品——逗猫棒。

爱子跪坐在榻榻米上，鞠两次躬，拍两下手，再鞠一躬，最后双掌合十，说："博嗣君，请保佑我找出真相！"

在 XR 隐形眼镜的虚拟视野里，所有线索和材料都在空气中散开，像是琳琅满目的购物指南，在爱子的手指所到之处，它们会闪闪发光。她熟练地拨弄着拟物化图标，把它们归类并联系在一起。很快，在杂乱无章的线索和材料中，出现了一张迷你地图。

她先把关键词"抑郁症"放在一边，标注为"待解决"。

假设博嗣君确实长期服用 Angellix，那么在他体内肯定会残留一定浓度的化学物质，这样才能和不明药物发生毒性反应。那么，投毒的人肯定是熟悉他病史的身边人。如果是通过皮肤吸收化学物质，从吸收到毒性发作最快需要两小时，时间上太不可控。因此，博嗣只可能通过口服摄入药物，这样，最快发作时间为十分钟左右，正好在十五分钟的中场休息时间之内。

爱子交叉验证了在场人员的证词，最终确认：为了保持最佳表演状态，在后台期间，博嗣君并没有进食，仅仅补充了水分。

爱子随后提取了残留饮用水样本进行化验，结果并无异常。

又陷入了死胡同，爱子抓着自己的头发。

她再次调出当天演出的视频，快进到即将中场休息之前。舞台上的博嗣 X 光芒四射，舞动着手里的电吉他，用一段快如闪电的即兴小独奏（Riff solo）将演唱会的气氛推向高潮。他挥汗如雨，将吉他拨片噙在唇间，向在场的四万八千名观众，及数以百万计的在线用户深深鞠躬。舞台灯光暗了下来，博嗣缓缓后退，隐入幕后。

没有人想到，这竟是他的最后一次谢幕。

等等。爱子似乎发现了什么。倒带，播放，定格，放大。

那是博嗣标志性的手势，身为铁粉的她竟然对如此明显的线索视而不见。

*

走出“彩虹六号”乐器行的爱子，在涩谷街头熙熙攘攘的人流中神情恍惚。她完全失去了方向。

“彩虹六号”是博嗣 X 的吉他拨片的独家供应商，最后一批货是在博嗣身亡之前一个月发出的。因为吉他拨片体积小巧、容易丢失，博嗣一般会随身带好几片以备不时之需。爱子确认过，演出当天并没有其他人接触过他的拨片，而在他使用的拨片上也并没有检验出异常成分。她的推理到此为止。

爱子发现的证据就像项链上的珍珠，一旦线索断裂，便只能散落一地，弹跳着滚远，再也捡不回来了。

爱子陷入了绝望，难道就这么放弃？每当人生遭遇挫折时，《奇迹闪耀》的旋律总会在她耳畔响起，这次也不例外，仿佛已经成了某种条件反射。

不要把命运当作失败的借口！

她想到了最后一根救命稻草——再次召唤出博嗣 X 的身影，问出第三个问题，也是最后一个问题。

试遍了所有博嗣君喜欢的食物名字，他却依然不见踪影。爱子快要崩溃了，她像疯子般在街头大喊：“到底博嗣君是不是被拨片毒死的啊？”

周围的行人纷纷扭头，投来同情的目光。

爱子羞耻得简直想找条地缝钻进去。可没过几秒，那个蓝绿色的身影竟然真的就出现在了东京最繁华的街道中央。

“啊哈！真没想到爱子小姐能走到这一步呢，真是大出所料！”博嗣的身影飘浮在空中，透过他半透明的身体，可以看到无数广告牌在闪烁着彩光。

“所以……‘拨片’果然是关键词？可为什么……”

“停！在提出最后一个问题之前，你最好想清楚，这是你唯一的机会。还有，别忘了，不能直接问我谁是凶手，这是规则。”那个身影把食指放在唇间，表情严肃。

“……了解。”爱子底气不足地答应着。

她又能问些什么呢？推理存在盲点吗。爱子的大脑飞速运转，将她带回之前整理出的线索地图，那些图标和线索，在虚拟视野中闪烁着微光。

突然间，她脑海中闪过那个被标注为“待解决”的问题。

爱子鼓足勇气，说出了心底的疑问。“所以……博嗣君，你为什么要吃抗抑郁药呢？”

有那么一瞬间，那个身影似乎是被卡住了，一动也不动。这让爱子担心自己是不是问错了问题，导致游戏提前结束了。

过了半分钟，博嗣 X 的身影才又恢复了动作。不过，他的性格似乎完全变了，之前的幽默与阳光被忧郁所取代。

“我就知道你会问的，爱子小姐，你是真正关心我的人，而不是只在意我脸上那张摘不掉的面具。他们都说，偶像最重要就是人设——一个讨人喜欢、充满魅力、完美无瑕的人设。一旦人设获得了市场认可，就必须在漫长的人生里不断地强化它。这个通过对无数用户进行调研，再由团队全方位打造出来的人设，只是一件商品。而背后的人，只是这件商品最廉价的包装纸，看起来光鲜亮丽，可他们可以随时撕碎你、摧毁你、抛弃你……”

“不是这样的，博嗣君！我喜欢的是你，是真正的你……”爱子脱口而出。

“真的吗，爱子小姐？如果我和综艺节目或者杂志里的那个博嗣 X 完全不一样呢？你还会喜欢我吗？我厌倦了这种没完没了的角色扮演，这让我讨厌自己。我决定退出，可即便这样，却仍然逃不掉……”

“为什么？是谁在阻止你？是小美吗？是你的赞助商？还是那些可恶的

资本家……”

突然，博嗣 X 爆发出一阵歇斯底里的笑声，就像听到极其荒谬的言论。

“博嗣君，你怎么了，不要这样吓我……”

“是你们。”

“什么？”

“是你……还有每一个口口声声说会一直爱我、支持我到最后的粉丝。在得知我要退出之后，许多人向我发出了死亡威胁，但她们威胁的不是我的生命，而是她们自己的生命。”

爱子惊恐地捂住自己的嘴巴。

“你知道，在我们这个国家——日本，自杀可是一直被视为一种荣耀呢。就好像一旦结束了自己的生命，一个人血液里与生俱来的羞耻感也被洗刷干净了。这也太可笑了吧？那些寄来自己血液、头发、自残照片的孩子，她们真的爱我的吗？”

“博嗣君……”

“只有去死。”他下定了决心一般昂起头，边缘闪烁着柔和的彩虹光晕，“把生命中最灿烂的一刻留在舞台上，只有这样，那些人才会放过我吧。”

“博嗣君……”爱子的声音带着哭腔。

“非常感谢你，爱子小姐，感谢你为我所做的一切。只不过……”

“什么？”

“爱子，你不也是她们中的一员吗？”

他带着微笑正视着爱子的双眼，爱子的脸变得毫无血色。刹那间，喧闹的涩谷街头一片死寂。

*

回到公寓后，爱子再次走入案件现场，显得有些心不在焉。

眼前的这间更衣室如此熟悉，过去的几天里，她翻来覆去地勘察每一个角落，琢磨每一件道具，生怕漏掉什么不起眼的线索。

现在这些都不重要了。

XR 隐形眼镜正在以两倍速回放着博嗣死亡的场景。

满头大汗的博嗣君在众人簇拥下回到更衣室。化妆师为他补妆，造型师替他披挂饰物，音乐总监在简要地跟他同步曲目……当经纪人小美喋喋不休地念着新的合约条款时，博嗣舔了舔拨片，扫了几下吉他，调整合成器的音色。整个团队在他身边寸步不离，好像这个男人就是全宇宙的王，整个世界都在为他不停地运转。

终于，这个全宇宙的王挥了挥手，示意所有人离开更衣室。没人注意到他过度苍白的脸色。博嗣 X 把房门反锁上，跪坐在地，双目微闭，似乎在与看不见的神灵沟通。他的身体开始颤抖，妆容精致的面孔变得青紫，眼睛圆睁，嘴唇张开，像有什么话要说，但声音哽咽住了。他抓起水瓶大口喝水，突然被呛到了，剧烈地咳嗽起来，水喷了一地。他倒在地上，挣扎着向门口的方向爬去，但身体开始痉挛。他的手指蜷曲起来。终于，他彻底瘫在地上，胸口不再起伏。

片刻，响起了由缓渐急的敲门声。

“所以……这就是当时发生的一切。”爱子的声音有些无力。

“可你还是没能解释，为什么在从博嗣身上找到的拨片上没有检验出残留的药物。”一个新的声音在她的 XR 耳机里响起，那是来自 Historiz 观察员的声音，由 AI 驱动的游戏角色。

“为了回答这个问题，我们得把时间倒回到中场休息之前。必须承认，这确实是我忽略的一个盲点。”

爱子的右手在空中做出一个逆时针拧转的手势。博嗣的尸体睁开眼睛，水从地板上飞回他的嘴里，他走到门边，打开反锁，所有的工作人员倒退着走回房间，各就各位，开始忙碌，像是动画片里滑稽的片段。

一直到博嗣 X 回到舞台中央，爱子才停止倒放。

“这一幕我看多少遍都不会腻……”爱子自言自语道，痴迷地看着偶像在炫目的灯光中挥洒汗水，用狂野的动作掀起观众的高潮。

好了，停下吧。画面随着爱子的手势停了下来。

“注意看他的右手，我换成零点五倍速慢放。”

博嗣 X 奏完最后一个音符，右手夹着拨片，定格在半空中。随着灯光变暗，他自然地放下手。有那么一瞬间，他的手完全被吉他挡住了。

“逆时针旋转九十度。”爱子下令。

爱子和观察员走到了博嗣的右侧，正好可以看清他被吉他挡住的手。博嗣把原来的拨片塞进牛仔裤前兜，又用手指从硬币口袋里夹出了另一片拨片，潇洒地噙在唇间，露出他标志性的笑容。

“他在进入更衣室之前就已经服毒了，有问题的拨片肯定被他随手丢掉了。我看了时间戳，从这会儿到毒发正好是十二分钟。”

博嗣 X 的影像消失了，爱子发现自己站在舞台中央，刺眼的聚光灯打在她脸上，她本能地举手遮住眼睛。全场响起山呼海啸般的欢呼声和掌声。

这是……在为我欢呼吗？爱子不敢相信。

“非常精彩，恭喜你，爱子小姐，你成功地找出了真相，你就是我们的粉丝大侦探！”观察员深深鞠了一躬，身影淡入黑暗，“接下来就是我们的闭幕式，不要走开——这也是剧情的一部分哦。”

尽管早已预料到即将发生的事情，爱子还是局促不安起来，她的心跳加快了。当博嗣 X 的身影再次出现在她眼前时，《奇迹闪耀》的旋律恰如其分地涌起，像温柔的潮水将她淹没。爱子的身体无法控制地颤抖起来。

“爱子小姐，感谢你拯救了我迷失的灵魂。太多的爱让我窒息，但你的爱……你的爱拯救了我，让我可以继续寻找下一站——天国的光明。再见了，爱子小姐，一定要幸福噢……”

“对不起，博嗣君，对不起……”

爱子终于忍不住泪流满面，她伸出双手，试图去拥抱那个身影，可留在怀里的却只有空气。博嗣 X 的灵魂开始绽放光亮，缓慢升上半空，带着迷人的微笑消失在夜空中，与群星融为一体。

舞台上只剩下了爱子一人，她眼前浮现出两个闪光的盒子，一个是粉色樱花状的，一个是蓝色鸟蛋状的。

“作为游戏优胜者，你将可以选择一份由维贝兹公司提供的大礼盒。选择粉色樱花盒，你可以拥有一个月的博嗣 X 智能玩偶使用权。注意，是从性格、声音到外形都 99.99% 仿真的超高级 AI 玩偶噢……”

爱子泪眼婆娑地抬起头，眼中充满犹疑。

“选择蓝色鸟蛋盒的话，你将可以和真正的博嗣 X 共享一次由品牌赞助商赞助的下午茶，注意，是真正的博嗣 X 噢，机会难得！

“现在，爱子小姐，请做出你的选择吧！”

一粉一蓝两个盒子在空中轻柔地浮动着，像随波浪起伏的鱼饵，等待着鱼儿咬钩。

*

“所以你究竟选了什么，女人！你倒是说啊！”菜菜子嚷嚷着，威胁要把抹茶可丽饼（Crepe）扔到爱子脸上。

“拜托！请不要在 Doux Moi 做出这么羞耻的事情……”

“要是我，肯定选择那款高级玩偶，整整一个月啊！想想，你可以和他做……很多事情……”菜菜子的脸上露出一丝坏笑。

“可惜你不是我……”

“所以你见到博嗣本人了？快说说，帅不帅？他现在应该很老了吧，还是很有魅力吗？你快告诉我！”

爱子微微一笑，陷入了回忆。

她还清楚记得那个下午自己在咖啡馆里等候时忐忑的心情。一阵微风，服务员的询问，邻桌小狗的吠叫，咖啡机研磨豆子的声音……都会让她心惊肉跳。爱子甚至想要逃跑。为什么我要选择蓝色盒子，这太不理智了！她心想。但话又说回来，喜欢一个如此遥不可及的偶像，本来就是一件不理智的事情。

一个温柔的声音把她从白日梦中唤醒。

“这位是爱子小姐吗？”

“啊是、是的。”爱子本能般结结巴巴地答话，却不敢抬头去看对面坐下的这个男人。

“初次见面请多多关照，我是博嗣。”

再不抬头就过分失礼了，爱子勉强自己微笑着慌乱地点点头，用余光打量着自己魂萦梦绕的偶像。

眼前的男子四十来岁，中等身材，戴着棒球帽，看不出发际线的真实情况。皮肤保养得很好，干净光滑，但还是阻挡不住岁月的痕迹，显得有一丝疲惫。他唇边有没剃干净的胡茬，下颌也宽大了不少。他的眼神里不再闪烁着少年的锐气，但却多了些中年人的温和持重。

毫无疑问，这就是那个人，老了二十岁的博嗣 X，曾经疯魔万千少女的超级偶像。

“还能认出来吗，老了许多吧，毕竟二十年了啊……”博嗣自嘲似的笑笑。

“啊没有，哪里的话，还是一样的帅气呢！”爱子害羞地低下头。

“你不用这么紧张，就把我当成平常的大叔就好。”

“啊好、好的！”话虽如此，爱子还是放松不下来。

服务员端上两杯咖啡和一份曲奇饼干。

博嗣咬了一口饼干，不由得赞叹起来：“嗯！这么多年了，他家的曲奇还是一样的味道呢。”

“那是博嗣君在第 1278 期《美食街头大搜查线》里品尝过的‘松脆奶油曲奇’吧。”

“啊……居然这都能记得，爱子小姐，您真是死忠粉丝呢。话又说回来，不是这样的话，您也不会成为Historiz的第一批测试用户吧。”

“的确如此呢。”爱子喝着咖啡，吃着饼干，终于淡定了一些。

“那么，我很想听听您对于这款暂且称之为‘沉浸式游戏’的看法呢。”

爱子放下杯子，深深吸了口气，像是在回味什么。

“我从来没有过这么神奇的体验。尽管大脑明明知道它是假的，是设定好的剧情，可所有的细节，包括AI身影说话的语气、动作、与我交互的方式，都会让人忘了它是假的，全身心地沉浸在故事里。”

“评价果然很高呢。”

“可有一点我不太肯定，这真的全都是由AI创造出来的吗？”

“爱子小姐的疑虑是……”

“作为一名编辑——嗯，曾经的文学编辑——我非常了解讲好一个故事有多难，想要做到形式和内容协调，而且和观众建立情感共鸣，更是难上加难。在这个游戏里，最关键的并不是罪案本身，而是最后发现的真相与玩家内心的共鸣。当博嗣君——抱歉，应该是你的AI身影——说出‘你不也是她们中的一员吗’时，那种强烈的震撼让我落泪。这真的全都是AI的功劳吗？”

“好吧，我试着回答您的问题。”博嗣说，“还记得进入游戏之前，您回答过的那三百多道题吗，还有开放给Historiz的各种数据接口。通过这些，AI对您进行了全面的人格测绘，它了解您喜欢什么风格的故事，可能会做出什么反应，甚至内心有什么创伤。某种程度上，可以说AI比您更了解你自己。但您的怀疑不是没有道理，光靠AI可编不出这样的故事，还需要人类作者的帮助。”

“我想认识那个作者，他真的太厉害了……”爱子眼中放出光亮。

“您现在就坐在那个人的对面。”博嗣把饼干含在唇间，微微一笑，依稀有当年的风采。

“竟然是……博嗣君吗？”

“Historiz 给我看了每个玩家的资料，我会结合 AI 的分析，选择我认为最有意思的故事方向。毕竟我也是多年的推理小说迷啊。我也参与了一些关键的情节点的设计。比如说，从一开始就用‘叙述性诡计’误导您。这个 AI 可做不到。”

爱子张大嘴巴，恍然大悟：“原来是‘叙述性诡计’啊！”

“没错。”博嗣接着说，“还记得当时博嗣的灵体借老妇人之口说的那段话吗？他说，‘我不想死’。既可以理解成‘有人杀害了我，我不想死’，也可以理解成‘我不想死，但我别无选择’。所有人的第一反应都会是他杀，从而排除了自杀的可能性，这就造成了最大的一个盲点！不过，爱子小姐，不得不说，您是个推理高手呢！”

“因为工作的原因，看过一些推理小说而已。”爱子不好意思起来，“不过，我还有一个困扰多年的问题。为什么博嗣君当年会突然消失，又为什么选择以这种方式回来？”

“啊……终于问到这个了。这个故事，可要从二十年前讲起。”

博嗣的表情突然变得梦幻起来。

*

我就是游戏里的博嗣 X，我是虚拟的，又是真实的。

二十年前，正值人气如日中天之时，我厌倦了这种在粉丝面前扮演精心打磨人设的生活。我决定脱下伪装，以真面目示人。可是市场却不买账，唱片及周边产品销量大跌，负面新闻不断，品牌赞助商纷纷解约。不过，压垮我的最后一根稻草却不是经济上的损失，而是那些一直忠心耿耿的粉丝。

那些狂热的粉丝不接受自己心目中的博嗣改变人设，认为一定有幕后黑手在操控。她们集结成一股强大的力量攻击相关网站，造成大面积的网络瘫痪，也因此引发了关于偶像与粉丝关系的社会大讨论。舆论矛头直指我本人，认为是我误导了年轻人的价值观，创造出畸形的粉丝产业，浪费了大量的社会注意力资源。

在巨大的压力之下，我患了抑郁症。我决心消失，不留任何痕迹地退出娱乐圈。只有这样，才能让那些丧失理智的粉丝回归正轨。

风波终于平息了，博嗣逐渐被人遗忘。一批又一批新偶像粉墨登场，形成一波又一波更狂热的粉丝风潮。

康复后，我改头换面，用了一个新名字，过上了忠于自我的生活。我回到校园继续读书，结识了一位志同道合的好友，也就是日后创建维贝兹的联合创始人兼 CTO 太洋（Taiyo）。

太洋是一名信仰技术的极客，对游戏狂热的他希望打造一款能够改变世界的游戏。一次宿醉之后，我说出了自己隐藏已久的真实身份，并情绪失控地抨击偶像与粉丝之间扭曲的权力关系。这番话，像闪电一样击中了太洋。

太洋对我说："你知道问题出在哪里吗？并不是像你所说的，粉丝们掌握了操控偶像的权力。恰恰相反，是因为他们没有权力去讲述属于自己的故事，所以才会如此非理性地去捍卫一个虚假的人设。毕竟，除这个人设，他们一无所有。这个形象寄托着他们所有的情感与信仰，而现在告诉他们这不是真的，只是表演，这对于他们来说，就是欺骗和背叛！"

我不得不承认太洋说得在理。他的解决方案听起来过于简单——用 AI 创造一款游戏，让每一个人都可以打造属于自己的偶像，并拥有独一无二的与偶像互动的剧情。

"我想你误会了偶像的定义。只有当一群人对某人集体崇拜时，这个人才能够被称为偶像。否则，他只不过是自娱自乐的一个游戏角色而已。"

我记得，当时自己这样纠正太洋过于天真的想法。

这样的思维碰撞伴随我们度过了之后几年的校园时光，直到我们找到了一条解决之道：利用一个在现实世界里已经功成名就的大众偶像，通过数字化技术和 AI 引擎，制造出能够为粉丝提供定制化服务的虚拟偶像，甚至像太洋想象的那样，设计一场高度个性化的沉浸式游戏。

可最大的问题就是，去哪里找如此慷慨而明智的偶像来参与实验呢？我所熟悉的娱乐圈人士，只在乎金钱和短期利益，不可能有足够开阔的眼界接受这么激进的提议，哪怕这代表着娱乐业的未来。

“我想我们已经有了一个人选。”太洋眼带笑意地看着我。

一开始我坚决反对，就好像患有创伤后应激障碍（PTSD）的士兵对回到战场总是心怀抗拒一样，我不愿意再卷入那些令人窒息的伪装与操控。但太洋说服了我，这是一次最好的机会，让博嗣作为一个复活的偶像，证明自己是对的。这世上不应该只有一种粉丝与偶像之间的关系，而最好的关系就是把定义的权力交给每一位粉丝，让他们去创造属于自己的偶像，谱写属于自己的故事。

维贝兹应时而生，但谁也没有想到，这个过程竟然花了十年。

高清扫描建模数字化身并不困难，通过动作捕捉建立姿态数据库也很成熟，表情模拟只是一个精度问题。真正花时间的是自然语言处理，和用用海量数据训练 AI 模型，以达到流畅自然的交互效果。一旦用户感觉到对话不对劲，对产品而言，这就是死亡之吻。最后，维贝兹必须找到一条实现用户个性化造梦的道路。依靠最简便的数据调查和建模工具，生成目标用户的性格特征图谱，并将这些结果映射到产品上。要想利用这些技术锻造和整合一个成熟的产品，需要耗费无尽的日夜。

博嗣 X 能以虚拟形象二次出道，还多亏了媒体上突然兴起的对二十年前流行文化的怀旧热潮，它重新激发了人们对当年偶像的兴趣。

出乎意料的是，博嗣 X 竟然是其中人气最高的一位。也许正是我当年的突然消失，让人们对我的印象凝固在时间的琥珀中，永远停留在那个有着天使般声音的漂亮男孩形象上。不像其他偶像，在镜头前历经了衰老，甚至犯了罪。

维贝兹没有错过这次天赐良机，版权、技术、产品一应俱全的维贝兹，让虚拟版的博嗣 X 攻占各种尺寸的屏幕，也包括 VR、AR、MR 等各种 XR 视野，周边产品更是赚得盆满钵满。

当诸多大牌经纪公司纷纷找到维贝兹，要求制作类似于博嗣 X 的数字化偶像时，维贝兹的团队知道时机成熟了，于是，以 Historiz 为名的沉浸式互动娱乐子公司应运而生。

*

“等等，所以你们后来真的没去约会啊……”菜菜子眼中满是失望。

“别说了！我对博嗣君的爱是柏拉图式的。”爱子争辩道。

“好歹要个限量版周边产品什么的。”

“嗯，其实……他对我发出邀约了。”

菜菜子差点把茶水一口喷出来：“他约你做什么？”

“他问我，”爱子脸上泛起幸福的红晕，“愿不愿意和他一起创作故事。”

“哈？”

“博嗣君说，Historiz 需要擅长讲故事、懂得如何触动人心的作者和编辑。”

“你拿到了最有前途的 AI 科技娱乐公司维贝兹的工作邀约啊！可千万别告诉我你拒绝了！”

“我接受了邀约，但有一个条件。”爱子说。

“什么！爱子，你疯了吗？”菜菜子嫉妒得眼睛简直要喷火。

“我的条件是，下一次，我要决定博嗣君在游戏里的死法。”

“……那他怎么说？”

爱子用小勺搅拌着咖啡，抬起头，目光落在菜菜子背后的某个地方，像是看到了一个泛着蓝绿色光芒的半透明人影。她露出了笑容。

“博嗣君说，成交。”

原载《上海文学》2021 年第 8 期

【作者简介】杨映川，女，生于上世纪70年代，广西凌云人。文学硕士，国家一级作家。1999年开始小说创作。2005年加入中国作家协会。为广西第三届和第六届签约作家。发表有长篇小说《魔术师》等，中篇小说《我困了，我醒了》《三公里》《在桃源》等，短篇小说《爱情侏罗纪》《下一个是你》等，出版有小说集《千山鸟飞》等。曾获人民文学奖、第十七届百花文学奖中篇小说奖等多个奖项。

Yang Yingchuan, female, was born in Lingyun, Guangxi Province in the 1970s. Yang is Master of Arts, and national first-level writer.Yang Started novel creation in 1999 and joined the China Writers Association in 2005. As the third and sixth contracted writers of Guangxi Province, Yang Published novels including *Magician,* etc., novellas including *I'm sleepy, I woke up*, *Three Kilometers*, *At Taoyuan*, etc., short stories including *Jurassic Love*, *Next Is You*, etc. The collection of novels *Birds Fly through A Thousand Mountains* and so on. Yang has won many awards including the People's Literature Award and the Best Novelette of 17th Bai Hua Prize, etc.

在桃源

杨映川

一

在没与吴洁见面之前，屈禾青就猜想吴洁十有八九是个婚托，不过，这也是他愿意进入这场游戏的一个理由。

俩人如约见面。吴洁身材秀挺，高鼻雪肤，粉唇皓齿，长发飘飘，这样的人哪里需要相亲？另外，屈禾青是知道自己长相的，他相过大概十来次亲，也召过失足妇女，哪一次女方的眼里没有厌恶或是嫌弃？没有才是反常呢。吴洁就没有。吴洁说话轻声细语，脸上带着轻淡的笑，眼神略显空洞，完全忽视屈禾青半边烧伤脸留下来的疤和因伤无法合拢的嘴。屈禾青的理解是，如果目的不是相亲，当然不用在意对象。屈禾青单方面对吴洁很满意，他还没收拾过长相这么出众的女人呢，漂亮女人哭起来肯定要好看些，梨花带雨，漂亮女人手头积累的资财更丰厚，还有，长得好看不代表可以活得更长，他是不会心慈手软的。兴奋使屈禾青肾上腺激素分泌一直在呈直线上升，他眼睛眨巴的频率加快，合不拢的嘴淌下一线口水。

吴洁其实是被屈禾青的长相吓到了的，但多年的“工作”经验已经在她的脸上修出一副面具，她很专业的，在她眼中，有另一种意义上的众生平等。对屈禾青的失常状态，吴洁理解为乡巴佬见美女的发痴，她笑得很包容。吃饭她没有选高档餐厅，在一家普通的快餐店点了一份砂锅饭和一盅汤，屈禾青照样来了一份，总共消费六十多元。有人借相亲之名做饭托酒托，吴洁显然不是，屈禾青在心里删掉了一些选项。其实吴洁是做过酒托的，那已经是七八年前的事了，她可以让她的客人一晚上喝掉上万元的酒水，后来她闹肠胃病辞工养身子，那家酒吧没隔多久被警察端掉，老板林咏志作为幕后黑手入狱，好多像吴洁一样的酒托小姐被抓，吴洁躲过一劫。

俩人吃饭时交流各自的情况，屈禾青说的基本是实话，三十五岁，市区有一套两居室的房，但真正的家在市郊义安镇，从市区开车前往不堵车一个多小时就到了。他算是农村人，靠种花木为生，家中有一老母，父亲早过世了。吴洁自我介绍三十二岁，平州县人，多年在外打工漂泊，累了，想嫁人了。

正像吴洁不在意屈禾青的相貌，屈禾青也不在意吴洁说的是否属实。他常年喜欢在网上搜寻一些低级趣味的网页，前些日子搜看时被导入某相亲婚介网站，好多美女的照片更迭而出，风尘味十足的有，清甜白莲花也有，网站有弹幕反复弹出表明自己属公益网站，不收取会员任何费用，只为促成良缘。主页下面还有几对出来做见证的男女，说这网站令他们觅得佳偶，功德无量。如果是正经网站就不会与不良网页搭上链接了，不收取什么注册费报名费多半有更大的图谋。屈禾青平日宅在家中，不是种花就是上网，足不出户却又仿佛尽知天下卑劣事，窥看那些阴暗不见天日的天地，能供给他一种养分，他觉得他需要这种养分，否则有一天他会变成别人的养分。在反复研究这个相亲婚介网站后，他生出一个心思，要不换一种方式与女人打交道？那种四下搜寻失足妇女的行径他也是厌了。于是，他在网站上登记了简单的资料，不多会儿就有管理员连线他，说经过一番比对，给他配了两个相亲对象，与他是同一区域，他可以和这两位美女先聊天，聊好后再决定和谁见面。他没有浪费时间，跟第一个聊了一些市区的标志性建筑和好玩的场所，似乎只是为了证明两个人能真正见上面，然后他们就敲定见面的时间地点。

之前与屈禾青在网上聊天的不是吴洁本人，线上有专人负责与人聊天，吴洁是负责线下与人见面的。吴洁新近才到南安，酒吧老板林咏志被抓后她到东北待了几年。这次回来还是跟林咏志有关联，林咏志关了三年放出来，消停了两三年重操旧业，与时俱进，总结经验，换了新瓶，装的还是旧酒。林咏志同时联络一些旧人，他把吴洁找到了，吴洁在东北卖山货，就是在林咏志一哥们手下干活。他们有他们自己定义的一套义气，林咏志让吴洁回来，先是安排她在别的地方干了一年，再让她转到南安来，这类工作不能固定待在一个地方，总是兜兜转转流动盘活。

吴洁和屈禾青聊得有礼有节，互相不打探实质性问题，聊南安的天气物价和风土人情。屈禾青后来聊到他家的两只大狗，名叫金子和银子，金子和银子是俩兄弟，守家护院防小偷捉黄鼠狼拿老鼠样样在行，吴洁听屈禾青说那两条狗的趣事笑出声来，尽管前面一直微笑，但屈禾青认为这会儿姑娘是发自内心的笑，如破冰一样。吴洁说她从小就喜欢狗，狗对人是最忠诚的，单单看狗的眼神她就受不，太纯良了，养狗要有有天有地的院子，这样才不委屈狗，她没有养狗的硬件。屈禾青点头赞同，说吴洁这么喜欢狗，有机会他会带她认识一下他家的狗。吴洁大方地回答好的。饭后吴洁提出好久没逛街了，想走一走。屈禾青连声说好，这都是相亲的正规步骤。他的车就在附近的停车场停着，吴洁说不用乘车，在附近一带逛逛就好。他们没走多远，快餐店出去向右拐，走三四百米有一间化妆品店，名叫冰肌仙，吴洁迂进去了。这里离真正的商业区尚有一段距离，在这种地方开护肤品店似乎有点不太明智。店面不大，货品种类比较单调，全是一盒盒的精美套装，吴洁认真翻看货架上的商品，屈禾青瞟一眼价钱标签，吓了一跳，一个不起眼的套装得好几千，上万的也不少。吴洁拿起一只套盒，有服务员过来热情地向她讲解这一款套装的好处，补水美白祛斑。吴洁指着鼻翼旁的几颗小褐斑说："我最烦长这些东西了。"屈禾青没觉得那几颗小斑影响吴洁的容貌，相反，姑娘看起来多了几分灵动和俏皮。"我觉得挺好看的。"屈禾青发自内心地说。吴洁偏头娇俏一笑，手上还是拿着套盒翻来覆去看。屈禾青从钱夹里掏出银行卡捏在手指头上说："喜欢吗？喜欢就拿吧。"吴洁笑着点点头。服务员飞快地接过屈禾青的卡在机子上操作。尽管一切都在屈禾青的掌握中，这一刷八千多块没了，他的心还是揪痛了一下。服务员用一只礼品袋把套装盒装好递给吴洁，吴洁单手接过来没有离开的意思，她仍然低头翻看其他货品。"你先到外头等我吧，我还要挑一两件送朋友。"这话吴洁说得很体贴，意思是后面她自己买单了，所有不傻的人这个时候得了台阶都会往外撤，屈禾青在这一环节上是趋同的，毕竟手没摸一下，八千多块就没了，他不算小气，也犯不着装大款。

屈禾青说自己出去抽根烟，他出门点燃了一支烟，隔着玻璃能看到吴洁拿着套盒和服务员讨论。这时间店里又进去几个男女，都在货架上看货。屈禾青眯眼看对面马路边上的公共汽车站，一辆 188 路公共汽车开走了，过得一会又有一辆 188 路公共汽车开来了。等了将近二十分钟，他有些不耐烦，折回店里，让他诧异万分的是吴洁不在店内，吴洁消失了。他一直在店面门口徘徊，吴洁难道是插翅膀飞了不成？他问服务员，服务员漠然摇头说不知道。他仔细看了看这家店面，竟然还有一扇不起眼的后门，他打开后门冲出去，那是街的另外一面，依然是车水马龙，哪里有吴洁的影子？屈禾青的嘴角剧烈地抽动起来，这些天计算好的节奏莫名其妙碎了一地，还有八千多块钞票扔水里不泛一点水花，婚托现在都这么不讲武德，简单粗暴获利出逃？他原本预想吴洁还会有更多的需求，还要他继续买单，这些他都不怕，只要她上了他的车，他会很快把她迷晕拉回自己的住处，他有办法让她把昧下的钱吐出来，还有办法让她把手上积攒的钱吐出来，然后，他会让她消失得无影无踪。这样的女人就算是突然消失，也很少会有人关注，她们本来就见不得光。

十分钟前吴洁从冰肌仙门店的后门出来，马上从旁边的一个楼梯直上二楼。有个精壮的男人站在一间屋子门口，看到她又警惕地看看她的身后，确定没尾巴后把门打开带她进去。房间有一张办公桌和一套沙发，装修得像办公室的样子。吴洁把刚才买的货品及收银单据交到男人手上，男人按照收据上金额的百分之三十把钱款转给她。手机叮咚一声，钱银到账，林咏志做事从来麻利，现买现兑一点不含糊，这也是吴洁愿意为他做事的原因。提成搞定，吴洁来到沿街的窗户边，隔着百叶窗向外看，男人也过来向外观望。他们看到屈禾青冲进门店，几分钟后冲出来在大街上茫然四顾。等屈禾青最终垂头丧气离去，吴洁去里间换了一身衣服，原先的白色长裙换成牛仔 T 恤，披肩头发扎成马尾，她跟男人告别离开。她还得到另外一个区去见另外一个相亲对象，冰肌仙在本市共有三家门面，东区西区南区各有一家，与人相亲见面的人员会错开在不同的门店附近进行。吴洁中午是在东区的门店，下午到西区的门店。林咏志手下在线上的拓展还是不错的，吴洁几乎每天都有业务，收入不错。

忙到晚上，吴洁回到自己的住处，她租了一个一居室的小房，进门走两步就是床，床边有一张书桌，书桌上放着一只行李箱，地板上还搁有两只行李箱，衣橱太小，她的主要财产就是衣服，衣橱柜装不下就装行李箱里。她一年难得掏笔写回字，书桌没什么用。厨房和厕所分处于阳台的两头，偶尔给自己煮个面就有家的感觉了。和同龄姑娘相比，吴洁少有不切实际的想法，不搞什么穷精致，她的名牌包绝对是A货，口红不用完一支绝对不买第二支。她在意的只有银行卡上的存款，十年时间存款将近八十万，她对自己满意。要不是三年前被人骗去二十万搞虚拟币的私募，现在已经过百万了。被骗之后她有一阵子缓不过来，当时那几乎是她财产的一半，她抑郁得饭都吃不下。是林志咏开导了她，林志咏说谁没有骗过人，谁又没被人骗过呢，他一样被人骗了上千万，这世上总是一个骗一个，来来回回，重要的是能总结经验，不做那只被宰的羔羊。吴洁后来又碰到几单类似的事，她躲过去了，她更有领悟，若不是早先被骗那二十万，后面她一样要栽，早经历比晚经历要好。她还有更高的领悟——只许她骗别人，不许别人骗她？就当是报应好了。

吴洁希望今年年底存款能冲一百万，有了一百万她会分成三份存进银行，两张四十万的存单，一张二十万的单子。这二十万的单子她存一年定期的，另外两张四十万的单子她一张存两年定期，一张存三年定期，若是二十万的单子满一年不需要用，她再存个三年定期的，等两年期的四十万存款到期，一样存三年定期，等三年期的四十万到期也再存三年定期，这一个循环下来，可保证每年都有存款到期，能备不时之需，拿的又全都是三年的定期高利息。吴洁自从被骗了二十万之后就开始学理财，她不买有风险的股票，基金少量买，做的是定投，保本存款是她最信赖的。手上要是有了一百万，再有一份工作做着，老了住养老院没有问题。吴洁不考虑买房买车，房子太贵不费那个神交首付还房贷，车子一买就贬值，钱拿在手里算得出数目最稳妥，这是她的金钱观。

这些年春节前后的一个多月时间，她都会到乐天康养小镇去做义工，那时候乐天康养小镇最缺人手，大家都忙过年，她却是最清闲的，她一个人过年，在哪过都一样。乐天康养小镇有一个时间银行制度，做义工的人员在基地服务多少时间，以后就能在基地享受多少天的服务，就是说吴洁当一个月的义工，她就给自己存了一个月的时间，以后就能在乐天康养小镇享受别人为她服务一个月。乐天康养小镇的主打项目是养老院，还有旅游休闲等项目，吴洁是奔着养老这个项目去的。乐天康养小镇远离城市，地处一家国家森林公园附近，能看见大山和森林，空气新鲜，环境优美，夏天清凉，冬天虽说有些冷，但供暖做得很好，吴洁觉得要能在那儿养老是很大的福气。她目前已经存了八个月的时间，在没有住进养老院之前她计划一直做下去，只要还做得动，别人也愿意接纳她，她就做。

吴洁在洗澡的时候听到电话响，她没加快速度，慢慢洗完出来，电话还在持续地响。是在东北交往的一男友的电话，她刚一接通，对方问她是不是不想接这个电话，语气里不无责备。吴洁离开东北前他们已经和平分手，她接他电话只是没及时把他从通讯录里清理出去。前男友说开车撞了人，要赔一大笔医疗费，问她能不能够先借他五万块周转，年底还她。她说她哪里有五万块，南方房租贵，她挣的钱只够房租和吃饭。对方好像没听到她说的，继续表达自己的诉求，说知道她聪明能吃苦能攒钱，五万块不会白借，会给她付利息。她说就是给她高利贷的利息她也借不出。对方把借款降到两万，再降到一万，她还是说没有。前男友开始骂她没良心，见死不救，痛诉当初是如何对她好的，比如她生病住院的时候衣不解带服侍，修理企图占她便宜的男人被捅了刀子等等，又咒她以后遭难没有人会伸手。吴洁心想她遭的难还少吗，她就没想过求人，她把前男友电话掐断，果断拉黑。他们当初好，有一部分是生理需要，有一部分是精神需要，这些需求在吴洁这儿都不是刚需。

这些人最喜欢骂人没良心，这良心难道是树上结的果实，想摘就摘？骂她没良心最多的是姑姑。第一次被姑姑骂狼心狗肺天打雷劈那一年，吴洁现在回想起来，那是她人生曲线的底部，一切都糟糕透了。她在一家私人诊所当护士，诊所出医疗事故关门，她失业了。做护士薪水很低，还经常黑白颠倒加班，失业时她挺乐观，新工作只会更好，可连续找了好几份工都做不长，雇主很快把她炒掉，她有好一阵子一天只吃一顿饭，到处找同学借宿，看够了冷脸。她是可以再找护理工作的，但她不愿意走回头路。有一家品牌衣饰店招销售，她前往应聘，她对做这份工作是向往的，衣服高档，能提高她的衣品，也能让她见识不同的人群。面试官说她的身材虽好，但长相远远达不到要求。这对吴洁打击很大，她从小知道自己长得不好看，但一直做的是护理行业的工作，从来没有人挑剔她的相貌。当这么被人挑剔的时候，她知道如果想换个方方面面如意的工作，她先得对自己的脸下狠手了。她打听到在整形医院工作，能得到整容优惠的机会。她找到一家正准备开张的整形中心，这家整形中心正在招人，就缺像她这样学护理专业的，为了将来，她得吃回头草了。她前去应聘，表明愿意签署免费打工合同，只要对方给她做整形。主管看她身材不错，给她做了一个全脸整形评估，她需要削骨磨骨改变脸型，还要用自体脂肪充填太阳穴苹果肌，再加上文眉隆鼻等大大小小的项目做下来报价为二十六万，给她内部半价十三万。整形中心没有同意她用将来的工作服务全额抵扣手术费，让她自己先交六万，剩下的七万才能用将来的工作薪水支付，并且她的整形案例还要作为整形中心的广告使用。吴洁毫不犹豫地和整形中心签了协议，她在某平台贷款四万，再透支银行信用卡弄到另外两万,六万块的手术费总算是凑齐了。

姑姑的电话就是这个时候来的，说她爸爸住院了，医生说马上要做心脏搭桥手术，估计要六万块手术费，要她马上汇钱回去，人也要赶回去。她觉得这件事情挺滑稽的，她好不容易弄到六万，熊宗举也要用同等数额的钱做手术，老天爷是要考验她有没有孝心吗？她没打算做孝女。她迫切要变美，一天也不能等，她挂了姑姑电话，如期进行手术。术后有两个月的时间用来恢复，恢复好后她才能上班，这些空窗期坐吃山空，哪里有多一分闲钱？从长远看，她变美能有更多机会做更好的工作，能挣更多的钱，这比熊宗举心脏搭桥的意义要大很多。熊宗举的心脏本来就是他自己弄坏的，他活在这世上就是苟延残喘，在他身上投每一分钱都是浪费。

她一直不接姑姑的电话，姑姑只能发短信数落她，如果不是记得姑姑在她青春期给她买了第一只胸罩，给她炖过一次鸡汤，她可能早跟姑姑断了联系。有一天，姑姑又发来信息：“你没爸了。”姑姑不说“你爸没了”，说“你没爸了”，好像损失是在她这一方。她确定那一天自己没有流泪，新开的眼角结痂，不能湿水的。

吴洁当时还不叫吴洁，她叫熊细欢。

二

熊细欢在九岁那年失去了母亲。林场招人砍树，父亲报名后说补助少，反悔不去，母亲替父亲去了。一棵被锯断的大树从相反的方向轰然倒下，砸死了母亲。熊细欢觉得母亲是替父亲死的。

熊宗举拿到一笔数目不多的抚恤金，开始了荒淫无耻的生活。他什么女人都找，未婚的已婚的丑的美的老的少的，好像是女人他都能大度接收。乡里都是熟识的面孔，熊细欢能从那些女人看她的目光品出谁和父亲上过床。她们说不上讨厌她，但对她是关注的，她们见她好像都有当她妈的姿态，喜欢说的一句话是，细欢长得真像妈，腿长腰长，就是模样差了点。熊细欢一点也不恨这些女人，她只恨熊宗举。

上初一的第二个学期，女班长找熊细欢谈话，一开始打的是哑语，女班长指指熊细欢的胸部，熊细欢低头看自己的胸部，虽然她在衬衫里穿了一件背心，但微微隆起的胸部仍然在衬衫外头有两个凸点。“细欢，要戴胸罩了，否则就叫露点了。”班长捂着嘴笑。班长是个善解人意的姑娘，故意用说笑的方式提醒已进入青春期的熊细欢，熊细欢脸腾地红了，别人都是有妈照顾的孩子，她有谁来关心呢？她瞟一眼女班长的胸部，看到衣服下面隐约显现的是一只有花边的粉红色胸罩。

那阵子熊宗举在泡一个猪肉佬的老婆，他把猪肉佬的老婆约到靠近河边的木薯地，猪肉佬的老婆跟他没谈好条件，她想要一只金戒指，他只愿意送两身衣服，推打间猪肉佬挥刀冲进木薯地，猪肉佬的老婆顿时哭喊抓流氓。

熊宗举一路狂奔，从河边跑到乡政府门口，他被门卫拦下，猪肉佬尾随而至，他操起门卫坐的凳子生生接下猪肉佬的劈头一刀，双腿也跟着跪下。双方经乡领导的调解最后达成和解，熊宗举赔偿猪肉佬两头猪的钱作精神损失费，猪肉佬保证以后再也不能找熊宗举的麻烦。熊宗举手头上的钱早不剩几个，正苦思冥想怎么凑两头猪的钱，熊细欢进屋来冷着一张脸问他要四十块钱。他问拿钱干什么。她说反正不是干下流事。熊宗举被熊细欢的态度刺激到了。“我他妈欠你的呀，给你吃给你穿还要看你脸色？赔钱货！”“你才是赔钱货，我妈的卖命钱都让你糟蹋光了！”熊宗举拿起一张凳子朝女儿扔过去。“看老子不顺眼就滚，有骨气自己挣钱吃饭，婊子！”凳子打在熊细欢的胯上，熊细欢疼得掉眼泪，她一拐一拐跑到姑姑家，她跟姑姑说不回家了，以后不再给熊宗举做饭。姑姑问明情况，带熊细欢到百货商店给她买了一只胸罩。熊细欢以为姑姑会给她买两只的，这样才好换洗。姑姑让她回家后去翻她妈妈的旧衣服，把她妈的旧胸罩找出来改改凑合着穿，有一只新的足够了。晚饭时间熊细欢待在姑姑家，姑姑没给她盛饭，劝她回家。“你爸是我一手拉扯大的，懒是懒了点，也贪玩，但人不坏的，你一个姑娘家要晓得孝敬大人。”熊细欢不知道人还要怎么坏才算坏。她回到家，父亲正在吃他自己做的面条，很大一碗，没有她的份，她饿肚子翻看母亲的旧衣物，母亲的胸罩又宽又大，她戴上去就掉下来，她不知道怎么改。后来她去李家裁缝铺，用母亲的一双皮鞋跟李裁缝讨了几条宽厚的松紧带，她把松紧带缝成箍胸带，箍在胸部上面再穿上背心就看不出胸部的凸起了。

熊细欢是下了死力读书的，她一心要考上大学，离开大丰乡。熊宗举早早在她面前撂话：“你要考大学我不拦你，反正你不把我当爸，我也没钱给你交学费，你考上自己去办助学贷款，算你自己有出息，我以后不会沾你的光。”乡镇中学水平有限，熊细欢好不容易考上个三本，当时一心想读容易找工作的专业，所以选了护理，自己去办了助学贷款，整个过程走下来没跟熊宗举交流过一句。熊宗举抱着看笑话的姿态，“学会护理人也好，给人端屎端尿把别人伺候好了，以后再来伺候你老子估计就没有什么脾气了。”“你要是躺在床上动不了，不用通知我，就当我死了。”

上大学的第一年，熊细欢就求年级辅导员给她留意勤工俭学的机会，她说她父母双亡，没有生活来源。辅导员给她找了一份给实验室和饭堂做清洁的工作，她假期又打零工，去菜市场帮人卖过菜，到餐馆洗过碗，最来钱的是给人做按摩，不过也累，一天干下来腰酸背痛的，好像是把客人身上的毛病都转到自己身上来了。几年下来她没有回过家，也没有用家里一分钱。毕业后工作很容易找，随便哪家医院都缺高级护理人才，她直接到一家私人诊所做护士，比公立医院薪水稍高。后来又换了几份工作，她的命运是在整形之后发生了质的改变，整形中心替她整形，半年时间她的整张脸恢复得堪称完美，她的身材本来就不错，她成了整形医院的活招牌。

一个叫林咏志的男人到整形医院来做烤瓷牙，接待他的人正是熊细欢。林咏志年届四十，长得帅气，人豪爽大方，喜欢夸赞护士姑娘长得漂亮，喜欢给姑娘们送礼物，礼物包括各种精美小吃奶茶及鲜花。他对熊细欢更是关注，说她当护士委屈了，可以去参加选美当明星当模特。熊细欢摸着自己的脸说全是整出来的，投入多少就产出多少，还有，她暂时跳不了槽，因为她跟整形中心签了两年的卖身契，等于是卖身还债。林咏志笑得前仰后合，说小姑娘有意思，讨人喜欢。在熊细欢的推荐下，林咏志另外加做去眼袋填充太阳穴的项目，还办了一张水光针年卡。林咏志每一趟来都邀请熊细欢去他的酒吧玩，熊细欢没当真，说得多了，有一日她回应：“我去了，你请客呀？”“不然呢？”林咏志亮出一口白亮的烤瓷牙，熊细欢觉得一口百把万的牙都做下来了，这样的人是吃不穷的，她接受了邀请。

熊细欢在林咏志的酒吧见识了她从未见识过的世界，就好比以前只知道白天，不知道有黑夜。其实这大半年她在整形医院已经长了好多见识，整形算不上医院高利润的项目，针剂才是，上万的一针，顾客一次有打上几十针的，在熊细欢看来花费一套房子的首付填满那些皱纹就像买砖造屋，内涵相同，价值也相当。还有定期来做私密保养的，一个月几万块的消费，到底那些女人的子宫会因为那些仪器的疏导而时用时新生命力泉涌吗？她一直未能证实。在林咏志的酒吧，熊细欢看到的是一瓶瓶昂贵的酒水被人毫不在意或者吆五喝六地灌进肚子里，大部分它们刚离开高档的酒瓶，很快就在厕所找到最后归宿，真还不如那打在脸上的针，好歹能把皮撑起来返青几个月呢。熊细欢痛惜那些酒水，也懊恼自己一个月的工资换不来两瓶酒。

林咏志很有耐心，各类酒水一样样拿来教熊细欢品尝，附送一套云山雾罩的讲解。熊细欢酒量不行，理解力超强，再加上是学医出身的，能将酒水在人体器脏上发生的作用说得更朴实，也更有科技含量。好些人愿意听她说话，愿意买酒来与她共饮听她搞科学分析，这正是林咏志早就预见的局面。他诚邀熊细欢来酒吧给他帮忙，熊细欢连想都没想就拒绝了，首先是她与整形中心签有合同，期限没到。在林咏志的酒吧她几个月下来认识了好几位酒托小姐，比如说容华姐、雅子姐、水晶姐、当娜姐，当然，这几位姐姐从来不承认自己是酒吧的人，酒吧更不承认她们是酒吧的人，她们有很有格调的身份叫品酒师，都有证书的。熊细欢观察发现，这些品酒师姐姐不一定是酒桌上的中心，她们很低调，她们喜欢讲故事讲笑话，做的是活跃气氛的催化剂工作。爽朗的容华姐会跟男人说酒量跟男性的某项功能挂钩，没有喝不了酒的男人，只有放不开的男人，酒就为释放天性而生的，酒的妙处需要时间去领悟。娇媚的水晶姐会说她一生的机缘就在酒上，她因为酒爱上男人，也因为酒离开男人，她在酒中找男人，用酒了解男人。这些品酒师姐姐都各自有她们成体系的话术，只要她们在场，围在她们身边的男人能喝下很多酒，或者买下很贵很贵的酒。熊细欢并不认为自己有这样的能力，不排除还有瞧不上，不想与之为伍的成分，这是她拒绝林咏志的第二个原因。

林咏志最终还是让熊细欢死心塌地地跟定了他。他把一些酒水的售价和进货价摆到熊细欢的跟前，熊细欢眼睛瞪大了，有这么高的利润？林咏志说：“你可以拿走这些利润的 30%，我保证你以后的收入一定是现在的五倍以上。”一直抠抠索索当月光族的熊细欢面前锃地现出一片开阔的新天地，虽然她对自己在这方面的能力并没有十分的把握，但林咏志铺设的愿景让她一头扎了进去，她想她签了免费打工合同，还欠着平台贷款透支信用卡，这样一穷二白的境地难道还有什么输不起吗？Showhand（“梭哈”）都可以。她把自己欠的外债一一对林咏志说明，林咏志让调酒师调了两杯名为情深似海的鸡尾酒，酒水是层层递进的蓝色，在深蓝的底部有一抹血色。林咏志举起酒水轻轻一啜把红色从底部吸上来。“你的事我来解决，喝了。”熊细欢学着林咏志的样子，嘴唇贴近杯边，轻轻一啜，她把蓝与红搅乱了。林咏志哈哈笑着，亲昵地拍了拍她的肩膀，熊细欢断定林咏志是爱上她了。林咏志说到做到，出面替熊细欢跟整形中心解了约，也替她还了贷款，剩下的就是她和酒吧的合作了。林咏志替她弄了一个假身份证，她的名字改成吴洁，一个很普通，容易撞名，容易让人记住又容易忘记的名字。

吴洁和先前那些酒托小姐不一样，她没有以品酒师的身份出现，她被包装为中医世家的传人，能望闻问切深谙养生之道。一开始她的角色转变有些困难，每当看到有人喝到吐，她的心肠就会软下去，她用手把酒杯盖起来，“别喝了，别喝了，早点回家吧。”“喝这么急干吗，又不是喝水，慢慢喝。”吴洁头一个月提成少得可怜，刚够吃饭。容华姐特地把她带在身边，言传身教。“哥不能熊呀，小妹刚开了一瓶等着你呢，小妹先干为敬。”“哥，刚喝这点就不行了，那是不是别的也不行啊？”那些东摇西摆的男人听了容华姐的话，像回光返照再创新高。吴洁不是不会用话术，她是没有用这些套路的心，偶尔一用，做不到知行合一，身心投入。对容华姐，她有点瞧不上，感觉这个女人一直在讨好别人，就连她这样一个新人也要讨好。在众多“品酒师”当中，容华与林咏志是最亲近的，下夜班林咏志和容华上的是同一辆车。林咏志有妻儿，容华自然就是情妇了。林咏志与一干女人都亲近，容华不吃醋的吗？这是吴洁疑惑的一个点。吴洁进步缓慢也有恃宠而骄的成分。

有一天晚上来了四个客人，要了包厢，一开始是文质彬彬的，听中医传人吴洁的引导上了最贵的酒。喝得一两瓶，说话声音最大那位渐渐失控，他拿酒杯往吴洁嘴里灌酒，最初吴洁是半推半就的，毕竟人家点了两三瓶万元酒，后来大嗓门牢牢把吴洁压在包厢的沙发上，吴洁刚要挣脱又被压了下去，其他几个男的除了起哄，把包厢反锁，关键时候还帮同伴一把，把吴洁控制住。这里所有的包厢都安有监控，管监控的保安早就向林咏志报告，林咏志一直没有行动。吴洁上身的衣服已经被推到颈下，短裙被拉到膝盖下，她已经放弃了反抗，这时有保安在外头敲门，说外头有条子来查，让大家注意点分寸。包厢里的人半信半疑，但都不敢再放肆，大嗓门从吴洁身上爬起来，吴洁衣冠不整地冲出包厢。她冲到林咏志的办公室，林咏志在里头泡脚，满头大汗。她声嘶力竭地哭诉刚才那些人是如何粗鲁流氓，她差一点就被强奸，她要林咏志赶快报警。林咏志突然大吼一声，截断她的哭诉，“哭什么，有什么好哭的，到了这里就不要装什么良家妇女，如果没有本事保护自己，被强奸就自认倒霉！你以为有轻轻松松能挣到手的钱？今天我还保你，没有下一次了。”平素温柔多情满脸笑容的林咏志到哪去了？吴洁才脱狼口，又遭雷击。“我不干了！”林咏志一脚把泡脚盆踢翻，“不干了？有骨气嘛，先把钱还完再走，你以为我这里是慈善机构？滚！”

是容华姐把吴洁拉走的，她已经哭得快晕过去了。容华找了一间空的包厢，让她躺到沙发上，抽了几张湿面纸给她擦脸，“你啊，把身上的傲气去掉就好了，来这里消费的男人，千万不要指望他们能对你怜香惜玉，把你喝倒占便宜是他们的真实想法，你这头还替他们的身子担心，还替他们省钱？你不要把自己当作陪酒女，干这个也是一门艺术，像一群人跑马拉松，你不是陪跑的，你是啦啦队，跑步的人都想赢想跑到终点，你使劲加油就对了，别的不用考虑。”吴洁虽然还在那头哭，容华姐的话她全听进去印在心上了，类似的话容华姐肯定也跟她说过，都是从耳朵旁滑过去，入不了心。她从今夜起对容华姐有了敬意。前头林咏志的痛骂，如冷水浇头，她一直以为林咏志帮她是喜欢她，她自作多情了，她明知林咏志有妻儿，明知容华姐和其他女人与林咏志有暧昧，她还享受这一份幻想的“爱情”，最深层的原因难道不是为了更多的益处？她有什么资格看不起容华？当她产生这份想法，就注定有一天要受辱。有棒喝在前，后头的教导才能如此入心入肺。吴洁哭了一夜，泪水能把人浮起来，思绪却一点点把人沉到最低处。她离家多年的经历让她学会了察言观色，说好话，放低身姿，但这些都没有像今夜这样彻底地把她粉碎，若说她早早看淡了亲情，今夜她还看淡了爱情和人情。

第二天林咏志对她又和过去一样了，温和亲近，吴洁向林咏志道歉，像喊口号一样发出要把业务搞起来的誓言。她把白天黑夜颠倒过来了，早上都在睡觉，下午起床后开始吃早饭。为了让晚上不喝醉，她做了很多案头工作，把专业知识全用上了。虽然做的是酒托，但喝酒不能搞假，好多客人都是老猫，她在这方面只能老老实实做人。喝酒前她喝蜂蜜水，喝酒的间歇她会跑到里间喝上一些葡萄糖，每晚结束后她会喝水打坐，然后泡澡，把酒精散掉后再睡。她每晚上随便能拿到几百上千块的提成，有时还能做成一些公司的生意，公司从酒吧批量进酒，她的提成更高。她很快还清债务，让自己存折里的钱快速增长。她后来还是跟了林咏志。林咏志带她出去旅游，他们当晚就睡在一起了。他亲她，她亲他，不紧张，不兴奋，但也不违和，她知道这是迟早的事。她睡在林咏志的身边，体会了容华的心情，容华对林咏志忠心耿耿，对林咏志的女人们真心相待，这是通透的至高之境，吴洁向她学习。为什么要吃醋呢？她们被那些男顾客上下其手的时候，林咏志有吃醋吗？不会。各取所需，各自安好。吴洁想到看过的一个采访，有人问一对明星，看到自己丈夫在戏里跟人接吻吃不吃醋，自己跟别的男演员接害不害怕老公吃醋。女明星很严肃地说：“怎么会吃醋呢，我们都是专业演员。”

吴洁很专业地在酒吧做了两年，后来酒吧被封，林咏志被捕，她前往东北帮林咏志的一个朋友卖山货。这位朋友是在酒吧认识的，当时他跟林咏志夸吴洁能干，说自己手下若有这样的霸王花生意定会更兴隆，吴洁戏说她要跳槽就跳东北去。这条埋下来的线让吴洁后来的几年过得还算安稳，那段日子做的是正经买卖，走的是收购再分装销售的流程。钱赚得虽然没有原先快捷，但也算是不错的收入。这样的日子一天一天过下来，吴洁在山货的香气里能感受到安稳和踏实，只是这样的日子略显沉闷，她想一定是这个原因，所以林咏志一个电话就能让她马上收拾行李离开。她看到了她的另外一面，她当然不是要追随林咏志，林咏志有案底，她得做好随时撤离的准备，她只是喜欢流动不居的日子。

三

屈禾青驱车前往邕江三桥。三桥底下有一个小市场，小范围圈内人知道的人肉市场。要放在平日，屈禾青不会选这个地方，这个地方的女人档次较低，叫三四百的价，一两百就能领走，从她们身上图谋的单纯是性与欲。屈禾青有更高的诉求，他希望觅来的女人同时还是一个富矿，富矿表层上指向钱物，对屈禾青的意义却又不仅仅是钱物。他若猎得这样一个女人，把矿挖出来，他就挖出一段冗长肮脏的历史，这些贱女人都该死。

这几天下雨，邕江的水变得浑浊，泛起一股腥气，还有一种湿热胶着的气息让人多了几分换季的躁动。屈禾青架着宽框墨镜，戴着长舌太阳帽，这样的打扮在这儿很平常，因为来这里找女人的都习惯给自己配马甲。马甲们六十岁以上的偏多，年轻人反而少，主要因为现在是白天，年纪大的在白日里更为清闲。屈禾青看中一个女人，女人比较丰满，穿着一身浅蓝色的长裙，戴顶草帽遮阳，有淑女的姿态，在大街上碰到同款，不会联想到失足妇女。一个臃肿的男人凑到女人身边，像接头一样附耳说了两句，女人轻轻摇头，男人不甘不愿离去，一桩生意没有谈成。屈禾青过去，让女的开价，女的开一千，这与本市场的消费定位显然不对等，溢价没有这么溢的，但屈禾青没有讨价还价，他点头应下。俩人一前一后往马路边走，屈禾青上了自己停在边上的小货车，女的跟着上了副驾驶座。屈禾青把女人带回自己的住处，前些年他在南安买下一套二手的两居室，这套两居室成为他接招女客的场所。进屋他把帽子眼镜都摘了，看清他的脸女人眉头皱起，眼中露出嫌弃。她把她的嫌弃说出来了，“你的脸怎么了？”“烧伤的。”“没结婚吧？”“你都吓着了，谁还敢嫁。”“要刚才看到你的脸，我不会接这单生意，你先把钱给我。”他从钱夹子里抽出两千，“多给你一千，把你的本事拿出来。”女人接过钱说：“我先去洗澡，要不一起？”“我不洗。”

女人动作熟练，用的狠招，屈禾青很快得到高潮。女人一分钟也不愿耽误，起身穿衣要走。“美女，别急着走，我还有礼物送你。”枕头下面藏的手铐一下铐到女人手上，女人以为他还想加戏。“玩这个要加钱的。”“加多少都可以。”他把人抱到床上，用布把嘴塞起来，两条腿捆紧了。他坐到对面的椅子上，点燃一支烟，女人无法说话，动弹不了，只能用眼睛瞪着他。他抽完烟，把女人的包打开朝下抖动，手机钱包口红一样样落到地板上。钱包里七七八八的卡不少，只有一张是银行卡，钱票除了先前屈禾青给的两千，大概有两三百。屈禾青走到女人身边，俯下身说：“卡里有多少钱，密码是多少？”女人这时已经感到有些不妙，眼睛里露出惊恐。一把匕首贴在她的颈边，“乱喊乱叫我就把你喉咙割了。”屈禾青把女人嘴里的布取出。女人快速地把密码说出来，“钱都给你，不要杀我，我还有孩子，孩子才两岁，我男的不中用，只有我一个人出来挣钱。”屈禾青查看女人的手机，上面果然存有小孩的照片。“一个女人这样活着真是累啊，卖身养家？我是你，还不如死了好。你知道吗，你长得还不错的。”女人拼命摇头，眼里的泪水如泉奔涌。屈禾青给女人机会说自己的故事，女人挑的是凄凉的片断，比如被男人强奸过，被男人打过。屈禾青问她有没有骗过男人，女人摇头说没有，屈禾青也摇头说不信。女人说就算是骗也是小骗，现在的男人哪里好骗。屈禾青点头说是，他把女人的嘴重新塞上了。

屈禾青重新遮头遮脸出了一趟门，在外头 ATM 查到卡里有六万多，他一天取不完，先取了两万。他回到家给自己煮了一碗面，吃饱后再来审女人。“如果你还能拿出一万我就放了你。”女人无力地摇摇头说：“没有钱了，你就是杀了我也没用，你拿走我的钱最多算抢劫犯，犯不着害我一条命，杀人要偿命的。”女人看来智商在线的，还想在屈禾青这里讨一线生机。“我还在乎手上多一条人命？我手上已经有七八条人命，杀人偿命我也不亏。”屈禾青笑着说。女人面如死灰，她似乎已经看到自己的命运，有一团乌黑的云雾罩到她的头上，她逃不掉了。屈禾青重新把布塞回女人的口中，他的双手掐在她的脖子上，女人没有多少挣扎，只是拼命睁大眼睛，带着恨意盯紧这个丑陋的男人，她在弥留之际下了一个咒，她咒他不得好死。

屈禾青打开衣柜，拎出一只大号行李箱，他把女人装进去，箱子立在门边，他美美睡了一觉。第二天他出去在ATM上又取了两万块，随便把女人的皮包鞋子手机卡这些扔进不同的垃圾桶。临近中午，他拖着行李箱下到车库，把箱子装上车子。一个半小时后车子到达义安镇。

义安镇原本是一个靠山的小村子，这些年村民们陆续搬到公路沿边去起房子，房子越起越多，越起越高，有了饭馆商场诊所，镇子的规模和格局就出来了。屈禾青的家一直没挪窝，穿过镇子的主街，走到中段向右拐朝靠山的方向行进是一条砂石路，沿路也有一些住家，走到路的尽头只剩下上山的小道，在那儿如柳暗花明般地立着一幢别致院落。院子外墙是裸露的青砖，和它依靠的山色很搭，高高的院墙顶上还挂了一圈铁丝网，隐约听到狗吠。虽看不到院里的情景，却能看到楼顶的大露台，外围摆满一盆盆形状各异的罗汉松，中间搭有一间透明的玻璃屋，里面摆放的全是盆栽，似乎是兰花一类。

屈禾青把小货车停在院门口，掏出钥匙开门，门里早就听到金子银子用爪子刮擦的声音，门一开，金子银子冲出来，它们壮实的身子扑到屈禾青身上，屈禾青脚下一个趔趄。“乖，别闹了，等会儿有你们好吃的。”屈禾青把两扇大门推开，把货车开进院子里。院子里铺的是石板，四周摆满了盆栽，各种花木高低错落，单单绣球花就能看到有七八种颜色，一丛丛一簇簇艳丽多姿。合欢树含笑树与人齐高都开满了花。有一面墙下面摆了七八个架子，上面层层叠叠的多肉，有不少是市面上抢手的品种。要说这根本不像个农村的院子，没有一定品位的人修建不起来，但它又实实在在是农村人的院子，屋内全是水泥地板，没有铺一块瓷砖，也没有任何装饰，屋里家具都是有些年岁的木质家具，式样笨拙，与花木相配，呈现出一种岁月静好的状态。一棵高出院墙的玉兰花树下摆着一张竹床，竹床上躺着一个手执蒲扇的老妇人，看样子在熟睡中。

屈禾青把行李箱从车后厢上搬下来，拖进木工房，金子银子尾随着他一路对着行李箱狂吠。屈禾青用脚把狗挡在木工房外，给木工房上了锁。母亲在他身后大声说话："回来了，午饭吃了没？"母亲半眯的眼睛黏了一坨眼屎，头发蓬乱。母亲有耳聋的毛病，要不是狗叫唤，可能都听不到他回来的动静。"吃了，你去休息吧。"

从后院出去，有一面土坡，上边也全种满了花木，有桃树、三角梅、四季桂、凤尾葵等普通花木，间错地也种了菜，绿油油的莴苣茼蒿，红薯藤爬得到处都是。西红柿是野生的品种，小粒，又酸又甜。卷筒青一大卷一大卷的，摘一个回去能吃两天。母子俩根本吃不完这些菜，任意地让它们生长，葱蒜一类的，开花结籽又长出青葱的一片。屈禾青不愿意搬到外头挨近公路的地方起房子，为的就是守住这面坡，还有一院落的花木。母亲也是不愿意搬的，母亲说她只要看着这些花就能多活几年。母亲肺不好，心脏也不好，经常觉得胸闷气短，在屋里敞开窗子睡还觉得不舒服，经常就在院子里休息，说四周的花木养她，还说如果她死了，要把她埋在坡上，变成肥料还花木的情。

经常有人来跟屈禾青买花木，但这不是他最初种花的目的。他最初种花是因为喜欢到山上去，在山上看到许多不知名的花草，移回来到自家的院子种上，慢慢地，又看些相关的书，就喜欢上这一行了。他发现花木给他的回报比他对它们的付出要大得多，有的花浇点水就能灿灿烂烂地开一季，有的花是要花点心思，但所有的等待都很值得。他最拿得出手的是兰花，在楼顶种的兰花有不少是稀有品种，他是费了一些周折才弄到的苗芽，自己再慢慢培育分株，花木屯着，不急着卖，无人买的时候就自己欣赏，兰花的优雅清幽在他心中比所有的女人都要美好。

下午四五点的辰光，他牵着母亲上山，两条大狗欢快地跟在他们身后。这也是母子俩每日的必修课，趁太阳偏西往坡上走一段散散步，顺便查看一下花木，让两条狗也能在野地里撒野。屈禾青随身带了柴刀和绳子，他跟母亲说要砍些木枝打木屑，母亲自己就先往西坡去了。屈禾青走到东边的坡地，挥刀将那片灌木斩了一小片，这片坡地一直没有开发主要就是为了留些杂木做花土，这些杂木用碎木机打碎了经过发酵是最好的花土。屈禾青用绳子把砍下来的杂木捆起来，一大捆双手都围拢不过来，他拖着往山下走。西坡传来母亲呵斥金子的声音，金子银子这两个家伙见着耗子铁定是要追的，有时候直接钻进花丛里，把花枝都踩断了。

杂木堆在木工房门口，屈禾青到水龙头底下冲了冲身上的灰土，坐下来歇口气，没多久母亲也回来了，手上捧了一捆菜，拐进厨房做晚饭。吃完晚饭，母亲把剩饭剩菜拿去喂鸡，屈禾青给母亲倒了一碗甜酒，这甜酒放的时间够长，是有些度数的。母亲回来看到甜酒，笑着说好久没喝了，洗完澡再喝。屈禾青耐心地等待母亲洗完澡，和母亲聊天，说南安准备再开一个花鸟市场，有一家租下铺面的来跟他订购兰花，母亲听着高兴说：“现在家里什么都不缺了，就缺个媳妇。”“媳妇不用愁，大不了我给你买一个回来。”“胡说，你要当人贩子啊，你成天窝在这山脚下，也不跟人交往，我看还是得找人给你说说亲。”“你又来了，我们不是说好了不再找人说亲了吗！”屈禾青的嗓门大起来。母亲有些委屈，开始抹眼泪。“行了，你别再想这事，早点睡吧。”母亲起身离去，屈禾青走出屋外，坐在竹床上。那些曾经与他相亲过的女人，一张张脸重叠浮上来，丑陋变形，有的是直接拒绝他的，有的提出要高得离谱的彩礼，他早就放弃了，这世上除了母亲，不会有别的女人真心对他。

母亲屋里的灯黑了很久，屈禾青换上一身破烂的衣服，鼻子上裹了一条毛巾，他打开木工房的门，把杂木移进去，从里头锁上门。木工房里有一把电锯，在把较大的枝条投进碎木机的进口之前，得先用电锯把枝条分割一下。屈禾青把行李箱打开，他把箱子里的人当成一大块木头。虽然隔着毛巾，腥臭的味道仍然让他干呕不断，他没有停顿，任凭血沫飞溅到他的身上和脸上。杂木投进碎木机的进口，混同着血肉，在出口那一头飞出来的碎屑像雪花一样轻盈，他最后把自己身上血污的衣服脱下来，也送入碎木机的入口。他用几只黑色的垃圾袋装好碎屑，连夜运到坡上新开的一片花地里，花地里有几个大坑，专门用来沤肥的，木屑倒进去，盖上一层浅土，过得个把月就是上好的花肥。在这片地里，他打算种鹅掌红。

屈禾青拎了十几桶水冲洗木工房，最后是冲洗自己，他站在蓄水池边，一桶桶水从头到脚冲了一遍又一遍，水很凉，凉得他打了一个又一个的冷战。等他躺到自己的床上，他立即用毛巾紧紧把自己包裹起来，还是冷，他把所有的窗户关上，过得一会儿觉得气闷，又下床把窗子打开，反复折腾几回，不知不觉睡着了。恍惚间，一只毛乎乎的身体压向他，他下意识一脚踹开，一声闷响过后传来呜咽的声音。屈禾青睁开眼睛，天已经亮了，他竟然睡得这么死，被踹了一脚的金子满眼委屈地看着他呢。金子银子昨晚他是锁住了的，看来母亲已经起床，他也该上山转转了，他安抚地摸着金子的脑袋。金子和银子是两兄弟，义安镇上都传说屈家有两只恶犬，没事别挨近，有事也要绕道走。这样的传说是屈禾青喜欢的。

屈禾青想起和吴洁聊起过金子和银子，吴洁说喜欢狗，如果有条件一定养一条会跟在自己屁股后头的狗，他也说过，有机会带她来认识一下金子和银子。南安不过是一个百把万人的城市，他能把她找出来。

屈禾青开着小货车在南安市转了几天，他自信能在熙熙攘攘的人群中把吴洁找出来。这当然是痴心妄想，类似买彩票中奖。浪费了好几箱汽油，他没有找到吴洁，却发现了另一家冰肌仙护肤品店。“冰肌仙”三个字像针刺他的眼睛，广告牌上的美女在他眼中幻化为巧笑盈盈的吴洁。这家店也是开在一条不算繁华的街道上，他把车子找个地方停了，隔着马路观察店面，半天没见人进店。临近中午吃饭时间，开始陆续有人进店了，都是一男一女相伴进入，过得一会儿，出来的人手上都提着袋子。他已经有五分确认冰肌仙是黑店，吴洁的身份就是托，他想不明白的是，这些男女买完东西还待在一块，没有像他前次那样落了单。吴洁完全可以继续让他花钱，没有必要这么快抽身的。屈禾青当然没有办法想明白，这些前来相亲的女人，只要骗得男人在护肤品店买了单，下一步就是找各种借口与男方分开，从而达到脱身的目的。每个人都有每个人脱身的办法，包括上厕所看电影都是一种办法，不会个个雷同。就算是暂时脱不了身，继续找机会让男的掏钱吃喝玩乐一整天也没有任何损失，那天吴洁速战速决是因为还有下一单业务。

尽管想不明白，屈禾青认定是能在冰肌仙等到吴洁的，既然目前已经发现了两家，说不定还有第三家第四家分布在不同的区域，吴洁应该就在这些店面不定时出现。屈禾青的思路对了，他又用两天时间把另一家店面找出来了，也就在同一天，吴洁奇迹般地出现在那家店面，身旁立着一位中年男子，偏胖，半秃。屈禾青惊喜之余忍不住与这男的比较，好像别人没比他帅到哪里去。他没有打扰他们，远远地跟着。男的给吴洁买了一个冰肌仙套装，他们出了店门没有分开，继续往前走，在一家奶茶店，吴洁给男的买了一杯奶茶，男的满脸是笑接过来。屈禾青嘴里溢出酸味，这女的竟然还会倒贴。过了一会儿，不知道他们说了什么，好像吴洁碰到好紧急的事情，手上拿着手机，激动地说个不停，一边挥手招的士。屈禾青也挥手招的士。在吴洁坐上车子以后，他乘坐的车子跟了上去。这次行程颇有意思，吴洁回到最初屈禾青买单的那家冰肌仙门店后门下了车。屈禾青看着她上楼，过得十来分钟又下楼来。

吴洁把男的甩脱兑换完提成，急着要去和另外一个人见面，见面地点就在附近，她一点也没注意身后跟着一个屈禾青。屈禾青跟了一会儿追上吴洁，他站在她面前努力做出惊喜的样子。“你好！又见到你了，前次你突然不见，我找了你很久，电话也联系不上。”吴洁吓得心脏快要蹦出口来，这是她第一次碰到这种情况，她暂时没有在屈禾青的脸上读出愤怒，只能硬着头皮编台词，“那天我突然接到电话，我姑姑住院了，我急着赶去医院，出来没找到你，过后就忘了。”“没关系，能再遇上你就好，我还担心再也见不到你了。”吴洁没有办法判断这人是不是真的傻，但照眼前的情形，她是不能和下面一个人见面了，她得尽快离开这个地方。“能再次见面就是缘分，我请你喝杯咖啡吧。”她伸手招的士。“你还要买护肤品吗？”他指了指冰肌仙门店。她笑着摇摇头说：“你送我的还剩很多呢。”

他们上了的士，一路上吴洁想的都是脱身之计，因为不知道这个人是不是故意到这里来蹲她，她得小心翼翼，在那一张烧坏的脸上，她是看不出太多表情的。但她能看出来，他刚看到她是兴奋的，也许他真的是想念她？屈禾青的高兴不完全是装出来的，他找吴洁原本抱了大海捞针的抱负，就像盼望他那株水晶兰开出九朵花一样，这么快就把人找到还真是让他喜出望外。吴洁把屈禾青带到一家迷你型的咖啡屋，吴洁边往里走边说这家咖啡屋小是小，但布置得很优雅，她经常来。她有意无意透露自己生活的轨迹，意在表示自己凡事见得光。其实这家咖啡屋她也是第二次来，第一次是一个相亲对象带来的。他们面对面坐下来。“刚才还没来得及问，你姑姑身体好了吗？”“出院了，在家养着，心脏毛病。”喝着不太纯正的咖啡，吴洁想已经推了下一个相亲的对象，今天就当浪费了，好好稳住这个人，林咏志反复交代过的，安全第一。坐过三年牢的林咏志打一枪换一个地方，这个冰肌仙的护肤品店租约也就半年，半年就撤，换另外的商品另外的店址。在做护肤品之前林咏志开过玉石店，将要接替冰肌仙的货品已经选好，是一款保健器械。吴洁在南安再待半年得换到别的城市去，和货品一样，换来换去。

和屈禾青喝完一壶咖啡，吴洁说明天是姑姑的生日，她要去挑一件合适的礼物，先告辞了，以后再联络。说这番话吴洁是斟酌过的，小气或者说谨慎一点的男生不会再坚持跟着她，毕竟还看不到任何希望，谁愿意投入过大呢？若屈禾青知难而退，她也解脱了。如果死还要跟着的，就自认倒霉让她再杀一刀，算是弥补她今天少见一人的损失。屈禾青反应很淡定，他问：“你想好送什么了吗？”吴洁摇摇头。“你姑姑喜欢花吗？”“花是喜欢的，不过，我想给她买留得长久一点的礼物。”屈禾青从手机上调出一张照片递给吴洁说：“这花留得久的。”照片上是一盆兰花，吴洁没有见过这样的兰花，叶子细长细长的，那花枝细细弱弱的，开出的花一面是紫色，一面是白色，像铃铛的形态。“我们行内人叫它双面兰，这款兰花香味浓，夜间放在屋里，一屋子蜜香。”“你养的花？”“是我自己种的，如果你不喜欢这株还有别的，我种了几千株呢，你可以随便挑给你姑姑。双面在市场上现在最少也得六七千一株，这株的品相能卖上万，送人绝对有面子。”“哇，这么贵重的我不能要，别让我姑姑给种坏了，白白糟蹋钱。”“你姑姑病刚好，让她高兴高兴，我家里有一间玻璃房专门用来种兰花，你有没有兴趣去看看？现在还早，又是周末，就当出去郊游。”屈禾青又调出几张玻璃屋的兰花照片，还有他家院子里的花树照片，看起来真是很美。吴洁不知道自己怎么就点头了。那么丑的人种出那么美的花，这种反差，让她有了好奇，同时，这人有些家底，玩一玩没损失，就按照相亲的程序往下走，继续深入了解呗。

吴洁随屈禾青打车去取了他的车子，屈禾青说他经常给人送花木，今天也是出来给人送花木。

四

屈家让吴洁惊艳了一把。曲径通幽处一个被花木围绕的院子，抬眼就能看到碧翠的山坡，安静飘散着花香，还有楼顶发光的玻璃屋，增添了几分梦幻色彩。和吴洁心心念念的乐天康养小镇相比，这里多了旖旎和从容。

这个时间是母亲带着两条大狗上山的时间，院子里很安静。屈禾青请吴洁在院里的茶桌边坐下，他一路上已经谦虚地向姑娘解释义安镇是农村，穷乡僻壤，坐下来他还在解释这儿是山旮旯，是义安镇最偏僻的地方。说这些话的时候，他的眼睛情不自禁往木工房的方向飘移，他要把她送到那儿去吗？他好像没有做好准备，她可是他主动带回家的第一个姑娘。喝完一杯热茶，吴洁说："我也是农村人。""不像，你这么漂亮，这么洋气。""不怕告诉你，我整张脸都是整出来的，我就身材过得去，长得不好看，塌鼻子，高颧骨，为了能找到一份好工作，我贷款整的容。"屈禾青没想到吴洁会跟他整出这么一个大实话，一下对不上话来。"你的脸烧伤很多年了吧？现在技术先进，做整形虽然不能恢复到跟原来一样，但百分之七八十是可以做到的。""你觉得我的脸很难看？""你不会这么敏感吧？整好看难道不好吗？起码让你嘴角恢复正常功能，不要牵扯着。我那时大整是遭了点罪，你只是皮肤不算大手术，我可以帮打听一下，找个好医生。""我就这样了，不想动。""随你吧，这世界对男的宽容，只要有事业其他都可以忽视，女的就不行了。"从来没有一个人跟屈禾青说过这些，那些嫌弃他丑的人躲着他，笑话他，但没有一个人建议他去整容。他对吴洁的提议有些窝火，又有些感动，她在这个问题上对他说的是真心话。

"你妈妈呢？""她这个时间都是在坡上，我妈身体不好，她每天能到山上转一转，我就放心了。"吴洁点了点头，这时她对屈禾青已经没有什么戒备心，一个乡镇的大龄青年，看样子挺孝顺，心也巧，否则哪里种得出这一院一山的花木。她放下茶杯，指着楼顶的玻璃屋说："那就是你种兰花的花房吧？"屈禾青点点头邀她上楼。他们一块上到楼顶，玻璃房里有点闷，屈禾青把门打开透气，吴洁一头钻进去，好奇地打量，阳光从透明的玻璃顶上射下来，给所有的兰花洒上一层光雾，每一株兰花都有自己的姿态，在这一空间优雅地展示魅力。玻璃房里还堆着一些形状奇特的山石，有的兰花就种在山石上，还有一条小水渠，渠边也种有兰花。整个布局主人是花了心思的。吴洁看到屈禾青先前给她看过照片的双面兰，双面兰像一位丽人静静地待在溪流旁，顾影自怜。“漂亮吧？你姑姑肯定喜欢。”“我觉得还是把花留在这儿比较好，我姑姑是个大俗人，养不好花。”“最俗的人是我，越俗花养得越好，肥料足。”“好吧，好吧，那我和我姑姑也是能种好花的。”说的人笑了，听的人也笑了。屈禾青为心情愉悦的自己感觉到吃惊，按照他的计划，他把她引到这里来可不是为了聊天的。

突然，从坡上传来金子的狂吠声，屈禾青冲出玻璃屋，往坡上张望。“这是金子叫，可能出什么事了，我去看看。”“我也去。”“狗挺凶的，你不怕就好。”吴洁低头看了一眼自己的鞋子，一双细高跟鞋。屈禾青下楼来找出一双母亲穿的布鞋。吴洁换上，虽然有点窄，勉强能穿。屈禾青走得飞快，吴洁跟得上气不接下气。他们上到半坡，银子冲下来迎他们。在银子的带领下，他们找到了屈母。屈母斜躺在一堆草石上，金子守在一旁。屈禾青跑上前把母亲扶起来。“妈，你摔哪儿了？”“刚才踩到那块大石头上，打滑，摔下来了。”吴洁蹲下来，撩起屈母的裤腿，膝盖擦伤溢血，脚脖子有些瘀肿。吴洁的手在屈母腿骨上顺了一遍，再把屈母的腰脊柱摸索了一遍，转向屈禾青说：“腿骨没事，就是脚踝扭了一下，但腰胝有点小错位，等会儿回去我帮她处理一下。”“你还会这个？”“我学医的，在医院做过好几年护士。”她指着山道旁一丛带刺的植物说：“这是小蓟，用这个止血很好。”她说话间已经把草药采来，用石头捶烂了敷到老人膝头上。屈母盯着吴洁看，满眼都是赞许和喜欢。看吴洁认真做事的样子屈禾青也是喜欢的，若有这样一个儿媳妇伴在母亲身边，母亲怕是能笑得像孩子一样。他马上又否定了自己的想法，这样的女人哪里会愿意留在这儿？正反转换的思路令他着恼，他从来没想过和吴洁能有什么，这女人在他眼里没有将来。

屈禾青把母亲背起来往山下走，回到家中他把母亲放到玉兰树上的竹床上。吴洁让屈母趴着，反抬起屈母的腿，把腰胝复了位。屈禾青在一旁观看，让吴洁教他，吴洁说这一时半会儿是教不了的，专业就是专业。屈禾青又让姑娘给戗了一把，没脾气地去端来一盆热水，要给母亲热敷，吴洁说不急，先用冰敷。“不都是用热水敷吗？”“我是做护理出身的，你听我的就是了，估计后天才能热敷。”“我家没有冰箱。”吴洁翻了一个白眼，“老哥，你这是生活在什么时代呀，怎么连台冰箱也没有？”屈禾青有些尴尬，强辩道：“我们不吃冷冻的东西。”屈母插话说：“晚上没给你们准备什么菜，阿青你出去买点回来。”吴洁摆摆手说：“我看你们在山上放养有土鸡，土鸡比什么都好，不用到外头买了。”还真不把自己当外人，屈禾青又气又好笑。“吴医生，我去做饭，我妈就交给你了。”“我不用你们管，姑娘，你和阿青一块做饭去吧。”“好的，您先躺着，我就想上山捉土鸡。”

从后院的门出去，屈禾青走在前头，吴洁跟在后头。在山脚下蓄有一个水池，不断有鱼浮到水面吐泡泡。“喜欢吃鱼吗？”“喜欢。”“等下回来再捞鱼。”走没多会儿走入一片桃林，桃树结了小小的果实。吴洁说：“春天这里一定都开满桃花吧？”“是的，这里的桃花和别处的不同，颜色深，一整片红艳艳的。”“我看你家这儿就叫桃源吧，世外桃源的桃源。”“好名字。”吴洁看到桃树下到处都是覆盆子，她一边摘一边往嘴里塞，动作熟练，一点也不斯文。屈禾青说：“我现在相信你真是农村娃了。”“对啊，小时候上山我最喜欢吃的就是这个，比草莓好吃多了。”屈禾青从一棵四季桂上摘桂花，吴洁凑上去闻，很甜蜜的味道。屈禾青摘了满满一兜。“你要用这个来做桂花糖？”“差不多，保准你爱吃，我看你挺爱吃甜食的。”吴洁是很爱吃甜食，她脑子里转着，她在他面前有哪里暴露爱吃甜食了？她不知道白日里喝咖啡时，那咖啡里本来就加了糖，她还是拿起糖包加了一整袋。

鸡放养在一片竹林底脚，屈禾青捉了两只，一手一只。顺路回来吴洁采了茼蒿和西红柿。一只鸡和香菇炖汤，一只炒子姜，素菜是清炒茼蒿和西红柿焖黄豆，菜品出自屈禾青之手。吴洁好久没吃上家常饭了，成天外卖把她的胃口都败坏了。她把减肥的信条统统抛之脑后，吃完一碗米饭，又盛了一碗。屈禾青说：“别吃太饱，还有好东西。”她想起刚才他采的桂花，笑着说："饭后甜点不占肚子的。"屈禾青说："脑子真好用。"他端上来一大碗汤水，里头有一小块一小块的胶状物，桂花飘浮在汤水里。他先给母亲盛了一碗，再给吴洁盛了一碗。"吃过这东西吗？"吴洁摇摇头。"现在很多女孩都喜欢吃的，桃胶，美肤养颜，比你用护肤品有效，我从山上收的全卖出去了，就留了一点给我妈吃，她还不爱吃，说滑溜溜的。"吴洁是听说过桃胶有美容美白的功效，但真是第一次吃。汤水甜稠，有一股子药味。"有药味对吧，桂花就是用来综合药味的。"屈禾青看她吃了一勺下去马上做旁注。吴洁恰恰是喜欢这种药味的，她做护理出身的，哪里会在意药味。"好喝。"

那天什么也没有发生，吃完饭不久，屈禾青开车把吴洁送回去，送到吴洁住的小区门外。那是位于旧城区的一个小区，房子至少有三十年了。屈禾青倒真没想到吴洁会住这么破烂的地方。吴洁说："我住这儿就图房租便宜""双面兰放在屋里，破房子就不破了。"屈禾青差点就用了蓬荜生辉这个词。双面兰吴洁还是带回来了，姑姑一株，她一株。两株兰花放在屋里，半夜醒来闻到一股香味，迷糊间吴洁想起是兰花，看一眼窗台，兰草微微摆动，夜风是凉的。

第二天早上吴洁给房东打电话，与房东商量最早什么时间可以解除租住合同，她的住处让屈禾青知道了，是需要尽快搬离的。虽然暂时没发现这人有什么错处，但与人保持距离是林咏志的教导，也是她的本能。房东絮絮叨叨，说他得重新打广告招租客，等招到新租客再跟她定时间，因为原本她的租住合同还有五个月到期，提前解约是可以不退押金的。吴洁知道这一带的房子不愁租，房租便宜，生活便利。"我也帮你打广告，有人接手我再退，不能让您亏了。"房东那头算是应了。

吴洁在同城交易张贴广告，两天后就有人应征了，但说最快要三个星期以后才能搬来，吴洁答应了。三个星期她等得起，屈禾青再把她送回来几次都是没问题的。她被自己这个想法弄糊涂了，难道她还期待与屈禾青有更多的交往？静下心来想，屈禾青有一技之长，又孝顺体贴，是可以托付终身的。皮相最靠不住，她没有用这个尺度去衡量屈禾青，但她现在不想嫁人，不想托付任何人，她要以一个自由身挣钱，没有达到既定的目标她不会停下来。

屈禾青过得两天打电话来约她到青山去看花展，说那里有个新开放的兰花园。吴洁说青山有什么好看的，还不如你家后院的山，估计兰花园里的兰花也不如你种的兰花好看。屈禾青在电话那头听得心花怒放，说那就来我家吧，有土鸡吃，有有机菜吃。今天一早母亲就跟屈禾青唠叨，说从没有见他带姑娘到家里来，这次这个她看着顺眼。屈禾青说："人家长得这么好看，又能挣钱，你儿子配不上。""我儿子孝顺又能干，配谁配不起？"屈禾青这两天不是没有想吴洁的事，他把一个女人带回家，再把女人送回去，这无有前例，事后必须厘清思路。他想吴洁做婚托的目的就是为了钱，他的钱虽然不多，但养活她没问题，总比做婚托好，吴洁够聪明应该明白这个道理，如果继续做糊涂女人就不要怨命不长。

吴洁在一个空闲日，接受了屈禾青的邀请，再次来到义安镇。这次她提出到镇上逛一逛。屈禾青把车子停靠在路边，陪着吴洁在街上走。小镇上的人大部分都是彼此认识的，他们突然看到疤脸仔带着一个靓女在街上逛，都朝他们投来好奇的目光。屈禾青不喜欢这种目光的洗礼，他知道他们是怎样看他的。除了屈家的旧事，前些年母亲低声下气托媒人为他找老婆，疤脸仔没有女人看得上又是镇上流传的一个笑话。

父亲屈春雨就是在这条街上被捅死的。三十年前的某一天屈春雨在街上摆卖小板凳和木箱，都是他自己打制的，生意不是太好，半天没有一个人来询问，他闲得可以教儿子背唐诗。父子俩排排坐，共看一本书，一个念一句。他们的旁边是一个猪肉摊，卖猪肉的覃瘦子瘦得像痨病鬼，手起刀落斫肉的动作倒是麻利，覃瘦子吃人秤头靠的就是手脚快。临近中午，镇上管计生工作的蔡主任拎着一挂猪肉大声嚷嚷而来，"一斤半的肉，你能少称二两，这个摊子是不是不想摆了？”“这肉你是一早买去的吧？拿回去半天现在转回头，谁知道那二两是不是已经煲上汤了，现在又来讹我。”“我讹你二两肉？覃瘦子，你早就臭名在外了知不知道？”“我臭名在外还是你臭名在外，你去打听打听，哪家待见你？”蔡主任的胖脸抖了抖，“行，让攒钱买棺材，绝后的人就不晓得是天收的吗？”覃瘦子的儿子去年在公路上被车撞死了，蔡主任这话不能不说等同挖人祖坟。覃瘦子提刀朝蔡主任扑过去，屈春雨吩咐儿子认真背书，自己跑上前隔在俩人中间。蔡主任搞计生出身，泼辣惯了，根本不信覃瘦子敢拿刀真捅，她拨开屈春雨说：“来，有种过来捅。”覃瘦子骑虎难下，看屈春雨夹在中间，想起刚才屈春雨在他旁边教儿子背唐诗，屈春雨那儿背书厉害得气人，覃瘦子对屈春雨也生出了怨气。“老子要劈她，你拦着干什么，要替她挡刀子？”屈春雨笑着说：“消消气，天天见面的，不要计较了。”蔡主任从容地将那挂猪肉砸到覃瘦子脸上，覃瘦子腾的一下，脑子里火星四溅，他左右挥刀，有一刀轻轻从屈春雨的颈部划了过去。屈春雨手捂着脖子，血如柱喷，人徐徐倒下。蔡主任这下相信覃瘦子是真的敢杀人了，惊叫着撒开短腿逃跑，一边跑一边大叫“杀人了”。覃瘦子马上清醒过来，他扔了刀子蹲下身替屈春雨捂脖子。“这怎么回事？谁让你挡刀子的，这怪不得我！”屈禾青在一旁傻傻地站着，父亲的眼睛死死盯着他，咽下最后一口气。他看父亲的嘴型，父亲最后吐出来的两个字是“儿子”。

没有人同情屈春雨，他不是英雄，倒像个傻子。覃瘦子被抓走了，覃瘦子的老婆和他的弟弟覃二觉得这是屈春雨自己撞刀口上的，覃瘦子最多算是过失伤人。他们上屈家来，让屈母为覃瘦子脱罪，屈母不愿，她说自己男人不能不明不白死了，得有个说法。覃家认为屈母是想讹钱，他们家最多只能出五千丧葬费。屈母哭着说：“一个大活人就值五千？要不你们谁去死，我给一万。”双方谈崩了。后来不知怎的蔡主任出来作证说屈春雨是自己撞在刀子上的，不关覃瘦子的事，她和覃瘦子也只是开玩笑打闹。虽然这么说，毕竟出了一条人命，覃瘦子被关押在看守所等待进一步的调查。蔡主任出来作证，屈母更是坚决地拒绝和解，与覃家拉锯战期间，覃瘦子突然发心梗死在看守所。这一桩案子最后不了了之，屈家和蔡家覃家都结了仇。

屈禾青那时并不太懂这些，父亲走之后家里过得艰难，母亲有一段时间经常出去拾垃圾，在城乡接合部有一间很大的垃圾站，母亲一边拾垃圾一边帮人给垃圾分类，母亲带着屈禾青住在自己搭的一间棚屋里。有一天半夜，母子俩还在梦中，有人往棚屋扔燃烧瓶，棚屋顶很快燃起来。母亲把屈禾青摇醒，拖着他跑出棚屋，没料到，又有一只燃烧瓶飞过来，砸到屈禾青对面的铁锅反弹回来，屈禾青侧过脸，躲避了一边脸，却将另一边脸露出来，伤疤永久留下来了，行凶者杳杳。屈禾青经常在夜里惊醒，他害怕黑暗当中又有投向他们的燃烧瓶。他问母亲到底是谁干的，母亲摇摇头说："管他是谁，妈错了，妈不该与人结仇，害到你了。"母亲不再和镇上的人来往，大家陆续搬迁到沿公路边上，他们的家没有动。

屈禾青十八岁生日那天，母亲总算露出一丝笑容，母亲给他做了一碗长寿面，看着他吃完。"我儿子长大了，平平安安是福啊。""妈，你说恶人会有恶报吗？""当然有了，老天爷长着眼呢。"

一个月后，覃二被人发现死在公路上，摩托车摔在一边，来来回回不知道多少辆车子轧过。母亲上了一炷香，叨念着老天有眼。屈禾青想，老天爷一定有眼，只不过还要借他的手。覃二在镇上摆了一个烧鸭摊，每晚都要骑摩托车去五里以外的雁塘村收鸭子，屈禾青埋伏了半个月才找到合适的机会。

蔡主任退休后到外地跟儿子过，好些年没在镇上露面。有一年清明节回来，见了许多老朋友，说这一趟回来得好好给祖宗上坟烧纸，蔡主任进山上坟后再没有人见过她，都以为她不打招呼回儿子家去了。一个月后儿子寻来，镇上人才知道蔡主任没有回去，蔡主任到哪去了，谁也不知道。

吴洁在覃记烧鸭摊前站住了，覃记烧鸭摊摆在覃家四层楼的一楼前边。

烧鸭放在一只大陶缸里烤的，缸下边架着红红的炭火，烧鸭皮被烘烤得鼓胀滋油，香味诱人。卖烧鸭的是覃二的儿子覃火林，覃火林不但长得像他爸，还继承了他爸的手艺。吴洁问："多少钱一斤？""三十二。""比南安还贵呢，南安才二十八。""就这个价。"覃火林板着一张脸。屈禾青从不买烤鸭，但他知道覃火林平时不会卖这个价，是想为难他，或者是想在女人面前杀杀他的威风。父辈的仇后辈都是记着的。屈禾青取下一只烧鸭扔在秤盘上。吴洁说："半只就够了，吃不了。""吃不了就让金子银子吃，狗也喜欢吃烧鸭的。"

覃火林把烧鸭斩得咚咚响，比宰牛的动静还大。吴洁不知道他们之间的恩怨，但能感觉到不友好的空气在流动。返家的路上她掏了一块烧鸭放在嘴里嚼，味道还真不错，皮酥，肉也甜。吴洁问屈禾青这镇上是不是各家各户都认识，屈禾青说老住户都认识，近五年来的新住户就不关注了。"这卖烧鸭的覃记有一大幢楼，一定是老住家了，他好像对你不太友好。""没关系，对我不友好的都活不长。"屈禾青的嘴角抽了一下，说这话就显得有点狰狞。吴洁以为是自己听错了，停下了脚步。"你说什么？""你爱吃烧鸭？""是啊，我喜欢皮酥的烧鸭，这家味道真不错。""那他可以活得长一些。"屈禾青的眼神有一分戏谑，却不像是开玩笑。吴洁有点摸不着头脑，"看来你不太喜欢这个卖烧鸭的。""是不喜欢，就像他讨厌我一样。"

他们回到家，屈母又杀了土鸡炖了鸡汤。"你们还在外头买吃的呀？""吴洁喜欢吃烧鸭。""覃家的烧鸭吧？""是的。"

吃饭期间，屈禾青的手机响了，他接了一个单子，一家新开张的民宿要订一百盆兰花。他把一些兰花的照片发过去，对方很快敲定下了订金，让他明天送货。当吴洁知道一百盆兰花的生意才有两万块，表示想不通。屈禾青告诉她对方百分之八十订的是便宜品种，像杨氏荷素、冠姚梅这类的，每株几块到几十不等，真正能卖点钱的是文漪、绿云、关顶这类中高档的。他这儿场地小，属于小规模种植，接的都是小订单，大的接不来。

饭后屈禾青带吴洁去选花苗，他们来到一畦兰花地跟前。"兰花最怕烂根，我都是用木屑和腐叶当土，花长得特别好。”“这么大一丛花，你不分株吗？”“正要来分盆呢，三年分一次。”屈禾青从花地里小心地挖出一株兰草，兰草根径错综复杂，看样子能分出三四株来。他在一只花盆里铺上自制的木屑腐土，铺到一半之后，把分了株的花枝埋进去。他事先还在分株分出来的花枝伤口上点了一点黄色的粉末。“猜一猜为什么要点这黄色的粉末，猜对了有奖励。”吴洁闻了闻。“硫黄粉？硫黄是用来消毒的，难道花还会伤口感染？”“当然会了。”“真娇气。”“人家这么好看就允许人家娇气啰。”屈禾青嘴里说着玩笑话，表情却是认真的。屈禾青给兰草分盆，吴洁也在一旁学着，她亲手分了四个盆，她在花盆上写下吴字做记号。“这四盆是我分的，我要看它们开花，你不要早早卖了。”屈禾青喜欢听这样的话，“半年时间就能开花，你不用久等。”吴洁后悔自己说话不过脑，等房子到期，她应该不会再和这个男人交往，何必让人生出希望？“你刚刚说我说对了有奖励的，还不拿出来？”屈禾青让她稍等。他上楼去拿了一只小盒子下来，盒子打开全是金饰，戒指、项链和耳环都有，看样子不是刚买的，款式也不新。“你喜欢就挑两件。”“你留着娶媳妇吧，我不要。”“你不考虑做我女朋友吗？我会去做整容。”屈禾青鼓足勇气憋出这一句，他想他彻底不要脸了，如果吴洁一件不挑，他今晚不会放她走。

吴洁感到自己心里有个地方暖了，软了，看屈禾青一脸严肃的样子，她甚至想笑出声来，她忍住了，目光重新回到那些首饰上。看样子只有一只手镯和一条项链值点钱，她拾起手镯和项链。“我先拿这两件，如果哪天我反悔了，会还给你的。”她想，还可以做屈禾青一个月的女朋友。

五

新见面的化哥一下给吴洁买了好几个冰肌仙套装，这么豪爽的主难得碰上一个。出了门店，吴洁决定跟这位大主顾多待一些时间，算是对得起他的银子。化哥说带她去洗脚，大中午的顺便打个盹。她给化哥一个甜甜的笑脸，说化哥好会享受，她跟着享受一把。

那家洗浴中心表面看起来不起眼，进到里头很是开阔，一间厢连着一间厢。看得出化哥是常客，好些服务员不但能叫出化哥的名字，还热情地跟问他最近是不是炒股又发了。化哥要了一间超大的包厢，有按摩床，也有宽敞柔软的大床。两名技师进来给他们洗脚捏脚，手法不错，吴洁不知不觉睡着了。她是被化哥压醒的，化哥的手已经伸到她的胸部，用力地搓揉，她下意识踢脚飞踹，男的很是勇猛，双腿把她的腿钳住，她再顾不得什么，双手并挠，化哥的头脸立时现出血痕。男人痛得叫唤，连扇她几记耳光，她被扇得晕乎乎的。“扮什么烈女，花了两三万还不让睡？”吴洁暂时放弃了反抗，男的以为她从了，放松了对她的限制，肆意放浪起来。她在凝聚力气，集中精力，猛地一个起身，操起旁边小茶几上的烟灰缸砸向化哥的脑门。血从化哥的脑袋蜿蜒流下，化哥这一下也是半晕了。吴洁完全挣脱出来，扯下衣包钩上的皮包往外跑，顾不上身上还穿着洗浴中心的休闲服。化哥追在她身后大嚷大叫，守在门口的两名保安把吴洁拦下，化哥追上来，指着自己的脑袋说：“她谋财害命，不能放跑了。”

吴洁被保安推进她原先待的包厢，洗浴中心的经理赶来，化哥把门关上。“你们都是证人，她把我砸伤逃跑，把我当冤大头呢？”“你要流氓，强奸未遂，恶人先告状。”“你自愿跟我关一个包房里，现在说我要流氓？”“你给我买的东西，都在这儿，我不要了，你放我走。”“想走？你以为爷是随便打的？十万拿来！”“我没钱。”“没钱就乖乖待这儿，你真以为我是吃素的，让你见识一下‘肉债肉偿’也好。”吴洁看情形是走不脱了，她要求打电话找人借钱，化哥倒不怕她给警察打。“你把警察招来也没用，这里的人都可以为我作证，是你打了我。”吴洁哪里会给警察打电话，她身上带的身份证都是伪造的，她比化哥要怕警察。她的电话是打给林咏志的，林咏志手下有一帮人，还有一些所谓“道上”的朋友，她想林咏志出头，这就是小事一桩。她刚把事情前后说清楚，林咏志那头吼起来：“这种事情我怎么好出头，你自己处理好，不要给我惹麻烦，最近先别上班了，休整吧。”林咏志挂了电话。她僵了好一会儿，眼里含泪冲化哥笑了笑。有人替化哥头上裹了毛巾，把化哥弄得像个相扑运动员。“化哥，没人帮我，你真不让我走？”化哥轻蔑地哼了一声，胖壮的身体横在她前头。

包厢靠电视柜旁放了一只洗脚师傅专用的工具箱，吴洁冲过去打开工具箱，拿起一把去老茧死皮的尖头刀，用力在自己手腕上划了一下，手腕上的肉像婴儿嘴翻开，滴滴答答血水漏到地板上。“要钱没有，要命有一条，大不了今天我死在这里。”所有人都怔住了。做生意的最忌讳沾上这种血腥，洗浴中心的经理说：“你把我这弄脏算什么事？”他又转向化哥：“化哥，我做生意的可不想闹出人命，要不你们到外头自己解决？”化哥根本不敢看向吴洁，那血糊糊的样子他也是胆战的。“算你狠，给我滚！”

吴洁手上仍然拿着刀子，她退着走到门边，拉开门往外走，血一路滴，身边的人惊吓着弹开。她感到头有些晕，强忍着冲出洗浴中心的大门，她挥手叫了一辆的士。她斜躺在的士上拨打屈禾青的电话，此时她能想起的人只有屈禾青一个。她说她快要死了，在去医院的路上。

的士把吴洁送到最近一家医院的急诊中心，刚躺到病床上她就失去了知觉。

屈禾青正在花房干活，接完电话他扔下手头的小铲子，衣服没换，下楼开车直奔市区。他在医院找到吴洁时，吴洁的伤口已经缝合，住进了住院部。吴洁的脸苍白得像盐，盐的颜色和味道。吴洁清醒过来，伤口比她当时用刀拉开的时候要痛，她皱着眉头，看到屈禾青想笑一笑，笑不出来。屈禾青那半边烧伤脸绑了强力绷带，她一看就知道做过手术，这小子到底是去做整形了。前几天屈禾青自己找到一家整形医院，医生给他做检查后说的和吴洁差不多，能恢复百分之七十左右，先把增生的疤块切除，等愈合后再做色素淡化。他第二天就做了手术，脸上绑着强力绷带本不想出来见人，偏偏吴洁出事了。

“我们两个现在都是伤员了，不知道的还以为我们出车祸了呢。”“就当出车祸了吧。”屈禾青没有问吴洁是怎么受伤的，医生说了，割腕失血过多。割腕不会是别人割的，只能是自己割的，能这么对自己下狠手，碰到的事情一定是过不去了，但人活下来，就过去了。屈禾青觉得吴洁能在这个时候给自己打电话，在她心里他是能给她托底，他是能把她接住的，为着这份信任，他会照看她。他俯下身，手轻轻地在她的左腕上碰触，“痛吧？”她点点头。她伸出左手，摸摸他的左脸，“痛吗？”他摇摇头。

吴洁出院那天，屈禾青问她是不是要回家。“我的房子这个星期合同到期了，我还没来得及找新的住处。”“那就去我家吧。”顺理成章地他把她拉回家，她那三只大大的行李箱跟随她一起迁徙。在车上吴洁说：“我要住在桃源了。”屈禾青笑了，“桃源没有外头的热闹，你要有思想准备。”“外面的热闹和我有什么关系。”“对的，和我们都没有关系。”

俩人头些日子是分开来住的，都住二楼，挨着的房间，在一个同看星星的夜晚，屈禾青的手揽过吴洁的腰，吴洁的头挨到屈禾青的肩膀上，他们住到一块看星星了。吴洁过上有生以来最祥和的时光。每天早上她在鸟鸣声中醒来，屈禾青喜欢睡懒觉，她喜欢早起。起床后背上一只布袋，里头放着一瓶水，她沿着后院的小道上山，金子银子绕着她的腿上蹿下跳，她就让它们跟着。她会走上四五里路到达这一面坡的顶端，从那里可以遥看整个义安镇，屈家的院落被树林遮住反倒看不清。一路上看到鲜嫩的野菜，百花菜雷公根一类的，她会收进布袋里，回到家洗净，开水烫一烫，拌上一些佐料当沙拉，清清爽爽的。她在网上查阅种花的知识，打算扩大多肉的种植，她告诉屈禾青现在流行种多肉，特别是色上得好的多肉，要想给多肉上色，光靠白日晨的太阳光不够，晚上得继续打灯照。屈禾青说多肉的价格再贱不过，如果通宵打灯怕是电费都挣不回。吴洁算了一下，还真像屈禾青说的，怕是电费都挣不回，这在一定程度上打击了她的积极性，感叹哪一行都有哪一行的不易。屈禾青笑着说让她不要带着赚钱的想法种花，喜欢种什么就种什么，能卖就卖，不能卖把这院落山坡装点了也不错，他当初就是这样过来的。

屈禾青脸上的强力绷带已经取掉，层叠的伤疤变得平滑，经常失控的嘴角也恢复到正常状态。吴洁觉得只要说起种花，屈禾青身上就有一股超凡脱俗的仙气。

住下了，吴洁就知道屋里为什么没有冰箱了，用不上。蔬菜基本上是现摘回来做的，肉不经常吃，不是舍不得吃，是不爱吃。屈母和屈禾青都不爱吃肉，蛋每天都有吃，卤蛋、香葱炒蛋、韭菜炒蛋、西红柿炒蛋轮着做，隔得三四天吃一回鱼，就是坡下那池子里放养的。吴洁来以后屈母天天出去买肉，专炒给她吃。在这里素菜比肉好吃，她不让屈母出去买肉，屈母也不客气，说少吃肉多吃蛋。屈禾青周末会出去给她买半只烧鸭。她喜欢这样的日子，清爽，简单，脑子基本不用动。屈禾青每晚上给母亲烧热水泡脚，她给屈母按按腰背，屈禾青也会给她用热水泡脚，说热水泡脚好睡。泡不泡吴洁都好睡，山边安静，没有费心劳神的事，自然好睡。

她还是闲不住，想种花或是种菜，最后决定还是种菜。她要种的不是季菜，她想种千里香，一年能开几次花，花用来煮汤凉拌都是上好的素菜。她看平时种菜都是屈母一个人在弄，就和屈母说想种千里香，屈母告诉她坡下有一片地空了许久，阿青专门用来沤肥的，她想种千里香就在那儿种。屈母交代她把沤的肥晾一晾，晒过太阳才好种菜。这阵子屈禾青接了个大单子，在一个园区种四季桂和桃树，要包种包活，人待在南安有几天没回镇上了。吴洁一大早扛着一把锄头到坡脚，先是松了土，再刨开掩盖在肥坑上的浮土，发酵的木屑翻出来，一股臭气冲鼻，她忍不住干呕了几声，像是死老鼠的臭气，十分难闻。她转回家找了一条毛巾在鼻子上头绑着当口罩用，回去继续刨。她把木屑铺好到土上，照屈母说的晒几天太阳再种菜。这时，她发现木屑当中掺杂了好些白色的骨片，她拾起一片，看起来像是脊椎动物的骨头，难道屈禾青还收集了猪骨头来做肥料？

屈禾青回来，吴洁忙不迭吹嘘自己在坡下种了千里香。屈禾青脸一沉，说他打算在那儿种鹅掌红的。吴洁说空地还很多，几株千里香占不了多大的地，还说那儿像埋了一窝死老鼠，臭烘烘的。屈禾青说是池里的死鱼，他混同树枝一块打碎了做肥料。吴洁想她看到的骨片不像是鱼骨头，不过这个念头她没纠结下去。

千里香种下后，她隔天去淋水，在地里又发现了几粒牙齿，她能确定是人的牙齿。她怀疑这山坡旧时有老坟堆，在农村这是普遍现象，有山的地方都能埋人，她学医的不怕这些，把牙齿扔掉拍拍手继续干活。千里香藤苗抽得快，屈禾青帮搭了架子。那一带蚊子多，屈禾青让她少去，说坡上种的瓜菜都是靠天吃饭，不要太费心思。

林咏志某天突然来电，问吴洁休整好没有，休整好可以重新开工了，现在新开了保健用品店，原来的冰肌仙不做了。从割腕到今天，三十多天，林咏志终于想起她了。吴洁说那天她被人为难，没办法最后跳楼摔断了腿，估计得休息半年。林咏志那边停了一会儿，说怎么这么严重啊，那就好好休息，好了再联系。挂了林咏志的电话，吴洁想到她的存款，今年冲百万怕是有些难了。

过了两天吴洁想起床起不来，她早上的爬山运动取消了。第二天也没起来，第三天还是没起得来。早上起不来，并不影响白天的午睡，中午吃完饭，她照样能睡两三个小时。“完了，完了，禾青，我可能是患上嗜睡症了，再这样睡下去我腰阔腰圆的日子就来了。”“不会的，你成长的空间还很大。”屈禾青开她的玩笑。“明天我一定要定闹钟早起。”次日她自然还是食言了，闹钟是响了，她把闹钟掐了。白日里屈禾青要到市区整形中心去打激光，她陪着去，出门前她带了一盆兰花，说送给医生，让医生活做得细致点，打激光是有技术含量的，多打一发少打一发效果都不同。屈禾青挺高兴吴洁能为他着想，吴洁抱着花的样子就像个小女孩。那做激光的女医生是个话多的，收下兰花后话更多了。屈禾青躺在床上做治疗，吴洁在一旁陪着。“这 C 光主要是为了打散沉着的色素，打完以后头几天看起来比原来颜色更暗，等脱一层痂就好了，最好不要碰水，洗头让你老婆帮你洗。”“我不是他老婆。”“不是吗？我劝你赶紧是，小伙子脸上疤痕一消，抢手得很，花种得这么好，对女人一定好。”“那我得好好考虑，他对我还行。”

躺在床上的屈禾青听到这些评价有在云上飞的感觉，轻飘飘的，软绵绵的，天啊，这就是所谓的温柔乡吧？他对吴洁好吗？他没觉得自己做了什么特殊的事情，家里多一个人，母亲高兴，他高兴，他也愿意让吴洁高兴，就这样而已。这些天吴洁嗜睡他猜想她是怀孕了，他想提醒她，又觉得她自己没感觉，他的提醒显得多余。有了孩子，她是不是就愿意嫁给他，踏踏实实住在桃源？如果这样，母亲期盼的媳妇有了，家也完整了。也许她不知道更好，让孩子在她肚子里慢慢长大，大到她不能轻易放弃。屈禾青总是先把母亲的意愿放在前头，仿佛眼前的局面只为讨母亲欢心，他还不习惯承认自己能对人好。

吴洁最终还是发觉自己怀孕了。就在屈禾青打激光那天，她迂到药店，想买点鱼油，她担心自己的免疫系统出了问题，吃鱼油能调一调。她问服务员总想睡觉有没有什么凉茶喝，服务员瞟她一眼来了一句：“怀孕是不能胡乱喝凉茶的。”她刚想说自己没有怀孕，生生把这句话咽了回去，她的心扑通扑通跳。大姨妈是超过时间不来了，不过她月经一直不正常，有时候两个月一次，所以没放在心上。她跟屈禾青在一起是有几次没有保护措施，她学医的怎么就没想到是怀孕了，在那一刻她判断自己就是怀孕了，身上孕妇的种种特征让她想起来了，比如说胸胀痛，再比如说脸上的斑颜色深了，本来以为是早上出去锻炼晒出来的。她买了一个早孕试条，鱼油没买。

在回去的路上她没说话，刚才屈禾青也是在药店的，他先说话了。“你不高兴有孩子？”“我不认为我适合当妈妈，我没想过结婚也没想过要孩子。”“跟我在一起这些事情你都可以考虑，我一直不开口，是我知道你不愿意，我不想为难你，可你如果怀上孩子，我希望你能要这个孩子，我们有一个家不好吗？”回到家吴洁到厕所里去验了，出来她没有说话。她不说，屈禾青也没有问，答案已经很明显了。他们都避而不谈。

屈禾青买了一只烤箱回来，说可以用来烤鸡烤肉烤鱼烤鸭烤蛋糕红薯。屈禾青还说他打听到省农科院下面有一个养殖所，有奶牛出售，他想买一只回来养，以后家里就天天有鲜奶喝了。吴洁知道这是屈禾青的一种表达，他想要孩子，他想让她留下来。在她的人生规划里从来没想过要孩子，她的奋斗积累好像只是为了防范自己老无所依。孩子生下来，要用心养育，孩子还是一种牵挂，如果有一天她不想在这儿待了，她会不会因为这个委屈自己？这些思虑让吴洁烦躁不安。屈禾青的殷勤改变不了本质的东西，她的责任不可能转嫁到另一个人身上。女人如果爱一个男人就乐于为他生孩子，这种俗套的表达却揭示了一个真相，她承认自己不够爱屈禾青，一个人走了这么长的路，已经没有与人相伴的执着了。

“如果我不要这个孩子，你会不会就不对我好了？”“我会对你跟以前一样，不过，我希望你能把孩子留下来，我们好好过日子。”“我再想想，你给我一点时间。”“你好好考虑，孩子也是一条命啊。”在说这句话时屈禾青已经下了决心，他不会让她离开桃源，如果她想离开，他只有强行把她留下来。

屈禾青很快从农科所把奶牛买回来了，牛圈和狗窝挨着，金子银子担起夜间守牛的重任。屈禾青说这头奶牛刚满一岁，交配过了，顺利怀孕的话五个月后生产完就能产奶了。吴洁还没有见过真正的奶牛，好奇地倚在牛圈边看，奶牛偏灰白色，长得很壮实，尾巴不停地甩动。她递了一把干草过去，牛不惧生，嘴触一触张嘴大嚼，吃得很香甜。“真想看看小牛刚生出来的样子。”“很快的呀，五个月以后就能看到了。”吴洁想五个月以后她的肚子也老大了，她为这个想法吓了一跳，好像不知不觉她已经在接受现实，屈禾青给她买的防辐射衣她也穿上了。

她发现自己是懒了，懒得去改变什么。这些天她想着给林咏志打个电话，聊聊重新回去做业务的事情，拖来拖去电话到底是没打出去。她再下决心，翻看电话录，给一个熟识的房屋租赁中介打电话，托对方给她找房子，对方说她想要的价位现在不太容易找，要她等消息。想想原先住的旧房，伸不开脚，噪音大，灰尘大，她叹了一口气，她想不出还有比桃源更好的所在。

六

连续来了几个暴雨天，水流挟裹着泥沙从山上冲刷而下，眼见着山上有几棵老树倒下了。屈禾青冒雨出去给坡下的鱼池泄了几回洪，每次返回都在截留坑里捡得几条鱼回来。吴洁做了香煎鱼、蒸鱼、红烧鱼，不同的吃法轮换着，好不容易等到天放晴。天一放晴屈禾青就有活干了，他先前为一些客户种的花木在这场暴雨过后要去进行一些排水培固的工作。他在出门之前还说，等他忙完会上山把那些倒下的树拖回来，枝干打碎了当花土。

吴洁在家里闲着没事，带着金子银子往山上去，地湿路滑，她还摔了一跤。在桃林那儿，她发现有一棵桃树倒了，她清楚地记得屈禾青和她说过，这棵桃树是他亲手种的，已经有将近二十岁了。走到近处发现桃树掀起的根部有一大群白蚁爬出来，桃根多半早就被白蚁吃空，一场雨加快了它的倾倒。金子银子围着桃树根茀厉声狂吠，吴洁担心它们被白蚁咬，发声警告。金子和银子当耳边风，四爪子开始在树根下趴倒，不一会儿拉扯出一块长条形的东西撕咬，当吴洁看清那是一只人手骨的时候，头麻了一下。金子看抢不过银子，跑回树根继续刨土，又刨上来一只圆圆的头骨。吴洁听到自己喉咙里发出一声闷浊的叫声，难道当年屈禾青不小心把桃树种到人家的坟头上？可那树根明明连着人骨，当时树一定是正种到尸骨上头，会没有发现？吴洁打了一个冷战。再联想到坡脚那片千里香地里有许多骨片和人的牙齿，这一座山变得鬼影幢幢。她的冷战一个接一个，全身开始抖动。她转身跑下山，跑了十来步，猛然想起不能让屈禾青知道她发现了那些骨头，她忍耐着恐惧，返回到桃树下，把被金子银子刨出来的骨头埋进土里。她检查了一下四周，确定没有什么明显的脚印，唤着金子银子快步离开。

回到家里，她把脚上的泥洗干净，手忙脚乱地收拾行李，她收拾出一只箱子，另外两只箱子打算放弃，目前只能轻装上阵像逃跑一样离开了。她虽然不能确定什么，但她明显地感觉到她已经深陷危险当中。手机响了，是屈禾青的来电，她稳定情绪，摁下接听键。他问她在干什么，她说刚起床，他说多睡点好，外头路滑就不要出门了，她答应了。屈禾青的电话让她冷静下来，她想这么仓促离开肯定会引起怀疑，前次她玩消失屈禾青都能够把她找出来，这次难道就不能？报警是最安全的，真相如何由警察来判断，可她目前的身份是假的，报警只会惹火烧身。她最后定下一个方案，思前想后都很缜密。

她下楼去给屈母按摩，一边按一边聊天，问起屈禾青有没有什么好朋友，屈母说没有，说自家儿子喜欢安静，除了种花就没有别的爱好了。聊到屈禾青的婚姻大事，屈母有些伤感，说屈禾青脸有缺陷，那些姑娘看不上，有一两个勉强同意的，屈禾青又看不上。吴洁很想问屈家有没有什么仇人，怕事后屈母与屈禾青说起，没敢问。她说他们好像不太与镇上的人来往，屈母说人心凉薄，没什么好交往的，过好自己的日子就行。对于屈家过往的经历，屈母闭口不谈，说过去就过去了。不过屈母有一个结论：坏人都有报应的，当年欺负我们屈家的人，没有一个有好下场，天收的呀。

屈禾青天黑透了才返家。吴洁给他把饭菜端出来，问他明天还要不要出去干活。屈禾青说已经全部做完了，不用出去。吴洁现在只希望屈禾青能早点发现山上的桃树倒了，她才好实施下一步计划。“我这几天想给素兰分盆，木碎都不够用了。”“山上不是有几棵树倒了吗，我明天就去把树拖回来。”

第二天屈禾青上山，吴洁躺床上睡觉，听到屈禾青回来的动静，她才下楼。院子里躺有几棵树，包括那棵桃树。吴洁指着桃树问：“怎么这棵桃树也倒了？”“根部被白蚁蚀空了。”“太可惜了，是你亲手种的吧？”“是啊，种十来年了，马上就变成泥了，不是有句诗说化作春泥更护花吗？”屈禾青这么从容淡定，吴洁越发心惊。屈禾青还捞回一大盆死鱼，他把那些枝枝叶叶斫了，木头拖进木工房，电动碎木机启动，木碎轻轻扬扬地从机器口飞出来，那些死鱼也跟着一起搅碎，腥臭四溢，吴洁捂着嘴吐了。

“你上楼去，别待在这儿了。”“太吵了，我出去逛逛。”吴洁逛到覃记烧鸭铺，摊子还没开张，覃火林正在大陶缸下烧炭，缸里挂满了赤白的鸭子。吴洁凑过去问：“你家每天能卖几只鸭啊？”“百把只吧。”“这小镇能有这么多人吃烧鸭？”“我家的烧鸭销到市里呢，好几个店面买的是我家供应的。”“难怪能起这么高的楼。”覃火林不无得意地笑了。“小地方有小地方的活路，我从来不羡慕大城市，不过，你这么漂亮的姑娘来我们这儿大家都奇怪，说你是要嫁给那个疤脸仔的。”“屈禾青人很好。”“好吗？好些人说除了从良的鸡不会有人愿意嫁他。”这么恶毒的话从一张还算是红润的嘴里吐出来，让吴洁全身发冷，她差一点就将一巴掌印上去。她想起屈禾青对覃火林的敌视，他说留着他是为了让她有烧鸭吃。此时如果屈禾青把他宰了，她想她能够理解。

她拎着烧鸭从镇上回来，没有什么胃口装作很有胃口的样子，吃着吃着竟然吐了，吐不是装的，正好给她一个借口。“禾青，我这两天感觉有点不舒服，想出去做个检查。”屈禾青说：“那还等什么，现在就去。”“没那么严重，要网上预约，我等会预约一个，明天早上出去。”

他们第二天去省妇幼保健院，排队的人山人海，就算是有预约也要等两个小时以上。吴洁轻捶腰部说累，屈禾青陪她到医院的小花园，找了一张长椅让她坐下休息，他回去排队，排到了再打电话让她过去。吴洁在花园里坐了一会儿，用手机叫了车，不急不缓从医院侧门离开。她坐上的士直奔火车站，她昨天已经订好票。火车开动后，她给屈禾青发了一条短信，说明她不想要肚里的孩子，不能再面对他，只好选择离开。她不选择拉黑屈禾青是避免他往别的方向想。屈禾青打了无数个电话，她不接。他又给她发短信，一篇又一篇，求她马上回去。吴洁没心情看短信，她只盼火车开得再快一点，离南安越远，她的心才能安稳。她当然不知道，屈禾青在收到她的短信后砸坏了好几只垃圾箱，他开着车子在南安市里疯转，大声地咒骂，他后悔一时疏忽没有早早囚禁她，他发誓如果再找到她，他一定不让她再离开桃源半步。

屈禾青在南安市转了好几圈，到他们曾经到过的地方都找了，包括吴洁居住的小区都没有线索。他开车回家，看到吴洁的三只行李箱都还在。这些行李箱他之前趁吴洁不在的时候全部打开检查过。他重新打开箱子，发现最小的那只箱子里的一只黄皮信封和首饰盒不见了。他清楚地记得黄皮信封里有两张银行卡和吴洁的身份证，真正的身份证，身份证上面的名字叫熊细欢。屈禾青收拾了几件衣服，给母亲说吴洁要回娘家，他陪她回去一趟。母亲叨叨着："怎么这么突然，早上不还上医院吗？""就是上医院了才想回家去养身子，她家里的条件比我们这儿好。"母亲听他这么说就信了，嘱咐他多带点钱在身上，把吴洁照顾好，再给吴洁家里人买些贵重的礼。屈禾青点点头出门了。他的目的地很明确，他要到熊细欢的老家去，熊细欢可能回老家了，也可能没有回，没回也没关系，她家里一定有人知道她的下落。

吴洁中途转了一次车，转车时她用公用电话给南安当地 110 报了警，她把屈禾青的姓名住址详细告之，说在他家后山上的桃林发现了一具遗骨，在坡脚也有一些骨骸，她相信山上能找到更多的证据，他一定不止杀了一个人。对方问她姓名联系方式，她没说，只说情况属实，绝对不是诬告。

接到吴洁的报案后，接线员马上向上级汇报，上级领导对这起报案十分重视，认为提供了很多证据，有一定的真实性。义安镇派出所很快接到内部电话，让他们配合调查屈禾青的情况，并报告当地近期是否有人口失踪。屈禾青明面上的资料没有什么特殊之处，倒是他父亲曾经被人误杀，这在案宗里记得清清楚楚。而与他父亲当年有关联的人有的出意外死了，有的失踪了。这个信息引起公安的关注，决定马上搜查屈禾青的住所。当这个指令下达的时候，屈禾青已经到达宣林。

公安搜查了屈禾青的住所和他家后院的山坡，在那一片山林，至少查到有八个人的遗骸，大部分遗骨成碎片状，推论是事先被碎木机粉碎过。屈禾青离家，警察分析是畏罪潜逃。

吴洁在第二天傍晚到达乐天康养小镇，先到管理处报到，说半个月正式上班。负责义工管理的石主任，原来是附近县城一家医院的护士长，特聘到乐天康养小镇。因为是当地人，逢年过节都会回家，吴洁过年来经常就接替她的工作，石主任也不时邀请吴洁到她家吃饭，两人关系十分要好。吴洁这次来计划先把自己肚子里的孩子流掉，她本来希望石大姐能照看她一下，没想到石大姐刚动完阑尾手术，还住着院。石大姐心痛地说："你们年轻人就是太随意了，拿自己的身体不当一回事，受罪的还是自己。"石大姐帮吴洁联系了县里的医院，说等她出院就陪吴洁去做手术，过两天县上还有一个重大的节庆叫辣椒节，有许多有趣的活动，石大姐让吴洁好好过完节再去做手术，吴洁觉得这个安排挺好，她在石姐家住下了。

宣林县大丰乡西塘路 33 号。熊细欢身份证上这个地址真实存在，是由几排陈旧房屋围起来的院子，那些房子的外墙颜色古怪，经年的风雨将它变成深浅不一的黄绿色。家家户户门口堆满杂物，有柴火有黑炭还有鸡笼。有一个老妇人在门口剥青豆，时不时瞟一眼蹲在旁边穿开裆裤玩耍的孙儿，屈禾青走过去问老妇人这里有没有住着一户姓熊的人家。老妇人停下，手指了最角落的一间屋子说："熊家原先住那儿，现在好像住着他们家的亲戚吧。"屈禾青整理了一下衣服，手上提着两盒礼品朝那户人家走去。

门是半开着的，屈禾青敲了敲门板，一个瘦高个男子叼着一根烟出来，年纪看起来和他差不多。"找哪个？""你好，我是来找熊细欢的。""我表妹？她好几年没回家了。""是这样，我们两天前还在一起，后来吵架了，她跑了，我到处联系不上，怕她出事就找这里来了。""进来坐。"瘦高个男人把屈禾青请进屋，给他倒了一杯水。"这种事我表妹做得出的，一失踪谁也找不着，她出去上大学以后我就没见着她，她爸死了她都没回咧。"瘦高个男子说这些话的时候怨气冲天，屈禾青坐在那只破烂的沙发上变得有些局促，他刚知道熊细欢也是没爸的孩子。“她脾气是不太好，她怀孕了的，所以我一定要找到她。”瘦高个男人把烟蒂扔到一只盛有水的瓶子里，烟蒂发出嗞嗞的寂灭声。“她的事我一点不知道，我给我妈打个电话，她们好像有联系。”屈禾青连声说谢谢。男人打了电话用本地方言快速地说了几句，挂了电话后他转向屈禾青说：“你等一下，我妈在附近，等会儿她过来，你自己问吧。”瘦高个男人又说自己还有点事要出去办，让他就在家里等着，屈禾青无可奈何地点了点头。好在他只等了将近十分钟，就有一个肥胖的妇女气喘吁吁地走进来。“你是来找细欢的？”“是的，阿姨，我顺便来拜访你们。”肥胖女人坐到对面的矮凳上。“我是有好多年没见到她咧，你若找到她帮我转告一声，我不指望她孝敬我，她过得好就行，逢年过节给姑姑报个平安不应该吗？我从小看着她长大的，这没良心的孩子。”妇人说得动情，抹了眼泪。屈禾青只得编谎话，说细欢说过姑姑对她最好，她心里是记着的，只是在外头漂很多时候身不由己。姑姑在屈禾青的引导下，开启了回忆之路，屈禾青才知道熊细欢不仅父亲不在了，母亲也早就不在了，顺便也知道了她的父亲没有太善待她，她恨她的父亲，她父亲死了她也没回来看看……

姑姑的讲述让屈禾青迅速地熟悉了那个始终和他隔着一层的熊细欢，他的脑子里不断闪出熊细欢青春期的模样，同时，也闪出他青春期的模样。他觉得他们都曾经在一条幽暗的路上走，走着走着远离人群，把所有亲近的人都丢失了。他们的孤独有点儿悲壮，也散发着死不悔改的气息。他想如果他们再碰到一块，是有很多话题能聊的。

本来以为在姑姑这里是得不到任何有用信息了，在屈禾青即将告别的时候，姑姑从手机上调出几张照片，说是前些年春节细欢给她发的照片，从照片上看，那两三年熊细欢都是在同一个地方过的年。屈禾青把姑姑手机上的那几张照片转存后告辞了，他往这个妇人手里塞了两千块钱，说了一句姑姑再见。姑姑再见四个字说得有些消沉，他一直在跟很多人说再见。

屈禾青仔细研究了那几张照片，从大背景上看，那几年熊细欢都是在同一个地方过年，穿的还是类似于护士的制服，他把衣服上的标签放大了来看，上面写着乐天养老院。屈禾青在网上查，叫乐天养老院的全国共有四家，而在省内的只有一家。他把省内这家养老院的信息调出来查看，发现这家养老院是乐天康养小镇的一个项目，媒体还专门有报道说这个乐天康养小镇的义工养老制度，只要乐天康养小镇做义工的人员，能够像存钱一样把自己服务的时间存下来，将来能在乐天康养小镇享受同样时间的服务。看到这儿，屈禾青已经笃定熊细欢那些年就是在这个地方过的年，难怪她经常挂在嘴上的就是在养老院养老。屈禾青心中的怜惜越来越浓重，他来之前的愤怒不剩多少了，如果找到熊细欢，他不会强硬地囚禁她，他会和她好好谈一谈，他一定要让她知道，他比养老院更安妥。

屈禾青没有耽误，他买了票前往乐天康养小镇的所属地。从最近的一个县城驱车前往乐天康养小镇要一个小时。乐天康养小镇被山环抱，屈禾青想熊细欢挺会选地方，风景优美，空气清新，又是另外一个桃源。与他预料的不差，熊细欢在乐天康养小镇用的是真名，他在接待处打听到了。对方说熊细欢前天是来报到了，但要等半个月后才来上班。他再打听熊细欢现在在哪儿，别人说不清楚，要他等半个月后再来，人肯定就在了。

屈禾青无计可施，只能返回县城，在一家宾馆住下。宾馆通知他只能再住两天，因为三天后是辣椒节，有很多外地人来，房子早预定出去了。本来这个县城的宾馆就不多，全都订满了。好心的服务员建议他晚上可以到网吧过夜，白天可以回宾馆洗个澡。他谢过服务员，辣椒节前一天他搬出去住了，白天在县城公园闲逛，游览了县里最出名的景点，叫飞来石。一面土坡上突兀地长出一块平滑如磨盘的大石，在大石上能眺望整个县城。晚上他到网吧过夜，上网到凌晨，要一碗泡面吃完就趴在键盘上睡。早上醒来，整个网吧空荡荡的，打扫卫生的妇女说："今天外边有很多活动，你不去看看？"他想外头热闹和自己有什么关系呢，要不是有能碰上熊细欢的期待，他一点也不想动。他又上了一会儿网，打算磨蹭到中午再出去找吃的。他在一个网站上看到一款婴儿床，鸟巢状的，除了睡觉，还可以变成摇篮，他把网址记下来，估计吴洁看了也会喜欢。网页切换时，一个省公安最新发布的通缉令跳出来，照片上的人很眼熟，屈禾青确定是他本人，吓出一身汗，他认真读完文字，确定自己已经是通缉对象，他关掉网页，离开网吧。他想不明白发生了什么，他决定不想了，通缉就是结果，他做过什么他清楚，趁还没有被捉拿归案，无论如何要与吴洁见上面。

节庆日整个县城的人口比平时多了一倍，人流对他是最好的掩护，但也增加了寻找吴洁的难度，何况吴洁还不一定在县城里。整个县城其实并不大，他用了一个多小时把主要街道都逛了一遍。到处是各种推介辣椒制品的活动，有辣椒酱料、辣椒食品，最热闹的当属在中心广场的巨型麻辣火锅，据说这只大火锅可以同时供千人食用，吸引了大量的人流。屈禾青被动地靠近火锅，每个人可以免费吃一碗，大家自觉排队等待。屈禾青站在南区，他突然看到在北区排队的吴洁。吴洁是被石姐拉出来的，石姐刚能自由走动，非要出来看热闹，麻辣火锅自然不能错过。

在没有看到通缉令之前，屈禾青只有一个目的，把吴洁带回义安镇，现在他改变主意了。他走到吴洁的身后，吴洁正在喝麻辣汤，嘴里喊辣。“吴洁，我在广场出口等你。”吴洁的肩膀抖了一下，她回过头，一个熟悉的身影没入人群中。她想马上逃离这儿，这儿到处都是人，她是有机会逃走的，他真是厉害，竟然又找到她了。她不知道她的报案有没有得到公安的重视，屈禾青到这儿是要杀她灭口吗？石姐发现了她的异样，问她是不是不舒服，她点头说是，肚子不舒服，她要上厕所。说完她不等石姐回答，飞快地扒开前面的人往外走。石姐心里笑她也是太着急了。吴洁挤出人群看到广场附近有巡逻的警察，她朝警察走去，走到一半看到屈禾青在不远处向她招手。屈禾青头上戴的帽子把脸遮了半边，手上拿着两只红气球。红气球是屈禾青刚买的，他想这是他送给她最后的礼物了。那两只飘动的气球安抚了吴洁，她在那一瞬间有一种错觉，也许一切都是她臆想出来的，山上那些遗骨和屈禾青一点关系也没有，她的肚子里还有他的孩子，他们是血脉相连的。她朝他走去。

他把气球塞进她的右手，拉起她的左手往街边的树荫下走。他站在树荫里说："吴洁，我被通缉了。"吴洁一个激灵，把手抽回来，看来她的报案起了作用，难道他是报复她来的？"你不要害怕，我给你交代几句就走，我杀过人，公安可能很快就能查到这儿，你等会儿就去告发我，这样不会受牵连，还能拿到奖金。你肚子里的孩子是不能留了，父亲是个杀人犯会让你们抬不起头的，让你受累了，算我欠你的，下辈子我做牛做马还你。"他的手摸向她的肚子，嘴里无声地唤了一声"儿子"，就像当年他的父亲临死时看向他，嘴里最后吐出的那两个字。吴洁感到她要崩溃了，她不仅害怕还被浓重的悲伤压迫着，她捂着嘴无声抽泣，气球从她的手中溜掉，升上半空。屈禾青笑了笑，"替我把家里的花都卖了，希望够我妈住养老院的费用，如果不够，只能拜托你了……"

当屈禾青说他已经交代完，吴洁可以走的时候，吴洁没有犹豫，她拔腿就跑，她头都没敢回，一口气跑到广场边上的警察身边，她要把令她悲伤恐惧的内容远远地甩在身后。

吴洁后来听说，警察围剿屈禾青的时候，屈禾青爬到飞来石上，从上面跳下来。

又一个春节来临。除夕夜乐天养老院摆了长寿宴，两百多名老人欢聚一堂。熊细欢忙得脚不沾地，那些肠胃不好的老人她得一个个提醒少吃油腻的，少吃甜的。吃完饭还有联欢节目，老人们排了迎春节目，纷纷奉献自己的才艺，有人唱歌，有的弹吉他，有的跳舞。大伙掏手机让熊细欢帮忙拍照，让她拍照的多半是有子女或亲戚的，照了照片发给亲人们分享。喜欢熊细欢的老人还拉着她一块拍照，他们把照片转给她一份。夜里，熊细欢把照片都删了，她的照片没有人分享，也不觉得有留存的意义。她记得有几个春节给姑姑发过照片，后来她把姑姑的手机号码拉黑，换了新手机新号码后，她再找不出姑姑的联系方式。

半个月后熊细欢动身回宣林县大丰乡。她承认有点心血来潮，十八岁离开家乡去上大学，十来年后第一次返乡。大丰乡是有不少变化，楼房多了，商铺多了，街道也延展了，但她不费什么力气就能认出她曾经留下印迹的地方，即便是铲成了平地，她也能在那平地之上闻到她熟悉的味道。她回来之前做好了准备，如果姑姑已经不在人世，她会到姑姑的坟前给姑姑叩九个头，烧几刀纸，从此，她在这世上再不会有一点牵挂，大丰乡她不会再回来，仿佛她的返乡是来做一次最后的告别。当她见到姑姑精神抖擞地抱着一个一两岁的小孩游逛时，她有些失望。姑姑只是眼睛有点老花了，眯着眼看她半天认不出。她上前叫了几声姑姑，姑姑用一种看待骗子的眼神盯她。“你是谁？”“我是细欢啊。”“细欢？你爸叫什么名字？”“熊宗举。”“你妈叫什么？”“杨菊花。”“你哪年出生的？”“1988 年 6 月 6 号。”“说阴历。”“1988 年四月二十二。”……

查对半天，熊细欢才意识到自己整过容。确认身份后，姑姑立即没有时间差地开启数落模式，没良心、天打雷劈的词语一如既往砸到熊细欢身上。熊细欢边听边笑，姑姑骂她没脸皮，不知羞耻，她笑得更开心了。她说姑姑骂她等于给她消业，她问姑姑抱的是不是表哥的二宝，姑姑点头说是。她重新加了姑姑的微信。姑姑打电话给表哥，告诉表哥她回来了，让表哥回来吃个团圆饭，不知道表哥那边说了什么，姑姑骂了几句，挂了电话告诉她表哥表嫂在一家木材加工厂打工，每天早出晚归，小孩都是她帮看着，一家人都难聚到一块吃个饭。她说她不吃饭了，她要赶最后一趟车回县城，这次就是想回来看一眼姑姑。姑姑抹了眼泪，说没良心的人就是这样，来来往往像无根的浮萍。姑姑让她到她父亲的坟上拜一拜，说父女一场，人都化白骨了，仇怨也早该化了。她没有反驳姑姑，但也没有照姑姑说的去做，在她心里，父亲的形象可没有化成白骨。

姑姑抱着孩子将熊细欢送到车站，她往姑姑兜里塞了三千块钱，让姑姑留着给自个花，不要什么都倒贴子孙。姑姑终于想起一事，问那个叫屈禾青的男人最后有没有找到她，还问他们的孩子怎么样了。熊细欢这才知道三年前屈禾青在乐天康养小镇找到她是在姑姑这里得了线索。熊细欢说“都好，都好”。“那我就放心了，小伙子人好，配你绰绰有余，你对人家可不能像对我们这样。”熊细欢点点头。

三年前屈禾青从飞来石上跳下来，粉身碎骨，从地球上被抹掉了。按照之前屈禾青的思路，她报案有功，拿了奖金，和犯罪嫌疑人摘清关系，她继续留在乐天做义工。屈禾青如大鸟飞落的情形经常来到她的梦中，总能让她惊叫着醒过来。做了梦她会到飞来石下边烧纸，一边烧一边念叨：“我没什么对不住你的，给你烧钱是修阴功，我们的缘分这辈子了了，你早点投胎吧。”她认为他一直没有投胎成功，如果成功她就不会还梦到他了。回大丰乡这趟她才知道，她和屈禾青的纠葛没有她想的那样轻浅，他曾经到过她的生长之地，他从她的根部找到了她的行踪。

屈禾青的根部在义安镇的桃源。熊细欢前往义安镇做一个礼尚往来的回访。她到了义安镇才发现这里已经没有桃源。那幢山边的小楼看上去更像一幢鬼楼。楼顶的玻璃房应该被人砸打过，顶部四周缺失大块的玻璃，呈现出破碎却又坚持的局面。周围的罗汉松没了，想来玻璃房里的兰花也没了。院墙还是高耸的，外表爬满青苔。熊细欢刚靠近院门，狗吠响起，门是虚掩的，一只大狗冲出来，气势汹汹地狂吠，狗有一条腿是折的。她叫它的名字，认不出是金子还是银子。它认出她了，吠声变成呜咽，眼神哀伤，摇摆尾巴，肮脏的身体蹭她。院子里几乎没剩几棵花木，杂草芜盛，好像很久无人走动，走人的道都淹没了。玉兰树还是在的，她看到坐在树下的老人，老人像一座塑像，仿佛坐了几个世纪，头发蓬乱两眼发红。老人没有跟她打招呼，她走过去拍拍老人的肩膀，老人盯着她，嘴唇抖动，眼睛溢出浑浊的泪水。

老人不成章法的讲述，加上熊细欢自己的联想，三年前桃源经历了浩劫。镇上与死者有关联没有关联的人都来过这儿，所有的花木被搬空，山上能卖钱的花树被挖光，不解恨的人们还砸烂玻璃花房，给狗下药，药死了金子，银子捡回一条命被打折一条腿。在那些花木被挖走的地方，杂草填补了空白。挖出死人的山再没有人走动，灌木野草很快覆盖了一切人的痕迹。山脚下的楼被称为鬼屋。

熊细欢奇迹般地在屈禾青的屋里找到自己三年前留下来的几只行李箱，她的衣物都还在，那些人放过这些东西或许认为是不祥之物吧。熊细欢觉得这几只箱子留在这儿，本身就有预示，她是要回来的。她问屈母要不要跟她走，她带她到养老院去，她计划把自己存下来的钱和以后的时间都留给老人，她给老人养老送终。老人摇摇头，说要死在自己家里。她再劝，老人还是坚持。她叹了一口气，看来她要在这里耽搁上几年了。她开始收拾屋子，一点一点收拾，她还到网上采购花苗，把院子里的杂草除去，在过去开过花的地方种上花，慢慢地还种到坡上去。玻璃房破败不堪，她索性全砸了，把整个天台露出来，种满一天台的多肉。

桃源渐渐恢复了原来的气象。屈母的身体也渐好，神志依然混乱，喜欢躺在玉兰树下的竹床上自言自语，熊细欢一边倒腾盆栽一边听着。屈母痛诉这个小镇的无情无义，哀悼把她扔下不管的丈夫和儿子，她有时也骂熊细欢，骂她是妖精，骂着骂着突然停下来，满眼讨好地看着她。

鬼屋有鬼屋的好处，那就是你做什么都没有人来干涉。熊细欢偶尔出去一趟，人们想不起这个人是哪儿来的，又是哪一户人家的女儿。有一次她推着屈家老太出去，出门之前穿了一身长裙，裙裾上有可爱的小猫图案，她还化了明丽的妆容，她也将屈老太收拾得干干净净，把自己的一身衣裙给屈老太换上。她们所经之处，人人盯着她们看，真像看到鬼一样。她们走到覃记烧鸭摊前，卖烤鸭的还是覃火林。覃火林剃的是小平头，满头是银白的发根。他弓背护着一辆小自行车，一个小女孩歪歪扭扭骑车在烧鸭摊边转圈。小女孩样貌和覃火林有几分相像，覃火林嘴里一直嚷着，小心，小心。那孩子若是留下来，也能骑小小自行车了，就不知道是男是女。熊细欢指着大缸里烤得滴油的烧鸭说来半只。覃火林看一眼坐在轮椅上的屈母，目光重新回到熊细欢脸上时多了几分恼怒，他盯着她说不卖。熊细欢说为什么不卖，覃火林说我的生意我不想做就不做。熊细欢不再理论，转身离开。小女孩骑车追上她们，盯着屈母说："这位奶奶不会走路吗？"覃火林追上来，扭转小孩子的车头，呵斥道："离远点，晦气！"

熊细欢回过身走到覃火林跟前，她吁了一口长长的气。"你应该谢谢我，我救过你的命，要不是我爱吃烧鸭你早变成花肥了，真的，不骗你。"

覃老二眼睛里除了疑惑还有几分恐惧，手不自觉地抓紧了小女孩的手。

"屈禾青有罪，但是他得到了应得的下场。你做烧鸭有一手，我真的喜欢吃，以后还是卖给我，好吧？屈禾青种花也有一手，我跟他学了点皮毛，现在把那片坡又重新种上花了，有空你带家里人去看看，好漂亮的一片花坡，能为义安镇添光彩呢！"

熊细欢推着屈母往前走，抛下一串笑声。好久没笑过，这一笑像是拨云见日，荡气回肠呢。

原载《湘江文艺》2021年第4期

【作者简介】徐衎，南开大学2011级中国现当代文学硕士，中国作协会员，鲁迅文学院第三十四届青年作家高研班学员，获第五届“人民文学·紫金之星”短篇小说佳作奖，浙江省2015—2017年度优秀文学作品奖，第十一届、十二届全国新概念作文大赛一等奖。小说见《人民文学》《收获》《十月》《花城》《西湖》《上海文学》《青年文学》，被《小说选刊》《中华文学选刊》《小说月报》选载。2020年入选首批浙江省宣传思想文化青年英才，2021年8月出版中短篇小说集《仙》。

Xu Kan, Master of Chinese Modern and Contemporary Literature from Nankai University in 2011, member of the China Writers Association, student of the 34th Young Writers Advanced Class of Lu Xun College of Literature, won the Fifth People's Literature · Purple Star Short Story Award; 2015-2017 Excellent Literary Works Award of Zhejiang Province; the first prize of the 11th and 12th National New Concept Composition Competition. Novels published on *People's Literature, Harvest, October, Flower City, West Lake, Shanghai Literature, Youth Literature, Selected Novels, Florilegium: Chinese literature today, Fiction Monthly,* etc.; Xu selected in Outstanding Youth Talents for Promote Ideological and Cultural of Zhejiang Province in 2020; and published *immortal,* a collection of short stories in August 2021.

漆　马

徐　衎

两只氢气球飞走一只，剩下那只过了一分钟也可能十年后枯萎，又过了十年也可能一分钟，重新吹大，一只充满二氧化碳的气球沉沉坠地，不可能苏醒。她醒来，伸手可见五指，时间还很早，想回梦里，翻来覆去，不得要领，仰躺着盯阴暗的高高的天花板，直至意识到自己在模仿而非真心要赖床。狗叫了，那只骨头锋立的流浪狗，神出鬼没的，她总在包里备两根火腿肠，口红、眉笔、卫生巾因此沾上一股肉味。昨天早上喂完狗想到了外公，外公精瘦的身体挂着褴褛的单衣奔走于灾年的场景占满她的想象。司机最后一个来接她，另两名乘客或昏或睡，车子安安静静开进隔壁村庄，开到清溪河畔，开上摆渡船，受污染的河水绿油油明晃晃，想到草原和驰骋。过河就是进 P 城的高速口，虽然走水路多绕十几公里，但完美避开环绕 P 城的五十五个检查口和不计其数的交通高峰，毕竟每天至少有三十万人要从清溪河东岸到西岸谋生，陆路太挤了。包年拼车不是笔小开支，但每天可以比挤公交倒地铁多睡一小时，一寸光阴一寸金。通常二十五分钟后下高速，再开一刻钟，抵达商场，地下一层女更衣室的十五号储物柜是属于她的，锁着只在商场示人的套装、方巾、细高跟。换装之后是上午最后一次如厕，除了六号储物柜的原主人做过胆结石手术改行了，她和姐妹们都成了久经考验的耐旱植物。专柜的摄像头直连经理办公室，她婉言请走那些占用沙发椅影响顾客正常试鞋的路人时，常招致白眼，休息一下啦，了不起啊，神气什么，你我都是打工的，谁也不比谁高贵。一开始尝试避开摄像头气汹汹地轰人，转身再对着监控笑靥如花，久而久之感觉频繁的情绪转换是比憋尿更大的损耗，耐旱植物为数不多的针叶需要稳定的情绪维系，从早笑到晚固然面部肌肉酸疼，但麻木了，情绪也就少有波澜了，经得起日复一日的勒索了。晚班的小姐妹总要迟到几分钟，她夜里不赶时间，老老实实挤地铁倒公交，过五十五个检查口。不乏利用通勤复习考上研究生的传说，她的包里也放过砖头大小的英语专业八级词汇手册，abandon，abandon，abandon，背了小半年依旧 abandon，只好 abandon 了。她不得不承认一上车就昏昏欲睡，感觉非常苍老和疲惫，传说只是传说，或者说与她无关，正如她们这行久盛不衰的一夜暴富说，大致模板是某大款对某销售一见钟情，豪掷千金穷追猛打，终获美人心……她是不信的，或者说不相信会发生在她身上，她的上进心朴素、传统，一心想练好英语有朝一日出国到总部深造。可时间长了，洗漱之前偶尔会多出一步：僵硬如墓碑的抚摸以及赤裸裸地审视赤裸裸的自己，纵然无望成为专柜最贵的商品，那么她的标价又是几何呢？回家要走一段夜路，路灯仿佛坏了一个世纪了，再横穿明亮的小公园，公园里的老头老太多是这一带的房东，只打一毛两毛的牌局，警觉怀疑的目光总是毫无保留涂满她全身，目送她开门进屋。隔壁黑着，这个点肯定还在送外卖，她只见过两次，真是小哥，过分年轻，可能高中刚毕业，皮肤白嫩，不见毛孔，完全可以拉到护肤专柜做展示。她点了份鱼豆腐米线，微辣。矮墩墩的送餐大叔脸色黧黑，油烟味很重，憨笑的同时往屋里瞥了一眼。烧水的时候跳闸了，第一次跳闸正是隔壁外卖小哥帮她推上空气开关的，并叮嘱当心大功率电器，她从此养成吹头发前拔下热水器开关的习惯。可是已经一个多月了，烧水变成了一件要看运气的事，插上烧水壶之前默念几遍保佑保佑的习惯还在培养中，昨晚忘了保佑，于是烧水壶仿佛成了空气开关的死对头，一插就跳闸，再插再跳，干渴的光明烘着她，索性关灯，漆黑清凉。她不信神佛，可生活中多了许多需要祈祷的地方，保佑不堵车，保佑别迟到，保佑奇葩客人少一点最好别让她碰上，保佑一觉睡到天亮，保佑外婆手术顺利，保佑保佑……门响了，重新开灯，房东老太太皮笑肉不笑，年轻人比我睡得还早？目光迅速锁定床，然后莫名其妙夸了她的穿戴和妆容，话锋一转重申租约，不要在屋里瞎搞乱来哦。她点点头。老太太欲言又止还是说出了口，听说每天都有男人开车来接你？她点一下头，不解释。老太太离开前环伺房间，一看再看，仿佛错过了天大好事，抑或想起了一生中最后悔的事，梅花落满南山北山东山西山。她用微波炉热脱脂奶期间在手机上读了一首诗：黑的白的红的黄的，紫的绿的蓝的灰的，你的我的他的她的，大的小的圆的扁的，好的坏的美的丑的，新的旧的各种款式，各种花色任你选择，飞得高高越远越好，剪断了线它就死掉，寿命短短高兴就好，喜欢就好没大不了，越变越小越来越小……然后喝奶、洗杯子、定手机闹铃、关灯、睡觉，做了一个有气球的梦。前天呢，前天也是晴天，流浪狗、黑车、摆渡船、专柜、点外卖、烧水，一切顺利，在船上想了草原，坐公交车想了外婆。大前天也是晴天，和昨天、前天大同小异，对了，昨晚吃完米线到烧水这段时间，她接到外婆的电话，手术顺利，三个月后复查。外婆得知不能走医保的三万块机器人缝合费用是她出的，夸她有本事，嘱咐她按时吃饭早睡早起，然后声音低下去，有些哽咽，她隐约听见大慈大悲观世音菩萨保佑我外孙女健康平安，工作顺利，遇到的都是社会贤达……外婆的病痛是那只飞走的气球吗？还是她搁置的出国计划？至于大富大贵是醒不过来飞不起来的气球？她如常上车闭目养神，很快睡着梦见一片蓝海，原来是一排排立着的蓝色氧气瓶，也像一个个遭到砍伐的蓝色十字架，逃避的责任都汇聚于此，需要救济的对象全在远方……醒来眼眶酸胀，睫毛挂着晨露般的泪珠，她终于记起今天请假了，请假一天，去结婚。

她抱着塑料模特在商场一楼缓缓移动，走过一个个精光四射的柜台，如同在梦中行走。她曾多次梦见自己如此行走，最后在篝火旁找到了卢阿姨。旧模特像统一交仓管员卢阿姨处理，修复或报废由卢阿姨视程度而定。她想从报废的模特像里带一个回家，卢阿姨帮她一块挑选，最后相中一个梳背头，高鼻深目，胸肌挺阔，小腹平坦的男模像，唯一的缺陷，右手掌削去大半。她质疑不修复是否太浪费啦。卢阿姨的理由相当私人，这模特的眉眼神态和卢阿姨非常讨厌的表弟有点像，必须报废。她在心里谢过卢阿姨英俊的表弟。

外婆说自己是一棵包心菜的那段日子正经受外公离世的巨大隐痛，半夜惊醒，益发感觉屋里太过空旷，当时的她不懂，外婆明明住又小又矮的平房，原来外婆家倒是深宅大院，有两进院落，后来充公，先是做大队粮仓，后来迁入五户人家，七八只煤球炉把寿桃和菩萨浮雕的影壁熏得黑不溜秋。菩萨蓬头垢面是要降灾的，年轻的外婆只敢关起家门吐露隐忧，一轮轮运动已经教会她什么思想是正确的、进步的。某夜宅院失火，烧到天明，到正午才扑熄，外婆经过改造有所保留的思想一夜之间回到了老路上，不再动摇，阿弥陀佛，菩萨保佑。祖宅化作灰烬的悲剧在找回信仰的喜悦面前就显得灰一样轻了……外婆找篾匠照着外公遗像扎了个纸人立在床尾，床成了有稻草人护卫的田畈菜畦，外婆感觉自己像一棵包心菜，有依靠，心笃定，梦里也是包心菜……外婆入院以来，她的心一直悬着，悬着悬着就不见了，也不知掉到她那空荡荡的身体里的什么地方去了，她找不到它。有天深夜母亲来电：我不敢想也没法想象在失去母亲之后自己怎么在这个空荡荡的世上生活，对于一个过早失去父亲的人来说，这个世界已经足够空旷了。她除了保佑保佑，说不出更具体的安慰。电话里呼吸声如狂风大作，宿命般的空旷似乎在迫近。她把男模像立在出租屋，面向门口，忠诚守卫。

卢阿姨每天带饭菜在仓库解决午饭。她买了些虾皮鱼干作为感谢。穿过人山人海的模特像，仓库往里还有一个存放办公用品的杂物间。暖气大开，一股樟脑气，出风口的衣架上挂满袜子，像一棵祈愿树砍得只剩一点树冠。打印纸堆成一堵高墙，墙后挑了两根细长的PVC管，阴着两排素色的内衣裤。电饭煲的插头拔下盘在地上，饮水机亮着绿色指示灯，旁边的桶装水上支了块三合板，摆着辣椒酱、醋大蒜、花生酱、醋泡花生、虾酱、蟹黄酱、牛肉酱，卢阿姨摆上虾皮鱼干，更显丰饶。她关切地指出，老吃这些，营养跟不上。卢阿姨说，吃饱就好。卢阿姨比她外婆年轻多了，思想境界却差不多。信佛？她冷不丁问。卢阿姨摇头又说，不怎么不烧香拜佛，但人还是要信一点什么的，佛祖也好，菩萨也好，公司领导也好，自己也好，总归要信一样或者几样。她指了一圈杂物间说，上帝创造了这个温暖又富足的地方，在这里关上十天半月，一点问题没有。卢阿姨受到鼓舞说，顶灯加暖气等于太阳，你有要洗要晒的，可以带过来。她笑着说，感谢上帝。卢阿姨脸色一沉，不许叫上帝，上帝责任重大，太辛苦。她笑笑。卢阿姨用一种推心置腹的低声说，你以为那些保洁阿姨多少清白？她们不坐班，比我们自由，每天在员工浴室洗了澡洗完衣服再下班，等我去，热水全用光啦，我可以打赌她们在家不到夜里十点钟保证不舍得开热水器，峰谷电啊，更不要说顺走卫生纸、洗手液这些小动作啦，这方面我是讲原则的，一是一，二是二，不怕任何人来查账的。她们退出杂物间，仿佛从衣柜里面钻出来，空气一新。

商场店庆大促，一直忙到凌晨两点，疲累至极是亢奋。五楼的海底捞还在营业，厕所洗手台上，牙膏、牙刷、洗手液、漱口水、梳子、润肤乳、洗发水、啫喱水、棉签、牙签、香熏、卫生巾、丝袜一应俱全，竟然还有一只钻石星空彩妆盒以及一台数码超声波清洗机，专业清洗戒指、手镯、手链等珠宝。难怪卢阿姨说五楼火锅店的厕所是免费化妆间。卢阿姨掌握了许多类似的生存智慧：商场一楼的星巴克，直接进去说“麻烦一杯热水”，然后到自助台加点白糖和奶精或者朱古力粉，一杯免费的自制奶茶就做好啦；真想喝咖啡到隔壁宜家办张免费会员卡，宜家的 Wi-Fi 信号比星巴克的强，早餐也便宜，豆浆一元一碗，春卷一元两个，稀饭两元一碗，小菜免费，晚上九点半关门，胆子大一点可以留下过夜，晚上九点二十左右找个样板间藏进衣柜，九点半到零点是工作人员整理商品以及保洁做卫生的时间，只要不发出声音，他们不会开柜门检查的，何况还有循环播放的音乐作掩护，早上五点半保洁进场，所以五点二十左右必须再躲回衣柜；沃尔玛的袜子一块九一双，女士裤衩三元一条，男款更便宜，反正穿在里面，舒服实惠就行……她拔了倒刺，洗了手，挤了点润肤乳在手背上抹开，一圈一圈，舒服实惠地鼓起了勇气，与此同时一个面孔惨白的长发女人打开隔间的门。她一惊，手里的卫生巾掉到地上。长发女人歪嘴一笑，你的量这么大？她捡起卫生巾摆回洗手台。都是女人，怕什么。长发女人一阵朗笑，也挤润肤乳抹手背，突发感慨，我好怀念小时候，一颗糖就能开心好几天。沉默片刻突然指着身后压低嗓音说，重大发现，这个商场的残疾人专用厕所，惊人地宽敞、干净，一点气味也没有，免洗洗手液可以临时充当润滑液。说完掏出一支口红，放心吧，全新的，你的嘴唇有需要，我看得出来。她推辞。长发女人说，我羡慕你，还愿意占点小便宜，换来实打实的开心，不是吗？包里的两包卫生巾、三包丝袜突然显出了分量，紧拽她的右肩。长发女人在洗手台上挑了块干的地方，放下口红走了。

卢阿姨约她练琴。六点下班正是用餐高峰，两人在海底捞门口等了一小时，吃了不计其数的黄瓜、金橘、小西红柿、锅巴、虾片，到号早已半饱了。以卢阿姨的“生存智慧”，四个小锅全点开水，然后要一份面条、一份自助料，消费不超过三十元。她叫住服务员又加了半份捞派肥牛、半份火锅牛排以及整份蒿子秆，试图从服务员的微笑中找出一丝怨怼的破绽，毫无破绽，比她功力深。卢阿姨抱怨铺张浪费，前面的虾片锅巴都白吃啦。她以肉代酒，感谢卢阿姨带她陶冶情操。商场六楼新开一家琴行，三十五元即可上一节一对一入门课，还有三十天的免费练琴。卢阿姨练了一星期，勉勉强强能弹“小星星”了。她不到两天便赶上卢阿姨的进度。琴行老板和卢阿姨都鼓励她继续学习，不要浪费天赋。她露出没有一丝幽默感的微笑，三十岁的钢琴神童。后来搞清楚了，琴行规定老客带新客有奖励，一个奖三十五元，入门课结束正式报班的，再奖两百。她假装不知道这一切，甚至为了掩饰又请卢阿姨吃了顿海底捞。服务员竟认出了她们，阿姨好，女儿请客千万别客气，这是我们做女儿的共同心愿。说着冲她一笑。她只好也笑一下。四宫格锅底，西红柿、菌汤、三鲜、清油，卢阿姨坐到她对面说，我巴不得你是我女儿。两人吃到夜里九点，摇摇摆摆下一楼看见保安在贴告示，商场进了一个懂规避防盗警报器的高级惯偷，警方已经立案，文字下方是八张不同日期的监控截图，嫌疑人衣着各异，看不清五官。卢阿姨突然生气说，我提过好几次意见，监控系统早该升级换代啦，吃亏在眼前吧。那头像素不高的长发突然让她想起了残疾人专用厕所，不对，那支口红，全新的迪奥999哑光经典正红。卢阿姨判断说，不是一般小偷，穿得都不便宜，我不追求穿衣打扮，但在商场这么多年，能看出一些门道。然后叹一口气总结道，有些有钱人太空虚，需要找刺激。她说，套用一句古话，贫穷限制了我们的想象力。笑声飞入夜空，散成月光。这些都不重要，一笑而过，重要的是那句“我巴不得你是我女儿”，温暖人心，是异乡夜晚里的太阳。

她自觉进入女儿的角色，公共场合总是和卢阿姨手挽手，并且频繁梦见篝火和篝火旁的卢阿姨。卢阿姨感慨，很多年没有人做梦梦到过我啦。等她去 P 城城郊的卢阿姨家做客才发现卢阿姨并非独居，相反过着大团圆的生活。晚饭都是家常菜，但家庭成员全部出席，就显得隆重。卢阿姨特别指出冬瓜汤里的虾皮是她送的，卢阿姨的亲生女儿冲她笑了一下，怎么看也不像不孝女。女婿夹了一只蛋饺给卢阿姨一边亲切地叫了声妈。卢阿姨把蛋饺夹给她。晚饭后，女儿回房间再没出来过，丈夫和女婿坐客厅下棋，卢阿姨把干果盘摆到她面前的茶几上，开始剥松子，攒了一把松子仁再递给她，不舒服？她看着卢阿姨，实在看不出卢阿姨缺乏亲情温暖需要另找寄托，于是模仿卢阿姨的口吻说，有些有钱人太空虚，需要找刺激。电视里一声爆破。卢阿姨提议出去走走。女婿立即起身，笑脸相送，目送她们走出几百米。她干笑说，在我们老家，上门女婿做到这种程度的也少有。卢阿姨说，月亮真圆。她不依不饶，家好月圆，阿姨好福气。卢阿姨说，当心脚下。话音刚落，她的右脚就崴了。卢阿姨扶着她一瘸一拐慢慢走，肢体语言代替口头交流，一切尽在不言中了。

村里有一处三进院落的福寿禅寺，外墙红漆基本脱落光了。几个同卢阿姨年纪相仿的妇女在弥勒佛的注视下，围坐一张折叠桌，将锡箔纸折成元宝和渡船。下月就到观世音菩萨生日了。外婆每年也会早早准备，折元宝、渡船，还叠宝塔、莲花，晒天井里，金光灼灼，银光闪闪，好像家里挖出了金山银山。一个穿蓝色冲锋衣的小伙走进寺庙，原地等了一会儿，被一个法师模样的男人引到观世音像前面。请学童肖肖接过高香。小伙子双手接了三炷香。法师继续道，此时此刻请学童肖肖心不动，手不动，带着虔诚之心来祈求仙师助力加持，护佑保佑学童在今后的软件学院研究生过程当中，得到仙师乾坤斡旋，创意不断，代码漂亮，产品爆款，恳请仙师日月照耀，护佑保佑学童一路连科，才高八斗，独占鳌头……她努力憋笑。卢阿姨说，舒服多啦？你如果有怨气可以对菩萨讲，闷在心里太辛苦，自己的身体自己照顾。

她做出发脾气的样子说，该死的高跟鞋。卢阿姨说，下次来随意点，我看你平时一下班就换成旅游鞋的。她说，不敢高攀了。卢阿姨说，在这里一家人只要不吸毒、不赌博或陷入诈骗，有数百万存款很正常，是有人澳门赌博赢了钱回来，请戏班做过五天戏，毕竟少数，大多数赌鬼都没好下场。她悲哀的责备变成了一种试探性的蔑视，声音在困惑和嘲讽之间犹豫不定，百万存款还上班哦。卢阿姨笑笑说，几千万也要做啊，人不能懒，当然我是贱骨头，一天不动，肩膀酸胀。她耸耸肩说，全国劳模非你莫属了。卢阿姨的声音陡然变得严肃，你们年轻人没饿过肚皮，只要饿过一回，你就笑不出来了。她保持微笑。五年前母亲从文具店离职进了老家一所中学做烧饭阿姨，每天克扣一点蔬菜、肉类带回家，得意洋洋地在电话里宣布，从今往后再也不用买菜啦，与此形成对比的是，饥荒年代，外公赶马车为“引洮工程”的民工拉粮，但外公连一粒麦子都没有带回家，外婆也没有因此抱怨外公。

肖肖满面潮红地完成了仪式，卢阿姨似乎受到感染也跪蒲团，菩萨保佑，保佑我家庭幸福美满，家人平安健康，大灾减，小灾免，天天顺，日日顺，一顺百顺事事顺！保佑我丈夫工作顺利，腰椎间盘不再突出，保佑我女儿天天开心，顺利离婚……比上门女婿还上门女婿是因为心中有鬼？卢阿姨点点头。她追问是赌博还是诈骗，不会吸毒吧？卢阿姨一律摇头，和你的鞋一样，看着像那么回事，其实是A货，他们夜里一个睡床，一个打地铺，小半年了，前几天女儿同我讲男方竟然真想要跟她过日子，狼心狗肺的东西，我家这个前前后后已经给他十来万了，还不知足，别人家都没这些糟心事。她茫然地看着卢阿姨被愤怒煽动的胸脯起起伏伏。卢阿姨好不容易平复了，打量她，我丈夫还可以吧，你嫁他好不好？她原本手握冰锥一般的断鞋跟，一高一低站着，突然一个趔趄。

卢阿姨迎着太阳走在前面，她和卢阿姨的丈夫，不，卢阿姨的前夫，落后面越走越慢。太阳吸干了土地的水分，又掀起一阵热风，村庄犹如雾气蒸腾的湖泊。透过雾气，隐约可见早年的回迁房小区洋红色的涂料已经暗淡，明显有别于不远的商品房，但至少路面是平整的，停车位一清二楚，小小的绿地中间散落着一些木头凉亭，现成的石桌石凳，纳凉、打牌、讲八卦的不二去处，除了人多时，后来者要自带小凳，没什么可挑剔的。更远处那点刺目的亮是财富金融中心球形外立面的反光。

风停了，尘埃落定，村庄的破和旧暴露无遗。这片土地多年来一直处于P城的城乡过渡地带，没有湖也没有山，天然适合城市扩张。从1999年撤村建居开始，已经有三十七个村被划归城市，如今终于轮到卢阿姨们了。经年累月的等待使他们学会了熟练运用自嘲，看啊，我们这儿的绿化比安置小区好多啦，春天有荠菜花、宝盖草、婆婆纳、蒲公英，夏天遍地一年蓬的小白花，秋天更别提啦，总之一年到头纯天然氧吧。

他们本来可以抄近路回家，那是一条铅垂线一样的土路，被人的脚踩得光溜溜的，太阳一烤，硬得像砖。两边早已腾空的破房子里，羊吃齐膝高的草，狗喝雨水然后交媾，有时钻出几只大白鹅，张开宽大的翅膀，嘎嘎叫着，飞不起来。他们今天必须走大路，不光是大喜日子风水上的讲究，也出于昭告天下的目的。她穿着紫色羊毛衫，一条黑色高腰裤，不停流汗。好在沿路的目光陌生归陌生，没有恶意，也没有恭喜的意思，好像见怪不怪。她深呼吸，两肩一沉，抬头做人，甚至用金戒指反射阳光捉弄了几个孩子，晃得他们闪开了。

回迁安置工作指挥部设在老酒厂职工宿舍，从二楼挂到一楼的红底标语写着“尽早完成回迁安置，加快提升生活品质”“细心耐心诚心，服务好回迁群众”。告示栏上的白纸雪亮锋利，随风躁动，公示了回迁安置再婚人员，七日公示期内如果群众有异议可以举报，底下一行加粗黑体字：法律提醒“以虚假结（离）婚方式骗取国家财产”涉嫌诈骗罪。她知道她的名字很快也会上墙，和另一个缺乏想象力但颇具时代特色的名字并排摆一起。她也知道公示期一过，她就帮卢阿姨多分了五十五平米，卢阿姨将一次性付她十万元现金，还有那只周大福金戒。卢阿姨忆苦说，年轻时候赚钱少，钱都是硬存下来的，存够一点就去买金子，一钱一钱慢慢买，然后拿到金铺换成整条的，老金子很纯很软，遇到喜事就切一块打成手链或者戒指。她摩挲无名指，坚硬、冰凉。卢阿姨思甜说，以前觉得一万元是天文数字，不吃不喝做到死也不可能成万元户。她说，恭喜卢阿姨至少又多了一百个一万元。

家里阴凉，有种微苦、冷清、恹恹的气息，仿佛被蒙尘的幕布捂了太久太久。女儿女婿还没下班，三人俨然三个临场怯场的演员，一下子不知道说什么好。最后还是她开了灯，有了当家的派头，卢阿姨则接过婚姻失败者的角色，声音继续露怯，把一间间房介绍给她。因为随时可能搬走，人都成了自家的临时租客，不敢买大件商品，不敢更新换代，旧货一修再修不舍得丢，总有机会修好或者变废为宝另作他用的，正如他们对拆迁的盼头。主卧的床尾摆着一台没有外罩的风扇，她蹙眉道，也不怕睡着了截肢啦。卢阿姨发现自己对这位狐假虎威的女主人的忍耐到了极限，冷哼一声，你睡哪头？她如梦初醒连忙摆手，那比截肢还吓人。卢阿姨继续恐吓，你不睡这里还能睡哪呢？群众的眼睛是雪亮的。她在床尾坐下，屁股只占一点点床板。假扮女儿容易，表演人妻真是没有经验，来之前做过一些心理建设，她和卢阿姨丈夫属于老夫少妻，她大可做一个任性的小娇妻，故意大讲特讲各种微博热搜段子然后嘲笑老夫的老朽，天天赖床，需要老夫一哄再哄……

卢阿姨夫妇仍旧睡主卧。她和卢阿姨女儿同屋，女婿只好睡客厅的钢丝床了。每天早上，钢丝床收好藏厨房，家门一开，表演开始。女儿女婿穿同款睡衣并排立在平房前面的明堂上刷牙。她给卢阿姨丈夫挤牙膏、揩面，再帮丈夫剥水煮蛋、煮杂粮粥，哪是小娇妻，活脱脱小保姆！餐桌上只有两对夫妻，卢阿姨独自在厨房用餐。外人看来，卢阿姨家和平演变，新旧交替，旧人赖着不走，承蒙宽厚的前夫收留，白吃白喝。事实上，新人没笑，旧人没哭，新旧并存，平平淡淡才是真。

卢阿姨的丈夫，原籍河北晋州，幼年丧母，三十五岁之前的谋生之路不算顺畅，十五岁对木工发生了兴趣，拜过师父，农闲时在家练手，学了一点木工本事，很快又荒废去福建当了三年工程兵，又在上海郊区养过鸭，没本钱，没人脉，都没干出名堂，后来迁居 P 城城郊和卢阿姨自由恋爱，虽招致以卢阿姨表弟为首的家人们的强烈反对，但两人还是自主完婚了，目前在地铁某车辆段综合维修基地开工程车，负责在地铁检修或维修时运送零部件。如果不是拆迁，这就是个失败的老男人。她一边默记一边暗暗评价，不时看一眼卢阿姨画的家谱：大姐一家十年前为了更清洁的空气南下，一年最多回来一次，每回这里挑剔那里看不顺眼的，是无数口角纷争的发端，属于影响家族稳定和谐的危险分子；大哥一家三口住 P 城北边，从卢阿姨家过去要穿过大半个 P 城，基本只在春节、清明、中秋聚餐才见面；公婆去世多年，公公年轻时候身体就不太好，在生产队挣不了几个工分，队里分的粮食总是不够一家五口人填饱肚子，平常就靠婆婆做点小生意贴补生计，婆婆劳作之余偷偷去附近的村里收一些粮票、布票、油票，一转手赚点差价。人都说这位小脚老太硬朗，在晋州走完了红军长征两万五千里，不承想却被芥末击倒了。婆婆以物易物收了一些芥末，对方声称人间美味，于是擅自大尝一口，当场又哭又笑又挠头的，醉酒一样，毒瘾发作一样，吐着舌头撞上电线杆，过了一星期，鼻涕里依然有淤血，胸闷始终不见好转。婆婆弥留之际，一向吊儿郎当的公公坐床头哭了一夜。有人说，古有孟姜女哭长城，今有烟鬼丈夫哭小脚妻子。也有人说，书上说人体内百分之七十都是水，看来不假。过了一些年，丧葬改革，倡导火葬，婆婆迁入公墓，又过了很多年，婆婆才等到合葬的公公……

家族历史要捋顺，当下的生活细节更要了然于心。卢阿姨给丈夫的所有衣物都拍了照，让她有空便一张一张滑过、辨认，形势所逼，辛苦你啦。又说回二十多年前，第一批搬迁的村子，也按人头补偿，人都老老实实，四是四，十是十，后来思想解放，未婚的、光棍的、守寡的都去结婚，已婚的都去离婚再婚，人一夜之间都成双成对，最夸张的一例，八十多岁的梅老太被儿子儿媳冷落了几十年，一直独居村里，因为动迁，儿孙们忽然常回家看看了，还主动去给梅老太的老伴上香，目的只有一个，希望梅老太再婚。梅老太年轻丧偶不是没想过再找一个，儿子不同意，大半辈子熬过来了，梅老太赌气也好，珍惜胜利果实也罢，宁死不从，最后被儿子背到民政局，一路哭诉，你们给我作证啊，我做人一向清白，抚养子女长大成人，送老头上山，不惹是非，没有哪件亏过良心……以前人们睁一只眼闭一只眼，不影响自家钻政策的空子就行，随着钻空子的人越来越多，政策一年一年收紧，前年开始拆迁办发动群众监督群众，谁家最近人员异常，拆迁办就上门对再婚人员进行“五方会审”，国土局、派出所、农居建设管理中心、街道和社区各派人来联合审问，后来五方还觉得不够，变成七方，增加民政局与回迁房建设单位。想想看，至少七个人突然闯进你家，分开夫妻两个，分别问些私密问题，比如丈夫屁股上的痣左边还是右边，妻子妊娠纹的大小和位置，最后拿出一堆衣服，只有一件是配偶的，让你找出来，作孽！卢阿姨发现她的脸通红，手机相册正好滑到丈夫的三角内裤，于是换了个话题，九十年代我们那片还有个热电厂，发生过一起抢枪案，歹徒用铁棍袭击值勤的武警战士，抢走“五六式”半自动空步枪一把，为了搞子弹，又先后突袭装甲兵司令部、射击场、公路巡逻警，疯狂吧，拍电影一样的，据说后来终于在新疆搞到了子弹，回 P 城的一路上先后做下七条命案，最后大围捕也在我们那片，只听见屋外枪响和麻雀叫，等到没声音了，又过了很久，我们才出去，贴到警车车窗上看铐后座的歹徒，很瘦，猴子精一样的，眼睛瞪大，看着无辜，搞得好像我们才是凶手，但大家以讹传讹偏说凶手人高马大，三角眼，满脸刀疤，好像这样大家躲家里一下午就不丢人了。她总结道，疯狂又天真的年代。卢阿姨说，柯受良知道吧，香港回归前开车飞跃黄河，我们守着电视机看直播，节目标题是，万众一心，振奋国威。她摇头说，不知道。卢阿姨好像公布重大发现说，亚洲飞人先是柯受良，后来才是刘翔。她哦了一声回到正题，阿姨什么时候结婚？卢阿姨两道文眉顿时拧到一起，原计划让女儿的公婆离婚，过来和我们两两重组，但是女婿这个样子，不敢想了，以前都是私下签协议，行情价十万元，事成之后，拿钱走人，清清爽爽，现在没人敢写这种协议了，一不小心变成骗取国家财产的罪证，所以全靠君子协议，但君子难找。卢阿姨一声叹息。

回家的大路上多了许多编织袋、木板箱和旧家具，好像战场临时工事。家里同样弥漫着战时的紧张空气。卢阿姨丈夫梦话连篇，这是我老婆的，那也是，我们真心相爱，实意结合。卢阿姨听了不是滋味，夜夜失眠。卢阿姨女儿半夜把她摇醒，你是耗子精转世吧，磨牙没完没了。她坐起来，俯视同龄人，我还以为你当我是狐狸精呢。两人同床睡了一星期终于开始说话。女儿搓脸试图保持清醒，我们的头婚都一言难尽。她重新躺下轻轻呼出一口气。女儿凑近说，假如真给你五十五平外加补偿款，你愿意嫁我爹吗？她假装思考了一下，三十岁就当后妈，好像也挺了不起的。女儿不示弱，有个同龄的后妈，好像也挺酷的。两个女人半夜疯笑，惊得鸡开始打鸣，但天迟迟不亮。

第二天一早，卢阿姨把丈夫的各项身体特征列成清单交给她记背，什么左边奶头有毛右边则没有，右边屁股有一块青胎记等等，就算没问，这些隐私中的隐私也为应付七方会审增添了筹码。下班后轮到她自曝其短，卢阿姨的目光穿过气味复杂的员工浴室里的水汽，照着她，从头到脚，从前胸到后背。她浑身不自在，余光无意触碰了卢阿姨的身体，水汽氤氲也难掩鸡皮一样的肤质以及褐黄的肤色，那两只严重下垂的旧乳房啊，像两只老得不能再老的老丝瓜，没法入口，只配摘下来洗碗涮锅！还有发霉似的三角地带，好一块干枯的苔藓！卢阿姨的视线掺进了杂质变得软弱。她辨出杂质有自惭形秽、羞愤、嫉妒，于是收回挑衅的目光，仰头闭眼对准喷头，热水像温柔的湿吻吞吐全身，她发出一声呻吟。

七方会审发生在一个凉爽的夜晚，一家人正吃晚饭，检查人员就像一场灾难突然降临。一家人暗松一口气，仿佛做了太多逃生演习终于派上用场啦，等到通过检查才真正大出一口气。她走进厨房，女儿跟过来小声说，一回生二回熟，我已经经历四回突袭啦。她面无表情说，电影里面移民局审查非法移民也不过如此，毫无人权可言。边说边拿起丝瓜瓤准备洗碗，想到卢阿姨，想到卢阿姨丈夫屁股上的胎记，吃吃地笑了。第二天自作主张买了一盒六条男士平角裤，叔叔，这是冰丝的，又轻又薄，比纯棉舒服。卢阿姨丈夫红着脸。卢阿姨接过，代丈夫谢了她。深夜卧谈，女儿告诉她，我老爹吃路边摊，工友朝他挤眉弄眼示意他看看路过的美女都要脸红。她总结道，沉默的人一开口就等同于幽默，老实人一做坏事就上脸。

老实人买了件文胸放她枕头底下，作为回礼也正常，可一想到成年男女互赠贴身衣物又有些脸红，一穿，正合适，更脸红。她没有把内衣裤全部带到卢阿姨家，更别提拍照展示了，她在卢阿姨家只穿背心。卢阿姨把她的身体信息交给丈夫之前先给她审核了一遍，保留身高体重，略去了三围，因此知道了他暗中打量过她，皮尺一般的目光一寸一寸比过她的身体，分毫不差的尺码得益于日积月累的测量工作。

星期天一早，她在卫生间洗衣服，卢阿姨丈夫穿着一条紧绷绷的旧棉毛裤闯进来，因为家门开着，两人都默契地没大呼小叫。他的目光不偏不倚贴着她的脸，然后是胸。她故作镇定说，收到了，谢谢。他说，你一次也没穿过。然后盯着她和她的惊讶，像欣赏一朵花。她低头说，阿姨买菜快回来了。他突然说，你是不是还有副业？比如在屠宰场兼职，你身上总有一股肉味，以前老街上卖酱油的女人，她们的头发、手指和皮肤上都沾满酱油味，还有那个粮管所的女人，身上常年带面粉的清香，不用看，就能闻见她来了，真好闻。她茫然地重复，阿姨买菜快回来了。

入夏，卢阿姨不许丈夫在家赤膊，不到夜里十点不准开空调。女儿私下向她抱怨，我老娘是小事精明，大事糊涂，不然当年拿我爹的抚恤金足够买个三环的小套，不知道涨成什么样了。我老娘呢，只知道存银行，守着那些钱，看它贬值，逼我赚钱，现在好了，别说房子，连厕所都买不起。她指指墙，隔壁那位不是你爹？女儿的表情闪过一丝痛苦又很快释然，我爹的工友，生产事故，我爹牺牲了，他活了下来，一直帮衬我们家，帮着帮着帮成了一家人。原来卢阿姨也是二婚。她若有所思又指墙，隔音吗？有没有小孔小洞什么的？女儿不耐烦地用手扇风，直喊热。卢阿姨掌管空调遥控器，规定夜间冷气不得低于二十六度，健康又省电。可怜卢阿姨丈夫陪卢阿姨睡在蒸笼一样的主卧，只有一台没有外罩的老电扇低速运转。卢阿姨丈夫逮住机会也抱怨，我睡不好就算了，关键夜夜梦到我的腿绞进电扇锯断了，吓醒一身汗，睁眼到天亮。她透过镜子瞥去同情的一眼。他挂着悲情的茶色眼袋继续诉苦，外头人看我拆迁户，风光吧，其实比养老院还不如。他停了一下说，外头人看我娶年轻娇妻，风光吧，其实比和尚还不如。他停了很久才开口，你和我，我们加在一起有一百一十平米，还有几十万补偿款，又有法律保护，别忘了，我们是受中华人民共和国婚姻法保护的合法夫妻。

她似乎真成了这个家的女主人，家人们私下都有心里话要说给她听，有一堆的计划需要她权衡定夺，就连卢阿姨也向她寻求安慰，这阵子我一点不开心，虽然是做戏给外人看的，但一个人在厨房吃饭的时候是真难过，万一哪天老伴先走了，不就是这种光景吗？太可怜太难受了。她语气坚定说，阿姨不要多想。卢阿姨点点头。新增人口安置的时间窗口定于 12 月 31 日正式关闭，这意味着卢阿姨还有半年时间物色另一半，也意味着她还要在卢阿姨家住半年。她口气一软又说，生老病死聚散离合都是自然规律。卢阿姨点点头。

商场是一个大型冷库。她远远看见她的邻居，年轻的外卖小哥跑进来，一边抹脸上的汗一边东张西望，小半年不见，晒黑了，更壮了，马一样地喷出热气。真巧。他送完餐发现了她。她说，巧什么，我早看见你了。他露出一个笨拙的笑，牙齿又齐又白，我也看见你了。她从饮水机接了杯水给他。

他说了一串谢谢谢谢，然后问她是不是换地方了。喉结剧烈翻滚。她点头，再来一杯？谢谢谢谢，什么时候搬走的？你应该通知我一声，我请你吃饭，我做饭还可以的。她微微一笑，你给我等着，行李还没收完。他恍然大悟透着一丝欣喜，难怪隔壁一直黑着，还是有亮光好。说完猛打喷嚏，引起小范围的侧目，只好用玩笑掩饰局促，冷气真足啊，像批发猪肉的冷库。她收回杯子，谁说不是呢。一个不算职业性的微笑。

新到一批限量版，往常半小时就能完成布置调整，这天她用了一个下午还没搞定，心不在焉，一心两用，既在考量新品和同类竞品，也在评估她自己。中午她发现自己用卢阿姨丈夫看她的目光看着外卖小哥走出商场，他太年轻了，一出家庭戏里面，她只能演他的姐姐，不是二姐三姐，是大姐。她三十出头，在柜姐中已没有任何年龄优势，何况在她水灵的年纪，也算不上外貌出众，人会用“漂亮”“美丽”形容她的同事，但对她是“态度好”“心细”“有耐心”。她在这方浮华之地唯一的竞争力即她的业务能力，不论以前、现在还是将来，业内流传的那些富贵传奇自然是落不到她头上的，现有一个比上不足，比下却大大有余的小奇遇搅扰着她，搅得她心猿意马。结婚证显示，卢阿姨丈夫比她大二十八年七个月零三天！

当晚她梦见残疾人专用厕所里站了一匹白马，她骑上去，双手颤抖着摩挲着，双腿紧紧夹着马腹，马鬃撩过她的脸。卢阿姨女儿推醒她，嗔怪她压到了她的头发，又睡着了。她独自醒着，想象她出生前的二十八年七个月零三天，难以展开想象，于是想象力向另外的地方滑去。早些年母亲总念叨，我二十六岁就当妈了，二十七岁终于从车间调进财务办公室，算是你回报我的第一份贡献，你很乖，进食规律，很少哭闹，我完全可以午饭时间、下午点心时间喂奶的，但我偏要上班时间带上你，喂给整个车间看，这才摆脱了又闷又黑的球墨铸铁车间。母亲提及这段历史总是难掩骄傲，她毫无印象但完全能理解并共情，母亲一生中为数不多的胜利。她回忆拼凑母亲的零星描述，想象疯狂又天真的年代，球铁厂里寸草不生，积满煤灰铁屑，太阳升起，熠熠生辉，一个穿白衬衫、酒红色的确良长裙、细跟塑料凉鞋的年轻女人踏上了这片贫瘠的黑土地，这是年轻女人重获新生的第一天，以至于有工友讥笑她是一截水萝卜拼接一截酱萝卜也宽宏大量地假装没听见，反而同情地看了一眼车间和走向车间比车间更黑的工友们，然后比往常多走一百米，走进干净、明亮的行政办公楼，右手放下网兜，双手取出绿色保温杯，回顾刚才的动作，一切都是慢慢的，慢慢的就是优雅的，最后优雅地捏住鼻子，将鲫鱼汤一饮而尽……母亲养育她的百般艰辛绕不过奶水不足的历史问题，甚至暗示她，外婆对她的出生有所不满，你外婆说女孩子喂米汤也能长，不行就买奶粉又去养羊人家打羊奶，我坚持母乳喂养不动摇，忍着腥喝了多少鲫鱼汤啊，还差点让赤脚医生把捣烂的蚯蚓涂在乳房上催奶，我很清楚，那些喝米汤、奶粉、羊奶长大的孩子，先天免疫力低下，你从小到大很少感冒。小时候听到这里就会恶作剧地咳嗽一通，随着她成长发育，母亲邀功之余多了指责，我的乳房就是被你吸瘪吮塌的，不到三十岁就老了，和你外婆一样，挂下来，再也挺不起来。也许是母亲添油加醋，但她更害怕比想象的更糟糕，积极主动避免和母亲上浴室或泳池。假如母亲没有听到风声赶去灯光昏暗的大礼堂目睹父亲和同厂女工跳交谊舞，假如那名女工不是乳腺癌幸存者，母亲或许就不会对自己的乳房过分执着了。她记得礼堂归来的母亲笑得很开心，用一种异常明亮的语调说，馋奶馋到只有一个奶头的瘟鸡上去啦。1964 年 7 月 15 日出生的母亲由此开启长达数十年的猜忌、争吵、冷战，婚姻没破裂，但也如母亲的双乳再难修复到最好程度了，直到最近五年，母亲仿佛终于结束了没完没了的更年期，不好奇，心平气和，看破了也不说破。前年春节她和母亲去看外婆，村委会组织七十岁以上老人免费体检的报告就放在饭桌上，母亲视而不见，她忍不住拆阅，整体情况还可以，只有两条建议，做动态心电图以及到心血管内科进一步检查。母亲没问，她也没说，直到她自己也忘了，直到外婆推进手术室；1943 年 8 月 8 日出生的外婆见证了年轻的共和国的诞生，“我见得多啦”是外婆的口头禅，手术之后连这句话都没有了。去年年夜饭，舅妈中途走人，元宵再聚才吐出怨气，舅妈切除肾上腺肿瘤半年来一直在家静养，虽说家族成员先后都上门探望过了，但舅妈不能忍受齐齐整整的场合，一句对她的慰问都没有，加上满桌佳肴，除了喝水只能吃点山药，委屈就爆发了。众人只好二度表达关切之情，又加了一份清炒油麦菜、一盆茼蒿炖豆腐。散席后母亲和她抱怨，大过年非要提什么癌症肿瘤的，晦气。她什么也没说。不说不代表不知道，但不说就可以眼不见为净，就可以难得糊涂，就可以不知者不罪，就可以假装没那么重负担地说说笑笑吃下去。1989 年 8 月 23 日是她的生日，她自觉继承前两代女性的生命经验，对于那段二十八年七个月零三天的空白没兴趣了，仿佛宇宙洪荒，从此刻开始才天造地设出一对持有中华人民共和国结婚证，年龄差二十八岁的新人。

拆迁政策一夕之间天翻地覆，不按人头，改按面积补偿！动作快的调整思路开始盖彩钢棚占面积。人口不断膨胀的拆迁村突然冻结了似的，临时丈夫、临时妻子们纷纷撤离，留下利益切肤相关的正牌户主，以及个别想上位的男演员、女演员。

女婿交出银行卡，十五万劳务费如数奉还，我不图财，我爱萍萍。卢阿姨打断说，戏瘾还没过够？散戏啦，该你的辛苦费一分不少你。女婿徒劳地重复爱情宣言，我是真心爱萍萍的，妈。卢阿姨坐如钟，面部肌肉绷得像钟一样硬邦邦，声若洪钟，最多一年！坚毅的女婿困惑了。卢阿姨宣布，一方不同意离婚的，一般经过两次诉讼，第一次判决不离，判决书生效满六个月后可以提起第二次离婚，第二次法院基本都会判离婚，整个过程最多一年。女婿坐正说，不怕我检举揭发？卢阿姨面皮一松说，我们一块坐牢有伴了。女婿立即表现出纸老虎本色，没话说了。卢阿姨继续说，婚姻不是交易也是交易，强买强卖都没意思，你和萍萍本来算朋友，闹到最后朋友都没得做，有意思吧，人财两失，再搭上一笔诉讼费，一点意思没有。卢阿姨丈夫最后一次和女婿碰杯说，原来是人多力量大，大家一起把蛋糕做大，现在是蛋糕只有这么大，多一个人多一个负担，识时务者为俊杰啊。家酿的枸杞酒鲜苦辛辣，醒脑更醒身，似乎很多问题都可以想通。女婿走到门口点了一支烟，耷拉脑袋，背影看上去像一个孩子。卢阿姨卸下假装上帝的责任，对她松松一笑说，你想来就来，随时欢迎。她抢白道，我是爱叔叔的，我们真心相爱。卢阿姨丈夫拔高嗓音进行了一番不必要的解释，我们原计划六口人，六个五十五平，以我们家的面积现在最多两个五十五平，我的工资卡一直交你阿姨保管，攒到现在勉强再买半个五十五平，两个半五十五平，除以三都够呛，除以四就要过苦日子啦。她用力咀嚼蛋饺一边用力盯着她的丈夫，法令纹像两道防波堤拦阻了两颊横肉，凸显肥大的鼻头，鼻毛该修剪了。鼻毛在颤抖。她大笑两声，我开玩笑的。卢阿姨丈夫说，不好笑。她主动倒酒敬了一杯她的合法丈夫，丈夫呛着了，没放稳的酒盅倒桌上，呈扇形滚动，白活了二十八年七个月零三天。卢阿姨给自己夹了一只蛋饺说，古话讲一日夫妻百日恩，古话又讲大难临头各自飞。喝酒的，喝茶的，抽烟的都默不作声。卢阿姨用力嚼蛋饺，嚼了一分钟才咽下说，邵老师今年八十二还是八十三了，老派知识分子，思想开明也不开明，保姆可以当着邵老师面大谈特谈保姆谋杀老人的新闻，大言不惭说给七十岁以上老人做保姆是投资回报率最高的工作，邵老师一点不往心里去，照样和保姆嬉皮笑脸的。动迁以来保姆千方百计哄邵老师和她结婚，邵老师好不容易想通。保姆离婚第二天，政策突变，回去复婚，两个年近六十的老夫老妻被民政局的小同志教育，婚姻不是儿戏，民政局不是酒吧茶室。笑死人，现在想想，那保姆要么目光短浅，要么就是舍不得原配真心相爱，不然保姆扶正做师母，多好的事。说句实在话邵老师还能有多少年活头，邵老师的美国儿子不回来了，除了打钱请保姆也没什么联系了，到头来房子钞票不都是做师母的。卢阿姨笑眯眯地看着她，她报以更灿烂的笑。卢阿姨接着说，邵老师觉得对不住保姆，除了工资，还送了几本旧书，我是不懂的，拆迁办那个书记翻了翻说有意思，我问他值多少钱，书记说，里面的故事有意思。喝酒的，喝茶的，抽烟的异口同声，什么故事？卢阿姨看看丈夫再看看她说，都是唐代故事，有个故事，哥哥把妹妹嫁给了甲，妹妹却和乙有私情，甲病了，妹妹和乙密谋要把甲毒死，丙、丁和乙是好哥们又和甲是老乡，于是有意无意透露给甲，晚上要是有人送粥，千万别喝，晚上果然有人送粥，甲就没喝，后来妹妹直接带乙来杀甲，丙主动要求背装了土的麻袋，把麻袋放在甲身上，但没压住甲的口鼻，黑灯瞎火的，又放了甲一马，乙和妹妹沦为全城笑柄，女人们开玩笑说，以后要是缝谋杀亲夫的袋子，要仔细一点，缝结实了，可不要让它露了馅。卢阿姨说完吃完，哈哈大笑。

沉重的云层石头般挤满了阴暗的天空。她蹦蹦跳跳绕过路面积水，回到出租屋。流浪狗不知受了谁的恩惠，胖得认不出来了，流浪狗也不认识她了，一个劲瞪她、吠她。她一惊，一退，一脚踩进泥水里。屋里更凉，有种微苦、冷清、恹恹的气息，仿佛被蒙尘的幕布捂了太久太久，掀开是一个荒废的舞台。她换下湿鞋袜，模仿公园老头老太绕着模特像跳了一圈鬼步舞，然后准备表演单人睡觉。醒来天还亮着，屋外有泼泼洒洒的动静，以为又下大雨，外卖小哥正在清理电瓶车。她迷迷糊糊险些把“今天这么早回来”说成“早上好啊”。外卖小哥说，不干了。她伸出食指上下比画，那还穿工作服？外卖小哥嘿嘿一笑，习惯啦，你终于回来收行李啦？她倚着门框欣赏一身鲜黄的他精心擦洗电瓶车的坐垫杆、坐垫、电源箱、车架、后泥除，形同护理一具伤痕累累的病体。他没吹牛也没食言，烧了一桌好菜招待她。她不禁感慨，出租车上听广播说处女座这个月的幸运色是黄色。他自我介绍说，我是巨蟹座，在厨师学校学了两年，找不到厨师工作，只好先送外卖。她打了个酒精量很高的哈欠，支使他先把那身黄脱下来，不然总觉得我们在偷吃外卖。他一边脱一边追忆，一开始偷吃外卖稀松平常，商家包装也不复杂，这份吃一口那份挖一勺，一顿饭钱就省下来了。他脱掉黄色又脱里面的米色、黑色，最后半裸上身，像一块精心雕琢的汉白玉。她遮住眼睛。他接着说，自己没机会做厨师也就算了，还天天给那些三流厨师送垃圾食物，折磨死我了，实不相瞒我偷吃过不少，怎么会有人做出那么糟糕的饭菜，关键还有人买单，折磨死我了，你为什么把眼睛蒙上又透过指缝偷偷看，折磨死我了。她放下手掌，光明正大地笑。他往握着的拳心哈了一口气说，你为什么笑得这么好听，折磨死我了，你怎么笑得这么好看，折磨死我了。她闭眼，眼前却出现一间宽敞、干净、无异味的残疾人专用厕所。脸上绒毛知觉着越来越靠近的呼吸暖流，她闭紧双眼，抿紧双唇，张开的耳朵捕获了一句酒话也是心声，我明天终于要当上厨师了，折磨死我了。残疾人专用厕所灭灯了，只剩残疾。

邵老师眼白黄斑密布居然不影响读书看报，早晚刷牙还是一口黄牙，每周擦身两到三次，一月洗一次澡，肤色依旧蜡黄，只有站到太阳底下，蜡黄才浅显一点，像一座晒干的沙雕，鸡胸驼背，显得很孤单，又耐不住那孤单。她辞去专柜工作，退租回到拆迁村，毛遂自荐要做邵老师的保姆。远在美国的儿子效率奇高，已经请了一位新阿姨。好在邵老师对她有印象，你是卢芳家的，我有几次晒太阳看到你和卢芳一起出门一起回来。她笑着点头，以后我陪您晒太阳好不好。邵老师咧嘴一笑，你是萍萍，你是卢芳的女儿。她将错就错点了头。邵老师说，你给我当保姆，你妈要心疼的。她握住邵老师的手说，我妈没意见，我妈说邵老师是知识分子，可以信任。

邵老师的日常生活像时钟一样精准，也像时钟一样重复。新阿姨做什么，她跟着做且憋着劲一定要比新阿姨做得好。幸好卢阿姨一家三口领了租房补贴搬走了，否则真的萍萍将受流言困扰几天：我有手有脚凭本事吃饭，可再本事也做不过什么卢阿姨的女儿上门倒贴……这个卢阿姨肯定有狐臭，所以生下一个狐狸精女儿……新阿姨做满一个月要求换东家，邵老师没挽留，更没送旧书画，为她也为自己抱不平，把你说成狐狸精，那我是什么？她握住邵老师的右手安慰道，清者自清，问心无愧。邵老师用左手拍拍她的手背说，我家换过十来个保姆了吧，像你这样年轻，还是单身的，确实第一次，如果不是卢芳的女儿，我还真不敢收。她把另一只手搭到邵老师的左手上，四手相叠，状如加油鼓劲，我吃定你了。邵老师露出孩子一般的笑，笑着笑着又严肃了，你每天睡这里是因为卢芳租房租太远了吗？她继续将错就错。邵老师叹一口气，我才不领租房补贴，哪天拆哪天搬，二十年前我儿子要接我去美国我都不去，十年前儿子想把我送进养老院，被我骂了个狗血淋头。她说，养老院护工虐待老人都不算新闻了。邵老师说，我以前也在报纸上读到过，现在报道少了，可能情况好多了吧，那我也不去，我的好朋友何老师，三个女儿一个儿子，独宠儿子，包红包，孙子两千，外孙一百，结果第一个提出送养老院的就是儿子，三个女儿不表态等于弃权票，何老师最后八年都关在养老院，坐牢一样，一辈子当牛做马，押错宝啊。她又拍拍邵老师的手说，何老师是何老师。邵老师苦笑道，我儿子每月按时打钱，确实不少，不过是给他自己买个良心好过。她顺水推舟问，不少是多少。邵老师自然而然答，五千，美元。她故作震惊掩饰真的震惊，还没算上退休金，一个邵老师抵得过卢阿姨一家，还绰绰有余。

身家丰厚不代表出手阔绰，难怪之前的保姆阿姨都没有眷恋。她有点后悔摸了邵老师的家底，她应该像在家里一样，从不过问家族成员的学习成绩、收入水平，不知道，不担责，没有期待，无所谓失望。外卖小哥现在应该正在某个餐厅后厨大展宏图吧，除非撞大运，不然问不问都一样，这辈子是看得见的，正如她进入瓶颈的专柜工作。她才三十出头，人生就向她亮出了谜底、答案，太早，太早了。在命运面前，她就像一个饱受情欲折磨的不安分的少妇。卢阿姨家中断的婚姻表演激发了她的胜负欲，眼看假戏就要成真，突然被打回原形，不舍也是不甘心做妻子做情人的经验技能就此荒废，更重要的是邵老师家比卢阿姨家还充满变数，益发憧憬邵老师讲述的战争年代，英国仍然牢牢控制着制海权，大家都很紧张美国最终将发挥什么作用，又很开心，因为自己未来的命运暂不确定，仿佛一个奇迹就要诞生，任何一天不再变成同样的一天。另外星座大师说下个月处女座的幸运色由黄变蓝。

第一次给邵老师洗澡，她说，好像黄蜡石。玩笑缓解了僵硬的空气。邵老师赤条条坐进浴盆，闭目养神，任她的手游走在黄蜡石般的身体上。外公的守灵夜，她被母亲和外婆的争执吵醒，不敢翻身，母亲指责外婆死脑筋，生产队其他人都不要的田地大包大揽接回来，逼着外公逼着母亲下地出苦力，结果生产队其他人都盖了砖房，只有外婆家还住土屋。外婆咬定劳动最光荣、勤劳致富的信念，强硬到底，我只是运气不好。母亲冷笑说，外头人看你一天到晚在田畈，比老黄牛还辛苦，关起门来还不是贪图享受。只听外婆大喘气。母亲乘胜追击，你把鸡蛋藏起来全给我爹进补，我从来没意见，现在看来，我爹要么虚不受补，要么就是一天一只鸡蛋还不够。长长的沉默过后，她听见外婆小声说，你放心好了，我下半生安心在家当尼姑了……她和邵老师问心无愧地没有更进一步的肌肤之亲，不惧怕任何会审，经得起任何突击检查，但消耗的能量不比做爱少，因为慢，因为细腻，一寸一寸都是悉心、耐心，好比激烈的舞曲很容易炒气氛，长线条的慢歌却极考验唱功。每次给邵老师洗完澡，她也像洗了个热水澡，前胸后背额头膝盖都汗湿。洗过澡的邵老师精神大振，喜欢读点东西，她一律耐心听着，把这些年假装不知道外婆过得不好，假装不知道母亲和外婆之间有嫌隙，假装自己不用操心的心挂在邵老师身旁，想象也是象征性地补偿一点是一点，白驹过隙，给自己求个良心好过。

两辆解放牌大货车一早开进拆迁村，第一辆移走了村中那棵千年老樟树，硕大的树冠一路拖地，卡车就像孔雀开了屏。第二辆搬空了最高那幢楼。空楼门窗大开，像张嘴大笑也像号啕大哭。她登上顶楼，拆迁村俨然大轰炸后的废墟，似乎只有她看见了，使她成了一个知情人，一个目击者，旧沙发是掩体，裸露的钢筋是各式冷兵器，蛇矛、方天画戟、双刃剑、三刃剑、四刃剑，扬尘勾勒出风的形状，邵老师家的平房，四四方方灰扑扑，她不愿想但还是觉得很像一口石棺，门前的铁树枯黄，黄成了香灰，想起母亲曾天天从球铁厂带一勺铁粉回家喂养铁树借此转移工作生活上的不如意。

她回到地上，撞见另外一个幸存者，她离婚证上的男人，拎着一只热水瓶，穿一条难看的军绿色毛哔叽裤子，像个拾荒老人。我路过回来转转，你来找阿姨？卢阿姨说你辞职啦。男人做贼心虚似的语速飞快。不找阿姨，找你。她用一种甜甜嗲嗲的声音说，你反悔，你抛下我，弃我而去，折磨死我啦。她突然意识到多年的专柜销售赋予她的女人味，只配在传奇里施展、运用的女人味。像拾荒又像小偷的男人放下热水瓶，似乎要过来拥抱她。她撒娇说，我们复婚吧。男人僵立成一只大号热水瓶，装满了恐惧和孤独，吞吞吐吐出一句意味深长的话，和你比起来，萍萍还是差一点。她露出职业性的微笑，我开玩笑的。

月亮公平地扫荡有人的、无人的门窗，月光普照。书房墙上"老骥伏枥，志在千里"的装裱画幽幽地反光。客厅灯泡的光打在邵老师脸上，更加突出了皱纹，加深了眼睛底下的青影，他显得很苍老，而且有些病恹恹的，一坐上靠背椅就打了个喷嚏。她立即为他加上一条毛毯，顺便擦去口涎。她可是商场连续十年的服务之星，第一年到第八年的奖品都是一张春运高铁票，第九年开始变成了往返机票。邵老师会给她什么奖励呢？一册古籍，一张旧画，还是把她的名字写进他的遗嘱里？邵老师吸吸鼻子开始朗读：人越来越少，路两旁烟尘弥漫，大乱里也有小静，既有轰炸一样的响声，也能听见野猫叫，草丛里的破沙发不知道什么时候突然就会钻出一窝新生的小猫，像牛奶一样白，像奶油一样心疼，我还在草丛里找到了一尊小小的大卫石膏像，米开朗琪罗的作品总是饱满得充满无限生命力，连受苦受难都是饱满的身体在那里受苦受难……她正了正滑到邵老师肚皮上的毯子，也说了一天的见闻，略去卢阿姨丈夫的部分，并表示受邵老师熏陶，她也要开始记日记啦，最后问石膏像在哪儿。邵老师鼻音很重地说，这是我妻子给我的信，在1967年还是1968年写的。

原载《青年文学》2021年第7期

【作者简介】杜斌，1956 年生，山西永济人，中国作协会员。1973 年开始文学写作，作品散见于《小说选刊》《长篇小说选刊》《小说月报》《大家》《黄河》《山西文学》等刊物。作品有中短篇小说《风烈》等，长篇小说《天上有太阳》《活法》等。中篇小说《天眼》曾获 2013—2015 年度“赵树理文学奖·中篇小说奖”，长篇小说《天上有太阳》曾获“第三届长篇小说年度金榜（2018）特别推荐奖”，中篇小说《风烈》获第十届“茅台杯”《小说选刊》年度大奖，并荣登中国小说学会 2019 年度中篇小说排行榜。

Du Bin, born in 1956, in Yongji, Shanxi Province, is a member of the China Writers Association. Du began literary writing in 1973, and his works are published on *Selected Novels, Selected Long Novels Magazine, Fiction Monthly, Da Jia, Yellow River, Shanxi Literature* and so on. His works include short stories and novelettes Fierce Wind, etc., and novels *There is the Sun in the Sky, How to Live* and so on. The novella Eye of the Sky won the 2013-2015 Zhao Shuli Literary Award•Best Novella Award, and the novel *The Sun in the Sky* won the Special Recommendation Award of the 3rd Annual Gold List of Novels (2018), the novella *Fierce Wind* won the annual award of the 10th Moutai Cup, Best of the Year of *Selected Novels* and was included in the 2019 Novella Ranking of the Chinese Fiction Institution.

马儿啊，你慢些走

杜　斌

1

手术室门顶的红灯像一滴血在燃烧。

牛布斯被推进手术室那一刻，马自若的心丢失了 30 秒。回过神后，她喝令在她耳边一个劲地重复着“对不起”的长得像头牛的缑良冷静些。缑良怔了一下，退到墙根铁座椅上坐下，双手抱头窝成了雕塑。马自若的目光寻到牛布斯的副总罗索时，细长的丹凤眼挑起来，她看到一只轻松欢愉跳来蹦去的小鸟。对方那闪烁不定的豆豆眼不时从圪落落的铁座椅子上抛过来，爬上她的脸游来滑去。

暖气带来的风，把一缕短发吹到眼前，马自若习惯性地抬起右手想理一理，右胳膊却疼得不由得哎哟一声。她的心在手术台上，忘记右胳膊被牛布斯咬得快筋断了。她牵挂牛布斯的死活，牛布斯的死活也关系到她的死活。她没想到事情会发展到这一步。

她的目光快被燃烧了八个小时的那滴血烤干了。时针急慌慌往早上七点奔跑，她不能再待下去了。上午八点县常委开会落实市委常委会精神；十点市国土局要下来督查，她必须提前十分钟赶到县界亲迎。

政府办公室主任亚明开车过来接她。她在羊绒高领毛衣里伸伸麻木的腰，抖落一身疲惫，用能动的左手掏出随身带的镜子照照，又用左手把齐耳短发理了理。要穿外套时才想起那件从法国购买的浸满牛布斯鲜血的西装，被装在一个黑塑料袋里，悄悄地扔进医疗的垃圾桶。

亚主任脱下自己的上衣。她摇摇头。

亚主任把一个 U 盘递给她。

交给侯书记啦？马自若问。

侯书记的是备份，我想侯书记应该看过了。

侯书记是班长，一把手，他有权知道发生的一切。

缑良靠过来，马自若差点叫出声。一夜之间，像头牛的缑良瘦成了猴，皮灰面黄，胡子半寸，嘴一动，像条青蛇从草丛里钻出来。

马自若眼底发酸，她咬着嘴唇，用完好的左手，拍拍老部下的肩膀。

青蛇抖了几下：姐，你把一切责任推到我身上好了，我做好了牺牲的准备。

还轮不到你呢。马自若说，我是县长。

是我把事搞砸的……

她拿起缑良的冰棍般的手，捂住：弟，打起精神来，把后面的工作做好。她叮嘱道，抓紧时间处理干净车上的血迹，严密封锁消息，严防死守，没有她和侯书记的命令，任何人不准接近牛布斯。

她眯着眼，斜看在圪落落打呼噜的罗索，亚主任急跑过去，把罗索摇醒。罗索一时半会还没反应过来。马自若便移过去，轻轻耳语，直陈利害。最后说，咱们是亲戚，又是朋友。你很聪明，关键时刻不能做亲者痛仇者快的蠢事。又说，牛老板的消息随时通报我。罗索的豆豆眼趴在马自若细长的丹凤眼上不走，笑道：马县长放心，我们牛老板命硬，鬼神奈何不了他。他好像意识到了什么，收住笑容，又补充道，有熊院长捉刀，心踏实地放回肚子里好了。

马自若想踢他一脚。

她用眼神示意缑主任，看好他。

2

马自若是在县常委会快结束时接到缑良微信的：手术成功，已进 ICU。

她看了侯书记一眼，侯书记的眼神隔过她，停在柴副书记脸上。

宣布散会时，侯书记给马自若递了个眼神，就走进与小会议室相通的书记办公室。

马自若一把搂起材料，小跑着跟过去，轻轻带上门。

侯书记身材和马县长一样娇小玲珑，坐在前任的皮椅上，空旷得能翻跟斗。县委办公室吕主任按常规要换一套办公家具，侯书记说浪费。马自若坐在书记对面，吞咽了三次口水，尽管她努力吞咽得悄无声息，仍感到如雷贯耳。侯书记是半年前空降 G 县的。省里以超常规举措选派一批年轻县委书记，平均年龄四十一岁半，最小的三十六岁，这个最小的就是小个子侯双收。省委想让这些年轻精英们在基层经历一个相对完整的周期，经经“风吹雨打”，捧捧“烫手山芋”，当当“热锅上的蚂蚁”，在打硬仗、扛重活、攻难关的真枪实弹的搏击中练出真功夫。小个子侯双收到G县上任的所作所为，让人不得不敬佩组织部门的火眼金睛。他霸气十足，把抓党建、抓转型、抓项目作为硬道理、硬任务、硬指标、硬抓手，扎实谋划，统筹推进。他人小，嗓子大，调门高，思路活，办法多，行动快。刚上任那几天，楼上楼下还能勉强看到他云般飘忽的小身影，接着一个月连影子都找不到了。他“五加二”“白加黑”，局、镇、村、企业、小区、山区、塑料大棚，饭是走到哪儿吃到哪儿，觉是跑到哪儿歇到哪儿。有天一大早回来，裤子破了，鞋剩下一只，据说是在山村遇到一条疯狗。秘书敲开商店的门，给他买了一条新裤子和一双新鞋，他才得以从轿车里出来。一个夜深人静的晚上，他突然召开常委会，两个小时就通过了他提议的各局长副局长调整名单，理由充分。常委们听了，不得不佩服侯书记表达的就是他们早就想表达的意见。原本山头林立杀得难解难分的县委县政府，经他一通辨证施治，铁腕手术，针灸导引，在管理理念、服务模式、市场化、法治化建设以及招商引资诸方面的肠梗阻、脑血栓、帕金森病、四肢麻木，都一一缓解甚至根除。用市场逻辑谋事，用资本力量做事，为人民服务，成了大家的共识。马自若负责对接的开发区中天隆公司是一家对美出口企业，在特朗普刮起的250%的高额“双反”关税和专利制裁龙卷风中，摔得腿断臂裂，奄奄一息。侯书记带着马自若七次深入中天隆，又马不停蹄跑北京，走上海，下深圳，帮助解决专利技术、原材料、生产工艺问题，同时一手抓海外布局，一手抓国内市场开拓。不到三个月，就帮中天隆重新竖立起大厦的四梁八柱。包括马自若这位副县长能成为县长也得益于侯书记的鼎力推荐。她对他自然就多了十分敬意。最让大家目瞪口呆的是他上任的第二个月，不顾常委们好心的劝阻和市领导的担心，果断启用新的行政办公大楼。他说好的办公环境不是摄影打卡地！新的行政办公大楼是前任的前任县委书记建的，为了改变G县形象，前任的前任县委书记力主兴建高大上的行政办公大楼，借以改变投资者对G

县脏乱差的认知，最终却因大兴楼堂馆所被免职。马自若是他提拔的开发区主任，俩人几乎形影不离，当然 G 县也刮过好几起有关他俩的桃色小风。接任的县委书记对豪华办公楼视而不见，他毫不讳言是下来镀金的，他要的是履历完整，平安无事是他的第一目标。他如愿升职后，又来了一位天不怕地不怕却怕舆情类事件的书记，他说屁大个风能把太行山刮上天！五年时间，马自若伺候了三位县委书记三位县长，她也一步一个台阶，由开发区主任升为副县长，一个月前经县人大通过，她坐上了县长的宝座。她还想再进步。她觉得她当了县委书记，有能力，有信心，一任内就能让 G 县跨入全省十强县。

侯书记关切地问她的右胳膊咋伤了。

她说：被狗咬的。

侯书记平静地说：手术很成功，这就好。

她有点憋不住了，堰塞在心头的泪水涌满眼眶。侯书记用手指指门，用目光安抚她。小会议室里，工作人员、风和阳光的脚步声，若隐若现。

她不好意思地笑笑。

侯书记的脸上依然云淡风轻，问她：昨晚，他找你有甚事？

我约的他。主要是想当面沟通一下，看看他的三百亩地有没有新的规划和想法，探讨有没有向前推进的必要。马自若身子往前倾了倾，汇报说。

侯书记身子往后挪了挪，靠在椅背上，眯着眼，虚虚地看马自若。

马自若继续汇报：五年前县政府就和三福堂签订了协议，对方投资五个亿，新建一个豆腐产业园，还缴纳了一亿的保证金。

侯书记问：他咋就在你的办公室把头摔破了？

他滑了一跤，后脑勺磕在茶几上了。

缑良和他有没有身体接触？

好像没有。

没有好像。

侯书记没再说下去，他从抽屉拿出U盘，打开电脑，盯着画面看。

马县长转到书记身后，指着画面上在车后打电话的自己，解释说：我这是第一时间通知亚主任，让他做好善后工作。

侯书记说：也就是说，你在第一时间已经处理了监控画面。

马自若点点头：对，这个是原始的监控录像。我不能对您隐瞒。

侯书记说：事情既已发生，我们就要积极面对，妥善处理。困难面前，危急时刻，是对领导干部的直接检验。能不能站出来、顶上去，敢不敢打难仗、苦仗、硬仗，对我们是一次思想淬炼、政治历练、实践锻炼、专业训练。我们G县亟需一大批能干事、干成事、不出事、有真本事的干部啊！

书记请放心，我决不会让您失望的。

我们共同面对吧。当下要紧的是救人，不惜代价，必要时到北京请最好的专家。接着又说，牛布斯要是有个三长两短，咱俩可就掉进黄河喽。

临走时，侯书记又叮嘱马县长，头脑多根弦好，别再节外生枝。特别是舆情，一定要严防死守，我们要维护好G县的形象。

3

太阳远远地看着他，他是一滴露珠，挂在阳光梢。风摇阳光，阳光摇他。嘎的一声，阳光断了，他被抖落，摔到鸟尊上。体态丰满高冠直立的鸟尊，被一袭黑装的晋侯燮父捧着，耳畔雅颂乐起，他乘着鸟尊穿越星空，双塔凌霄、巽水烟波、烈石寒泉、蒙山晓月，还有柳巷、帽儿巷、羊市街、铁匠街，还有他生命般的三福堂豆制品有限公司一百亩的厂房……

怦怦怦，轻轻的，弱弱的，却铿锵，来自胸腔，他听出是自己的心跳。

他想睁开眼，眼皮却抬不起来，像压着蒲州城墙——唐代的，沉在黄河底，十米厚，是近些年专家考古挖掘的新成果。他想翻个身，身子和意识是两张皮。

脑际飘过一片白云，白云下面是一锅老汤，豆蔻、八角、桂皮、砂仁、茴香二十九种香料，大火、中火、小火、微火，闷火，爷爷的爷爷在《调鼎集・火》中这样描述牛家的豆腐干制作秘诀：用桑柴火，天天熬，月月熬，数百年，从未断火。每日子时，洗罢脸，剃过须，净了身的长子长孙，一丝不挂地跪在老锅前，双手操葫芦瓢，轻轻撇去老汤中漂浮的油花，末了用十六两秤称过各种香料，投入老汤中，先大火，再中火，再小火，再微火，后闷火，精心熬制。一把柴火从明朝烧到现在，整整三百七十年。

牛布斯再次试图抬起眼皮，却仍然没抬起来。

他记起了什么？刀还是闪电？迅疾而利落，划破如磐似漆的苍穹。刀抽出来，深陷酱缸，复归混沌鸿蒙。

夜，有鱼越洽洽河而过，鱼身而鸟翼，苍文而白首赤喙，其音如鸾鸡，其味酸甘，成群结队，呼呼生风……

乘风来的是什么？琴声？豆香？又像新采集的食材的清香，悠远而浓烈，入梦进骨髓。他贪婪地吮吸着，辨别着，终于来苏水或是双氧水像油花从老汤中飘浮起来。他熟悉医院这种特殊气味。

他在医院，在 ICU。

他感到头四分五裂地疼，黄豆入破壁机般。

我怎么进了 ICU？

好像和三百亩地有关。三百亩地承载着我的百年梦。五年前和 G 县政府签的协议。根据协议，G 县政府为我提供服务，我在 G 县开发区投资五个亿兴建豆腐产业园。那段日子，我的脑子经历了又一场风暴，堪比土星六边形风暴。风暴从我在巴黎看到欧洲本土产的丰富多样的豆制品开始呼啸。我自以为是天上的鹰，全世界的豆腐发展现状了如指掌。1995 年，我脑子里第一次起风暴，现在回想起来，不过是一场地球小风暴。那年，日本豆腐在北京、上海、深圳等菜市场火爆亮相。我立刻明白西伯利亚的寒流不只是传说。我当机立断，和蛇城市政府协商，用我在柳巷的三亩厂房，置换了西山脚下一百亩荒山地。好多朋友包括姬小小骂我脑子进水了。我就以傻卖傻。我清楚，柳巷虽然寸土寸金，但狭窄的空间，已限制三福堂的发展。撇开宁化府、清和元、认一理，包括双合成、开化市、华泰厚、大隆祥，早被王府井、耐克、阿迪达斯、麦当劳、肯德基这些独角兽商家用组合拳打得鼻青脸肿。我手里的三福堂不想挨打。三福堂要发扬牛家秘宗拳，引领豆制品潮流。异地建厂花费整一年。在新厂里，我划出一栋楼搞科研，亲自带着罗索们马不停蹄搞攻关。三福堂采用太行山野生植物，辅之恒山矿泉水、中条山植物蛋白、管涔山天然调味料，吕梁山食用辅料，再加上从日本美国德国进口的新设备生产出来的豆腐新品，以其洁白晶莹、味道甜香、品质高、营养全、多美味收割了蛇城男女老少的味蕾。从此十多年，三福堂新品豆腐和蛇城百姓像一对恋人，餐餐相聚，日日相亲。此次欧洲考察，德国 Rewe、法国 E.Leclerc、意大利 Coop 新上市的本土制作的二十多款豆腐品种，张着老虎大嘴，布满倒刺的舌头不住地舔我的鼻尖。我脊梁上蹿过一百多年前我爷爷的爷爷在雪地上面对群狼时的那股冷气。冷气蹿进脑海，形成土星六边形风暴。风暴将我的灵魂送上北斗卫星，我的眼界更宽，格局更大。我一手摸着埃菲尔铁塔从塔尖到塔基那条大曲线，一手牵着欧洲的五色云彩，看着战神广场，以我的生命和三福堂起誓，我要把国外的先进技术和理念一滴不剩地带回国，将它们像砖瓦砌到我的豆腐事业的高楼大厦中去。我还要用我的聪明才智和一腔热血，打造一款集陆基、海基和天基于一身的导弹防御系统，把一切可能给国产豆制品产业带来致命威胁的导弹拦截在国门之外。经过一番折腾，能把一个星期当作一天用的我终于拿到了理想的三百亩地的协议，G 县政府的大印结结实实地盖在甲方的位置上，红得像苹果。签字仪式上，西装革履的苟县长满面春风地挥舞如椽大笔的签字动作，和我龙飞凤舞在乙方代表后面的签名，热烈得像一家人。真是一个好日子，十点钟的阳光照耀着红彤彤的协议书。画面当天就上了蛇城电视台新闻联播节目，数字时代，现代化速度，无缝对接。从那天起，三百亩土地上一座崭新的现代化豆腐产业园的图纸、设备，直接从我的脑海拷贝到设计人员手中，各种豆制品的奇思妙想分分钟钟从我的味蕾跳到研发人员的电脑里，新的更大的细分市场翘首企盼我带领三福堂的员工用铿锵的脚步去占领。在我的设想中，随着产业园的建立，我在法兰克福飞北京的万米高空构思的大型蛇城豆腐文化节将闪亮登场，像春天的鲜花香透蛇城，盛开全省，红遍全国。它不仅仅是三福堂的新起点，也是我人生的新起点，更是我的豆腐产业向十亿级百亿级千亿级直到万亿级挺进的宣言。

那天晚上，我那半老徐娘的姬小小得到消息时，刚贴上面膜，乐得差点把大平层楼板跳塌。她说：老公，你总算开窍了。十多年来，我老婆一直劝我抽出三福堂的资金搞房地产，逼我当蛇城的李嘉诚。她说李嘉诚 1993 年在北京囤下一块地，二十五年没开发完，房价已由当初的两千元涨到十万元，涨了五十倍。2007 年又花二十亿在重庆买了一块地，十年过去了，一锹未动，地皮就涨到了两百亿。玩地，一本万利。

心醉神迷的我说：我姓牛的只做豆腐。

姬小小上身又往前倾一倾：你和李嘉诚的机会是一样的，遍地开发区，到处招商引资。马克思咋说的？土地是一切生产和一切存在的源泉。威廉·配第也说，土地是财富之母。

我喃喃自语：我只想做豆腐。

这晚，我和姬小小时隔半年再次做爱。气喘吁吁时，一条马尾辫像歼–20战斗机轰隆隆冲进我脑海，魔幻、漂亮、风情万种。我抱着姬小小和马尾辫神魂摇荡。我突然意识到自己精神出轨，赶紧悬崖勒马。马尾辫的声音消失了，我阳痿了。这次和马尾辫的意外相遇，让我刻骨铭心。六十九年后，一百零八岁的我临死前回光返照，唯一能忆起的只有这次出轨事件。

第二天，我迫不及待地就把一个亿的真金白银，作为保证金按照 G 县政府提供的银行账号打过去。可没想到一个星期后，G 县领导班子突然调整，在协议上签字的苟县长和县委书记一并调离，原因是他们尿不到一个壶里。猝不及防的变故像洽洽河的一河水浇到我头上，三百亩地的招拍挂手续的鲜花，还没来得及在阳光里露一下花骨朵，就同我一起被无情的现实冲进污水井里。

黑咕隆咚的井啊，我像只蛤蟆努力地从井底浮起，然后闻到了医院特有的气味。

我咋跑到医院里了？

牛布斯想把问题搞清楚。他不可能在生命般的豆制品里迷失方向。

4

罗索听到熊院长的呼叫，进办公室时，两只脚走的是一条直线，颇有点猫步的样子，出来时却拧成麻花，交警瞄一眼就会认定他是醉驾。他差点把跄蹴在门口的缑主任撞飞，瘦成猴的缑主任满眼是绝望的柳芽。

咋搞的？熊院长的目光像手术刀一样，后脑勺咋就摔那么大个窟窿？

罗索本想“嘁”一声，但熊院长凶巴巴的脸，让他到嘴边的话变成惊骇的“啊”。他知道坏菜了。

熊院长气哼哼地坐下，看窗外的天，蓝格莹莹的。

豆豆眼急速地眨巴，抖抖索索的两片唇嘴半天才把事情讲清楚。他说我和牛老板商量了一下午，头把长城都要撞倒了。我们就是两头黔驴，黔驴技穷了才想出自残这个办法，心想制造点大动静，引起社会的关注，给G县政府施加压力。否则，三福堂的黄花菜就凉了。

罗索一屁股坐在熊院长对面的沙发上，含着泪直摇头，喊后悔。

熊院长给姬小小打电话说了些啥，罗索一句也没听进去，直到姬小小狂风般刮进来，把他从沙发刮到墙上。

熊院长把姬小小按在另一张沙发上，罗索赶紧地把提前准备好的茶水端过去。熊院长简单地介绍起牛布斯的伤情。

罗索像根拴马桩贴墙站好。

姬小小没听完，就腾地站起来，扑向罗索。

拴马桩没地方躲，自个把头拼命向房顶提。

熊院长抢过来一步，抓住姬小小的衣袖，把她又掩回沙发上。

姬小小甩开熊院长，冲进楼道，大叫老牛，见门就推，逢门就进。熊院长招呼护士把她拦住，她竟把三个护士推倒在地。

缑良跑过来帮忙，姬小小一拨拉，他就哎哎叫着，仰面八叉地倒地，众目睽睽之下，头咣地磕到了瓷砖上。一个护士将他扶起来，翻着头发看。缑良也摸了一把，他想看见血，最好是像牛布斯那样也进 ICU，两人就扯平了。可护士的两眼，只是看见一个青包像小禾鼠慢慢抬起头来。

熊院长和罗索一边一个架住姬小小。

熊院长告诉她老牛在 ICU。

她挣脱两个男人，嘴里叫唤着 ICU 在哪儿，在楼道里狂奔，跑到楼道头又拐回来。罗索好不容易抱住她，她却抓起罗索的手狂咬。罗索听见手骨头嘎巴一声。熊院长把姬小小的嘴扳开。姬小小跳着脚叫喊：我吃了你！

熊院长把姬小小架回办公室，又按到沙发上，让她喝口水，威胁说只有她静下来，他才会安排她进 ICU。

姬小小翻着白眼看天花板上不亮的灯。

罗索抱着受伤的手给老板娘解释，他和老板真的是在演一场戏，目的是早日拿到三百亩地。

姬小小怒吼：你咋不自残？

罗索说：我没分量。

没想到戏演砸了。满脸苍白的罗索说，本来头是要摔到地板砖上，造点响声的，谁知走位没走好，牛老板应该是没注意到身后还有个茶几。罗索想起没来得及扔掉的装血浆的袋子，赶紧掏出来算是证据。血浆是用来化妆的。

熊院长安抚姬小小，手术很成功，挺过这几天就没事了。

姬小小拉着熊院长的胳膊，满脸泪水：我家老牛交给你了……

熊院长说：见外的话就甭说了，我们是世交。

看着姬小小慢慢平复，罗索放下的心又提起来，他突然想起老板的重要交代。他跑出熊院长办公室，掏出手机，目光在楼道里寻找安全可靠的地方给罗书田打电话。昨天策划好剧本，他就安排在G县政府办公室负责安全保卫的本家兄弟罗书田今天上班第一件事就是拷贝大楼门口的监控录像，录像是有力的证据，能证明牛老板是站着进去躺着出来的。楼道人挤人，像商场。他只好钻进男厕所，可刚翻出兄弟的电话，缑主任就从天而降：你给谁打电话呀？他说：跟老婆请假。

缑主任手插在裤兜里，也不撒尿，只是盯着他，和他一起闻尿臊味。

他悻悻地把手机装回口袋，歪着脖子离开了厕所。

5

N亿年前，北高南低的倾斜平原（今叫G县）上空，一个巨大的火球拖着尾巴，尖啸着，从东向西飞来。临近地面穿越积雨云时，热胀冷缩，裂成两块，落到地面，一通山摇地动，砸出两个大坑，相距两千九百九十丈。这年雨季，山上滚滚下来的洪水不再像以往那样横冲直撞，它们在轰烈中打着或大或小的旋涡，汇集到此。于是两个湖泊诞生了，东面的叫东湖，西边的叫西湖。巍巍乎的尧帝便看上此地，临东湖而建都，立四时八节。在后人为他建的尧王庙里，老人家借着一身巧夺天工的泥塑仍每天看人间日出日落。每每夜幕降临，南门城楼里的灯光准时亮起，柔柔的光芒像电子计算机运算过一般准确地照到尧帝身上，尧帝又将光明映到四方。舜帝时便有一首幽悠的韶乐款款而起，子闻之三月不知肉味。如今，西湖到洽洽河之间的一块平川，市领导画了一个圈，雄壮成G县综合开发区，承担着G县由虫变龙的重任。东湖岸边的尧王庙，几经修缮，升格为省级重点保护文物。东湖也几经改造，如今是4A级旅游名胜风景区，又是G县群众休闲文化活动中心。

前几年建的G县地标性建筑行政办公中心大楼就屹立在尧王庙往北三十六米处。

此时已是凌晨一点四十四分，整栋大楼的办公室 LED 灯亮如白昼，从玻璃窗出去的白光看见它熟悉的马自若县长闭眼半躺在缓缓驶进政府大院的一辆大众 SUV 车后座上，与她形影不离的亚主任被她留在医院替换缤良，紧盯 ICU，监视罗索。车身上还沾着医院的气息。SUV 在大楼前停下，缤良小跑着下来，打开车右后门。欠起身子的马县长的头先露出来，然后努力直起腰，挪动两条重腿，让脚踏到地上。缤良要去扶她，被她拦住了。

马县长不忍心看瘦成猴的老部下，她说：你三天三夜没合眼了，回去早点歇息吧。

缤良是马县长圈子里的人，在 G 县不是秘密。马自若虽然没有主动去经营这个圈子，但毕竟在 G 县工作十多年，一直担任领导。大树下从不缺少乘凉人。缤良大学毕业就分到开发区，在马主任的手下工作，马主任荣升副县长，分管开发区，人大选举马副县长任县长后，继续分管开发区。马县长欣赏他工作有责任心，敢担当，追求完美。有次二人小酌，马县长语长心重地对他讲，和姐相处（缤良喜欢叫她姐，她也认缤良这个弟），不必溜须拍马，不必曲意奉承，不必行贿送礼，干好你本职工作就是对姐最大的支持和报答。

马自若站在原地看天发呆，天上没有月亮，只有几颗被地面上强大的夜灯弄得灰眉土脸的星星。东边的天空上倒是有一颗，贼亮，一闪一闪的，但它不是天上的星，而是地上的灯，是开发区前年建成的一家央企综合办公楼上的夜航障碍灯。这座办公楼，原设计八层，上任县领导却要把它建成 G 县的地标性建筑，对方以资金紧张为由多次拒绝，领导便一手挥舞大棒，勒令停工要挟，一手递上胡萝卜，提供更多优惠政策，经过多次加码，最后建设成了高达一百多米的超高层建筑。高楼落成至今，里面办公的业主有十余人，一人占两层还用不完，另有二十七个保安和三十一个物业管理人员。马自若又回头看看十六楼那间亮着灯的熟悉的三十平米办公室，她疲惫的脊梁和还在抖动的双腿让她逃离这里，冷静的头脑却把她送了进去。她已经三天没进办公室了，亚主任在医院，明天还有好多工作她不得不亲自过一遍电影。

地上的血迹早已清理干净，空气里充满清洁剂的幽甜。办公室所有的窗户都开着，湖面清新的风吹进来。她逼迫自己坐下，右手不能用就用左手，忙完最后一件事，眼皮就像挂着一座山，再也撑不住了，呼嗒一声合上。她看见缑良冲了过来，急火火汇报说，罗索钻进厕所打电话，我拿眼扫见了接听方，是咱们安全保卫科科长罗书田，应该是和监控录像有关。她的脚步朝牛布斯的ICU病房走去。缑良又说，我认真回忆了好多遍，那天晚上我和牛老板没有身体接触，只是手指差点碰到牛老板的鼻子。她斜了缑良一眼，缑良就闭上嘴了。这时，她看见侯书记也来医院，要看牛布斯，正招呼她呢。她惊醒了，熟悉的办公室让她知道自己刚才是睡着了。她按摩按摩太阳穴，从桌子前站起来，目光一不小心就碰到茶几上，牛布斯摔倒那一幕又出现在眼前。她感到窒息便逃离办公室，逃离大楼，来到灯光跳舞的东湖。她轻飘的脚步在红色步道上浮荡不到两圈，步道上红色的橡胶粒就幻化成牛布斯脑后的鲜血哗哗奔流。她又选择逃离，逃离红色步道后，喘气稍稍平复时，人已像根霜降后的野艾蒿，耷拉在尧王庙的青石栏杆上。晚上她请熊院长吃饭，详细了解牛布斯的伤情及手术结果。熊院长是全国闻名的头颅专家，学术带头人，享受国务院政府特殊津贴。罗索对她说熊院长和牛布斯是世交，向她讲述了从熊院长那里听到的两家的交往史。罗索说那是十年前过八月十五，牛布斯在国外回不来，托他给熊院长家送豆制品。那天，熊院长非要他吃过饭再走，吃饭中间，在熊院长的盛情相邀下，他陪着喝了几杯红酒。

然后熊院长就给他讲了一个发生在很久以前的故事。

那是一个蛇城百年不遇的大雪飘飞的午饭后，出生于威尔士法尔德普林的传教士李提摩太骑着骡子从洪洞传教返回蛇城途经晋祠时病倒了。熊院长爷爷的爷爷冒着连飘了十天的雪骑着毛驴出诊。天灰蒙蒙的，西山近在眼前就是看不见。返回的时候，已是亥时，雪住了，漫天皆白。经过太山脚下，老人家遭到狼群袭击，胯下的毛驴驮着主人拼命奔跑了二里地，也没能甩脱狼群。缠斗中，毛驴一脚踏空，熊院长爷爷的爷爷腾空飞出，未等落地，群狼一哄而上。毛驴冲进狼群，以身护主。熊院长爷爷的爷爷和毛驴都受伤了，为了保护主人，被狼撕破肚子的毛驴，吸引着狼往山里跑。被狼咬伤左脚的熊院长爷爷的爷爷得以脱险，他拖着药箱拼命地往回爬。没想到干掉毛驴的狼群又返回来，就在熊院长爷爷的爷爷闭上眼睛，任凭命运摆布时，晴天霹雳一声吼，一个彪形大汉，挥舞着一条扁担从天而降。彪形大汉是牛布斯爷爷的爷爷，给太山的龙泉寺送豆腐回来。牛布斯爷爷的爷爷挥舞着扁担抵抗狼群，喊熊院长爷爷的爷爷快跑。熊院长爷爷的爷爷不跑，牛布斯爷爷的爷爷说，你不跑的话我俩都得死。熊院长爷爷的爷爷说，你救我，我再跑，我还叫人吗？而且他脚已受伤，想跑也跑不了。两位当年的壮汉背靠背互相保护着。熊院长爷爷的爷爷眼看就要倒地，牛布斯爷爷的爷爷灵机一动，拉过一个豆腐筐，把熊院长爷爷的爷爷扣在里面，觉得还不保险，又把另一个豆腐筐也扣上去。就这样，他们和群狼周旋着对峙着，一条母狼在前缠斗，头狼绕到身后突袭，牛布斯爷爷的爷爷的小肚腿被撕掉一大块，鲜血如注。牛布斯爷爷的爷爷忍着疼痛，像山一样矗立在豆腐筐边，手持扁担迎战狼群。直到附近的村庄响起鸡叫声，狼群才长啸着撤回山里。

罗索看着细长的丹凤眼说：把牛老板交到熊院长手上，还用得着咱操心吗？

熊院长告诉马县长，从他爷爷的爷爷开始，熊家的子孙就喜欢上了牛家的豆腐。他虽在美国圣路易斯华盛顿大学医学院留学工作生活了十多年，但一想起牛家豆腐就垂涎三尺，实在憋不住了就画豆腐充饥。直至现在，凡是熊家的子孙，吃的豆制品都是牛家的。熊院长说，他一日三餐，第一口菜必是三福堂的豆腐。牛家豆腐味纯、嫩滑、筋道、可口。在盛着三福堂豆腐的青花小碗，抓一撮香葱段，撒一把香菜末，放一勺酱紫菜，添一勺榨菜粒，再淋上少许小磨香油，滴几滴辣椒油，最后再浇一丢丢老陈醋，OK，美味无穷！

熊院长说手术做得完美，但人还处在危险中。马县长双手紧握住熊院长的手不放，拜托、感谢的话已说了一皮卡还想说，像相声里的贯口。

马自若再三努力，可心就是回不到肚子里，满脑子充斥的仍是牛布斯血糊糊的头，就像年轻时和寸头一起偷偷跑到宽银幕影院看电影，敌后武工队队员左手拎着一颗鬼子的头，右手拎着的大砍刀还在滴血。

马自若恨不得把这个晚上从人类历史的视屏上删除。前天中午在食堂吃饭，她灵光突现，脑洞大开，未加思索就打电话安排牛布斯晚上来办公室详谈。这是她当县长一个月来第一次背着县委侯书记做事。侯书记大局观强，整体设计是正确的，没毛病，但她对三福堂豆腐产业园的看法和新组建的招商团队意见相左。她不承认这里头有私心，但承认和政府招商引资时的承诺有关系，和G县未来的产业发展布局有关系，这使她做不到在关键时刻不帮牛布斯。谁承想突发意外，她搬起石头砸了自己的脚。事情就这么拧，后面再有个什么意外的话，不但她这个上任一个月的县长的路走到了尽头，还会牵连大力推荐他的县委书记侯双收。

湖面的小北风又冷又硬，马自若把衣服往紧裹了裹，刚把脖子缩回去又伸出来，而且伸得更长，使齐耳短发迎风飘扬。

6

头昏眼花的牛布斯像粒黑豆，收起一米长的翅膀，落在鹳雀楼西北角正琢磨着用一首诗来表达一肚子不凡抱负的王之涣的肩头，顺着王之涣的目光望去，黄河瀑布倒挂在太阳七彩虹上，一位留着马尾辫穿着一袭婚纱的姑娘踏着咸池音乐款款而来。在她身后，阅兵方队似的排列着近百口直径三米的大铁锅，团团白云带着浓香从锅口扶摇直上。豆腐、豆粉、豆干、豆奶、豆汁、豆皮、豆丝、豆浆、油皮、腐竹、素鸡，六十六类豆制品，三百七十九种花样，从明朝崇祯帝以身殉国那年的正月初二后半夜寅时，飘到一带一路新时代的雄风直上九万里的今日前半夜亥时。今日在哪年？今日是哪日？一锅小米粥加进半锅拌汤，撒多了黑胡椒，放多了红辣椒，倒多了老陈醋，又加进半袋莜麦面。打老祖宗牛本乔从宫廷御膳房出来，流落到蛇城的馒头巷，推石磨压出第一盘豆腐，熬成第一锅豆腐干至今，经过三十代人精心打理，到他手里火爆了蛇城。工艺年年升级换代，产品天天传承创新，生产全面自动化、智能化、透明化、环保化，每年吞食六万吨晋 25# 优质非转基因大豆。三福堂蹄疾而步稳，品牌成色极佳。他像徐悲鸿笔下的天马，占地一百亩的老厂已放不下，要到三百亩的产业园上空亮蹄子。商业智慧超群的牛布斯早在欧洲就把一百亩老厂构思成豆腐文化博物馆，形成三福堂一个新的增长点。他组织北京和蛇城三十多位专家论证。一位留着大背头，身穿休闲服，脚蹬李宁牌运动鞋，常年在央视经济频道口若悬河的大学者，对他把老工厂改造成文化旅游项目，以再生为手段，以文化为载体，以效用为目标的创造，直挺挺地竖起大拇指，称他打开一个旧工厂新利用的富矿藏，全国数万老工厂将因之焕发青春。姬小小给大学者面子，在家里却直接把老公怼回去，说这么一块好地搞成博物馆简直是暴殄天物。她算了一笔账，一百亩地拿来搞房地产开发，容积率 2.5，建筑密度 20%，绿地率 35%，能盖十栋二十层的住宅楼，总面积十八万平方米。两年开发完后，纯赚 21.3 亿。她叫道：房地产是只好母鸡，每天“个个大”叫着下金蛋。牛布斯讥笑老婆眼里只有阿堵物，根本没情怀。姬小小拗不过老公，转而求其次，她想用三福堂躺在银行账户里的五千万闲钱，和闺密一起投入房地产。牛布斯把老婆的理想当作鹦鹉唱歌，说他这笔钱是要留给老厂的博物馆改造的。姬小小立刻难过得眼泪啪啪往下掉，虽然她明知自己的石榴裙罩不住老公了，还是手指老公发出了陈慥夫人柳氏的吼声：你会后悔的！老厂主体建筑是砖结构，砂浆是白灰，经过多年的烟熏火燎，风雨侵蚀，几成豆腐渣，手指一抠就掉一块。他同意专家的意见，将砖结构变为剪力墙，开裂的梁用粘钢加固，柱子的结构体系用高强灌浆料进行截面放大。专家表示，到时要亲自披甲上阵监理，在最大限度地呈现三福堂历史风貌，保留三福堂历史信息和符号的前提下，赋予老厂以新生命，打造全国独一无二的具有厚重历史文化底蕴的城市亮点，成为一流的文化旅游广场。在这里需要提及一段往事，多年前柳巷升级改造时，原三福堂要拆除，牛布斯不惜代价，把老三福堂原封不动地移到一百亩土地上，包括留存三百多年气息的每口铁锅和每块砖瓦。星期一开完例会，他都要进去祭拜祖宗，体验豆腐文化，末了还要抱着“如期”弹奏一曲。弹奏最多的是给他带来第一个荣誉并萌发恋情的《马儿啊，你慢些走》。

两年不到，姬小小想投入五千万的房地产图纸还没走出设计院，房子就被疯狂的炒房客和憋不住的刚需抢购一空，闺密躺着纯赚五个亿。牛布斯的豆腐文化博物馆还在他和专家的嘴边挂着，在空气里闪耀着金光。让姬小小兴奋了一周的三百亩土地，烹饪中被撤了火，直接成了夹生饭，把牛布斯拖入愁云苦雾中，让姬小小有了不断调侃老公的无需花钱购买的调料面。

拿不到三百亩地，建不成产业园，我宁愿去死。牛布斯说。

我们就等着去死吧。罗索悲观地说。

捋出了头绪，牛布斯确认进 ICU 和三百亩地穿着连裆裤。

他想起来了，是夜里七点半，从厂里出来，豆豆眼罗索开车拉着他由唐风大桥拐入滨河西路，一路向南。中午马县长突然来电，约晚上八点半见面。本来他不想来，可经不住罗索再三央求和对豆腐产业园的渴望。他和罗索从午饭后密谋策划到月亮点亮。在商场摸爬滚打几十年，他自信自己是强者，而设计游戏，制定规则，是强者的专利。面对 G 县新的招商引资标准，他既无法忍受豆腐产业园被踢出局，也碍于马县长的面子，现在他不得不按照强者的文化逻辑赤膊上阵了。

刚过了市区最后一座狄仁杰桥，辉煌的路灯就看不见了，月亮也不知躲哪调情去了，只有车灯在前方的夜空里戳出两个明晃晃的窟窿。又过了傅山桥、罗贯中桥、廉颇桥，在光明路向右一拐，再向左一拐，就看见 G 县行政办公中心大楼高耸着，千年东湖流光溢彩。

他们在停车场停好车。

电梯在十六楼停下。

推开门，看见马自若的胳膊肘撑在办公桌上，对面恭敬地坐着一个留寸头的高大壮实得像头牛的年轻人。罗索认识，牛布斯没见过。大冬天，年轻人穿件半袖 T 恤，一看火气就够旺。

马县长见他们进来，熟悉的脸通上电似的，一下子灿烂无比。她热情迎上来，把半袖 T 恤介绍给牛布斯，说他是开发区新上任的主任，姓缑。缑主任虚扶着牛老板坐下，说马县长说你爱喝龙井茶，早早就泡上了。

牛布斯瞄见杯中一片茶叶直立着从水里探出头来看他。

罗索没有落座，站在一边盯着马县长，像欣赏一朵花。牛布斯咳嗽一声，罗索若无其事地收回目光来，随手掂掂身边电源插座旁的电热水壶，感觉里面的水还热，便拎起来，先给马县长的虎头牌保温杯里加水，又给半袖 T 恤的年轻人面前的白瓷杯里加水，最后给自己老板加水。

马县长开门见山地说，县委刚传达了省里市里的会议精神，今年是 G 县转型开局之年，也是招商引资投资促进的使命聚集年，项目盘活年，投资促进年，县委县政府根据省市领导的指示和目前全国的经济形势，要对开发区重新规划。然后说，叫你们来就是沟通沟通，商量一个妥善可行的办法，让三福堂顺利列入规划。

像头牛的年轻人说：这次重新规划，硬杠杠是否是高科技，是否是高端产业及对我县 GDP 贡献的大小来决定的。县里提出的目标，一是要全力对接世界五百强、全国五百强，抓住中部崛起的重大机遇和政策红利；二是要做好京津冀、长三角、粤港澳大湾区等发达区域的精准招商；三是要围绕打造六个百亿级产业集群，提高固定资产投资规模，努力探寻新的发展空间和机遇。现在 G 县经济压力很大，我们不得不寻找增长的新风口。新风口在哪里？在大数据，在区块链，在人工智能，在生物科技，在脑科学。我刚才还在做马县长的工作，马县长一直念念不忘咱们三福堂，说是要想办法把你们列入规划。

马县长端起虎头牌保温杯。

牛布斯轻轻吹一口，直立的茶叶开始转圈，像游艇打转。

马县长的嘴停在杯口，目光直落牛布斯脸上。

像头牛的缑主任放下白瓷杯，转身对牛布斯和罗索说：现在的主要问题，是你们的产业不是高科技，不是高端产业，了解内情的人还好说，不了解的人容易产生我们有私下交易的误会。

罗索坐不住了，说：你有没有搞错啊？我们是你们招商引资来的。

像头牛的缑主任说：这个我们清楚，但形势发生了变化。

牛布斯看着水杯里停不下来的游艇，扁平尖削，他说它很科幻，在转圈。

缑主任愣了一下，目光移向马县长。

游艇的速度终于慢下来，牛布斯突然想把游艇吞进肚子里。他伸出舌头，舔了一口茶水，茶水穿喉而入，烫醒了神经。他说：咱们五年前就签了协议，白纸黑字。再就是，我们一个亿的保证金都打给你们五年了。

马县长手捂着虎头牌保温杯，扫了牛布斯一眼：咱们多想想问题的解决之策。

它为啥还漂浮在水面呢？牛布斯盯着打转的游艇想。

缑主任耐心地说：牛老板，请理解一下我们。

牛布斯觉得游艇有味道，他说：年轻人啊，我看你是让高大上的宣传给糊了脑子。我问你，你们 G 县招商引资是不是要增加财富？

是。

财富最简单的逻辑是什么？

马县长放下虎头牌保温杯，瞪了牛布斯一眼。

牛布斯的注意力终于离开漂浮的茶叶，他不等缑主任回答接着说：赚钱。什么东西最赚钱？高科技还是低科技？

缑主任说：当然是高科技了。

什么产业？

高端产业。

牛布斯哈哈大笑：小伙子，你们 G 县这么穷，就怪你们眼里只有高科技、高端产业。

传统产业落后的技术、工艺、装备和对环境的污染，不管对哪一级政府都是个大包袱。

缑主任你的观点我不赞同，对于传统产业要历史地看，辩证地看。产业发展的实践证明，世界上就没有落后的产业属性，只要技术设备先进，传统产业照样能做成高新技术企业。

牛老板你好好看看咱们周围的传统产业吧，哪个不是一步步被市场抛弃，被时代所抛弃的？比如化肥厂，比如兴安化工，比如山纺、煤气化、大众机械，这是经济发展的必然。

那是因为他们不进取、不提升、不创新。传统产业绝不是低端产业，它不是要不要的问题，而是如何改造提升优化的问题，是如何加快转型升级做大做强的问题。世界经济数据告诉我们，大多数高科技高端产业是不赚钱的。在中国，最赚钱的恰恰是被好些人看不起的低科技和传统产业，金龙鱼、农夫山泉、茅台酒，哪个不是传统产业？难道他们就要作为落后的产能被淘汰？

缑主任说：牛老板，我们是在落实省市精神。为此，我们组织了二十个小分队，披星戴月，四面出击，精准招商，碰得鼻青脸肿，尝遍酸甜苦辣，走访了 219 个国家级经开区、1991 个省级经开区、300 家企业、111 家上市公司，拜访了 108 名“两院”院士、167 名“国家杰出青年科学基金”人才，精准对接了 170 项“高精尖缺”技术。保守估计，可实现签约产业类项目一千亿元，签约项目当年开工率达 38.99%。呵呵呵，这就是我们县委县政府要对开发区进行重新规划的底气所在，我们引进这些“高精尖缺”技术项目的发展前景一片光明。

牛布斯又看一眼茶叶，它还浮在水面上。他想它应该沉下去了。他说：

你们考察的项目高大上，我承认。但你的观点我不认同。我认为，我们做豆腐的和你们考察的高大上一样，只要我们能做到行业老大，独步天下，就可以给你们 G 县贡献巨量 GDP。打个比方说，十四亿人每人每天吃一块钱的豆腐，哪是多大的量级？

后面和缑主任如何斗嘴他忘了，反正是他故意不理睬马县长，有意要和缑主任对着干。常言说，话赶话，没好话。面对年轻的缑主任，他无所顾忌了，就是要把声音的喇叭拧到最大量，就是要搞坏眼前的气氛，把年轻人气得跳起来。他说年轻人啊，你早上起床就该刷刷牙，从你嘴里出来的话又脏又臭，像羊屎蛋一拉一溜溜。他记得缑主任真的让他给气得跳起来了，食指远远地点他的鼻子。他更是不甘示弱地冲过去，也就这时他脚下一滑，整个人就仰面朝天，咣地后脑勺没砸着地板砖，直接砸在茶几尖角上。他嗷地惨叫一声，双手抱住头，倒在地上打滚，一个，两个，三个。他又翻身起来，一条腿直着，一条腿曲着，直得腿发软，使不上劲，一蹬就滑。曲着的腿断了似的，更用不上力，好不容易双手支撑着翻过身来，胳膊肘又一软一滑，嘴巴就狠狠亲了地面一口。他不光是感到后脑勺发麻，鼻子也麻，两颗牙从嘴里跳出来，其中一颗跑去亲吻马县长的脚。马县长在办公桌后面惊恐地跳起来，然后跨过牛布斯，箭步抢到门口，啪地将门反锁上。牛布斯抓住罗索的头发，凑近耳朵说：快，熊院长，ICU。说着，手拄住地，想挣扎着爬起来，却摇晃了几下，栽到马县长脚前。马县长一把抱住他。

他听见缑主任的声音像尘土飞扬：赶快叫县医院 120 吧。

马县长咬牙切齿道：你找死呀你！

接着又叮嘱：喊司机把车停到楼门口。

缑主任给司机打罢电话，弓下腰，手撑着瓷砖地蹲下，对马县长说，我背他吧。马县长和罗索一人一边，把半扇猪肉一样的牛布斯放到缑主任背上。牛布斯想扭头再看一眼水杯里的游艇是否还浮在水面，头却不听他使唤了。杂乱急促的脚步声轰轰隆隆，然后进了电梯，只有电梯运行的声音了。

从电梯出来，他听见大楼的自动门轻轻开启，有件东西及时盖在他头上，他却不想有东西盖住他的头，因为监控录像会记录这一刻，他要把盖着的东西掀掉，可手根本指挥不动了。缑主任的司机打开车门，马县长吩咐缑主任开车。马县长和罗索把牛布斯从缑主任背上抬下来，由罗索扶着，马县长从车后往另一边绕去。牛布斯用力一挣，滑脱在地，像一个泛醒的死猪，骨碌碌滚出五六米远，被路边的景观树挡住。马县长三步并作两步过去，抱起牛布斯，和缑主任一起往车后座塞。罗索从另一边钻进车，协助把牛布斯抬进车厢。

缑主任把车快开成飞机了，十字路口的红绿灯都眼直了。

7

洽洽河水跟着落日余晖走远了，明天这一河老朋友般的流水，还会不会来看他？云上长草，蓝天蒙着眼睛，风儿窃窃私语。他总是就着豆制品，喝着汾酒。在酒里，他能爬上太阳，能翻过黑夜，能用手当刀去断水，能把三百亩地玩成花。

风正在月光里忙着收割黑夜。

爷爷来看他，坐在床边，想说什么，张张嘴却没音，帮他掖好被子，起身要走。他想拉爷爷的手，爷爷却没手，揪爷爷的衣襟，爷爷只是一片衣服。

他是蚂蚁，背着一块豆腐，在柳巷的三福堂老厂的马路上爬，一节从老槐树上掉下来的树枝挡住去路，他就翻过树枝向前爬，前面又出现一块砖头，他绕过砖头继续向前爬。

三福堂的发展遇到了瓶颈，前面的发展受益于豆腐这个单品。受益于大单品的企业很多，像可口可乐、承德露露、海天酱油、汾酒。欧洲之行加上多年的经验告诉牛布斯，豆腐这个行业在单品立住市场之后，必须多元化，像德国法国那样研发新品类，农夫山泉不就是先有传统产品矿泉水，后续开发出维生素水、红茶、农夫果园等混合果汁饮料，包括尖叫、农夫茶、农夫汽水、水溶C100等饮料的吗？大单品的好处是公司主业强，抗风险能力强，品牌效应和规模效应能进一步凸显。

牛布斯也知道多元化是巨头们玩的游戏，以三福堂现有的规模过早多元化未必是好事，比如维维股份，主业不强，副业太弱，战线过长，尝够了盲目多元化的苦果。他是人精，他会循序渐进地做多元化的尝试。十年来，他除了传统电视广告宣传，公交车身、高铁站等户外宣传方式之外，还结合年轻人的生活方式和消费习惯，开展互联网广告，赛事冠名等新型营销模式，还在线上线下进行多维度、饱和式的营销宣传，以此提升三福堂的曝光度和影响力。前年，三福堂开始冠名蛇城电视台的《天天向上》《都市110》《消防119》节目。

从销售区域看，三福堂在蛇城拥有一百三十九家自营店，从营销数据看，蛇城之外的市场占比正逐年增加，出货量向40%挺进。特别是新生代对豆制品的需求和喜好近年呈现爆炸性增长，谁占领了新生代市场，谁就掌握未来。无论从市场发展空间、市占率，还是业绩增长性来看，三福堂生产基地的扩大已是解决瓶颈的唯一出路。

牛布斯拉着罗索跑遍了蛇城的山山水水，寻找这块能给三福堂安上一对翱翔翅膀的土地。与此同时，他找设计院着手图纸的设计。新品大部分设备需要自造，他就一边把他的想法让罗索画到草图上，一边联系制造厂家。

豆豆眼罗索是他的左膀也是右臂，蛇城科技大学毕业，就应聘到三福堂。罗索家在G县一个穷山沟，小时候家里唯一的挣钱工具就是几只下蛋的母鸡，要不是跟着他，罗索连路边的小饭店都舍不得进。他古道热肠，作风强悍，罗索呢随和厚道，胆小如鼠。两人刚认识时，罗索就因为对自己的舅舅不厚道被他骂了个狗血喷头，罗索不住点头认错，表示虚心接受。一年后他才知道自己骂错了人，罗索依旧笑嘻嘻地对他。温和的个性，让他觉得对方是个实诚的人，便把他留在身边。十多年了，两个冰火两重天的人物，工作上珠联璧合，没有分歧。羡慕的人说罗索有眼色会办事，嫉妒的人说罗索是应声虫舔屁眼。罗索听后嘿嘿一笑，继续扮演自己应该扮演的角色。

牛布斯像所有老板一样，在危机四伏的经济压力下，脾气变坏，动不动就发脾气骂人，但从没往邪路上引过下属。他多次说，天下就没有天然的坏人，作为老板，有责任不让下属歪到邪路上。罗索对他说，我对你，总是想你对我的好。作为你的下属，你说对了，我按照你的指示办；你说错了，我就把你的指示装在心里，根据实际情况，把事情办好就是了。牛布斯也清楚，罗索这个人不管做什么事，都要反复思考，如履薄冰。

多年前，开发区马主任就是罗索领着来到三福堂的。他好像没听见罗索介绍，继续低头看手机，对罗索说：这两天，你给咱盯住产品研发。

罗索又介绍了一遍。

他瞪了罗索一眼：你是老板？

罗索问：新厂不建了？

没钱。

咱们可以从银行贷款呀。

银行的钱是留给国企和房地产商的，谁还有闲心支持实体经济？

马主任便把数份 G 县委县政府红头文件放到牛布斯的办公桌上，上面白底黑字清清楚楚写着 G 县将倾全县之力打造内陆营商环境高地，密集出台了几十条“高含金量”的亲商护商政策，条条都很实在。

罗索送走马主任回来，坐在牛布斯对面喝茶，说马主任真漂亮。

牛布斯突然把马主任留下的文件摔到地上：去他妈的吧。

罗索莫名其妙地看着老板，不知道老板哪根筋抽住了。

牛布斯早就看过这些文件了。他结束欧洲考察在北京下了飞机，坐上回蛇城的高铁，心里就有了目标。他表面和罗索四处找地，背地里已到 G 县开发区看了五次。他相中了尧王村东的那块地，那里位置极佳，南临白居易路，过了白居易桥，直走是 Y 市，向南是 W 市，站在桥头一眼看三市。西靠省级318国道，北面是县级公路，东面是洽洽河，在靠近洽洽河这边修建污水处理车间，会省去排污管道铺设费用。他做梦都想进入开发区。

在三福堂碰了钉子后的第五天，罗索又见到了马主任。他告诉老板，他是在一个远房亲戚儿子的婚礼上碰到马主任的。原来他的远房亲戚也是马主任的远房亲戚。马自若无意间说快年底了，开发区的招商引资任务还差五个亿。罗索便告诉她，三福堂的投资不到四个亿。

牛布斯听完，挥挥手打发罗索早点回家。这晚他待在办公室，晚饭叫食堂送来一碟豆干，从柜子里拿出一瓶二十年汾酒，一个人对着十六的圆月自斟自饮。月亮西斜时，办公楼里响起琴声，楼下消防监控室值班的后生和姑娘也跟着唱起来。特别是那个女声，极似当年的马尾辫，宽厚、洪亮、圆润。

跟着东山放过来的晨曦，牛布斯开车来到唐风大桥停车场，泊好车，过天桥走进洽洽河公园。靠近唐风桥有个网球场，马副省长每天于此晨练。马副省长帮他问了G县开发区的情况，离完成全年任务确实差五个亿。

回三福堂的路上，他让罗索通知马主任，三福堂投资G县开发区五个亿。

罗索问：总投资不是不到四个亿吗？

他说：把污水处理的标准提高到饮用水标准，总投资就达到五个亿了。

没这么玩钱的呀。罗索说。

我就想这么玩。

吃饱了撑的。

老子高兴。

8

春天透过鲜花看地价时，蛇城的土地两百万一亩，G县二十万一亩；酷暑的热浪席卷时，蛇城噌噌涨到三百八十万一亩，不等到秋风起又蹿至六百万一亩。G县也跟着唱大戏，翻跟头，那日子，那地价，耍杂技，惊心动魄，惊天动地，有种坐过山车玩蹦极的感觉。

那些日子，姬小小一面疯了似的催促老公抓紧完善三百亩土地的手续，一面思谋着让老公放弃豆腐文化博物馆，转搞房地产。不得不承认，她很有商人的精明，此时一百亩地拿来搞房地产开发，容积率、建筑密度、绿地率和两年前一样，十栋二十层的商品楼，凭空赚三十个亿就像贴面膜抹口红。她知道自己半老徐娘的激情已唤不起老公的欲望，便想用自己鼓捣出来的龙井豆腐和法国红酒豆腐俘虏他。

享受完美食，牛布斯抹着嘴说：我就喜欢做豆腐。

又说：你想要银行金库，我送你一个故宫。

凝望着老公执着的眼神，姬小小崩溃了，眼窝里打转的泪水夺眶而出，她用筷子敲盘子骂他：天生一头歪牛！天生一头犟牛！天生一头疯牛！

当她从她的渠道得悉当年老公签订协议的第二天付给G县的一个亿的履约保证金，当天就被一分钱不剩地提出来，补了机关工作人员的工资缺口，竟高兴得拍手喝彩，说牛终于撞到南墙上了。罗索问财政局杨局长，杨局长说上当的又不是你一家。已升任副县长的马主任不相信罗索的话，亲自拨通财政局长的手机，听完财政局长的回话，马副县长对罗索说了三个字：对不起。

罗索问：咋办？

牛布斯答：凉拌。

9

减肥没捷径，要么管住嘴，要么迈开腿，两者都做不到，就请您试试这款甩脂神器，低热量高纤维豆腐饼干。这是牛布斯和DUBIN生命科学研究所历时十年为消费者研发出来的安全无害功效食品，零蔗糖、零色素、零人工香精、零反式脂肪酸，OMG！食用方便，早晚餐各一包，一包就两片。

购买简便，微信关注，扫一扫码，就顺丰到家。

这款豆腐饼干，牛布斯的团队策划在第一届豆腐节上隆重推出。第一届豆腐节将在产业园建成后闪亮登场，可产业园在哪里呢？在三百亩地上。三百亩地又在哪里呢？在G县。G县又在哪里？阳光晃眼，百度导航吧。

平坦坦宽敞敞又避风的地界，一个大大的四方城。三百六十七根柱头等距离栽实，柱头与柱头用长椽连接。四方城内又设九小城，九小城以金、木、水、火、土、日、月、罗、计都九个星宿命名。五根高杆，九根次高杆，三百六十一根桩木横竖各十八根，横木串连，形成九个蜗牛状连环弯。牛布斯和罗索来转九曲，祈求三百亩地平安落袋。他们手拿黄香正转得上心，看见缑主任披头散发，脚踏青云地从天而降。顿时间，转九曲变成了黄河阵，阴风飒飒气侵人，黑雾弥漫迷日月。牛布斯深知黄河阵威力无穷，便拉着罗索就逃，可说是迟那时快，缑主任笑呵呵地把混元金斗一收。

牛布斯动不了了。

他躺在ICU病床上。

茶水杯里直立的茶叶又抬起头，像科幻的游艇开进他的脑海。他回忆起他在马县长办公室按照剧本把冲突推向高潮。他如愿从马县长办公室直接来到ICU。三福堂吉星高照啊！

三福堂在他手里，已经从一个小豆制品工厂，发展成蛇城的龙头企业、全国农产品加工示范企业、农业产业化国家重点龙头企业，还是豆制品国家标准和国际标准的起草单位之一。他的工厂红红火火，他每天都在策马奔腾。

微信刚风生水起，三福堂就有了“豆腐王”微信会员中心。那里有个活动入口，先是抽奖，后来发展成通过抽奖发放“三福堂豆腐监督员”福利券，享用一份免费福利的“嗨吃套餐”后，会收到一份豆腐监督员监督问卷，内容包含食品安全、食品品质、促销活动等，每一份监督问卷都会被仔细阅读。每季度还将选取其中的精华制作成一份“监督季报”，发布在豆腐王官方微信公众号上，和粉丝们沟通针对这些意见做出的改变，请所有粉丝一起监督。

这项活动已持续十年了。

他又想起那个下午，西山上的阳光被阴影侵蚀得只剩下厂房顶上一片。他和负责销售的副总经理亚平宁为美国那个一头黄毛的狗日的挥舞着无影刀有可能砍到他头上的事，探讨得人困马乏，便独自走进三福堂老厂，在“如期”前坐下。不一会琴声响起：

马儿啊，你慢些走
喂，慢些走
……

曲子高潮刚到，耳边就响起掌声，他扭头一看，罗索引着一个齐耳短发的女人站在面前。他眼一亮，忽地站起来，坐凳被碰翻在地。

罗索介绍说：这是咱们 G 县经济开发区的马主任，马自若。

马自若飘过来，伸出素手。

哦，好啊，很高兴认识您。

俩人的手立即轻轻一碰。

罗索说：马主任今天特地来拜访咱们。

马主任歪头道：牛老板，我今天可没买站票呀。

那天送走马主任，罗索对老板的表现很不满意，说老板你想豆腐产业园不是想疯了？现在人家送上门来，你却装啥蒜？ G 县规划是现成的，人家承诺一个月内能完成招拍挂手续，两个月后即可开工，一年后产业园就可以投入生产。机会不是公交车，错过一班还有下一班。

罗索没想到，不到一个星期，当面严词拒绝马主任的老板，突然来电，要立马签订投资协议，像闪婚一般。五个亿的投资帮马主任顺利完成了年度任务。

罗索搞不清这里面有什么猫腻，但他也不会去问老板。

时任G县的余书记率领一大帮县级领导在县常委小会议室召见牛布斯，要求三福堂豆腐产业园早日开工，豆腐科研大楼早日竣工，专家公寓早日投入使用，为产业项目打牢基础，并严令在座的各有关部门领导加快完善相关手续，必要时可以先上车后补票。

那天晚上，牛布斯特意在厂里请客，在邀之列的G县规划局郎局长、土地局于局长、国土局荀局长、财政局杨局长、像头牛的缑干事都如约而至。只有马主任没露面，缑干事说她临时有事。

三福堂把近些年研制出的顶级菜品全部奉献出来，十道花枝招展的凉菜，十道争奇斗艳的主菜，再就是四款主食。凉菜有豆腐干、香豆卷、纤层豆卷、鸡蛋干、烟熏豆腐、西红柿豆腐、多风味豆腐、七彩蔬菜沙拉、葱丝拌豆丝，最后一道是豆腐酱。牛布斯抱歉地说，这道菜品还没起名字呢，大致做法是把豆腐捣碎，再加上西卫小葱、应县大蒜、浑源黄芪、吕梁麻麻花、神池胡麻油、汾阳核桃、太谷壶形枣，佐以代县黄酒、山西老陈醋。大家先品尝品尝，留下一个朗朗上口的菜名。

热菜一亮相，见过大世面的财政局长直呼大开眼界，土地局局长喊早知道的话，把我儿子的婚宴就办成这样。十道热菜分别是五色皮脆肉弹豆腐排、咖喱胡萝卜豆腐、龙门五香素鲤鱼、长治炭烤素肉串、万荣黑椒素牛排、右玉孜然素羊排、大同麻辣素兔头、临汾蒜蓉素烧鸡、运城豆腐风葫芦，梦幻豆奶油豆腐派。

席间，趁上厕所的机会，罗索把打点的红包塞给规划局局长，规划局局长不收，笑着说：罗总啊，你这是害我。说句难听的话，现在你给我送钱，我不收，我是人，你是狗，你求我办事我可以不办。要是我收了你的钱，我就成了狗，你就成了人，你要我办事，我就不敢不办。一念成佛，一念成魔。你放心吧，该我办的事，我会尽力办的。

罗索硬将红包往他口袋里塞。

规划局局长就变脸了：你再塞，我就走人。

10

晨曦初露的时候，夕阳西下的时候，圆月中天的时候，迎春花露出小骨朵的时候，滨河路上银杏树金黄的时候，下雪的时候，在洽洽河西岸，在白居易桥头，经常会看到一个人在徘徊。他在这里一待就是半天、一天，甚至一夜，看着眼前早被自己看中的三百亩地，看着这块地在他脑海里一天天蒸蒸日上。他聆听，他在豆干车间转悠，他跑到他设计中的污水车间，特地让设计师在一尘不染的污水处理车间的末端别出心裁地设计一间茶室。他会经常在那里，当着众人的面，从车间打上经过处理的“污水”来，灌进壶里烧开，给视察的领导，采访的记者，还有政协的朋友泡茶。他知道他们不敢喝，他就高调喝给他们看，自豪得像陶渊明。众人还在犹豫，他让随意一人，把处理过的“污水”打上来一桶，然后当众检测。他说，这就是三福堂，永远让老百姓放心！

多少个梦里，他光头戴墨镜，西装革履，站在白居易桥头当警察，指挥从工厂驶出的冷藏车，一辆辆杀向东西南北去攻城略地。

有一天他从工厂冲出来，说好好的三百亩地的规划指标落地，喜悦从心底冲起，穿过胸腔，蹿过喉咙，绕过嘴角，跳过鼻子，正要到眉梢时，就有电话追来，说指标黄了。问咋又黄啦？回答说，让别家抢走了。

他跳上车，罗索不让他开，他踹了罗索一脚。他把车在午后开成一级方程式锦标赛，闯了六个红灯，二十分钟就飞到光明路。他看见三百亩土地在阳光中向他招手，是那种骨肉相连的思念和召唤。他听见豆腐产业园在春风中呼唤他的名字，是那种生离死别的呼唤。他没右拐，还猛向左打方向盘，差点和一辆运煤大货车相撞，大货车司机摇下玻璃，露出他仅能看到的白牙怒骂：你他妈的找死呀你！

牛布斯的车三分钟就开到白居易桥头，桥头下就是他梦中的豆腐产业园。他下车后直奔三百亩地。罗索没跟上去，额头顶在挡风玻璃上看奔跑的老板，那熟悉的背影越看越模糊，到后来竟看出有一种陌生感觉来。自从和G县的三百亩地发生关系，牛布斯渐渐换了一套行装，曾经的杀伐决断，偶尔的亲切可爱，像皮影随风飘远。罗索经常和他链接不上。

看着三百亩地发呆的牛布斯，听见地下轰轰隆隆的啸声，如岩浆翻滚。他揉揉发烫的眼眶，无奈地扭转方向，沉重地爬上河堤，踩着堤上干枯的茅草、浮土、碎石子往北走。上面是蓝格莹莹的天，下面是冰封千里的洽洽河，中间是午后斜阳和凛冽的西北风，唯独看不见自己。那个自信的他，已丢失在三百亩地里了。

他无法忍受三百亩地的反复挤压，不知道这个旋涡会不会把他的梦想步步淹没？他站在洽洽河堤上，像面临万丈深渊。从白居易桥起步，走到傅山桥下，他的心情才有所纾解。他仍没有往回走的意思，而是继续向前，担眼睛不再执着于人行步道，开始四下里闲逛。

一只老鹰站在冰面上，歪着头，目光透过冰欣赏下面的鱼。三只喜鹊在老鹰身边跳来跳去，牛布斯心提了起来，替喜鹊们担忧。喜鹊多好的鸟啊，喳喳喳喳的，小时候他就爱听喜鹊叫，他妈说喜鹊叫好事到。

前面步行道上横着一架单反相机，长焦镜头的炮口对着河面。后面站着一位全副武装的中年人，倒腾着两只脚，不时用袖子抹一下稀鼻涕。他目不转睛地盯着河里，随时准备抓拍好画面。

牛布斯凑过去，顺着炮口看去，前面昂首站立着那只老鹰。

他掏出手机，打开手机里的照相机，想把老鹰拉近了看，但看不太清楚。

中年人笑他手机里的相机档次太低，让看自己的单反相机，清晰逼真多了。老鹰不愧为猛禽，体格大，爪子锋利，体魄强劲，一米多的翅膀一展，划破长空。

他问中年人：眼前这只老鹰是不是体型最大的老鹰？

中年人说：还有比它大的。

他又问：听说面对鹰，狼都不在话下？

老鹰是厉害，但它打不过喜鹊。

哦！不会吧？

你别小看喜鹊，它的智商是哺乳动物之外最高的，猫呀狗呀在它面前近乎白痴。

喜鹊比老鹰小那么多，根本就不是一个量级。

嘁，喜鹊连人都不怕，还怕老鹰？

呵呵，真想不到！

老鹰展翅要飞，中年人马上弯腰凑近相机屏幕，把右手食指放到拍摄按钮上。

老鹰的翅膀拍打着冰面，冲上天空，喜鹊也跟着飞起来。鹰在前，鹊在后，搅动空气的声音，像交响乐演奏。单反相机咔咔咔只能连串拍照，却没法录下交响乐。喜鹊对着老鹰紧追不舍，《命运交响曲》在洽洽河上空响起。

回到车上，手机也铃响了，牛布斯看一眼就按掉。

罗索说：是 G 县政府的。

去他妈的吧。牛布斯吼道。

11

马自若在看蓝天，手扶着一棵桃树，摇曳的枝头上花骨朵准备怒放。她到开发区参加位于白居易桥南的南方京东人工智能工业园的开工典礼。来自南方的深能人工智能公司联手京东共同创造新一代人工智能技术驱动的 O2O 零售系统，利用人工智能打破线上和线下零售场景之间的障碍，开发能够管理商品、价格、库存和订购的端到端综合系统，将上游供应商、终端分销商和消费者无界连接起来。侯书记引进的项目开工典礼，马自若早早就到场了。但她来得过早了，现场还没人，能随意散步，不觉到了洽洽河边。她没看到那个经常在这里发呆的熟悉身影。她知道他在ICU病房，生命已脱离危险。参加完开工典礼，上车离开前，她又下意识地往那面看了一眼。

前年，蛇城市优化提升营商环境工作三年行动计划实施过程中，市政府陆续推出包括《十大行动方案》和《三个年度实施要点》在内的一揽子优化营商环境政策措施，突出政府诚信，要求各级政府做出的承诺年底前全面兑现。马自若除了看到一把尚方宝剑送到手中，更让她激动不已的是，根据G县召开大会落实市政府要求，全面开展县处级领导干部“包企业、包项目、解难题”活动，已升为副县长又分管开发区的她有幸包到了三福堂。她旋风式地找相关局、委探底子，摸情况，要借此东风一举解决三福堂豆腐产业园的用地问题。她和前任县长谈了六次，找了前任县委书记九次，前县委书记大发雷霆，质问她和三福堂有什么猫腻？三福堂老板给了她多少好处？前县委书记看着浑身发抖的她，又放缓语气开导说，现在招商引资最安全的对象是国企，肉烂了也在国家锅里。何况G县的地价年年疯涨，供求不平衡，肉少狼多，拿到地就等于拿到人民币。你引进民营企业，帮三福堂买地，不信鬼也会惹鬼上身的。马自若说：有锅我背。前县委书记说：你难道没听闻关于你和三福堂老板的传闻？马自若说：我身正不怕影子斜。前县委书记说：我还怕跳进黄河洗不清呢。马自若知道自己碰上了太行王屋二山，她充其量仅是个副县长，无力惩山北之塞，难通豫南，达于汉阴。

又过一年，市政协“优化营商环境三级联动专题民主监督”第二调研组来G县调研，豆腐科技产业园面临的困境，被列为优化营商环境专题民主监督的重点，直指G县“新官不理旧账”、不履行招商承诺的核心。当月，G县向市政协机关报送整改落实情况报告称，成立由一名县委常委、两名副县长、六个局负责人组成的工作专班，负责将三福堂豆腐科技产业园问题彻底解决，坚决杜绝“懒政”“不作为”现象，在年中完成土地招拍挂手续，争取年底开工建设。但新年钟声咣咣咣敲响之时，仍没听见三福堂用地的招拍挂脚步声响。

去年初，牛布斯写的情况反映转交给市委主要领导，市委主要领导很快做出批示，要求抓紧调查落实，给投资企业一个满意答复。信件随即被批转到市信访局，该局将此列入年度全市信访矛盾化解攻坚战，并两次派员到G县专项督办，但推而不动，问题依旧。

马自若清楚，三福堂豆腐科技产业园项目之所以陷入困境，主要原因是项目为前任前任县领导力主引进、力抓力推的重点项目。现在要解决，还得靠侯书记，侯书记是班长，是一把手。

她出生官宦之家，深谙为官之道。多年来，不管和哪位领导相处，她都不亢不卑，全心全意干好本职工作，完成领导交给的任务，让领导满意放心。如果在工作上发生分歧，她会友善地平静地私下里向领导提出自己的意见，领导如何决定那是领导的事，她只需服从执行。她从未当面顶撞过任何一位领导，面子上绝对给足。

这些年，G县的发展，政府的诚信，在她脑海咆哮翻滚，久久难平。她一直用自信和耐心等待曙光从大地升起。牛布斯从G县行政办公中心大楼直接去医院，让她看到突破的希望。她要坐下来，写一份针对三福堂豆腐产业园产业研究和行业发展分析报告，再和侯书记好好谈谈。她抬起右手，理理齐耳短发，这是她第一次想到ICU病房的牛布斯时，眼里闪耀出亮色。

她写道，在牛布斯眼里，豆腐文化是中国古老文化的一部分。他推崇文化感染力，“文化”是流淌在牛布斯骨子里的精神寄托。为了让更多人了解豆腐文化，牛布斯准备在产业园里设计占地面积约六千平方米的豆制品文化馆，文化馆分设大豆文化厅、豆腐文化厅、豆腐工艺厅、豆食文化厅、企业文化厅、休息品鉴区、培训阅览室七个区域。他想让老百姓们有一个了解豆腐生产工艺，感受老祖宗的智慧结晶的窗口，让豆腐文化深入人心。

她赞成牛布斯的分析，豆制品绝对是一个千亿级别的产业，它做不大的原因很简单，首先是历史原因，相当长一段时间，豆制品一直是政府包办的产业，社会大众对它的认识停留在蔬菜农产品阶段。其次，有关部门没有去很好地深挖这个产业，并不知道这个产业有多大。

她认为，G县应该重视豆制品行业，不然它可能也会像食油、饼干等行业一样，被外资抢占了市场份额。现在，外资企业之所以还没有进入这个产业，是因为他们还没有看到这个产业在我国的市场价值。

12

他像只肥硕的蜘蛛，纤细的透明的隐形的长长的思维腿在阳光下纵横驰骋，编织出一个世界，这个世界的中心就在他躺的ICU病床上。他的指尖点击着这个世界转动的键盘。

他暗自庆幸自己与死神擦肩而过，应该是轻轻摔了一下，就满头鲜血，后脑勺起了一个大包。他不是个当演员的料。

熊院长说，你能和我说话，够你偷笑啦。

罗索也来探望他，全副武装得像狗熊似的。

他费力地想抬起手，热情地招呼一下。罗索马上弯下腰，双手接住他的手，左手抽空拉过不远处一张小方凳，俯身靠近病床坐下。

罗索的喉咙里像刺入一根鱼刺，带有磁性的嗓子，一下子变了腔调。他口罩里的嘴唇动了动，想说什么，最终却选择了不吭声。他想显得若无其事，豆豆眼却把他出卖了，里面涌出晶莹的泪花。在牛布斯眼里，豆豆眼里的泪花，像优美的雪花，像甘甜的露珠。

牛布斯问：东西拿到了吧？他问的是监控录像。

罗索笑着道：老板，你真把我吓坏了。缑主任吓得够呛，后生快神经了。马县长也吓得不轻。他没有告诉老板，他买了一大包营养品去看望被咬伤的马县长，马县长死活不收，他又托罗书田转交，马县长说送错人了。

罗索把右手从老板手上拿起来，抹着笑出来的眼泪。他继续说：你从手术室推出来，熊院长就劈头盖脸地把我骂了个狗血喷头。老板，咱们不是策划好的，就是后脑勺往地上一磕，血往头上一抹吗？你咋就能把脑袋给磕个窟窿呢？你这是要我的命呀。你三天三夜没醒过来，我三天三夜没睡觉。要不是熊院长，嫂子早把我当豆皮撕了。

牛布斯努力笑出声来：我命大啊……

罗索没提监控录像的事，但牛布斯相信他已经把监控录像已经拿到手了，要不然他的豆豆眼会乱跳的。监控录像是他们手上的一张好牌，却是 G 县领导头上的一颗炸弹，特别是他在大楼门口那一滚，特给力。

牛布斯相信三百亩地很快就会落到实处，因为他自信自己是强者，胜利是强者的专利。

他想起前些日子的一天，寄情于酒中醉醺醺的他，忘记叫代驾，把市区马路当高速公路开了十多公里。好在夜深车少，加上运气好，没出事，也没碰上交警查酒驾。晃悠悠的腿把他带到三福堂的琴房，这里有他的"如期"。"如期"是他牛家的又一传家宝，据说是傅青主依据在太岳沁水源头得到的一张琴图，用桐木、梓木耗时十年精心制成的。有文字记载，傅青主用此琴弹奏过司马相如的《如玉赋》，还在爱妻和儿子傅眉坟前弹奏过《凤求凰》。

此刻已是凌晨两点四十，塑料薄膜般的月光，轻铺在三福堂工厂。

他坐在琴凳上，怀抱"如期"，眼前飘扬起马尾辫。

马儿啊
你快点跑
喂快点跑哎
我要在三百亩土地上
……

门砰地一响，惊醒梦中的牛布斯，"如期"在怀里一抖，他吓出一身冷汗。

他看见罗索摇晃着过来，一脸泪水：哥，我好难受。

他大着舌头说：我他妈的比你还难受。

哥，我想打人。

我想打我自己，你就打打我吧。

罗索往后退。

牛布斯笑了：你不打我，我自己打。

说着胳膊抡圆了，在罗索耳边一声脆响：啪！接着又“啪”，然后是啪啪啪，像过年放鞭炮似的。罗索也赶紧学老板之状，把胳膊抡圆了，啪啪两声脆响。

牛布斯眼珠子凸了，歪着脑袋问：感觉爽吧？

罗索感觉不出爽来，只是有点懵，这是打谁的脸啊？

牛布斯拉起罗索的手打自己的脸，边打边笑，笑得东倒西歪。

于是，两个人你打我一下，我打你一下，打得格外用力，也格外开心。

13

牛布斯的豆腐梦越做越火。

在他看来，大豆产业未来可发展衍生五大产业：第一做菜，做餐桌上的生鲜菜品；第二即食产品，用豆制品加工即食素肉食品；第三豆制品饮料，类似的豆奶、豆奶粉、酸豆奶，做大之后会跟牛奶产业的规模相媲美；第四发酵型腐乳、霉腐乳，像日本的纳豆，是很好的营养产品；第五豆芽，也是一种蔬菜。他有足够的雄心把五大产业做大。有一次蛇城人大主任来视察，他急切地呼吁市人大要重视豆制品行业，不然豆制品可能会像饼干一样，被外资企业抢占市场。他对人大主任说，欧洲之行，我被欧盟超市里豆制品打傻了。他们超市里的品牌选择真不少，有的翻译成 Tofou，有的翻译成 Tofu，我的第一反应是国内出口的，细一看却是欧盟本土食品公司生产的。半斤豆腐 2.99 欧元，换算成人民币就是 23 块钱。此时此刻，豆腐已经不是中国超市特供，它也可以是 Made in France、Made in Germany，欧盟人的味蕾决定了他们的豆腐除了原味豆腐，还捣鼓出各种各样的花样繁多的风味豆腐。比如烟熏豆腐，并且特别强调是用山毛榉的木头熏出来的。另外，他们还喜欢在豆腐里添加欧盟人熟悉的香料，成品出来五颜六色，宛如对豆腐进行了一场颜色革命。

加了罗勒的绿豆腐，加了西红柿和辣椒的红豆腐。面对黑森林豆腐，我百思不得其解，到底是加了什么变黑的？一看背面的配料表，居然是日本酱油，灵活运用了“原汤化原食”的美食第一定律啊。我当时就香菱附体，不禁拍案叫绝，真难为他们能想出来啊！比如下面这个加了菠菜和榛子的豆腐，我死活也想不明白，一个豆制品、一个绿叶蔬菜和一个坚果是怎么合并同类项的？欣赏完这些歪门邪道的豆腐，我理解了欧盟人看中国人红酒兑可乐的痛了。在这场浩浩荡荡的豆腐革命中，豆腐已经不是一块豆腐了，它是全球一体化的熠熠辉光，是人类命运共同体的滚滚车轮。我跑遍了欧盟的大超市，感到后怕，看到三年五载后，这些外资企业独角兽会轰隆隆开进我国豆腐产业市场。

这时有人进来，听脚步声是四个，随后进入他的眼帘。他们说是要给他翻个身，可没等翻完身，他就昏过去了。

太阳打了个哈欠，他又坠入黑暗，远远的天际间，茶叶游艇还在茶水里漂浮着。

又换了一届县领导，三福堂豆腐科技产业园项目被开发区管委会口头叫停，给出的理由是不符合规划标准。他找过县委书记、县长、分管领导多次，均无下文。后来连面也见不上了，拨打手机也不接不回，改为发短信求助，发了数十条也无一得到回复。马副县长悄悄告诉罗索，现在县里没有用地指标。

无奈的他只好提着一篮豆制品，看望退休的马副省长，现任蛇城市委书记给马省长当过秘书。在马副省长的过问下，蛇城市政府向 G 县下达农用地转用和土地征收指标三百亩，其《建设用地项目呈报说明书》载明的申请用地单位为三福堂，用地项目名称为“三福堂豆腐产业园”。可用地指标下达了，县政府却不启动招拍挂向项目供地。一直过了四个月，不幸的消息传来，三百亩土地征收指标给了一家央企。G县一把手说，央企是国家的，国有土地国家用，没毛病啊。

从那天开始，他向G县委和县政府呈送情况反映和求助材料，都碰到了隔音阻尼毡。与此同时，豆腐产业园污水处理方案也环评不过，说他三福堂违规占地，他三福堂行贿领导，他三福堂三番五次违纪违法触碰红线，各种流言蜚语像冬日的风满天吹。G县县委县政府明确表示，根据领导要求，不接受他任何投诉材料。

他方才感觉到，时过境迁，自己就是一只拖着大刀想做梁山好汉的螳螂。

有好长一段时间，他绝口再不提三百亩土地的事。他寄情于酒中，与罗索和姬小小一起喝得云山雾罩，找不着北。只有在醉态中，他的豆腐产业园梦能隆重上演。

14

老公，我的爱情被你这次意外给震醒了……

牛布斯细听天籁之音，他从声音里闻到了肉香体香，暖暖的绵绵的色色的。

老公，我也记不得多少天没吃饭了，每天就呡两口矿泉水。我吃不下啊，吃苏打饼干也吐。

我想天天来陪你，鬼医院却不让陪，找老熊也没用。我只能在下午四点半到五点过来，给你洗把脸，擦擦身子，和你说说心里话。你不知道，我好多次还想把呼吸面罩拿下来，好想看看你的脸啊。

每次来了就不想走，我怕你我阴阳相隔，接到你来自另一个世界的热吻。

我想给儿子打电话，可我又知道你不会让我把你的意外告诉儿子，这点咱俩总能想到一块。我又怕你深陷黑暗的蜘蛛网里出不来，怕儿子不能和他爸说最后一句话。

你的父母打你的电话打不通，我撒谎说你出国了，可能是忘了办全球漫游。我父母问你的状况，我也想撒谎，可话没说三句，就哭成泪人了。现在我的父母不光牵挂你，还牵挂我，一会问我吃了没有，一会问睡好了没有。我朝他们吼叫，他在ICU，我能吃好睡好吗？我妈当了一辈子政工干部，爱教育人，和我爸每天都过来陪我。她天天给我上政治课，讲了好多病人死里逃生的奇迹。结果我没倒，昨天她却倒了。现在你在ICU病房，她在神经科病房……

15

砰一声响，烟花在G县上空怒放，绚烂、高贵、神奇。侯书记亲自指导宣传部门，一通神操作，G县竟连续十多天霸占各类新媒体头条，赚足了眼球。位于白居易桥南的南方京东人工智能工业园工地，临时工杨承先想晚上早点回家和新婚妻子欢聚，放弃午休，开着挖土机加班开挖厂房地基。柔柔的阳光中，挖斗里突然金光闪耀，他停机跑下去，一时张大的嘴合不上了，回过神来便赶紧打手机报告业主。随后，他被一波接一波的人挤着，靠在白居易桥的桥墩上有些动弹不得。

蛇城考古研究所的专家们欢呼雀跃，抽调人马进行抢救性发掘。第六天，当阳光把洽洽河点燃时，共发现三座墓葬，经碳–14测定，确认是西周的。出土文物一百余件，其中一件铜盒引发国内外化妆美容界一片惊叹，铜盒内的混合红色残留物是女性化妆品，也就是说远在2700多年前，爱美的女性就开始美容了。夏分九州，G县属冀州。周代时，冀州又分为幽、并二州，G属于并州，此前只有文字和传说。如今物化实证，丰富的文化和历史信息，G县要争取在热搜榜单的地位，再保持半个月甚至一个月。省市领导和文物领导要来视察，侯书记要带领班子迎接陪同。在等候的过程中，摩拳擦掌的侯书记掩饰不住激动，把正将接待细节过滤一遍的马县长叫来，本想聊聊已在他脑中酝酿的建一座以G县地标命名的西周古文化博物馆的思路，但话到嘴边却成了关于三福堂的指示。他指示马县长组织招商团队，针对三福堂豆腐产业园重新做一份产业研究和行业发展分析报告，和以前的可行性研究报告一并给他送来，他再认真琢磨琢磨。侯书记到任后专门成立了一个精干的招商引资研究团队，就产业、行业、招股说明书、行业网站等在内的各种产业信息进行研究收集。这个团队直接听命于侯书记，今天侯书记对她委以重任，马自若心头火辣辣地热，太行王屋山轰然倒塌，南来北往的风八面浩荡，一股赴汤蹈火的豪情让她战栗。

侯书记站在一辆工具车的拖斗上，现场一览无余。他俯视着车下的马县长，真诚地说，面对飞速发展的新时代，我们的认识和感受也要跟上去。就像你这样的美女，看到一件时髦衣服：哟，好漂亮啊！如年轻人看到手机，哟，华为又出新型号啦！不仅如此，我们还要坚持市场在资源配置中的决定性作用，尊重和强化企业的市场主体地位，让政策更具包容性，更有温度，让越来越多的企业家感受到我们这片热土对他们的真诚和厚道。昨天看了你的报告，我的脑子翻腾了一夜，三福堂的事引发我重重思考。如何抓住招商引资的关键，精准招商引资、招才引智，把一批好项目的招商、洽谈、储备、落地等各个环节抓紧抓细抓实，需要我们多多研究啊。我建议，以我为组长，你为副组长，组建一个工作小组，对招商引资定期重点研究，做到想透、说清、干实，一张蓝图绘到底。三福堂产业园，就算是咱们小组的第一个课题吧，你具体负责起来，直到投产见效。咱们G县地理位置不好，区位优势没有，资源禀赋不优，产业结构不合理，天生的跛脚，如果是循规蹈矩，被动式接盘，连守住基本盘都困难。如何让手中的一把烂牌打出王炸，需要强化规范性和科学性，需要善于冒风险，敢于冒风险。我甚至考虑，像三福堂这样的既涉及民生，又能大量安排劳动就业，还能为GDP做出贡献的企业，我们 G 县是不是可以考虑部分甚至全部免费供应土地呢？

马自若没想过这个问题，而且她也不敢想。

她真想掏出手机，第一时间把这个消息传递给牛布斯，她还想一会送走市委书记和省文物局长后亲自开车去医院看望牛布斯，更浪漫一点就送束鲜花……

16

夜的蛇城是安静的，洽洽河水和花草树木是安静的，东西的街和南北的路是安静的，飞驰的汽车和守候的路灯是安静的，灯光秀夺目的中海大厦和人群沸腾的万象商城是安静的，烟火鼎盛的崇善寺和威仪浩荡的文庙是安静的，陶寺遗址观象台是安静的，应县木塔也是安静的，只有他牛布斯躺在小雪飘飘的病床上，俯瞰孤寂的世界。他像一只蝙蝠在一栋栋摩天住宅楼缝隙里掠过，无数窗口瞪着黑洞洞的眼睛。

他躺在病床上，终于明白一件事，为什么女人坐月子会得产后抑郁症。

他决定把这次病当作他人生的一次修行，要和孤独、抑郁打一场太极拳。他想起了多年前在书本上看到的约瑟夫·坎贝尔，一个人在森林里一待就是五年，在孤独中通过不断地阅读和思考，发现了英雄成长遵循的模式，完成了英雄之旅理论，收获了神话研究成果。他还想到丹津巴默，在海拔 13200 尺的喜马拉雅山洞中闭关十二年，从三十三岁到四十五岁。

他用对三百亩的产业园的憧憬、豆制品新品的研制和记忆的回味来活跃自己，变被动承受为主动成长。他要像一叶小舟，每天自由自在地穿梭在洽洽河上。

这是哪一年？前年？五年前？七年前？为了解决产品质量问题，他和罗索、亚平宁、生产科长忙完白天忙黑夜。有天半夜里，他从车间出来，伸着懒腰，看着天空眨眼的星星，莫名其妙地想姬小小了，尽管回家的路程，开车只有五分钟，步行也就二十分钟，但他最终选择了和工人一起熬夜。那次，他在工厂自我封闭了四个月零十一天，中间姬小小来过多次，拿他换洗的衣服，却没见不到他的人。他忙啊，在车间里面研究工艺，去大专院校请教专家，到兄弟厂取经偷艺，到国外学习。有次她来了，他正好在办公室，坐在沙发上睡着了，她舍不得叫醒他。

这天医生通知姬小小，他可以吃家里做的流食了。吃过饭后，他拿出想了好几天的问题问姬小小：假如给你一个好房间，给你好吃的好喝的，还有手机，还有 Wi-Fi，你能待多久？

一百年。

错啦！

他不好意思地告诉姬小小，昨天晚上，他畅想着从工厂走到家里，从家里走到工厂，再从工厂走到家里的惬意。他还享受着在家里从卧室走到客厅，从客厅走到厨房，从厨房走到书房，从书房走到厕所，再从厕所走回到书房，从书房走回到厨房，就那么来来回回走着的欢畅。

姬小小摸着他的手，泪眼汪汪的。她告诉他，她更是天天做梦，在家里，在车里。昨晚她就做了一个梦，梦见他亲自把老厂的地批出一半送给她搞房地产，要她盖蛇城最豪华的商品房，因为高价房能满足人的虚荣心。

他回答：这的确是个梦！

17

牛布斯的光头留不成了。三福堂的男人全是光头，一根头发落到豆制品里，就相当于一粒老鼠屎掉进饭锅里。姬小小指着他脑后大大一块 PEEK 说，太影响蛇城申办文明城市了。他试着用修复过的脑袋看即将到来的春天，三百亩地是春天里的花骨朵，被一排纽扣锁着，正等待春风来解开。

牛布斯从 ICU 病房转到高干病房第三十天的清晨，他和老婆姬小小在窗户透进来的带着迎春花香的阳光中谈笑风生时，缑主任拿着一摞文件进来，他身后没看见马县长。缑主任办事神速，招拍挂环环紧扣，《成交确认书》和《国有建设用地使用权出让合同》在规定的时间内签署。姬小小说后生长胖了，牛布斯说缑主任辛苦。缑良闪着牛眼说：侯书记前天在招商引资工作小组定期办公会上专门表扬了三福堂，说他很欣赏牛老板做大做强当行业老大的激情与豪情。企业要想大发展，就要在更大的坐标系中谋划，敢与高手论高低，以永远在路上的姿态，冲在最前列。侯书记还说，他详细调查过牛老板，像牛老板这样善于研究市场、分析市场、见微知著、专业精准地制定企业博弈战略和发展规划的企业家，只要不触碰生态环保、安全生产、行贿等违纪违法红线、底线，G 县人民都张开双臂欢迎！

末了，缑主任谦恭地说：以后咱们就抬头不见低头见了，希望牛老板多多指教。

牛布斯说过奖。他叫过罗索来，表扬了他，最后说：那个东西没用了，要毁掉。

罗索一愣：啥？

牛布斯说：还能有啥？

罗索脸一烂，笑道：我堂弟说那晚监控设备坏了。

18

牛布斯要出院了，太阳甜甜地钻在熊院长眼里，牛布斯抓住他的手不放，说：当年熊老爷救了我老爷的命，今天你又让我重回人间。

牛布斯所说的熊老爷救他老爷的故事，是他上小学三年级那年的八月十五晚上，一家人在阳台上赏月亮吃月饼时，他父亲满含热泪给他讲的。这个特殊的故事，在温暖的人情被金钱冲刷得薄如纸绢的年代，深深刻在戴着红领巾的少年的心田，让他常忆常新。故事的大概经过是这样的：蛇城有个拱极门，拱极门内有个坝陵桥，坝陵桥有个富翁叫张百万，张百万育三子二女，二女玉珠从小与晋源的曹家曹文璜定了娃娃亲。不料有一年，一个响雷轰隆隆过后，曹家被雷击中起火了，家道从此中落，张百万心疼女儿，想另许他人。玉珠喜欢文璜，二人便私奔，路过柳巷牛家的三福堂豆腐店时，玉珠双脚早已起泡了。牛布斯老爷同情他们，便将自家拉磨的毛驴借给他们。第二天，张百万发现二女儿不见了，怀疑是跑到尖草坪的大姐金珠家了，便率人到尖草坪寻人，里外翻了三遍也没找到玉珠，却在衣柜里发现了个和尚。为了保全大女儿的名誉，他们把和尚打晕，连衣柜一道抬回坝陵桥。张百万以为和尚死了，谎称二女儿暴病身亡，为和尚穿上嫁衣停于灵房。不想后半夜和尚苏醒了，三十六策走为上策。和尚路过三福堂豆腐店时，偷了牛家一身工作服替换掉嫁衣，中途在起凤街纯阳宫旁偶遇一妇女，色心大发上前调戏，被杀猪回来的丈夫发现，一刀抹了脖子。和尚命案和张家走尸案，一时间轰动蛇城。县令开堂公审，有熟知的人指认和尚所穿衣服为牛家的工作服，长颗猪头的县令认定牛布斯老爷便是凶犯，不招就棍棒伺候，直接让老人家驾鹤西游。熊院长老爷前来祭拜，含泪检查了尸体，招呼牛家不动声色地把死者连夜转到熊家。经过熊院长老爷十天十夜的精心治疗，牛布斯老爷重回人间。因案情在身，他在熊家藏了半年，直到提刑按察司揭开案情真相，还老人家清白，才得以还家。他的父亲给他讲时眼含泪光，对他说，熊家对咱牛家恩同再造。但父亲没给儿子讲他爷爷的爷爷和群狼搏斗救熊院长爷爷的爷爷那个更久远的故事。

侯书记和马县长专程来接牛布斯出院。

侯书记亲自为牛布斯打开车门，对他说：你是三福堂最核心的竞争力。作为一个有作为的企业家，你还要继续运用电商、大数据、云计算、AI 等新技术、新业态、新模式，嫁接改造传统产业，培植战略性新兴产业，走在时代发展的前沿。只要你不搞利益输送，不搞拉拉扯扯，我侯双收乐意为三福堂站台。

牛布斯穿过侯书记的耳朵看拖在后面的马县长，她已在罗索的搀扶下钻进大众 SUV 车。他和凑上来的像头牛的缑主任握手说，再见。

第二天，罗索伤心地告诉老板：马县长住院了。

咋啦？牛布斯眼瞪了。

累倒了。

牛布斯突然想把自己的脑袋拧下来，扔进豆腐老汤锅熬锅好汤……

原载《黄河》2021 年第 4 期

主持人：梁鸿鹰

梁鸿鹰，文学批评家，《文艺报》总编辑。

Liang Hongying, literary critic and editor-in-chief of *Journal of Literature and Art*.

短篇

推荐语

迟子建的这篇《喝汤的声音》是经由历史学家“我”与讲述者“她”的互动，道出哈喇泊（孟平贵）家族世代人在后来黑龙江边生活的经历，他们用各自的守望，消解着战争的创伤，释怀着命运带给个体的残酷，作品中的生活场景、人物群像、景物风貌等，无不透露着岁月的能量，饱含人性的坚守。

《玉狮子》取材于作者自己的一段放马经验，通过写一只特立独行高洁如玉的母马玉狮子被困，热爱读书的牧马人伊斯哈格精心营救，诗意化地表达了人与自然的大主题，写出人和马、天和地和谐的旋律，张扬理想、信念、坚韧，让人感受到异域的风情，受到诗性、神性、灵性，叙事语言风格富于生命的象征和寓意，体现了作家独特的精神品格和审美风格。

《雾中的牛》绘制了一篇宁静的村居图，行文中，牛和父亲从浓雾中穿出的场面多次出现，成立勾连全篇的筋骨。小说情节温馨自然，淡然展现了普通人物的命运，没有大起大落，却依然像乡间的草一样坚韧。人与人、人与牛、人与自然和谐共处，跃然纸上。细节描写出色，风格别具一格，散文化的笔触，第三人称叙事则增强了小说的客观性，使得文章的真实性陡增。

《戚风》表现的无疑是男女关系、女性自我认同和当下婚姻隐秘的困境。生活表面的一切都是美好的景象，完美的妻子、完美的丈夫与完美的婚姻关系在面对索非亚和王岩这对情侣的“取经”时却暴露出了一些不为人知的东西，只是最终也得过且过了。小说结构简洁顺畅，叙述平直但有力，以某种看似朴实但却深有意蕴的语言直刺生活的真相。

【作者简介】迟子建，女，1964 年元宵节出生于漠河。黑龙江省政协副主席、黑龙江省作协主席。已发表作品六百余万字，出版有长篇小说《伪满洲国》《额尔古纳河右岸》《白雪乌鸦》《烟火漫卷》等，小说集《北极村童话》《清水洗尘》《世界上所有的夜晚》等，散文随笔集《伤怀之美》《我的世界下雪了》等。作品有英、法、日、意、韩、荷兰文等译本。《额尔古纳河右岸》获第七届茅盾文学奖，短篇小说《雾月牛栏》《清水洗尘》、中篇小说《世界上所有的夜晚》分获第一届、第二届、第四届鲁迅文学奖。

Chi Zijian, female, was born in Mohe on the Lantern Festival in 1964. She is Executive Vice Chairman of the Heilongjiang Provincial Committee of the CPPCC and Chairman of the Heilongjiang Provincial Writers Association. More than 6 million characters of her work have been published, novels including *Puppet Manchukuo, Right Bank of Ergun River, Snow Crow, Fireworks,* etc., novel collections including *Arctic Village Fairy Tale, Clean Water Washing Dust, All Nights in the World,* etc., essay collections such as The Beauty of Sadness, My World Is Snowing and so on. The literature works are available in English, French, Japanese, Italian, Korean, Dutch and other languages. *The Right Bank of the Ergun River* won the 7th Mao Dun Literary Award, and the short stories *Bullpen in Misty Moon, Clean Water Washing Dust,* and the novella *All Nights in the World* won the first, second and fourth Lu Xun Literary Awards.

喝汤的声音

迟子建

她跟我说的这个小镇在乌苏里江下游，叫万吉镇，所住人家多是打鱼的和养奶牛的。我说只知道有个抓吉镇，万吉镇在哪儿？

“万吉镇当然在万吉镇那儿，就像你的屁股一准儿在你胯骨下，不能跑到你脖子上一样。”揶揄我的是个四十岁上下的女人，自称乌苏里江摆渡人，她长脸，高颧骨，中分直发，穿一条绛紫色麻布长袍，戴一串木珠项链，脸很黑，一双狭长的眼睛深藏着磷火似的，幽光闪烁。

她什么时候进的江鲜小馆我不知道，因为我压根儿没听见脚步声，她就飘落在我对面的长凳上了。她仿佛老相识，跟我眨眨眼，挑剔我不会点鱼，说这时令不该点马哈鱼，名气虽大，却不是新出水的，倒不如雅罗和船钉子新鲜好吃。她说话时喉咙像塞着团棉花，哑腔哑调的。

我是陪领导来饶河工作调研的，下午去过小南山遗址考古挖掘现场，三天的工作日程也就结束了。沿着微雨后湿滑的土路下山时，我望见山下水墨画般的广阔湿地上，有两只白鹤翩翩起舞，大秀恩爱，这动人的情景令我想起麦小芽，她离开我十二年了，虽然四年前我再婚了，现任妻子贤德淑惠，待我不错，但在我成功或是悲哀时刻，特别想与人分享喜悦或倾诉苦闷时，心底呼唤的名字还是麦小芽。她是个历史学者，在一次田野调查中，遭遇特大山洪，被波涛卷走，从此后我见着所有的江河，都委屈万分，觉得它们辜负了我的爱情。我太想在乌苏里江畔独享一个黄昏，喝上一顿酒，隔着遥远的时空，和麦小芽说说悄悄话了，所以下山后我跟领导谎称自己有个姑妈在饶河，多年不见，想去探望一下老人家，晚饭就不随团吃了。领导再有半个月就退休了，饶河是他任内最后的公差，一向傲慢和冷漠的他，骤然变得开明而亲民，他微笑着说你去吧，给你姑妈带好，晚上早点回来，明天咱们就回哈尔滨了！

从小南山下来，我像出笼的鸟脱离团队，奔向乌苏里江畔，择了片柔软的沙滩坐下，迫不及待地摘下口罩，让江风亲抚我的脸，望着这条波光粼粼的向北流去的江，边晒太阳边抽烟。

初秋的阳光像一束束丰收的麦穗，有股说不出的芬芳，让人有收割的欲望。我给麦小芽点了一根烟，放在鹅卵石上，淡蓝的烟雾云图一样铺展开来，仿佛她真的吸了。麦小芽嗜烟如命，我们在一起最惬意的时光，是晚饭后对坐着，沏一壶热腾腾的茶，吞云吐雾地神聊。人们都说吸烟伤肺子，但麦小芽说肺子经由烟熏，这块鲜肉就变成了腊肉，腊肉比鲜肉耐储，所以她认定吸烟能铸就铁肺，百毒不侵。我们偶尔吵架了，道歉的方式，就是给对方点上一根烟，悄悄说声："咱熏腊肉吧。"这比献上玫瑰和热吻管用，矛盾随之烟消云散了。

天色由明媚变得暗淡，我默默和麦小芽"熏腊肉"至黄昏，留下两堆烟蒂，一堆是我的，一堆是她的。我取一棵麦小芽的烟蒂，多想发现她湿漉漉的唾液啊，可是没有，烟蒂焦干，像一堆冰冷的子弹壳，仿佛告诉我它们来自死神的世界。我把两堆烟蒂合在一起，没舍得扔进垃圾桶，而是揣进裤兜，去江畔寻吃鱼的地方。

那条街上装饰华丽的江鲜大酒楼有好几家，而我惯于钻的是小馆子。除却价格便宜，经验告诉我，小馆子不宰客，食材好，灶火旺，掌勺的师傅个个身怀绝技，能做出令人惊艳的菜肴。而且小馆子客人常来常往，热络，活泛，可以不拘小节地高声谈笑，纵酒，吸烟，甚至放屁。还有一点，这样的馆子一般望得见后厨，你相中哪棵葱哪头蒜为你的菜打江山，可指点它们上阵，店主一定会遂你心愿。

从食街主干路岔过去，有一条绿意葱茏的玉簪似的斜街，我选的这家圆木打造的小馆，就像一颗琥珀，缀在斜街尽头。受新冠肺炎疫情影响，食街客人不多，店铺多半冷清，但我进去时，他家却很热闹。有两个男人喝得半醉了，正在划拳斗嘴，一个咕哝："俩好呀——你丫的。"一个叫嚣："五魁首呀——你大爷的！"小馆摆的桌子有圆有方，但供客人坐的都是长凳。随客人入店的口罩，像误入笼中的一群鸟儿，有的病恹恹地瘫在桌角，有的软塌塌地挂在客人的一只耳朵上。更多的人把口罩当袖标，戴在胳膊肘上，所以他们举杯时，五颜六色的口罩有点鸟儿挣脱樊笼的意味，向上冲去。我择了西北角的一个空位坐下，点了软煎马哈鱼、黑斑狗鱼炖茄子和椒盐江虾，还有一斤烧酒。其实我知道这时节的马哈鱼来自冷冻箱，不在盛时，但因这是麦小芽爱吃的，所以首要点的是它。

店主是个年纪轻轻的断腿男人，面貌俊朗，穿白色 T 恤，他摇着轮椅，自如地穿行于餐桌过道，端酒续茶。我进门时，他驾着轮椅从北侧飞快迎到门口，招呼道：“兄弟您请——”然后奔向收银台，那里摆着一紫一白两个玻璃酒罐，紫的是山葡萄酒，白的是土豆烧酒，店主说这是他们自酿的。他说所有的来客进门都可免费喝一盅，男的通常喝土豆烧酒，女的喝山葡萄酒。我说我两个人，所以两种都喝。店主打开白色酒罐的龙头，先接了一盅土豆烧酒给我，看着我喝下，然后又接了一盅紫色的山葡萄酒，摆在收银台上，说等我约的人到了，就端给她喝。我说她已跟我一起进来了，拈起那盅酒，一饮而尽。店主狐疑地看着我，半晌没说出话来。

我坐下后才明白，这青灰的水泥地面，矮矮的收银台和看得见灶房的落地窗，是为了店主的轮椅而特别设计的。

店主见我点了三道菜，提醒我说他家的菜码大，一个人吃的话，一道黑斑狗鱼炖茄子就能把人撑得半死，可以减一个菜，如今挣钱不易，省点儿是点儿。我谢过他的好意，说是喝了两种酒，菜也自然是俩人吃，请他上两套餐具。店主大约领会我的用意了，他不再犹豫，对着灶房的师傅发出号令：“同罗走菜喽！”

一开始我以为掌勺的师傅叫“同罗”，低头一看餐桌上立着个扇形桌牌，上面是黑地金字的“同罗”，才知这是桌名。再看邻近的几张桌，是“鳌花”“哲罗”和“柳根子”，便恍然明白这家店的桌牌，是以“三花五罗十八子”中的鱼类品种来命名的。

我把另套碗筷杯盏摆在对面，先给麦小芽倒了一盅酒，然后给自己的也满上，和她碰了一盅，之后又自己连干两盅。菜陆续上来了，天也黑了，客人渐多，店主的轮椅忽而在东，忽而向西，忙得不亦乐乎。我不顾左右，倾情给麦小芽夹菜，跟她说话。我说饶河小南山出土的玉器，距今约九千年，精美极了。玉就是玉啊，可以碎，但不会化为尘土。可是你呢，怎么就化成了烟啊。

我就是说完这句话，穿绛紫色麻布长袍的女人飘然而至的。她一来，我和麦小芽的对话就中断了。

这个女人气质不凡，酒量不凡，捏起酒盅，自斟自饮，连干三盅，面不改色。我一看先前叫的烧酒快见底了，嚷着添酒。店主先是劝阻我，说兄弟咱喝得差不多就行了，酒大伤身啊。我说我花钱喝酒，图的是痛快，你不想让我高兴吗？再说你没见多了个客人吗，让对面女人觉得我请不起酒，岂不是没面子？店主连声苦笑，隔了一会儿，递上一壶酒，拍了拍我的背，叮嘱道："悠着点儿啊。"

女人喝了酒后神情愉悦，说要卖个故事给我。我说怎知我需要故事？她诡秘一笑，说她一进来，就看出我是个缺故事的家伙了。我问一个故事多少钱，她说好的故事是无价之宝，千金难买；烂故事是垃圾，臭不可闻。如果我能听完她讲的故事，说明它有价值，她要求不高，抵得上这桌酒菜就行。我说你意思自己不是白吃我的？她有点恼怒，教训我永远不要当着女人的面说她白吃。

她开始讲故事，说故事的主人公叫孟平贵，不过乌苏里江一带的人都习惯叫他的小名"哈喇泊"，这是他祖母给起的。

哈喇泊出生在万吉镇，这地方依山傍水，风景优美，对岸是苏联的一个小镇。哈喇泊的祖父是善于骑射的蒙古人，祖母是以渔猎见长的赫哲人，所以哈喇泊的父亲，是蒙古族和赫哲族的后人。

哈喇泊身高体阔，膀大腰圆，气壮如牛，圆脸上生着浅浅的络腮胡，蒜头鼻子，敦厚的嘴唇，漆黑的一字眉下，是一双和善而明亮的眼睛。他外形不乏男子气概，可身上却有一点缺彩，就是牙齿。怎么说呢，不仅是他，哈喇泊的血亲，他的祖母和父亲，没一个好牙齿的，都是满嘴的残垣断壁。

我说："可能万吉镇的水有问题吧，比如含氟少，牙齿就容易变成核桃酥。"

女人撇了一下嘴，吃了一块黑斑狗鱼，又饮了一盅酒，说："哈喇泊的牙齿要是跟水有关的话，我这故事还能卖得出去吗？"她警告我少插言，讲故事最怕打岔了。

女人说哈喇泊的牙齿随他父亲，而他父亲的牙齿又随他祖母。

哈喇泊的祖上是大黑河屯人，也就是海兰泡。过去那里叫孟家屯，是当时黑龙江将军管辖区域，可叹它如今不是咱们的地界了。哈喇泊的祖父是个蒙古商人，做皮毛生意的，总来大黑河屯交易，认识了哈喇泊的祖母，一个朴实能干的赫哲女人，她做的鱼皮衣，在大黑河屯很出名。说是穿着她的鱼皮衣下江捕鱼，防风防雨不说，鱼儿还爱入网上钩，所以哈喇泊的祖母吸引了不少男人的目光。

哈喇泊的祖父祖母成亲于 1897 年冬天，转年他们有了一个女儿。他们在大黑河屯经营两家货栈，日子过得红红火火。1900 年初春，哈喇泊的祖母又怀孕了，这时哈喇泊的祖父要开一家火磨铺加工小麦，正忙着购进机器，装点铺面，所以提早就给未出生的孩子起好了名字"火磨"。然而到了七月，沙俄借口义和团运动在东北蔓延，危及边境，逮捕了许多世居于此的华人。而在太阳最灿烂的时日，火磨铺开张仅一周，喜气未散，大黑河屯华人的房子和店铺，突遭俄兵洗劫。无论妇孺，都被驱赶到黑龙江边。

人们被刀斧威逼出来的一瞬，忙着不同的活儿，所以临时带走的东西千奇百怪，有拿着烟袋锅的、擀面杖的、笤帚的、筷子的、茶碗的、针线的、算盘的、酒壶的、肥皂的、铲子的、梭子的、书籍的、纸币的、马鞭的、柈子的，可见当时他们正抽着烟、擀着面、扫着地、吃着饭、喝着茶、缝着衣、算着账、饮着酒、洗着衣、炒着菜、补着网、读着书、点着钱、赶着马、烧着柴。最滑稽的，是有人当时正蹲茅坑，慌张中握着揩腚的草纸，一脸没排泄痛快的苦楚。而有的人正擦拭油灯，想着明晃晃的太阳下出了这等事，此去黑暗，大白天地举着油灯上路。

被驱赶到江边的华人，没有不回头的，他们遥望自家房屋还在不在，离散的亲人在哪儿，心爱的马和狗又在何方。而先前还一片祥和的大黑河屯，浓烟滚滚，火光冲天。俄兵用武器将人们往江里赶，那些不会水的只要反抗，刀斧便会袭来。人群中血肉飞溅，哭声震天，倒下的人越来越多，沙滩的鹅卵石被鲜血染红了，像一只只愤怒的眼。

哈喇泊的祖父抱着两岁的女儿，她手里攥着一颗糖球，惊恐让她手心发热和出汗，糖渐渐化了，她的手代替她的嘴，吃了最后的糖。祖母则拿着一把碎布条，她正打袼褙，预备给腹中的孩子做鞋子。一个俄兵用长刀挟持哈喇泊的祖父，喝令他滚回江对岸去，可这个能纵马驰骋的蒙古汉子不会游泳，粗通俄语的他跟俄兵说他怕水，怀抱的孩子更怕水，还有他的女人怀着孩子，他愿意把新开的火磨铺送给俄兵，他收购来的小麦都是最好的，能磨出上好的面，无论养家还是给军队补充给养都没的说。岂不知他的火磨铺正在燃烧，雇来的看管铺子的两个伙计已死在俄兵的斧头下了。哈喇泊的祖母多年以后回忆起那个令她肝肠寸断的日子，依然会紧咬牙齿，虽说其后她嘴里只剩两颗糟烂的后槽牙了。

没等哈喇泊的祖父说完乞求的话，一个骑兵挥舞一柄长刀，削枝丫似的，先把他怀中的女孩拦腰斩落，接着朝向哈喇泊的祖父。哈喇泊的祖父见女儿死在刀下，咆哮着反扑。他熟悉马的特性，飞身绊马，将骑兵摔落，夺刀砍向他。俄兵躲闪着，他没击中他脖颈，只废掉他一条胳膊。哈喇泊祖父的第二刀还没出手，被一个手持莫辛–纳甘步枪的俄兵，迎面射杀。哈喇泊的祖母说，这种枪大黑河屯的华人都叫它“水连珠”，因为枪声清脆得像山泉流过。哈喇泊的祖父被水连珠击中的一瞬，高呼：“快游过哈拉穆河——”这是他无力保护身后心爱的女人，对她发出的最后呼唤。

哈拉穆河，是哈喇泊祖父对这条江的称呼，他知道他的女人是可以搏击激流的鱼，因为赫哲人无论男女，没有不会水的。

哈喇泊的祖母带着四个月的身孕，纵身跳入黑龙江，奋力游向对岸。江水失却了往日的安详，在江流中沉浮的，是尸首和奄奄一息的人，江面漂浮着鞋子、袜子、帽子、衣裳、腰带、围巾、烟袋、算盘、木棍、草纸、包袱皮，等等。尸首随着波涛一起一伏的样子，好像人们还活着。

要说这条江在大黑河屯与对岸的距离，不过千米，可黑龙江即便在盛夏，江水也冰冷刺骨，加之水流湍急，每年总有人丧命于此。哈喇泊的祖母游到江中心时，体力不支，找不到漂浮的倒木作为支撑歇息，恰好一具浮尸漂过身边，是个光着膀子面朝下的壮年男尸，哈喇泊的祖母一把抱住他的腰，叫着已死在岸边的自己男人的名字，大口大口喘息着，待体力恢复一些，她松开那冰冷的男人，说大哥你好走吧，继续朝对岸游去。

一连三天，被赶到江岸的人，数千人毙命，幸存者极少。一条没有船停泊的江，对于要渡河的人来说，无疑是流动的地狱。但哈喇泊的祖母是幸运者，她不仅活下来了，还保住了腹中胎儿，漂泊了几个月后，年底在万吉镇落脚，生下哈喇泊的父亲，也就是火磨。

女人讲到此，探询地看了看我，仿佛在问我，这故事听得下去吗？我哪敢再插言，只是奉上一盅酒。她接过酒，洒在地上，我想她在祭奠故事中的罹难者吧。

女人微微咳嗽一声，接着讲故事。

哈喇泊的祖母上岸后，发现自己的牙齿多半化为乌有，好像那些牙齿是隐藏的烟花，瞬间燃爆了，而还留在牙床上的，也都是风中败柳，摇摇欲坠。有人说她是因仇恨咬碎了牙，也有人说她当时游不动了，不咬碎牙齿，逼出身上最后的力气，早就喂江鱼了。

火磨五六岁时，就听母亲讲父亲的故事，说到他被水连珠击中的时候，火磨会把牙齿咬得“嘎吱嘎吱”响。他出生后本来有一口漂亮的白牙的，到换牙时，多半的牙被他嚼碎了。而新长出的牙齿，在他重温父亲故事的成长历程中，也多半粉身碎骨，所以他二十多岁时，已是远近闻名的没牙的男人。

因为牙齿不好，哈喇泊家族，不吃硬的东西。他们不喜单纯的米粥，嫌没滋味，更爱汤羹，所以但凡米类和谷物入锅，都是和鸡鸭鱼肉一同熬制。刺少的狗鱼，是灶上的主角。费牙齿的牛肉鹅肉，都得剔骨，取其软嫩的部位食用，所以在万吉镇，狗们嘴馋了，爱去哈喇泊家门前游荡，那是它们美食的道场，往往会捡着连着筋肉的骨头。

哈喇泊一家喝汤也就出了名。在万吉镇，晚炊时分，你若走进他家院子，没风的日子也像有风，自屋里传出呼呼呼的声音，偶尔汤匙触碰瓷碗，这风声中就多了几声清脆的哨音了。

受母亲所述故事的影响，火磨年轻时就惧怕成家。父亲和未见面的姐姐死于惨案，让他觉得世事难料，男人有时是保护不了妻儿的。他也因此变得孤僻，独来独往，与万吉镇的人格格不入，没一个姑娘看上他。

火磨四十岁时，额头的皱纹和鬓角的白发过早出现了，哈喇泊的祖母终于坐不住了，遍寻乌苏里江流域的媒人，给火磨说亲。她跟媒人介绍儿子时，总是一句话："俺儿除了牙，哪哪都好！"年纪轻轻就没了牙，媒人总要多问一句为啥，哈喇泊的祖母便讲他们家族的故事，听得媒人唏嘘，赞叹火磨是条汉子，信誓旦旦地表示要为他寻得佳偶。

火磨四十二岁时，终于娶了媳妇。这人比火磨小八岁，是个哑巴。而最终为他选定这门亲的，是火磨的母亲。媒人介绍了三个愿意嫁给火磨的人：一个是比他小五岁的寡妇，带着个六岁的儿子；一个是比火磨大三岁的悍妇；还有一个就是模样周正的哑巴。火磨的母亲当然不想儿子一成家就给人当爹，所以虽然那个寡妇善良能干，她第一个勾掉的就是她。第二个虽是黄花闺女，可她因为家底殷实，好逸恶劳，脾气暴躁，打遍邻里，不是善茬儿，哈喇泊的祖母可不想让儿子抱着一个火药桶过日子，所以她自然不在考虑之列。而火磨话本就不多，若跟哑巴在一起，除了能保持他沉默寡言的天性，还能让家有持久的安宁。更重要的是，哑巴一口坏牙，能适应他们家喝汤的生活习惯。

火磨娶了哑巴后，最初一年不和媳妇睡一铺炕。哑巴自是无法说，就是能说的话，也说不出口哇。哈喇泊的祖母察觉后问儿子，你这是嫌弃哑巴？火磨忧心忡忡地说，要是一起睡了，有个一儿半女，遇到大黑河屯那样的大难，你护卫不了他们咋办？哈喇泊的祖母气得心口疼，说那样的日子不会再有了！她说你不和人家睡，就别让她过门，这不是让人守活寡吗？火磨认真考虑了三天，最后答应和哑巴一起睡。第二年，哑巴生下哈喇泊。而哈喇泊的祖母最担心的，是未来的孙儿会遗传儿媳的病，也成哑巴。所以儿媳有孕后，她跑遍了附近的寺庙，为她祈福。哈喇泊一降生，听到他那仿佛能穿透云层的哭声，作为祖母的她喜极而泣，因为哑巴的哭通常是呜咽的，几乎听不到。孙儿大名的命名权她给予了儿子，火磨给他取名孟平贵，小名“哈喇泊”则是她给起的，这是蒙古语“海兰泡”的叫法，以纪念她在大黑河屯的青春岁月和死去的男人和女儿。哈喇泊顶着这个名字，注定要听祖辈和父辈给他重复的那个故事，所以祖母谢世时，已是壮小伙的哈喇泊，一口牙齿多半为那故事殉葬，在不断地咬牙切齿声中，化为齑粉。

哈喇泊家族豁着一口坏牙，仅凭喝汤，他的祖母和父亲，竟都活过八十岁。哈喇泊不像父亲，听了这故事后惧怕有后人，他恰恰相反，觉得儿女多了，万一遭遇不测，总有人会绝处逢生，留下火种，所以他喜欢往女人堆里钻，用不着媒婆，老早就给自己觅得佳人，二十三岁就结婚了，喜得他那哑巴母亲，天天张着嘴乐，表达她那无以言说的喜悦。那姑娘是万吉镇的下乡知青，名字叫张雪，哈尔滨人，在小学教书，模样一般，但她身上的“一黑一白”格外抢眼，黑的是垂在脑后的乌油油的大辫子，白的是满口雪亮的牙。哈喇泊笑起来时，嘴里黑洞洞的，像是魔窟，所以她与他成亲时，提出的唯一条件是他笑时得抿着嘴。

哈喇泊小学文化，因为万吉镇没有中学，继续读书要去外地，而他不能离开家人，尤其是母亲。火磨得子后，觉得有了哈喇泊这个果实，足以对母亲交代了，再不和哑巴睡一铺炕。万吉镇有个老光棍，觉得有机可乘。哈喇泊的母亲去挑水，他抢她的扁担；她去铲地，他夺她的锄头。万吉镇的人见着火磨，会和他开玩笑：“你们家要来长工了！”火磨不以为意，但十一二岁的哈喇泊深以为耻，他举着镰刀捍卫父亲的权利和母亲的尊严，威胁光棍汉若再敢碰她母亲手里的工具，就割掉他裆里的玩意儿！光棍汉说工具又没长肉，咋就不能碰？哈喇泊说他母亲手里的扁担和镐头，都是父亲打制的，随他父亲姓孟，除了亲人谁都不能碰。光棍汉嘴上说我还怕你们这些豁牙的？但他再跟踪哑巴时，总要瞄着哈喇泊是否在左右。

哈喇泊小学毕业后跟父亲打过鱼，养过蜂，采过药，他成人后因为属于少数民族后裔，政府给他安排了工作，在万吉镇小学当工人，每月有工资拿，成为同龄人羡慕的对象。他就两样活儿：烧水和敲钟。不过这两样活儿把身子，他开始时很不习惯。他的工作间在水房一角，小屋总是水雾弥漫，令他昏昏欲睡。所以到了上下课的点儿，他往往因为瞌睡，而错过了敲钟。该下课了，他不打钟，而未到上课时间，他也许因为去厕所解手，顺路就把上课钟敲了，所以师生们对他都不满意，老师不愿多讲课，学生自然也不乐意被侵占休息时间。哈喇泊听到议论后恍然大悟：原来没人恋着讲台和课桌啊！他开始有意识地提前敲下课钟，而又把上课钟延后个两三分钟，师生们果然说他好话了，见了他都说孟师傅好，但他们说过后赶紧溜掉，生怕哈喇泊笑，一个没牙的人乐起来，就像张开了血盆大口，实在可怕。

哈喇泊是供销社的常客。那时祖母已过世，他买香烟和水果罐头孝敬父母，还给学生买糖，招徕他们听他讲家族故事。除此之外，每到乌苏里江通航时节，航标船停靠在万吉镇时，哈喇泊总要省下钱来，给航标工买好吃的。自家不舍得吃的猪肉罐头、刚打上的鱼，他都送过去。他对在国境线上作业的航标工有种崇拜心理，认为他们比自己敲钟伟大。所以他成了乌苏里江万吉镇段义务的航标维护工。有农人放羊图方便，把羊拴在岸标的标杆上，他巡查到了，会解开绳索，把羊牵回主人家，说这是拴的羊，你要是拴牛马这种大牲口，它们蛮力十足，万一把岸标扯断，那昭示咱领土的标记就没了，可了不得啊！有时不是人为因素损及岸标，比如麻雀在上面坐窝了，他就嘟囔着岸标又不是树，没一片叶子能给你们遮风挡雨，在这儿坐窝不是傻吗？哈喇泊给鸟挪窝。而每年开江之后，冰排流空，航标船的人开始设置浮标、安装标灯时，他的星期天就是和航标工一起度过了，帮他们打个下手，航标船的人都很喜欢哈喇泊。他们犒劳哈喇泊的方式是煮一锅浓汤，与他一起热火朝天地喝顿汤，再听他讲一遍那个令人切齿的故事，虽说他们听过多遍了。

哈喇泊结婚后，不像从前见着可爱的姑娘爱上前搭讪，他怕媳妇张雪吃醋。他们在同一单位工作，哈喇泊的工资她习惯一并领了，由她支配。开始时哈喇泊不以为意，但后来他每次买东西朝她要钱费劲，再到发工资的日子，他就早早去财务室候着。他和张雪常因钱拌嘴，她说拿钱给公婆买东西天经地义，可给航标船的人买吃的，纯属傻瓜，那些人都有工资，在野外作业又有补助，哪用得着你贴补？还有张雪不满意哈喇泊在水房给学生讲故事，他买了糖果藏起来，谁听他故事，他就发一颗糖。而那故事讲了千百遍，谁都知道，小孩子想糖吃时就去骗他，说想听故事了，他不厌其烦地讲，学生们虚张声势地做出痛恨的表情，骂惨案制造者，比赛着磨牙。而谁的牙咬得狠，哈喇泊就多给谁一颗糖。因为这，他有时也会误了敲钟，校方警告过他不止一次。

我打了个哈欠，讲故事的女人立刻警觉起来，说你嫌这故事长了？我赶紧解释说我犯烟瘾了，她倒了一盅酒干掉，夹了两只江虾塞进嘴里，说那你赶紧熏个腊肉嘛！我刚想问她怎知我和麦小芽的吸烟“密语”，她接着讲故事了。

我点燃一支烟，烟雾让摆渡人的脸蒙上了一层面纱，我看不清她的脸，但她的声音依然清晰入耳。

哈喇泊和张雪在一起过了八九年吧，始终没有孩子，这急坏了哈喇泊，他想要一堆孩子的梦想正在一天天破灭。据说张雪每次月经来潮，哈喇泊都很难过，嘟囔他的种子打了水漂，把酒当汤连喝三碗，大醉一场。不过他并不泄气，再到张雪的排卵期，他依然热情洋溢地播撒种子，渴望它们萌芽。万吉镇有女人偷听到哈喇泊跟张雪说，你不能生，俺找一个女的偷着生了，咱当亲生的养活咋样？张雪说那她就吊死在学校的钟旁，他就敲着她的尸首过下半生吧，吓得哈喇泊再也不敢提养私生子的事情。

后来张雪在知青返城的浪潮中回哈尔滨了，哈喇泊自知他们是两个世界的人了，主动提出离婚。张雪觉得自己没给哈喇泊留下一儿半女，对不起他，愿意离婚，说是离开她后，哈喇泊可找个能生养的女人，不然老了进棺材，坟前都没个烧纸钱的后人。

他们告别的故事在万吉镇广为流传，那是晚秋时令，几场霜后，田野一派荒芜。张雪那天先是起早给两个女人上坟，一个是哈喇泊的祖母，一个是刚去世的婆婆。她并不喜欢哈喇泊的祖母，觉得她的故事害了哈喇泊。但她喜欢不能开口说话的婆婆，张雪未能生养，婆婆直到生命最后一息，一直用温柔的眼神待她。张雪采了一枝傲霜的野菊献给婆婆时，一只苏雀飞过坟头，留下喳喳的叫声，仿佛婆婆开口说话了。上完坟回到镇子，张雪又去看公公，把自己做的一薄一厚两条棉裤带给他。火磨独居，垂垂老矣，每天除了喝汤就是晒太阳。他还爱讲那个大家耳熟能详的故事，但人们都听絮烦了，他没处讲了，就嘟嘟囔囔地说给自己听。儿子离婚了，他倒高兴，说是哈喇泊遭遇不测时，牺牲自己就是了，没有牵绊。所以在婆婆的葬礼上，公公没有悲伤，好像老婆死在他前面，对他是解脱。火磨唯一惆怅的是，媳妇死了，儿媳走了，以后谁给他做棉裤呢？但他想这岁数了，也穿不了几条新棉裤了。张雪看完公公回到家，用精心备好的猪骨、牛尾、鸡胸和白鱼，花了七八个小时，为哈喇泊煲了一锅浓汤，然后穿上大红缎子袄，好好打扮了一番。据说她和哈喇泊喝了三斤烧酒，月亮升起后，他们手拉着手，醉醺醺地去学校操场散步。张雪摇晃着走到铁铸的钟旁，说月亮要是能当钟锤就好了，到点儿了让它来打钟，哈喇泊能省力气不说，还不会误点儿。哈喇泊听后感动得蹲在地上呜呜哭了，说是舍不得她了。张雪见哈喇泊如此难过，觉得自己不牺牲点什么，就辜负了哈喇泊的真情，她把嘴张大，用牙齿撞钟，生生折损了两颗大门牙、上颚一颗尖牙及下颚两颗切牙，有的牙还没完全脱离牙床，死守根据地，她生拉硬拽地让它们“出列”，弄得下巴鲜血淋淋。她把这五颗连着肉的牙齿，放在哈喇泊掌心时，哈喇泊叫道：“还是给我留下了骨肉哇——”哭得地动山摇的，惊醒了不少住在学校旁边的人。

摆渡人说，一个有情有义的男人得着这样的纪念物，能忘了他的女人吗？张雪回哈尔滨一年后，嫁了个死了老婆的啤酒厂工人，两年后生下一个男孩。万吉镇的人知晓后，爱拿哈喇泊开玩笑，说同样一片地，咋人家的种子就能发芽呢？哈喇泊说可能施的肥不一样吧，大家就笑。为了证明自己也有实力吧，哈喇泊很快娶了个比自己大五岁的离异者，她育有一子，判给前夫了。哈喇泊心想这是个下过蛋的鸡，挪个窝再给自己下一个而已，所以对她满怀信心。而这个女子也巴望着再生一个，因为前夫不许她看望儿子。但三四年过去，她的肚子不见隆起，反而瘪了下去，她吃不下饭，睡不好觉，脸色灰黄，瘦成一把骨头，去城里医院一检查，子宫癌已到晚期。第二个老婆死后，父亲火磨也死了，哈喇泊心灰意冷了好几年，才娶第三个老婆。她比哈喇泊小一旬，是媒婆介绍过来的外乡人，模样不错，就是患有癔症，一发作起来人事不知，有时哈喇泊正准备去打钟，会被匆匆赶来的人给喊走，说你老婆发癔症了，倒在大道上抽搐呢，还不去看看！他就撇下钟锤，一路快跑过去。这女人是个黄花闺女，跟他过了四年，也没怀孕，哈喇泊对她便有火气，时常找碴儿骂她。这女人不发病时温顺安静，持家能力也强，哈喇泊骂她，她虽不高兴，却也能忍，但哈喇泊有一天对她动了手，她终于提出不过了。说挨骂倒也罢了，挨打的日子却是一天都不能过！哈喇泊不想离，她就用纸盒做了块牌子，写上“哈喇泊打我”，坐在学校钟架下示威，引来师生围观，哈喇泊不敢来打钟了，只得同意离婚。最打击哈喇泊的是，这女人离婚一年后嫁给邻村一个养奶牛的，又过一年生下一个胖小子，癔症也不怎么发作了，哈喇泊痛苦极了，觉得老天待自己太残忍。男人们见了他又开起了玩笑，说咋两块地离了你都有收成，你要想有后传承你的故事，是不是得看看你的哑巴种子了？哈喇泊嘴硬地说，子弹还有卡壳的呢，谁的种子没几颗瘪的呢，赶上我运气差嘛！每说至此，他的眼眶都会浮上泪水，男人们赶紧鼓励他，说多冲锋，你的种子就会结果的！哈喇泊从此后不大与万吉镇的人来往了，寒暑假他不必打钟时，便买上好吃的，要么在乌苏里江畔和航标船的人待在一起，要么上山慰问边防部队。他与守卫国境线的人待在一起时，喝汤时总要用筷子先挑起点蔬菜，一块胡萝卜，一条土豆，或是一片白菜叶子，一根豆角，立在汤碗中央，当作浮标，定定地看上半晌，仿佛那泛着油光的汤，是滔滔的黑龙江水，然后夹起蔬菜的浮标吃掉，闷着头喝汤。

哈喇泊对自己的身体失去信心，不敢再婚了，他在私生活上变得放纵起来，进城找女人胡来。有一年扫黄打非，他被公安局的人逮个正着，消息传到万吉镇，校长气得肝疼，说他对不起祖宗，不配做男人。说归说，校长同情他，还是带着钱进城，交了罚款把他领回来。据说他每次去嫖，都喝得醉醺醺的，说不管谁怀了他的种，都会把她当王母娘娘供着。但暗地干这种营生的人，谁又愿意给个落魄者怀孕呢？

摆渡人讲到此，朝我勾了下手指，嘬了一下嘴，做出吸烟的姿势，说她也想“熏个腊肉”，我赶紧递上一支烟，然后再给自己点上一支，接着听她讲故事。

哈喇泊的命运真是曲折，他最为消沉的那年，得知张雪的儿子在上学路上出了车祸，双腿截肢，张雪的丈夫觉得是妻子造成了儿子的残疾，因为那天本该是她去接孩子的，她拉肚子给耽搁了，所以夫妻俩总吵架，他打张雪成了家常便饭。知情人对哈喇泊说，张雪的牙几乎被那男人打没了，跟他一样满嘴空洞。哈喇泊听了既愤怒又心疼，说我的女人咋能容人这么揍？张雪当年撞钟留给他的连着肉的牙齿，一直被他视为珍宝，他绝不允许别人这么欺负她。哈喇泊在那年寒假，专程去哈尔滨教训那男人。他趁着酒劲，在那男人上夜班的路上堵着他，把他揍倒在工厂浴池门前的雪堆上。哈喇泊不知这男人有严重的心脏病，这一揍竟让他当场气绝身亡。哈喇泊为此坐了牢，丢了公职。

哈喇泊出狱后回到万吉镇，形容枯槁，耳聋眼花，老得不成样子。他卖掉了父亲的房子，修缮他和张雪住过的已半塌的房子，以打鱼为生。他再也不去航标船和驻边部队了，也不义务巡查岸标了。只要喝多了酒，他就去学校操场游荡。学校早已用电铃，不需打钟人了，钟架也拆除了。水房还在，只是也改用电烧水了。他看着孩子们陌生的脸孔，很想给他们讲讲祖辈的故事，可他们听说他弄死过人，见了他都逃，他就讲给牲畜听。狗若没骨头吊着，也就听个开头，便颠儿颠儿跑掉；猪本来贪吃贪睡，它们支棱着耳朵听几句，算是给了他面子，“嗯嗯”两声，就呼呼大睡了；最钟情听故事的是奶牛，哈喇泊把它们当兄弟，边讲边抚摸它们黑白花的肚子，奶牛舒服得很，所以一听到底。不过养奶牛的人家跟哈喇泊抗议，说听了他讲的故事，奶牛都不爱产奶了，让他离远点儿。

哈喇泊受不了孤单吧，从此以后总去外边吃饭。万吉镇就那么几家小馆子，他都吃遍了。他依然喝汤，所以各家小馆子总备着一两样汤，让他踏进门槛就能喝上。他们可怜他，不想收他钱，但哈喇泊说一个大男人咋能白吃，人们也就象征性收点儿，哈喇泊也没觉得那是便宜他了，他对物价的认知还停留在入狱前的水平，直到他外出卖鱼，看到价格飙升的商品，才知开小馆的人多么善良，他再去时，一定多付钱，才肯喝汤。

也许人老了的缘故，他喝汤的声音不比年轻时了，没那么响亮，时常夹杂着喘息。虽然不追航标船了，但他依然会在喝汤时，用筷子夹起一种蔬菜，立在汤碗中央，当作浮标，茫然望着，直到手上的筷子哆嗦起来。

有一年冬捕时节，哈喇泊认识了乌霞。她是个热情能干的俄罗斯妇女，在黑河和一个中国人合伙，经营一家俄罗斯商品店和一家俄式餐厅。乌霞比哈喇泊小九岁，是个离婚的，有一儿一女，儿子在布拉戈维申斯克市当工程师，已成家立业，女儿在圣彼得堡读大学。乌霞每月总要通关回到布市上货，看望亲人。哈喇泊每到黑河，总要去她店里喝汤，苏伯汤、鲜肉咸鱼杂拌汤、面条菌汤，都是他喜欢的。乌霞知道哈喇泊的遭遇后，说捕鱼是个力气活儿，还得凭运气，他这岁数了，不能再风吹雪打了，不如在他们餐厅打更有保障，每月有固定收入，还管吃管住。哈喇泊说他可以来她餐厅喝汤，但绝不会给一个俄罗斯人打工。祖辈在大黑河屯的遭遇，依然是他心中的痛！乌霞几次张罗带哈喇泊去布拉戈维申斯克游览，如今过境游的手续极为简便，但哈喇泊说除非祖父当年的铺子还在，他才会去。乌霞觉得哈喇泊固执古怪，但他的执拗和专情又打动她。所以哈喇泊一两个月不来，她还惦记着，驾着半截子车去万吉镇看他。乌霞的到来，是万吉镇的节日。因为她除了给哈喇泊带来吃的，还带来一些俄罗斯商品，就地售卖。她开玩笑说不能白跑，得把汽油钱赚回来。男人们喜欢的伏特加和刮胡刀，女人们喜欢的围巾和小镜子，孩子们喜欢的奶酪饼干和巧克力，很快就卖光了。她会说汉语，但不流利，万吉镇人与她讨价还价时，她嘴跟不上，就用计算器代她说话。当数字不再变幻，买卖双方都满意时，她会亲一下计算器。

乌霞看望哈喇泊，总要在万吉镇的客店住一夜。人们和她熟了以后逗她，为啥不去哈喇泊家里住？乌霞总是说，等他把牙镶了再说。人们把话传给哈喇泊，说看来乌霞对他有意。哈喇泊沉着脸说她想得美，要是她住进来，爷爷奶奶和父亲的魂儿，还不得半夜回来，合力把我的锅砸了，让我连汤都喝不上！

万吉镇的人私下议论，除了家族往事像根刺，一直扎在哈喇泊心头，使他不愿和一个俄罗斯女人亲近，还有就是跟过他的女人都怀不上孩子，让他有了心理阴影，所以他拒绝一切女人了。

哈喇泊晚年喝汤，从万吉镇开始，一直喝到黑河、同江、抚远、孙吴和饶河。他打鱼打到哪里，就喝汤喝到哪里，他的故事也就流传到哪里。只要你到了黑龙江流域沿岸的地方，走进馆子，听到呼噜呼噜的喝汤声，说明你可能遇见哈喇泊了。听说他近两年迷上了饶河，因为张雪在哈喇泊出狱的那年因病去世后，她那出了车祸的残疾儿子，看上了饶河的风景，来这儿开了家江鲜小馆。哈喇泊怀念张雪吧，常来饶河打鱼，把鱼低价卖给这家小馆，在此喝汤。

对面的女人把故事讲到这儿，恰好摇着轮椅的店主，端着一壶酒，风一样经过，我说，难道他就是张雪的儿子？摆渡人不语，只问我，这故事值这顿饭钱吗？

我连连说太值了太值了，追问哈喇泊在哪儿。

摆渡人说，这不突发了新冠肺炎疫情了吗，别说是饶河，春节后乌苏里江沿岸所有的餐馆，都关门了，哈喇泊没有喝汤的地方了，听说他出狱后也不大会做汤了，饿得不轻。有人说他又去看守边境线了，他不是奔航标船去的，他帮政府义务监督，怕携带了新冠肺炎病毒的人，非法越境过来。当然也有人说他那是遥望乌霞呢，因为乌霞因疫情滞留在布市，他们好久不见了。

我嘀咕道："餐馆那会儿都关了，哈喇泊喝不上汤，可别饿死哇。"然后哇哇哭起来。

摆渡人就在哭声中无声无息地消失了。

我醒来时已是凌晨四点，同寝的人在我的床头柜留下张便条，说他们去乌苏里江看日出，早饭时见。我觉得头昏脑涨，不记得昨晚在江鲜小馆喝到几点，又是怎么回来的。洗漱完毕，喝了杯热茶，我精神不少，五点多来到乌苏里江畔。

太阳升得高了，江面荡漾着笑容似的波光。健身的、垂钓的、洗衣的占据了江边。我和一个骑着摩托车来刷牙的汉子攀谈起来，问他为啥来这洗漱，他说能对着乌苏里江的旭日刷牙，多有朝气啊，所以只要是好时节，他从不错过这享受。我们正聊在兴头上，单位的领导和同客房的同事过来了。他们老远就喊我的名字，说你昨晚醉成那样，还能爬起来，真是不容易啊。待他们走到近前，领导先和我握了下手，说虽然他要退休了，不该管太多的事情了，但还是得批评我，昨晚怎么能一个人去小馆子喝得人事不省？万一喝出事咋办？他说你不是说去看姑妈吗，不能因为馋酒喝了就撒谎啊。我赶紧道歉，谎称没和姑妈预先打招呼，去她家扑个空，肚子又饿，所以一个人去吃江鲜了，没想到那家小馆子土烧的酒劲大，差点把我喝到另一世了，实在罪过。

领导笑了，说你犯了错儿，态度倒不错，以后注意就是了。领导继续向前散步，同客房的同事停下脚步，对我说昨晚接到江鲜小馆打来的电话时，他吓坏了，是他赶去把我背回去的。他说你一个人咋能喝两斤酒，不要命啊。我不好意思说是和一个女人一起喝的，只问他小馆的人怎么找到他的。同事说店主从我身上摸出手机，又找出酒店房卡，想着万一电话拨到亲属的号码上，让家人跟着着急不好，就按照房卡信息，拨到酒店房间，看看有没有同住的人，赶巧那时他刚洗完澡，接着了电话。他跟我道歉，说本来想悄悄把我弄回来的，可他怕带我回酒店时被领导撞着，再说他隐瞒，所以只好先报告了。

我说没关系的，换作我也会报告。

同事拍了一下我的肩膀，说你咋哭成那样呢？我背你回来时你还呜呜哇哇的，弄得我肩膀头都是眼泪和鼻涕，半夜还得洗衬衫！

我说有泪的男人都有情啊。

同事说情多了也伤身啊。

我拍了拍他肩膀，笑着告别他，说早餐想独自在外边吃，然后去了昨晚去过的江鲜小馆。

还不到早餐高峰，但这家馆子已开始营业了，有两个客人在吃香喷喷的鱼丸面，一个嚷着来点儿醋，一个叫着上点儿辣椒油。店主答应着，一边给他们递调料，一边跟我打招呼，说你昨晚回去那么晚，起得够早啊。

显然他记得我这个醉鬼，我走到老位置坐下，点了一碗鱼杂面。

店主先送来一杯柠檬蜂蜜水，说是醒酒，然后问我还在饶河住几天，我说吃过早饭就回哈尔滨了。

我问店主，昨晚跟我一起喝酒的女人，是这里的常客吗？她说自己在乌苏里江摆渡，很会讲故事，不是因为听她的故事，我也许喝不了那么多。

店主说你昨晚就一个人喝呀，不过你在桌对面摆了筷子和酒盅，一个人哇哇说话，你这是纪念谁吧？最后客人都走了，你醉得说胡话，说乌苏里江往北流，那是为了看北斗星，有北斗星的地方就有英雄的魂灵啊，最后你哭起来，我才翻了你的兜，找出酒店房卡，按照房号，试着打了电话，还好你有一同住的人。

我觉得头皮发麻，我说那个穿绛紫色麻布长袍的女人，我看得真亮儿呀。

店主善意地笑笑，说那就当她来过吧，谁的一生没有几场梦魇呢？

店主说完，又问："你裤兜咋揣了那么多烟头？我翻房卡时翻到它们，想帮你扔了，又一想你可能留着做纪念的，就没动。"

我把手伸向裤兜，也不知是我手心出汗，还是宿在江边，烟头夜里受潮了，那堆烟蒂竟湿漉漉的，好像被人吻过。

我问店主，你母亲叫张雪是吧？

他吃惊地睁大眼睛，说你咋知道？

我用他的话回答他："谁的一生没有几场梦魇呢？"

店主说就你这神算，后街有个彩票厅，赶紧去买一注吧，一准儿能中大奖！

鱼杂面上来了，可我胃口皆无。我把筷子插进碗里，当桨划来划去。店里客人渐渐多了，灶房也喧闹起来。就在那碗面已凉、我准备买单离开的一瞬，忽听背后传来一阵喝汤的声音。

这声音初始像穿越幽谷的强风，带着股气吞山河的力量；跟着又像乌苏里江的水流，慢了半拍，变得深沉而有节奏；忽然这像风又像流水的喝汤声，又起了变奏，一阵剧烈的喘息声闯入，就像呜咽。而喘息声过后，是急板似的更加迅猛的喝汤声，仿佛谁要把大千世界都收入腹中。

我不敢回头，怕在白天看见黑夜，只是咬紧牙齿，用筷子挑起汤面漂浮的一棵碧绿的香菜，立在汤碗中央，它像一块闪光的浮标，更像一棵长青的生命之树。

原载《作家》2021 年第 7 期

【作者简介】了一容，本名张根粹，现居银川。主要有小说《挂在月光中的铜汤瓶》《去尕楞的路上》等，并被译介到国外。

Liao Yirong, whose real name is Zhang Gencui, lives in Yinchuan. The main novels includes *The Copper Soup Bottle Hanging in the Moonlight, The Road to Galeng,* etc., which have been translated and introduced abroad.

玉狮子

了一容

“艾布家的马匹越来越多，没个人放牧，打算花血本找个放牧的巴郎子呢！”哈里克的婆姨罕古丽对丈夫说。

“他这两年光阴好了，有钱了，日能得很，人前头绕达来绕达去，今天说是跟乡上领导吃饭着呢，明天又跟县上的老板研究创办赛马场呢，口气大得刹不住车了。真是人有钱了扎哩，马有膘了乍哩。我惹不起他，还躲不起吗？”

“你猜人家要找谁给他放马呢？”

“热合曼？”

“不是，热合曼下个月要出天山，去内地学技术去了。”

“那是巴图尔吗？”

“不是，巴图尔那个巴郎子脾气犟，不可能听艾布的，他宁愿在草原上逮蚂蚱、掏鸟窝、耍松鼠，也不会给人放马的！”

“那是艾则孜了？”

“艾则孜家的马都没人放牧着呢，能指望上他吗？指望不上他。”

“都不是，那你说是谁啊？”哈里克也有些疑惑了。

“你猜不着了吧？我告诉你，人家要叫咱们把伊斯哈格让给他们呢，说伊斯哈格为咱家放了两年马，我们连一双鞋子都不给买，娃娃精脚片子在草原上跑，两只脚都被刺扎得到处是伤，流血流脓的！”

“这跟他有什么关系？这个巴郎子的确能吃苦，风里雨里泥里水里跑着放马，这是咱们家的造化，我好不容易才找上这么个娃娃，他干吗抢？”哈里克有些气愤愤的。

伊斯哈格其实还是个不满十四岁的孩子。三年前，伊斯哈格从家里逃出来，拽着大人的衣襟混在人群里挤上了从内地发往新疆的火车。这个内地的小站上，伊斯哈格将瘦小的脑袋伸出火车车窗，怅然若失地看着送行者里面有人在哭，他的心里霎时变得乱麻麻的，未经大人许可，他是偷偷跑出来的。他正要把头从窗外缩回去，可是一道从未见过的风景，闪电般击中他的小心脏：原来火车顶棚和窗户沿上爬满了密密麻麻的麻雀，这些小精灵也搭乘火车上新疆呢。麻雀由平日里在村子的树冠上的叽叽喳喳和争争吵吵，变得一声不响，仿佛用一种庄严肃穆在向曾经养育过自己的瘠薄的土地作最后的道别。

伊斯哈格倒吸了一口凉气，担心地想，不知道那些可怜的小家伙能否用自己纤细的爪子抠得住奔跑的火车到达新疆？也许有一些麻雀，会疲劳过度而跌落，成为遥远戈壁荒漠迁徙路上的牺牲者。

记得在村子里时，伊斯哈格常见大人们摇头叹气，说是干裂的土壤已经被破坏了，从国外引进的粮食种子完全代替了以前种子公司那些传统的种子，种子公司和农民都再也不留种了，农家肥的种植方式也被国外的化肥替换了。这些进口的粮种，一经播进田里，就必须得用国外进口的化肥进行催长。等到种子长出来后，各种以前没见过的杂草就迅速把粮食缠住了，即便是全家人出动猫着腰除上一个多月，累得半死不活，还是无济于事。于是，就又得用国外进口的农药了，不用进口的农药，这些没见过的各种杂草就无论如何也除不干净。等到粮食出穗上面粉的时候，突然田里的粮食上就又会生出蚕蛹一样大小的各种颜色的小虫子。一时虫子泛滥成灾，爬得到处都是，粮食一粒粒被吃没了。虫子吃完粮食，又爬到村子的各个巷子里，甚至爬进村民的家里找东西吃，人不小心踩在脚底，就发出吧吧吧地响声，让人心惊胆战的。没办法，进口的农药才能对付得了这些虫子。可是，进口农药用上后，村子里的猫死了，喜鹊、乌鸦、猫头鹰都统统地死了。不知何时，大家发现村子里一下子冒出许多黄老鼠，黄老鼠成群结队，个头大得都快成精了，说个稀奇话，有些老鼠长得比猫还大，猫不仅不敢抓这样的大老鼠，还被老鼠频频追上跑。因此，该生存的在这古老的村落里生存不下去了，倒是大家认为不该生存的那些稀奇古怪的东西都全部出世了。有些人，动不动还会生一些怪病，不是这个肿瘤就是那个癌症，治也治不好的。大家都隐约感觉得到可能是这些进口种子的问题，不想再种它们了。可是以前的种子去哪儿了，农民们渴望能恢复以前那种传统的农家肥的种植方式，然而种子却找不回来了。也许有一天，即使种子找回来了，但不知需要多少代人才能恢复土壤的健康和元气啊？人们放弃家园，逃往口外。新疆口外大呀，随便养几只羊都能活人。那些灵性的麻雀，也跟着人乘火车去新疆了。

在乌鲁木齐二道桥子，伊斯哈格混在那些打工的人流里等着看有没有人找他干活。可他还是个孩子，谁都不肯要他。但是这样下去，他会被饿死的。他在马路边的道牙上凑合了一个晚上，第二天下午的时候，一位身体粗犷的大叔走过来问他：“哎，巴郎子，吃饭了没有啊？”

伊斯哈格乏乏地摇摇头，他饿得连说话的力气都没有了。

“那就赶快跟我走、赶快跟我走，跟上我吃香的喝辣的走！”

伊斯哈被他牵着小手，拐了几道巷子，就已经辨不清方向了，他被领进一个饭馆，吃了一碗羊肉泡馍。吃饱了也吃香了，这个新疆老板才开始又问了：

“跟上我经常吃这样的羊肉泡走，能成不能成？能成的话就跟上我走！”

伊斯哈格心说，既然吃了人家的饭，就跟上人家走吧，多大的苦都能吃得下。伊斯哈格回答说：“能成！”于是，他便跟着哈里克大叔乘坐班车来到了天山深处的草原上牧马了。

“说一千，道一万，人家艾布明天就要把伊斯哈格领走了，说明年还会把他送到区里学习呢，不久在草原上还要打造新疆最大的赛马场呢，到时候伊斯哈格就是天山真正的雄鹰了，有多少漂亮的羊羔子（姑娘）会慕名而来，希望能嫁给他呀！”

“不要胡说八道了，怎么可能呢？”

“真的，就在今天早上，你去了镇上的巴扎，艾布带着一位领导专门来和伊斯哈格谈了，人家也征求了哈格的意见。那位和他一起来的领导也发话了，说伊斯哈格愿意去谁家就去谁家，不能干涉，干涉是要吃官司的。我只好给人家说了，等坚守完今天最后一天，明天要走就走吧！”

“领导？你能认得领导长的啥样子吗？嘴别伸长胡说？”

“唉哟哟，我把领导不认识吗？衣裳、脸，还有手，一看就不是劳动干活的。”

“真倒霉，看来，咱家的马以后得靠自己放了！唉，也怨我，昨天伊斯哈格出去牧马的时候把咱家的玉狮子用绊马棒绊住，绊马棒把玉狮子的两条前腿都打烂了。玉狮子不就是爱到处跑嘛，它跑你不会跟紧点吗？干吗用绊马棒呀？这娃娃经常把马群往草山上一赶，就在草甸子上不是看他的那些破书，就是睡大觉去了，一天好像老是钻进书里不出来了，我实在气不过，就说了他几句，他还嘴里胡嘟囔，气死个我了，让我照准他的背子美美抽了几鞭子，可能抽得劲大了，受不住，想逃跑！”

“不要紧，你晚上好话给哄一哄，让别记恨咱们，你不哄一哄，晚上马群回圈，他今晚半夜连夜草也不给马添了，刚想着明天早早一走了之。”

此时，哈里克家的晚饭已经吃了，天已经黑下去了，暗影慢慢地遮蔽了草原上的一切，远远近近，黑咕隆咚的，夜的颜色有厚有薄，带给人一种草原神秘的力量。草原深处星星点点的帐篷里忽闪着忽明忽暗的星火，像磷火似的。

伊斯哈格居住的窝棚里一派寂静。旁边的鸡棚，几只新疆芦花鸡卧在半截木头上。它们放松了全身的羽毛，凌乱着翅膀，一只依偎着一只栖息在一起，发出梦呓般的咕咕声，仿佛喃喃自语着要做一个什么好梦似的。鸡喜欢把自己的嗉子用翅膀和脖子捂住，不让它受凉。如果夜里偷鸡贼拿一根长木椽塞进炕灰里把木椽烫热，再轻轻塞在鸡棚里的鸡嗉子下面，鸡感到温暖就会立马自动跳上椽子，叫都不叫一声，安心地蹲在椽上面被轻而易举地端出鸡棚抓走。

草原上的各种鸟类和小动物，还有牛哞驴叫马嘶羊咩，以及蛐蛐虫虫在白天演绎的大型交响乐已经逐渐减弱和平息下来，就像大河激越时发出的川流不息的响声被分流到四路八岔，渐渐由洪涛变成了低吟浅唱。那些习惯在白天活跃的草原上的野物，有的回巢躲藏起来睡觉去了，而另一些像刺猬、野兔和在夜间才肯出来觅食和恋爱的昆虫们却探探索索地爬出来行动了。那喜欢在黑暗的掩护下活动的动物和虫子的声音也开始由弱到强地传递着，慢慢打破了这无垠的夜的草原的寂静。

有几只野兔从草木掩隐的窝里偷偷地跑出来，寻找着自己喜欢的嫩草。草原在微风下，就像水波纹一样微微荡漾，发出空幻般的声音。

有一对獾跑出来，在一个洼陷的草坡下面，始终保持着警觉和多疑的姿势，此刻在小心翼翼地东看看西瞧瞧，似乎情况一旦不妙就跑回洞穴里去。

村口，在那片总是被哈里克家的老黑乳牛占据着的草坡上，这只没有什么野心和不肯走远的乳牛从早到晚已经吃了一天的草了，完全吃饱了，它静静地立在那里慢条斯理地反刍着。远处，有走在回圈的路途中的马群里的马儿发出咴儿咴儿的叫声。

哈里克听出来，这是他们家的马群。他们家这群马匹里，有一匹全身血红的儿马，看上去个头比所有的马都高大，威风凛凛的，伊斯哈格给它取名叫大特级，大特级嘶鸣一声，马群就会情不自禁地向它靠拢。一般情况下，马群在去往草原或者回马厩的路上，所有的马都会排成一排竖形的长队，从未牧过马的人听了这些是难以置信的。大特级要么在队形的第一个领着马队，让马群不要跑得太快，要依照它的速度和节奏行进；要么就是走在最后一个，驱赶着马群向前。倘若队形里某匹马儿调皮捣蛋，不肯听话，从队伍中跑出来，大特级就会毫不犹豫地扑上去撕咬，离队的马儿就只好灰头土脸地回到队形里去了。但一个群体里总会有不同的声音，总会有唱反调和不愿随大流的音符，这是非常正常的。玉狮子就是这样的一个家伙。你说它是一匹儿马倒还罢了，可偏偏玉狮子是一匹骒马，它全身雪白，犹如和田白玉，亮光闪闪，色泽润滑。它常常不惜被咬的代价，不听大特级的话，常常乘其不备溜出队伍，尥着蹶子逃之夭夭，有时离群后就走失掉了，无论伊斯哈格怎么找都找不到，直到它自己觉得了无趣味了才会跑回来，或者伊斯哈格找了半晚上才能在一个水草丰美的偏僻的角落里找到它在独自品尝别的马永远品尝不到的野草。

此时，哈里克大叔心烦意乱地提着鞭子，走出去在马厩前的路口子上等马群归圈。

婆姨罕古丽依旧像一只造窝抱儿子的老母鸡，她叽叽咕咕地自说自话："这个伊斯哈格怎么还不赶着马回来啊？哈里克就这么个脾气，我们谁没有挨过他的打呢！"

整个草原上，一派深邃，草海在夜间显得愈益苍茫。回头看，马厩的轮廓和村舍也渐渐变得越来越模糊，就像淹没在黑色的潮水之中。特别远的地方，孤独的草原帐篷里，尚有一丝萤火虫般的光芒。

哈里克的马群踏出隆隆的声音，排着整齐的队形走回来了，径自往马厩里进去。大特级依旧断后，它把所有的马匹驱赶回马厩，自己才最后一个昂首挺胸走进马厩。

当马蹄声安静下来，叫蚂蚱和蟋蟀开始在门前的草坪上缓缓争鸣，草原的夜空更加空寂。

哈里克检查了，玉狮子没有回来，牧马的巴郎子伊斯哈格也不见了。“这个狗日的，是不是跑了？”哈里克心里特别沉重，思忖着，“我的玉狮子啊！”

哈里克钻到马厩最里面，一遍又一遍转着圈寻找玉狮子，那些马匹谁在哪儿站立，都按平时的习惯和自己的强弱抢占好了位置。位置和秩序是永远不会轻易改变的，要维持好久的，只有谁打败了大特级，接替了新的王位，一切才会重新调整和安排。所以，马厩里缺少了谁，就像单位大伙儿聚在一起摆椅就座一样，清清楚楚，一目了然。牲口的世界和人的世界是一模一样的，都是弱肉强食、论资排辈，按级别大小进行待遇优劣的分配，如若不是你的位置你一旦侵占了，那后果是非常严重的，要受到严厉的惩罚和撕咬的。动物为了维护和巴结首领，会对某个不合时宜的冒犯者群起而攻之，直到它夹着尾巴顺从为止。

玉狮子没有回来，是不是出了什么问题？不好说，人心难测，哈里克知道，伊斯哈格不是个用暴力能够征服的娃娃，这他已经多次领教过了，尽管鞭子抽在身上，但他就是不肯低头认错。

玉狮子跟所有的骒马也不一样，它不肯顺从大特级，大特级所规范的一切秩序让它一次次颠覆了。玉狮子也不爱恋群，常常特立独行，它宁愿跑很远的路和哈里克家马群之外它所欣赏和尊敬的儿马谈情说爱，也不愿意让大特级碰它，它不接受大特级的呵护和奖励，也似乎不怎么看好大特级的王权和独裁。玉狮子在哈里克家的马群里也是最漂亮的一匹骒马，从来都是干干净净，全身雪白雪白的，让大特级情不自禁地眼馋，多次都想扑上去震撼它，让它变成自己的妻妾，但都遭到了玉狮子猛烈的拒绝和反抗，均以失败而告终。这令大特级十分沮丧和懊恼。玉狮子十分厌烦独裁者，它喜欢那种和大家平起平坐具备儒雅气质的儿马，即便是年龄老一点它都觉得没有关系，关键是要能和所有的马儿打成一片，无为而治。

哈里克觉得自己就像是在梦里一样，脑海中浮现出玉狮子与众不同的身姿。现在，他再不能胡思乱想了，得抓紧去找它。“它究竟跑哪儿去啦？这个狗日的伊斯哈格啊，怎么丢了玉狮子就逃了呢？”

哈里克走出马厩，闩好厩门，提着鞭子，再一次想起他用这条皮鞭抽伊斯哈格的情景来了，他一边想一边沿着马群常去的草场，寻他的玉狮子去了。

繁星似海，月亮就像降落在草原上的草丛中了。伊斯哈格还在很远很远的草场上哭哭啼啼地寻找着丢失的玉狮子，这是他的工作和职责所在啊！一般情况下，等到太阳快落山畔的时候，伊斯哈格就开始归拢散撒在草原上的马匹，将它们驱赶到一个固定的位置，数一下，一匹不少，就吆着它们回家。这些马只要你赶着它们到达回马厩的那条岔路口子上，它们就会自动排好队，根本不用人管，有大特级会把它们领回去。

伊斯哈格愈走愈远了，草也越来越深了，各种怪石峥嵘，有些石头就像面目狰狞的野兽和传说中成精的怪物。他听有些人讲，鬼魂有时会躲在某个角落窥视着你，于是他的头发立刻就麻辣辣的，像是有一些微小的虫子钻进头发里爬动着。

这草原上有蟒蛇和狼，还有老虎都难以对付的大熊，希望戴着马绊的玉狮子不要遇上这些天敌，否则他觉得自己的名声就要毁了，草原上就没有他立足的地方了。牧马人有牧马人的规矩和讲究，更有牧马人的责任和尊严。他一边跑，一边借助月光在观察，他也不敢因恐惧和着急而出声地哭，担心会惊动了野兽来围猎他，这样也会被人嘲笑他不是一个真正的草原男人。他擦干眼泪，用手掌捋着头上的汗水。

白天，中亚大地上毒日头晒出的温度似乎尚未消散殆尽。伊斯哈格继续一片草海接一片草海地寻找，汗像水一样流，浑身上下全湿透了。他口干舌燥，眼睛也干巴巴地充血一般，犹如狼的眼睛一样红苍苍的。他仔细地搜寻着每一个玉狮子有可能藏身其中的地方。有些灌木被他跑过时划出哗啦啦的声音，有时回音让他立即凝神静听，以为是玉狮子就在附近。但一次次都由希望变成了失望。他光着的脚丫子被草原上锋利得像刀子一样的石头、木刺划拉刺割得伤痕累累。他在草原上三年都是精脚片子，常常是旧伤刚愈，又添新伤。他尽力用面积较小的脚尖和脚趾踮起来，跳跃着行走，脚尖刚一落地，他就迅速弹跳起来，这样就避免那些藏在草丛中的利器扎入脚心。他把裤腿用冰草绑着，避免蛇和蝎子一类的钻进去叮咬。当然，在草原上有一字蒿，可以治疗蛇毒，用嘴嚼烂，抹到患处就好了。家有一字蒿，不怕毒蛇咬三遭。一字蒿草原上到处可见。

伊斯哈格找遍了玉狮子习惯和常去的草场的每个角落，都没有发现它的影子。这匹年轻貌美的白骒马呀，尽管戴着马绊，但是倔强的性格使它不肯听命于命运的摆布，它忍着马绊剧烈敲打的疼痛，独自离开了马群，向谁也不知道的地方走了。

伊斯哈格因为丢失马匹所感到的痛苦和自耻，使他变得有些愤怒，变得忘记了独自所处的夜晚的草山上的害怕。他知道他已经走到了毒蛇和野狼出没的那片领地。他有些控制不了自己的情绪和理智，杜尔杜尔地呼唤起了玉狮子，只要玉狮子发出一声嘶鸣，他是能够立时辨别出它的声音来的。三年了，他是能够听出所有自己放牧的马的叫声的。

灌木变得越来越多，越来越深，出现了许多乔木，走进这里似乎再也走不出去的感觉，草长林深，就容易找不到方向。现在，该找的地方几乎都已经找了，只能冒险在这野兽出没的地方一试了。经过长时间的跋涉和奔跑，伊斯哈格的腿肚子像灌满铅一样沉重，拖都拖不动了，他一屁股坐在淹没人身的乱草和森林里，一边休息，一边难过。从未有过的孤独，绝望紧紧攥住了他的心。饥饿、疲惫和鞭伤经过汗水的浸滋，疼得深入骨髓。煎熬跟疼痛交织在一起，折磨着他。一会儿，眼前也变得模模糊糊的，他似乎是有些要晕过去了。

哈里克提着皮鞭转了一圈，又走回来坐在马厩前不远路口的一块白石头上望着草原的深处，他没有看见玉狮子，也不知道他雇的牧马的小伙计伊斯哈格的踪影。他想在这里一边休息，一边再等等，也许玉狮子自己会走回来的。

罕古丽一个人在家里越想越蹊跷，玉狮子丢了，伊斯哈格是不是已经被艾布领走了。她是很喜欢艾布的，年轻的时候还偷偷地跟他约过会，在茂密的草丛里滚过蛋蛋，现在滚不动了，但她依然对艾布充满好奇。他嘴里依旧自言自语地埋怨和诅咒着，唠唠叨叨，嘟嘟囔囔，没完没了。她乘着哈里克去外面找玉狮子，就想去艾布家看看，从他们家到艾布家约两箭的距离，她摇摇晃晃扭捏着身子去了。

就在家中无人看管的这个期间，两只一公一母的野狼带着自己的狼崽子闯进了哈里克家马厩后面的羊圈，把三只最好的头梢子羊咬倒把血吮咂了。另有几只羊被狼咬倒了。这些喂养得特别肥壮的绵羊，个个都是钱疙瘩，这下损失可惨重了。狼有时被附近草场上的牧民们称作卦先生，意思是能掐会算，它们算中了今天哈里克家的人都会出去，就下山蹲在他家的墙头上守候着。狼能够闭毛缩骨，把自己变得跟猫一样大小，偷偷藏在墙头上，或者草丛中，一般情况下人是发现不了它们的，待时机成熟，才会发起突然的袭击，从来都鲜有失算。

等到哈里克跟罕古丽两个都累了，不约而同回到家里的时候，发现了狼制造的惨案，便拍膝叫娘，更加怨恨和迁怒于伊斯哈格。

野狼的叫声让累得昏昏沉沉的伊斯哈格又紧张地翻了起来。他竖起耳朵，仔细谛听，似乎就在不远处传来玉狮子不同往常地嘶鸣声。带玉狮子回家，这是他的责任、尊严和使命。他顾不得许多，一下子从灌木丛里蹿起来，就往玉狮子嘶叫的方向狂奔。

他想起白天他给玉狮子戴的马绊是一截青冈木制作的。青冈木是非常结实的木头，柔韧性特别好，轻易是断不了也坏不了的。马绊的绳子也是不容易坏的牛皮绳子，耐磨性特别好。他原本是躺在草丛里读书的，太阳正好晒着他的脚腕子，那些被石头和木刺刺割得如粗粝裂开的树皮似的伤痕，痒酥酥的，特别舒服。“老人在黑暗中感觉到早晨在来临，他划着划着，听见飞鱼出水时的颤抖声，还有在黑暗中凌空飞翔时挺直的翅膀所发出的咝咝声。他非常喜爱飞鱼，拿它们当作他在海洋上的主要朋友。”他在读他从内地背到草原上的《老人与海》。他出门时，一共带了两本书，还有一本是《新华字典》，他一年四季，大部分时间都是在读这部字典的，每当生活变得枯燥无味的时候，《新华字典》中那些字，就是他深入的迷宫。今天他在读《老人与海》，他已经读了五百遍了，“他替鸟儿伤心，尤其是那些柔弱的黑色小燕鸥，它们始终在飞翔，在找食，但几乎从没找到过，于是他想，鸟儿的生活过得比我们的还要艰难，除了那些猛禽和强有力的大鸟。”他想，草原上也是如此，草原和大海一样宽阔浩瀚，一样可以让人的胸襟变得特别大，海洋是残暴的，也是仁慈的并十分美丽的。但是，他长这么大，还没有到过海洋呢，然而他可以想象海洋，通过海明威的书，他对海洋怀有好感和梦想。他突然想起玉狮子会偷偷跑远，乃至丢失，这会影响他想海明威的心情。他在做好标记的草丛里找到了备好的马绊，他将一根手指伸进口中，一声响彻云霄的口哨，黑豹狂飙而至，来到他的身前。这是他的专用座驾，全身没有一丝杂毛的黑骏马。他提着马绊翻身跳上黑豹，追赶玉狮子。玉狮子也警觉了，知道是在追它，开始拼命狂奔。一白一黑，两匹马在草原上飞奔角逐，在地平线上旋转。中亚大地的胸膛上传出密集的鼓点般的韵律。黑豹在瞬间的爆发力犹如幽灵一样。很快就开始跟玉狮子比肩了，刹那又越过了马头，这时候伊斯哈格会准确无误地将马绊的绳圈套入玉狮子的脖颈。只要马绊入项，就跟枷锁上身，再不敢跑那么快了，因为跑得越快，那根木棒会绞绕在马的前腿的里里外外，敲打得极其猛烈，会钻心地疼。草原牧民的智慧真是让人叹服啊！

伊斯哈格跳下马背，又读《老人与海》去了，“他慢慢划着，直朝鸟儿盘旋的地方划去。”大海太美啦，那个打鱼的老人其实并不孤独，因为在这中亚的大草原上有个年轻人在牵挂着他！

倔强的玉狮子还是忍受着疼痛逃跑了。这匹不肯向世俗低头和不愿随波逐流的白马啊！

玉狮子被困在一个三面都是悬崖的三角形的草丘上，似乎是狼堵在那个出口的地方。他知道，倘若不是那害人的马绊，玉狮子是不会惧怕区区几头野狼的。玉狮子看见了伊斯哈格，发出阵阵嘶鸣，仿佛是在呼唤主人。

伊斯哈格蹲下，双手扬起一些干土面，顿时土面像烟尘滚滚，吓得野狼跑远了。狼是怕火和烟的。马是陆地上的旱龙，是能通人性的。伊斯哈拔了一把青草，走近了玉狮子。玉狮子似乎被折腾得有些困顿，它吃了他伸过来的草。有些不那么紧张和恐惧了，似乎在慢慢适应和接受这个要做它的主人的人的爱抚和亲近。他解下了它的马绊，它并没有逃跑，而是继续等待他用马绊的绳子做了一个简易的笼头戴在了它的头上。

他骑上了玉狮子，冲下了草丘，向北斗星指引的方向飞奔。那些狼只是远远地跟着，不敢紧追上来。因为马给人壮胆，人给马壮胆。当生命有了伴旅，一切都变得不那么恐惧和孤单了。

草原上的月亮已经升上中天，天地亮如白昼，草木在骏马的蹄下轻轻地挣扎，发出唰啦啦、唰啦啦的响声。伊斯哈觉得他是在草上飘着的。

四个小时后，伊斯哈格望见哈里克家一夜都没有熄灭的灯火。他一阵阵激动。

哈里克和罕古丽经过一晚的折腾，倚着炕头都累得闭着眼睛打盹，他们被逐渐跑近的马蹄声惊醒了，惊讶地睁开眼睛，互相看着对方。

天快亮了，洁净无染的大海一般的草原上，一抹薄纱一样的色彩微微地向中亚大地铺陈开来。钢蓝色的亮光从草原的地平线上一点一点一点一点地释放。

哈里克两口子一起长长地松了一口气。

原载《天涯》2021 年第 4 期

【作者简介】俞胜，1971年生，安徽桐城人。中国作家协会会员，辽宁省作家协会特聘签约作家。著有中短篇小说集《城里的月亮》《寻找朱三五先生》，长篇小说《蓝鸟》，散文集《蒲公英的种子》等。曾获安徽省首届鲁彦周文学奖中篇小说奖、中国报纸副刊美文二等奖（2015），首届孙犁文学奖等文学奖项多次。《人民日报》《光明日报》《文艺报》《中国艺术报》《文艺评论》等报刊有关于其小说创作情况的介绍。

Yu Sheng was born in Tongcheng, Anhui Province in 1971. He is a member of China Writers Association, and a specially-appointed contracted writer by the Liaoning Writers Association. He has authored collections of short stories and novellas including *City Moon, Looking for Mr. Zhu Sanwu*, the novel *Blue Bird*, and an essay collection *The Seeds of Dandelion*. He won the 1st Lu Yanzhou Literature Prize for Novellas in Anhui Province, the Second Prize of Supplements to Chinese Newspaper in Beautiful Articles(2015), and the 1st Sun Li Literature Prize, and so forth *People's Daily*, *Guangming Daily*, *Literary Gazette*, *China Art*, *Literary Review* and other newspapers and journals.

雾中的牛

俞　胜

这一幕常常在他的脑海中闪现：一头壮硕的、鼻子上穿着缰绳的水牛穿过早晨的浓雾向他走来，牛的四蹄在春天的田埂上踏出粗重的“扑嗒”声，渐渐地，出现了赤着脚、裤腿挽得高高的父亲。父亲衣襟上满是泥点，他的右肩上扛着一张灰黑色的犁，左手执着牛缰绳，犁铧的寒光在雾气中若隐若现。那天早晨，牛和父亲应该是同一时间撞入他的眼帘的，只是由于雾气开始流散，才给了他一种渐次穿出的错觉。

那是谷雨前后的早晨，两只布谷鸟隔着庄子在一前一后地唱和，雾气渐渐变淡，他看见庄子里的大人们都分散在田野里，有人在耕田，有人在施肥，也有人在清理沟渠。早稻的秧苗刚刚出畦，田里的泥土多数已被犁铧翻开，只等着灌水再用耙平整后就可以插秧了。那天早晨，他和父亲一样，也赤着脚，脚底板踏在松软的田埂上，微凉，没有一丝寒冷的记忆。地气已经暖了，田埂一侧的青草翠油油的，草丛中有粉白色的野蒿、开着黄色小花的稻槎菜，还有尚未开出紫色小花的犁头草。他背着母亲缝制的一只布书包去上学，布书包的布带子从他的左肩斜挎到右胯，一身蓝布衣裤已经洗得发白。上衣在心口位置有个兜，兜内可以插放一支钢笔，但一年级的他还用不上钢笔，所以那天他的上衣兜应该是空空的。四十年前，庄子里上学的男娃都是这样的打扮。女娃则穿一身碎花的布衣裤，布书包的颜色也要丰富多彩些。

那天早晨，父亲驱赶着牛从浓雾中穿出来，让他怔了有一分钟。父亲当然看见了他，可是并没有和他说话，似乎咧嘴朝他笑了一下，就驱赶着牛匆匆拐下了另一条田埂。他家有一块田在那条田埂的方向。他也没有和父亲说话，甚至连招呼都没打，看到父亲朝他咧嘴一笑，他也回笑一下，像是一种机械反应。

四十年后，有一次在梦里，他的眼前闪现了那天的早晨。他向妻描述梦境时说："奇怪，我父亲竟然没有和我说一句话，他连我的名字都没叫，就那么一声不响地、匆匆地走了。"妻说："故去的亲人出现在梦中，一般都不会开口说话的。"他没有探究妻的理论是从哪儿得来的，只是听了妻的话，发了好一会儿呆，最终确定四十年前自己那天早晨的所见并不是梦。

小学校在村部，从家到学校，只需向东穿过一片田畈和一座种植着歪歪扭扭矮松的山丘，再横跨一条砂石铺就的公路。那些矮松似乎一直长不大，在他的记忆中一直矮矮小小、歪歪扭扭了几十年。公路上也很少有车辆同行，天晴的日子，如果有一辆车同行，远远地就能看见一股漫天的尘土紧紧地咬着车的屁股在翻滚。他家在庄子的最东头，出门，转过屋角，经过他家的晒场，再从一座竹林边穿过，就到了那条通往矮松山丘的田埂。那天早晨的雾对于他来说，稀松平常得很，大湖就在他们所在庄子的西边，不过隔了庄子后面的一片田畈。有雾的日子是家常便饭，只是撞见牛和父亲从雾气中穿出，却是他记忆中的第一次。

父亲和庄子里的其他成年男人不同。父亲原本在村小学里做老师，虽然长年是一身蓝布衣裤，但他的衣裤不会沾一丁点泥土的末儿，他的胡须也总是清理得干干净净的，褂子的上兜里通常插有两支钢笔：一支灌的是蓝黑墨水；一支灌的是红色墨水——这是老师批改作业才有的待遇，连村主任都不会有。

一年级上学期时，父亲是他的父亲，还是他的班主任老师，也教另两个班的数学。他在学校里，身上自带一份荣光，自己想不承认都不行。只是这份荣光实在过于短暂，到了寒假，他就已经知道父亲下学期做不成他的班主任老师了，不但做不成班主任老师，连学校里的老师都做不成了——母亲为他生了一个妹妹。妹妹当时已经一岁，她的出生，触犯了四十年前计划生育政策的红线，父亲是民办教师，学校想挽留也挽留不了，只能回到庄子里做一个地地道道的农民。

父亲当了农民，母亲有些内疚。有次，一岁的妹妹哭闹时，母亲不由得责怪起来："都是因为你呀，你大都做不成老师了。再哭，你惹恼了他，看他不把你的屁股扇开花才怪。"四十年前，他们那个地方都管自己的父亲叫"大"，和四十年后不一样，四十年后庄子里的娃也像北京城里的人一样，管自己的父亲为"爸"，但四十年后的庄子里一共也没剩下几户人家了。

那次，受到母亲责备的妹妹哭声更大了。他记得在一旁的父亲笑着抱起了妹妹，一边用胡茬扎她的脸，一边说："我娃，生下来都是宝，我亲还亲不够呢，哪会扇你的小屁股呀！"胡茬扎得妹妹咯咯地笑起来。

后来他常常想，那个有浓雾的早晨，应该是父亲第一次驱牛去犁田。

父亲原本不会犁田，在村小学当老师时，不会犁田是名正言顺的事。再说分田单干也没几年，他家共有四亩水稻田、两亩旱田，犁田的活儿一般都是隔壁的大伯帮着做的，他们庄子里称呼这种劳动的方式叫"代田"。"代田"

并不是白代，大伯代犁他家的田，他的母亲则帮大伯家插秧，他们庄子里称呼这种劳动的方式叫“换工”。但犁田是下苦力的活，一般都由男人完成。自古以来，他们庄子里没有谁见过驱牛犁田的女人。女人干的农活一般是插秧、薅草和割稻。

显然，单纯的“换工”不太公平。所以，每次大伯“代田”时，母亲一早总要卧好四个糖水荷包蛋，然后盛进一只粗瓷大碗里，用竹篮挎着送到地头。这一天，得让大伯吃过荷包蛋再下田。另外，逢年过节，还要再给大伯备一份礼物，答谢他“代田”的辛苦——这也是他们庄子里自古沿袭下来的礼数。

父亲不当老师了，成了一个地地道道的农民，再不会犁田就不是名正言顺的事了。

那个有浓雾的早晨之前，母亲和父亲为要不要继续麻烦大伯“代田”的事争执过多次。父亲并不惧怕自己要过扶犁耕田的日子，自从不当老师了，他下田时裤腿卷得比谁都高，胡须也好几天才记起理一次，常常弄得胡子拉碴的。父亲犯难的不是斯文扫地，而是犁田有一定的技术含量，他实在一点不会，他甚至希望由自己代替母亲去换工，还有当时父亲的心底也许已经萌生了自己不会永久当农民的想法。母亲却固执己见、寸步不让，不只是因为有了两张嗷嗷待哺的娃儿的嘴，而父亲已经不当老师了，家里除了种田再没有别的来钱路子，务实的母亲必须精打细算，不能多支出一分钱。而且大伯已是白发苍苍，犁自家的田都有些力不从心了，不止一次地透露过希望母亲另觅他人“代田”的想法。万一在“代田”时，大伯有了个三长两短，如何向邻里交代呢！

后来，他又由那个有浓雾的早晨，回忆起之前一天发生的事。他放学回来，母亲挑着两只桶准备去菜园里浇菜。父亲坐在门槛上，低着头抽烟。记忆中这也应该是父亲第一次抽烟——那种没有过滤嘴的卷烟，好像是五分钱一包，也许是“骆驼”牌的，也许是“小刀”牌的，具体是什么品牌的，他现在怎么也回想不起来。记忆中只残留烟盒上的“骆驼”和“小刀”图案。

父亲赤着脚，应该是从田地里回来不久——他看见父亲脚上的泥有些干了，呈现出灰白色；有些还是湿的，呈现出灰黑色。父亲的脚旁丢了四五个烟蒂。

那时的太阳已经转到了屋后，但阳光还很亮，阳光让屋子的阴影一点一点往前延伸，像湖水一般漫过了母亲的脚边。母亲放下了桶，心疼地瞅着父亲说：“要不你去浇菜，我去学学怎么犁田？”母亲当然不是在说赌气的话，父亲还在当老师的时候，她就不止一次地说过不好让隔壁大伯一直“代田”的话。

那年的他只有八岁，八岁的智商还承担不起当父亲和母亲之间重大事项的裁判官，他只是愣愣地站在那里，瞅瞅父亲又瞅瞅母亲。父亲也是一愣，父亲应该不是发现他回来站到跟前了才发愣的，父亲应该是听母亲说她要去学犁田才一愣的。母亲的这句话也许刺伤了父亲的自尊，他狠狠地吸了一口将要燃尽的烟，随后挥手甩掉了烟蒂。那颗烟蒂落地后又弹跳了一下，最终落在了母亲的脚边。父亲黑着脸，站起来冲着他，也许是冲着母亲说的：“我去！有什么难的？”这话像是在给自己打气，父亲边走边扑了扑屁股上的灰土，瘦削的身影转瞬就消失在屋角。

还是那一天，他脑子里始终盘旋着父亲和牛从浓雾中钻出的情景，他既觉得奇怪又觉得新鲜，放学后他就没有直接回家，而是顺着宽宽窄窄的田埂走到了自家的一块稻田边。他见到了父亲第一次犁田的情景。那头壮硕的水牛，他们都叫它大牯牛。它那时候的岁数和他差不多大，它的脖子上架着木制的轭，轭两端镶着小铁环，分别拴着一根结实的棕绳，各自从大牯牛身体的两边延伸到犁辕前端一个铁钩挂住的搭杠里。父亲左手执着牛缰绳和一根充当牛鞭子的细竹棍，右手紧张地扶着犁。父亲的手法显然还很生疏，那张犁在他的手里左颠右倒，总难扶出一条直线。犁铧翻出的泥土也深浅不一、歪歪扭扭，像狗在上面打过滚；而隔壁大伯犁田时，犁铧翻出的泥土就像一行行均匀的波浪。父亲跟在牛的后面跌跌撞撞前行，弄得前面大汗淋漓的牛失去了耐心，大牯牛身子往前一挣，父亲一个趔趄，一下子扑到了泥水里，手中的犁被抛在了一边。顿感轻松的大牯牛拖着犁欢欣鼓舞地往前迈了好几步，然后站在那里“呼呼”地喘着粗气。

他记得当时自己在田埂上惊呼了一声，“大，小心呀——”犁铧在父亲的前方闪着寒光，如果不小心扑到犁铧上，被犁铧伤着，皮开肉绽都是小事。也幸亏大牯牛训练有素，没做脱缰的野牛。

父亲挣扎着爬了起来，泥水顺着他的蓝布褂子和裤子往下哗哗地淌，父亲的脸上也糊满了泥水，简直看不出人的面目，两只惊慌、窘迫又闪闪发亮的眼睛，一直深深地刻在他的记忆深处，让他每次记起，心都会像被谁的手攥着捏了一把。

他还记得，听到他的惊呼，父亲侧过脸朝他笑了一下。这笑像是自嘲，又像是为了证明自己没事，好让他放心。父亲那时候的牙齿还很白，隔了四十年的时光，他还记得父亲的牙齿在夕阳中晃出白瓷一般的光晕。那时候的父亲也才三十来岁，刚开始学会抽烟，牙齿上还未存留后来烟熏的黄渍。父亲又扶起了犁，左手扬起细竹棍，拉起牛缰绳逼迫着大牯牛往后退了好几步。父亲只是威胁了一下大牯牛，细竹棍击打空气发出了“呼”的一声空响，并没有真的落到大牯牛的身上。懂事的大牯牛弓着身子，重新迈起稳健的步伐，父亲也似乎掌握了一些技巧，犁铧再入土后，翻起泥土的深浅就稍稍均匀起来。

大牯牛是四户人家共同购买、共同饲养的，四户人家一共有三十二亩水田，加上旱田大概不到五十亩。饲养的任务根据田亩分担，一亩田承担一天的饲养任务，依次轮回。他家是四户中的一户，有四亩水田和两亩旱田，每个轮回他家饲养六天。从分田单干时候开始，他家就已经承担起了饲养牛的任务。所以，那天父亲犁田是在使唤自家的牛。

饲养牛的任务轮到他家时，这六天看牛就成了他放学后的任务。偶尔，他也帮隔壁大伯家看牛，大伯家也属于这四户中的一户。庄子里看牛的任务都是由他这样的小娃来承担的，男娃女娃都有。庄子里的大人种水稻、油菜，栽棉花，一年到头没有片刻清闲的时候。而看牛是一件轻松的活儿，小娃只需牵好牛的缰绳，管好它们吃好草、不要祸害庄稼就算完成任务了。他也在牛背上骑过，不过没有吹过笛子，别的乐器也没吹过，他也没有。

牛沿着田埂或湖边静静地吃草，像一个敬业的园丁，把一片草啃得齐茬茬的，不会有一棵青草在它们的眼前遗世独立。田埂大约有六十厘米宽，中间供牛和人行走，靠近稻田的一侧，通常种植有一行大豆。到水稻开始扬花时，大豆就差不多长得比水稻高一个头了。牛把嘴埋在田埂另一侧的草丛中，看起来老实又温顺的样子，但小娃一个不留神，它就迅速地把脑袋歪到田埂的另一侧，叼住一棵大豆的秸秆，一甩脑袋，豆秸就被连根拔起，牛有滋有味地咀嚼起来，小娃气得用细竹棍抽它，哪怕抽打它的嘴，它也要坚持把这棵偷窃来的豆秸吃光。豆秸味美，牛吃起来心安理得的，从来不会脸红。所以，看牛的时候，小娃也要注意力集中，让细竹棍贴在牛嘴边随时随着它吃草的嘴往前移动。嘴边的细竹棍时刻提醒着牛老老实实地吃草，不要恣意妄为。

如果牵牛到湖边吃草，小娃就不会遇到牛在田埂上偷吃豆秸的苦恼。但天热的时候，水牛一见到水，就要不顾一切地往水里扑。扑进池塘还好一些，大湖宽广，水牛扑进去就轻易不肯上来，有时甚至一直游到湖的那边去，给家中的大人带来许多的麻烦。

冬天的时候，牛就只有干草可以吃了。干草通常是干的稻草。收完晚稻后，各家的稻草在各家的晒场堆成一个小堆。一部分作为牛在冬季的食物，一部分要作为烧灶的柴火，最后变成草木灰，撒进来年春天的稻田里。

他还记得一个冬阳煦暖的日子——南方的冬天室内没有暖气，晴朗的日子，室外比室内暖和。母亲和婶娘们坐在向阳的屋檐下，一边说些家长里短的话，一边纳着鞋底——冬天寒冷，他们都不可能赤脚。

他穿着母亲做的棉鞋，在自家的草堆前，看到了父亲和牛——在记忆里，那是一幅宁静的村居图，泛着黄色的光晕。牛在咀嚼着金黄的干草，牛咀嚼干草的样子很庄严，下颚像钟摆一般左右摆动。有时牛停止咀嚼，像突然记起什么往事似的，抬头茫然地望着远方。牛记起了什么呢？每当这时候，父亲就无限怜惜地抚摸着牛的脑袋，还有它的脖颈。它的脖颈在夏天和秋天耕田时，被轭磨破了，现在还有很醒目的疤痕，那一处的毛也比别处的稀疏。

他记得父亲看见他走来，一边抚摸着牛的脖颈一边对他说，"娃，它吃的苦你是想象不到的呢。可怜的畜生泥里来泥里去，风里来雨里去，娃你别看它不会说话，可它心里明白着自己的苦呢！"他感觉到，那时的牛应该是听懂了父亲的话。牛举目望他，两只眼珠亮晶晶的，像充盈了满满的泪水。他就想，难道牛的前世也跟自己的父亲一样，是一个被辞退了的民办教师？

当过老师的父亲总会抓住一切适宜的时机勉励他通过读书改变命运，将来只有考上大学了，做一个城里人，才能改变像自己这样面朝黄土背朝天的"牛"命。

他果然没有辜负父亲的期望。他一路都是学霸，成了他们庄子里第一个考上清华大学的人。后来他的确做了一个城里人，而且还是北京城里的人。但那时的父亲已经静静地躺在那座种植着矮松的土丘里了。他读过苏轼的词"明月夜，短松冈"，他想那"短松冈"也许就像自己家乡的矮松土丘吧。

父亲的确想摆脱掉自己像牛一样的命运，他后来养过虾，养过鸡，养过甲鱼，但总是遇到意外的变故，所以一次都没有成功。父亲后来只好认了命，折腾不起。父亲后来学会了酗酒。有人说他父亲酗酒并不是因为一连串养殖事业的不成功，而是因为他考上了清华大学，他父亲是高兴了才酗酒的。但不管如何，这酗酒最终要了父亲的命。

他现在是一家大型国企的项目总工程师。他从技术员一路走来，一路也是坎坷不平、险象环生，每当事业遇到艰难险阻的时候，他的眼前总会闪现父亲第一次犁田、扑到泥水里又挣扎着爬起来的情景。那真是在泥水里挣扎呀，那泥水顺着父亲的衣裤往下哗哗地淌，一直淌过一去不回头的时光，淌到他的心田里，最终变成晶莹的泪淌到了他的腮帮子上。他觉得所有的事再难都比不上自己的父亲第一次犁田那么难。于是，他咬着牙，攻克了一个又一个难关。他的身上总有那么一种坚韧不拔的毅力，在单位里，同事们常常称他为“老黄牛”，每当这时，他又总想起自家的那只大牯牛。大牯牛勤劳了一生，在老迈的年纪，被他们四户人家卖给了屠户。他没有见到大牯牛被牵走时的情景，他刚上高中，听父亲讲过，大牯牛走之前两眼都是泪，父亲不忍心多看一眼。他常常想，同事们称呼自己的为什么不是“老水牛”呢？

他常常坐在电脑前，对着他的一堆数据进行研判、分析。就连除夕之夜，京城火树银花，五环外放烟花和爆竹的声音连成串，他都无心欣赏。

他的女儿在上小学二年级。女儿入学时的年龄比他早一年。现在的女儿跟他见到牛和父亲从浓雾中穿出时同岁。

除夕之夜，他下厨做了丰盛的年夜饭，他是一个勤奋的理工男，勤奋的理工男和有生活情调并不构成冲突，但他的生活情调也只体现在厨艺上。

饭毕，妻和女儿守护着电视机里的春晚，他进了书房。午夜十二点的钟声敲响了，妻按照北方的习俗，下厨煮好了“更岁”的饺子，嘱咐女儿给他送去一盘。女儿端着盘子一蹦一跳地往书房走，妻想了一想，不放心似的跟随在女儿的身后。妻并没有走进房间，只是倚在门框上，用混杂着怨恨、同情，也许是一丝敬佩甚或是无可奈何的眼神看着他，“补充一点草吧，老黄牛！”

女儿觉得妈妈的话很有趣，她“嘻”的一笑，把那盘饺子往他跟前一递，说：“给你这只老黄牛送草来啦，老黄牛！”

他推开电脑的键盘，一瞬间，从前那只壮硕的大牯牛就撞入了他的心头，父亲常常勉励他的话就撞入了他的心头。妻和女儿为什么不把他说成是“老水牛”呢？也许是因为他从来没有对她们讲过那只大牯牛的故事。那埋藏在记忆深处的大牯牛只能独自品味，不能向人提起。一提起，心就会像被谁用手攥住捏了一把一样疼。

他叹了一口气，他想，父亲一定不会知道，在北京城里已经生活了几十年的他，这一辈子仍然是那条大牯牛的命。这种命定的东西，在他的有生之年应该是不可能摆脱得掉的——他也不想摆脱掉。生活在家乡县城的妹妹呢，大概也是这样吧。

饺子冒着热气，在他的眼前就像升腾起了四十年的时光。四十年的时光也像是一道浓雾，而正在把这浓雾吹得渐渐消散的唯有思念。在越来越深、越来越深的思念中，他三十多岁的父亲正抚摸着安详吃草的大牯牛，父亲抬眼看他时的目光就那么格外清晰、明亮起来。

他忽然觉得时空原来可以重叠，四十年的时光只像一层薄薄的纱，隔着这层薄纱，自己仍然可以迎着父亲的目光深情地凝视。

原载《安徽文学》2021年第6期

【作者简介】周李立，女，出版长篇小说《所有与唯一》，小说集《安放之年》《黑熊怪》《丹青手》《八道门》《透视》《欢喜腾》等。获汉语文学女评委奖、第 17 届百花文学奖、《小说选刊》新人奖及双年奖中篇小说奖、储吉旺文学奖等。现居北京，任作家出版社编辑。

Zhou Lili, female, published the novel *All and Only*, the collection of novels *The Year of Placement*, *Black Bear Monster*, *Painting Hand*, *The Eight Doors*, *Perspective*, and *Joyfulness,* etc. Zhou won the Chinese Literature Female Judge Award, the 17th Bai Hua Prize, the Newcomer Award and the Novella Biennial Award by *Selected Novels,* Chu Jiwang Literature Award, etc. She currently lives in Beijing and works as an editor at Writers Publishing House.

戚　风

周李立

晚餐刚刚结束，严静将戚风蛋糕端上餐桌。餐桌上，暗红色的美国车厘子装在水晶果盘内，有恰到好处的闪光。四环路高架桥的街灯，透过落地玻璃窗依稀照进室内。

“我最喜欢做的就是这种，戚风蛋糕。”严静对两位客人说道。之后，她把蛋糕旁边的餐盘和杂物挪到远一些的位置，以便突出金黄色的戚风蛋糕的地位。

这天的蛋糕烤制格外成功，表皮浑圆到几乎透明，上桌后依然冒着热气，似乎出炉后它仍在继续鼓胀。

“因为它是最简单的一种蛋糕，什么也不用加，但也不容易，戚风蛋糕要做好，一点儿也不容易，不过它的做法又非常简单。”她进一步解释。

“是简约又不简单吧？”她的丈夫曾凯峰，紧接着说——他对她的配合，一向紧密而有分寸。他自己其实更喜欢眼前这些餐具。每当他们招待客人，他总在餐前亲自将它们分门别类，挑选几套自己心仪的。他摆弄餐具的样子，让严静想起外国电影里的警察，一脸陶醉地拾掇满桌枪支，志得意满，也令人厌烦。这种行为明白无误地暗示着，曾凯峰对一切都过于满意。她不喜欢他太过满足的样子。尽管他确实有份值得羡慕的工作，在一家大型旅行社做到高级管理职位。他还有值得羡慕的妻子和孩子、房子和车子——那他也没必要如此把它们都挂在脸上。他刚把七岁的儿子送到暑期夏令营，去学英语，花了一大笔钱，但他说，这很值得，因为儿子应当适应集体生活，毕竟这个夏天结束后，小孩就会成为区重点小学的新生。

昨晚，曾凯峰把脸贴在她的脖颈处轻声嘀咕。儿子不在家这两周，是他们多年来难得的重温两人世界的机会。这意味着他们有必要安排一些节目。

她觉得他的话和他的呼吸都让她脖颈发痒，热气滚滚而来。这是六月，已经热起来，但晚上如果待在室内，仍会感到阴凉。

她不知道邀请索非亚和王岩来做客是否也是出于“安排节目”的需要。严静宁愿相信，索非亚不过和平时一样，不请自来，再唠叨一番关于男人的烦恼。总是有男人让索非亚烦恼——从这天她进屋后几乎是把自己扔上沙发的动作，就可以得出结论。索非亚盘腿坐下，黄色夏裙在她身下蓬开，裙摆上的黄色花纹，水波似的往四处蔓延。而她的男朋友王岩，坐在那些“水波”上。

就在这张沙发上，索非亚倾诉过不少心事，多数都与她遭逢的男人有关。在北京，三十八岁未婚的电台女主播，当然会有不少的情感问题。严静对此其实无能为力，她更擅长对付烤箱或者吸尘器——或许这才让她成为索非亚的好听众。

严静也三十八岁，从前在唱片公司工作，为歌手和唱片撰写漂亮的广告文案，风格文艺，大学生们对她写的那些东西很买账。后来唱片公司全体终结于网络付费音乐时代，严静就不再工作了。但对唯美事物的天赋的鉴赏力，不能荒废，于是三十八岁的她烤出了蛋糕烘焙班最漂亮的作品。烘焙班老师说，哦，严静，你真的让红丝绒蛋糕呈现出丝绒的光泽与质地。其他主妇说，哦，严静，你当烘焙老师也绰绰有余。

北京很多出租车司机，开车时都喜欢收听索非亚的电台节目。年岁渐长，她的声音越来越有磁性，有时她还会故意变出一些出神入化的、戏剧化的嗓音，“欢迎收听欧美音乐流行榜，我是索非亚。”她的工作从这句热情洋溢的话开始。索非亚这个名字，当然是出于工作需要。不过严静平时也这样称呼她，索非亚，她有时候会突然想不起来索非亚原本的名字。

她们多年前在唱片公司的工作中认识，因为索非亚喜欢播送严静为唱片写的广告词。不过那时她们并不怎么亲密。后来严静不再工作，她们的来往反倒更频繁。

晚餐前，曾凯峰看似是对着他钟爱的餐具们宣布的：“我和严静三天后就飞了，去马尔代夫，六天四晚。”之后他像是要拥抱严静，为这句话增加一些效果。严静躲开了，她张开十根手指，给他看满手的蛋糕粉。她知道，他的话听起来，是一种惊喜，不过在一个月前，她就为此假装惊喜过一回了，如今只剩下那些烦琐的部分，像手上的蛋糕粉，需要她集中精力应对：行李、护照、换外汇，通知保洁阿姨更改时间，诸如此类。

需要表现出惊讶的是索非亚，她拍了一下手，说：“真的吗？太棒了，可以去浮潜，马尔代夫，风清沙白，这是不是麦兜说的？”

说完，索非亚推搡着身边的王岩，说：“我也想去马尔代夫。”严静想，这大约也是表示惊喜的一种方式。索非亚去过很多国家。

王岩说：“去啊，只要你能请下来几天假，我们就去。”他从沙发起身，踱步到餐桌边，开始帮曾凯峰布置杯盘，之前他一直像一只抱枕一样在沙发上无所适从。他看起来也弄不准曾凯峰想把这些复杂的酒杯与碗碟摆成什么样子。不过在餐桌边，他至少显得自如些，因为他忙着让一个个小盘子换了位置，之后又立即换回来。

“根本不是请假的问题。”索非亚否认，但语气并不理直气壮，更像是一种习惯的娇嗔。

严静去厨房，端出金属托盘，托盘上的食物像是艺术品。她说：“我又不会游泳，真不知道去马尔代夫做什么。”

索非亚说：“别这么说，我想马尔代夫一定有你可以玩儿的东西，就算不游泳，拍拍照发朋友圈，都是好看的。你可能得多带几条裙子，还有比基尼，哦，还有防晒霜，不过，这些事，我就不操心了，你比我擅长……”

严静朝索非亚笑，说：“你们也去啊，结完婚，去过蜜月，马尔代夫最适合度蜜月了。”

王岩赶紧说：“这真是个好主意，去蜜月。是吗，索非亚？”他是位壮实的大学老师，几年前踉踉跄跄走出第一次婚姻。他浓眉大眼，脸颊上总有刮不净的胡茬，给人的印象是粗犷而坦荡的，绝不会有恋爱中人的敏感的小心思。但严静刚刚明白，这不是真的，谁都会有小心思，尤其荷尔蒙旺盛的恋爱时期。王岩刚才到厨房，她以为他想帮她摆弄托盘，但他站在那里做的唯一一件事，是喝光了满杯红酒，

“说吧。什么事？”严静停下手中搅拌的沙拉勺，问道。

王岩满脸红光，吞吐着说出他的来意，他还充满歉意地解释，这其实都是曾凯峰的主意：因为王岩对索非亚没把握，而严静和曾凯峰的生活令人羡慕，他希望这能让索非亚也开始向往婚姻生活。

这听起来很滑稽，严静想，他们就像动物园里被观摩的猴子夫妻。不过她还是对王岩含笑点头，体贴地把手抬得很高，拍拍他的肩，让他务必放心。

王岩在去年夏天向索非亚求过婚了。他预定了世贸天阶那块巨大的LED天幕，他们吃过日本料理，散步到天幕下方的广场上，天幕上就突然出现了索非亚的照片和名字。照片下是两行粉红色的字，中英文双语：“你愿意嫁给我吗？爱你的王岩。”据说这个汉子问了不少女学生，她们告诉他，这是

时下北京最浪漫的求婚方式，没有女人能抵挡来自天幕的求爱。他花了一笔钱，以为胜券在握。当时和她站在一起的，除了王岩，还有她为数不多的女性朋友，严静也在。她们都收到他的邀约，提前知道会发生什么，也提前知道在什么时刻尖叫、欢呼，为索非亚的幸福喝彩，她们准备了鲜花，准备了许多祝福的话。她们还都以为两人很快就能喜结连理。

一年过去了，仿佛他们订婚的事，根本就没发生过一般，再没人听说他们如何计划婚礼。朋友们有议论，都说做媒体的女性极少能有幸福的家庭生活，因为工作时间从不固定，所以索非亚才会对结婚心存恐惧——如果不是恐惧，那还能是什么？

索非亚回应朋友们的理由，是她工作忙碌，她努力到现在，有了不少粉丝，总是在后台给她留言，其中还有些十分火辣的表述，她不能对不起粉丝的热情，所以她向来不怎么请假，而结婚大概需要请很多假，结婚后，如果再生小孩，那就还需要更多空闲。

听起来全是无关的借口。

严静到餐桌边坐下，在她常坐的位置，面朝对面墙上那面圆形铜镜，这会方便她时刻关注自己的形象。她看见铜镜里的自己，面目并不清晰，铜镜毕竟是古物，但她垂肩的头发有饱满的轮廓，她下巴有微微陡峭的部分，这在镜中都清晰可见。这样的观照总能让她能迅速调整状态——她不确定自己刚才提到蜜月的话题是否如王岩所愿，但她很高兴看到索非亚闪烁其词。

索非亚懒懒地走过来，坐下，才说：“我不知道，我还没想过蜜月的事儿呢。我太忙了。”

严静想，她的一言一行都表示，她在拖延。

王岩说：“你看，她总是这样，说到这个，就转移话题。”像着急给老师告状的孩子。他四十三岁，自尊心对他来说，也许早就不算什么大事。

“也是，你们应该先考虑婚礼，那也是个大工程。”严静倒着香槟，早就打开了，气泡没那么充足，不过酒的颜色看上去很美，“幸好你认识我，我可以承包你的婚礼蛋糕……”

索非亚可能装作没听见，也可能，她只是不想在严静和曾凯峰面前谈论自己为什么还不结婚的话题。是啊，看起来她万事俱备，就差最后一步，她毫不费力就能走过去的一步。她倒是很多次说过，自己从来没有体验过家庭主妇的生活，她总觉得“还不到时候，不能就这样了”。

他们埋头吃东西，有一阵短暂的沉默。镶金边的餐具碰撞、摩擦，发出悠扬悦耳的声响。此外王岩咀嚼的声音也格外响亮。严静猜他可能是故意的，用粗鲁的举止作为暗示。人们都知道，严静从不允许紧张的气氛笼罩她的晚宴。严静把视线躲进那面铜镜里，她认为铜镜中那张脸也在提醒自己：那就说点什么吧。

“索非亚只是，正常的，婚前恐惧，没关系，给她一点时间。”严静字斟句酌。她还轮番凝视索非亚与王岩，似乎他俩才是猴子夫妻。

王岩说：“给索非亚一点时间？”

他的语气却像在说：“开什么玩笑？”

索非亚突然笑起来，仿佛严静讲了一个深奥的笑话，她考虑再三才领悟到还是有些可笑的。她问严静，“是吗？婚前恐惧？你当时，是不是也……”她真像是急于还嘴的小女孩，把目标从自己身上千方百计引到别处去。

严静忽然意识到，索非亚没准是想从她这里得到确认，她想知道她是否同样犹豫过。这让她暂时不想回应索非亚了，她耸耸肩，让索非亚以为她不过是默认了，然后，大不了，她还可以说点别的，反正她并不认为自己的婚姻多么值得一提。

是曾凯峰来了兴致，这位成功人士，无论哪方面，都自以为有很多经验，亟须分享给后来者，为什么不呢？他说：“严静啊，那是，当时，你们知道吗，就在准备领结婚证前一天晚上，她突然不干了，说这个婚，她不结了……”

“为什么？”王岩紧张地问。这不是他想听到的事。

“我不知道，可能就是，婚前恐惧？”曾凯峰像在说一个玩笑，他说话时甚至没有中断举杯和咀嚼。十年之后，也许在他看来，那件事确实就是个玩笑。唯一的影响，是他们的结婚日期因此推迟了一个月，不过相比一生而言，一个月多么微不足道。

“还有这件事？从没听你们说过，严静，是这样吗？当时发生了什么？”索非亚兴许是故意的，让嗓音变得慈祥，模仿情感节目中总是由中老年女性担任的访问者，循循善诱。

“没什么，就是……不管怎样，只是晚了一个月而已……”严静很久都不去想十年前那段时期了，她在按部就班走进新生活的途中，忽然被意外扰乱。

曾凯峰抢着说：“还是我来说吧。严静不好意思说这件事，我想是这样吧，亲爱的？”他俯过身子，搂了搂妻子的肩，又放开。严静闻到他嘴里的酒气，但她也没有刻意避开，因为避不开，她干脆也喝了一口酒。

曾凯峰说：“本来我们打算第二天就去民政局的，她当时在厨房煮面，那时候我们不住这儿，还住在二环边上那套单位分给我的小房子里，那房子设计得很奇怪，最大的窗户在厨房，你能想象吗？哦，这不重要，话说回来，那阵子我单身，她在厨房煮面，我去厨房，说了两句话，我都忘了我说什么了，都是那种无关紧要的话，突然她就说她不干了，做不到。她是真的做不到，因为那锅面都煮干了，她都没注意到，想一想，当时，我听到这个，完全不知道发生了什么，我们说得好好的，第二天就去民政局了……”

“什么也没发生，不是吗？”严静用酒杯轻轻碰着他的胳臂，希望他留意到她的提醒，不要再说下去了，这让一只张牙舞爪的龙虾，从他的筷子间滑出去，落到盘子里。他干脆放下筷子，接着说：“是的，是什么也没发生，但后来我们不是聊过吗，你说你就是紧张，很正常的心理现象。”

他对索非亚说：“她当时的样子，你不知道，我一辈子都记得，就像是犯了错的人，完全不知所措。我本来很生气的，因为她不告诉我原因，没有原因，就是这个婚不结了，多奇怪不是？”

严静没料到，十年后，整件事会以这样的口吻被谈论，像是不必要又可笑的调味品，比如迷迭香。不是她钟爱的那些“简约不简单”的料理。她也是第一次听丈夫这样形容，原来她当时的样子，是“像犯错一般不知所措”。

她可不这么认为。

那天他出现在厨房，她在打鸡蛋，那时她是一名完全不通厨艺的未婚妻，但能做简单的鸡蛋面。她看着蛋液，从那么微小的一点，膨胀成庞大的一团。她停不下来，一直用筷子抽打，一团蛋液不断膨大。

也许不停地抽打，能让她好过点儿。后来她这样想，就是惯性，你习惯了打鸡蛋，就会讨厌看蛋液倒下油锅，膨胀定形。

“后来呢？”索非亚问。

严静为这个问题的愚蠢程度感到惊讶，因为没有后来，后来就是他们结婚了，过了十年，他们还会有下一个十年，再下一个，很多个。

“后来？后来她可能想通了，我一点儿也没有责怪她，我特别理解，是吗，亲爱的？”曾凯峰说。

严静没笑，也没有如惯常那样，称丈夫为“亲爱的”，作为对彼此爱意的夸张回应。她微埋着头，专注地从嘴里抿出一根细小的鱼刺，但没准更多鱼刺已经被咽下去了，不过她意识不到。

十年前的那一天，她终究把发白的蛋液倒进了平底锅。蛋液像美味又剧毒的河豚，鼓起球形的鳃。那时曾凯峰已经出门，他后来说，他之所以离开，是想“给她留一点空间，或者时间”，多么通情达理，他认为她只是需要“静一静”。她设想过，如果不是他给她这一段“静一静”的时间，也许她终将按捺不住，她会受不了，会告诉他发生的事情、她的内疚或恐惧。偏偏她“静一静”了，偏偏她也像蛋液在锅中迅速膨胀继而又迅速平息。她什么也没告诉他，事到如今，才让他会如此洋洋得意，嘴泛油光地来炫耀这件事。

“这样说的话，我想，我可能也是，婚前恐惧？心理学上好像真有这么一说，不过，你当时什么感觉呢？严静，可以说说吗？”索非亚说得很慢，也很温柔，仿佛前一个字出口，才去想下一个字。

严静知道索非亚在期待什么，她肯定希望她最好把婚前恐惧的症状说得更严重。婚前恐惧，这对索非亚来说，倒是一个不错的借口。她还听见索非亚对王岩说："你听听，不只我这样。"

严静说："其实，我也说不清。事实上，那天我刚刚知道，一个我认识的人，女人，去世了，才四十多岁，就是那一天知道的。"她没想到自己会说这些——可能她就是不想如索非亚所愿，她才不是因为什么该死的莫须有的婚前恐惧。

但她惊讶地发现，自己说得这么轻巧，而多年来她从未提起过那个女人的死亡。

那天她去曾凯峰的老房子，穿着新买的白裙子，有层叠的滚边，为第二天去民政局领结婚证。在等他下班的时候，她打开电脑上网，胡乱看着网页，在一个论坛上，她看到那个女人死亡的消息，标题后面是一行长长的感叹号，感叹号在正文中也到处都是，写这则消息的人想是跟她一样，无比震惊。她在感叹号之间寻找有用的信息，知道死者生前长期抑郁。她的死是自杀，因为她把所有抗抑郁药和安眠药，一股脑儿全吞了下去，千真万确，必死无疑。曾凯峰回来的时候，她满脑子都是感叹号，还有很多问号。

"我不明白，"曾凯峰摇着头，"那跟你不想结婚有什么关系呢？谁死了？"

索非亚说："是不是因为，你们很要好？你很难过？"索非亚看上去对她充满同情，仿佛索非亚已然理解这一切。

曾凯峰说："我从来没听你说过。"

严静无奈地笑，她看见镜子里自己的笑容，有不易察觉的嘲讽，有居高临下的味道。

严静说："那倒也不是，我跟她不熟，说出名字，你们也不会认识。我是难过，毕竟她很年轻。"

"我还是不明白。"曾凯峰也放下筷子，两臂撑在桌上，双手叠起来，捂着下巴——这是他在那些会议上遇上棘手的事情时，常做的动作，“既然又不熟……不至于……”

“没事的，”严静说，深吸一口气，似乎这样做才能接着说下去，才又说，“亲爱的，都说了，就是难过，有一种力量……”

“力量？”

“嗯，就是直觉，直觉的力量，没那么复杂，莫名其妙的直觉……可能我不想，那么年轻就死掉……”严静突然笑起来，像是猛地认出眼前的人，竟然是自己的丈夫。

“那，怎么会呢？”曾凯峰说得太自信了，“结婚了就会死掉？不结婚也会死掉啊。”

严静说：“没错，现在，我当然知道。”她知道自己隐藏得很好，最难受的时候，她也只是在洗澡的时候哭了一次，因为这样就没人会知道她哭过了。

“我奶奶去世的时候，我很难受的。”沉默许久的王岩，突然说。严静没看他，只看见对面铜镜里，自己的轮廓线像一座逐渐坍塌的塔。她知道他们谈论的根本不是死亡，而是活着的事情。

索非亚问严静：“那你是怎么想通的？我是说，你们一个月后，还是结婚了，怎么想通的？”

曾凯峰说：“因为她想通了，因为直觉，索非亚你也会想通的。”

索非亚哼了一声，接着问严静：“到底是怎么想通的？”

严静可以谈论之后发生的事情。曾凯峰出门，让严静独自“静一静”。她让蛋液下锅，她面前是厨房那扇硕大的窗户。在三层楼上，她看见曾凯峰，他倚靠着楼下一个大红色的金属桩，可能是消防栓，两侧有形似玩具车方向盘的转轮，她看见，他一只脚踩上其中一个小方向盘。

严静说：“我突然明白，他是故意站在那个位置的，或者我希望他是故意的，正对着厨房的窗，更容易让我看见，让我知道他没走远，他害怕我看不见他会着急。不过他摔门的动静，一点儿也不像体贴的丈夫，也不像就要新婚的男人。但其实他很理智，因为他走之前还确认自己带走了钱包、钥匙、手机以及身份证。‘伸手要钱’，他每次出门都要念这个口诀。”

索非亚摊开一只手，笑着重复，“伸手要钱。”

严静说：“是的，不过我后退了一步，因为担心他抬头看见我在窗口，那太可笑了，不是么，在我告诉他我不能跟他去领结婚证之后，我不能让他看见我还在窗口望着他。”

曾凯峰大笑，举着自己挑选出的酒杯，“我怎么从来不知道，原来是这样？”

严静喝了一杯，心跳突然加快了，像刚完成一次跑步比赛，有危险的路段，不过她跑过去了。“亲爱的，就是这样。”她说。

她总是能安稳度过的。二十二岁从中文系毕业，一张白纸地就进了唱片公司，在旁人看来是一种更危险的处境，因为演艺界总有那样的男人，让女孩们以为他们是拯救她们的骑士，只要跟着他们，她们就能快马加鞭，一日看尽长安花。那阵子她很是春风得意。她没能让自己成为例外。那男人和她之间，其实也不全是利益交换，她清楚，不像人们通常想象的那样，也有些朴素的温情、细微的关怀，成为出租房内的慰藉，比如是他让她为平庸的唱片写出非比寻常的广告文案，没人知道那些文字都是出于爱情，爱情让女人文笔优美，充满煽动力。

她度过了危险的关系，在曾凯峰以白净利落的青年才俊形象出现之前，一切早已结束。她和那男人的分手在意料中，很干脆利落，然后再无联系。

所以这一夜也会过去，和很多夜晚一样，她唯一的身份只是被称道的女主人，与她漂亮的蛋糕，时刻待在一起。她结婚后开始学烘焙，烘焙班的广告语说，烘焙会让她“像个好女人”。那时她以为自己再也没有可能做一名好女人。这广告语简直是为她量身打造。她得让自己像个好女人。

那女人的死跟她无关，严静甚至从未见过她，但这不妨碍严静对她了如指掌。她知道她的工作单位、作息时间、行车路线，甚至知道她在哪家医院开药，每日服药三次，药物的副作用是失眠和发胖，所以那个女人还需要吃安眠药。严静还知道那女人罹患抑郁症的原因，显而易见，是她在唱片公司任职的丈夫。每个人都有自己特定的诅咒，她的丈夫就是她的诅咒，准确说，她的丈夫身边的姑娘们，才是她真正的诅咒，姑娘们层出不穷，愚公移山般，挪走她的命。那个女人一直在诅咒丈夫身边的姑娘们，又对她们无可奈何，她只好拿自己的命去诅咒她们，她一定以为一条命的分量足够让诅咒应验。

至少对严静来说，诅咒应验了。有两年多，她总是回想起和那男人在一起的夜晚，那女人打来电话，歇斯底里地吼，即使隔着他的手机，严静也听得清楚。严静从未对那个家庭的关系做判断，就像那时她也不会对自己和那男人的关系做判断一样，那就是一个悬而未决的年龄，似乎可能性极大。但她知道，那些歇斯底里，还有药物、失眠、疼痛……一定有部分，多多少少，与自己有关。结婚后，她更加确信，因为她开始知道，在两个人分享的空气里，一丝的陌生气息都会被放大。她为此害怕，也不知道找谁来原谅自己。幸好烘焙班的广告词告诉她，她还可以让自己“像个好女人”。

“我觉得蛋糕差不多了，我去看看。”严静去了厨房。一切都合适得如她心意，烤箱内明黄色的小灯泡刚刚熄灭，清脆的“叮咚”一声，烤箱的工作宣告结束。

他们品尝继而轮流称赞过完美的蛋糕，严静说：“戚风蛋糕是最简单的，主料只需要鸡蛋、牛奶和面粉。我想我们都得活得简单点儿，别想那么多。”

索非亚显然很困惑，“戚风？这名字好奇怪。难道不应该叫鸡蛋糕吗？这不是最简单的名字吗？”

王岩说：“戚风，似乎在英文里也是雪纺绸的意思，还有另一种意思，是松软，那么，在这里戚风的意思，应该就是松软了。”

索非亚摇着头，也许她不喜欢王岩卖弄他的学问，也许她只是不喜欢他这个人，严静想。索非亚的英文一点儿也不差，毕竟是主持欧美音乐排行榜的主播，不过她的词汇量也确实不如王岩，所以他们根本不合适。

雪纺绸，也是戚风的含义，严静是第一次听说，她不喜欢雪纺绸，那种花纹繁复的廉价面料，一点儿也不简约，十分不高级，为什么跟她喜欢的“简约不简单”的“戚风”，竟然是同一个单词啊？

这真是整个夜晚最令她沮丧的消息了。

三天后，严静和曾凯峰抵达马尔代夫，他们住在一栋水上屋里，水上屋建筑在纯净的冰蓝色的洋面上。房间内的地板有一小块是透明玻璃制成的，严静坐在藤编躺椅上，小海鱼们舒展着五颜六色的翅膀，在那一小块玻璃下游弋。

曾凯峰未免觉得这样的时刻过于无趣，他喜欢的是马尔代夫能提供的别的部分，比如每天上午营业出租的沙滩摩托，出海捕鱼的游乐项目，还有浮潜。他把下午大部分时间都花在水里，从水上屋一侧的小扶梯，他直接下到海水里，头戴呼吸管，再慢慢下蹲，直到被水面完全淹没。他让自己沉下去，水面之上只露出一小节塑料管，仿佛从水里钻出来的蛇头。有一次他在水下的时间太长，严静开始担心，然后大叫他的名字，直到他露出脑袋。每到黄昏日暮，总是他最疲倦的时刻。他淋浴后就躺在床上，翻着广告画册，琢磨第二天的游乐安排。

所以他们对这片海岛群，有着迥异的理解，但这没什么，不妨碍他们相敬如宾，心平气和地恩爱。她想这就像即便戚风有两种迥异的含义，也不妨碍戚风蛋糕的美味。她从前以为婚姻会是挫骨扬灰的过程，如今她希望所有人都被挫骨扬灰一回。她知道，那个女人是被逼上死路的，而她向那个女人身上投过石头，不是最大最致命的那块，但也不是最小的让她毫发无伤的那块。然后她死了，严静再也不能收回那些扔出去的石头，再也不可能。这足够让她彻底改变。

曾凯峰说过，既然严静已经承认被一种经医学证实的普遍性的“婚前焦虑”困扰，才会有反常表现，就意味着这件事到此为止。他们一个月之后拿到结婚证，这一过程朴实而温情。出民政局，他们在小餐馆吃有很多褶子的小笼包，两人都吃得狼吞虎咽，好像从来没吃饱过的人。严静不停地吞咽，只是因为她等着丈夫开口问点什么，但没有等到。她很久以后都记得他站在楼下踢消防栓的样子。她想象过一些场面，比如消防栓因为被太多人踢过，龙头松动，大股的水冒出来，他受到惊吓，破口大骂。但糟糕的事情很多时候其实并不会发生，他一个小时后上楼回家，他们什么也没吃，什么也没说。她收拾好厨房，离开他的家。

如今她依然这么想，她会在丈夫脚边拖地，墩布蹭着他的脚边滑过，她也不会抱怨他连脚也不抬。他们的卧室塞满了无用又硕大的各种东西，巨大的按摩椅将床与窗户之间不大的空间完全占据。他给她买了两张梳妆台，都挤在床的另一侧，因为她说第一张梳妆台的镜子不够大，他就又买了一张，却没有想办法处置掉原来的，他们不得不为新的梳妆台腾地方……她为这些事情忙来忙去。遗忘比她以为的要容易和迅速。朋友们对她说：“你结婚后就像完全换了一个人。”她会不停地去照古旧的镜子，明白他们都更喜欢她现在的样子，除了她自己。

在马尔代夫的露台上的某一刻，她觉得世界上只有她一个人，她需要面对自己，以及索非亚跨越大洋发来的邮件，“我想知道到底怎么回事？”

严静对着手机屏幕微笑，屏幕在黑暗中映出她阴森森的笑脸。她给索非亚回复：“你和王岩很合适。”

她没想会立即收到索非亚的回复，这种彼此心知肚明的交流像是在黑暗中握手，抚摸对方手心的老茧，但谁也不会提到那些老茧。索非亚回说：“我明白你的意思。重要的是总要有个决定的，对吗？没人管你决定之后怎么办，都只催着你做个决定，反正都是你自己选的。没人在乎‘戚风’是什么含义，松软或者雪纺绸，别人看来根本无所谓。所以，我还不想死。”

她摁下几个自己都不相信的字，发给索非亚，“乖，你不会死。”

然后她把手机放在身边，不再理会，仰头就看见深蓝的天幕上，细小的星星们，像某种无辜又狡黠的某种小动物，成群结队，气息微弱却恒久地悬停于人们头顶上半圆形的夜空，发出同样微弱的光。她知道这些微光始终都在，尽管白天，她完全不会想起它们。

原载《湘江文艺》2021 年第 4 期

主持人：**王干**

王干，文学批评家，鲁迅文学奖得主，“新写实小说”倡导者。

Wang Gan is a literary critic, winner of Lu Xun Literature Prize, and an advocate of "new realistic novel".

微小说

推荐语

胥得意的《有声音的字》写了军人的爱，军人的爱给了祖国，给了军队。他们用青春年华在火热的军营写就了生命的赞歌。军人是沉默的，他们的沉默有时就是短短的几个字，但这几个字足以见证一代又一代军人的心声与深沉的爱。

蒋冬梅的《淘金》通过描写大兴安岭淘金人的悲惨命运，展现了独特的地域风情，文中使用了多种暗喻，细节刻画勾勒出丰满的人物性格，折射出人性的多面内涵，提供给读者新鲜而震撼的阅读体验。世道人心温暖的底色，就像石头下的火焰，终有一线火光蔓延出来，瞬间闪现出人性的光辉。

凌鼎年的《生死手谈》是一篇抗日题材的小说。作品围绕娄城著名棋手丛上春与日军少佐竹下静夫展开。作者没有把竹下静夫漫画化、粗鄙化，而是写出了他儒雅外表下的阴毒与残忍；写了丛上春为了拯救无辜百姓而忍受误会。小说的结尾让人百感交集，唏嘘不已。

万芊的《共享晚餐》用了一个很有趣的原创小故事，讲了一个大家可能会忽视的小道理，也许会给人们在生活遇到困惑时，给予一点小小的指引。

在“共享”理念逐步风靡社会的当今，有一种共享可能被人忽视，那就是两个陌生人面对只有唯一的一份晚餐时，该如何办？出路是互信、合作。

刘建超《圈子》这种啼笑皆非的进圈子现象也是社会诟病的一种。人生的境界不是能进多少圈子，而是不进圈子依然安稳洒脱的生活！圈子不同不必强融。

练建安的《遇见》写的是：一个标准的高富美去买便宜的蔬菜在卖主找零时顺手拽走两根小葱，表面看是多少荒唐。但背后埋藏一个深情怀念的故事。小说结局反转，传递着世道温暖，意味深长。

李永康的《奔生》通过小萝卜头的视角，用质朴的语言，还原了一段真实的历史故事，使人读后倍加珍惜今天来之不易的幸福生活。特别是对小萝卜头的刻画，感觉近在眼前。

陈小莲的《请不要叫我经理》击中了职场现实中的一些人性，就是你不把自己当回事，人家就不把你当回事，你太把自己当回事，别人就不把你当回事。颇具哲思。

刘博文的《味重》以牛叔家拉面切入，核心在于一个旧，一个味字，旧与味融合，是碗里那份味重的拉面，也是人经历往昔岁月后，割舍不掉的温存，人情世故，于一碗碗盛满往事的拉面之中热气腾腾地滋长，一如桥畔盛开的朵朵水仙，预示着不变的情谊，如花般氤氲盛开，四时如故。

马新亭的《好好活着》，是一篇高考题材的微小说。高考分数固然重要，最重要的还是好好活着。小说剖析了考生家长望子成龙又害怕给孩子太大压力的担忧和矛盾。高考成绩是通往罗马的最佳途径，但又不是唯一的途径。读来感人肺腑。

韩芍夷的《领养》写的是：失独家庭秀玉夫妇想领养孩子，到市福利院，见到残疾男孩小宝。秀玉想领养，丈夫建华则另有所想。小说看似无奇，实则拷问人心：领养的初心，是否以爱为根本。最终秀玉以温暖情怀拥抱了残疾孩子小宝。

徐全庆的《故乡的清水河》已不是原来萌发爱情的清水河，那少年时期朦胧又美好的爱情是否依旧呢？多年后，又在河边重逢，故乡的清水河由清变浊，再变清，从一个侧面反映了家乡的发展变化。

【作者简介】胥得意，蒙古族，中国作协会员。主要从事小小说、报告文学创作等。出版《无言的军旅》《不逝的兵群》《得意小小说精选》《雪城兵阵》《北纬52度》《倾情歌唱的军营行者》《如此歌唱》《炮兵连爱情往事》等多部，有多篇小小说作品入选年度选本，获军内外多种奖项。

Xu Deyi, Mongolian nationality, member of China Writers Association. Mainly engaged in the creation of short-short stories and reportage. Xu published literature works including *The Wordless Army, The Undying Soldiers, Selected Short-Short Novels, Syracuse Soldiers, 52° North Latitude, The Barracks Singing with Love, Singing Like This, The Artillery Company's Love Stories,* etc. Many of his works were selected for the annual anthology and won various awards both inside and outside the army.

有声音的字

胥得意

新兵入伍离开家之前，母亲把一支钢笔送给了他。新兵拿着钢笔琢磨了一会儿，问，拿这个做啥?

母亲给新兵整理了一下军容，温和地告诉他，没事时练练字，字如其人，字是人的脸面。

新兵突然想起来，在他读小学的时候母亲就说过这句话，而且不知道说过多少遍了。只不过，这些年不怎么写字，听不到母亲重复这句话了。

新兵把钢笔收起来，小心翼翼地放到了背包夹层里面，一边放一边想，这一走之后，两年才能回家，一定要在部队变个样子回来给母亲看看。

在火车站，新兵一加入那个迷彩的队伍，就只留下一片绿色的背影。母亲和父亲便一下子找不到他了，他们觉得哪个都像是自己的儿子。新兵也是同样的感觉，加入队伍后，一回头，他也找不到自己的父母了，他觉得送行的那些人都像是自己的父母。但是他敢肯定，父母就在人群中张望着他。

新兵去的地方离家很是遥远，在一片雪域高原之上。

新兵到了部队之后就知道了，他下连后即将去的是边防连队，主要任务是守护国境线。指导员一边放着宣传片，一边和新兵们讲，我们站立的地方就是祖国。

这话让新兵听得热血沸腾，从来没有想过祖国和他竟然这样近。一瞬间，他觉得自己的任务神圣起来，腰杆也直了起来。

接下来的日子就是在紧张忙碌中度过了，学习、训练，训练、学习。当然，还要时时刻刻和高原缺氧做着斗争。

缺氧实在是一件难受事，只要一迈步，胸口处就像是塞满了棉花，每一次吸的气好像刚到嗓子眼就又呼出去了。头疼得像要炸裂一样。手机也没有信号，休息时，觉得时光过得太慢了。

有一天，新兵想起了母亲送给自己的那支钢笔。他把钢笔找了出来，开始在本子上练字。没想到，一笔一画写字，时间竟然好过多了。

又是一天，指导员对新兵们说，下连后，连队的荣誉墙上要贴上每个人的照片，每个人在旁边都要写上一句话。就写自己最喜欢的，或者最真实的内心。

新兵听到指导员这样讲，一下子想起了母亲曾说过的话：字如其人。新兵练字练得更认真了，他怕自己的字贴到墙上后对不起自己帅气的脸。可是，照片下面要写什么呢？这着实让新兵有些费心思。

新兵下连之后，开始和老兵们一起巡逻了。那条巡逻路实在艰难，与其说是路，倒不如说没有路。因为到国境线上，有一段路就是要经过山崖才可到达。听说，曾经就有马掉下了山崖。山崖下面就是深不见底的深渊，偶尔可以看见雄鹰从缭绕着雾气的深渊下面飞上来。

新兵曾不解地问过指导员，这里没有任何人烟，也不会有人越境，我们为什么总要到这里巡逻呀。新兵问这话时，指导员目光深沉地望向远方，他没有回答新兵，却突然唱起了《边关军魂》。唱着唱着，他停了下来，然后回头望着战友们。新兵从指导员的眼神中，似乎一下子全懂了。

新兵成长得很快，好多老兵都说，照这个样子发展下去，你第二年就够资格入党了。新兵听后心中暗自高兴，他想，哪一天有空了，就用母亲送的那支钢笔写一份入党申请书。

后来的事真是没有料到……

新兵在国境线上巡逻时，突遇险情，为保护战友英勇牺牲。

战友们为新兵整理遗物时，在他的抽屉里发现了一支钢笔，和许多练过字的纸。那厚厚的一沓练字纸上，写的几乎都是“妈妈我想你”“我爱你”“我好帅气”。看着这些字，战友们在悲痛中又想起了新兵的笑脸，觉得他真像是一个还没长大的孩子。

可是，当战友们经过荣誉墙，停下脚步去看新兵的照片时，发现照片旁边有着一行遒劲有力的钢笔字，写的是：我站立的地方就是国土，妈妈我爱你！

战友们忽然觉得这些字动了起来，而且，还有着声音。

原载 2021 年 4 月 26 日《解放军报》

【作者简介】蒋冬梅，吉林省作家协会会员。鲁迅文学院吉林省中青年作家研修班学员。曾在《小说选刊》《新华文摘》《海外文摘》《山西文学》《百花洲》《小说林》《青岛文学》《短篇小说》《百花园》《小小说选刊》《微型小说选刊》等刊物发表作品，有多篇作品入选各类选本。作品《大湖》入选中国小说学会2020年度中国小说排行榜。

Jiang Dongmei is a member of Jilin Writers Association. She is a participant of the Young and Middle-aged Writers Workshop in Jilin Province, hosted by Lu Xun College of Literature. Jiang's works published on *Selected Novels, Xinhua Digest, Overseas Digest, Shanxi Literature, Bai Hua Zhou, Xiao Shuo Lin, Qingdao Literature, Short Stories, Bai Hua Yuan, Selected Short-short Stories, Selected Mini-stories* and other publications and periodical, and were selected for various anthologies. *Great Lake* was selected into the 2020 Chinese Novel Ranking of the Chinese Fiction Institution.

淘　金

蒋冬梅

来莫力瓦达淘金前，八金没见过金子。摊在掌心里的，都是石子大小的碎银子。他想，金子大概像太阳那样，发着刺眼的光，烤着人的眼睛。

从前，他只知道冰底下有陷阱，不知道草底下也有。向导带着淘金人从雪地横穿漠河的密林时，一座座盖着雪的土包像坟丘那样寂静。这样荒无人烟的地方，不可能有这么多死人，那不过是沼泽地里的草墩子，因为形状像塔，当地人都叫塔头墩子。大雁来的时候，冰雪化净，脚下的路也会一起化冻，变成水草甸子，留不下一个脚印。淘金人进一次山，就得待足春夏秋冬一个轮回，到隆冬时节，草甸子才能再次冻成一条路。

这样的路并不平坦，走着走着就会被绊倒在地，脚下一块石头不像石头、枯木不像枯木的东西横在那。有人用棉袄袖子给拨拉掉积雪，一张笑脸露了出来，那人冻得硬邦邦的，也不知死了多久，手里的烟袋锅还装着烟。八金说，这张脸咋又像笑又像哭呢？向导见怪不怪地告诉他，人脸都冻成鬼脸了，等天暖一化冻，这人就倒了，慢慢沉到甸子里，一年就烂成泥了。八金听他说那话，觉得心里一惊，他想到那塔头墩子底下，不定沉了多少个人，越看越觉得塔头墩子像坟丘。

人都管金场子叫金窝，可富的是金主，穷的是淘金人。离开淘金的山沟，回到金场的土房子，就看不到一粒金子了。破房子顶上盖着隔年的干草，窗户纸补丁累着补丁，晚上点一盏蒙着羊皮的马灯，屋里暗得像快要灭火的灶坑。吃饱喝足的时候，熏人的脂粉味就飘过来了，有女人站在炕前冲着八金说："哥，办不办？"八金看出来这是个卖炕的，就问："什么价？"女人倒也痛快："你看着赏。"她背对着灯光，大概能看清模样，不瘦也不矮，眉眼不妖道。见八金没动弹，女人也不劝，转身上南炕问去了。临出门时，她瞟了八金一眼，虽然看不清眼神，可那意思里有几分怨。八金心里一向防着这些风尘女人，她们像附在淘金人身上的水蛭，可又让那一眼弄得心痒，夜里他焦躁睡不着，像一只烧饼似的在炕上翻腾。

等淘金人手里有了钱，这些女人就闲不着了。淘到狗头金了，金主会摆流水席，任淘金人敞开了喝酒，喝醉了没处泄火就赌钱。最后，输红了眼的，账算不明白的，一句话呛了人的，全打一块去了。来淘金的人，很多都是亡命徒，或者背着人命，或者欠着赌债，打起仗来都是不要命地上。工头调和不了了，干脆放了一群女人进来，这就像朝旺火里扬了一锹煤，火头暂时压下去了，隔会儿另一股火头又上来了。

为了抢一个女人，俩淘金人滚一块儿去了，被争抢的那个女人，反倒抬腿上了炕，扯过酒碗喝上了。八金瞄见她的脸，正是那天他问价的女人，这会桌上的灯正照着她，看着比灯暗的那晚好看。女人一边喝酒一边叫着好说："正好化冻了，打死了就往草甸子里一扔，也不用埋，塔头墩子给你俩当坟头儿。"

金场边的林子里也有好多坟头，有淘金人的，也有那些女人的。八金看到坟前空空的，连块墓碑都没有，就叹了一句："竖块木板写上个名字也行啊。"老淘金人都笑他："要名字干啥呀，野草一样的人，能有人给起个坟头就不错啦。"八金想起草甸子里的那张笑脸了，化冻了，他应该倒了，沉到土里了。

谁也不知有多少人沉到草甸子里了，都是偷了金子想跑，又没从草甸子里逃出去的人。人穿过草甸子时，像兔子一样在塔头墩子上跳，远远看去像踩着一个个黑色的头颅。夏天，有人在甸子里挖塔头墩子回去垒院墙，挖一锹唱一句："掘一座坟，再掘一座坟，"挖着挖着，就挖出一截人腿骨头。要是赶上哪座塔头墩子塌了，眨眼就把人吞下去，旁人赶紧手扣着手往外拉，拉不动干脆割开裤带，光不出溜把人拉上来。

淘金人没有不偷金的，淘金人偷金是赌上命的事，可他们愿意把偷来的金子花在女人身上。下工的时候，淘金人脱成光腚往外走，到卡口有人掰开嘴查看，手指伸进屁眼耳眼里搜。八金用线绑着一截羊肠子，装了金砂生生吞下去，只留一段线头压在舌头底下，等回去后假装上茅房再抠嗓子呕出来。一回只偷两指能捏住的金砂，慢慢地攒了一小把，想来想去找不到地方藏，夜里他钻进那片没有墓碑的坟地，把金砂埋在一座坟头前，上面扣一坨塔头墩子。

偷金的下场都是死路一条。有一天，工头掰开八金嘴检查的时候，扯住了那根线，拉着一截羊肠子，把金砂拽了出来。掌柜的也不打，也不骂，反而告诉人给他吃顿好的，再问问他还有什么念想。

八金喝光了送来的酒，醉意上来了，突然想起那个女人来。他们就把那女人叫了来，八金心里又痛又悔，哽咽着问那女人："妹儿，什么价？"那女人怔了一下，突然掉了泪。八金光着身子抱住那女人，像捧着一只没尝过的果子，明明闻着香，却张不开嘴咬了。

八金埋进那片没有墓碑的坟地时，那女人也跟在后面，照着八金的话，她找到了那座坟，坟前真像八金说的那样，扣着一坨塔头墩子。那边人们正忙着给八金挖坟坑，这女人却走过去，捡起那块已经干枯的塔头墩子，用力扔了出去，砸在草甸子里溅起一片水花。她骂了一句："都他娘的是金子祸害的！"然后头也不回地走出了坟地。

原载《北极光》2021 年第 4 期

【作者简介】凌鼎年，中国作家协会会员、世界华文微型小说研究会会长、中国小小说名家沙龙副会长、美国纽约商务出版社特聘副总编，太仓市作家协会主席。在《人民文学》《北京文学》《香港文学》《新华文学》等报刊发表过 3000 多篇作品，900 万字。出版过中短篇小说集、散文随笔集、诗歌集、评论集等 50 本。作品译成英、法、日、德、韩、泰、荷兰、土耳其等 9 种文字，有 500 多篇作品发表在世界 25 个国家与地区的报刊。

Ling Dingnian, is a member of the China Writers Association, the president of the World Chinese Mini-Fiction Research Association, the vice president of the Salon of the Famous Chinese Short-short Novelists, the distinguished deputy editor-in-chief of the New York Business Press, and the chairman of the Taicang Writers Association. He has published more than 3,000 works with 9 million words in newspapers and magazines covers from *People's Literature, Beijing Literature, Hong Kong Literature and Xinhua Literature.* Ling has published 50 works ranging from novels, essays, poems, commentaries, etc. His works have been translated into 9 languages, including English, French, Japanese, German, Korean, Thai, Dutch, and Turkish. More than 500 works have been published in newspapers and periodicals in 25 countries and regions around the world.

生死手谈

凌鼎年

竹下静夫曾是日本棋院的棋手。只是还没获取梦寐以求的高段位就从军了。1937 年初秋，佩戴少佐军衔的竹下静夫随日军在江海相接的七丫口登陆，一路烧杀，进了娄城，并且成了驻扎娄城的日军最高长官。他知道娄城卧虎藏龙，名人辈出。派人打听后，知道娄城有位叫丛上春乃著名围棋手，家中收藏有多种围棋古本、真本、善本、孤本，还有日本棋谱。最让他大吃一惊的是有人竟然在丛上春家见过《围棋式》，这书是 1199 年时日本棋圣玄尊法师编的，即便在日本也很难见到。竹下静夫兴奋异常，欲一睹为快。

在一个秋高气爽的下午，竹下静夫带着副官到从上春家拜访，他特地关照手下，在从家门口挂了日本国旗，以示任何人不得骚扰。

从上春心想：黄鼠狼给鸡拜年来了，就不亢不卑，说："请问长官光临寒舍，不知有何贵干？"

竹下静夫用谦卑的语气说道："晚生初涉棋道，特来拜访前辈大师。讨教一二，切磋一下，还望从大师玉成。"

从上春笑笑说："在下一介老朽，老眼昏花，脑子不好使啰，已不再手谈，抱歉！抱歉！"

"八格牙鲁！敬酒不吃，吃罚酒！"副官不耐烦了，粗鲁了起来。

竹下静夫摆摆手制止了副官，对从上春说："好，今天先不谈对弈的事。想看看您老的古棋谱收藏，让我开开眼界。"

从上春心里咯噔一下，坏了，这小日本鬼子看来惦记上了我家祖传的围棋谱了，这可是国宝，万万不能落入日本人手里。说道："那是外界误传，我一个穷教书的，哪有什么古棋谱收藏，信不得、信不得。"

竹下静夫说："别紧张，别紧张，君子不夺人所爱，只是借阅，一月为限，阅后必还。"

从上春缓缓地说："你听讲过中国的谚语吗——唯书与老婆不借！"

"快人快语，有点意思。"竹下静夫见从上春一脸倔劲，就用一种平和的口气说道："我已打听清楚了，你家里藏有明版的《玄玄棋经》《仙机武库》《石室仙机》，还有日本版的《围棋式》等古本，我不白看，我送你善本《敦煌棋经》，还有宋代的《忘忧清乐集》照相版，这不亏你吧。"

从上春下棋一辈子，也只听说过《敦煌棋经》与宋代的《忘忧清乐集》，从未见过实物，这竹下静夫手里竟然有这两本古棋谱的照相版，不由得心动。

竹下静夫命副官打开皮包，把《敦煌棋经》与宋代的《忘忧清乐集》照相版放到了丛上春面前。

来而不往非礼也。丛上春犹豫再三，去取出了明版的《玄玄棋经》《仙机武库》《石室仙机》，与泛黄的日本版《围棋式》一卷。

竹下静夫如获至宝，喜上眉梢。然后恭恭敬敬地朝这四本古棋谱拜了拜，才虔诚地打开。

大约一个月后，竹下静夫的副官再次上门，送来了竹下静夫少佐的请柬，说要当众归还借的棋谱。

自四本古棋谱被竹下静夫借走后，丛上春心里一直空落落的，一听说要还他，有点迫不期待。但人在半路，内心却越来越忐忑不安，竹下静夫会甘心把古棋谱还我？

见面后，竹下静夫把四本古棋谱双手奉还，说："完璧归赵，请大师过目验收。"

喝过茶后，竹下静夫说："我看过你收藏的四本棋谱了，想必你也看过我赠送的照相版棋谱了，应该说各有收获。今天就对弈一局。手谈过招，岂不快哉，你说是吗？"

丛上春拿到古棋谱后，只想早早回家，就推说身体不适，下次再约。

突然，副官很突兀地喊了一声："报告！"送上一份文件。

竹下静夫瞄了一眼，就把文件放到丛上春面前说："这些都是要枪毙的抗日份子。不知有你认识的吗？"

"你、你——"丛上春惊骇得话都说不出了。

"大师！请别生气，别动怒，此时此刻，唯有你能救他们！"

丛上春瞪大了眼睛，似懂非懂。

竹下静夫很轻松地说："你我手谈，你赢我一局，我赦免十人……你输掉一局，我枪毙五人。你不愿下也可，统统枪毙，马上执行。"

"不下！"丛上春脱口而出。

竹下静夫下令："先枪毙一个！"屋外响起了枪声。

从上春面色惨白，呆若木鸡。

竹下静夫又下令："再枪毙一个！"屋外又响起了枪声。

"我下！我下！"从上春回过神来，咬紧牙关说。

竹下静夫微微一笑说："这就对了嘛。你看看、你看看，就因你的固执，白死了两个你的同胞，何必呢。"

从上春嘴唇咬出了血，浑身发抖。

第一局，竹下静夫让从上春执黑子先走。从上春也不客气，虎视眈眈，落子果断，步步为营，丝丝入扣，不到半个时辰，擒住竹下静夫一条大龙，轻而易举拿下一局。

竹下静夫下令："放！放十个人。"

第二局竹下静夫执黑子先行，他从占角开始，继之以守角和挂角，从上春不在乎"金角银边草肚皮"，由角到边，见招拆招，稳扎稳打，但竹下静夫也不是软脚蟹，强势进攻、反击，胶着了好一会儿，最后，从上春又拿下了第二局，虽然有点艰难。

竹下静夫又下令："放，再放十人。"

第三局两人从布局、到中盘、到官子，斗得昏天黑地，杀得难分难解，最后出现劫争，竟然是罕见的没完没了的连环打劫，棋局无法往下进行。竹下静夫说："算和棋如何？不杀不放！"

竹下静夫又说："还剩五人，你赢了，他们就活了，你输了，他们就因你而死。明白吗？"

从上春热血偾张，握紧拳头，心想："赢，一定要赢！"

从上春与竹下静夫的棋力本在伯仲之间，从上春稍占上风。但事与愿违，越是一心想赢，越是不能心无旁骛，最后竟以一目之差输了。

竹下静夫手舞足蹈地叫道："我赢了，我赢了！"

副官急忙冲冲出去传话："把剩下的五个人拉出去枪毙！"

从上春犹如魂灵出窍，拉住竹下静夫的手，说："长官，你不能，不能杀！"

竹下静夫狡黠一笑说："不杀也行，你要陪我手谈，随时随地，随叫随到！"

丛上春一阵阵冷汗直冒，手哆嗦地说："只要不杀他们，在下愿意奉陪！"

抗战胜利后，有人举报丛上春是汉奸，理由是他与日本少佐过往甚密，非一般关系。

没多久，丛上春突然不明不白地死了。有人说他是吓死的，有人说他是自杀的，多数的看法是他怕被拉清单被惩处。但邻居言之凿凿说，听到丛上春临终前喊道："我不是汉奸！我不是汉奸！！"

丛上春死后，按其遗嘱，墓碑刻"棋手丛上春之墓"。

九十年代，有日本人来娄城探寻丛上春的墓地。坊间流传：乃竹下静夫后人，也许吧。

原载《百花园》2021 年第 5 期

【作者简介】万芊，中国作家协会会员，文学创作一级。小说散见于《萌芽》《小说界》《雨花》《百花园》《鸭绿江》《四川文学》《广西文学》《天津文学》《山东文学》《上海文学》《时代文学》《小说月刊》《微型小说月报》《小说选刊》《小小说选刊》《微型小说选刊》等报刊。小说集《最后的航班》获江苏省作家协会第三届紫金山文学奖短篇小说奖。出版小说集《最后的航班》《铁哥们》《乡音》《上海亲眷》《过去日子的碎片》等多部。

Wan Qian, a member of the China Writers Association, achieves first-level literary creation. Novels are published in *Sprout, Fiction World, Yu Hua, Bai Hua Yuan, Yalu River, Sichuan Literature, Guangxi Literature, Tianjin Literature, Shandong Literature, Shanghai Literature, Time Literature, Fiction Monthly, Mini-stories Monthly, Selected Novels, Selected Short-short Stories, Selected Mini-stories*, etc. The collection of novels *The Last Flight* won the Short Story Award of the Third Zijinshan Literature Award by Jiangsu Writers Association. Wan published a collection of novels including *The Last Flight, Buddies, Hometown Voice, Shanghai Family, Fragments of the Past* and many more.

共享晚餐

万　芊

才下榻，肖能就从东道主提供的资料上，看到了一个熟悉的名字：丁楠。来自上海，估计是她。

没想到，这次新品研发招商的竞争对手，竟会是她：十几年一次夏令营的竞技对手。

肖能研究过对方研发团队的实力，与自己的团队不分伯仲、各有春秋。如硬拼，他们各自成功的概率都只能在百分之二十。而他们共同面对的是三个实力均强劲的海外研发团队。

这让他不由得想起那次难以忘却的夏令营。

十几年前，肖能参加了一次华东地区的高中智能综合竞技夏令营。营地设在连绵的大山里。报到第一天，肖能被安排在一个五人小组，接下来的十天，他将与其他四位同学组团参加竞技项目的测试。

晚餐前，肖能和大家一样领到了统一佩发的简单行装。教导员非常明确地告诉他们，第一个晚上的晚餐，他们将安排在学员小食堂凭餐券用餐。他们的餐券，就在他们各自的行装里。只是他们五人中，有一人没餐券。第一个晚上，大家就要面对百分之二十的饿肚子概率。还有，这四周的大山里根本没有任何小商店可以帮你。

互不相识的五人顿时面面相觑。谁都期盼着开营第一天好运能眷顾自己。

甲男生是个小胖，率先在自己的行装里找餐券。他一下子就找到了那张幸运的红色餐券，欣喜着，生怕别人抢劫似的，没看谁一眼，自顾跑进那小食堂。

乙女生神色有些紧张，怯怯地在行装中翻寻，手忙脚乱，一时没找到，急得眼泪都快流出来了。最终，她还是幸运的。拿着那红色餐券，她的脸一下子彤红，她为自己最初时的失态而害羞。

丙男生，大大咧咧，他干脆把所有的东西一股脑全倒在地上，那红餐券赫然其中，他为自己的坦然、不屑一顾而得意。

小食堂外，就剩丁女生和自己，肖能反而不急了。他明白，今晚他和丁女生饿肚子的概率是对等的，一半对一半。如果他们之间不合作，他们将同样会面临百分之五十的风险概率，不管这一半降临在谁身上，谁都是百分之一百的不幸。他不愿这不幸发生在自己身上，同样也不愿意她“落难”。

肖能以平和的口气主动和丁女生打招呼：“嗨，我叫肖能，来自苏州。”

丁女微笑着回应：“我叫丁楠。来自上海。”

为缓和一下紧张尴尬的气氛，肖能开了个玩笑，说：“没想到，我们成了一根线上的两只不敢蹦跶的蚂蚱。”

丁楠说：“其实，我的饭量不大，我可以多匀一点米饭给你。你不要有过大压力。”

肖能说：“其实，我吃菜也是不讲究的，我可多匀一点菜给你。”

丁楠提议说：“那你先找一下你的券。”

肖能想了想说：“为了公平、对等，我提议我俩抓阄。谁抓到，谁先找。”

丁楠觉得这办法可行，于是在两个纸团中，抓了一个，她先，于是她开始找自己的餐券，竟然一下子就找到了。

两人击掌祝贺，一起坦然走进小食堂。

这时，那另三人，像捡了什么便宜似的早已匆匆离开了。

肖能和丁楠各自兑现了自己的承诺。饭菜一分为二后，肖能吃到了大半的米饭，丁楠吃到了大半的菜肴。

就在这时，肖能发现了一个小秘密，小食堂里的豆腐菜汤是免券的。于是，肖能舀了一碗汤，尽可能地把其中的豆腐、菜渣集中起来，又小心地把这碗珍贵的汤推到丁楠面前。丁楠笑笑，另取了一只空碗，一人一半。

用了餐，两人在小食堂前小路的尽头坦然分手。

填饱了肚子，一夜好梦。

第二天，晨会，教导员给五人第一项竞技项目打分：甲男生、乙女生、丙男生，不及格；丁楠、肖能各五分。

十天转眼就到了，丁楠、肖能最终获得了这次华东地区高中智能综合竞技夏令营总分平列第一。

离别时，肖能找到丁楠，说有一样纪念品要赠她。肖能掏出一张红色的晚餐券时，丁楠诧异了。肖能说，这是我后来在自己的行装里无意找到的。说明这是夏令营精心设计的一个考核项目，并不是真的要让我们挨饿。因为互信、合作，我们有幸得了高分。

招商会报到的当天，肖能果真见到了丁楠。海外留学的经历，让丁楠更成熟，气质不凡。有了十几年前的合作，肖能直接破例跟丁楠提出了合作研发的意向。他俩明白，五个竞争团队，他们三家可谓势均力敌。而他们虽各有短处，但也有明显的长处、优势，正好互补。

接下来，肖能和丁楠以百分之四十的概率，幸运地打败了竞争对手，又以各自最强的实力联手，分工合作，在最短的时间里，圆满完成了新品研发，其结果大大出乎东道主的意料。

之后，肖能和丁楠把这种合作模式，称作“共享晚餐”式合作。靠这种“共享晚餐”式合作，他们在同行中脱颖而出，成为那个行业中两个并驾齐驱、长短互补、不容小觑的龙头研发团队，创造了一项又一项令人瞩目的辉煌业绩。

原载《小说月刊》2021 年第 6 期

【作者简介】刘建超，中国作家协会会员，河南小小说学会副会长，洛阳市作家协会副主席。发表小说、散文、评论800多篇；出版有小说集《永远的朋友》《遭遇男子汉》《老街汉子》《怀念一只被嘲笑的鸟》《没有年代的故事》《英雄传说》《只要朋友快乐着》11部。获冰心儿童图书奖，第二届、第六届小小说“金麻雀奖”，第八届《小说选刊》年度大奖等。

Liu Jianchao is a member of the China Writers Association, the vice chairman of Henan Short-short Fiction Association, and the vice chairman of Luoyang Writers Association. Liu published more than 800 novels, essays, reviews; and 11 collection of novels including *Forever Friends, Meeting a Man, Old Street Guy, Looking for a Bird That Was Laughed, Stories Without Age, Legend of Heroes, Just Want Friends Happy*. Liu won the Bingxin Children's Book Award, the second and sixth Golden Sparrow Award of Short-short Stories, the eighth annual award by *Selected Novels*, etc.

圈　子

刘建超

社会，就是江湖；江湖，就是圈子。混社会就是混江湖，混江湖就是混圈子。这是马梳理自己梳理出的人生哲学，他自乐于可以混迹在各种圈子里如鱼得水。

混圈子得有资本，马梳理最大的资本就是有资本。建筑行业打拼了几十年，腰缠万贯已经不足以说明他的经济实力了。在老街，没有他马梳理拿不下的项目，他马梳理也从来就没有为资金犯过愁。马梳理的说法是，哪个圈子里咱都有人。

马梳理的女儿，快三十的人了，还在装嫩撒娇热衷于追星。有位流量“小鲜肉”来老街捞钱，吸引了众多的粉丝去车站迎接。马梳理的女儿在冰天雪地里等了几个小时，人冻得跟条死狗，也没能与明星合个影，气得回到家里骂天喊地，趴在床上哭的是梨花带雨。

马梳理不屑地说，不就是要进个娱乐圈子吗，屁松。马梳理的一个工程竣工，花大价钱来请明星站台，点名要那位流量“小鲜肉”。马梳理女儿陪着吃饭游玩，得意得把朋友圈都刷爆了。马梳理也投了几部电视剧，成了挂名的制片人，马梳理自喻是进了娱乐圈的人。

马梳理的老婆五十出头了，各地游玩腻歪了，居然想搞文艺创作了。源于她参加了一个女友的作品讨论会，听着别人口中对女友的赞誉之词，嫉妒的火就燎得她寝食难安。女友高中与她同班，女友那两把刷子蒙得了别人蒙不了她，写一百个字就得有二十个错别字，现在居然也是什么诗人作家了。马梳理老婆也要当诗人，当个诗人太简单了。把一天的吃喝拉撒睡分行记录下来就是诗了。她写了一首：中午，老公要吃炸酱面，我要吃水饺，女儿要吃米饭。结果，我吃了老公的炸酱面，老公吃了女儿的米饭，女儿吃了我的水饺，想吃的都吃不到，不想吃的却把肚子填饱。马梳理的老婆一天就写了二十多首，连晚上马梳理饱含激情地在自己身上腻歪了不到五分钟就自由落体了都写诗中。写了一堆的诗却没有地方发表，马梳理老婆就掉头发。

马梳理说，发点文章不是屁松。马梳理就出资赞助老街诗社搞新诗大奖赛，马梳理还是评委。老婆的诗有诗社的秘书长亲自润色，不但获得了一等奖，还发表在内刊上，配有修正过的连自己都认不出来的大照片。马梳理还被聘为诗社的名誉社长，马梳理说进了文学圈。

马梳理在老街圈子里混得风生水起，可就是有一个圈子他始终进不去，马梳理的说法是混不进大院子弟圈。

马梳理上初中到高中，非常羡慕从机关大院走出来的学生。他们几乎个个都是昂首挺胸天不怕地不怕的德行。男女生不但说话玩耍，还敢手拉手一起走。尤其是胖乎乎的紫花，有时还死乞白赖地让高年级的明凡背着走，明凡总是推开她，想美事，我还想叫人背呢。嫉妒得马梳理眼睛冒火，恨不得把紫花背在自己背上绕着操场跑。这些干部子弟做事情行动一致，遇到事情也抱团，对马梳理这样家在农村的同学基本上就不搭理。

马梳理安排了饭局，在老街最排场的酒店请同学吃饭聚会，还故意把自己和明凡紫衣安排在一桌。饭局开始，干部子弟们自动围在另一桌，吆五喝六热闹得就不在意被冷落在一边的马梳理。紫花还是那样大大咧咧的豪爽，护着明凡不让他多喝，替明凡大杯大杯地灌酒，给自己喝了个不省人事。

马梳理要送紫花回家，紫花醉醺醺地摆着手，我才不让你送呢。我要明哥送我，明哥你得背我走。紫花搂着明矾，厚厚的乳房挤压在明凡肩膀上，酸得马梳理牙根痒痒。

马梳理努力几次，该吃的吃了，该玩的玩了，他还是融不进人家的圈子。罢了罢了，这个圈子成了马梳理心中的痛。

马梳理在江湖上混得张牙舞爪，不想却出了事故。马梳理承建的工程大桥用了劣质材料，还未竣工就坍塌了，造成十几个人伤亡。

马梳理没有想到自己居然混进了监狱。

服刑人员放风时，马梳理不相信自己的眼睛，他看到了明凡，低着头弯着腰没了往日的趾高气扬。一个小牢头还踢他，欺负他。

马梳理出头为明凡解了围，明凡感激地拉着马梳理的手，说以后我们就是弟兄了。

晚上，马梳理躺在凉凉的铺上，想着与明凡在监狱里相遇，内心五味杂陈，他终于混进“大院”圈子了。

原载《安徽文学》2021 年第 6 期

【作者简介】练建安，闽西客家人，中国作家协会会员，福建省传记文学学会创会副会长，《台港文学选刊》主编。出版有《八闽开国将军》《千里汀江》等作品集，曾获中国新闻奖副刊编辑奖、华东地区优秀期刊编辑奖、福建省重大文艺创作项目库最佳剧本奖等奖项。

Lian Jian'an, a Hakka in western Fujian, is a member of the China Writers Association, the founding vice president of the Fujian Society of Biographical Literature, editor-in-chief of *Selected Journals of Taiwan and Hong Kong Literature*. He has published collections of works such as *The Founding Generals of Ba Min* and *A Thousand Miles of Tingjiang*, etc. Lian has won the Editor Award of Supplement of China News Award, the Outstanding Journal Editor Award in East China, and the Best Script Award of Major Literary Creation Project Library of Fujian Provincial and so on.

遇　见

练建安

“好了，不要再争论了，就按第三方案办。散会！”

“新闽海”年轻的女总经理面对参加圆桌会议的一群部门负责人，一锤定音。

众人松了一口气，如蒙大赦，收拾桌面，纷纷离去。是啊，讨论方案，公说公有理，婆说婆有理，唇枪舌剑，没完没了，会议都开了整整一个下午了。还是总经理决策果断哪！

这个总经理的名字很普通，叫作怡琳，却是个标准的“白富美”。“新闽海”公司是上市大公司。

此刻的怡琳，站在“帝豪大厦”第三十三层的宽阔办公室窗前，落地玻璃映照着落日的余晖。她很悠闲地端着一杯咖啡，眺望着远处起伏的山峦和飘带似的江流。

老旧城区，飞来一群白鸽，鸽哨声声。

怡琳突然想起来什么，拉上了窗帘。

当我们再次看到怡琳时，她一身运动休闲打扮，出现在“下只角”老旧城区的农贸市场。看到一排排崭新的蓝色雨棚，她舒心地笑了。缓步来到一家蔬菜摊点前，她弯下腰和一位农妇讨价还价。她买了一把“雪里蕻”，也就是通常说的“青菜”。她从皮夹子里拿出了一张十元面额的钞票给农妇，等着找零。农妇找不开，她耐心地等待着。就在农妇到隔壁摊点上借来几枚角币时，她顺手拈起了两根小葱，塞入装有“雪里蕻”的塑料袋里，神情有点恍恍惚惚。

农妇恰恰看到了怡琳的小动作，当场拉下脸来了，就要发作。

“大姐，芋头怎么卖？我买五十斤！”

说话的是一位西装笔挺的小伙子。身边，还有一位貌似金发碧眼的“洋妞”。

五十斤？大生意啊！

农妇立马堆上了笑脸：“二块一斤，哦，阿弟，俺给您一块九！”

“小马，是你呀？”怡琳认出了小伙子。

“哎呀，真巧啊，陈姐，怎么会在这里遇见您呀。”

“呵呵，是够巧的啊。”

“姐，我家就在附近，到我家喝一杯咖啡吧？”

“谢谢！回见啊。”

怡琳拎着那把青菜走了，上了不远处的一辆宝马轿车。

“哼，啥有钱人哪，几毛钱也不放过，还顺走俺两根香葱。”农妇嘀咕。

“芋头，我不要了！”

“呀哈，你一个大男人，刷俺穷开心哪？”

“咋啦，还强买强卖啦？给，闭上你的臭嘴！”

一百元钞票扔出，飘落在菜摊上。小马潇洒地挽着“洋妞”的手臂，扬长而去。

小马正是“新闽海”公司的一位业务骨干。第二天上班，他忍不住和一个最要好的同事悄悄“分享”了昨日的“遇见”。同事笑笑，拍了拍小马的肩膀，意味深长。

几天以后，小马的心情格外亢奋。因为，他在公司再次“遇见”陈总时，发现她的笑容非常特别。

总公司批准了第三方案，业务将有大的扩张。作为业务骨干，传言，他将被任命为一处新区的业务经理。

关键时刻，为老总巧妙解围，当然是保驾护航、雪中送炭啦。嘻嘻。

第二天，人事经理刘哥来到小马办公室。

突，突突，小马的小心脏快受不了啦，哎哟，要升职啦。

“小马，公司理事会决定……”

“谢谢，谢谢公司栽培，谢谢陈姐。”

“你下个月不用来上班啦，你，被解雇了。”

“什么？什么呀？”

“你下个月不用来上班啦，你被解雇了。”

“为什么？为什么？！”

“公司理事会的一致决定。我说得够清楚了吗？”

小马呆若木鸡。

答案，或许小马永远也想不到。单独把怡琳拉扯大的母亲开了一家小食店，经常带着小怡琳到老旧城区农贸市场买菜。老妈有个习惯，就是再便宜的蔬菜，买了，趁卖家找零的时候，都要顺手拽点啥，不多，一点点，就求个心理满足。十多年前，一辈子疼她的老母亲走了。怡琳为了思念母亲，就不时来到菜市场重复母亲的动作，酸酸的，甜甜的，百感交集。小马更想不到的是，菜市场那一排排崭新的蓝色雨棚，是怡琳个人的捐赠，每年更换。有一次，刚买好菜，突然暴雨倾盆，老妈牵着女儿的小手，站在那蓝色的雨棚下，一躲，就是老半天。

原载《小说林》2021 年第 3 期

【作者简介】陈小莲，海南文昌人，海南作协会员，有作品先后在《故事会》《百花园》《小小说选刊》《小说月刊》等刊物发表，有小小说入选多种年选。现为金雀坊签约作家。

Chen Xiaolian is a native of Wenchang, Hainan Province and a member of the Hainan Writers Association. Chen's works have been published in *Stories Magazine, Bai Hua Yuan, Selected Short-short Stories, Fiction Monthly* and other publications. Some Short-short stories have been selected for various annual selections. Now he is a contracted writer of Jin Que Fang.

不要叫我经理

陈小莲

大家都说大志没有架子。大志不让大家喊他经理，大志让大家以前怎么喊现在还怎么喊。

人事向来最敏感，不管提拔谁，有人说实至名归，也有人说有关系；有人替你高兴，也有人妒忌。大志便觉得应该低调点，经理不就一个称谓吗？喊与不喊他还是经理。于是当有人喊他王经理时，他便说生分了不是，还是叫大志吧，原来怎么喊还怎么喊。当然，还有一个重要的原因，就是大志以前接触过不少领导，他们都太像领导了，他想成为一个不像领导的领导。

大家伙原本就是平级的，他提了上去，知道大家伙面子上还有些扭捏，不知道要怎么称呼他，他便坚持原来怎么喊还怎么喊。大家伙原来还有些半信半疑的，喊了几次后，发现他好像还挺高兴，也就喊得越发自然了。慢慢地，就连单位里那些熟悉的、不怎么熟悉的，大都跟着直呼他大志或者志哥。大志就喜欢大家这股亲热劲。

当然也有例外，阿邦就不那样喊。阿邦是部门的新人，年纪比他大，以前却喊他志哥。大志提拔后，他改口也快，还自创了一个称谓，不喊王经理，喊大志经理。大志说你还是像以前一样喊我志哥吧。阿邦嘴上应着，再喊还是大志经理，还一口一个“您”，听得大志心里别别扭扭的，觉得阿邦不好交心。阿邦再喊他大志经理时，他便由他去了。别人喊他大志或志哥，他“哎”应得脆响，阿邦喊他大志经理时，他漠然地看着他，那意思是有啥话就说吧。

总的来说，大志当经理后，除了职位上去了，其他没多大变化，大的重的活坚持自己干，团队氛围融洽，他感觉大家又回到了他没当领导的时候，都没太拿他当领导，就是没太把他当外人，一想到这些，有时不免会失落，有时却也能被自己感动来着。

忙碌了大半年，大志想让大家放松一下，就提议周末出去玩两天，费用AA。他订了两栋乡村别墅，男女各住一栋。进了别墅，他不急着去选房间，他想最好的肯定会让给他的，便楼上楼下地参观起来。别墅说是三层，实则是含了地下一层的，地下一层有间睡房，跟厨房餐厅在一起，应该是保姆房，他觉得空气不好，就提着行李上楼。

在楼梯上，他遇到阿邦，阿邦说大志经理，顶楼有间单间，您住那吧。他上了顶楼，还站着往楼下看风景的阿劳，急忙跑进房间往床上一倒：这间是我的了。然后大手一挥，说你到楼下去。他下到二楼的双标，刚迈进去，从阳台闪出俩人影：这里是我们的了，你去楼下看看吧。他的脸便装不下去了，他当员工那会儿对领导可不敢这样，啥好的不是让着领导的，就连领导说请客吃饭，都好几个人抢着去买单。他很快便又自我安慰起来，他们是真没把我当领导来的，他们没跟我见外。

他在地下一层见到阿邦，阿邦说大志经理，您睡房间的大床吧，我睡客厅的沙发。

那沙发怎么睡，你腿都伸不直，这么大的双人床，够我们俩睡了。

您睡房间吧，反正就一晚，我凑合一下。阿邦说完就提起背包去了客厅。唉，真是。他对着阿邦的背影摇摇头，有些难过，阿邦什么时候才能不把他大志当外人啊。

临睡前，阿劳房间的空调坏了，叫来了物业，楼里的人都开门出来了，动静很大。大志也起来了，他把空调调低，把门合上了。

大志去基层调研，带上了阿劳。基层出来迎接的两个人，左一句劳经理右一句劳经理，他倒不在意，基层的人常把上级的主管称经理的。阿劳介绍说这是王经理后，那两人跟他简单打过招呼后就围着阿劳转。

阿劳让那两人带他们去新建的活动室，这项工作是他负责的。嗯，还不错。大志转了一圈，觉得把活派给阿劳是对了。那里还要摆一个书柜，那里要摆盆绿植，那里要……阿劳大手挥舞，像极了运筹帷幄的领导，那两人边点头边记录。两人一左一右拥着阿劳，他像个跟班一样跟在后面，他偶尔插上两句，却没见那两人做记录，慢慢地便觉得不是滋味。

他包里的手机响了，他掏出手机，是阿邦打来的。大志经理，电话那头刚响起阿邦的声音，他就脆脆地应了声“哎”。阿邦在电话里跟他汇报了他交办的工作。放下电话，他心想还是阿邦懂分寸。这有的人吧，你给个好脸色，他们就会顺着杆子往上爬。

那里不能摆这个，要摆那个，不伦不类的，换！

那两人中的矮个说：劳经理说要这样摆的，还是听劳经理的吧。

大志挺了挺腰杆，看着阿劳：他们领导呢？没来？

阿劳有点摸不着头脑：你不是说不用他们领导来的吗？

大志绷起脸：领导哪能不来！你，马上给他们领导打电话，让他马上赶过来。

原载《椰城》2021 年第 5 期

【作者简介】李永康，系中国作家协会会员、中华诗词学会会员、中国微型小说学会理事、成都市作家协会副秘书长。先后在《北京文学》《中华诗词》《青年作家》等发表诗文多篇（首）。著有微型小说集《红樱桃》《失乐园》《中国传奇》，报告文学《寻找幸福田园》，评论集《对话与探讨》等。多篇作品被转载并收入《微型小说鉴赏辞典》等近200余种选本。《红樱桃》曾选入教科版《语文》五年级下册。曾获《小小说选刊》全国小小说优秀作品奖、第五届金芙蓉文学奖、第六届小小说金麻雀奖等。

Li Yongkang is a member of the China Writers Association, a member of the Chinese Poetry Society, a director of the Chinese Academy of miniature Novels, and the deputy secretary-general of the Chengdu Writers Association. He successively published many poems in *Beijing Literature, Chinese Poetry and Young Writers.* Li published the collection of mini stories *Red Cherry, Paradise Lost, Legend of China,* a reportage *Looking for a Happiness Pastoral,* and a collection of commentaries *Dialogue and Discussion* and many more. Many works have been included in nearly 200 anthologies such as the *Dictionary of Appreciation of Mini-stories. Red Cherry* was selected into the second volume of the textbook for fifth grade, and won the National Excellent Works Award of Short-short Story by *Selected Short-short Stories,* the Fifth Golden Lotus Literature Award, and the Sixth Golden Sparrow Award for Short-short Stories, etc.

奔　生

李永康

多数人都认识小萝卜头，却不知道我的本名叫宋振中。这个名字是父亲1941年在延安时起的。至于有啥说法在里面，我却不知道。从懂事起，我第一次见到父亲，是在监狱里，而且还隔着很远的距离。有一天，因为一位女看守忘了关门，我冲出去，朝山坡下跑，我和妈妈住的女牢就在山坡上。

我边跑边喊，爸爸，爸爸！一位面容消瘦，头发直立的男子，举起手，向我挥舞着答应道：哎！哎！他试图向我靠近，几位持枪的看守拦住了他。他望向我，他的眼睛和母亲的眼睛一样，流露出的疼爱和无助，让我不容思考，就可以认定他就是我的父亲宋绮云。母亲告诉我这个名字的同时，还说出了“英俊潇洒”四个字，我也不知道是什么意思。我只是觉得他好高大哦，两道眉毛浓浓的。一个在山坡上执勤的看守打了我，还把我关进黑屋子。我发着高烧，还是一个劲地喊着：爸爸，爸爸，带我出去！

母亲多次对我说，不该带着你进来的，那时候你太小了，还在吃奶，才刚刚会喊妈妈，你的几个哥哥和姐姐也没有办法带着你过日子。时间长了，母亲说，我也不知道带着你进来就出不去了。你父亲是别人以妈妈的名义拍的电报：“家中有急事速回。”被抓来的。妈妈又是被自称为父亲手下的工人以“速将换洗衣服送来”的纸条骗进来的。妈妈说，我以为，把衣服送到，和你父亲见一下面，他们就会让我们娘儿俩回家的。妈妈带着你，是怕你受冻挨饿呀，是奔生的，没有想到，进得来就出不去了。

妈妈，我只想天天和你在一起，我只想能见到爸爸。我这样安慰妈妈。其实，我是多么想像小鸟一样能自由自在地在天空中飞翔啊。

我进来的第三个年头，才被叫成小萝卜头的。

妈妈进来后就没有奶水喂我了，我每顿吃的都是她嚼烂的饭。那饭有一种怪味，我吞不下去，吐出来很多次，就常常饿得哇哇大哭，哭过后，妈妈又嚼饭喂我，菜就只有烂白菜和烂萝卜，有一股臭味。有时候她也莫明其妙地把泪水流在我的脸上。渐渐地，我就长成了头大身细，骨瘦如柴，也就是后来别人记载的，“头发育得很正常，手很小，脚也只有一点点儿大的孩子。”有一天，一位睡在我旁边的阿姨说我长得像小萝卜头。妈妈笑了，并附和道，这个小名还真形象，那就叫小萝卜头吧。于是，在狱中，大家都亲切地叫我小萝卜头。连妈妈也不叫我的真名了。

只有教我认字的“政治犯”黄老师从来不叫我这个小名，而是叫我宋振中。

说起我的读书认字，我还陪着饿了两天多时间的肚子。那时候，我六岁多一点，妈妈和同室的阿姨，都不吃饭。我也不知道发生了什么。饭摆放在房间门口，大家都坐着不动。我想拿碗过去盛。妈妈说，小萝卜头，今天的饭里有毒。我被吓到了，原来不吃饭的原因，是这里的看守想毒死大家。我当然也不会去吃下了毒药的饭，就躺下了。第三天中午，我是被妈妈推醒的，原来我已经饿得晕了过去。妈妈扶我起来，让我喝了几口水，等我缓过劲来，她说，小萝卜头，快吃饭吧，因为从明天开始，你要去和一位新来的“政治犯”黄叔叔学习认字了。“绝食”和“罢工”这二个词也是黄老师告诉我的。黄老师说，叔叔阿姨们是以绝食、罢工的方式，才争取到了你能跟我学习的机会。

黄老师教我认识了很多字，懂得了一点道理。我才知道牢房何以名曰“斋房”。我和妈妈住的是“义”斋女牢，爸爸住的是“忠”斋男牢。我传递“东北战局扭转”“淮海战略胜利”等消息给陈叔叔的《挺进报》时，身上有一种使不完的劲。我帮妈妈送衣服给“疯老头”，当小小交通员陪他进城时，觉得很骄傲。

1949 年 9 月的一天，妈妈告诉我，她终于可以带着我走了。她说，你爸爸已经早一天上路了。我就要自由了！我那个兴奋劲无法用语言表达。

妈妈要我去给老师辞行，黄老师仿佛早就知道了似的。我告诉陈叔叔，我和妈妈就在今天将要离开这里。陈叔叔默不作声。我还告诉白公馆监牢里的很多人，他们都用奇怪的眼神看着我。他们确实不知道妈妈这次将要带我去哪里。因为没过多久，他们也遇害了。只有我的哥哥宋振镛，他在《“小萝卜头”宋振中》一书中记下了我和爸爸妈妈 1949 年 9 月 6 日被国民党特务秘密杀害。他们无视妈妈的哀求，希望放了我，而是当着妈妈的面杀了我，然后才枪杀了妈妈的。那时候我只有八岁多一点，离新中国成立只有 24 天。

妈妈最后是让我用一种给人希望的方式和叔叔阿姨们告别的。我虽然离开了渴望过的世界，可是，我觉得我和爸爸妈妈都还活着。我们活在《红岩》一书的第二十章中，活在了读者的心里呀！

原载《北方文学》2021 年第 7 期

【作者简介】马新亭，山东省作家协会会员，中国微型小说学会会员。被授予山东省文化人才工程“齐鲁文化之星”等荣誉称号。作品曾被《小说选刊》《小说月报》《微型小说选刊》《小小说选刊》转载，曾入选《中国新文学大系》等多种选本。出版小说集《人类起源》《谁的手》《生活公交车》等。多篇作品被翻译成英文、德文。

Ma Xinting is a member of Shandong Writers Association and a member of the Chinese Academy of miniature Novels. He was awarded the honorary title of Qilu Culture Star of Shandong Province Cultural Talent Project and so on. His works have been reprinted in *Selected Novels, Fiction Monthly, Selected Mini-stories, and Selected Short-short Stories,* and have been selected into various anthologies including *The Department of Chinese New Literature,* etc. Ma published the novel collections *The Origin of Mankind*, *Whose Hand*, *Life Bus*, etc. Many works have been translated into English and German.

好好活着

马新亭

他进门时看见父亲坐在沙发上，戴着老花镜眯着眼端着晚报看报纸。“嘭——”重重的带门声，把父亲的目光从报纸上拽到他身上。母亲系着围裙在厨房里忙碌。他的屁股还没落到沙发上，父亲的声音已经钻进他的耳膜：“孩子考了多少分？打电话你也不接。”他阴沉着脸：“别提了，很低。”

父亲指着报纸：“别给孩子压力，今天的报纸上说昨天有个高考的孩子考的分数很低自杀了。”

他本来心里生气，父亲这一说他更生气：“压力、压力，你从小就说别给孩子压力，你就不怕他以后没饭吃的压力？”

正在往茶几上端菜的母亲，听见他敞着嗓门的话，像是责备，又像是安慰地说：“我一个字也不识，和你爸不也过得挺好？”

他轻蔑地看一眼母亲说：“更得让孩子上大学，没文化什么也不懂。连怎么过上好日子的，都不知道。”

“你说怎么过上的？”母亲不满地说。

他气呼呼地说：“怎么过上的？还是多亏上学。我爷爷那时候是土财主，很有钱，把父亲送到省城去读书。我父亲学习成绩优异，考上一个好单位。父亲长得太矮太丑，虽然是城市户口不好找对象，你当时是农村户口，长得好看点，你们各有所取，结婚成家。后来，全家农转非，过上现在的好日子。”

“算啦、算啦，快吃饭吧，少说你那些歪理怪论。”母亲一边往厨房走，一边说。

几天几夜的雨终于在周六傍晚时停下，人和车从建筑物里钻出来，冷冷清清的街道开始热闹起来。“走，咱去吃羊肉串聊聊。”他对儿子说。

“打算怎么办？”他一扬脖喝一杯啤酒。

“不知道。”儿子拿起一根滴着油的肉串吃着。

“小学五年，初中四年，高中三年，就这么结束啦？”他像是对儿子说，又像是自言自语。

儿子低着头嚼肉串，不说话。

“你今年十八，不上学干什么呢？”他连喝两杯啤酒，似乎在酒中寻找答案。

一阵沉默后，他说：“去学着做买卖？”

儿子不吭声，好一会儿才说：“你有那么多本钱？”

“去当兵？”他想想说。

“就我这高度近视，能验上？”儿子诘问。

“再上一盘鱿鱼。”他冲服务员说完，想想说，“要不去打工？”

儿子不屑一顾地笑笑："我不去，又脏又累，还不挣钱。"

"那你打算干啥？"他看着儿子。

儿子咽下一口肉，清清嗓子说："《哈利·波特》中有一句台词，不管我们面对什么处境，不管我们内心多么矛盾，我们总要做出选择。我们要做个什么样的人，取决于我们选择做什么样的人。"

他急忙把一口酒喝下去，差点没让儿子的话把他逗笑了，似乎喝慢点会喷出来："你想做个什么样的人？"

儿子也叹口气："我也不知道，但我不甘心，我真的不甘心，不甘心这么一辈子。到底是这个社会太残酷还是我太无能？"

儿子说完望望天，天很黑，反而把星星衬托得特别亮，虽然儿子仰着头，泪却从脸上哗啦啦滚下来，泪珠像天上的星星又亮又大。儿子的脸像天空，脸上布满星星，在黑夜中闪闪烁烁。

他也哭起来，泪水湿透眼睛，他擦一把眼泪说："咱复读吧。再拼搏一年。"

儿子说："再复读一年就能考上？有的同学复读一年还不如第一年考得好。"

他说："复读吧，能考上更好，考不上咱也无怨无悔。"

儿子勉强点点头。

他举起杯说："来，你用水，咱碰一杯，祝你明年金榜题名。"

他嘴上这么给儿子打气，心里却说，万一明年再考不上怎么办？

第二年的一个下午，再过十几分钟就是公布高考成绩的时刻，这是他望眼欲穿盼望的时刻，一年来儿子顶住种种压力，认真复读。周六周日从不休息，晚上学习到深夜，连春节中央电视台联欢晚会都不看，关上门在房间背诵……当这个时刻真的马上到来时，他选择了走出家门，街上人山人海，热浪滚滚。他感觉自己像大海里的一条鱼，在水里艰难地游动着。如果再考不上，可怎么活啊！他穿梭在人群中感叹道。突然微信响几声振动几下，他几乎是哆嗦着掏出手机，果然是儿子发来的微信，可是他却连看也没看，又把手机装进裤子口袋里。

高考分数固然重要，最重要的还是好好活着。想到这里，他眼里哗一下涌出泪水，本该流汗的脸上，却在流眼泪。

原载《百花园》2021年第6期

【作者简介】刘博文，1998 年出生，十九岁加入湖北省作家协会。二十岁出版作品集《至尊荣耀》。小说散见于《小说选刊》《小小说选刊》《微型小说选刊》《小小说月刊》《微型小说月报》《青年文摘》《读者报》《百花园》《广西文学》《山东文学》《小说月刊》《天池小小说》等，作品多次入选中学语文阅读试题，并进入年度排行榜，曾获"首届中国微型小说新人奖"，第二届"钓鱼城"杯大学生创意写作三等奖，及全国微型小说年度评比大奖。

Liu Bowen, born in 1998, joined the Hubei Writers Association at the age of 19. He published the collection of works *Supreme Glory* at the age of twenty. Novels are published in *Selected Novels*, *Selected Short-short Stories*, *Selected Mini-stories*, *Mini-stories Monthly*, *Youth Digest*, *Reader*, *Bai Hua Yuan*, *Guangxi Literature*, *Shandong Literature*, *Fiction Monthly* and *Tianchi Short-short Stories*, etc., the works have been selected for reading test questions of middle school Chinese leaning course for many times, and entered the annual ranking list. He have won the Newcomer Award of First Chinese Mini-stories, the Third Prize of second Diaoyucheng Cup College Student Creative Writing Award, and the Annual Appraisal Award of National Mini-stories.

味　重

刘博文

牛叔家拉面，盐味偏重，一口下去便知咸鲜。

味重，坐落于老城车衣巷尾，酒香不怕巷子深，一样的道理落回到牛叔嘴里。

叼着土匪烟的嘴巴里，不怕，好我家这口的，都是老主顾，巷子深怕啥，就怕巷子浅咧！

深，才入民心！牛叔大口吮吸烟蒂，轻描淡写的面庞于晚霞里现出红光。

少来些人，乐得清闲。

乐得清闲的牛叔，生意之余，好侍弄陆石桥畔那丛只许观赏不让旁人碰的水仙。

水仙亭亭玉立，宝贝着咧，常有不懂事小孩路过，小手勾住父母，问河边怎么生出如此多蒜瓣。又白又嫩个，佐以陆石河窜条子鱼，肯定超美味。小孩家家净知道吃，讨打！

数段上述对话中衍生的情境，总若约定俗成般收场，嘴上念叨讨打的大人，手刚碰到孩子毛茸茸小脑袋瓜，便顺势转为抚摸。

有时，还不忘温柔地揉捏两下。

自二七巷走出，穿过陆石桥北口，置于桥心处，便能嗅到浓郁的水仙味道透过河风扑面而来。打过春气的水仙，亭亭玉立，较别处水仙不同，牛叔家水仙，栽种于河畔滩涂地，与自家菜地毗邻而生。

是以过路小孩常误认为蒜，不稀奇。

而水仙的生长环境简单，阳光、适宜的温度与水分，三者齐活儿就行，其余时间，静待花开即可。

水仙有让人宁静下来的禅理，特别在花骨朵半开不开之时。牛叔年轻时倒不爱这玩意儿，他只觉所有花朵娇生惯养，自己性子毛毛躁躁咧，还养花。

谁来侍弄我哟。

牛叔说着，鼻孔因喘气而鼓起，不大的额头上布满三字形皱纹，少年老气，大抵便是他这类人。

抽一根？五爷掏出土匪烟，老小子，快歇歇吧，看你弄得满身臭汗。这夏天，一年热过一年。牛叔腾出手来，接过烟把，大口吞吐起来。烟雾缭绕，旧时光景于蝉鸣清风中轻轻浮现，时间说长也长，说短也短。水中仙子来何处，翠袖宦官白玉英，牛叔心爱的水仙花盛开复又凋零，日子就这么流淌，一碗碗面条由漏勺下进碗里，一张张笑脸置于碗后，味重到热汗横流。

还准备开几年，老小子真拿自己当后生年纪拼？陆石桥畔，掰开指头数，老字号的店不多，街坊们虽嘴上一口一个牛叔，但牛叔年纪远不止叔这辈分能压得住，说起来，他也就比五爷小三个年头。

以味儿重著称的拉面店，一碗一碗氤氲而生，已与牛叔自身年纪相平行。

盐味上重，福气上薄，胃口重，心思也不会轻，凡事如此，如生活步履不停，互相拉扯中生出微妙的平衡。

有人说，牛叔是老城的平衡轴。并非没有道理可言，单拿饮食来讲，谁能拍胸脯保证自己的手艺人人都爱，柴米油盐酱醋茶，各色风味对应不同地域及人群，才有众口难调一词。

这些年过去，牛叔以味儿重著称的拉面店，反而愈发兴盛，常有邻镇食客前来打卡。

一碗面的出锅，背后要经历数层打磨，面粉取材于老城乡里自种小麦，面粉佐以老曲子发酵醒开，适宜的蓬松，纯手工拉直，保持面条独特的劲道爽滑。最后落入青花海碗，化作街坊口中那句劲而不糙的赞言。

咸些，面条鲜味更浓。味儿重，都是苦日子过来的人。儿时来客，家中调和不出五味，连口盐巴也得跑到邻居家借，有借有还，日子于再借不难中悄然行进，逐渐滋润美好起来。

老辈人，仍难舍掉盐口重的毛病。

味重之人，必然福薄。

牛叔孤家寡人半辈子便是最佳佐证，五爷将手头烟把掐灭，弯腰扔到身旁垃圾桶中，夕阳西下，烟雾弥漫的样子像极了经久不散的叹息，笼罩于陆石桥北口前。

自北望去，对岸南口处，车衣巷宛如一节褪色积木，坐落于正待新建的老城版图中，格格不入。

牛叔味重，执拗得很。

不急，先观望观望。嘴上说不急的五爷，打发走老城拆迁办主任后辈六生后，却着实捏了把汗，他能想到拆迁组去协商时，牛叔喘着粗气的鼻孔，以及紧蹙的三字形额头。

越想越不知如何开口，向来大咧咧惯了的五爷头一回没胆子去找牛叔商量，去而复返，缩在陆石桥北口自家庭院中。

拖到临近拆迁的日子，五爷去时，却远超其意料之外。

车衣巷尾，大小旧商铺错落有致，却唯独缺了牛叔家拉面的咸鲜味道，推开熟悉的门脸，映入五爷眼帘的，竟是后生仔六生。

而牛叔喘着粗气的身影，正于屋内收敛锅碗瓢盆。这——这是？这你就不懂了吧，牛叔接过话。咱积极响应国家政策号召，带头支持老城新建，跟六生讲好了，车衣巷翻新后的四时公园里，专门留块水地，继续种我那水仙。

可还行？牛叔讲着，喘着粗气的三字形面庞上，满脸傲娇劲儿接过五爷的土匪烟，大口吞吐起来。

嘿嘿，谁说味重之人就必然福薄，那是咱一门心思为众，想把福气全给散播出去，都是苦过来的，谁不想日子越变越好，等公园建成，你们这些老主顾别忘了光顾老牛家新拉面店。

开业折扣，记得都来啊，保管四时如故，面条爽滑咸鲜。来的人，我再额外送一盆水仙！

原载《广西文学》2021 年第 5 期

【作者简介】韩芍夷，女，海南文昌人，副编审。中国作家协会会员，海南省作家协会理事。著有长篇小说《驿动的年轮》《伤祭》，中短篇小说集《城市无梦》《目光里的对峙》《倾听咖啡屋》等。曾获海南省优秀精神产品奖、海南省文学“双年奖”作品一等奖、“海南省文学探索者三十强”称号、第二届“海南省中青年德艺双馨文艺工作者”称号。

Han Shaoyi, female, born in Wenchang, Hainan Province, is a deputy editor. She is a member of the China Writers Association, director of the Hainan Writers Association. Han is the author of novels such as *Annual Rings in the Station*, *Injury Sacrifice*, and collection of short stories and novellas including *No Dreams in the City, Confrontation in the Eyes, Listening to the Coffee House,* etc. Her works won the Excellent Spiritual Product Award of Hainan Provincial, the first prize of the Hainan Provincial Literature Biennial Award, the title of Top 30 Literary Explorers in Hainan Province, and the title of Moral and Artistic Literary Workers Award in the second Young and Middle-aged Moral and Artistic Literary Workers of Hainan.

领　养

韩芍夷

自从见过小宝后，“阿姨”的叫声不绝于耳，清脆，稚嫩，能从耳膜穿透心脏，柔软心尖。秀玉被这声音扰得寝食不安，又到福利院。小宝见她，一拐一拐地向她奔来。她拉了拉他的手，把带来的书、玩具、饼干糖果给他一份，再依次分发给福利院的小朋友，然后跟院长说：“我可以带小宝出去玩一会儿吗？”

“可以可以。”院长连连说。

秀玉带小宝去儿童公园玩，小宝很兴奋，对周围的一切好奇又怯场，人多的地方，小手紧攥着秀玉的手，凉而湿。坐在凳子上，对身体健全的小朋友蹦蹦跳跳满场跑，羡慕又自卑。“叔叔为什么没来？他不喜欢我？”小宝问。秀玉没想到他会问这个问题，一时无语。“怎么会呢，叔叔……他忙，没时间来。”

秀玉想起第一次到福利院，一小男孩一直盯着他们。秀玉看小男孩，小男孩也看她。那是怎样的一双眼啊！黑亮的眼珠沉淀的是一泓清水，折射出的是清爽、单纯。她被小男孩的目光磁住了，驻足。“小朋友好！”

小男孩羞赧地低下头，小声说：“阿姨好！”

“几岁了？”

“五岁半。”小男孩依旧低着头。

建华听到他们说话，停下脚步，从头到脚仔仔细细地打量小男孩。他们都同时看到小男孩脚的残疾。秀玉不说话，看建华，他不说话，继续往里走。秀玉向院长打听小男孩的情况。

小男孩就是小宝，出生28天就被丢弃在车站的一个纸箱里，被送到福利院一直生活到现在。院长介绍。

在市儿童福利院转了一圈，没看到让他们有收养冲动的孩子。他们出来，在门口，又见到小宝。

“小强被人领养了。”小宝见秀玉，迎上去，对秀玉说。秀玉见他眼睫毛潮湿，显然他刚哭过。“阿姨，你也领养我吧，我叫你妈妈。”

秀玉一下子愣了，心强烈跳动，不知如何回答。

“小宝，别乱说话。”院长制止，面向秀玉解释，“小强是他最好的玩伴。”

小宝扁扁嘴，眼珠里闪着泪光。

秀玉几乎是踉跄着离开。

回到家，秀玉脑里都晃着小宝的眼睛，他眼里露出渴望被收养的目光，一直戳到她的内心，疼痛无比。这个身有残疾的小男孩，有着怎样的亲生父母，被如此狠心抛弃。她很想跟建华谈谈小宝，但从建华看小宝脚的残疾后的表情，她判断建华不太可能接受小宝。他们想到福利院领养孩子，不是因为爱，是为了传宗接代。自从儿子去世后，家公家婆一直催促他们再要孩子，但不管他们如何努力，高龄的她就是怀不上。前几天，家公家婆从老家来，家婆当着她的面，拿出一个红布包，从包里掏出一叠厚厚的人民币："这些钱，是你们这些年给我们的零花钱，现在给你们生孩子用。"家婆把钱塞给建华，被建华挡回去："妈，我们不缺钱。这些钱是给你们花的，不要舍不得花。"

"我们不要钱，只要孙子。"

当时，秀玉的脸火辣辣的。她理解建华的选择。秀玉对小宝心怀愧疚，她不能给予他无私的爱。

几天后，秀玉路过福利院，站在福利院门口往里张望，没见到小宝。她心空空地离去，走几步，又被想见小宝的冲动拽回。她敲门。"您找谁？"一位中年妇女问。

"我……找小宝。"

中年妇女开门，带她去找小宝。

"小宝，过来。"中年妇女叫。

"阿姨。"小宝认出她来，向她绽开笑脸，裂开的嘴像月牙，奶油色的脸特别干净。这孩子怎么这么可爱呢。她伸手摸了摸小宝粉粉的脸。"我可以单独跟小宝待一会儿吗？"

"可以。"中年妇女带他们到另一间房。

"阿姨，你就收养我吧，我会很乖很干净的。"

"我得想想。"

"我叫你妈妈。"

"别……"她觉得心被掰成几块了，抱住小宝，亲他的脸。

临走时，秀玉问中年妇女："我可以常来看他吗？"

"可以。"

……

从儿童公园出来，秀玉带小宝去吃肯德基。显然，小宝是第一次来这样的地方，第一次吃洋快餐，鸡翅的骨干被他啃得光滑；薯条沾番茄酱，抹得干干净净，一点都舍不得浪费，连手指都吮进肚子里似的。这让秀玉想起病逝的唯一的儿子。儿子是吃货，从小没少尝美味，吃肯德基是他的最爱。小宝吃东西的神态，跟儿子是多么相似！送小宝回福利院，道别时，因院长在场，小宝示意秀玉弯下腰，凑到她耳边叫："妈妈。"秀玉没有纠正他，双眼潮湿，拍拍他的脸："我还会来看你的。"转身的刹那，秀玉心里说：孩子，我一定让你长久叫我妈妈的。

走出福利院，秀玉径直去找建华。

原载 2021 年 6 月 10 日《海口日报》

【作者简介】徐全庆，笔名双旗、席双旗等，全国小小说学会联盟副主席，作品入选中考语文试卷和百余种选本，数十次在全国各级文学大赛中获奖。著有小小说集多部，其中《独手之爱》荣获冰心儿童图书奖并再版。

Xu Quanqing, under the pseudonym Shuangqi, Xi Shuangqi, etc., is the vice chairman of the National Short-short Stories Associations. His works have been selected for examination papers of middle school and more than one hundred anthologies. He has won dozens of awards in national literary competitions at all levels. Xu is the author of many collections of short-short stories, among which *One-Handed Love* won the Bingxin Children's Book Award and was republished.

故乡的清水河

徐全庆

接到回故乡参加颁奖会的邀请时，徐卫东又一次想起了清水河西岸的那个女孩。

那时候，徐卫东住在清水河的东岸。清水河很长，也很清。每到星期日，徐卫东就会去河边钓鱼。其实，徐卫东并不喜欢钓鱼，他是在等一个女孩。

很快，女孩就会在西岸出现，每次都会洗一大盆衣服。

女孩很清纯，很优雅，连洗衣服的姿势都很美。徐卫东很想和女孩说话，但他不敢。那时候人封建，男女同学都互不说话，何况他们互不认识呢。他甚至不知道她叫什么。他只敢偷偷看她，快速瞥一眼，然后立即把目光挪开。偶尔，她也会偷偷地向他瞟一眼，目光相撞的一瞬间，两人立即把目光躲开，低下头羞红脸。

洗完衣服后女孩默默离开，徐卫东也收钓竿回家。

一到星期日，他们就会默契地出现在清水河边。你洗衣，我垂钓，偶尔偷偷地看一看对方，没有更多的交流。

直到有一次，女孩的一件衣服被水冲走。女孩的惊叫声惊动了他，他看到女孩正慌乱地试图够那件被冲走的衣服。已经够不到了。衣服正向河中央漂去，并逐渐下沉。徐卫东举起钓竿去够那衣服，河太宽，根本不可能够到。

女孩看着衣服缓缓沉入河底，目光无奈又无助。

那一刻，徐卫东特别痛恨自己不会游泳，住在清水河边居然不会游泳！如果会的话，他会毫不犹豫地跳下河去，帮女孩把衣服捞起来。那将是多幸福的事呀。他想解释说他不会游泳，但却说不出口。

他只能徒劳地伸着钓竿，满眼歉意地望着她。

或许是他的举动提醒了她，她找了根竹竿，把衣服捞了上来。那一刻，他在心里暗骂自己是笨蛋，怎么就没想到把钓竿扔给女孩用。

女孩离开的时候，又回头看了他一眼。这一次他没有躲避，他看到她眼中有一道亮亮的光。

那天，他决定了，不管父母怎么反对，他一定要学会游泳。

可是，没等再见到她，他就搬了家。

再次回到故乡，已是十多年后。

清水河仍在，却已浊臭不堪，很远就能闻到一股刺鼻的气味。

河岸的瓦房多已不见，代之以两层或三层的楼房。几个小工厂、浴池夹杂其间。

当年的邻居多数还在，日子明显好过多了。可提起清水河，大家又忍不住叹息。

徐卫东向他们打听女孩的情况，因为不知她的名字，竟无人知晓。徐卫东也曾到河西岸慢慢寻找，可女孩居住的那一片房屋已经不在，变成了一个养猪场。

带着深深的失望离开，徐卫东很快就结了婚。从此没再回故乡。

看到故乡举办征文大赛的消息，徐卫东就写了《故乡的清水河》，没想到竟荣获一等奖。

于是，又回到久违的故乡。

徐卫东第一时间去了清水河。河边的工厂、浴池等都已不见，清水河已成了一个大游园。楼台亭榭、绿树繁花，可以说一步一景。河水清澈见底，游鱼历历可数。当年垂钓处，如今架起一座拱桥。踏着那拱桥，徐卫东从东岸走到西岸，又从西岸走到东岸，反反复复不停地走。

晚上，徐卫东正在宾馆的房间里读书，突然接到主办方的电话，说有位颁奖嘉宾想见见他。

竟然是她。

四目相对，两人竟不知说什么好。

跟在她身后的人员介绍道，这是天欣集团的董事长吴天欣，这次大赛的活动经费就是她赞助的。

徐卫东终于知道了她的名字。

那人又介绍道，吴董事长二十年前外出创业，五年前回到家乡，创办了很多企业，支持家乡发展。清水河游园的建设就是吴董事长呼吁的结果，而且她也赞助了部分费用。

徐卫东看着吴天欣说，我替清水河谢谢你。

吴天欣说，我还建了一个游泳场，如果……

有一句话，徐卫东一直想对她说，那天之后我就学会了游泳。现在终于有机会了，可他终于没有说。

徐卫东说，清水河已不是原来的清水河了。

原载《台港文学选刊》2021 年第 3 期

主持人：**古耜**

古耜，文学批评家、散文家。

Gu Si, literary critic and essayist.

散文

推荐语

李舫的《跫音——百年中共与北大红楼》，以民国之初的北京乃至整个中国为背景，以北京大学红楼为圆心，记述中国共产党在中国大地上孕育、萌芽、聚力和最终诞生的非凡过程。其笔墨纵横间，既激活了旧北大变革、“五四”新文化运动、多地共产主义小组建立、中共一大召开等一系列重大历史事件乃至具体场景，又勾画出李大钊、毛泽东、蔡元培、陈独秀、胡适、杨昌济等众多人物的历史贡献和精神风貌；既具有力度饱满的政论色彩，又不乏举重若轻的抒情气质。加之作家的叙事建立在广泛坚实的史料基础之上，所以通篇作品可以看作是形象化和艺术化的党史开篇。

黑陶的散文不曾以“新潮”“先锋”自命，但其创作却一直保持着试验、探索的态度和势头。新作《在古中国》亦复如此。这篇史海采珠式的作品，以安徽为重心，朝着阔大的江南撒开笔墨，时而关注物宝天华，时而记叙古物留香，时而破译典型物象，时而捕捉瞬间感悟，时而遥望宏观的文化迁移，时而凝视微观的文物细部，甚至把特定时空下的菜单以及同景点相关的批文也收了进来。这种看似随心所欲，实则别有匠心的散点透视，不仅酿成了文本的缤纷多彩，摇曳多姿，更重要的是把叙事由时间转化为空间，从而将作家笔下的风景立体化也纵深化了，使人们看到了一个既“现在”又“本来”的“古中国”。

江子的《不系之舟》讲述了一个乍听不可思议，细想让人警醒的故事：乡党曾和春天赋平平，读书不行，家庭也没有什么特殊背景，但硬是凭着脑子活络，敢于闯荡而富了起来，不但在县城买了大房子，而且娶上了姣美的媳妇。二哥细平在外打工，不幸因病早亡，其妻改嫁，和春便承担起抚养十六岁侄女的责任。然而吊诡的事情随之发生——和春的妻子竟把尚未成年的侄女带回老家，将她嫁给了三十多岁尚未结婚的堂弟，自己也玩起了隐身游戏。这个故事负载了怎样的社会历史命意？作家在卒章显志时将其归之于时代剧变中一代乡人命运的漂泊与动荡，这当然敏锐准确，只是在我看来，它似乎还有另一种潜台词：就当下的乡土人生而言，经济脱贫固然不易，而精神和文化的脱贫则更显艰难。

潘向黎的散文《当一朵茉莉渡过沧海》以温婉从容的笔致，讲述“我”经历中的两件事：在日本冲绳，中国的茉莉花茶被叫作“三品恰”，“恰”是日语里茶的发音，那“三品”是什么？为什么是“三品”？经过了解，我终于得知，六百多年前，茉莉花茶传到冲绳被称作“香片”，而“三品”正是当地人对香片的讹读；母亲特别在意同水相关的一切，多年来一直使用有蓄水功能的马桶，用过一次的水也坚持留下来再做他用。起初我很不理解，在听说了母亲曾有的用水非常困难的生活经历后，便认同了母亲的做法。单看后一件事，作家仿佛在赞美母亲的环保、节约，还有对经历的珍视；只是一旦把前后两件事联系起来，一种形而上的意思便得以浮现：世间的许多人和许多事都有着不同的过去和经历，因此个性和差异便自然而然，天经地义。正是基于这一意义，他（它）们理应得到理解、宽容和接纳。

【作者简介】李舫，吉林长春人，文艺理论博士、作家、文艺评论家。酷爱文学、电影、戏剧，在众多报刊发表大量理论评论文章和文学作品。著有散文集《纸上乾坤》，电影评论集《在响雷中炸响》，理论专著《魔鬼的契约》，译著《重返普罗旺斯》等。现为中国作家协会全委会委员、中国散文学会副会长、《人民日报·海外版》副总编辑。

Li Fang, born in Changchun, Jilin Province, is a doctor of literary theory, writer, and literary critic. Li loves literature, movies, drama, and published a large number of theoretical review articles and literary works in many newspapers and periodicals. Li's literature works cove from collection of essays *The Universe on Paper*, collection of film reviews *Blowing in the Thunder,* theoretical monograph *The Devil's Contract,* and translation *Return to Provence,* etc. Li is currently a member of the National Committee of the China Writers Association, vice president of the the Chinese Institute of Prose, and deputy editor-in-chief of *People's Daily Overseas Edition.*

跫 音

——百年中共与北大红楼

李 舫

北京，东城。

横平竖直的北京旧城，有一条东西向的长街——五四大街。这条大街的中心，有一个朴素的门牌，上面刻着“五四大街 29 号”。在这个门牌的后面，是一个不大的院落，古朴的铁门后面，静静地伫立着一座红砖砌筑、红瓦铺顶的老式建筑。春来暑往，斗转星移，这座“工”字形的建筑已逾一个世纪。

1918 年初，李大钊在这里创建了马克思主义研究小组。1919 年 5 月 4 日，北京大学的学生们正是从这里出发，一路行进到天安门，点燃了五四运动的熊熊火焰。1918 年，毛泽东在这里的第二阅览室担任图书管理员。1920 年 3 月，在李大钊的指导下，邓中夏、高君宇等 19 人在北京大学红楼秘密成立马克思学说研究会，又称“北京大学马克思学说研究会”。1920 年 10 月，在北京大学红楼一层东南角的李大钊办公室，李大钊、张申府、张国焘三人秘密成立北京共产党小组。

因与北京大学的历史渊源，因与深沉宁静的红色外貌，这座建筑从建成至今，一直被人们称作——

北大红楼。

一

1917 年，农历丁巳。

这一年，刚刚回到中国履新北京大学校长的蔡元培刚满 50 岁。五十而知天命，蔡元培却不知道他要面对的，到底意味着什么。

作为北京大学的第六任校长，等待他的是一个烂摊子。旧思想、旧文化、旧道德将北京大学腐蚀得乌烟瘴气，教员因循守旧，学生无心向学，人心日渐堕落，校园毫无生气。立志改革的蔡元培，更加坚定了自己的改革主张，他要从一所大学开始，用教育和启蒙的温和方式，重新掀起一场意义更加深远的革命。

北京大学的前身为京师大学堂，创办于 1898 年。1900 年八国联军侵略中国，京师大学堂被迫停办。1902 年大学堂恢复办学，采用分馆制，设有仕学馆和师范馆，后又陆续增添进士馆、译学馆及医学实业馆。辛亥革命后，京师大学堂改名为北京大学。改名之初，校内封建官僚习气依然如故，学生多是仕宦子弟，他们来此读书，无非是为日后的官运仕途谋取身价和资格。

此时的北京大学，春冰未泮，春意料峭。

1 月 9 日，蔡元培冒着严寒，发表就任北京大学校长的演说。他试图用教育完成救国宏愿，“吾人切实从教育入手，未尝不可使吾国转危为安。”

蔡元培对学生提出三点要求：一曰抱定宗旨，二曰砥砺德行，三曰敬爱师长。值此之际，他莅任的第一要务便是以“思想自由、兼容并包”的方针改造旧北大，致力于把北大办成以文理科为重点的综合大学。蔡元培从改革文科入手，扩充文理两科，文理两科的负责人便是文科学长、理科学长。这一年，他着手的第一件事，就是正式致函教育部聘请陈独秀任北大文科学长。

此时，蔡元培致力的理想教育是一种人格教育，因此他必须改革北大旧有的教育体系，尤其是文科教育。在他看来，文科学长不但必须是“积学与热心的教员”，还必须具有革新的思想，勇于“整顿”的革命的精神。当其时，陈独秀高举科学与民主大旗，以《新青年》为阵地，把一篇篇笔锋犀利的文章化为投枪，向旧礼教、旧道德、旧文化展开毫不留情的抨击。作为“一员闯将”，陈独秀“是影响最大，也是最能打开局面的人”。

北大文科原先只有四门：中国文学、中国哲学、中国史学、英语。陈独秀出任北大文科学长没多久，就开始进行大刀阔斧的改革，增设了德语、俄语、法语三门，并在哲学、英文、中文中分别设立了研究所。在文科的课程设置上，陈独秀也不拘一格，他曾经力排众议而开设了“元曲”科目，将“鄙俗”之学搬入高雅之堂，这是我国大学讲坛第一次开设“元曲”科目。除此之外，陈独秀还积极邀请各类人才到北大执教，如胡适、李大钊、刘半农等，一时间，提倡新文化运动的知名人士，大都聚集于北大文科。

1915 年 9 月，陈独秀在上海创办《青年杂志》。翌年，该杂志改名为《新青年》，新文化运动由此发端。陈独秀受聘为北大文科学长后，《新青年》编辑部随之移至北京，由一人主编改为同人刊物，并成立编委会，北京大学由此成为当时中国思想界最活跃的阵地。这个时期，胡适、陈独秀前后在《新青年》发表的《文学改良刍议》与《文学革命论》，一同扛起了中国文学语言改革的大旗，此后，钱玄同、刘半农、傅斯年、周作人等人相继唱和，汇结成一股势不可移的新文化运动的潮流。1918 年 12 月，陈独秀、李大钊创办针砭时政的战斗性刊物《每周评论》，编辑部就设在北大红楼文科学长办公室。《每周评论》与《新青年》相互配合，协同作战。《每周评论》猛烈抨击封建军阀统治，揭露日本在中国东北和山东攫取权益的侵略行径，号召人民奋起抗争，成为新文化运动的又一块宣传阵地。

陈独秀执掌北大文科学长，随情任性，雷厉风行，锋芒毕露。正因为如此，陈独秀也结怨甚众。他的特立独行、唯我独尊，也令他举步维艰。在众人的压力之下，蔡元培不得不主持召开文理两科教授会主任会议，宣布废除学长制，成立由各科教授会主任组成的教务处，由教务长替代学长。实际上，陈独秀是被体面地卸下文科学长一职，体面下课。

犹如夜空中的焰火一般，陈独秀在北大红楼的两年，灿烂绽放，璀璨高升，旋即下落，化为灰烬。他将光明留给了周遭，却伴着余烬黯然离开，踽踽独行。

二

1918 年仲秋，一个满口湘音的青年，背着一个简单的包袱走进了北京大学的校门。

他，就是后来影响了整个中国甚至整个世界的毛泽东。

五年前的春天，毛泽东被湖南第一师范录取，在这里度过了五年半的光阴。在这所学校里，对他影响至深的有杨昌济、徐特立、袁仲谦、黎锦熙、王季范、方维夏等，其中尤以杨昌济的影响最大。杨昌济对这位勤奋擅思的农家子弟很感兴趣，他在日记里这样记述对毛泽东的最初印象，“资质俊秀若此，殊为难得。”“余因以农家多出异才，引曾涤生、梁任公之例以勉之。”期待毛泽东像曾国藩、梁启超一样出类拔萃、济世救困。而对毛泽东来说，杨昌济是他最敬服的老师之一，其教授的伦理学也是他最喜欢的课程，他甚至把杨昌济翻译的《西洋伦理学史》全部抄录下来。

剧烈动荡的社会呼唤“大造”之才，而毛泽东也正关注着变幻的政治风云。袁世凯与日本签订丧权辱国的“二十一条”，消息传来，湖南第一师范学校学生编印《明耻篇》小册子，毛泽东在封面写下：“五月七日，民国奇耻；何以报仇？在我学子！”他还在挽学友的诗中写道：“我怀郁如焚，放歌倚列嶂。列嶂青且茜，愿言试长剑。东海有岛夷，北山尽仇怨。荡涤谁氏子，安得辞浮贱！”对民族危难的沉重忧患，以雪国耻、救国亡为己任的情怀抱负，跃然纸上。

尽管那时的毛泽东年轻英俊，已经是新民学会的领导人之一，在湖南小有名气，但在北大这块精英聚集之地，还只是一个来自外地的普通青年，默默无闻。他以一种略带自嘲的语气回忆这段经历：“我的职位低微，大家都不理我。我的工作中有一项是登记来图书馆读报的人的姓名，可是对他们大多数人来说，我这个人是不存在的。在那些来阅览的人当中，我认出了一些有名的新文化运动头面人物的名字，如傅斯年、罗家伦等等，我对他们极有兴趣。我打算去和他们攀谈政治和文化问题，可是他们都是些大忙人，没有时间听一个图书馆助理员说南方话。”尽管如此，毛泽东并没有灰心，他参加了哲学研究会和新闻学研究会，利用在北大旁听的机会如饥似渴地学习。

这一年 8 月 15 日，25 岁的毛泽东为新民学会赴法勤工俭学的事，由长沙乘火车到北京，这是他第一次走出湖南的长途之旅。可是，他没有去法国，而是选择留在北京。日后，毛泽东在接受埃德加・斯诺采访时说到其中的原因：“我觉得我对我自己的国家了解得还不够，把我的时间花在中国会更有益处。”此时的毛泽东，思想信仰仍未确定，“是自由主义、民主改良主义、空想社会主义等观念的大杂烩……但是我是明确地反对军阀和反对帝国主义的。”

此时，他在湖南师范学校的恩师杨昌济已任北京大学哲学系教授，赴法勤工俭学的信息就是杨昌济传递回家乡的。那时正是第一次世界大战后期，法国到中国招募华工，北大校长蔡元培等人借机筹建了华法教育会，组织中国学生开展赴法勤工俭学活动，杨昌济及时把这个消息传回湖南。这时的湖南政局混乱，政权更迭频繁，教育已经摧残殆尽，学生已至无学可求的境地，杨昌济让他的学生们积极准备赴法留学，选择勤工俭学这样一条新路。毛泽东选择留在中国，经杨昌济的介绍，他被安排到北京大学图书馆当助理员。

毛泽东来到北大工作，不是简单地北漂谋生，而是继续探求救国救民、匡扶正义的真理。正是由于杨昌济的介绍和推荐，《新青年》为毛泽东开启了另一扇认识中国与世界的窗口。陈独秀所说的“伦理的觉悟是吾人最后之觉悟”对他的感触极深，循着新文化运动的思路，他在努力地探索，为此阅读了许多哲学和伦理学的著作，而他兴趣最大的是伦理学，他认为，“伦理学是规定人生目的及达到人生目的的方法之科学。”之所以如此认识，是因为他觉得“国人积弊甚深，思想太旧，道德太坏”，而要改变这种状态，就必须“从哲学、伦理学入手，改造哲学，改造伦理学，根本上变换全国之思想”。

由于“蔡（元培）校长帮忙的缘故”，图书馆长“李大钊安排毛泽东干打扫图书馆、整理图书等轻便工作”。有了这份图书馆助理员的工作，“我每月可以领到一大笔钱——八块大洋”，这让他在北京的生活得以稳定下来。在北京大学，毛泽东得以近距离接触蔡元培、李大钊、陈独秀、陶孟和、胡适、邵飘萍、梁漱溟、周作人等，发现了一个他从前所不知道的世界。也是在这里，这个南方青年懂得了中国之大、南北之遥：“在公园里和故宫广场上，我却看到了北方的早春。当北海仍然结着冰的时候，我看到白梅花开。我看到北海的垂柳，枝头悬挂着晶莹的冰柱，因而想起唐朝诗人岑参咏雪后披上冬装的树木的诗句：‘千树万树梨花开’。北京数不尽的树木引起了我的惊叹和赞美。”

1919 年 3 月，毛泽东因母亲病重，辞去北京大学的职务回到家乡。尽管在这里不到半年时光，毛泽东读了很多很多的书，接触了很多很多的人和事，特别是结识了李大钊、陈独秀等中国最早接受和宣传马克思主义的革命先驱，这为他未来的选择带来了深远的影响。

从北大走出来的毛泽东，浸润了北大的精气神，已然成为一位胸有利器、心怀世界的有为之士。1945 年 7 月 1 日，抗战胜利在即，傅斯年作为 6 名国民参政员之一乘飞机访问延安。毛泽东单独安排时间，与傅斯年彻夜长谈。同当年北大相比，时间和场景都有了转换，可毛泽东依然不失他乡遇故知的情怀和礼贤学人的雅量。谈话中，自然谈到北大学生在五四运动中的作用，谈到傅斯年等五四运动风云人物。听到谈及自己，傅斯年谦逊地说："我们不过是陈胜、吴广，你们才是项羽、刘邦。"

自信人生二百年，会当水击三千里。

就在这个朝气蓬勃、挥斥方遒的年纪，毛泽东写下了这句诗。正是在北京大学期间，面对中国近代以来的贫弱局面，毛泽东自信将来掌握中国历史命运的重大使命会由他们这一代有志青年去承担。在《民众大联合》一文中深刻反思："国家坏到了极处，人类苦到了极处，社会黑暗到了极处。补救的方法，改造的方法，教育，兴业，努力，猛进，破坏，建设，固然是不错，有为这几样根本的一个方法，就是民众的大联合。"他大声宣称："天下者我们的天下。国家者我们的国家。社会者我们的社会。我们不说，谁说？我们不干，谁干？"

三

清明时节，细雨纷纷。

雍容的红砖红瓦红墙红楼，掩映在道路两旁绿意盎然的行道树里。

1919 年，29 岁的李大钊意气风发。他快步走在沙滩北街，灰色的长袍在他身后飘起。一夜喜雨，落英缤纷，雨后的空气清新甘甜，他忍不住停下脚步，深深地呼吸。李大钊遥望湛蓝的高天，他的脸上洋溢着憧憬和幸福。

12 年前，17 岁的李大钊考入天津北洋法政专门学校，学习政治经济。新世纪以降，西风渐近，六年的学习让李大钊茅塞顿开。1913 年的冬天，李大钊怀着忧国忧民的情怀，东渡日本，考入东京早稻田大学学习政治。正是因为在早稻田打下了西方经济学的良好基础，使得李大钊成为中国第一位接受马克思主义的高级知识分子。1915 年 1 月 18 日，趁第一次世界大战期间欧美各国无暇东顾的时机，日本驻华公使日置益觐见中华民国的大总统袁世凯，递交了二十一条要求的文件，并要求政府“绝对保密，尽速答复”。此后日本帝国主义以威胁利诱的手段，历时五个月交涉，企图迫使袁世凯政府签订，企图把中国的领土、政治、军事及财政等都置于日本的控制之下的二十一条无理要求。这便是历史上臭名昭著的“二十一条”。李大钊闻之，拍案而起，积极参加留日学生总会的爱国斗争，他起草的《警告全国父老书》的通电迅速传遍全国，他也因此成为举国闻名的爱国志士。燕赵多慷慨悲歌之士，出生于河北乐亭的李大钊是其中的典型代表。1916 年春，尚在日本留学的李大钊寄语祖国：“以青春之我，创建青春之家庭，青春之国家，青春之民族，青春之人类，青春之地球，青春之宇宙，资以乐其无涯之生……春日载阳，东风解冻。远从瀛岛，反顾祖邦。”西风尽，春归来，日本的春天已经来临，祖国的春天又在哪里？再造青春之中华的理想充溢心中，李大钊将无限的心事、无限的遐想、无限的祝福一气呵成写进洋洋万言的《青春》。

这篇文章，发表在了 1916 年 9 月 1 日出版的《新青年》第二卷第一号。陈独秀被文章回环绕梁的韵律、荡气回肠的气魄和精辟透彻的说理深深打动，特别将它安排在第二篇。文章“江流不转之精神，毅然独立之气魄”，骤然传遍大江南北，对中国旧文化、旧思想、旧政治产生了极大的冲击，激起无数热血青年满腔救国豪情。

1916 年，李大钊回到中国，积极投身正在兴起的新文化运动，宣传民主、科学精神。俄国十月社会主义革命的胜利极大地鼓舞和启发了李大钊，他先后发表《法俄革命之比较观》《庶民的胜利》《布尔什维主义的胜利》《我的马克思主义观》等文章，既有清新自然的白话诗歌，也有全面系统的述理长文，最早在《新青年》宣传马克思主义这一先进科学思潮，向中国人民介绍了什么是“十月革命”，什么是“布尔什维主义”。1918 年底，在章士钊的介绍下，雄心勃勃的李大钊进入北京大学，受聘担任图书馆主任。这里的博学、审问、慎思、明辨、勤奋、严谨、求实、创新的精神，让李大钊如鱼得水。北京大学图书馆的前身是清末的京师大学堂藏书楼，缺乏远大规划，管理相当混乱。上任伊始，李大钊便着手进行改革，北大图书馆很快从旧式藏书楼转变成现代化大学图书馆，迅速跻身国际先进图书馆行列。

这是 1919 年的清明时节，一个月后，这里将爆发举世震惊的“五四运动”。李大钊快步走进红楼大门，腋下夹着新刊出的《新青年》。他三步并作两步走上二楼，冲进北京大学校长蔡元培的办公室，红色木质地板在他的脚下“吱呀吱呀”地响着，似乎在回应着他的兴奋。阔大的办公室里，窗纱在风中高高飘荡，灯光有些暗淡，蔡元培的桌上摆放着一盘青菜、一碗米饭加上一碗清汤。蔡元培正埋首书堆间，在文件和书页上认真地批录。这位校长的工作可以用日理万机来形容，他忙碌了一个通宵加上一个早晨，家人只好将他的早餐送到办公室。

兴奋不已的李大钊冲着一脸懵懂的蔡元培，大声宣称：“试看将来的寰宇，必是赤旗的世界！”

正是在这里，李大钊在北大秘密发起成立马克思学说研究会，把经过五四运动锻炼的优秀青年组织起来，进一步学习、研究和传播马克思主义。

研究会一开始是在秘密状态下成立的，主要活动包括搜集和翻译马克思主义书籍，分组分专题进行研究，举行定期的讲演会、讨论会和不定期的辩论会等。校长蔡元培大力支持研究会的活动，从北大借了两间屋子给研究会做活动场所，一间做办公室，一间做图书室。他们给图书室名副其实地取名为“亢慕义斋”——“亢慕义”即英文“Communism”（共产主义）的译音。

马克思学说研究会成立后，马克思主义得以在北京大学及北京各高等学校的青年学生中迅速传播，而这其中的一个重要影响，便是为北京党组织的建立做了思想和组织上的准备。到 1922 年初，马克思学说研究会会员从最初的 19 人增至 60 多人，后来一度发展到 200 多人。

1920 年春，李大钊与陈独秀相约，同时在北京和上海从事建党的筹备工作。同年 8 月，上海的共产党早期组织在上海法租界老渔阳里 2 号《新青年》编辑部成立。在北京，红楼李大钊办公室的外间会议室，正是当时筹备北京共产党早期组织的联络处。1920 年 10 月，下南洋募捐的张国焘风尘仆仆回到北京。李大钊、张申府、张国焘三人，在北京大学红楼东南角的李大钊办公室，秘密成立了北京共产党小组。这是北京历史上第一个中国共产党的党组织。当时，李大钊每月从自己的薪俸中捐出 80 元，作为小组活动经费。同年 11 月，北京共产党小组举行会议，决定成立共产党北京支部。李大钊被推选为书记。12 月 2 日，北京大学社会主义研究会成立，这是中国近现代史上第一个明确以社会主义为研究对象的学术社团，李大钊的名字列于八位发起人之首。

从 1918 年来到北京大学，到 1925 年 8 月离开北京大学，李大钊在这里工作了七年多。在此期间，李大钊开设了唯物史观课程，把马克思主义作为课程引进了北大。从此，他在这里播下了革命的种子，生机勃勃地在中国大地上展开了马克思主义思想和革命运动。

四

自 1840 年鸦片战争以来，一部沉重而悲壮的中国近代史负荷着中国人民在帝国主义、封建主义压榨下的无穷无尽的苦难，也载录着他们一次又一次起自血泊的英勇抗争，腐败的封建王朝和帝国主义相互勾结，签订了一系列丧权辱国的卖国条约。国破家亡，民族垂危，中国向何处去？谁能救中国？一代又一代的志士仁人面对混沌的天宇发出悲怆的呐喊。1918 年 11 月，第一次世界大战以德国战败宣告结束，作为协约国的中国也沉浸在欢庆之中，德国强加在中国身上的耻辱标志克林德碑被推倒了，祈求着公理的亿万中国人民，将美好意愿诉诸强权。可是，公理真的战胜了强权吗？1919 年 1 月 18 日，协约国首脑聚首巴黎召开和会，不顾中国人民的再三呼号，于 4 月 30 日悍然决议将中国在山东的权益转让给日本，四万万中国同胞的忍耐在 1919 年 5 月看来已经走到了尽头。

1919 年 5 月 3 日下午，北京大学的学生们知晓巴黎和会上中国代表外交失败的消息，当晚北大学生在法科礼堂召开大会，约请北京十三所中等以上学校代表参加。热血在沸腾，地火在燃烧。北京大学，莘莘学子在觉醒。

“青岛完了，山东完了，中国完了！”许德珩悲叹。

“巴黎和会就是列强的分赃会议！”邓中夏愤懑。

“外争国权，内惩国贼！”罗家伦呐喊。

“孙中山的革命仅仅是将大清的牌匾换作了中华门，不能算是彻底的革命，我们要开始彻底的革命！”热血青年在思考。

5 月 4 日，来自北京大学等十三所大学的三千多名学生，从北大红楼出发，在天安门广场集会，抗议帝国主义列强在“巴黎和会”上把山东从德国手上转让给日本的强权统治，高呼“外争国权、内惩国贼”“取消二十一条”，并在示威游行中火烧国贼曹汝霖的住宅，痛打章宗祥。

这一天，鲁迅在日记中用一个字来描述北京的天气——“昙”。“五月四日是个无风的晴天，却总觉得头上是一天的风云。”北京大学学生杨振声后来在回忆文章中写道。“昙”，意为乌云密布。这一天，怀着满心的乌云，学生们从北大红楼出发，一路到天安门、东交民巷、赵家楼，一路怀着愤怒带着激情不停地呐喊，乌云密布的中国，喑哑的天空终于发出了响亮的声音。

初心在萌芽，信念在激荡。中国的四面八方，有志之士不约而同聚集在一起，思考中国究竟往何处去，宣传新文化、新思潮的运动在全国风起云涌：在北京，陈独秀钦佩李大钊的《我的马克思主义观》，希望马上成立马克思研究会，李大钊提出进一步组织发动工人；在天津，周恩来、邓颖超、马骏、郭隆真、刘清扬等一批先进青年由于共同的觉悟、共同的使命组建觉悟社；在河南，第一师范学生组成励新学会；在湖北，董必武创办武汉中学；在湖南，毛泽东等发起“驱张运动”，率代表团赴京请愿；在上海，毛泽东终于找到陈独秀，夜读陈望道的《共产党宣言》中文译稿，憧憬着中国革命的未来，坚信农民将是革命的主力军；在北京，李大钊与毛泽东促膝长谈，悟到经济基础问题的肯綮——马克思主义唯物史观——才是解决中国问题的前提。

源于德国小镇特里尔的种子，在觉醒者的心灵中孕育成长。红色的激流汇入黄色的土地，掀起汹涌壮阔的狂澜，汇聚成光耀中华的绚丽日出。

“五四运动”的爆发，直接影响了中国共产党的诞生和发展，并由此成为旧民主主义革命和新民主主义革命的分水岭。

五

1920年2月，由于李大钊在危急关头的鼎力相助，陈独秀离开北京，从天津前往上海。不久，陈独秀、李大钊努力联系到共产国际，得到了他们的支持。南陈北李，相约建党。一个极速组建红色政党的战略，在中国付诸实施。1920年8月，中国第一个共产主义小组在上海建立。1920年9月，李大钊、张申府、张国焘三人成立了北京共产主义小组。1920年11月，毛泽东、何叔衡等在长沙建立了共产主义小组，而后，广东共产主义小组、山东共产主义小组以及共产党旅日小组、旅法小组相继成立。

上海兴业路一栋普通的小楼，今天已经成为众多朝圣者的圣地。穿越一个世纪的风雨和沧桑，这栋普通的小楼，越发显现出一种纯粹的宁静和美丽。一百年前的1921年7月23日，一群年轻人聚集在这里，革命的星火，燃烧出一片崭新的天地。来自长沙、武汉、上海、济南、北京等地的毛泽东、何叔衡、董必武、陈潭秋、李达、李汉俊、王尽美、邓恩铭等十三名代表聚会在上海这座小楼里，召开了中国共产党第一次全国代表大会。

嘉兴西湖一条简陋的游船，今天已经成为浙江的红色地标。中国共产党第一次全国代表大会中途受到密探打扰，改在浙江嘉兴南湖一只游船上继续举行。正是在这条小小的游船上，与会者通过了中国共产党党纲党章，中国共产党正式宣布成立。穿越一个世纪的洗礼和磨砺，这条简陋的游船，静静地停泊在南湖岸边，任风吹雨打，坚若磐石。

“我们喊个口号吧！”兴奋的何叔衡提议。

“马克思主义万岁！中国共产党万岁！中华民族万岁！”

铮铮誓言，震撼寰宇。

中国共产党第一次代表大会，是在反动统治的白色恐怖下秘密进行的，当时鲜为人知，好像什么也没有发生过，但它确实是开天辟地的大事件。中国共产党成立的时候，仅是一个由 57 人组成的很小的党，但它却像春雷，在沉沉黑夜的中国大地上空震响，像火种，在苦难深重的中国人民心头点燃。大浪淘沙，星火燎原，从此，轰轰烈烈的无产阶级革命就从这一叶小舟启航。

作始也简，将毕也钜。

谁也不会想到，风雨如磐的暗夜里，一次秘密的会议如一道闪电照亮民族复兴的征程，共产主义运动迅速席卷大江南北，声势日益浩大。谁也不会想到，烽火连绵的旧时代，一个坚定的信念、一种人民至上的主义，彻底改造了古老的中国，彻底改变了人的命运，彻底改写了人类社会的政治版图。

谁也不会想到，一颗朴素的初心，凝聚了非凡的力量，让世界四分之一的人口选择了马克思主义。从嘉兴南湖红船上寻找光明的摆渡人，到驾驭世界第二大经济体的领航者，中国共产党激励与召唤着亿万人民生死与共、始终相随，让这个曾经四分五裂、一穷二白的国度，于危难中振作，在绝望中重生，已然可见复兴的曙光。

六

“走，去北大红楼！”

一声声热切的呼唤，将时尚的年轻人拉进了久违的岁月。沸腾的热血、激荡的青春、昂扬的斗志、坚定的信念，光影淋漓间，一个又一个场景还原了 20 世纪 20 年代初的风云变幻。

皇城根遗址公园西边，五四大街路北，北京大学的旧址——北大红楼在烟雨中傲然伫立。

北京大学红楼始建于 1916 年，落成于 1918 年。恰是在北大红楼落成之际，巴黎和会上的中国外交陷于失败。从 1918 年 11 月的“公理战胜强权”庆典，到次年 1 月的巴黎会议，短短两个月时间，当时的中国充分诠释了“自古弱国无外交”的定律，以北京大学为代表的进步知识分子真实地懂得了，所谓的“公理战胜强权”不过是一个美丽的童话。

北大红楼通体红砖砌筑，红瓦铺顶，砖木结构。北大红楼落成之际，便是五四运动爆发之时，这是时代的必然，也是人民的选择。北京大学红楼是中国近代史上蔡元培、陈独秀、胡适、李大钊、毛泽东等人，最早传播马克思主义或民主科学进步思想的重要场所。不难理解，面对巴黎和会屈辱的局面，何以五四运动的浪潮从这座看似静谧的红楼开始，随即迅速波及天津、上海、广州、南京、杭州、武汉、济南等大中城市，最后抵达整个中国。

北京大学诞生于中华民族风雨飘摇的时代，直接孕育于甲午战争的烟火和戊戌维新的热血之中，可以说北大是带着强烈的历史责任感而诞生的。当年光绪帝所下《明定国是诏》中对于设立京师大学堂的目的说得很清楚：就是“以期人才辈出，共济时艰”。在当时的中国，“时艰”就是指外辱内乱，虽然大清皇室把维持自己的统治地位也作为“时艰”的考量范围，但对于当时的仁人志士来说，这个“时艰”主要就是指国家不独立、民族不富强、人民不幸福。

尽管北大在初创的一段时期经历了曲折，没有完全按照“共济时艰”的目的去发展，但在总体上它开始引领中国教育，尤其是高等教育朝着新的方向发展。辛亥革命后，北大的发展进入了新阶段，爱国、进步、民主、科学的精神日益浓厚，尤其是新文化运动的爆发，更是以北大为基地，深刻地凸显了北大人对于中华民族的使命精神。

一百年前，先驱们在红楼敲响了钟声，唤醒了一个时代。今天，穿过熙熙攘攘的五四大街回望，红楼无声，红楼如故。然而透过红色的建筑外表，仿佛还能看到五四运动中青年学生流下的鲜血，看到风起云涌的革命年代高高飘扬的红旗，看到井冈山上正在燎燃的星火，看到红军战士帽檐上的五角星……这栋建筑曾经激荡起的历史风云，依旧清晰而鲜活。

遥想当年，这里是走在时代潮流最前沿的莘莘学子和新潮教授的打卡地。当年的人们不会想到，走进这个深沉朴素的大门的，是时代浪潮上的弄潮儿——新文化运动的先锋，是新思潮、新时尚、革命主义和前卫主义的代表。他们的名字，将永远被刻在历史的长卷里。

亿万万人家国，一百余年拼搏。

时光荏苒，岁月匆匆，一个世纪往矣，革命者从未改变前行的脚步。

今天，越来越多的人开始醒悟——了解中国，必须了解中国共产党；越来越多的国家开始明白——读懂中国共产党，才能读懂中国。一百年过去，时间的闸门从未关闭，而南湖中那条普通的游船，依然坚定地载着这个有着九千万党员的大党、这个有着 14 亿人口的大国，乘风破浪，驶向远方。

原载《北京文学》2021 年第 6 期

【作者简介】黑陶，编辑、记者、作家、诗人，无锡市作家协会主席。1968年出生于中国南方陶都江苏宜兴丁蜀镇。1990年毕业于苏州大学中文系。出版个人作品主要有“江南三书”(《泥与焰：南方笔记》《漆蓝书简：被遮蔽的江南》《二泉映月：十六位亲见者忆阿炳》)，以及散文集《烧制汉语》《中国册页》，诗集《寂火》《在阁楼独听万物密语》等。曾获三毛散文奖大奖、《诗刊》年度作品奖、江苏紫金山文学奖等。

Hei Tao, editor, reporter, writer, poet, chairman of Wuxi Writers Association. Born in 1968 in Dingshu Town, Yixing, Jiangsu Province, the pottery capital of southern China. Hei graduated from the Chinese Department of Soochow University in 1990. His main personal works include *Three Books collection of the South of the Yangtze River: Mud and Flame: Southern Notes, Painted Blue Letters: The Shaded South of the Yangtze River, Two Springs Reflected in the Moon: Sixteen People Remembering A Bing,* and collection of essays *Burning Chinese, Chinese Album,* poetry collection *Silent Fire, Listening to the Secret Words of Everything in the Attic*, etc. Hei has won the Sanmao Prose Award, the Annual Work Award by *Poetry Periodical*, and the Jiangsu Zijinshan Literature Award.

在古中国

黑　陶

淡墨般的暮色漫起

我知道已经湮没的、安徽省最早的桂枝书院，它在绩溪，创建于北宋。眼前的这座书院，未知名字，但同样充满岁月沧桑。灰青色的高大砖墙，斑驳，有雨雪和日夜的深痕。墙侧一棵苍劲玉兰，正在肆意绽放纯白花朵，那么新鲜。我步入的屋内，四周书架上堆满了线装的中国古籍，同样灰青色的封面，如书院外墙。

我感觉到压力。我环视着每一册书。每一册书，都是一个灵魂，仍然活着的灵魂。书页间，寂静却在呼吸的无数繁体汉字，散出巨大能量。月色似的累叠宣纸。久远往昔，刻刀在梨木上细驰，木质的、微小的卷浪持续——神性的汉字，于是一个个显现。黑色墨香。红色句读。

无数的线装书籍，无数的汉字，我感觉在它们中存在有解决这个世界所有难题的答案。但它们从来沉默，从不主动说话。它们就静静处在这个世界的偏僻角落。淡墨般的暮色漫起，我走出屋子再次相逢的那一树初春玉兰，像一支支，尚未点燃的白色蜡烛。

水厚则徽盛，水浅则徽耗

练江清浅。我站立其上的歙县太平桥，是安徽最大的古石拱桥，精确长度为 279.8 米。整整 16 个桥孔。红色砂岩，是它的古代桥身和雄伟分水尖；桥面，已经改为新式钢筋混凝土性质。如果是夜晚，站在桥上，可以望见北岸灯火旺盛或者零落的昔日徽州府城（那个著名的八脚许国石坊，就在其中，我在某个雨夜看过它在积水街面上的孤寂倒影）。而现在是夏日白昼。身下汇丰乐、富资、布射、扬之四水而成的练江，又是著名新安江的主要支流。山中水流，经过深渡、威坪、淳安、建德、桐庐、富阳等地之后，将在杭州湾，注入这个星球表面的浩瀚太平洋。而现代的道路，较之水系，更像是世界这个生命体的繁密血管，四通八达。南宋就有的太平桥（当时为木质），是这个世界的一个重要节点。身侧，古老桥身与新式桥面之上，汽车奔驰。徽杭、芜屯等干线公路仍经此桥。从太平桥出发：向北，可达滚滚长江边的芜湖；向东，能直抵烟媚水软的南宋都城杭州；向西南，则通往火焰中成就瓷器的景德镇。披云山庄，在太平桥以南高处。披云，披着山中的前朝白云？徽菜。笋炖肉和毛豆腐。笋炖肉特别入味。笋，青竹的前身。青竹，属于世外；肥瘦相间的肉，则属世内。两相混炖，某种中国哲学式的中和。滋滋煎着的毛豆腐，有特殊香气。毛豆腐，徽州名菜，之前是被动，现在是主动通过人工发酵，让豆腐表面长出白毛，经过煎或炸之后，豆腐的口感、质地顿变，独异的鲜美滋味被完全激发而出（佐以当地的辣椒酱，更是鲜醇爽口）。长庆寺塔，北宋造。练江南岸歙县古城的风水塔。七层实心方形塔，在西斜太阳下巍峨。练江之桥与西干山之塔，正好为一横一竖。李白当年来江边问津、饮酒，还没有此塔。渔梁坝。始筑于唐，明代重修。筑渔梁坝的花岗岩石巨大，有人测算，每块重达 1 吨。坝旁江滩，遍布各色卵石。寻捡，相逢一尊微型石佛。渔梁坝和长庆寺塔，是歙县（徽州府城）之巨大水口。前人有云："徽郡山奇水泻……渔梁一筑，明堂聚，二十年来出相公。""府南叠石阻流，曰渔梁，宋、明咸出官钱加筑。相传水厚则徽盛，水浅则徽耗。"如此，粼粼水之中，充满了我们不知的秘密。

乡镇边缘的废墟台基

誓节。十字铺。南方乡镇之名。"火青"。火焰与青色植物叶子，两者奇妙结合，便成独特的、墨绿莹润的珠型茶叶。乡下之火保留的植物之香，在蜷紧的叶脉间潜伏。灶火上的沸水会最终解放它们。火焰，植物，沸水。似乎难融的水火，在一片青绿叶子上达成统一。乡镇边缘，石块垒成的废墟台基，石缝间长出茁壮有力的两株油菜。正在结出青籽的油菜。台基一侧残存的半面墙壁上，存"海洋浴场"四个脏蓝字迹。字旁，画有模糊的粉红泳衣女郎，挽着救生圈，走向夸张稚拙的浪花丛中。头顶的五月晴空，高远，万里无云也无语。我坐在废墟台基边的石阶上，聆听无数个南方乡镇在这种浓烈暮春时的无名没落。身旁，那两株青籽的油菜，正把淡淡涩凉的气息，递送给我。

徽州

——我心尤感亲切的一方地域。徽州，仍存天地、山水、神明。当代盛热世界的清凉故乡。是纯正古中国的一湾倒影，是仍在呼吸的一口东方精气。

长江，像细鳞巨鱼

从安庆往池州。高耸的、特大型斜拉公路桥下，是宽阔伟大的长江。八月下午四时左右的夏阳照耀，江面波动万点银光。此刻长江，像细鳞闪烁的巨鱼，裸呈在天地之间——但是，只有极少数人才能看见。

细鳞闪烁的长江巨鱼，在我的目送下，奋力向东北方向涌游，她将在南京折而朝东，最后在上海归入大洋。

日记

野桃枝上的花蕾
像一滴露水，有着春联的鲜艳
又湿又重的青色炊烟
在寂静屋顶的上空
缓缓升起来
再次，唤醒了一只柱础的梦
唤回了盛大、遗失已久的人间黎明

文化南移

中国文化，在明清完成地理上的南移。试看两组统计数据，可以证此。

其一，明代文魁（包括状元、榜眼、探花及会元）籍贯分布表。

有明一代，上指文魁数量共244人，南方、北方分布如下——

南方：南直隶，66人；浙江，48人；福建，31人；四川，6人；广西，2人；江西，48人；湖广，8人；广东，6人。

北方：北直隶，7人；山东，7人；山西，4人；河南，2人；陕西，9人。

合计为：南方 215 人，北方 29 人。

其二，清代状元籍贯分布表。

有清一代，共有状元 114 人。其中顺治九年（1652）和十二年（1655）系满、汉分榜，各有一名状元。同治四年（1865）的状元崇绮，是蒙古正蓝旗人。除去满、蒙 3 人，余下的 111 名状元，南方、北方分布如下——

南方：江苏，49 人；浙江，20 人；安徽，9 人；广西，4 人；广东，3 人；湖北，3 人；福建，3 人；江西，3 人；贵州，2 人；湖南，2 人；四川，1 人。

北方：山东，6 人；直隶，4 人；河南，1 人；陕西，1 人。

合计为：南方 99 人，北方 12 人。

（以上材料来源：《江南读本》，钱理群、王栋生主编，华东师范大学出版社 2010 年 4 月第一版）

无锡籍史学大家钱穆指出，因为中国有足够的地理空间，故中国历史自有一套内在的新生转运机制，黄河流域衰颓了，转向长江流域继起新生，中国文化是劲气内转的，它能跳出德国人斯宾格勒的文化悲观论圈子（"文化发展到某一阶段的最高峰，必然会衰落"），而继续生长，欣欣向荣，机运不绝。

但是，针对中国文化迁移大势，钱穆也表达了他的个人识见和深沉忧思："但从大局面上，中国文化之从大处高处冷处转动到小处低处温暖处，常是顺溜的滑下，不能奋力的翻上，那却是中国文化演进值得悲观，至少是值得警惕呀！"（《中国历史上的地理与人物》）

楚人尚赤

太阳之精，为文采斑斓之凤。南方炎热，太阳明亮，凤为南方楚人所崇拜。上古"风""凤"同字，"凤者，天之使也"。楚之凤，大、美、神。楚人认为，人之灵魂，只有在凤的引导下，才能飞登九天。凤貌似偏阴，实则阴阳同体。其阴，凤寓吉祥，"见则天下安宁"；其阳，凤即鹏也，飞则冲天，鸣则惊人，鸾凤还是雷神和火神的化身。太阳赤烫，其精之凤也为红色（朱凤、赤凤、火凤是也），故此，楚人尚赤。

铁锚与安庆城

在寺庙门前定置铁锚，普天之下，可能仅见于安庆迎江寺。安徽省安庆城东门，北宋名刹迎江寺，如其寺名，迎长江而立。赫然入人眼目的，是庙门两侧砌入台基的一对巨大铁锚。

此举何为？原来，从空中俯视，安庆城形如一只大船（据传王母娘娘曾经乘此巨舟游览过东海）。迎江古寺大铁锚，正是以其亿万钧之神力，定住安庆城，使其不被滔滔江水冲走。

有铁锚在，安庆城便有根，便稳固如磐石。

关于迎江寺铁锚，还有一则有趣的民间故事。长江下游地区流传一句俗语："南京不打五更鼓，安庆不坐彭知府。"

先说题外的"南京不打五更鼓"。明朝朱元璋打下江山，在南京修筑城墙。筑城至水西门一带，由于水深流急，城墙难以修成。于是，朱元璋便向江南首富沈万三借聚宝盆，以镇压水妖修城。沈小心询问何时还，朱元璋答五更归还。城墙修好，朱元璋想占有聚宝盆，便下一道密旨，通令全城不准打五更之鼓。从此，南京不打五更鼓。

"安庆不坐彭知府"则直接跟铁锚有关。安庆如大船，迎江寺内建于明代的七层振风宝塔，就像船的高大桅杆。有船有桅，如果再有了篷帆，那么安庆城就会顺流漂走，不复存在。所以，安庆百姓不想有姓彭（篷）的人来当知府。然而怕什么有什么，某年，果真有一位姓彭的被派安庆做知府。彭知府知道安庆百姓心思，但圣命难违，左右为难。彭知府母亲知道原委后，面带微笑劝慰儿子：不用担心着急，安庆虽然是一只大船，但娘不是姓毛吗？有娘这只毛（锚）镇住，安庆就永远不会漂走。彭知府闻言豁然开朗，按期上任后第一件事，就让铁匠赶制了两只巨大铁锚放置在迎江寺门口。从此，安庆城果真无恙，历经风浪而在汹涌长江之畔屹立不动。

在迎江寺，手摸铁锚，我想弄清楚的是，现实中的铁锚重量几何？迎江寺门票（每位 10 元）背面文字介绍：“迎江寺大门两侧各置铁锚一个，重约三吨，是该寺有别于海内外寺庙的独特之处。”这个句子语焉不详。是一个铁锚重约三吨，还是两个铁锚总重约三吨？无法判断。

再查百度百科“迎江寺”条：“迎江寺大门上方书有‘迎江寺’三字匾额，门两边各置铁锚一个，重约三吨，这是该寺有别于其他寺庙的独特之处。”几乎和门票文字相同。仍无答案。

从安庆返回后，这个问题一直萦绕于心。于是微信询问居住于安庆城中的诗人、中医研究专家沈天鸿兄：迎江寺铁锚，是一个重三吨，还是两个总重三吨？

天鸿兄回复：这个倒从没有注意过，我来问问其他人。过后不久，天鸿兄复信又来：问了一个朋友，他和迎江寺住持相熟，他去问了，但最后也不清楚铁锚的重量答案。——看来，这个问题只能待有缘时再解了。

形如大船的安庆城中，印象深的还有“江万春水饺”。这是一家百年老字号。城中建设路“江万春水饺”总店。此地名为水饺，实是馄饨。当一碗清汤漂细碎绿蒜的馄饨端上，第一口汤喝下，关于乡镇童年鲜美馄饨的记忆便如泉涌出。安庆馄饨，“皮薄如纸，馅如珍珠，状如猫耳，味美汤鲜”，确实。“江万春水饺”建设路店，和城中的赵朴初故居，就在同一区域。

风流浪漫润泽

南方的典型物象：风、水、草木。人在草木间走，是谓楚，是谓广大国度。水，是南方之基。水生万物，水上风行。“风流、浪漫、润泽”，在南方，显现它们的原初之义。

风：八风。东方明庶风，东南清明风，南方景风，西南凉风，西方阊阖风，西北不周风，北方广莫风，东北融风。风动虫生，故虫八日而化。

流：水行也，流动也。

浪：沧浪水也，南入江。波浪。

漫：水涨，淹，无边无际。

润：水曰润下，滋润。风以散之，雨以润之。

泽：光润也，雨露也。

天上地下，那么多的水。南方生命，全由透明的露珠雨珠江珠河珠湖珠海珠凝聚而成。他们奔放，飞跃，轻飘，萌生，流动。他们闪闪发亮，永远是动态的生命。他们以意写神，随意流泻，便成独特的书法绘事。他们是朦胧的黄昏、黎明、夜晚。他们的南方，是人间，亦是神界。

苏州横泾东林渡

细雨夜晚，房间外面的菜地散发气息。强烈气息。明亮厨房，有更甚的热气和香气。旷野远处的湖水隐约。黎明。收割后的稻田。种油菜的老年妇女，吴地特色，包青布头巾。起飞的白鹭。湿润的收割后的稻田之香。田中木栈桥。太湖。湖水中的丛苇。清澈。稻棵。河流。起伏的湖畔陆地。"乡根"品牌农家乐。旧农房前增建玻璃走廊。"东林桥"。狗。上世纪水泥桥。村中废房。废墟的青黑色的砖。裸露后墙。岁月烟熏。水泥桥头，一对安坐的老年男女，像土地公和土地母。炊烟一缕，有巨力，可以提升起湖和乡野大地。旺盛的废墙角的青菜。碗中新米粥。横泾香米。青菜、萝卜、包心菜、大蒜。生炉火的老婆婆。

手绘下山老虎，人家的墙饰。横泾猪。《上林村志》。又是夜。热茶。黑米黄酒。水洼。村庄中的荒废乡河。沉没河底的那条孤独水泥船，隔水望着我，似在呼喊。过去岁月。另一种死亡。物的死亡。古建筑构件杂乱堆置。牛腿。雀替。花板。横泾老街。塑料盆里的小杂鱼。过去的日杂店。小馄饨。尧峰山。高尚别墅区。风水。又是广大的稻田和稻茬。初识的当地知识者。摄影者的女式帅气。房间内有纹路的木桌洁净。笔记本上写字。在窗下。

乡村公路洁净。朝云灿烂。乡村公交车。623 路。一个和我一样等车的老妇。枇杷苗木。橘树苗木。散卧的瘦皱漏空的太湖石。过横泾镇街。拥挤和音乐。车厢内。木里。地铁 4 号支线。三元坊。苏式面店。书院街。苏州中学。卫校。某处市井街坊，一杯热咖啡的“全家”便利店窗外，像日式电影场景。乐桥。察院场。然后是北寺塔和苏州站。

星空

2019 年 6 月。徽州乡野。我和一只旧石兽，在人间睡着之后，安静享受过又凉、又蓝的星空。

春季菜单

中华老字号，江苏无锡城中“穆桂英美食”2020 年春季菜单撷要。

一、无锡本帮菜：

水晶虾仁，88 元

响油鳝糊，88 元

盐水白虾，32 元

老式四喜面筋，40 元

红烧划水（草鱼），68 元

萝卜丝炖大虾，52 元

蜜制扇子骨（2 根起），16 元 / 根

家常红烧肉，100 元

无锡排骨，115 元

松鼠大鳜鱼，158 元

糟溜黑鱼片，58 元

二冬蹄筋，48 元

银鱼炒蛋，30 元

荠菜肉丝炒年糕，20 元

五香素鸡煲，28 元

江南豆腐煲，30 元

二、传统点心类：

双味春卷（4 只），15 元

开洋三鲜馄饨（10 只），15 元

蟹粉馄饨（10 只），20 元

虾仁馄饨（10 只），28 元

荠菜馄饨（10 只），16 元

蟹粉小笼（4 只），35 元

无锡小笼包（4 只），14 元

肉丁糯米烧卖（4 只），20 元

桂花糖芋艿，15 元

豆沙八宝饭，15 元

荤汤豆腐花，12 元

油煎菜馄饨（8 只），18 元

穆氏小方糕（4 块），12 元

手作松子枣泥糕（3 块），12 元

桂花豆沙小青团（4 只），15 元

玉兰饼（2 只 / 份），6 元

传统四色汤团（芝麻 / 豆沙 / 肉 / 菜猪油，2 只起），3 元

三、无锡风味面条：

双菇面筋面，18 元

黄花菜素鸡面，12 元

雪菜肉丝面，13 元

苏式焖肉面，18 元

熏鱼面，18 元

现炒四喜虾仁面，28元

各式面浇头，10—12元

（早晨10点前供应：姜丝、煎蛋）

记梦：盆地

盆地。无数的人，有意无意间，从盆沿，像坐滑梯似的，纷纷滑至盆底。神（天神），用太阳火灼烧这个巨大容器；祇（地神），则不时用铜勺，从旁边的深渊太平洋中舀起海水，加入盆中。煮成一锅。

盆沿上，仍有少数人审慎努力地站立、生活。他们坚持着，不想滑坠。

1988年关于桃花潭的一封信

手头有一本藏了20年，简陋印刷的内部资料集。此资料集16开大，绿色封皮，题名《泾川桃花潭》，翟光逵编著。封底文字为：泾川桃花潭·泾县建筑设计室科研论文第一集；安徽省泾县印刷厂印刷，1992年9月第一次印刷，印数：1—1000册。无定价。

这是当年和阿福、荣君豪师首次寻到桃花潭，在踏歌古岸旁和人交谈后获赠的。

资料集有编著者简介："翟光逵，安徽泾县水东人，生于一九四一年，毕业于合肥工业大学建筑工程系建筑学专业，中国建筑师学会第一批正会员，现任泾县建筑设计室主任，高级建筑师。"

读资料集可以获知，桃花潭本地人翟光逵在《泾川桃花潭》编著完成后，曾送给当时"泾县的负责人"谢群，并附信建议开发桃花潭风景旅游区。谢群"粗看"之后，相当重视，专门写了一信给"县委办公室汪主任"，就桃花潭事谈了自己想法，并请汪主任将他的意见转告翟光逵。这封写于1988年12月11日的信，在1992年印刷的《泾川桃花潭》中，被作为"代序"。现将谢群此信照录如下，为桃花潭的发展历史留存一份档案：

县委办公室汪主任：

翟光逵同志送来他编著的《泾川桃花潭》粗看了一下，实在没有功（工）夫细读。难为他花了许多心血编写了这本可贵的资料，请你抽空认真看一看必有益处。桃花潭因李白一首诗名扬天下，但象（像）翟光逵同志这样对其作详细考证的人恐怕不多。他还写信给我，建议开发这个风景旅游区。我们作为今天泾县的负责人，从提高泾县的知名度和发展经济角度考虑，应该发扬当年汪伦邀李白来游那样的精神，发展我县的旅游事业。特别是对陈村镇那里的一些重要景观的保护和维修，应当在已做的工作基础上进一步采取措施。只是当前正处治理整顿时期，不可能有多少资金来办这些事。请你代我找文化局、旅游局、城建局和县志办的负责同志商量一下，在可能的条件下能办些什么事，譬如维修文昌阁等，既然已筹到一点款子，是否可以作个维修安排，哪怕是采取一点应急措施也好。我上半年曾亲自上去看过，已经破败得十分厉害。还有踏歌古岸旁边好多块石碑，散卧路边任人踩畜踏，令人痛心。我到省里跑过两趟，下决心搞钱争取两三年内把到陈村的柏油马路先修通，省长亲自批示解决，这已不成什么问题了。待整个国家经济整治以后，预计旅游业的开发还是要搞的，也许那时我们能为桃花潭风景区的建设多做一些工作。“李白乘舟去，何人继雅游”“莫辞无与继，尔来三百秋”（引自《泾川桃花潭》中的诗句）。我想，随着社会主义现代化建设事业的发展，桃潭重光定当有时。对翟光逵同志编的这本资料，请你阅后及时归还，不能有失。他给我的信不再另复，可将我上述意见转告于他。对于关心家乡建设的同志，我们是高度评价的。

谢群

一九八八年十二月十一日夜十一时

从谢群信中我们能够看出，这位“泾县的负责人”有情怀且务实，十分重视地方文化。查考得知：谢群，安徽郎溪县人，1944 年出生，历任郎溪县委副书记、广德县委副书记、泾县县委书记、马鞍山市市长、安徽省劳动保障厅厅长等职，2014 年辞世（信息来源：2014 年 10 月 26 日《安徽日报》）。

分水关

黄昏。青色万山沉默起伏。分水古关，作为江西省与福建省的分界，就隐立于中国东南这万山丛中。分水关地区，是整个武夷山地势最高之处，所以，明代江苏太仓人王世懋（王世贞弟）坐轿从此关入闽时，见“山势皆如龙翔凤舞，水从云中下堕百千丈”。武夷之水，在此分流，“其水一南流崇安入海，一北流铅山入江”。崇安，即福建省崇安县，现已改名为武夷山市；铅山，即江西省铅山县，鹅湖书院所在地。在 2016 年 4 月黄昏的分水关，我寻觅过两个人曾经在此过往的身影。一位是住在关南崇安五夫里的朱熹，他去临安行在，去婺源祖地，分水关为必经之地；一位是住在关北铅山瓢泉的辛弃疾，出闽返赣，过了分水关，家就在眼前了。辛弃疾对年长自己 10 岁的朱熹十分敬重，两位前辈有着坚实的友谊。1200 年朱熹因病辞世，辛弃疾不顾朝廷禁令，前往吊唁，并撰文称颂：“所不朽者，垂万世名。孰谓公死，凛凛犹生。”苍山如海，身影无觅。但我相信，这群山间磅礴的空气里，一定有他们的信息存在。分水关狭隘，被东侧东路山与西侧望夫山所夹。在关旁山头上，立有“孤魂总祭”古碑一块。附近行善之乡民，将累死、饿死、病死或者是被害死的行旅之人，收敛埋葬，并立碑祭之。晚风瑟瑟，看见这简陋之碑，天地凝郁。岩峦峻绝的分水关，向为闽赣要冲，当年，如王世懋《闽部疏》记：“凡福之绸丝，漳之纱绢，泉之蓝，福延之铁，福漳之橘，福兴之荔枝，泉漳之糖，顺昌之纸，无日不走分水岭，及浦城小关，下吴越如流水。”今天这里仍然是交通要道，高速公路、国道、铁路均穿行于分水关。但我们到的黄昏，237 国道出奇冷清，只是偶尔有车，凶蛮却寂静地，从身边、从“江西”“福建”的界碑旁驶过。晚饭的地方是铅山丁智兄请朋友找的，就在群山中分水关铁路隧道旁似乎废弃的隧洞内。极其荒诞，极其如梦境。隧洞外小块的空场上，木杆上孤灯如星。昏暗洞内，我们晚餐。丁智、王俊、傅菲、马叙、耿立，还有丁智朋友。在野生的、夜的武夷山脉中，世界完全遗忘、远离了我们，或者说我们完全遗忘、远离了世界。完全的超现实主义场景。在夜的隧洞内，我们晚餐。深夜，回铅山的高速公路上，傅菲恸哭，若干年前，他的一位好友带着儿子就在此突遭车祸，双双遇难。马叙在后来的记述中，是这样说的：“那一晚，我记住——分水关，时间，物件，达利画境，诗，空隧道，八百里外的大海，以及返回时一车的沉默……”

原载《星火》2021 年第 2 期

【**作者简介**】江子，诗人、作家。现为江西省作协副主席兼秘书长。创作以散文为主。著有散文集《在谶语中练习击球》《田园将芜——后乡村时代纪事》《苍山如海——井冈山往事》《赣江以西》《青花帝国》《去林芝看桃花》等。其中《青花帝国》系第七届鲁迅文学奖散文奖提名作品。

Jiang Zi, poet and writer, is currently the vice chairman and secretary-general of the Jiangxi Writers Association. Jiang focuses on prose creation. His work includes collection of prose *Practice Hitting in the Prophecy, The Rural Post-Rural Era Chronicle, Cang Shan Ru Hai The Past of Jinggang Mountain, West of Ganjiang, Blue and White Porcelain Empire, Heading to Nyingchi to See Peach Blossom* and so on. Among them, Blue and White Porcelain Empire is nominated for the Prose Award of 7th Lu Xun Literature Award.

不系之舟

江　子

1

我们村——赣江以西的下陇洲村人们普遍认为，住村子南边、四十出头的曾和春，是个头脑相当得转（方言，意为“活络”）的人。不然，何以那么多人从村里出来，大家同样是读书不多，同样是在南方城市工厂的流水线上做工，唯独他成了跑遍全国做买卖的小商贩，成了领着老婆孩子住进县城一百多平米的房子里，整天吃香喝辣的主？

如果说人生如牌，曾和春刚抓到手里的牌并不好。他的老子细四，是离下陇洲三里路远的西沙埠街头铁匠铺抡大锤的伙计，一辈子没挣到抡小锤的份儿（师傅抡小锤）。这样的老子，在别人手下当差，靠给人打锄头镰刀犁耙什么的过日子，能给他带来怎样的荫护？他老子，瘦得很，因为长期在火炉边工作，他的瘦又与他人有些不同——是那种近似烤焦的、让人十分不安的瘦。这么瘦的老子，能指望他给自家的孩子们挤出几两肉来？他的母亲，一个普通的、并没有多少见识的农妇而已。他们家有四兄妹。他有两个哥哥，一个妹妹。从小，他吃的穿的，都是两个哥哥剩下的。他从适学年龄开始读书，可是看不出什么慧根，再加上村里的教育条件就这样，能读成的有几个？和很多村里孩子一样，他读到初中就读不下去了，就跟着村里人去了广东，成了某企业一名流水线上的工人。

曾和春开始进的电子厂，每天重复着给电极管插上零件。后来，他去了玩具厂，每天重复着组装玩具。再后来，他去了毛织厂……他就像赣江以西的乡村一块闷头闷脑的铁，在南方城市这个砧板上被反复锻打，渐渐地打出了锋刃，打出了棱角。若干年后，这个铁匠的儿子慢慢开悟了。他由一个懵懵懂懂的人，变成了一个能说会道懂得盘算的人，一个脑子好使的人。再加上他命里的好运气，他成了一个人们口中过上了好日子的人。

被赣江以西的人们认为曾和春头脑得转的第一件事就是，他不花分文从广东带回了一个女人。在赣江以西，男人讨老婆是一件很让人头疼的事情，它需要房产、不菲的彩礼……铁匠细四有三个儿子，他到哪里弄那么多钱去给他们做房子、当彩礼？人们都等着看细四家的笑话，看看他的三个儿子中到底谁会成为光棍。可是看笑话的人最终失算了。他的大儿子和平、二儿子细平成了家。正当人们认为细四为两个儿子讨媳妇已经用尽了全部力气，某年春节，他的三儿子和春直接把一个年轻女子从广东工厂里带回了家。许多人赶到细四家里，看着和春带回来的女子，只见她长相姣好，目光正派，皮肤娇嫩弹吹得破，就知道是好人家的孩子，大家也都放了心。通过问话，大家知道了，她是与和春同一个厂里的打工妹，她不嫌弃和春暂时的穷困，她看中他的聪明和体贴，并且对能和他一起过上好日子充满信心。她说她也是乡下人，家在本省北部的鄱阳湖边。村里大多数人不知道鄱阳湖在哪里，但又要装出恍然大悟的样子，说难怪皮肤这么好，原来是湖边上吃湖水长大的人呀。

曾和春被人认为头脑得转的第二件事，是他离开工厂开始单干却没过多久就成了事。曾和春从来不满足自己做一名流水线上的打工仔。他热爱交际，工作之外喜欢交朋结友。他的朋友，有走南闯北的业务员、小企业主、小饭馆老板、厨师、小区保安……他与他们打成一片，经常一起在廉价的夜宵摊上喝啤酒吃烤串。他听他们说话，捕捉从他们的口中传出的南来北往的各种信息。很多人看来，那些信息就像大河里的泥沙一无是处，可在曾和春眼里，他们都是金子。或者说，曾和春有一个十分奇特的功能，那些人们眼里一无是处的泥沙，经过曾和春的冶炼，就都成了十分珍贵的金子。

他终于从这些信息中找到了一条路。之后，他辞了工，成了一名追着全国的金脉奔跑的人。他做的不是金子生意，那需要很大的本钱，而他不过是一个刚刚辞职的流水线上的打工仔。他要的是淘金的副产品钨砂。他把钨砂卖给需要的不同的厂家。不得不说，那是一门十分不错的生意，钨砂可以提炼钨，而钨因为能耐高温，被广泛用于国防工业、航空航天、信息产业等方面。有句话说，钨是工业的牙齿。而对于淘金这一行来说，钨砂乃是废弃之物。他从中找到了一条几乎无人关注的路。那条路让他没过多久就让他尝到了远比流水线上打工要大得多的甜头。

曾和春走南闯北。曾和春时来运转。他成了我们村见过世面最多的人，他自己号称说，除了西藏与台湾，全国没有哪座三线以上的城市没有去过。他也成了我们村人们眼中的成功人士。当人们得知他前不久用挣下的钱在县城买了一套一百五十平米的房子，领着老婆孩子住了进去，对他的赞美就更加不遗余力。

每次酒足饭饱后剔着牙抽着烟躺在自己家的沙发上（曾和春现在在走南闯北的间隙会经常在县城的“豪宅”里待上几天。也就是说，县城的家成了他现在的根据地），回想起自己咸鱼翻身的过往，曾和春总会生出无限的感恩之情。感恩呀。他感恩自己的父母，能让他生得如此健健康康，全身有一股子力气，不像隔壁洪川家的三巴子，因小儿麻痹双脚钉在一个矮凳上，即使有冲天之志也是徒然奈何。他感恩他碰上了好时代，如此，他才能从这个赣江边的村子里走出，有了见大世面的可能，不然，不就跟他瘦骨嶙峋的老子一样，一辈子守着三里路的西沙埠小镇铁匠铺一块发烫的砧板过日子？他感恩有了广东这样的一个地方，收留了他这个毫无见识一无是处的乡下人，让他一点点地脱胎换骨，获得了思考和捕捉机会的能力，从而有了现在这样的好时光。他甚至感恩自己的妻子，能在人群之中将他慧眼识中，她的信任，让他有了去挣取好生活的勇气和信心。他也感恩自己的两个孩子，是他们让他成了父亲，有了向前走的顽强动力。他感恩所有经过的路上，善待他的所有人——乃至对他并不友好的人们，因为他认为，或许是他们的为难，让他有了更多丰富的经历。他还感恩他命里的好运气。他不知道冥冥之中有哪路神灵在保佑他。不然，何以其他人还在流水线上机械地干着活，他却能够赢得好的机遇？如此一想，他竟然会莫名地涌起一种劫后余生的感受。他会紧紧地把头埋在沙发上的靠枕之中……

2

可生活并不全是人们祝福的那样圆满与一帆风顺。曾和春还是遇上了一点麻烦。或者说，他的生活还是出现了一点漏洞：他的二哥细平死了。

才比他大两岁、四十出头的二哥死了。他的名字叫作细平。比起和春，他算得上是一名循规蹈矩的人。他也在广东某个工厂里打工，但脑子里全没有他弟弟那样的不安分。他满足于一日三餐可口的饭食，每月固定的日子发到银行卡里紧着花够用的工资。他总希望自己用最小的成本生活，比如手机总是用被人淘汰的款，走路能到达的地方绝对不去花坐车的钱，喝酒总是小口小口地喝，说话的声音也是轻轻的。按理他这类人的日子应该是细水长流型，因为长期过着低成本的生活，他应该储备极强的耐力，他的人生长度要超过许多人，可天知道哪里出了差错。如果说是因为打工的工厂环境不好（许多工厂车间有刺鼻的、明显是化工原料的气味），可为何同样在工厂做工的人们极大多数都没有事？说一千道一万，还是他的命，远没有硬到百毒不侵的程度，他的运气，比起他的弟弟和春，总要差好大一截子。

细平生病开始无知无觉。他跟他的铁匠父亲一样瘦。他病了，可是没有人能从他的体型上看出他的不好。可到后来，细平实在瘦得完全不成个样子了，他的家人才开始警觉起来。他们陪他去了医院，一检查发现已经到了癌症晚期。

细平不到两个月就死了。铁匠细四一家长时间陷入了悲伤之中。和春的母亲更是悲痛欲绝，人们发现，她经常坐在细平的坟头痛哭不已，拖着长长的声调。很长时间，村里就都是和春母亲让人不安的号叫声（而在细平的坟头不远处，就是已经死去多年的细四的坟，她根本不管不问）。

哥哥死了，曾和春的难过不言而喻。这个一直心怀感恩的人，因此对命运有了短时间的怀疑。他不知道，老天爷何以他们一母所生，却要在给他好生活的同时，让他的兄弟过早地成为黄泉路上的人，在给了他一条好路的同时，给了他的兄弟一条死路。他不知道，是不是老天爷为了栽培他，就把他哥哥的好运气匀给了他。如果答案是这样子的，那他不就成了二哥的罪人？

可是不久他恢复了对命运的感恩之情。他觉得他还是参透了老天爷的心。他认为他二哥的死只是病死，不像同村住南边的恩宝的儿子群星，在广东东莞某座高楼做室内装潢时不慎失足，从十八层楼上摔下，当场摔死，死相极其难看，同时二哥只是他们三兄弟中的一个，不像群星是恩宝的独子，群星只有三十来岁，而二哥活了四十多年，相比之下，老天爷已经是开了天大的恩。他认为二哥的死并不是无和空。他还是留下了子嗣——一个十六岁的已经像大人的女孩子。相比于那些更年轻就死去的人来说，二哥是在这世上真正活过了的。他认为二哥的死，是老天爷的有意安排，说不定本来有涉及全家人的灾祸，因为老天爷的慈悲，就仅仅用二哥挡了事。他与家人接下来要做的，就是顺应天意，处理好二哥的后事，让这个家庭，尽量减少因二哥的死带来的伤害。

曾和春和大哥一起安慰了悲伤的母亲，送别了决意改嫁他乡的二嫂。曾和春把十六岁的侄女接到了县城的家中。他与大哥商量，二哥不在了，以后他和大哥就应该共同担当起孩子父亲的角色。她的母亲改嫁了，那他们的妻子，就是她的母亲。他们将一起呵护她，给她足够的爱，以免她小小年纪的心因父死母嫁而变得寒凉。他们愿意把最好吃的给她吃，最好看的给她穿。她过生日，送最好的生日礼物给她，过年，他们包厚厚的甚至超过自己孩子的压岁包给她。她初中毕业没考上高中，也没有读书心志，那就要详细和她谈谈，如果她想学一门刺绣呀化妆呀美甲呀白案厨师呀什么的技术，就送她去参加相应的培训班或者相关的培训学校。县里没有就去市里，市里没有就去省里，江西没有就去广东，反正只要她有合理要求，他们就尽量满足，以让她有个学有所成的平台，有个可以让自己食有余的未来。到她长大，谈婚论嫁的年龄，再挑上一家好人家，风风光光体体面面地把她嫁出去，嫁妆一点不比有爹有娘的人少，婚礼当天，他们同时做她与丈夫跪拜的高堂。她生儿育女，他们会按至亲的礼数走动，尽自己最大的努力帮衬。他们相信，只要大家彼此关爱，就没有什么坎过不去，没有什么难对付不了。而和春自忖自己比起大哥和平要有办法得多，生活也相对优渥一些，应该承担起更多的责任。

打定了主意，和春看着在自己家里的侄女——一个看起来不到十四岁、十分瘦弱、表情忧心忡忡的小女孩，不禁油然生出了一股柔情。他想要不了多久，因二哥的死出现的生活的漏洞，就会得到全面的围堵，终至严合无缝，那些命里的坚冰，就会迅速融化，伤口会愈合，泪痕会风干，悲伤会稀释，生活会在感恩与祝福中不断攀爬波荡。

3

然而生活有着其自身的轨迹。生活远不是可由导演掌控的剧本，永远没有人能预料下一步会发生什么。正当和春的侄女在他们家生活一段时间后开始有了笑颜，这个可怜的孤儿因为亲情的眷顾暂时忘记了自己的身世，突然有一天，侄女不见了。

小侄女不见了这件事起初并没有让曾和春有一丝一毫的警觉。因为她是跟着她的婶婶也就是和春的妻子一起离开的，离开前和春妻子还与他说起。那时和春正在外省与人洽谈一桩钨砂的生意，妻子跟他视频说她的老家有亲戚办酒邀请了她。她想带侄女一起去老家玩一下。家里两个孩子已经托付给了在县城的亲人，不会有任何问题。婶婶带侄女回娘家会有何不妥之处呢？这么大的孩子需要出门见世面长见识，婶婶自然是最合适的监护人。视频中妻子的表情轻松自如喜笑晏晏，根本看不出任何破绽。和春压根儿没有提出任何异议。他只随口说了句快去快回，就按掉了电话。

可几天之后妻子与侄女依然没有回来。和春办完事回到家里，看到家里乱成一团，两个孩子也因母亲走了好几天已经快成野人，他盘算着早过了妻子说的回家的日了，连忙拨打他妻子电话想催促她们早日回家。他的妻子在电话里推三挡四，口里好像含了一颗汤圆一样支支吾吾。她十分笼统地说自己娘家出了点事需要她协调处理，她可能还要几天才回得来。至于是什么事，牵涉到怎样的人，必须她这个嫁出去的人留下来，她并没有要说的意思。侄女在那边玩得好不好，她也就用一切都好这样的话来搪塞他。

几天之后和春感觉不对了。他一面催促妻子早日回家，一面要他的侄女接电话。他的妻子明显在故意推诿，不是说侄女跟什么人出去了，被谁带着去看鄱阳湖的水了，就是说手机快没电了然后挂了电话，和春再打就怎么也不肯接听。和春通过微信方式与她交流，对她恩威并施，要她迅速把侄女带回家，她要么不回要么就回放心侄女没有事情这类虚头巴脑的话。和春在微信里的语气越来越重，可她完全置若罔闻。他的感觉很不好。他想着赶到鄱阳妻子家探听个究竟，有一天他听到了她的妻子打给他的电话。

她告诉他说，他十六岁的侄女在这段时间已经看上了她伯父家三十多岁的未婚儿子。他们已经住在了一起，生米已经煮成了熟饭，她已经成了他们家的人啦。

她说，侄女有归宿了。全家人对她好得很，跟宝贝似的！一个女孩家家的，早也是嫁人，晚也是嫁人。现在嫁了，是她家的人。该踏实了对吧。

她说，十六岁一点不小，我奶奶，当年就是十六岁进了我们家的门呢。

她说，我嫁给了你，你侄女嫁给了我家的堂弟，扯平了不是。

她说，现在我们是亲上加亲，这是多好的事儿。多好的事儿呀。

她说，事情已经是这个结果了，你看该怎么办吧。

他一听顿时愣住了。他感到全身的血就拼命往头上涌。他才知道他的妻子带侄女去老家的用心。他很早就听她说因为贫穷他伯父的儿子已经三十多岁了还依然单身。他不知道她对侄女用了什么手段，是连哄带骗还是暴力威胁。他的侄女，面对这样一件事，有着怎样的反应，受了怎样的委屈。

他原本最为得转的脑子里乱成了一锅粥。他不知道事情怎么成了这个样子。他不知道为何他如此善待自己的妻子，给她自己所能给予的最好的生活，她一点也不像他那样，对生活怀着感恩之心，反而对他的侄女打起了坏主意。他不知道同样是普普通通的人们，已经到了一家人的地步，为何还不相互搀扶，还要相互拆台。对侄女的去向，他不知道该怎么向家里母亲和兄长以及已经改嫁的二嫂交代。

他感觉到生活戏弄了他。他过去认为不错的、让他时时感恩的生活，现在看起来完全是个笑话。这些年来，他拼命努力，奋斗。他以为只要凭借自己好使的脑子和足够多的辛苦，就可以挣脱不堪的过往，他的生活，也的确看起来不错，这让他一度产生了现世安稳的错觉，可事情的真相是，它漏洞百出，阴影重重，险象环生，随时都有解体的可能。

他不知道自己接下来该怎么办。妻子已经把球踢给了他，让他做主。没有了女主人，他的家已经完全失序乱得像个狗窝，两个孩子整天闹着要娘。他是接受妻子所说的“亲上加亲”的事实，好言好语劝妻子回家，还是等着妻子幡然悔悟，她自己回来向他们家的人认错？——可是，这事情难倒就是妻子认错就能了结了吗？他的小侄女，已经在她的老家与堂弟生活了两个月的尚未成年的小侄女，该怎么办？她因此被设置的人生，该谁来负责？

4

我是在县城遇上和春的。那是我姐姐居住的文水大道上。和春是我家在下陇洲的邻居，他家在我们家左边，与我们家隔一条巷子。他的大哥和平和我是小学同学。我们和他们家，就像亲人一样亲。而现在，他又和我姐姐做了同在一条路上、同样只隔一条巷子的邻居。

——近些年，我一再地从我工作的省城，仄回到县城去。除了看望和陪同已经居住在县城的我日益衰老的农民父母，我还想在县城的街头巷尾，听到更多我的赣江以西的乡亲们的消息。

这是一个新的悖论：要了解赣江以西，却不是去赣江以西，而是在县城。随着城市化进程的加快，原本住在乡村的人们至今已经星散，而县城是他们新的集散地。就拿我们村赣江以西的下陇洲来说，1000 多口人，已经有近八成的人买了房或者租了房居住在县城。随便站在超市门口，或者盲肠一样的小巷子里，都可能遇上曾经与我朝夕相处的故人。那些坊间流传的事情，我的乡亲说不定就是其中的主角。比如说，去年全县高考生前十名中，就有三个是赣江以西我的朋友的孩子，其中一个还是我堂妹的儿子；去年端午前后三天县城暴雨城区内涝，有一个 12 岁的孩子早晨跟着父亲在家门口捉鱼，不慎掉入被水掀开的窨井中，至今下落不明。消息后来得到证实，这个悲伤故事中的父子俩，就是我们下陇洲刘姓人。

二十多年前，我在县城工作。我们这个近 50 万人的县，当时县城的人口，大约只有 3 万人。而现在据统计，县城的人口已经超过 18 万了，其中增加的 15 万人，大多是进城的农民。——他们都有各不相同的悲喜。

见到和春的时候，正是傍晚，他穿一件红蓝相间的 Polo 衫和料子不错的灰色夏裤，头发微卷，指间燃着烟，看起来跟一个城里人没什么两样。送我下楼的姐姐跟他打着招呼，对他开着玩笑说，小时候是邻居，想不到大了还做邻居，这真是前世修来的缘分呀。

和春一面回应着姐姐的玩笑，一面回答我的问话。我问他的大哥、我的小学同学和平的近况。与我多年没见的和平也和他父亲一样有一个像刀凶狠劈过一样的精瘦身材。他说和平一直在广东打工，生活也就是刚刚过得去。我问他的母亲，一个爱开玩笑十分乐观的老妪。他说她一直一个人在老家下陇洲的老房子里生活，哪怕用绳子捆着也不愿意到城里和他们一起居住。现在七十多了，身体还算不错。我问他的情况。姐姐抢着告诉我说，和春当着大老板呢，跨省做着去淘金地贩卖钨砂的生意，挣了大钱呢。

我当然听得出姐姐语气中的夸张成分。和春能过上好的生活我当然高兴。我发现和春并没有因姐姐的夸赞而变得心花怒放。他的眉宇间结着极深的忧愁。暮色在他的脸上显得格外浓郁。接下来姐姐与和春的对话宛如暗语，我听了半天也不能听个明白。姐姐问他老婆还没回家吗，都两个多月了。和春说没呢，管她回不回的。姐姐说一个家缺了女人可不行，孩子洗衣做饭啥的男人长时间怎么干得了。和春说她自己犯了错哪里好意思再回来，我就当她死了。姐姐说侄女在那边还好吗？和春说天知道好不好，一点信息都没有，她连手机也没有怎么联系得上她。他妈妈都为这个气出病来了。姐姐问你不去那边看一下吗？和春说去了能有啥用呢，事情都已经这样了。

姐姐与和春结束了交谈。我和姐姐继续往前走。路上姐姐告诉了和春家里的事情。几乎没怎么出过远门的姐姐问我鄱阳是个什么地方，我将我关于鄱阳的知识一股脑儿向她倒出。我说鄱阳首先是个湖，在我们赣江的下游，离赣江以西大概有四百公里。那里水域浩大，江西包括赣江在内的五条大河的水都流向那里，形成了中国最大的淡水湖，涨水的时候面积有四千多平方公里，比我们两个县的面积还要大。古代没有火车汽车飞机，水路就相当于现在的高速公路，江西人要进京赶考、到北方做生意做官必须走此水道，只有过了鄱阳湖才能进入长江然后去其他的地方。因为五条水系在那里盘旋绞缠，那里的水情格外复杂，潜流暗涌不可形容，特别是一个叫老爷庙的地方更是凶险异常，历史上不知道翻沉过多少船只，抗战时期曾经发生过几艘日本军舰突然消失得一点痕迹也没有的让人毛骨悚然的事情。所以自古以来所有的船只过境必须小心谨慎，再不信神的人都会祈求神灵保佑（老爷庙就是一个给人提供信仰的地方）。因为水情复杂并且经常涨水，鄱阳湖周边的十多个县十年九涝，且资源匮乏，田地不多，人们主要靠打鱼为生，生活普遍不富裕，几百年前那里发生过重大的移民事件，人们纷纷从那里逃亡，留下来的人们，村与村之间经常为争夺水上打鱼资源大打出手死伤无数，年轻女子纷纷外嫁寻找出路，男人找不到老婆是常有的事情。而和春的妻子老家鄱阳是鄱阳湖周边最典型的一个县。

姐姐大概被我说的话吓住了，久久没有作声。她大概是担心起和春小侄女的命运——虽然姐姐对这么小的孩子不一定熟悉，但因我们与和春一家从小是邻居的关系，姐姐一定会把她当作自己的亲人。

我也沉浸在我自己对鄱阳的描述之中。我疑心我无意间说出了一个隐喻。这个世界从未有过的动荡不羁，那些乡土中的人们，都被押解着离开故乡踏上命定的旅途，火车飞机汽车都人满为患，特别是春节期间铁路部门动不动就声称发送旅客几亿人次。繁复交错的旅途，多像鄱阳湖的水域，表面平静的湖面下，河流交汇水势复杂潜流暗涌，每一次航行都危机四伏，稍有不慎就会有船覆身亡的危险。

每个人都有自己命运里的鄱阳湖。大多数人的航行都能化险为夷，沿着既定的航线在异乡与故乡之间从容往来。却也有一些小舟被命运湍急的水流仓促推入了令人不安的深水之域，比如和春二哥细平，细平已经改嫁的妻子，以及他已经成为他人妇的十六岁的女儿。他们没有方向，没有故乡。他们心怀隐疾，天生孱弱，无所依傍，茕茕独立。乡土已经在他们的背后坍塌，而他们前面的路荆棘丛生。在这浩瀚的令人不安的水域中，他们都是古籍中所说的不系之舟，是这个世界属于阴影的那部分——是这乡土中国向工业化城镇化艰难转型过程中被损耗的那部分。

他们最终会漂到哪里？哪里会是他们最终的归宿？无比浩瀚仿佛永无尽头的水域潜流暗涌岔道众多，他们有多少获救的可能？

唯愿这世上的风浪小些，从天而降的雨水打在船舷上的声音不至于过于暴烈吓着了他们。唯愿每一条小舟都会有一颗古老的星辰守护和照亮，让他们的梦境不至于漆黑一片。唯愿水下的暗流旋涡不至于追咬住他们不放，或者有好心肠的潜流会悄悄推动引导着他们，最终让他们找到可以安顿他们灵魂的岸，找到他们可以称为故乡的心安之地。

——告别了姐姐，我走在这夜晚的县城街道上。灯火游走闪烁，人车川流不息，整座县城仿佛不安的水域。想起死去的细平、他远嫁他乡的妻子以及女儿，想起和春，想起故乡的诸多苦厄，我感觉自己就像一名受难者，或者说，也是一条不系之舟。我不由得加快了脚步，双手划动如泅渡之姿。

原载《湖南文学》2021 年第 4 期

【**作者简介**】潘向黎，著名作家、文学博士、高级编辑。上海市作协副主席。创作以小说、散文为主。著有小说集《无梦相随》《红尘白羽》《白水青菜》《穿心莲》以及英文小说集《缅桂花》等；散文集《看诗不分明》《茶可道》《如一》《万念》等。小说五次登上中国小说排行榜，获第四届鲁迅文学奖，第十届庄重文文学奖等。作品被译成英、德、法、俄、日、韩、希腊等多种外语。

Pan Xiangli, well-known writer, doctor of literature, senior editor, is Vice Chairman of Shanghai Writers Association. His literature works mainly focuses on novels and essays. Pan is the author of novel collections *Without Dreams*, *Red Dust and White Feathers*, *White Water Greens*, *Andrographis* and English novel collections *Burmese Osmanthus*, etc.; prose collections *The Poetry Is Unclear*, *The Way of Tea*, *As One*, *Wan Nian* and so on. His novel has been on the rankings of Chinese novels five times, and won the 4th Lu Xun Literature Award and the 10th Zhuang Zhongwen Literature Award. The works have been translated into English, German, French, Russian, Japanese, Korean, Greek and other foreign languages.

当一朵茉莉渡过沧海

潘向黎

2016 年五月，和妹妹一起去冲绳度假。那里的海蓝得非常浓艳，植物绿得恣肆，到处开着艳山姜、珊瑚藤、扶桑、炮弹百合，妹妹这个园艺爱好者一直很兴奋。而我发现这里的食物很美味，而且和日本其他地方不同，比如居然有韭菜炒猪肉这样的非典型日本菜品。15 世纪到 19 世纪的琉球国王宫首里城因为大量运用石砌和原木，有一种质朴浑厚的感觉，特别自然，如同地里长出来的一般。五月的冲绳已经热了，阳光很猛，遮阳帽、太阳镜、喝水一样不能少。进所有大殿都需要脱鞋子，出来又要穿鞋子，有点麻烦，但我们仍然在里面盘桓了一天。

很喜欢冲绳，但在冲绳，让我印象最深的，却不是景色，不是植物，不是食物，不是古迹，而是一件小事。到了宾馆，我照例要先喝茶。看到各种赠饮的袋泡茶里面，有一种以前在日本宾馆没见过的茶，平假名读出来是sanpin茶，发音很像“三品恰”。“恰”是日语“茶”的发音，但“三品”是什么？旁边小字片假名注明是“贾斯敏恰”，哦，茉莉花茶，果然原产地写的是中国。茉莉花茶，日本其他地方也有，一般都叫“贾斯敏恰”，“贾斯敏”是从英文过来的，jasmine，很好理解。这里为什么偏偏不叫“贾斯敏恰”？如果因为和中国渊源特别深，直接从中文“音读”过来，不应该和“茉莉花茶”接近的发音吗？茉莉花，怎么会是“三品”？这奇怪的“三品”是从哪里来的？

几天里在冲绳很多地方发现“三品茶”的身影，于是决定非弄清楚不可。终于，在首里城中心的一个茶室里，我无意中得到了答案。这个茶室是古代琉球国接待外国王子和使臣吃茶点的地方，颇为清雅，进去后大家坐在榻榻米上，讲解和奉茶的女服务员都穿着古代琉球宫廷侍者的服装，大致是大红纯色和服上罩一件白底蓝印花的长马甲，给我们这桌斟茶的时候，我用日语夸了一句“衣服真好看！”女服务员马上含笑致谢，然后告诉我：“虽然现在是我们穿着，但其实这是古代琉球宫廷男侍从的服装。”

那天的茶点套餐是没有选择的固定套餐，一个柿子红的漆盘上，一枚琉球传统图案的点心，一杯茉莉花茶。杯子是宫廷风的富丽图案，放在黑色的茶托上，我和妹妹忍着笑交换一个眼色：在中国，茉莉花茶极少得到这样的待遇。在慢慢品尝茶点的时候，我在桌子上的宣传册页上看到了一个对我正在喝的茶的说明：“香片茶就是从中国传来的茉莉花茶，据说在600多年前传到了琉球。在冲绳话里将‘香片’讹传成了类似于‘三品’的读音了。而香片是花茶的一种，主要在绿茶中混合茉莉，让花的香气转移到茶中。比起绿茶和乌龙茶，香片是冲绳最受欢迎的茶。”

原来如此！三品，是从“香片”来的。除了发音的讹传，还因为冲绳人不理解我们的“香片”已经包含了“茶”的意思，于是再加上了一个“茶”字，结果就弄出了一个连我这个学过日语的中国人都不好理解的“三品茶”了。

我平时是不喝花茶的，但那天细细地喝了，有一部分是因为入乡随俗，主要是因为一个疑问得到了解答而心情愉快。

一切都是有缘故的。疑问的正面是不明白、不理解，背后就是一个你不知道的缘故。那天，在首里城那间如今已经不复存在的茶室里，我意外明白了“三品”背后的缘故，恍然大悟之余，原来的“岂有此理”顿时被一种“原来如此”的会心所代替。那一刻，我觉得和很多年前的那些琉球人——原本远隔岁月而面目模糊的，突然心灵相通了，几分钟前还因无法理解生着闷气的，突然就有了默契，相视而笑了。

后来，2019 年十月，首里城失火，正殿、北殿、南殿等主要建筑均被烧毁，世界文化遗产竟这样付之一炬，我们姐妹很是震惊和惋惜。但是，对我来说，那天在那间茶室里，那突然降临的愉悦瞬间依然在这个世界的某处闪着光，散发着香气，像夏天暗夜里的茉莉花。

度假只是度假，人总要回到日常里来。这些年，母亲是一个人住的。她一个人的日常安排得井井有条，窗明几净，每次回家，我都有些自叹不如。但是有一点，我一直受不了，就是她对节约用水的执念。

对，不是全面的节俭，仅仅是节约用水这一件事。母亲在其他方面都持有正常的消费理念，注意品质和适用，绝不会一味求便宜，也不会因为过于节俭而放弃应有的各种小享受。每当我看到许多人抱怨父母节俭到刻吝、不通情理的时候，我都会暗暗庆幸：还好，妈妈不是这样，妈妈的消费观还是颇为先进的。但是，不包括用水这件事。只要和水有关，妈妈就特别节约，而且几十年如一日。

她八十年代去日本，看到日本有这样一款马桶：储水箱上方出水，可以先洗手，洗完手的水再进入储水箱，积攒起来就可以用来冲马桶。九十年代家里装修，她心心念念买了两个这种马桶。虽然洗手不如正式的洗手盆方便，但确实比较环保，所以我没有反对。

但她坚持要在家里循环利用水。洗手、洗脸、洗澡的水要留起来，冬天热水器刚开始放水的几分钟水是凉的，她也要留起来。她会用各种容器把那些水装起来，作各种用途——给钟点工洗衣服、作清洁、拖地板，等等，最后还要用来冲马桶。浴室里因此总是放着各种盛水的容器，看上去像准备停水三天，或者像是家里到处在漏雨。我看了就皱眉头。而且地上难免会有水渍，需要不停地擦，以避免谁踩上去滑倒，我更是觉得心烦。

只要和水有关，母亲就特别在意，甚至有一些紧张。我劝了很多次，一点没用，于是生过几次气，心想：明明可以过得更方便更舒适，为什么母亲要和自己过不去？同时觉得亲生母女之间怎么如此难以沟通，令人沮丧。

后来有一天，聊天的时候，母亲又说起当年在福建莆田华亭中学当教师的日子（华亭那个地方，六七十年代叫“华亭公社”，现在是一个镇），当时华亭没有自来水，用水是要穿过整幢教师宿舍楼，走一段路，再走下长长一段石阶，再走一段路，到学校唯一的井去打水的。吊桶很大，当时母亲是二十几岁的、身材纤秀的女孩子，用那样的大桶打水，对她来说是很费力气的。后来母亲怀上了我，仍然要去打水，如果井台边有其他同事，经常会帮她把水打上来。而母亲特别感念一位叫李焕文的前辈同事，只要看见我母亲端着洗衣盆往井台走，他常常也马上去洗衣服，好顺便帮她打水。这位李焕文老师现在已经九十多岁了，不知道他是否记得当年的这件事情，而我母亲实实在在地念叨了几十年。从她念叨中，我听出了她的感动和感激，也听出了她当时独居异地、体弱又怀孕的艰难。

生下我以后，父母分居两地的问题还是得不到解决，所以母亲只能一个人带着我，继续在华亭艰苦而忙碌地生活。她是中学英文教师，还要带一个孩子，还要做全部的家务，包括每天去打井水，挑两桶回来。她挑不动整桶的，只能每一桶六七分满，然后走一段路，走上长长的台阶，再走上一段路，再穿过整幢教师宿舍楼，然后把来之不易的井水存在我们家的水缸里，供一天的使用。因为忙，她干活的流程和一般人完全不同，比如洗衣服，她没有时间把衣服拿到井台边一口气洗出来，她是这样做的：上课之前，先把衣服泡到水里，打上肥皂，然后去上课，课间操有二十分钟，回来搓干净，然后再去上课。等到下了课，再拿到井台那里过清。

这些话，我听了很多遍了。但是最近这一次，母亲轻轻地加了一句："当年，清水真是来之不易。因为有当年这样的经历，所以我对水特别珍惜，只用一遍就倒掉，我心里真的舍不得。我就是习惯了。"

我们聊天是在厅里，母亲这样说完，就转身进了卧室。我一个人在厅里，觉得醍醐灌顶的同时，心里的滋味有点复杂。是这样。原来如此。我怎么没想到呢？作为和她一起在那个没有自来水的地方生活了十二年的长女，最最理解她对清水的爱惜和节约用水的执念的，不应该是我吗？可是，如果没有她的解释，我居然也没有悟出这背后的缘故。

后来我特地打电话对母亲说：我理解你了，真的。

母亲这才对我说：我节约水，不是想省钱。我知道世界上还有许多地方是缺水的，我们不能因为付得起水费就任性。水龙头一开就有水用，我觉得已经很方便了，看到水还清清的就让它流掉，我确实会心疼。家里存着一些现成的水，倒来倒去，这样循环利用的时候，我心里很舒服很愉快。

一种方式，母亲觉得不安和心疼；另一种，母亲觉得很舒服很愉悦，她当然坚持后一种做法了。而我，知道了背后的缘故之后，终于也觉得她的做法不需要改变了。

不知道为什么，我想起了冲绳的三品茶。如果你知道六百年前那些茉莉花如何经历风波渡过沧海，最早喝到茉莉花茶的那批琉球人如何努力地学发"香片"这个发音，或许你就可以高高兴兴地接受手里的那杯茶，不论它被叫作茉莉花茶，还是香片，还是三品茶。

都市是一个陌生人的人海，大多数时候人们都匆匆擦肩而过，没有时间或者缺少动力来解释自己，没有兴趣或者缺少机会去了解别人，发现差异只会觉得奇怪、费解或不快，有时甚至觉得无理可喻而引发心理冲突和行为冲突。因为都市中的人，来自不同的地方，带着不同的口音和心事，经历了不同的旅途，以自己也未必认同的面目和身份，在此不期而遇。我们来寻找梦想和自由，却劈头撞上了差异和隔膜。

当一朵茉莉和我先后渡过大海，异乡重逢的时候，连我这个家乡人都不能马上认出她来；当一个亲生女儿都需要提醒才能理解母亲的一个生活习惯；可以推断，都市里的人，你，我，她，他，每一个路人甲乙丙丁，其实都是一朵朵孤独的茉莉，各自背负着自己的过去，各自辛苦地渡过了自己的沧海，相遇在繁华喧嚣又空旷微冷的时空中。

差异是多么地自然而然、天经地义，并且应该得到超越了解的接纳和理解。当一朵朵茉莉渡过了沧海，独来独往是一种活法，不必执手、相视而笑是另一种。

原载《青年文学》2021 年第 4 期

主持人：李少君

李少君，诗人、文学批评家，《诗刊》主编。

Li Shaojun, poet, literary critic, editor-in-chief of *Poetry Journal*.

诗歌

推荐语

王单单诗集《花鹿坪手记》的出版，无疑是新时代诗歌的一个重要收获。云南青年诗人王单单，在云南省昭通市昭阳区花鹿坪村驻村两年多，以“诗史”笔法，写出了一部有温度、有深度、有高度的长诗《花鹿坪手记》，真实地记录和书写了新时代脱贫攻坚的伟大社会实践，一问世就引起广泛好评，被中国作家协会列入重点扶持作品，获得《诗刊》脱贫攻坚特别诗歌奖，可以说已经成为一个诗歌事件，《在飞机上俯瞰花鹿坪》就是选自这本诗集。

“诗史”，是历史对杜甫诗歌创作特征的一个概况。晚唐孟启在《本事诗》中称“杜逢禄山之难，流离陇蜀，毕陈于诗，推见至隐，殆无遗事，故当时号为‘诗史’”；宋人进一步分析杜甫的“诗史”笔法，“老杜作诗，笔力可方太史公，如《郭元振故宅》等诗，便是与之作传”，“杜少陵子美诗，多纪当时事，皆有依据，古号‘诗史’”，等等，均讨论了杜甫的“诗史”特点，大致概括为其诗作多记事，着重细节，真实有依据，近乎史传。“诗史”笔法，尤其适合对重要社会运动和重大历史事件的记录和书写。王单单在长诗《花鹿坪手记》中，可以说充分借鉴了杜甫的“诗史”笔法，可以说是“毕陈于诗”“皆有依据”，花鹿坪的几乎每个人每件事都在其笔下有所反映。另外诗人站在脱贫攻坚的大视角，有着极强的概况能力和历史感。语言上以自然口语为基础，加以提炼。脱贫攻坚是具有史诗般意义的伟大社会实践，《花鹿坪手记》以“诗史”笔法书写这一时代史诗，无疑是 2021 年诗歌界的一件盛事，也有历史意义。

2021 年是中国共产党成立一百周年大庆之年，全国各大刊物都有专题庆祝，主题写作如火如荼。《诗刊》也推出“百年路新征程诗歌创作工程”，取得了相当成效。第七期庆祝建党百年的诗歌专号，推出了二十五首长诗，将个人感受与时代情绪有机融合，小我与大我实现了完美协调。这里选的《蔚蓝》与《长江九章》颇有代表性，《蔚蓝》通过书写海上丝绸之路，呼唤人类命运共同体，《长江九章》可谓一部长江传，具有史诗的结构，气势磅礴。

海男的这首《檐下，是我的整个滇西》，堪称地名之诗，让人沉醉回味。一个个诗意的地名，徐徐展开的视野景观，勾勒了云南的轮廓，显现了云南之美，最终，那个神秘的云雾缭绕的云县，成为遥远而幻美的象征，令人向往。这背后，包含的是诗人对家乡云南的深厚情感，对云南的发自内心的热爱。而如此肆意地罗列二十多个地名，可以说是一种对家乡的自豪和炫耀。地名里藏有奥秘，每一个地名里都包含着诗意，历史地看，可以说每一个地名都是诗意的命名。

描写、讴歌领袖的诗歌，在艺术上有时很难表达到位，但梁尔源《七十三个补丁》一诗，选择了非常独特的角度，娓娓诉说领袖的风范，用情甚深，极具感染力。

广子的《我听见篝火说》，一首短诗，但说出的比没说出的多很多；董玮的《一两个灯盏》，素描手法，贫寒时代的生活场景，如一幅剪影；林莉的《在安乐寺听鸟鸣》，是以鸟鸣、以声音打动人的诗歌，让每人孤独者都侧耳倾听；韩文戈的《老光芒》，闪烁着熠熠闪光的光彩，给人以信心、坚定、温暖；李松山的《冬》，严峻寒冷，生活在别处，语言讲究，雕词琢句，但要警惕过于精致的文化，有可能导致淋漓元气丧失；熊曼的《动人的女性》，是关于女性的动人描述，叙述的语感细腻迷人；侯存丰的《妈妈》，素朴直白的语言，叙说过去的艰难岁月；丁薇的《旧事记》，满是感慨，废弃的房子，荒废的时光，一切抵不过时间的冷酷。

此外，还有金铃子的《用不完的孤独》、姜巫的《在分界洲岛》、里拉的《庭院》、鱼小玄的《白茫茫的李子花》、赵琳的《夜过海西》、马贵的《新月在流动》、胡益的《在月光下劈柴》等诗，均有各具特色的诗意和修辞。

【作者简介】王单单，原名王丹，生于1982年，云南镇雄人。参加《诗刊》社第28届青春诗会，系中国作家协会会员，2016—2017年首都师范大学驻校诗人，首届云南大学滇池学院驻校作家。曾获《人民文学》新人奖、2014《诗刊》年度青年诗人奖、华文青年诗人奖、云南文学艺术奖、《诗刊》脱贫攻坚特别诗歌奖等。

Wang Dandan, formerly known as Wang Dan, was born in 1982 in Zhenxiong, Yunnan Province. Participated in the 28th Youth Poetry Society of *Poetry Periodical*, is a member of the China Writers Association, a poet of Capital Normal University from 2016 to 2017, and the first poet of Dianchi College of Yunnan University. He has won the Newcomer Award of *People's Literature,* 2014 Annual Young Poet Award of *Poetry Periodical*, Chinese Language Young Poet Award, Literature and Art Award of Yunnan Province, Special Poetry Award for Poverty Alleviation of *Poetry Periodical,* etc.

在飞机上俯瞰花鹿坪

王单单

1

“好风凭借力，送我上青云”
终于起飞了。这是天上
——我们指着发誓的地方
因此，我想写封信
留给花鹿坪，留给昭通城南郊
留给祖国的西南隅

我想写下目不识丁的金忠品
写下他举家外出务工的坎坷与勇气
我想写下年迈体衰的李家英
写下这个平凡母亲面朝黄土的疲惫与坚韧
我想写下身残志坚的张德才
写下他用断臂驾驶拖拉机的娴熟与无奈
我想写下大地上的花鹿坪村
写下她 1893 户 6426 人的奋斗史
我还想写下脱贫攻坚战场上
每一个佝偻的身影，写下他们重新挺直脊梁时
骨头里发出的响声

2

从进村遍访到精准信息
从入户摸底到“三评三定”
从危房改造到易地搬迁
从结对帮扶到东西部对口支援……
小康社会在富庶的国度已然站稳脚跟
华夏的风帆正驶入历史崭新的拐点——
作为驻村扶贫队员，我
参与并见证了这辉煌的历程
当大国的力量毅然拔起千年的穷根
其中，必有涓埃之力
属于我们；当扶贫的浪潮
拍击贫穷的礁石，其中
必有一层涟漪，属于我们

3

三年前冬天
我远赴千里来到花鹿坪驻村。那时
扶贫的力量正往偏远的乡村持续推进
但花鹿坪公路尚未硬化完毕
帮扶企业也尚未入驻
新的卫生室、村级活动场所刚刚建起
残破的围墙、衰败的土屋
干枯的水窖以及院坝中杂乱的荒草……
它们在落日的余晖中尽显惨淡的晚景
很多人躺在山顶上烤太阳，无所事事
或者终日东游西逛，还没有在
改变窘境的冲锋号中觉醒
放眼望去，连绵的黄土地上寂然萧瑟
穷人们戴着困厄的脸谱
缩身于自己认领的命数
而如今，乡村基础设施得到改善
人居环境获得提升
“两不愁三保障”已彻底解决
贫困户的内生动力得到激发
扶贫如春风过境
在荒凉的土地上呼唤出勃然生机

4

飞机飞到高空

我仍然固执地，贴近舷窗
透过清澈的空气
在大地上寻找花鹿坪——
凭借村委会后山苍翠欲滴的松林
凭借赵家院子正在飞架的高速公路
凭借吴家梁子上鳞次栉比的崭新楼房
凭借后海子花海绵延的苹果园林——
忽然间，我内心的尖叫差点儿刺破云霄
一个人在天空之上的兴奋
足以发出闪电般的劲力——
在卯家冲水库的右上角
在坝中，在湖心沙洲上
在大地的褶皱中
在群众与帮扶人的心坎里
在爱与悲悯的光耀下，我找到了花鹿坪
就像两个久别重逢的朋友
在人海中得以相认——
熟悉像胎记，生长在她身上
熟悉如眼泪，流淌在我眼里

5

舷窗之外，天空安静极了
似乎能听到云朵移动的声音
这让我回想起驻村的经历
许多动人的画面，便如
糖汁滴进回忆的缝隙

比如，吴家梁子上的八哥
声嘶力竭地喊着扶贫队员赵清俊的名字
比如，赵家院子的黄昏
深秋的高枝悬挂着不肯坠落的柿子
比如陈石分年事已高，仍然
佝偻着身子，执意在苹果园除草
比如陈朝亮身患红斑狼疮
拄着拐杖也要去烟草地洒农药……

花鹿坪，你有粗犷而又壮美的风景
花鹿坪，你有倔强而又勤奋的人民

6

去年疫情期间，为了守护花鹿坪
后海子的山坡上，夜深人静
路卡无人进出
几个扶贫干部挤在帐篷里
偎着噼啪作响的火塘，身影晃动
而帐篷外，大雪纷飞
从远处看过去，那帐篷像一个灯笼
悬浮在山顶，守卡的扶贫干部
拧成一股绳，变成了它的灯芯
于是，我坚定地认为——
团结互助，凝聚人心
中国在脱贫攻坚战中必然大获全胜

7

花鹿坪从偏远的穷乡僻壤
变成人们安身立命的幸福康庄
从山穷水尽的不毛之地
变成世人仰慕的柳暗花明
它是漫天黄沙中惊现的白云
它是大地飞行的部分
它是中国的一个村
也是脱贫攻坚背景下的任意一个村
而我若干次，从高空朝下看
花鹿坪安静地躺在中国的版图上
小得像大爱无疆中袒露的勋章

8

飞机就要着陆了
迎接我的，将是一个消除了
绝对贫困的美好人间
将是一块开启了
乡村振兴的广阔天地
而我和花鹿坪的下一次起飞
也必将从这里腾起

原载《诗刊》2021年7月号上半月刊

【作者简介】高鹏程，“70后”，宁夏人，现居浙江。一级作家。中国作协会员，《诗刊》社第22届青春诗会成员。在《人民文学》《诗刊》《花城》《钟山》等刊物发表作品。曾获浙江省优秀文学作品奖、人民文学新人奖等奖项。著有诗集《海边书》《江南：时光考古学》《萧关古道：边地与还乡》《细雨海岸》等。

Gao Pengcheng, born in the 1970s in Ningxia, lived in Zhejiang Province, is a first-level writer. He is a member of the China Writers Association and titled as Zhejiang Youth Literature Star. Gao's works has been published in magazines such as *People's Literature, Poetry Periodical, Flower City, Zhong Shan* and other publications. He has won Excellent Literary Works Award of Zhejiang Province, Newcomer Award of People's Literature and other awards. Gao has authored the collection of poems *Book on the Seaside, Jiangnan: Archaeology of Time, Xiaoguan Ancient Road: Border and Return to the Country, Drizzle Coast* and so on.

蔚　蓝

高鹏程

为庆祝建党100周年及开启21世纪海上丝绸之路和蓝色“中国梦”而作。

——题记

序诗

很多年了

我在寻找一种蔚蓝
它曾在一小片青花瓷上闪亮
从一艘出水的三桅古船上传来喧响
也在一匹落日铺开的丝绸上映射出它远逝的辉光

你听，它的涛声依然在一个东方大国的胸腔内经久不息
你看，它的波纹已经从一个民族苏醒的记忆里绽放美丽

1

当司晨的鸥鸟衔出东方的第一缕曙光
当浩瀚的大海再次涌动它蓝色的波浪
一种新鲜的血液已经充盈了它的躯体
一支嘹亮的渔歌就要从它躁动的体内喷薄而出

它曾在久远的独木舟上独自吟唱
在一艘三桅古船上辗转飘扬
也在明朝浩荡的船队间反复激荡

这古老的歌谣曾经放牧着一个东方民族对于大海
所有的想象
失血的音符历尽沧桑

2

一根丝线，穿起了欧亚大陆美丽的衣裳
一片茶叶，散发出东方古国神秘的体香
一盏瓷器，衬托了世界各地文明的光辉

那是怎样的一条丝线？它串着瘦小的驼铃和马灯
穿越了瀚海大漠和浩渺汪洋
穿越了五千年漫漫时光

那是怎样的一片东方树叶？像一艘微型的船
穿过了无数风浪的颠簸
打开了世界对于一个古老国度的全部想象

那里，月光溢出堤岸，丝绸滑过青铜
被一片青花瓷托载的国度，散发着茶的芬芳

啊，古老的丝路，神秘的海洋
一条蔚蓝色的道路，连着远方的远方

让我们重返海洋，去寻访丝绸的荣光
让我们重返海洋，去重铸蓝色的辉煌

3

一如当初的大海茹古涵今
这万水之上的建筑和家园
如同一部玄奥的典籍静静地摊开
鱼群、文字、风暴、沉船
屈辱的泪水以及悲怆的誓言
以怎样的方式注入一代代人的蓝色的血管

几千年了，是谁用精卫填海的毅力，把沧海变成桑田
几百年了，是谁用风涛练就的果敢，把入侵者赶出家园
几十年了，是谁用永不屈服的脊梁
在风暴肆虐后的废墟上，一次次站成港湾内钢铁般林立的桅杆

是谁把一种大海赋予的精神
反复淬炼，树起千年不倒的信念

我看见
一双曾被网绳勒破的大手，正在驾驭通往深蓝的舰船
一双抟造过鱼形鼎的大手，正在把一个大国的尊严擦亮

4

一道水中的路途，一条蔚蓝的大道
它在一个古老民族的血管中流淌
它上游的潮音，带着一个农耕民族对于海洋深深的渴意
它下游的波浪带着全世界人民的呼吸和回响

今天，一个大国领袖，再次揿亮了它蓝色的按钮
今天，一艘东方巨轮，再次拉响了它远航的汽笛

它在渤海湾、杭州湾和粤港澳大湾区孕育希望
在漫长的海岸线上点燃梦想

它是天津是青岛是宁波，是一只只集装箱码成的诗行
它是福州是厦门是上海，是一艘艘万吨轮组成的乐章

从连云港到瓜达尔到科伦坡
从吉布提到比雷埃夫斯
一个个港口，就是重新点燃的一盏盏渔火，再次照亮了苍茫的海面

从博鳌亚洲论坛到中阿合作论坛到欧亚经济论坛
从设立亚投行到通关合作一体化
一次次行动，就是投向大海的一朵朵浪花，再次唤醒了蓝色的激情

它在互联网上掀起巨浪，在卫星云图上闪烁光芒
和星辰大海一道正在把世界的未来照亮

5

多少年了
你的蔚蓝依然在我的眼睛里起伏
你的深邃依然在我的思想中埋藏
大海，我听到你深流下涌动的激情与梦想

多少年了
你的波涛依然在我的血管里沸腾
你的博大依然在我的灵魂中激荡
大海，我看见你皮肤后隐藏的铁质的光芒

今天，一道尘封许久的封条终于被掀开
一条蔚蓝的大道，正在持续铺开
蓝色的波浪持续拍打着沿岸的城市和海港

我看见
一片神奇的东方树叶，已经长成巍巍大船
一盏青花瓷器，已经变成更加精美的器皿
托举着东方智慧和现代文明交汇的中国方案
一根蓝色丝带再次把世界紧紧相连

它穿越了不同的水域、不同的文化、不同的宗教
它穿越了不同的肤色、不同的语言、不同的信仰

从吉隆坡到雅加达到科伦坡
从内罗毕到雅典到威尼斯
从太平洋到印度洋
从亚细亚到欧罗巴

我们把问候带到奥德修斯的海岸
把友谊传递到但丁和荷马的故乡

6

夕阳下，古老钟楼依旧搏动着沉稳的心跳
晨曦中，一条蔚蓝的大道正在向远方延伸
一部华彩乐章，即将奏响它最高的音量：
“大道之行也，天下为公”

那是一个东方大党
带领她的人民

在一座蓝色丰碑上雕琢一个民族复兴的希望

那是一个和平崛起的国度
迎着全世界的目光
在一条蓝色大道中放牧人类共同的梦想

祝福你，大海
你是如此古老却又从不老去
祝福你，中国
愿你青春永驻永远生生不息

原载《诗刊》2021 年 7 月号上半月刊

【作者简介】王自亮，1958年生于浙江台州，著有诗集《三棱镜》(合集)、《独翔之船》、《狂暴的边界》、《将骰子掷向大海》、《浑天仪》等，作品入选《青年诗选》(1981—1982)、《朦胧诗300首》、全国年度诗歌选本等。诗集《将骰子掷向大海》，组诗《长江传》获2019年中国头条诗人奖，长诗《上海》获第二届“江南诗歌奖”，并被评为名人堂“2018年度中国十大诗人”。诗歌翻译成英语、西班牙语、葡萄牙语、意大利语等。

Wang Ziliang, born in Taizhou, Zhejiang Province in 1958, authored the collection of poems *Triangular Prism (collection), Lone Soaring Boat, Raging Boundary, Throwing Dice to the Sea, Earth Sphere,* etc. His works were selected by *Youth Poems (1981-1982), 300 Misty Poems,* National Annual Poetry Anthology and so on. The collection of poems *Throwing the dice into the sea,* the group poem *The Story of the Yangtze River* won the 2019 China Headline Poet Award, and the long poem *Shanghai* won the second Jiangnan Poetry Award and was named the Top Ten Chinese Poets of 2018 by Ming Ren Tang. Poems are translated into English, Spanish, Portuguese, Italian, etc.

长江九章

王自亮

初见长江，它的湍急、阔大和包容，瞬间就征服了我。长江即史诗：它的曲折、它的多种面貌、它不顾一切向着大海奔涌的气势，以及死亡与新生。长江涌动着一个民族的梦想，当下生活亦具备了长江的速度、力量与美感。如此慷慨地，长江赐予我语言、精神与诗化叙事能力，我仿佛获得了《爱丽斯奇境漫游记》的神奇，更深刻和广袤地见证着这一切。

——题记

第一章　神圣之源

光芒如哈达。冰树将根须扎进天空，
点地梅、苔草与冰川，语言与太阳。
莫非长江是荒凉、寒冷与时间的杰作？
格拉丹东峰南侧一只雪豹趑趄不前，
它看到了奇迹：一滴水坠落成一条江。
风雪中沱沱河散开发辫，一缕青丝
一条逆光的河湾，一个坚忍的族群。

云梦在云中，震泽尚未牵动天台山，
直到青藏高原抬升，水流切开峰峦。
对话开始，鹿角与思想一起野蛮生长，
长江是奔涌的力，有惊世骇俗之美。
树枝向更高天空伸展，阳光的金币
撒向屋顶。劳作与问候，爱的惊鸿一瞥。
老鹰、岩石在水的围绕中，九州生烟。

第二章　都江堰

太阳王带着随从巡视他的疆域，
蜀郡太守李冰出迎，因水而焦虑。
一位名为“依云”的女子
美貌动人，河流般的腰肢，
却因颗粒无收得了浮肿病。

于是，李冰率领工匠、民众和兵士

果断凿掉“离堆”，除却沫水之害；
宝瓶口、分水鱼嘴、飞沙堰——
让引水与排沙时间上统一，空间上分开。
“深淘滩，低作堰”，有序的水网
像脉络一样，伸向焦灼的成都平原。

人民的梦想是水流、沃野与城郭，
需要见识与力量的伟大匹配。
试探水，计算水，五千言智慧若流水。
水从头顶流过，水从脚心流过。
一个神秘工程，石块、算法与直觉。

都江堰就像大禹静卧的身躯，
沉稳而血脉调和，气韵生动。
祭祀、炊烟与铁锹，听流水潺湲。

华夏的心机开放成一朵莲花。
水流的乐音，编钟悠扬，轮毂轻盈，
都江堰派生出水的信仰与神秘。
水不只是水。流动的食粮，飞天的愿望，
碧玉和蜡染。

第三章　朝天门码头所见

水中城，山峦之城，纪念碑上的城市。
天空、灯火与水波互为镜像，
建筑拓展了襟怀，星光悬挂。

人群与江水从不同的方向，涌向
可以涌动之所，举起枝叶或旗帜。

一切台阶都让精神引体向上，
波浪流进了血管，注入灵魂。

那是谁在这一带涂鸦，不分昼夜？
除了红辣椒，连口音都是鲜活的，
也看到钴蓝底色广告的紫色边框。
人们到哪儿都带上一束光，声音漂移
对应中交织，爱欲情义、离别重逢，
都置身于时空中心，声光电聚合。

走一步就换一景。天空不是水面，
大江并非玻璃，而人就像一滴水
被目光、灯光与波光轮番激活，
在流动中寻思。重庆有三面镜子：
江水、天空与朋友。

第四章　荆楚雄风

他“才饮长沙水，又食武昌鱼”，
期待着神女无恙、高峡出平湖；长江仰泳时
忆及《湘江评论》、冷水澡与农村社会调查。

物质、交换与文明，迁徙与融合。
新观念流动。车站、工厂、医院和邮局

于武汉兴起，二水温柔地分开三镇。
张之洞在此苦心经营，正如张謇振兴南通。
卢作孚穿行其间，漂流了一整条长江。

汉阳铁厂的机器翻译了过往轮船汽笛声，
洋人震惊于“化铁炉之雄杰，辗轨机之森严”。

江西蜡梅与昆曲对谈，九条江谛听。

有诗人发问①，亿万年江南古陆沉寂着
并且剥蚀，怀想海潮呢，还是另有所想？
最终，他认定长江是伟大的先行者、召集者，
火光、炊烟与生物多样性，随之而来。

曾侯乙墓编钟，音乐赋予长江
更多流动性，而波纹和水流声进入楚乐。

湖北人，无论何时都需要民歌、编钟与神女。
水患之时，大疫当前，也会默默地打量
蕙兰、杜衡与大桥，珞珈山樱花。

第五章　夜渡长江

水从远处奔过来，太息混合着惊异，
从未有过的汹涌起伏与胸齐平之感。

---

①“有诗人发问”，详见徐刚《长江传》。

不知是人、是鱼，还是从那些船只
发出的，都能听得到血液与水波
互相撞击，生命的体验胜于一切；
长江也倾听自己体内发出的各种声音。
那一晚，众人所乘的渡轮像把刀
猛然划开长江。这是一艘
整体性的船，东海大灰鲸。

堤岸近了又远，航向改变了视觉，
与陆地不同的是孤独感默不作声；
所有乘客，包括你我都打开感官
就像在花园中辨认玫瑰与月季的细微差别，
辨认波浪的史学含量：来自赤壁
还是九江；是武林高手搅过的浑水
或者是，流浪者洗濯过的清浅之流？
江岸上释放日珥般的光焰，宝塔之剑
直指深紫色雾团，星辰们俯身探询。

第六章　南京城

这个巨匠，雕刻一座城市长达两千余年。
它不是米开朗琪罗，“它的名字叫长江”。
以时间为质料，水就是雕刻刀。

一段在天然山岩上修建的城墙，
石质为赭红色，怪石凸起，其状狰狞，
这里被人称之为“鬼脸城”。

六朝金粉，灯影桨声里的秦淮河，
朱雀桥、乌衣巷与青溪互为问候。
皇家花园枝叶扶疏，木芙蓉初开。

雨花石颜色来自世界的本原，
经过水的冲刷，山石打磨而成。
血迹斑驳：从杨邦乂、方孝孺
到南京大屠杀的受害者。

浑天仪。鸡鸣山高处的测候台，
“司天者”夜夜鹄立于此，以观天象；
他还留心听长江流经的涛声。

南京，由长江雕刻而成，曹雪芹书写而成，
秦淮粉黛们弹唱而成，萧统编撰而成，
祖冲之计算而成，刘义庆世说而成，
特别是，顾恺之点睛而成。

石头城，诞生于水。
一只迷惑于浩荡江水两千多年的老虎，
天文望远镜是它眨动的眼睛。

第七章　下扬州

下扬州之后发现《广陵散》未成绝响，
鉴真和尚身披金光，瘦削，眼含水波。

瘦西湖腰带是谁遗失的？屋檐上
一只彩绘风铃叮当了千年。

水流过。长江与运河交叉着流过。
扬州不仅扬波，也是道路、堤岸与味蕾；
是虹桥修禊，画家们怪诞而狂放的笔触。

水流过。财富、音韵与方言同时流过
货轮在江面留下航迹，直到被风抚平，
并融入最后一抹绚烂的晚霞。

这是什么语言？如同河流汇合，你中有我。
个园、盂城驿与淮扬菜系，长江天际流；
这里宜清风、宜月色、宜微雨、宜老饕。

扬州，水网般的道路，繁忙的河岸。
船只如警觉的鱼鹰，眼神锐利：
“一个流动中的城市就是流动本身”。

投子寺钟声，望海庙梵音，古运盐河
岸低水阔。路上有人轻声地问起：
“扬州是画舫，还是它周边的水？”

第八章　太仓，六国码头

观光客声浪拍岸，这些新人类。红色吊塔
伸出夸父的手，握住集装箱的“耳环”。

“九桅帆船如何完成传说的航行？”
水面开阔，怀疑论者总是渴望真相。
又有谁，想起郑和当年走到船舷
微笑地注视着晕船的北方扈从，
海船列阵，从太仓出发……

在这里，江水变得宁静。庞大的船队
留下空无，如同时间疾驰而去
留下神秘的马镫。

之后是商贸，是漕运，是货物之便。浏河口
船只云集，“蛮商夷贾”都来这六国码头，
港口弥漫着龙涎香、朱砂与胡椒的气味，
一个交往频繁的时代
散发出难以形容的混合气息。

“过洋牵星术”因卫星导航而搁置，
那些船首的眼睛，却一刻也没合上。
妈祖与铜缸中的荷花争艳，天妃宫
一粒白色苔米试图去拯救
神话的沉船，于万里之外。

长江成为休假中的航行者，
一个来自格拉丹东的水手。

第九章　外滩传奇

黄浦江堤岸的拍击抵消了恐惧，
渡轮上压低的喇叭扩散乡思。
没有一朵云不经过渲染就能过江，
太阳、船体和吊塔组成“新星系”。
大上海不是没有“前世记忆”，
只是没人勇于说出祖辈的群山。
由幕墙、大理石和街灯组合的
情景，远比鸡尾酒复杂绵长。
黄浦江的安慰，是海关的时针
与江堤上出神者构成醒豁的符号；
是化工厂改建之后的残余气味，
漂移到淮海路花园，与丁香同眠。
没有一条江包含如此多事物，
“长江流日夜，世界刻刻新”。

噢，天际线！噢，记忆中的动荡！
迁移或逃逸，携手，相拥，挥泪，
没有一个人能在离开上海时，
不到外滩逡巡一次，或逗留片刻。
霓虹灯下的巴士，水影与建筑，
总是将旗袍包缝、滚边或整熨一番。
黄浦江，将大上海劈成两半，
像一把锋利的剪刀裁量东方。
在那些领航员的微妙感觉里，

置身吴淞口，等于甲虫被裹在琥珀中，
他们目睹黄浦江那些灰青色水流
长江夹杂泥沙的黄褐色浪涛，
与东海浅绿色波澜，互为激荡，
在时间的深处合拢又绽放……

原载《诗刊》2021 年 7 月号上半月刊

【**作者简介**】海男，作家，诗人，画家。毕业于鲁迅文学院·北京师范大学文艺理论研究生班。著有跨文本写作集、长篇小说集、散文集、诗歌集九十多部。有多部作品已被翻译成册，传行海内外。曾获刘丽安诗歌奖、中国新时期十大女诗人殊荣奖、中国女性文学奖、第六届鲁迅文学奖（诗歌奖）等。

Hai Nan, writer, poet, painter, graduated from Lu Xun College of Literature · Beijing Normal University in the postgraduate class of literary theory. She is the author of more than 90 collections of cross-text writing, collections of novels, collections of essays, and collections of poems. Many works have been translated into books and promoted to the world. She has won the Liu Li'an Poetry Award, the Top Ten Female Poets of China in the New Era, the Chinese Women's Literature Award, and the Sixth Lu Xun Literature Award (Poetry Award), etc.

檐下，是我的整个滇西

海　男

通过檐下，细雨会编织得更密集
像眼帘或花萼，获得了暂时的稳定和清晰
檐下，是我的整个滇西，是洱海、玉龙山
是腾冲热海、蝴蝶泉、怒江、丙中洛、奔子栏、梅里雪山

檐下的我，是替代忧伤的诗歌
替代灵魂、替代晴朗的夏季出发者
出现在檐下的是我的滇西，是高黎贡山
是云南驿、沙溪、沧源、孟定和缅甸的接壤线

檐下的丛林挡不住那些风光无限
通过檐下的纵横，我们像幽灵样周转不息
出现在檐下的是三塔、碧罗雪山、纳帕海
是喜洲、永德古茶山庄、彝人古镇、泸沽湖、瑞丽

檐下，是缠绕我们眼帘的水景华筵
通过它，我们让词语历尽了锤炼，最终像一个词一样抵达了最远的——云县

原载《诗刊》2021 年 6 月号上半月刊

【作者简介】梁尔源，中国作协会员，中国诗歌学会副会长，湖南省诗歌学会会长。在《人民文学》《诗刊》《中国作家》《星星》等刊物上发表大量诗歌。出版诗集《浣洗月亮》《镜中白马》。《镜中白马》入选“中国好诗·第五季”和中国诗歌网2019—2020年度“十佳诗集”。获中国汉语新诗百年最具实力诗人奖。

Liang Eryuan, member of the China Writers Association, vice president of the Poetry Institute of China, and president of the Hunan Poetry Institute. He published a large number of poems in publications including *People's Literature, Poetry Periodical, Chinese Writers, Stars,* etc. Liang published the collection of poems *Washing the Moon and White Horse in the Mirror. White Horse in the Mirror* was selected for the fifth season of Chinese Good Poems and won the 2019-2020 Top Ten Poem Collection Award of China Poetry.com. Liang won the Most Powerful Poet Award for Chinese New Poetry in a Century.

七十三个补丁

梁尔源

一件挂在权力金字塔尖上的睡衣
虽陈旧得发黄
但仍遗留着太阳的体味
翻开五千年春秋衣柜
这是唯一打了七十三个补丁
辗转了二十轮春梦
渗透着半床书香的睡衣
那些匆匆而过的锦衣华服

都在历史长河中暗淡失色
睡衣中裹着的平民情怀
补丁里缝上的普天大爱
无不使景仰者惊诧
扪心而潸然泪下

倒转时光的镜头
历史的蒙太奇中
老棉袄裹着西柏坡不眠的眼神
旧军装经纬出南泥湾的五线谱
草地上的褴褛
挂着雪山的千疮百孔
井冈的粗布军装总被战号吹破
硝烟编织的二十八载
朴素裁剪的真理
遮盖了奢华装点的虚伪

当曙光在东方驻足
百废待兴的版图上
中南海那件伴随灯影的睡衣
每一个补丁都缝着
岁月勒紧裤带的印记
小草衣不遮体的念想
山河食不果腹的牵挂
每一个补丁
在用力堵塞历史周期律无法抗拒的漏洞

铭刻天下黎民那些美好企盼和期许
回答着共和国赴京赶考中的那一道道难题

七十三个补丁
七十三道诫勉
七十三个补丁
七十三种慎独
七十三个补丁
七十三声警钟
长撼天下
余震绕梁
在人间这个 T 台上行走
必常揣如履薄冰之危
在乾坤大海中楫舟
切莫忘水可覆舟之鉴
绫罗绸缎拼不出圣洁的灵魂
珠光宝气从不炫耀高尚的情操
精神的富有何须收藏万贯家财

面对睡衣裹着的高洁
膨胀的私欲已无脸自容
在一块块圣洁的补丁前
对“大款”“大腕”“大牌”疯狂追逐的稚嫩
无不在悔恨中自省
那些遗存的无声教诲
让恣意挥霍的盘中餐羞愧

几千年积攒的美德
将小康装扮得朴实无华
红色基因遗存的精神衣钵
已成华夏子孙的青春选择
在世纪的狰狞绞杀面前
要呵护用二万五千里脚印
缝制的浩瀚版图
拳拳初心切不可松懈
这百年锤炼的
制胜法宝和独门利器

【注】在韶山毛泽东纪念馆陈列着毛泽东同志在世时穿了二十年、缝补了七十三个补丁的睡衣。

原载《星星·原创版》2021 年第 7 期

【作者简介】广子，当代诗人，上世纪 70 年代出生于内蒙古鄂尔多斯。出版诗集《仅仅是诗——广子十年诗选》《往事书》《蒙地诗篇》等。

Guang Zi, a contemporary poet, was born in Ordos, Nei Mongol Province in the 1970s. Guang published poetry collections *Just Poems—Anthology of Guangzi's Ten Years of Poems*, *Book of Past Events*, *Mengdi Poems* and so on.

我听见篝火说

广　子

明月高悬
在哈尔勒格哈沙
一条叫可温的山沟里
篝火是一种语言
但它什么也没说
我已烧成了一堆灰烬

原载《诗刊》2021 年 4 月号下半月刊

【作者简介】金铃子，中国作协会员，诗人，书画家。中国国家画院曾来德工作室访问学者。80年代末期开始发表诗歌，著有诗画集七部。曾参加《诗刊》社第24届青春诗会，获得徐志摩诗歌奖、《诗刊》年度青年诗人奖。

Jin Lingzi, member of the China Writers Association, is a poet, calligrapher and painter. Jin is a visiting scholar to German of The National Academy of Painting of China. Jin began to publish poems in the late 1980s and authored seven collections of poems and paintings. Jin participated in 24th Youth Poetry Conference, won the Xu Zhimo Poetry Award, and the Annual Young Poet Award of *Poetry Periodical*.

用不完的孤独

金铃子

去新立，给外婆烧香的时候
母亲指着远远的一片竹林说
“鸟叫的地方就是我的故乡”

我仔细看了看，一片死寂
只有萧索的竹林
只有潮涌的蔷薇，它们使劲开
仿佛一个人用不完的孤独
用不完的鸟叫和故乡

原载《诗刊》2021年4月号上半月刊

【作者简介】熊曼，1986 年生，现居武汉。曾参加《诗刊》社第 34 届青春诗会，获第五届扬子江年度青年诗人奖、第四届中国青年诗人奖。出版有诗集《少女和理发师》。

Xiong Man, born in 1986, currently lives in Wuhan. She participated in the 34th Youth Poetry Conference of *Poetry Periodical* and won the Young Poet Award of the Fifth Yangtze River Award and the Fourth Chinese Young Poet Award. Xiong published the collection of poems *The Girl and the Barber.*

动人的女性

熊　曼

纪录片中，96 岁的叶嘉莹
眼神清澈，简朴度日
从民国走出的少女
一朝推开诗词大门
从此心无旁骛
沉迷于古老的平仄，韵律
为一花一叶凝眸
为一词一句作解
所到之处，将诗词的种子
一点点撒在路边
等待春风吹又生

想起曹公笔下的香菱
命运如明珠蒙尘
被数次倒卖，与人做妾
于泥沼中仍记得时时抬头
凝望天际月亮
寒夜里就着词语的火光
取暖，如痴如醉
尽管是“掬水月在手”
但亦得到过片刻慰藉
并将这慰藉传递给后来者
她们都是动人的女性

原载《诗刊》2021 年 4 月号上半月刊

【作者简介】姜巫，1997年生，甘肃临夏人，毕业于武汉大学。作品发表于《诗刊》《扬子江》《诗林》《诗歌世界》等刊物。曾获樱花诗歌奖，参加十月诗会等。现供职于长江文艺出版社。

Jiang Wu, born in 1997 in Linxia, Gansu Province, graduated from Wuhan University. His works were published in *Poetry Periodical, Yangtze River, Shi Lin, Poetry World* and other publications. Jiang won the Sakura Poetry Award, participated in the October Poetry Festival. He now works for Changjiang Literature and Art Publishing House.

在分界洲岛

姜　巫

海边风挺大的，我们乘坐轮渡过去，
波涛是浅蓝色的玻璃，而山脉呀呷，
你坐在窗边的烂柯处，看海豚甩尾，
幸运被抛向人间，不断打捞回来的
山顶的海捞瓷，虚室而充满椰汁，
朝我们观看，——所以空气的明亮
是谁的明亮？抒情的歌喉，为何要低语？
未来是存在的吗？时间呼啸着
摩托车一样过去，而你脚下的地板
是在老化、腐朽，还是像莲花一般
在虚无中生成……在波澜的风景中，

你所经历的人事，仍不知疲倦地拍击着，
一只眼睛出现在棕榈边，而岛屿历历，
海水漫至脚跟，填补我们
从未留在海滩上的足迹。

原载《诗刊》2021 年 4 月号下半月刊

【作者简介】董玮，男，1973 年生于山东省德州市。中国作家协会会员。曾在《诗刊》《诗选刊》《青年文学》《诗歌月刊》等报刊发表作品，并有诗作入选《中国年度诗歌》《中国诗歌精选》等选集。著有诗集《试着赞美》《向上的生命》。

Dong Wei, male, was born in Dezhou, Shandong Province in 1973, is a member of China Writers Association. He has published works in newspapers and magazines including *Poetry Periodical, Selected Poetry Magazine, Youth Literature, Poetry Monthly,* and his poems has been selected in *Chinese Poetry of the Year, Selected Chinese Poetry* and other anthologies. Dong is author of the collection of poems *Try to Praise* and *Upward Life*.

一两个灯盏

董　玮

哄我睡下，娘才蹑手蹑脚去外间屋
编织苇席。一间屋子
两盏煤油灯的亮度足够

其实，一盏
也行；再昏暗一些，也行。手底下的活
熟稔了，可以不用光

于是，有一盏灯被娘巧妙运用：
娘把它放置在

一转脸就能看见我的地方

我蜷缩在被窝里，也隐约看见
另一盏灯发出的光
把娘的身影，放大到对面的墙壁上

原载《诗刊》2021 年 4 月号下半月刊

【**作者简介**】林莉，中国作协会员，江西省作协副主席。诗文见《人民文学》《诗刊》《花城》《星星》《天涯》等报刊。出版诗集多部。曾参加《诗刊》社第24届青春诗会。获华文青年诗人奖、扬子江诗学奖、红高粱诗歌奖、江西省年度诗人奖等。

Lin Li is a member of the China Writers Association and the vice chairman of the Jiangxi Writers Association. Li's poems has been published in newspapers and magazines such as *People's Literature, Poetry Periodical, Flower City, Star, Tian Ya* and so on. Lin has published many poetry collections and participated in the 24th Youth Poetry Conference of Poetry Publishing House. Lin won the Chinese Young Poet Award, the Poetry Award of Yangtze River, the Red Sorghum Poetry Award, and the Poet of the Year Award of Jiangxi Provincial, etc.

在安乐寺听鸟鸣

林　莉

而恰恰是对人世的一无所知
让它的口吻，含着一枚青梅
在各个年代
散发出一种不知所措的气味

而恰恰是暮色加深
让它的啁啾
怎么都像一声清凉的叹息

那叫声……
在万物和孤寂之心间显形

而恰恰是啼叫声过于古老、清晰
才让一座古寺显得那么年轻、虚幻

一个穿越而来的异乡人提着紫色行李箱
孤零零站在榕树下，侧耳倾听

原载《诗刊》2021 年 5 月号上半月刊

【作者简介】韩文戈，男，1964年生，冀东山地人，现居河北石家庄。1982年开始诗歌写作并发表第一首诗，先后出版诗集《吉祥的村庄》《渐渐远去的夏天》《晴空下》《万物生》《岩村史诗》《虚古镇》《开花的地方》等，荣获多种诗歌奖，习诗至今。

Han Wenge, male, born in 1964, a native of mountainous areas in Eastern Hebei, currently lives in Shijiazhuang, Hebei Province. In 1982, he began to write poetry and published his first poem. He successively published the collection of poems *Auspicious Village, Falling Summer, Under the Clear Sky, Life of All Things, Epic of Rock Village, Xugu Town, Blooming Place,* etc., and won a variety of poetry awards. He continues poems creation till now.

老光芒

韩文戈

去过一些名人的家
越老，他们的家居就越简单
岁数最大的那位
成就也最大
依然住在老房子
整洁的家，阳光照着临窗的植物
室内装修简易而陈旧
摆着老写字台、老沙发、老电视
墙上，巨幅黑白合影

留住了曾经的激情时代
一盏老式落地台灯靠着老书架
老伴陪伴他一生
这些老物件共居一室
彼此辉映，时间的老光芒

原载《诗刊》2021 年 5 月号上半月刊

【作者简介】李松山，河南人，小学毕业。放羊。干农活。有诗歌发表在《诗刊》《星星》《江南诗》等文学报刊。曾参加《诗刊》社第 36 届青春诗会。获《诗刊》社 2019 年陈子昂年度青年诗人奖，获《诗收获》年度青年诗人奖。

Li Songshan, born in Henan Province, is graduated from elementary school. Herding sheep and farming work is his inspiration. Some of his poems were published in *Poetry Periodical, Stars and Jiangnan Poetry.* Li participated in the 36th Youth Poetry Conference, won the 2019 Chen Ziang Young Poet Award of the Poetry Publishing House, and won the Young Poet Award of the Year of *Poetry Harvest*.

冬

李松山

枯黄的草上露珠闪着灰灯光。
米沃什在站台旁凝视，
铁轨从上个世纪穿过来，
经过他和他身后的城市、旷野、隧道。
时间是件冷兵器。
失眠是一次异国的逃亡
动词和名词在书页里铺展
今天。明天。一个世纪……
我关闭链接。湖面上，
两只野鸭子扑通潜入水底。
水纹散开。像什么也没有发生过。

原载《诗刊》2021 年 5 月号上半月刊

【作者简介】里拉，本名金雪松，生于 1985 年，满族，现居江苏江阴。中国民主促进会会员，江苏省作家协会第十期签约作家，作品见于《诗刊》《朔方》《山东文学》《芒种》《青年作家》等文学杂志。

Li La, whose real name is Jin Xuesong, was born in 1985, He is Manchu nationality, and now lives in Jiangyin, Jiangsu Province. Li is a member of the China Association for Promoting Democracy, and the tenth contract writer of the Jiangsu Writers Association. His works have been published in literary magazines including *Poetry Periodical, Shuo Fang, Shandong Literature, Mang Zhong, Young Writer* and so on.

庭 院

里 拉

庭院中有松叶的涛声，
很久前就磨出样子的月亮雕像。
芸豆棚和墙角的曲麻菜
构成了它熟悉的秉性。

雨水在石槽里，安静入眠，
没有人听得出它呼吸里
记忆的味道。这是这座庭院
在时光流逝中唯一不动之物。

风从破马圈里，吹出一段音乐

像马的嘶鸣，

小石子滚动在月光下——

它们仍在这庭院里生活

以他们以前习惯的方式。

原载《诗刊》2021 年 6 月号下半月刊

【作者简介】鱼小玄，诗人、作家。1989年出生于江西赣州。作品见于《人民文学》《诗刊》《诗探索》《创世纪》《儿童文学》《少年文艺》等多种刊物，入选多种文学选本。在多家报刊设有散文专栏。获北京大学未名诗歌奖、中国红高粱诗歌奖等文学奖项。

Yu Xiaoxuan, poet and writer, is born in Ganzhou, Jiangxi Province in 1989. Her works has been published in various publications such as *People's Literature, Poetry Periodical, Poetry Exploration, Genesis, Children's Literature and Juvenile Literature* and so on. Yu set up prose columns in many newspapers and periodicals, and her works has been selected into a variety of literary anthologies. She won the Weiming Poetry Award of Peking University, China Red Sorghum Poetry Award and other literary awards.

白茫茫的李子花

鱼小玄

他吻了吻她的额头，在南风拂来的时候。
南风拂来的时候，他们又一次相爱一如往昔。
这件事吓住了一只拉开帘子的小小春莺。

只见他使劲吻着这一朵柔软的云。她心中茫茫
然而只知道这就是爱情。爱情也似一朵云
三月底开到四月中旬的李子花，
也误入了不愿再出的爱情。

所以是爱情，李子花洁白如云。
所以是爱情，李子花吻着春天入了迷。
所以是爱情，李子花有了心事要告诉春莺。

一树树李子花缀成的花布帘子，那么辽阔无垠
那么辽阔无垠，所以在春深时分，这帘子终于
彻底覆满了这南国的山河万顷。

小小春莺忍不住又一次啄开了帘子，
只见她变成了一朵带雨的云，只见她望着他
什么话也不说一句，刹那间吻他吻他吻他
这一场雷声隆隆无穷无尽的瓢泼春雨。

原载《诗刊》2021年6月号下半月刊

【作者简介】赵琳，1995 年生于甘肃陇南。甘肃“诗歌八骏”之一。鲁迅文学院青年作家班学员。有作品在《诗刊》《中国作家》《星星》等刊物发表。参加《星星》诗刊第 11 届大学生诗歌夏令营。

Zhao Lin was born in 1995 in Longnan, Gansu Province. Titled as one of the Eight Talents of Poetry in Gansu. Student of the Young Writers Class of Lu Xun College of Literature. Some of his works have been published in journals including *Poetry Periodical, Chinese Writers, Stars* and so on. Zhao participated in the 11th College Poetry Summer Camp hosted by *Star*.

夜过海西

赵　琳

海西大巴上，窗外秃鹰沉睡
篝火像要点燃
更广阔的天空，雪峰迷离的光
照耀大地

天空阴冷多雨
转经人在盲道踩出干净的雪印

随后是棕熊、狼、狐狸……
暮色蓝夜遍布高原

我和卓玛聊天，她给我撕下一块牛肉

月亮就升起来了

青稞入睡，霜雪微醉

薄薄草原，我愿为卑微小雨心怀慈悲

原载《诗刊》2021年6月号下半月刊

【**作者简介**】侯存丰，1987 年生，安徽临泉人，现居四川广元。作品散见于《诗刊》《诗探索》《诗林》《诗歌月刊》等杂志。曾获第七届诗探索 • 中国红高粱诗歌奖，入围第十五届华文青年诗人奖、第二届春泥诗歌奖、首届安徽诗歌奖等奖项评选。

Hou Cunfeng was born in 1987 in Linquan, Anhui Province, and currently lives in Guangyuan, Sichuan Province. His works are published in magazines such as *Poetry Periodical, Poetry Exploration, Shi Lin, Poetry Monthly* and so on. He has won the 7th Poetry Exploration · China Red Sorghum Poetry Award, shortlisted for the 15th Chinese Young Poet Award, the second Chunni Poetry Award, and the first Anhui Poetry Award, etc.

妈　妈

侯存丰

我该怎样理解妈妈的疼爱。
养我的时候，家里头穷，
每每屋顶上难冒炊烟，
妈妈只有回姥家，负麦提油。

我已记不起姥家亲人的模样，
想是去了只顾找吃的，
现今他们已辞世多年，再也不会
有人记得，那曾经笼罩我们的饥饿。

妈妈会说给我听，
一个人在外面要记得吃好穿好。
她似乎忘记了我已结婚生子，
她似乎忘记了现在是承平年代，
已不愁吃穿。
她还沉浸在以往的日子里，
她还沉浸在自己年轻的时候，
孩子们围在身边要吃的，她艰难而知足的生活。

原载《诗刊》2021 年 6 月号下半月刊

【作者简介】丁薇，“90 后”。江西金溪人，有组诗发表于《诗刊》《人民文学》《作品》《诗潮》《绿风》《诗潮》《诗歌月刊》《诗选刊》《延河》等多种刊物，入选《崛起的 90 后诗人》等多种选本。

Ding Wei, born in the 1990s. A native of Jinxi, Jiangxi Province, Her poems were published in various publications including *Poetry Periodical, People's Literature, Works, Poetry Trend, Green Wind, Poetry Monthly, Selected Poetry Magazine, Yan He,* etc. Her works has been selected in many anthologies such as *The Rising Poets of the Post-1990s*.

旧事记

丁　薇

杂草疯长，房子
——变成一块块废砖
一些微小的生物爬行在上面
代替我们继续忙碌
路过小巷时，穿黄色衣服的老人
——我还记得，她坐在废墟的一旁
靠着墙壁跷着腿打盹儿
跟以往一样，瞌睡醒了就看看天空
当我也抬起头，天空灰白且阴郁
一只鸟飞过却没有留下划痕
她是深秋最后一根枯草
将熬过最冷的冬天

原载《诗刊》2021 年 6 月号下半月刊

【作者简介】马贵，1991 年生于甘肃定西。诗歌见于《诗刊》《草堂》《江南诗》《飞地》等刊物，曾获未名诗歌奖（2017）、樱花诗歌奖（2017）、光华诗歌奖（2014）等。现在中国人民大学攻读文学博士学位，研究方向为新诗史、20 世纪中国文学与思想。

Ma Gui was born in Dingxi in 1991. Poems published in *Poetry Periodical*, *Cao Tang*, *Jiangnan Poetry*, *Fei Di* and other publications, and have won the Weiming Poetry Award (2017), Sakura Poetry Award (2017), Guanghua Poetry Award (2014), etc. He is now studying for a PhD degree in literature at Renmin University of China. His research direction is the history of new poetry, and Chinese literature and thought in the 20th century.

新月在流动

马 贵

原野上，新月在流动。
茶树，绿蛾，田埂
两侧，是比赛长高的燕麦。

傍晚，孩子们吃
椰枣还有蓬松的云朵。
原野上，新月在流动。

新月在流动，原野上
洁白的圆点像水母般汇聚。

星星放哨，风是信使。

时间如树影，沙沙生长。
为何要不知疲乏地传播
春天之门向人们开放的讯息？

那讯息来自星火，
来自对神的激情，
来自饥饿中扩大的天穹。

当大地披上浩渺的波浪
夜的唇，吐露芭兰花的香气
新月，流动在原野上

原载《诗刊》2021 年 6 月号下半月刊

【**作者简介**】胡益，男，四川达州人。现居重庆。中国诗歌学会会员。作品散见于《中国青年报》《诗刊》《星星》《绿风》等报刊及《当代青年新诗一千家》《新诗百年诗歌精选》《中国民间短诗选》等选本，著有诗集《横断山》。

Hu Yi, male, born in Dazhou, Sichuan Province, is now living in Chongqing. Member of The Poetry Institute of China. The works are published in newspapers and magazines such as *China Youth Daily*, *Poetry Periodical*, *Star*, *Green Wind* and anthologies including *A Thousand Contemporary Youth Poems*, *Central Poetry Selections of New Poems*, *Selected Chinese Folk Short Poems* and so on., Hu is the author of the collection of poems *Hengduan Mountain*.

在月光下劈柴

胡　益

你再一次想起
川东北深山伐倒的松木，想起明月江
运来的青冈和柏树。月光下
你磨利斧头，劈一根粗大的圆木

也搂住马脖子
想起一个人。一个关心喂马劈柴的人
火塘边，看她点燃松枝与柏丫
看她鼓着腮帮吹火

手拂柴烟，回头歉然一笑的样子

这世上，令人沉醉的就是想起她
弯腰吹火的样子。还有月光
静静地照着场院，和一堆
高过谷仓、高过马厩、香气扑鼻的木柴

原载《诗刊》2021 年 6 月号下半月刊

主持人：

曾攀，文学批评家，《南方文坛》副主编。

Zeng Pan, literary critic, deputy editor-in-chief of *Southern Culture Forum*.

评论

推荐语

文学评论作为一种文体，有其独特的价值，品读文学评论是获取文学讯息的有效途径。优秀的文学评论应当基于作家、作品和理论，具备自己的鲜明观点，传达丰富的内容，并呼应时代对文学提出的问题。本辑推荐两篇名家的文学评论作品，相信这些作品可以为阅读者提供一定的启示或思路延展的基点。

古耜的《红色散文与史同行》，囊括了1921年至今红色散文所镌刻的中国革命的百年壮阔历程，作品往往出自知识分子、职业革命家之手，他们向往光明、追求进步，他们挥斥方遒，壮怀激烈，在革命实践与历史变革中，彰显出思想的光芒与理性的力量、人物形象立体而鲜明、饱满的精神升华与情感绽放等重要特征。文章以宏阔的视野、独到的眼光，对百年红色文学经典进行了一次历史性巡礼，思维辩证、敏锐大气，兼具革命的历史性与文学的艺术性双重蕴藉。今年正值中国共产党成立百年之际，古耜以文学和历史的宏大视野，对红色散文的时代足迹进行一番回顾与盘点，可谓恰逢其时，显示了文学评论的重要时代价值。

"新南方写作"是近年来广受关注和探讨的文学概念与现象，对其进行剖析、解读，不失为揭示现代话语文学发展规律、引领文学创作方向的一个可行的着手点。杨庆祥的《新南方写作：主体、版图与汉语书写的主权》，简要地爬梳了“新南方写作”历史形态、当前样貌，点评了其中的重要作家和作品，指出“新南方”是具有不确定和异质性的文学 / 文化地理概念，与其他地域形成互文性的张力。文章对大量具体作品进行了细致而精到的解读。指出了新南方的地理性、海洋性、临界性、经典性特征，并将其置于更广阔的时间、空间背景里，于世界文学谱系中对现代汉语写作的主体和主权问题进行辨析，在民族性 / 世界性、政治性 / 文学性、地方性 / 普遍性等逻辑里进行充分周旋甚至“搏击”。新南方写作接通当前的粤港澳大湾区、海南国际贸易港、中国 – 东盟合作等国家战略，重新融通并提供多元化的镜像，引触新的整合及创造，在充满未来可能的衍生中，不断激发“南方”的新变、新义与新生。

两篇评论都聚焦于我国文学发展中的重要命题，切中文学与时代脉搏的深层呼应，对于文学现象和问题给出了自己鲜明有力的回答，无疑皆是近期文学评论的优秀代表之作。无论是作家、批评家等专业群体，还是普通读者，从这样的评论中都能汲取丰富的营养，了解文学和时代的流向，这样的批评作品值得细细品读。

【作者简介】古耜，作家、学者、文学评论家。曾主持《地火》《海燕》文学杂志，业余从事文学研究和评论，先后在国内230余种报刊发表大量有关中国古典文学、现当代文学的理论评论文章以及散文和学术随笔，出版个人著作《荧灯下的心迹》《分享生活的诗意》《鲁迅和他的周边》《散文的神髓》等多部，主编各类书系、文丛30余种、近百册。曾获中国文联、中国作协以及辽宁省政府多种奖励，现为中国作协散文委员会委员、辽宁省作协顾问。

Gu Si, writer, scholar, and literary critic. He once presided the literary magazines *Di Huo* and *Hai Yan*, and engaged in literary research and criticism in his spare time. Gu successively published a large number of theoretical review articles, prose and academic essays on Chinese classical, modern and contemporary literature in more than 230 domestic newspapers and periodicals, and his own work such as *Mind under the Light, Sharing the Poetry of Life, Lu Xun and His Surroundings, The Essence of Prose,* etc. He has been published, otherwise Gu edited more than 30 kinds of essays, and nearly 100 volumes of book series. He has won various awards from the China Federation of Literary and Art Circles, the China Writers Association and the Liaoning Provincial Government. He is now a member of the Prose Committee of the China Writers Association and a consultant of the Liaoning Provincial Writers Association.

红色散文与史同行

——写在《千秋伟业 百年风华》散文系列出版之前

古　耜

中国共产党自诞生一百年以来，为了实现中华民族伟大复兴，团结带领中国人民，创造了新民主主义革命、社会主义革命和建设、改革开放和社会主义现代化建设、新时代中国特色社会主义的伟大成就。这四个伟大成就不仅从根本上改变了古老中国的面貌、境遇和命运，以及她的世界影响和国际地位，而且还真正唤醒和振奋了国人的精神、意志和诉求。向往光明、追求进步的人民群众、知识分子，包括许多职业革命家，在投身壮阔的时代洪流和火热的社会实践的同时，满怀激情，敞开心扉，捧出了一系列传播先进思想、呼唤社会变革、展示历史图景、表达人民心声的散文作品。这些作品凭借崭新的精神内涵和独特的审美风范，以及巨大的影响力和感召力，构成了百年中国历史上一道常读常新、青春永驻的文学风景线——红色散文。

作为中国共产党在砥砺前行中催生的精神火花，红色散文自有强大而稳定的意旨基因和价值取向，但就其审美表达的物象与方式而言，却分明是一个丰富多彩的艺术世界。在这个世界里，既有老一辈无产阶级革命家的高瞻远瞩、抒情言志，又有一代代革命事业后来人的嘉言懿行、高风亮节；既有峥嵘岁月里无数英烈先贤的壮怀激烈、出生入死，又有硝烟散尽后广大劳动者的艰苦创业、无私奉献；既有风展红旗的高歌猛进，又有山重水复的曲折回旋；既有踏访革命圣地的绵绵思绪，又有沉吟红色经典的涌动情潮……所有这些万象辐辏、溢彩流光，在历史天幕上交汇成红色散文缤纷生动的艺术景观，同时也很自然地呈现出属于它的突出个性与鲜明特点。

在文学诸样式中，散文具有显见的“我思故我在”的特征，这决定了优秀的散文篇章，理应承载带有真理品格、能够昭示历史进步和人类解放的观念形态，以此启迪和引领人民群众自觉投身于伟大的时代变革和社会实践。红色散文正可作如是观——“十月革命一声炮响，给中国送来了马克思列宁主义”。正是这关于全世界无产阶级和全人类彻底解放的伟大学说，特别是它在中国化进程中所产生的毛泽东思想、中国特色社会主义理论体系，为红色散文注入了真理的血脉和文化的滋养，使其在整体上站到了历史的高处和时代的前沿，显示出思想的光彩和理性的力量。

不妨重读李大钊的《新纪元》。这篇发表于“五四”运动之前的作品，热情呼唤全世界劳工阶级的崛起，以及由此产生的人类新纪元、新文明，从而为中国共产党的应运而生做了舆论铺垫。梅岱的《明斯克钩沉》记述作家的白俄罗斯之行，其跨越时空的见闻与思考，精辟解析着当今世界的发展变化和国际共产主义运动所遇到的严峻挑战，同时又满怀信心地表达了中国共产党人不忘初心、牢记使命，开启社会主义新时代和新长征的豪迈情怀，其主旨贻人警示更催人奋进。新时期以来，多位作家学者不约而同地写下了拜谒或重读马克思的文章，其中聂锦芳的《在〈资本论〉产生的地方》等，均以新颖的识见丰富和深化着人们对真理的认知。刘亚洲的《精神——纪念抗日战争胜利 70 周年》、华罗庚的《写给向科学堡垒进攻的青年们》、王巨才的《回望延安》等，都承载了足够的思想光泽和精神重量，它们从不同的角度和在不同的意义上，给人以启迪乃至震撼。

文学是人学，文学作品必须写人，小说是这样，散文亦复如此。不过同样是写人，小说和散文仍有区别：小说重在塑造客体的人物形象，而散文则更多披露作家的内心世界——散文有时也写客体的人物形象，但这些客体人物仍然浸透了作家直接的目光打量与情感评价，是作家心灵的延伸。唯其如此，我们才常把散文看作一个人的心灵史。而在这一维度上，红色散文同样多有佳篇。《可爱的中国》和《清贫》是方志敏在囚室里写成的红色经典，作品对恶魔戕害祖国母亲的猛烈抨击，对未来中国美好前景的殷切呼唤，对生命追求与个人操守的坦荡告白，把共产党人的肝肠与初心表现得酣畅淋漓。邹韬奋在生命最后时刻提出加入中国共产党的要求，这使得一篇短短的《遗嘱》，尽显信仰的崇高与信仰追求的美丽。刘白羽的《长江三日》记述作家乘江轮顺流而下的经历，那笔端呈现的或激流勇进，或从容安详的情景，是三峡的性格，更是作家革命理想主义精神与激情的外化。李健吾的《我有了祖国》透过“我”在外国和旧中国的遭遇，表达了新中国成立带给自己的幸福和自豪。而一部《雷锋日记》则直接敞开了人民好战士的内心世界，使我们懂得了什么叫作“平凡而伟大”。

必须看到的是，红色散文所高扬的精神旗帜，从来不是一种预设的、外在的存在，而是作家源于内心的真诚表达。许多红色散文家，首先是共产主义的信仰者和践行者，是无怨无悔的革命者，对于他们来说，驱笔为文不是寄托才情，更不是博取名利，而是基于理想、使命和责任的以笔为旗，直抒胸臆，是在斗争或工作中的精神升华与情感绽放，正所谓“血管里流出的总是血”。这样生成的散文之花，自然别有神采和魅力。

散文可以有必要的合理的艺术虚构，但绝不能仰仗和放纵虚构。尤其是当散文作为相对完整的历史侧面或时代画卷加以呈现时，其形象的真实感和本质的可信性，仍然是不可或缺的重要艺术品质。在这方面，红色散文又一次显示了自身的不同凡响。一大批作家以历史唯物主义为指引，以严格的现实主义精神和非虚构手法为武器，充分调动个人介入历史与现实的独特资源和优势，留下了一系列具有历史现场感和艺术真实性的作品。

陆定一回忆红军翻越瑶山的《老山界》、魏巍速写抗日战场的《黄土岭战斗日记》、丘东平报告新四军挺进敌后的《向敌人的腹背进军》、菡子描写志愿军战士的《激渡》，还有杨得志的《强渡大渡河》、杜鹏程的《夜走灵官峡》等。在这类作品中，作家就是作品中的人物，他们得之于历史现场的深切记忆和丰富体验，使得笔下文字既有年代特征，又有生动细节，很容易形成代入感和诚信力。方纪的《挥手之间》、刘白羽的《沸腾了的北平城》、李水清的《五星红旗在天安门前升起》、朱增泉的《飞天记》等，记录了红色历史的大场面或大事件。作家作为当时的在场者和见证者，精心调整视线、焦距和节奏，努力再现各自锁定的宏观场景与整体过程，同时敏锐捕捉现场独特的画面、细节和气氛，从而将现场传真般的艺术长镜头，储存到时代的天幕上。周立波的《韶山的节日》、魏钢焰的《忆铁人》、梁衡的《方志敏最后的七个月》、丁晓平的《老渔阳里 2 号的百年时光》，以及沈俊峰写邓稼先的《假如可以再生，我仍选择中国》等，虽然都是隔着时空为伟人和英烈写照，但由于作家做了反复的现场采访和细致的资料爬梳，同时又注入了对历史和人民负责的写作态度，所以同样具有很强的真实感和可信性。由此可见，优秀的红色散文可以视为文学版的党史，它同样具有信史一般的认识价值和恒久生命。

生成于红色实践的红色散文，从不讳言自身拥有助力民族解放、促进社会发展、推动历史进步的使命感和功用性，不过，这丝毫不意味着红色散文一向只注重内容厚重而不讲究审美营造。事实上，在红色散文的艺术长廊里，构思精妙、质文俱佳的篇章并不少见。茅盾的《白杨礼赞》用极具现代色彩的艺术手法，把寓于景物之中的延安生活和中国共产党人，表现得雄奇壮观、万千气象。秦牧的《社稷坛抒情》《长街灯语》将写景、抒情、思考以及知识传播熔于一炉，让几个方面互为条件，相辅相成，构成浓郁立体的审美磁场，拥有强大的感染力。魏巍的《谁是最可爱的人》用“我”的深情推动和浇灌叙事，使笔下的英雄愈发勇敢质朴，可敬可爱。刘上洋的《万里长江第一湾》，由长江水流的从容拐弯谈到中华文明的兼容并蓄，扬弃发展，再谈到中国革命的迂回曲折，改革前行，于是“弯”有了哲学意义，整篇作品也有了移步换形、曲径通幽之美。杨朔的名篇《茶花赋》讲构思，讲意境，讲文采，把散文当诗一样写，曾影响了一代人的文风。后来虽受到不少异议，然而拉开时间距离再看时，其艺术上的某些特质迄今仍在散文的河流里或隐或显地赓续着、发散着，这仿佛提示人们，对于红色散文的艺术成就不容小觑，更不能低估。

原载中国言实出版社《千秋伟业 百年风华》2021 年 8 月第 1 版

【作者简介】杨庆祥，男，1980 年生。2009 年获中国人民大学文学博士学位。现供职于中国人民大学文学院，兼任中国现代文学馆首批客座研究员、特邀研究员。主要从事中国当代文学与文化研究。出版有《分裂的想象》等著作多部，获“唐弢青年文学研究奖”“中国年度青年批评家奖”等多种奖项。同时从事诗歌写作，出版诗集《虚语》等，获“人民文学年度诗歌新锐奖”等奖项。

Yang Qingxiang, male, was born in 1980. In 2009, he received the PhD in Literature from Renmin University of China. Yang currently working in the School of Liberal Arts, Renmin University of China, and concurrently serving as the first batch of guest researchers and specially invited researchers at the Museum of Modern Chinese Literature. He mainly engaged in Chinese contemporary literature and cultural research, who has published many books such as *Imagination of Split* and has won various awards including Tang Tao Youth Literature Research Award and China Young Critics Award of the Year. At the same time, he was engaged in poetry writing, published collection of poems including *Empty Words*, etc., and won the Annual Poetry Emerging Award of People's Literature and other rewards.

新南方写作：主体、版图与汉语书写的主权

杨庆祥

一

大约是在 2018 年前后，我开始思考“新南方写作”这个概念。触发我思考的第一个机缘是当时我阅读到了一些海外作家的作品，主要是黄锦树。这一类作品以前都归置于“华文文学”这个范畴里面来进行认识，研究者往

往会夸大其与大陆本土汉语写作的区别而将其孤悬于大陆汉语写作的范畴之外。普通的读者，一方面往往很难阅读到这些作品，另外一方面，即使偶有阅读，也会局限于其"风景化"的假面。我对黄锦树的阅读经验颠覆了这些先入之见，我在黄锦树的作品中读到的不仅仅是一个所谓的后现代主义写作者，用语言的碎片来拼接离散的经验，并以此解构元叙述——这往往是黄锦树的研究者们最感兴趣之处。在我看来，在黄锦树这里，元叙述一开始就是被悬置的，或者说，大陆文学语境中的元叙述在某种意义上不过是一种单一性叙述所导致的迷思，在新文学诞生之初，这一元叙述就根本不存在，这也是黄锦树重写鲁迅、郁达夫这些现代文学奠基者的目的之所在，他的《伤逝》和《死在南方》表面上看有后现代的游戏之风，但是在内在的质地里，却是在回应严肃而深刻的现代命题，那就是现代汉语与现代个人的共生同构性。在这一点上，黄锦树无限逼近了鲁迅，也无限逼近了现代文学文化的核心密码。也是由此出发，我断定黄锦树这类的写作，是中国现代文学光谱中重要的一脉，它不应该孤悬于中国现代文学史（汉语史）之外，其实在某种意义上也不需要用"华文文学"这一概念对之进行界定，他本身就内在于中国现代汉语写作之中——也许黄锦树并不同意我的观点——但这没有关系。历史将会证明我的判断，以鲁迅为代表的现代汉语写作在历史的流变中有其各自机缘并形成了各自的表述，这些表述不会指向一元论，而是指向多元论，不是指向整体论，而是指向互文论。因此大可不必为现实的政治视角所限制，而刻意去建构一种文学谱系——他就在我们之中。这么说，并非是为了泯除黄锦树们的异质性，恰好相反，我一直强调黄锦树这种写作的异质性，尤其是在汉语写作的当下，这种异质性更是难能可贵，如果是在 1980 年代先锋探索的语境中，黄的这种写作并没有那么突出，倒是放在 2000 年以后的汉语写作的版图中，他的独特性显得更加重要。我在这里并不想过多讨论黄锦树的个人写作问题，而是觉得他构成了一个提示，即在现代汉语写作的内部，存在着多元的可能性和多样的版图，而这种可能性和版图，需要进行重新命名。

二

第二个引发我思考的机缘是作家苏童和葛亮的一个对话，这篇对话题名为《文学中的南方》，从行文语气来看，应该是一次活动的现场发言，经修改作为附录收录于葛亮的短篇小说集《浣熊》[①]。该短篇小说集出版于2013年，因此可以推断该对话应该是在 2013 年前。虽然我很早就收到了这部短篇集，但迟至 2018 年左右才关注并认真阅读这篇对话，引起我主要兴趣的，就是关于“南方”的讨论。

在这篇对话中，苏童指出“南方”是一个相对于“北方”的不确定性概念：“一般来说北方它几乎是一个政权或者是权力的某种隐喻，而相对来说南方意味着明天，意味着野生，意味着丛莽，意味着百姓。”[②]苏童是从隐喻的角度来谈论南北，因此他觉得南北并不能从地理学的角度上去进行严格的区分，比如惯常的以黄河、长江或者淮河为界，而更是一种长期形成的文化指涉。在苏童看来，“北方是什么，南方是什么，没有一个人能够说得清楚，但是它确实代表着某种力量，某种对峙”[③]。葛亮对此进行了回应，同样使用了比喻性的表达，“不妨做一个比喻，如果由我来界定的话，大概会觉得北方是一种土的文化，而南方是一种水的文化，岭南因为受到海洋性文化取向的影响，表现出来的是一种更为包容和多元的结构方式，也因为地理上可能来说是相对偏远的，它也会游离儒家文化的统摄，表现出来一种所谓的非主流和非规范性的文化内涵”[④]。

总体来说，这篇对话极有创见地勾勒出来了一条历史和文化的脉络，在这条脉络上，南方因为在北方的参照性中产生了其价值和意义。这正是我关心的一个悖论，如果南方代表了某种包容和多元的结构，那么，它就不应该

① 葛亮：《浣熊》，南京大学出版社，2013。
② 苏童、葛亮：《文学中的南方》，载《浣熊》，南京大学出版社，2013。
③④同上。

是作为北方的对照物而存在并产生意义，南方不应该是北方的进化论或者离散论意义上的存在，进化论虚构了一个时间上的起点，而离散论虚构了一个空间上的中心，在这样的认识框架里，南方当然只可能是作为北方（文化或者权力）的一个依附性的结构。苏童和葛亮将这种依附性用一个很漂亮的修辞来予以解释“北望”——南方遥望北方，希望得到认可——在这样的历史和文化结构里，南方的主体在哪里？它为什么需要被确认？具体到文学写作的层面，它是要依附于某种主义或者风格吗？如果南方主动拒绝这种依附性，那就需要一个新的南方的主体。

新的南方的主体建立在地理的区隔和分层之中。这并非是一种以某个中心——正如大多数时候我们所潜意识认为的——为原点向外的扩散，而是一种建立在本土性基础上的文化自觉。在这个意义上，我以为新南方应该指那些在地缘上更具有不确定和异质性的地理区域，他们与北方或者其他区域之间存在着某种张力的关系——而不仅仅是“对峙”。在这个意义上，我将传统意义上的江南，也就是行政区划中的江浙沪一带不放入新南方这一范畴，因为高度的资本化和快速的城市化，“江南”这一美学范畴正在逐渐被内卷入资本和权力的一元论叙事，当然，这也是江南美学一个更新的契机，如果它能够意识到这一点并能形成反作用的美学。新南方的地理区域主要指中国的海南、广西、广东、香港、澳门——后三者在最近有一个新的提法：粤港澳大湾区。同时也辐射到包括马来西亚、新加坡等习惯上指称为“南洋”的区域——当然其前提是使用现代汉语进行写作和思考。

三

引发我对新南方写作思考的第三个动因是一批生活于新南方区域作家的写作。目前我注意的作家有如下几位[①]。

① 我在这里主要讨论的是以小说创作为主的作家，实际上，新南方写作里面还有一些诗人也值得关注和讨论。

林森，出生于海南澄迈，现生活于海南海口市，他同时从事诗歌和小说写作。其长篇小说《关关雎鸠》以海南文化习俗为主要书写对象，是一部具有鲜明地域文化特色的作品。他的另外两篇小说《抬木人》和《海里岸上》也有相似的美学取向，《抬木人》我认为是近年汉语写作中最好的短篇小说之一，可惜一直没有得到应有的重视。他于 2020 年出版的长篇小说《岛》书写海南岛人在时代大潮中的抵抗和失败，在现实和精神的双重线索中开辟了新的南方空间。

朱山坡，出生于广西北流，现生活于广西南宁，朱山坡早期写诗，后来转入小说写作。他的南方特色要到他最近的一部短篇小说集《蛋镇电影院》里面才集中呈现出来，这些短篇小说围绕一个叫“蛋镇”的地方展开书写，该地位于中越边界，朱山坡用一种反讽、诙谐的方式将蛋镇人日常生活中的荒谬感予以揭示。“朱山坡”这一笔名也具有地域特色，据了解，这是作者本人家乡的地名，也许作者想借此强调他的地方性身份。

王威廉和陈崇正两位都是广东的作家。王威廉出生于青海，大学毕业后留在广州工作生活至今。在王威廉较早的作品中，比如《听盐生长的声音》，还能看到非常明显的西北地域的影响，作品冷峻、肃杀。这种完全不同于南方的地域生活经验或许能够让他更敏锐地察觉到南方的特色。从生活的角度看，与其他原生于南方的作家不同，王威廉更像是一个南方的后来者，他最近的一系列作品如《后生命》《草原蓝鲸》引入科幻的元素和风格，构建了一种更具有未来感的新南方性。

陈崇正出生于广东潮州，现在广州生活。潮汕地区自古以来就远离中原，其文化自成一体，并以“潮汕巫风”而著称。虽然历经现代化的种种改造，这一文化的遗存并没有完全从当代人的生活中剥离。陈崇正的小说《黑镜分身术》《念彼观音力》等围绕南方小镇“半步村”展开，建构了一个融传统与当下为一体的叙事空间。

最近引起我注意的一位青年作家是陈春成，1990 年出生于福建屏南县，现生活于福建泉州。他最早引起我阅读兴趣的是发表在豆瓣上的中篇小说《音乐家》，在 2019 年的收获排行榜中我将这篇小说放在了中篇榜的第一名，那一年短篇榜单的第一名我投给了黄锦树的《迟到的青年》——巧合的是这两位都生活在（新）南方。陈春成的一部分小说无法纳入新南方写作的范畴，但是他的另外一部分作品如《夜晚的潜水艇》《竹峰寺》等不但在地理上具有南方性，同时在精神脉络上与世界文学中的“南方”有高度的契合，虚构、想象、对边界的突破等构成了这些作品的关键词。

还有一位成名更早的作家，也就是我在上文提到的葛亮。葛亮的写作一直与南方密不可分，他出生于南京，然后在南京、香港求学，现在生活工作于香港。他的生命轨迹从目前看是一个一直向南的过程。而他的写作，也同样具有典型的南方性，《朱雀》《七声》写江南，《浣熊》写香港（岭南），更有意思的是，葛亮不但不停地书写南方，同时也试图勾连南北，有意识地进行南北的对话，比如近年引起广泛关注的长篇小说《北鸢》。

上述作家不仅仅在生活写作上与新南方密不可分，同时也主动建构写作上的新南方意识。上述苏童与葛亮的对话就是一个例证。除此之外，2018 年 5 月在广东松山湖举行的一个文学活动上，我、林森、陈崇正、朱山坡进行了一场题为“在南方写作”的对话，在这个对话中，新南方写作已经成为一个关键词。随后在 2018 年 11 月举行的《花城》笔会上，我和林森、王威廉、陈崇正、陈培浩在南澳小岛上就“新南方写作”做了认真的非公开讨论，并计划在相关杂志举办专栏[①]。2019 年 7 月，我受邀参加广东大湾区文学论坛并做了主题发言，我在这篇发言中提出了一个将大湾区文学与新南方写作关联起来讨论的建议：“大湾区与更广义的南方构成了什么关系？是不

① 记得当天讨论完毕我立即打电话给《青年文学》的主编张菁女士，商量开设相关专栏的事宜，张菁表示很感兴趣，该计划后来因各种原因搁置。其时陈培浩已经在一篇评论陈崇正小说的文章末尾使用了“新南方写作”这个说法，他的界定主要以地理为依据。参见陈培浩：《新南方写作的可能性——评陈崇正的小说之旅》，《文艺报》，2018 年 11 月 9 日。

是可以将大湾区文学纳入一种更广泛意义上的‘新南方写作’中去？”①实际上，批评界对“南方”的关注由来已久，比如张燕玲，她不仅自己的写作颇有南方特色，同时也对黄锦树、葛亮等新南方作家情有独钟。

四

经过上述的铺垫陈述之后，我对新南方写作的理想特质大致做如下界定。第一，地理性。这里的地理性指的是新南方写作的地理范围以及在此基础上形成的文化地理特色。我将新南方写作的地理范围界定为中国的广东、广西、海南、福建、香港、澳门、台湾等地区以及马来西亚、新加坡、泰国等东南亚国家。进而言之，因为这些地区本来就有丰富多元的文化遗存和文化族群，比如岭南文化、潮汕文化、客家文化、闽南文化、马来文化等，现代汉语写作与这些文化和族群相结合，由此产生了多样性的脉络。第二，海洋性。这一点与地理性密切相关。在上述地区，与中国内陆地缘结构不一样，其最大的特点就是大部分地区都与海洋接壤。福建、台湾、香港与东海，广东、香港、澳门、海南及东南亚诸国与南海。沿着这两条漫长的海岸线向外延展，则是广袤无边的太平洋。海与洋在此结合，内陆的视线由此导向一个广阔的纵深。在中国的文学传统中，海洋书写——关于海洋的书写和具有海洋性的书写都是缺席的。一个形象的说法是，即使有关于海洋的书写，也基本是“海岸书写”，即站在陆地上远眺海洋，而从未真正进入海洋的腹地。对此有种种的解释②，无论如何，一个基本的事实是，在中国经典的

① 该主题发言以《在大湾区有没有出现粤语经典文学和未来文学的可能》为题发表于凤凰新闻网。

② 作家张炜认为：“从世界文学的版图来看，中国的海洋文学可能是最不发达的之一……中国文学的海洋意识是比较欠缺的。整体来看，中国文学作为农耕文化的载体，它所呈现的还是一种封闭的性格。”张炜的解释代表了一种基本的认识论。见张炜《文学：八个关键词》，广西师范大学出版社，2021。

古代汉语书写和现代汉语的书写中，以海洋性为显著标志的作品几乎阙失。在现代汉语写作中，书写的一大重心是人与土地的关系，如《平凡的世界》《白鹿原》《平原客》等，即使在近些年流行的“城市文学”书写中，依然不过是“人与土地”关系的变种，不过是从“农村土地”转移到了“城市土地”，在这个意义上现代文学几乎是一种“土地文学”，即使有对湖泊、河流的书写，如《北方的河》《大淖记事》等，这些江河湖泊也在陆地之内。这一基于土地的叙事几乎必然是“现实主义”或“新写实主义式”的。因此，“新南方写作”的海洋性指的就是这样一种摆脱“陆地”限制的一种叙事，海洋不仅仅构成对象、背景（如林森的《岛》、葛亮的《浣熊》），同时也构成一种美学风格（如黄锦树的《雨》）和想象空间（如陈春成的《夜晚的潜水艇》），与泛现实主义相区别，新南方写作在总体气质上更带有泛浪漫主义和现代主义色彩。第三，临界性。这里的临界性有几方面的所指，首先是地理的临界，尤其是陆地与海洋的临界，这一点前面已有论述，不再赘言。其次是文化上的临界，新南方的一大特点是文化的杂糅性，因此新南方写作也就要处理不同的文化生态，这些文化生态最具体形象的临界点就是方言，因此，对多样的南方方言语系的使用构成了新南方写作的一大特质，如何处理好这些方言与以北方方言为基础的标准通用汉语语系之间的关系，构成了一个挑战。最后是美学风格的临界，这里的临界不仅仅是指总体气质上泛现实写作与现代主义写作的临界；同时也指在具体的文本中呈现多种类型的风格并能形成相对完整的有机性，比如王威廉的作品就有诸多科幻的元素；而陈春成的一些作品则带有玄幻色彩。第四，经典性。从文学史的经典谱系来看，现代汉语关于内陆的书写已经具有相对完整的经典性，关于江南的书写也具有了较为鲜明的经典性，前者如柳青、路遥、莫言等，后者如汪曾祺、王安忆等。但是就新南方的广大区域来说，现代汉语书写的经典性还相对缺失。比如，吴语小说前有韩邦庆的《海上花列传》，近有金宇澄的《繁花》，但是在粤语区，却一直没有特别经典的粤语小说①。新南方写作的一种重要向度就是要通过持续有效的书写来建构经典性，目前的创作还不足以证明这一经典性已经完全建构起来，而“新南方写作”概念的提出，也是对这一经典性的召唤和塑形。

五

放在世界文学谱系来讨论的话，新南方写作的提出还涉及现代汉语写作的主体和主权问题。上文提到的内陆书写和江南书写的经典性如果从世界文学的视野来看，基本上也属于“短经典”。一个基本的事实是，在“世界文学共和国”里，现代汉语写作所占的份额还比较少，其象征资本的积累还比较薄弱，也就是说，在“世界文学”的流通、阅读和买卖市场上，现代汉语写作还不是“通用货币”，也没有获得可以与英语、法语、德语、西班牙语等语种写作相匹敌的赋值。造成这种情况有复杂的历史和文化原因，卡萨诺瓦论述过这一“世界文学空间”产生的过程：

第一阶段是形成的初期阶段……这是本尼迪克特·安德森称作的“通俗语言革命的时代”：产生于 15 及 16 世纪，见证了文人圈中拉丁语垄断性使用阶段向通俗语言在知识分子中广泛使用的阶段，随后又见证了各类其他文学对抗古代辉煌文学的年代。第二阶段是文学版图扩大阶段，这一阶段对应的是本尼迪克特·安德森所描述的“词典学革命”（或者“语史学革命”）阶段：这一阶段始于 18 世纪末，运行于整个 19 世纪，这个时代还见证了欧洲民族主义的产生，按照埃里克·霍布斯鲍姆的说法，新民族主义的产生和民族语言的“创造”和“再创造”紧密相连。所谓“平民”文学在那个时期被用来服务于民族理念，并赋予它所缺失的象征依据。最后，去殖民化阶段开

①1950 年代欧阳山的《三家巷》是以广州为书写背景的，当时被称之为“南中国的大观园”。但是严格来说，《三家巷》是非南方的，不过是以风土习俗的方式呈现当时统一的意识形态，这方面的另外一个典型例子是电影《刘三姐》，同样是以风景的方式传递意识形态的内容。

启了文学世界最新阶段，标志着世界竞争中出现了一直被排除在文学概念本身之外的主角们①。

关键在于，这一过程并非是“自由”“平等”的展开，同时也是一个象征资本和语言货币重新分配，并产生了不平等结构的过程：

因此不必将始于欧洲16世纪的文学地图设想为文学信仰或者文学观念简单地逐步延伸的产物。借用费尔南·布罗代尔的话，这一地图是文学空间“不平等结构”的描摹，也就是说，是不同民族文学空间之间文学资源的不平等分布。在相互的较量过程中，它们逐步建立了不同的等级及依附关系，这些关系随着时光不断演变，但还是形成了一个持久的结构②。

现代汉语写作诞生于“世界文学空间”形成的第二阶段，它在一开始就陷于不平等结构的负端，现代汉语写作对“翻译”的严重依赖即是这方面的一个最直接的明证。只有从第三阶段开始，现代汉语写作才借助“解/去殖民”的历史势能努力打破这种不公正的世界文学格局。在这一过程中，歌德对“世界文学”的理想期待变成了卡萨诺瓦典型的“二重确认”方法论：“所以当人们尝试形容一个作家时，必须要将其定位两次：一次是根据他所处的民族文学空间在世界文学空间中所处的地位来定；另一次是根据他在世界文学空间本身中的地位来定。”③

因此，包括新南方写作在内的现代汉语写作，必须不停地在这种民族性/世界性、政治性/文学性、地方性/普遍性等逻辑里反复搏击，一步步获得并强化其主体位置。实际上，从现代汉语写作的起源开始，这种努力就一直没有中断过，竹内好认为鲁迅写作和思想中最核心的要义在于“回心”——即有抵抗的转向——恰好是这种主体性努力的生动实践。而在新南方写作这里，因为现代汉语写作版图的扩大，它不仅仅面对单一民族国家，而是在不

---

①［法］帕斯卡尔·卡萨诺瓦：《文学共和国》，罗国祥等译，北京大学出版社，2015，第49—50、92、43页。

②③同上。

同的民族和区域间进行语言的旅行、流通和增殖，因此，它的主权实际上已经超越了单一性民族国家的限制，在这个意义上，政治（主权）无法抵达的地方，汉语的主权却可以预先书写和确认。我认为这是新南方写作最有意味之处。

六

2019 年，黄锦树在位于中国最南端的杂志《天涯》（2019 年第 5 期）发表了短篇小说《迟到的青年》，这篇小说融谍战、魔幻、侦探等元素于一体，其核心主旨，却契合我在上文提到的在世界（文学）空间里寻找并建构主体性自我的问题。只不过黄锦树以悬置的方式凸显了这一寻找建构的高难度。在历史关节点的不断“迟到”导致了青年的流浪和离散，但是也正如此，他得以在世界（文学）空间里汲取不同的养分，最后，这个会讲马来语、粤语、闽南语的南方青年又开始了漫无方向的浪迹——而他最开始的目的，是要去赶一趟开往“中国的慢船”。这个青年虽然迟到了，但却因迟到而丰富，他虽然没有去成向往的中国，却以东方的形象加入到对世界（文学）地图的绘制。

与这篇小说互文的是陈春成的《夜晚的潜水艇》①，小说以奇崛的故事开始，为了寻找博尔赫斯丢在海洋里的一枚银币，一艘获得巨额资助的潜艇“阿莱夫”号开始了在海底十年如一日的考察。1998 年“阿莱夫”号穿过一个海底珊瑚群时，因为船员错误的判断，潜艇被卡在了两座礁石中间，就在即将船毁人亡之际，一艘陌生的蓝色潜水艇向礁石发射了两枚鱼雷，成功解救了“阿莱夫”号然后消失于远海……随着小说的叙述，我们才慢慢知道，这艘神秘的蓝色潜水艇原来来自一位中国少年，这位少年在中国南方的一座小城里生活，每到夜晚，他就启动其超凡的想象力，化身为艇长，驾驶着一

① 陈春成：《夜晚的潜水艇》，上海三联书店，2020。

艘完全属于他自己意念中的潜水艇漫游于全世界的海洋，在一次无意的相遇中，他拯救了以博尔赫斯小说命名的“阿莱夫”号——我们不禁会产生这样一种疑问，这同时也是在试图拯救世界文学吗？

这两篇小说都具有强烈的象征色彩和寓言气息。出发与行走不仅是个人的生命故事，也不可避免地被投射为在世界（文学）空间里的双重确认。这是现代汉语的宿命吗？不管我们如何命名——自认或者他认，也不管这一命名是“新南方写作”还是其他各种风格的写作，也许关键问题还是不停出发，因为

——“时间开始了！”①

原载《南方文坛》2021 年第 3 期

① 黄锦树的《迟到的青年》有这样一句话：“‘时间开始了’，风一般的回声沙沙地说。”而在 1950 年代，七月派著名诗人胡风曾经写下政治抒情长诗《时间开始了》，这一诗歌被视作 1950 年代意识形态的集大成之作。

华。张柠的《春山谣》是他的长篇小说三部曲创作计划中的第二部，这部小说追忆一代知青的历史记忆和情感记忆，以“50 后”知青经历为叙事主线，书写那段特殊岁月在他们各自人生中留下的深刻烙印，以及他们在时代激流中的沉浮跌宕，悲欢离合，令我们情不自禁地反观自身，以及我们的父辈，反观个人与时代、小历史与大历史之间丰富而动荡的互动关系。周大新的《洛城花落》看似轻盈，实则是举重若轻，他把锐利的笔锋伸向人类情感世界的隐秘深处，探幽寻微，抽丝剥茧，以主人公的婚姻生活为镜像，映照出现代人复杂斑驳的情感世界。

总之，这几部小说既有大陆本土作家佳作，又有海外华人作家新篇，既有观照时代生活的现实主义书写，又有具有先锋实验性质的锐意探索，硕果累累，实为今年长篇小说创作的重要收获。

2021年第3季度优秀长篇小说选目			
作者	作品名称	作品出处	内容简介
梁晓声	我和我的命	人民文学出版社2021年1月	这部长篇小说书写年轻人的奋斗故事，带有鲜明的成长小说意味。作品延续了梁晓声一贯的创作理念和写作立场，把个体的生命经验融入时代巨变的宏大背景，着力书写一代人在时代场域中的奋斗历程及其精神成长，显示出作家对生活的深刻思考。
周大新	洛城花落	人民文学出版社2021年1月	小说聚焦当下的婚姻情感生活，把敏锐的笔触伸向人类生活的幽微隐秘之处，探讨情感、性爱、婚姻形式、物质生活与情感生活等诸多方面，具有探索性和实验性，同时也具有强烈的现实性和当下性，给我们带来源自艺术和思想的丰富启迪。
严歌苓	蜃楼	《花城》长篇专号2021年秋冬卷	小说《蜃楼》书写青年张明舶跟随淘金潮踏上闯荡海南岛的故事。这是一次追梦之旅，也是一次冒险之旅，主人公被时代巨浪裹挟、冲击，物质追求与精神失落，情感寻找与心灵裂变，在小说中都有极具魅力的艺术表达。小说具有强烈生活质感，有很好的可读性。
张柠	春山谣	人民文学出版社2021年3月	小说讲述一群上海知青来到位于长江中游的春山岭林场，若干年后又因《春山谣》诗句而引出对青春往事的追忆。小说看似书写知青，其实是通过书写青春，重新审视和思考一代人的成长经验，重新观照一个时代的复杂面貌和精神深度，充满命运感和历史感。